叙事学研究：回顾与发展
Narratological Studies: Review and Development

第五届叙事学国际会议暨第七届全国叙事学研讨会论文集

谭君强　主编

上海外语教育出版社
SHANGHAI FOREIGN LANGUAGE EDUCATION PRESS

图书在版编目(CIP)数据

叙事学研究：回顾与发展——第五届叙事学国际会议暨第七届全国叙事学研讨会论文集／谭君强主编．
—上海：上海外语教育出版社，2017
（叙事学文集）
ISBN 978-7-5446-4997-1

Ⅰ.①叙… Ⅱ.①谭… Ⅲ.①叙述学-文集 Ⅳ.①I045-53

中国版本图书馆CIP数据核字(2017)第209605号

出版发行：**上海外语教育出版社**
（上海外国语大学内）　邮编：200083
电　　话：021-65425300（总机）
电子邮箱：bookinfo@sflep.com.cn
网　　址：http://www.sflep.com.cn　http://www.sflep.com
责任编辑：李健儿

印　　刷：上海华业装璜印刷厂有限公司
开　　本：787×1000　1/16　印张29　字数473千字
版　　次：2017年10月第1版　2017年10月第1次印刷
印　　数：1 100册

书　　号：ISBN 978-7-5446-4997-1／I
定　　价：88.00元

本版图书如有印装质量问题，可向本社调换

叙事学研究： 回顾与发展
Narratological Studies: Review and Development

目　录

前　言 ……………………………………………………… vii

回顾与总结

中国中外文艺理论学会叙事学分会十年工作的回顾 …………… 3
　　傅修延

国外学者论稿

可靠、不可靠与不充分叙述
——一种修辞诗学 ……………………………………………… 21
　　詹姆斯·费伦（王　浩/译）
故事的生产性：叙事与文化记忆 ……………………………… 32
　　安·瑞格蕾（龙晓滢/译）
《达洛维夫人》与小说的重塑 ………………………………… 45
　　H·波特·阿伯特（骆　洪/译）
认知叙事学的前景与局限
——以心灵呈现为例 …………………………………………… 57
　　沃尔夫·施密德（陈　芳/译）

系列叙事的六要素 ·· 67
　　肖恩·奥沙利文(舒凌鸿/译)

叙事理论探索

一种被忽略的叙事表意现象
　　——文字的不同"叙事运动中的意义" ·················· 81
　　申　丹

文本内真实性：情节的前提 ·································· 96
　　赵毅衡

西方文化的"以视为知"与中国文化的"听觉统摄"
　　——从视听倚重差异到小说结构差异 ·················· 109
　　傅修延

论抒情诗的叙事动力结构
　　——以中国古典抒情诗为例 ······························ 126
　　谭君强

论文学史的叙事性 ·· 137
　　乔国强

类文本文本化
　　——附录在《我们仨》中的功能分析 ·················· 151
　　许德金

图像、媒介与语境
　　——睒子本生故事多重图像叙事模式与演化 ········· 162
　　刘　方

重构中西文化因子
　　——从非虚构的虚构看文学大势 ······················· 176
　　凌　逾

德国浪漫主义反讽及其对后现代叙事的影响 ············· 187
　　倪爱珍

叙事文本分析

《酒国》的中国式元小说叙事策略 ……………………………… 201
    胡铁生

莫言《酒国》的记忆叙事 …………………………………………… 214
    柴 鲜

从归附到超越
——萧红《生死场》中的双重叙事 ……………………………… 225
    舒凌鸿

从昔日重现到精神还乡
——关于《我的遥远的清平湾》的叙事阐释 …………………… 239
    洪丽霁

"混沌三明治"
——论麦卡锡《血色子午线》中的迭代叙事 …………………… 250
    张小平

面具之下
——《洛丽塔》的隐含作者分析 ………………………………… 263
    王 浩

《幸存者回忆录》
——一部独特的新自传叙事 ……………………………………… 275
    沈洁玉

叙述视角、引语方式和文化身份困境
——裘帕·拉希莉小说《森太太》解读 ………………………… 284
    张 玮

论小说《水泥花园》中的叙述者 ………………………………… 293
    姜燕燕

《唐老亚》的叙事模式与伦理 …………………………………… 304
    董晓烨

诺斯替漫游癖、文物收藏价值观与反弗洛伊德主义
——苏珊·桑塔格短篇小说《无导之游》的犹太女性创伤叙事研究 …… 316
    张 艺

中国叙事学构建与实践

世系、宗庙与中国历史叙事传统 ································ 333
  龙迪勇

民族的立场　差异性研究　比较的方法
——论中国叙事学建构 ·· 352
  王振军

空间叙事
——中国叙事学学科建构的逻辑基点 ························· 363
  王　瑛

古典小说叙事空间的伦理阐释 ····································· 377
  江守义

金圣叹历史评点的叙事学研究 ····································· 391
  李卫华

赋体寓言的叙述者及叙事疗救功能 ······························· 401
  袁　演

"其书凡有描写，莫不各尽人情"
——论《金瓶梅》的人物视角 ····································· 409
  赵嘉鸿

唐代的谶纬转型与叙事文学 ·· 423
  张泽兵

20世纪90年代中国女性文学的叙事缺陷 ····················· 435
  宁　凡

西南跨境民族文学与《圣经》比较研究
——以拉祜族《牡帕密帕》的叙事学分析为例 ············· 445
  陈　芳

前　言

为促进叙事学研究的进一步发展，加强中外叙事学研究者之间的学术交流，中国中外文艺理论学会叙事学分会于 2015 年 11 月 11 日至 14 日在云南大学主办了"第五届叙事学国际会议暨第七届全国叙事学研讨会"。这次会议由云南大学人文学院、曲靖师范学院人文学院与云南大学叙事学研究中心联合承办。参加这一盛会的正式代表近 200 人，其中包括远道而来的美国、荷兰、德国等国外叙事学界的著名专家，来自俄罗斯的年轻学者，以及国内 80 余所高校、研究机构的专家学者和研究生，收到会议论文共 160 多篇。

中国的当代叙事学研究，伴随着 20 世纪 80 年代以来我国向世界开放、打开封闭大门之后的社会经济发展轨迹，与这一过程同步前行。作为一门显现出自身特有生命力的学科，它在国外学术领域不断得到发展的同时，也日益受到国内学人的关注，吸引日益增多的研究者加入这一行列，研究成果不断涌现。进入新世纪以来，叙事学研究凭借自身的理论活力和学科渗透力，呈现出更加旺盛的发展势头，在不断更新理论框架和提升阐释能力的过程中，显示出勃勃生机，而凝聚中国叙事学研究者的力量、展开富于成效的中国叙事学研究也越来越成为学人们的共识。

2004 年 12 月，在福建漳州师范学院举行了首届全国叙事学研讨会。自此开始，中国叙事学界开始了有组织的学术活动。2005 年 11 月，在华中师范大学举行了第二届全国叙事学研讨会。在这次大会上，中国中外文艺理论学会叙事学分会得以正式成立，由此有了将中国叙事学者聚合在一起并与国外叙事学者展开国际交流的学术组织和平台。2007 年，在南昌举行了首届叙事学国际会议暨第三届全国叙事学研讨会。之后分别在重庆、长沙、广州举行的三届会议都是国际性暨全国性的会议，为展现中国学者的研究成果，为国内外叙事学者的相互交流提供了良好的机会。

在昆明举行的这次会议，恰逢中国中外文艺理论学会叙事学分会成立10周年,会议不失时机地利用这一国内外叙事学者共聚的机会开展了纪念活动。在大会的开幕式上,会长申丹教授在讲话中充分肯定了中国叙事学10年来的研究工作和与国际叙事学界的广泛交流,肯定了学会的工作,对中国叙事学研究的未来寄予了殷切期望。云南大学校长林文勋教授应邀在开幕式上致辞,在向来自国内外的叙事学者表示热烈欢迎的同时,他对学会成立10周年表示衷心祝贺,并祝愿叙事学研究在中国不断得到发展。学会常务副会长傅修延教授受学会委托在大会上做了《学会十年工作的回顾》的总结,列举了学会成立以来所做的大量工作和取得的成绩,认为在中国的叙事学研究中,经历了从倾听到发声,从借鉴到创新,到发扬自身优势的过程。配合这次会议,大会的组织者筹备并举办了"中国叙事学研究十年著、译书展(2005—2015)",国内众多学者带来了各自出版的研究成果,在书展的展台上陈列展示。琳琅满目的叙事学研究著作,以及迻译出版的国外重要的叙事学译著,让与会者目睹了中国叙事学研究十年来的亮丽表现。

  本次会议与以往历次会议一样,举行了大会发言和分组讨论,国内外学者围绕叙事学前沿理论,叙事学基础理论的新探索,跨媒介、跨学科、跨文类叙事学研究,叙事学视角下中外叙事作品分析,中外叙事理论比较与中国叙事理论建构等问题进行了交流,展开了广泛的讨论。无论是大会发言还是分组讨论,会议的气氛都十分热烈,相互之间的探究、互动,不同意见之间的交流,均为学者们提供了一个个相互切磋的难得机会,而所讨论问题的深度和广度,也充分显示叙事学研究在不断深入,研究范围在不断扩大。

  呈现在此的论文集是在提交会议论文的基础上,进一步征集之后遴选结集而成。在征集论文的过程中,我们得到了会议参加者的积极支持。与会代表将自己在会议中进行交流的论文再行打磨,及时发回,并按论文集的相关体例要求,反复进行修改,保证了论文集的质量。在此对论文的贡献者表示衷心感谢。许多学者的论文在会议之后在国内一些重要学术刊物上陆续发表;国外学者论文的译文有几篇也得以在国内学术刊物上发表,并在发表之后受到关注,詹姆斯·费伦、安·瑞格蕾和肖恩·奥沙利文的论文译文分别由人大复印资料《文艺理论》和《新华文摘》全文转载,由此也可从一个侧面看出会议的学术质量和受关注的程度。

  这次会议得到了多家出版社的大力支持。北京大学出版社和北京师范大学出版社向会议赠送了与会代表出版的几种著作和译著,数量共计数百本；上海外语教育出版社则赠送了由该社出版的上一届广州会议的论文集《叙事理论与批评的纵深之路：第四届叙事学国际会议暨第六届全国叙事学研讨会论文集》近两百本，使与会代表有机会获得一些最新出版的学术成果。在昆明会议期间举行的学会理事会上，与会理事一致确定下一届大会由上海外国语大学承办，并提请上海外语教育出版社继续出版昆明会议的论文集。外教社欣然允诺，并表示将一如既往地大力支持，在此我们表示由衷的感谢。论文集的筹集和前期编辑工作由云南大学叙事学研究中心主持，中心成员舒凌鸿、王浩和陈芳老师为此耗费了大量精力，谨向他们表示诚挚的谢意。

这次会议从筹备到召开一直得到云南大学和曲靖师范学院的关心，承办单位云南大学人文学院和曲靖师范学院人文学院尤其给予了有力的支持，云南大学的许多研究生也积极投身会议，付出了辛勤的努力，所有这些关心和支持保证了会议得以顺利举行，并得到与会代表的充分肯定，我们在此也表达诚挚的感谢。

借这一论文集出版之机，我们谨祝中国的叙事学研究不断前行，日益获得发展，在国际叙事学研究的舞台上，越来越多地展现中国叙事学研究的风采。

谭君强
2017年3月

叙事学研究： 回顾与发展
Narratological Studies: Review and Development

回顾与总结

中国中外文艺理论学会叙事学分会十年工作的回顾

◎ 傅修延
江西师范大学/江西省社会科学院

2004年12月9日,全国首届叙事学学术研讨会在漳州师范学院(现闽南师范大学)举行,组建叙事学研究专业学会的筹备工作由此起步;2005年11月10日,中外文艺理论学会叙事学分会(以下简称"学会")在华中师范大学正式成立,对于我们叙事学研究的学界同人来说,这是个值得纪念的日子。学会成立至今已逾十年,受会长委托,我从叙事学会议的举办情况、发表论文与出版论著(包括译著)的质量与数量、叙事学研究所取得的成绩和反响等三方面,对学会十年工作及十年间中国叙事学发展历程做一简要回顾,最后再谈点自己的思考。

一、会 议

在本次会议之前,学会已成功举办六次大会。为了给中西叙事学者的对话与交流搭建平台,从第三届在南昌举办的会议开始,学会开始邀请国外叙事学专家参加,会长申丹为此付出许多努力。我参加了学会举办的每一届大会,每次我都有不少收获,对此我深感荣幸。实际上,除大会之外,这段时间我们还举办了一些地区性的叙事学会议,这些会议在规模上虽相对较小,但也取得了不错的反响,本文限于篇幅,在此不一一列出。

表 1　学会历届会议一览表

名　称	时　间	主办方地点
首届叙事学学术研讨会	2004年12月	漳州师范学院 福建省漳州市
第二届全国叙事学研讨会 暨中国中外文艺理论学会叙事学分会成立大会	2005年11月	华中师范大学 湖北省武汉市
首届叙事学国际会议暨第三届全国叙事学研讨会	2007年10月	江西省社科院 江西省南昌市
第二届叙事学国际会议暨第四届全国叙事学研讨会	2009年10月	四川外语学院 (现更名为四川外国语大学) 重庆市
第三届叙事学国际会议暨第五届全国叙事学研讨会	2011年10月	湖南师范大学 湖南省长沙市
第四届叙事学国际会议暨第六届全国叙事学研讨会	2013年11月	南方医科大学 广东省广州市

表 2　会议与报道

历届会议	报道与综述
首届叙事学学术研讨会	申丹等:《叙事学的中国之路——全国首届叙事学学术研讨会发言摘要》,《漳州师范学院学报》(哲社版)2005年第1期。
第二届全国叙事学研讨会 暨中国中外文艺理论学会叙事学 分会成立大会	乔国强:《编后》,载《叙事学研究:第二届全国叙事学研讨会暨中国中外文艺理论学会叙事学分会成立大会论文集》(乔国强主编),武汉出版社,2006年。
首届叙事学国际会议 暨第三届全国叙事学研讨会	龙迪勇:《叙事学研究的中西交流与对话——"首届叙事学国际会议暨第三届全国叙事学研讨会"会议综述》,《江西社会科学》2007年第10期。

(续表)

历届会议	报道与综述
第二届叙事学国际会议暨第四届全国叙事学研讨会	《第二届叙事学国际会议暨第四届全国叙事学研讨会简讯》,《英语研究》2009年第4期。
第三届叙事学国际会议暨第五届全国叙事学研讨会	http://wyxy.hunnu.edu.cn/news/html/2011/20111020175506.html
第四届叙事学国际会议暨第六届全国叙事学研讨会	周凌敏、金敏娜:《第四届叙事学国际会议暨第六届全国叙事学研讨会综述》,《当代外国文学》2014年第1期

表3　历届会议外国学者参会名单

历届会议	与会外国学者
首届叙事学学术研讨会	
第二届全国叙事学研讨会暨中国中外文艺理论学会叙事学分会成立大会	
首届叙事学国际会议暨第三届全国叙事学研讨会	罗宾·沃霍尔、彼得·J·拉比诺维茨、布赖恩·麦克黑尔、布赖恩·理查森、萨吉塔·雷,等等
第二届叙事学国际会议暨第四届全国叙事学研讨会	苏珊·S·兰瑟、雅各布·罗斯、梅尔巴·卡迪-基恩、里克特,等等
第三届叙事学国际会议暨第五届全国叙事学研讨	詹姆斯·费伦、杰拉德·普林斯、约翰·皮尔、简·贝特恩斯、尼可拉斯·康士林、莫妮卡·弗卢德尼克,等等
第四届叙事学国际会议暨第六届全国叙事学研讨会	布赖恩·麦克黑尔、玛丽·罗尔·瑞恩、梅尔·斯腾伯格、塔马·雅可比、露斯·佩基,等等

列出上述外国学者名单,是为了证明学会举办的是名副其实的国际学术研讨会,国外许多著名的叙事学家,如詹姆斯·费伦、杰拉德·普林斯、彼得·J·拉比诺维茨、苏珊·S·兰瑟、布赖恩·麦克黑尔和玛丽-劳勒·莱恩等都曾不远万里来中国参会,这说明学会已经具备了一定的国

际影响力。但从历届会议的发言及会上会下的交流来看,中西方学者的对话还不够充分。随着中国学者英语听说水平的进一步提高,我相信,在不久的将来,中西学者的交流将会在质量上有较大提升。

从历届会议的规模来看,与会人数大多维持在200人左右。限于篇幅,本文不便一一提及与会学者的姓名。参会人员多,一方面说明会议的规模大、声势高;另一方面,随着学成归来的学者及有国际交往经验者在与会人员中所占比重的逐年提升,与会中国学者的外语能力及叙事学修养都有显著提高,这也说明我们后劲雄厚。由此可见,学会未来的前景必将更加美好。

二、出版发表

本文辑录的主要是学会会员的成果出版与发表情况。因为种种原因,列表中不可能囊括所有成员的鸿文,沧海遗珠,在所难免,敬请各位与会者及未能到会的同人海涵。

表4 2005—2015叙事学领域著作一览表(以出版年份为序)

著者	标题	出版社	时间
申丹、韩加明、王丽亚	《英美小说叙事理论研究》	北京大学出版社	2005年
傅修延	《文本学——文本主义文论系统研究》	北京大学出版社	2005年再版
刘俐俐	《中国现代经典短篇小说文本分析》	北京大学出版社	2006年
张世君	《明清小说评点叙事概念研究》	中国社会科学出版社	2007年
傅修延	《先秦叙事研究——关于中国叙事传统的形成》	东方出版社	2007年再版
谭君强	《叙事学导论:从经典叙事学到后经典叙事学》	高等教育出版社	2008年
董小英	《超语言学:叙事学的学理及理解的原理》	百花文艺出版社	2008年
申丹	《叙事、文本与潜文本——重读英美经典短篇小说》	北京大学出版社	2009年

(续表)

著者	标题	出版社	时间
杨义	《中国叙事学》(图文版)	人民出版社	2009年
彭刚	《叙事的转向》	北京大学出版社	2009年
申丹、王丽亚	《西方叙事学:经典与后经典》	北京大学出版社	2010年
谭君强、降红燕、陈芳 等	《审美文化叙事学:理论与实践》	中国社会科学出版社	2011年
赵炎秋(主编)	《中国古代叙事思想研究》(三卷)	湖南师范大学出版社	2011年
唐伟胜	《体验终结:雷蒙·卡佛短篇小说结尾研究》	世界图书出版公司	2011年
张新军	《可能世界叙事学》	苏州大学出版社	2011年
董乃斌(主编)	《中国文学叙事传统研究》	中华书局	2012年
张世君	《世界文化视域中的红楼梦》	华中科技大学出版社	2012年
张泽兵	《谶纬叙事研究》	社会科学文献出版社	2013年
赵毅衡	《广义叙述学》	四川大学出版社	2013年
尚必武	《当代西方后经典叙事学研究》	人民文学出版社	2013年
唐伟胜	《文本 语境 读者:当代美国叙事理论研究》	世界图书出版公司	2013年
龙迪勇	《空间叙事研究》(2015年再版时更名为《空间叙事学》)	生活·读书·新知三联书店	2014年
刘俐俐	《小说艺术十二章》	上海教育出版社	2014年
谭君强	《叙述的力量:鲁迅小说叙事研究》	云南大学出版社	2014年新版
Dan Shen (申丹)	*Style and Rhetoric of Short Narrative Fiction: Covert Progressions Behind Overt Plots*	Routledge	2014年

(续表)

著者	标题	出版社	时间
刘云舟	《电影叙事学研究》	北京联合出版公司	2014年
傅修延	《中国叙事学》	北京大学出版社	2015年
余杰	《开端叙事学》	中国社会科学出版社	2015年
倪爱珍	《史传与中国文学叙事传统》	中国社会科学出版社	2015年

表5　2005—2015叙事学领域译著一览表（以出版年份为序）

译者	标题原作者	出版社	时间
贾放	《故事形态学》 （弗拉基米尔·雅科夫列维奇·普罗普）	中华书局	2006年
申丹 等	《当代叙事理论指南》 （詹姆斯·费伦、彼得·J·拉比诺维茨主编）	北京大学出版社	2007年
刘云舟	《什么是电影叙事学》 安德烈·戈德罗、弗朗索瓦·若斯特	商务印书馆	2007年
穆雷 等	修辞的复兴——韦恩·布斯精粹	译林出版社	2009年
史忠义	《热奈特论文选·批评译文选》 （热奈特等）	河南大学出版社	2009年
乔国强	《叙述学词典》（修订版） （杰拉德·普林斯）	上海译文出版社	2011年
徐强	《小说与电影中的叙事》 （雅各布·卢特）	北京大学出版社	2011年
侯应花	《散文诗学:叙事研究论文集》 （茨维坦·托多罗夫）	百花文艺出版社	2011年
刘震 等	《叙事和图画》 （迪特·施林洛甫）	兰州大学出版社	2013年

(续表)

译者	标题原作者	出版社	时间
吴康茹	《转喻——从修辞格到虚构》	漓江出版社	2013年
徐强	《叙事学:叙事的形式与功能》 (杰拉德·普林斯)	中国人民大学出版社	2013年
徐强	《故事与话语:小说与电影的叙事结构》 (西摩·查特曼)	中国人民大学出版社	2013年
张新军	《故事的变身》 (玛丽-劳尔·瑞安)	译林出版社	2014年
于雷	《叙事的本质》 罗伯特·斯科尔斯、詹姆斯·费伦等	南京大学出版社	2015年
徐强	《故事的语法》 (杰拉德·普林斯)	中国人民大学出版社	2015年
谭君强	《叙述学:叙事理论导论》(第三版) (米克·巴尔)	北京师范大学出版社	2015年

表6　专业丛刊信息

刊名	编者	出版社	期数
《叙事》(中国版)	唐伟胜、尚必武等	暨南大学出版社	出版5辑
《叙事》丛刊	傅修延、叶青、龙迪勇	中国社会科学出版社	出版4辑
《叙事研究前沿》	尚必武等	外语教学与研究出版社	出版1辑

　　在中国知网数据库中,将检索条件设定为发表日期从2005年1月1日至2015年10月16日及篇名中包含"叙事"一词,共检索到学术论文29 347篇,年均量为2 934.7篇;为了更全面地掌握整体发文境况,我们再将检索条件设定为发表日期从2005年1月1日到2015年10月16日和篇名中包含"叙述"一词,在CNKI数据库中共检索到学术论文5 571篇,年均量为557.1篇。

　　从以上结果可知,近十年来,国内每年公开发表的叙事学论文数量相当庞大,这还不包括在国外相关刊物上发表的论文。从国外发文情况来看,学会的中青年学者尤为勤奋,有的学者一年有 10 多篇外文论文见刊。此外,与叙事学相关的硕士与博士学位论文每年成批涌现。虽然数量不代表质量,但这至少说明了中国叙事学研究领域的同人一直在努力,以及我们这个学科本身所具有的魅力。

顺便说说,中国作家莫言在 2012 年诺贝尔文学奖颁奖会上所做的题为《讲故事的人》演讲,在一定程度上体现了国人对叙事艺术的重视。令人遗憾的是,在电影这个影响最大、传播也最广的讲故事领域,我们的编剧导演还没有充分认识到讲好故事为电影的立身之本,有些导演完全无视观众对故事的期待,其主要精力只用于光影和声音的处理,这显然是一种本末倒置的做法。好莱坞导演斯皮尔伯格敏锐地觉察到了中国当代电影的这一不足,曾经委婉地提出了劝诫,但他的劝诫未能产生应有的效果。

三、成绩与反响

1. 对西方叙事学以及相关问题的探讨

20 世纪 80 年代,西方的形式主义文论诸流派开始引起国内学界的注意,其中与叙事学关系密切的结构主义文论对中国学者触动尤深,西方叙事学就是在这样的背景下进入我们的视野。嗣后,西方经典叙事学向后经典叙事学的转型轨迹又吸引了人们的眼球。目前这种关注主要聚焦于西方叙事学的一些最新动态,如认知叙事学、修辞叙事学、女性主义叙事学等后经典叙事学流派在国内都有介绍与述评,一些相关概念如隐含的作者、不可靠叙述等引起了广泛的讨论,对经典叙事学的重新评价也被提上研究台面。本学会会长申丹近十年发表的相关英文论文代表了这种趋势:

(1) "Implied Author, Authorial Audience, and Context: Form and History in Neo-Aristotelian Rhetorical Theory." *Narrative* Vol. 21, No. 2 (2013): 140-158.

(2) "Covert Progression Behind Plot Development: Katherine Mansfield's 'The Fly'." *Poetics Today* Vol. 34, No.1-2 (2013): 147-175.

(3) "Stylistics in China in the New Century." *Language and Literature* Vol. 21,

No.1（2012,创刊 20 周年纪念刊）: 93-105.

(4) "Language Peculiarities and Challenges to Universal Narrative Poetics." In *Analyzing World Fiction: New Horizons in Narrative Theory*, edited by Frederick Luis Aldama. Austin: University of Texas Press, 2011: 17-32.

(5) "Neo-Aristotelian Rhetorical Narrative Study: Need for Integrating Style, Context and Intertext." *Style* Vol. 45, No.4 (2011): 576-597.

(6) "What is the Implied Author?" *Style* Vol. 45, No. 1 (2011): 80-98.

(7) "Unreliability." *Living Handbook of Narratology*, edited by Peter Huhn et. al. Hamburg: Hamburg University Press, 2010.

(8) "Implied Author, Overall Consideration, and Subtext of 'Desiree's Baby'." *Poetics Today* Vo. 31, No.2 (2010): 285-311.

(9) "The Stylistics of Narrative Fiction." In *Language and Style*, edited by Dan McIntyre and Beatrix Busse. Hampshire and New York: Palgrave MacMillian, 2010: 225-249.

(10) "'Overall-Extended Close Reading' and Subtexts of Short Stories." *English Studies: A Journal of English Language and Literature* Vol. 91, No. 2 (2010): 150-169.

(11) "Non-ironic Turning Ironic Contextually: Multiple Context-Determined Irony in 'The Story of an Hour'." *JLS: Journal of Literary Semantics* Vol. 38, No.2 (2009): 115-130.

(12) "Edgar Allan Poe's Aesthetic Theory, The Insanity Debate, and Ethically-Oriented Dynamics of 'The Tell-Tale Heart.'" *Nineteenth-Century Literature* Vo. 63, No.3 (2008): 321-345.

(13) "Review: Text World Theory: An Introduction." *Journal of Literary Semantics* Vol. 37, No.1 (2008): 91-95.

(14) Dan Shen and Dejin Xu, "Intratextuality, Intertextuality, and Extratextuality: Unreliability in Autobiography versus Fiction." *Poetics Today* Vo.28, No.1 (2007): 43-87.

(15) "Internal Contrast and Double Decoding: Transitivity in Hughes's 'On the Road.'" JLS: *Journal of Literary Semantics* Vol. 36, No.1 (2007): 53-70.

(16) "Booth's *The Rhetoric of Fiction* and China's Critical Context." *Narrative* Vol. 15, No. 2 (2007): 167-186.

(17) "Subverting Surface and Doubling Irony: Subtexts of Mansfield's 'Revelations' and Others." *English Studies: A Journal of English Language and Literature* Vol. 87, No.2 (2006): 191-209.

(18) Dan Shen and Xiaoyi Zhou, "Western Literary Theories in China: Reception, Influence and Resistance." *Comparative Critical Studies* Vol. 3, No. 1-2 (2006): 139-155.

(19) "How Stylisticians Draw on Narratology: Approaches, Advantages, and Dis-

advantages." *Style* Vol. 39, No. 4 (2005): 381–395.

(20) "Story-Discourse Distinction." *Routledge Encyclopedia of Narrative Theory*. Ed. David Herman et. al. London & New York, Routledge, 2005: 566–567.

(21) "Why Contextual and Formal Narratologies Need Each Other." JNT: *Journal of Narrative Theory* Vol. 35, No.2 (2005): 141–171.

(22) "What Narratology and Stylistics Can Do for Each Other." In *A Companion to Narrative Theory*, edited by James Phelan and Peter J. Rabinowitz. Oxford: Blackwell, 2005: 136–149.

(23) "Broadening the Horizon: On J. Hillis Miller's Ananarratology." *Provocations to Reading*, edited by Barbara Cohen and Dragan Kujundzic. New York: Fordham University Press, 2005: 14–29.

(24) Yinglin Ji and Shen Dan "Transitivity, Indirection, and Redemption in Sheila Watson's The Double Hook", *Style* Vol. 39, No. 3 (2005): 348–362.

申丹的成果说明,中国学者开始以一种平等的身份加入对叙事学前沿问题的国际讨论之中。除了申丹之外,在中国学者进入西方主流学术话语圈的过程中,乔国强、尚必武、唐伟胜等中青年学者也做出了重要的贡献。西方著名学者米勒、费伦等对他们所取得的学术成就评价甚高,2015年,国际著名出版及资讯集团公司爱思唯尔(Elsevier)发布了2014年中国学者被引用高频率榜单,艺术和人文类仅有四位学者上榜,申丹之名赫然在列。有人甚至发出这样的感叹:"我国文学教授千千万,为什么国际学术界引用最多的是申丹?"这从一个侧面反映出在全国人文社科领域的学者中,像申丹这样能与西方主流学界频繁交往的并不太多,而能与西方顶尖学者平等对话的更属凤毛麟角。

2. 对中国叙事学以及相关问题的研究

除了关注西方叙事学界的前沿动态之外,国内学者还有不少人正致力于发掘中国叙事传统、构建中国叙事学、梳理中国叙事思想、探索中国诗歌的叙事性以及从叙事学角度研究中国经典叙事作品等,这些方面已奉献出一批丰硕成果。值得注意的是,董乃斌主持的"中国诗歌叙事传统研究"获批为2015年国家社科基金重大招标项目,赵炎秋、张世君等在中国叙事思想、《红楼梦》叙事等方面的研究成果引发了较大反响;同时,许多过去主要研究西方叙事学的学者,如谭君强、乔国强等,也在不同程度上开始关注中国叙事学的相关问题。有的学者(如王瑛)甚至开始对叙事学的本土化作系统梳理,这种学术史性质的工作标志着国内的叙事学研究本身也已成了研究的对象。我本人则从 80 年代末以来一直在探讨与中国叙事传统相关的问题，可谓念兹在兹，从未停止过思考。

上述成果的取得，反映的是一个重大的历史转变与进步。老一辈学者如胡适、陈寅恪等人对中国叙事传统有点不以为然，如胡适曾说："《儒林外史》虽开一种新体，但仍是没有结构的；从山东汶上县说到南京，从夏总甲说到丁言志；说到杜慎卿，已忘了娄公子；说到凤四老爹，已忘了张铁臂了。后来这一派的小说，也没有一部有结构布置的。所以这一千年的小说里，差不多都是没有布局的。内中比较出色的，如《金瓶梅》，如《红楼梦》，虽然拿一家的历史做布局，不致十分散漫。但结构仍旧是很松的；今年偷一个潘五儿，明年偷一个王六儿；这里开一个菊花诗社，那里开一个秋海棠诗社；今回老太太做生日，下回薛姑娘做生日，……翻来覆去，实在有点讨厌。"陈寅恪在比较中西小说的异同时，对中国古典小说流露出鄙夷之色，他说，"至于吾国之小说，则其结构远不如西洋小说之精密。在欧洲小说未经翻译为中文以前，凡吾国著名之小说，如水浒传、石头记与儒林外史等书，其结构皆甚可议。"产生这种评价的原因，在于他们以西方小说的标准，特别是以亚里士多德的有机结构观来评判中国传统小说，才得出上述结论。现在时易境迁，学界开始以一种全新的眼光来审视中国叙事传统。从历史发展的眼光来看，一时代有一时代之学术，没有走向全面复兴的时代大潮，就没有历史创伤的痊愈和文化自信的恢复，也不会有今天中国叙事学的登堂入室。

3. 对叙事学基本理论的重大开拓与突破

国内这方面的成果目前还不多见，除申丹、胡亚敏、谭君强等人的理论开拓外，赵毅衡的《广义叙述学》一书特别值得一提，他在该书中所提出的广义叙述体系点具有理论原创的意义。赵著最大的贡献在于：提出了涵盖多学科多领域的广义叙事学理论，将许多看似不相关的符号传播纳入叙事学研究的领域之内。尽管学界对《广义叙述学》一书有不同声音，但这种富有原创性的理论，在当下中国是一种极度稀缺的物质。它不是一个点上的发明，而是提出一个包罗万象的理论体系，这个体系不仅覆盖范围相当广阔，在逻辑上也做到了基本自洽。我大胆地评说一句，如果每个学术领域都能涌现出如此富有创新性的理论著作，中国学者的研究水平或许就提升到了一个新的高度。纵览学界已有的成果，我们会注意到有些研究只是用拿来主义的方法"接着讲""学着讲"或"变着讲",或者充其量是"对着讲",真正跳出西方窠臼的创新思想并不多见。赵毅衡为什么能做到这一点?这是基于他多年全方位的学术积累:一是他对文学理论领域中的重大问题有深入思考,长期在形式论、符号学与叙事学领域辛勤耕耘;二是他于西学浸润甚深,在英美求学与执教的经历使他非常熟悉西方话语与学术规范;三是他有扎实厚重的中国文学功底,不像一些专治西学者那样对本土文学存在隔阂;四是他有相对丰富的创作体验,在诗歌和小说创作方面都曾试过身手,因此他的研究不会像那些不会武功的武侠小说作者那样给人隔靴搔痒的感觉;五是他涉猎的领域相当广泛,因为有符号学研究的学术基础,他对广告、游戏、新闻、书法、电影、歌词创作和新传媒等领域的动态了然在胸。

值得一提的是,龙迪勇的《空间叙事学》也展现了这方面的胆识与创新。

4. 跨学科趋势与"叙事帝国主义"

受全球学术气候影响,一股势头强劲的叙事学热潮如今正席卷中国。翻开人文社会科学领域的报纸杂志与书目辑揽,以叙事为标题或关键词的著述俯拾皆是;高等学校每年成批生产与叙事学有关的硕士、博士学位论文,其数量近年来呈节节攀升之势。除了使用频率大幅提高之外,叙事一词的所指泛化也已达到令人叹为观止的地步,在一些人笔下它已与"创作""历史"甚至"文化"同义。不管对这一现象评价如何,叙事学在我们这里受到高度关注已是不争之事实。近十年来的叙事研究还呈现出跨学科趋势,不同学科的联谊促使中国叙事学研究领域开始出现新的分支,如谭君强的审美文化叙事学和诗歌叙事学、胡亚敏的意识形态叙事理论、赵宪章的图像叙事研究、龙迪勇的空间叙事研究、张世君的感官叙事与红楼梦研究、刘俐俐的人类学视野下的叙事研究、赵炎秋的中国叙事思想研究、张开焱的神话叙事学研究以及电影叙事、符号叙事、广告叙事学和听觉叙事等。这似乎印证了罗兰·巴特的观点,"叙事遍存于一切时代、一切地方、一切社会。"詹姆斯·费伦将叙事的扩张称为"叙事帝国主义",这种现象的产生一方面说明叙事学开辟出了新的领域,呈现旺盛的生命力,另一方面我们对此仍需保持警惕之心,力求避免大而无当,如果有一天叙事学研究的"越界"演变成"越位",最终我们将得不偿失。

5. 讨论与争鸣

焦点	作者	题目	发表刊物	发表时间
"叙事"还是"叙述"?	赵毅衡	"叙事"还是"叙述"?——一个不能再"权宜"下去的术语混乱	《外国文学评论》	2009年第2期
	申丹	也谈"叙事"还是"叙述"	《外国文学评论》	2009年第3期
隐含作者	申丹	何为"隐含作者"?	《北京大学学报》（哲学社会科学版）	2008年第2期
	申丹	再论隐含作者	《江西社会科学》	2009年第2期
	赵毅衡	"全文本"与普遍隐含作者	《甘肃社会科学》	2012年第6期
	乔国强	"隐含作者"新解	《江西社会科学》	2008年第6期
	尚必武	隐含作者研究五十年：概念的接受、争论与衍生	《学术论坛》	2011年第2期
	尚必武	解构·辩护·修正·拓展——新世纪国外"隐含作者"研究述评	《国外文学》	2013年第3期
	刘亚律	论韦恩·布斯"隐含作者"概念的无效性	《江西社会科学》	2008年第2期
经典与后经典	申丹	经典叙事学究竟是否已经过时？	《外国文学评论》	2003年第2期
	谭君强	发展与共存：经典叙事学与后经典叙事学	《江西社会科学》	2007年第2期
	唐伟胜	阐释还是诗学，借鉴还是超越——再论后经典叙事学与经典叙事学的共存关系	《外国语》	2008年第6期
	尚必武 胡全生	经典、后经典、后经典之后——试论叙事学的范畴与走向	《当代外国文学》	2007年第3期

近十年来,学界对"叙述"还是"叙事"、中国文学的抒情传统与叙事传统、经典叙事学与后经典叙事学之间的关系等问题,都曾发生过或大或小的争鸣。韦恩·布斯等西方学者在提出隐含作者、不可靠叙述、潜隐结构等概念时,并没有给出清晰明确的定义,因此自提出之初便引发了热烈的讨论,几乎每年都有学者卷入其中,相关研究成果几近恒河沙数。还须指出,近年来对上述问题和概念的探讨已超出叙事学领域,甚至涉及身份、主体性等一系列复杂的命题。

6. 响应与推动

学会会员的叙事学研究与译介成果,在全国范围内不断产生较大反响,每年都有新的学者加入我们的队伍,在叙事学领域内寻找自己感兴趣的话题。其他领域的学者对叙事学的了解也日益加深,学界对叙事学的评价逐年提升。如果说过去人们对叙事学还存在一些误解,还有人提出过"有叙事学是否有抒情学"之类的疑问,那么时至今日这类误解和疑问已经消释殆尽。高校的中国语言文学和外国语言文学这两个一级学科,还有传播学等相近学科,每年都在培养与叙事学相关的研究生,这种新鲜血液的补充使我们的队伍逐年壮大。最近还有一个动向是一些高校的叙事学团队开始互动,如南开大学刘俐俐的叙事学团队与江西的叙事学团队就开展了相互走访与共同研讨。江西叙事学团队长期坚持对叙事学理论著作的系统学习,不时举办讲座、论坛和研讨,团队成员感到受益甚多。

四、几点思考

1. 从倾听到发声

前面提到学会举办过几次叙事学国际会议,这样的会议本应成为中国东道主展示自家之长的绝好机会。然而由于语言方面的障碍,更由于我们对自己的传统研究不够和认识不深(从根源上说是信心不足),大多数中国学者在会上扮演的还是聆听者的角色。中国叙事学研究发展到今天,我们要倾听但也要交流,要引进更要创新,不能总处在"失语"阶段。即便是对叙事学基本理论的研究,也要走出对他人亦步亦趋的摹仿与学习阶段。需要特别声明,我这里并不是主张中国的叙事研究一定得是中国叙事学。恰恰相反,本人一贯认为,叙事学不应是独属于西方的学问,经典叙事学和后经典叙事学的理论成果应当为全人类共享,中国学者完全可以参加到对其发扬光大的行列中来。但是也要看到,像许多兴起于西方的学科一样,西方叙事学家创立的叙事学主要植根于西方的叙事实践,他们引以为据的具体材料很少越出西欧与北美的范围。这种情况当然可以理解,但若长此以往,叙事学就会真的成为缺乏普适性的西方叙事学,无法做到"置之四海而皆准"。所以中国学者在探索普遍的叙事规律时,不能像西方学者那样只盯着西方的叙事作品,而应同时"兼顾"或者说更着重于自己身边的本土资源。这种融会中西的理论归纳与后经典叙事学兼容并蓄的精神一脉相承,有利于西方诞生的叙事学接上东方的"地气",成长为更具广泛基础、更有"世界文学"意味的学科。

2. 从借鉴到创新

中国的叙事学或叙事研究不等于中国叙事学。就其荦荦大端而言,迄今为止国内叙事学研究仍未完全摆脱对西方叙事学的学习和模仿。先行者大多由翻译和介绍起步,其初试啼声之作或难脱出西方窠臼,这是可以理解的。但目前除少数能与西方同行作平等对话的大家外,一些人满足于继续运用别人的观点与方法,等而下之者更是连人家的研究对象也一并拿来——此类用西方叙事理论来研究西方叙事作品的例子多如过江之鲫,人们有理由质疑这种重复性"研究"的学术价值,因为这明显构成对人家研究的模仿与重复。需要注意的是,在我们统计的论文中,有不少停留在这种近乎抄袭的层次。这是值得警惕的一种不良倾向。

3. 发扬自身优势

近代以来"西风压倒东风"局面产生的一大文化落差,是谢天振称之为"语言差"的现象:操汉语的国人在掌握西语并理解相关文化方面,比母语为西语的人掌握汉语和理解中国文化要来得容易,这种"语言差"使得中国拥有一大批精通西语并理解相关文化的专家学者,而在西方则没有同样多的精通汉语并能理解博大精深中国文化的同行。与"语言差"一道产生的还有谢天振所说的"时间差":国人全面深入地认识西方、了解西方已有一百多年历史,而西方人开始迫切地想要了解中国,也就是最近这短短的二十来年的时间。"语言差"与"时间差"使得"彼知我"远远不如"我知彼",诚然,在中华国力急剧腾升的当下,大多数西方学者现在并不是不想了解中国,而是他们尚不具备跨越语言鸿沟的能力。可以设想,如果韦勒克、热奈特等西方学者也能够轻松阅读和理解中国的叙事作品,相信其旁征博引之中一定会有许多东方材料。相形之下,如今风华正茂的中国学者大多受过系统的西语训练,许多人还有长期在欧美学习与工作的经历,这就使得我们这边的学术研究具有一种左右逢源的比较优势。

(相关资料数据由萧惠荣、周志高、刘碧珍、桑迪欢、易丽君、刘勇、陈茜、曾斌、涂年根等青年才俊提供,笔者对此深表感谢!)

叙事学研究：回顾与发展
Narratological Studies: Review and Development

国外学者论稿

可靠、不可靠与不充分叙述
——一种修辞诗学

◎ 詹姆斯·费伦(王 浩/译)
美国俄亥俄州立大学

  本文的内容是描述性叙事诗学,旨在提出一些术语和概念。这些术语和概念可以促进我们对叙事的一种重要特征的深入理解,同时还可以服务于其他理论研究和对文本的解读。具体说来,我将提出一些用以理解可靠的人物叙述的术语和概念,以我之前对不可靠和不充分叙述的研究为基础,把这些概念纳入对虚构与非虚构叙事文本中人物叙述所做的更广泛、更复杂的描述之中。这种描述力争既有概括性又有灵活性,也就是说,要求这些概念合起来可以形成一种综合概览的解释力量,同时每个概念又具有灵活性,有助于深入探析这一技巧的具体运用是如何发挥作用的。并且,这种描述本身就是我更为宏大且仍然在发展的叙事修辞理论的一项新增内容,而我的修辞理论也同时尽量兼顾解释上的力量和阐释上的灵活性。简言之,今天我要提出的核心问题是:"修辞理论如何看待虚构和非虚构作品中人物叙述的本质和功能?"

  为了在论述的悬念性和表述的清晰性之间取得平衡,我尽量克制自己,不在这一个段落中列出所有答案,而是提出最宽泛的主张。第一,可靠与不可靠叙述既不是二元对立的,也不是单独存在的现象,而是相当宽泛的术语和概念,各自都涵盖了叙事中作者、叙述者和读者之间的一系列关系。并且我们应当把这两个系列合并为一个更大的谱段,其一端是我所称的"不可靠报道",另一端是我所称的"面具叙述"(具体内容将在下面详述)。第二,不可靠叙述和不充分叙述是截然不同的修辞现象,并且不充分叙述应该具有各自单独的谱段。在我看来,不可靠和不充分叙述都是"偏离常轨"的,就是说,二者都打破了可靠叙述中典型的作者、叙述者和读者的一致立场,不可靠叙述蓄意偏离常轨,而不充分叙述则是无意间偏离了常轨。在不可靠叙述中,作者、作者的读者、真实读者的立场是一致的,因为他们知道叙述者在哪些方面偏离了常轨。在不充分叙述中,作者、叙述者和作者的读者立场一致,但在真实读者看来,这三者都偏离了常轨。

修辞理论的独特性

就以上问题展开讨论之前,我想先说说我的修辞方法。这种方法不同于经典或后经典叙事学研究方法,因为它认为叙事本身是一个事件,而不是一种结构。根据修辞方法的界定,叙事是"某人因某种原因在某个场合告诉另外一个人发生了某件事"的行为。因此,修辞理论家反对那种广泛流行的假设,即对叙事作理论归纳的最佳方式是描述叙事的各个构成部分(如情节、人物、叙述)以及这些部分之间的结合方式(如每个叙事都是其故事成分与话语成分的综合)。修辞理论家同样反对那种普遍的后经典假设,即对叙事作理论归纳的最佳方式是找出相关的语境化思想体系,不论是女性主义理论、认知理论、后殖民理论,还是别的什么理论,然后从相应的理论出发,来理解叙事的各个构成部分及各部分之间的结合方式。修辞方法避开这两种假设,把叙事界定为人世间的一种行为方式,例如一位讲述者编织一个故事,从而以某种方式而非其他方式对听众施加影响。这样一来,修辞理论家把作者、读者和目的视为主要的决定性因素,可以说明为什么一个叙事是以这种形式而非其他形式呈现出来的。如此看来,叙事的构成部分,包括人物叙述等特殊技巧,并不是叙事的核心内容,而是作者以某种方式而非其他方式来实现其目的的途径或资源。从这个角度看,语境化的思想体系的确能够促进我们对叙事的理解,但它们更善于帮助我们洞悉叙事的资源而非叙事的目的。

修辞理论与其他方法之间的这种差别对理论建构具有重要的实践意义,把理论建构模式依旧影响巨大的结构主义叙事学与修辞理论加以比较,就能表明这一点。结构主义语言学的理论模式中有很多重要的二元划分,例如句子中的横组合与纵聚合成分。结构主义叙事在描述叙事语法的过程中,尽可能地对叙事作二元划分。这一过程之所以很吸引人,是因为它把叙事拆分为组织有序甚至是相互对称的构成部分。其中最重要的二元区分当然就是故事和话语,因为这为更进一步的二元区分奠定了基础:故事包括事件和存在者,事件进一步划分为核心(主要)事件和卫星(次要)事件,存在者则分为人物和地点,等等。但是,问题在于人们一心追求这类简洁、工整的二元范畴,到头来却扭曲了原本想要解释的现象。正如我在其他文章中谈到的,看看标准的叙事交流模式如何扭曲人物间对话所具有的作用,就会发现这个问题在此显得多么突出。以下是西摩·查特曼在《故事与话语》中提出并且至今仍具影响力的那个模式:

真实作者——[隐含作者——叙述者——受述者——隐含读者——]真实读者

由于结构主义的二元划分把人物视为故事的要素,把交流视为话语的构成部分,这就把对话置于叙述者向受述者发起的交流这个层次之下。但在很多情况下,作者完全绕开了叙述者,直接通过人物进行交流。修辞理论不需要对故事和话语的区分做出假定性承诺,因此可以毫无障碍地以其他方式将对话视为叙述,这样一来,对话可以既是话语的要素也是故事的要素。由此看来,查特曼提出的模式只适用于特殊的叙事交流,因此应当用另一种模式取而代之,这种新的模式将作者和读者视为交流中唯一恒定的构件,将叙述者、人物、受述者和准文本、结构设计、讲述场合等其他文本构件视为可以利用的资源,并且这些资源能够以不同方式结合起来,达到不同的目的。

结果,当我着手研究人物叙述的时候,我觉得难以对可靠与不可靠叙述的二元对立做出任何假定性承诺,甚至也难以假定不可靠与不充分叙述之间存在二元对立。虽然我今天要做分类工作,并把诸多范畴一字排开以便说明这种分类,但是,这种分类学的基础只部分存在于文本构件之中,其主要部分则来自这些构件所指向的、存在于作者、叙述者、读者之间的各种关系。并且,我更感兴趣的最终还是人物叙述对作者、叙述者、读者之间的关系产生的影响,而不是这种分类本身。结果,我把这种分类视为一种默认的探索性描述,它可以识别出基本的趋势,在这些技巧的使用过程中,这些趋势可能会也可能不会得到强化。我之所以作这种描述的诸多原因之一在于,我认为人物叙述产生的效果,尤其是其情感和伦理效果,是多种多样的,可以纳入从疏离到亲近之间的一个谱段(参见费伦:《疏离型不可靠性、亲近型不可靠性与〈洛丽塔〉的叙事伦理》)。但分析工作中重要的第一步,是确定研究的基线。

对可靠叙述的理论归纳

正如我在《活着就是为了讲述——人物叙述的修辞与伦理》一书中指出的,人物叙述是一种巧妙的间接表达方式,隐含作者可以通过一个单一的文本向至少两位不同的听众发话(即他自己的听众和人物叙述者的受述者),从而实现至少两个不同的目的(即他的目的和人物叙述者的目的)。我在书中还提到,叙述者的功能是报道、阐释和评价,技巧高超的隐含作者可以让其读者知道他们的目的与叙述者的目的是相合的还是分离的,或者既有相合之处,也有分离之处。包括这本书的隐含作者在内的叙事理论家主要研究的是二者目的相分离的情况,也就是不可靠叙述。现在我想再谈谈这种平衡。

可靠叙述的实质,是隐含作者通过一位明确存在的人物的过滤器,来讲述他所赞同的事物。作者之所以采用这类过滤器,是因为把报道、阐释、评价纳入故事世界中的一位行为者、讲述者的视角和经验之中,可以增进整个叙事在主题、情感、道德方面的力度和内涵。但是,并非所有的可靠叙述都会在人物叙述者的讲述功能及其人物功能之间建立同样的关系。实际上,专注于这些功能之间可变的关系之上是至关重要的,这可以让我们理解为什么可靠和不可靠叙述并非二元对立的概念,而是便捷的简称,二者各自包含了一系列人物叙述类型。不可靠叙述关涉作者和叙述者之间的各种距离,我把它放在这个谱段的左边;可靠叙述关涉作者和叙述者之间的各种立场一致,我把它放在这个谱段的右边。现在我要讨论这个谱段上的不同位置,首先探讨的是居于中间的可靠叙述的第一个亚类型。

我把受限制的叙述(restricted narration)放在这个谱段的正中间,因为从根本上说这是一种可靠叙述,但从效果上说,它与不可靠叙述和其他类型的可靠叙述具有相似性。在受限制的叙述中,隐含作者将人物叙述者的功能限制在可靠报道方面,并同时运用可靠性和限制性来表现人物叙述者始终没有意识到的阐释或评价。在受限制的叙述中,当隐含作者把大部分注意力引向其他人物,或者把经验自我的活动置于突出位置的时候,人物模仿功能的叙述过滤器就会变弱。例如,在《哈克贝利·芬历险记》中有这样一段话:"就在这时候,舍尔本走到房子正面小门廊屋顶上,手上端着双管长枪,从容、镇定地站在那儿,一言不发。喧闹声戛然而止,人群向后退去。"(146)关于舍尔本不可一世的权威以及人群对这种权威的屈服，马克·吐温是用哈克的可靠报道来传达出含蓄的阐释和评价的，但哈克对这些阐释和评价始终没有意识。此外，人物叙述者哈克的过滤器功能变得很弱，因为马克·吐温的主要目的是展现舍尔本与布雷克斯维尔的乌合之众的对峙，因此他不想让读者去关注哈克视角的独特之处。

虽然在其他情况下人物功能的叙述过滤器作用始终比较强，但人物叙述者对所报道的事件愈是天真无知，过滤器的作用就愈强。以下段落来自弗兰克·迈考特的《安吉拉的灰烬》，我曾在《活着就是为了讲述——人物叙述的修辞与伦理》中引用过这段话。其中，儿童叙述者弗朗基的天真无邪几乎与他所报道的事件一样，被放到了极为显眼的位置：

> 妈妈在床上呻吟，脸色苍白。爸爸让马拉奇和双胞胎兄弟下床，坐到熄灭的壁炉边上。我跑到街对面去敲阿吉姨妈的门，直到姨父帕特·吉廷边咳嗽边咕哝着打开门。怎么啦？怎么啦？
>
> 我妈妈在床上呻吟。我想她是生病了。

对事件的可靠报道持续着，隐含作者迈考特明确了两件事。其一，弗朗基的母亲安吉拉正在经历流产，其二，身为儿童的弗朗基过于年幼无知，无法理解正在发生的事情。在这里，限制的效果凸显了弗朗基的天真无邪，而马克·吐温却没有对哈克的叙述加以限制。马克·吐温不但想要讲述哈克的历险故事，同时也想要揭示19世纪中期密西西比河两岸居民的弱点，相比之下，迈考特想要把弗朗基放在读者意识中最前沿、最核心的位置。

沿着谱段向右移动，我标出交汇叙述（convergent narration）。在交汇叙述中，即便人物功能的叙述过滤器作用很强，即便过滤器的焦点集中在一个或多个人物的经历之上，隐含作者、人物叙述者和作者的读者对报道、阐释、评估的看法仍然是一致的。由于作者、叙述者、人物和读者的立场一致，因此交汇叙述往往具有很强的亲近效果。例如，简·爱对她和罗切斯特婚姻的描述："现在我们已经结婚十年了。我知道同我在世界上最爱的人一起生活，并且完全为他生活是怎么回事。我认为我自己极其幸福——幸福到言语都无法形容；因为我完全是我丈夫的生命，正如他完全是我的生命一样。"这段话是简的叙述自我在报道、阐释、评价她的经验自我的婚姻，这是一番充满情感和道德力量的总结，这正是因为隐含作者勃兰特、人物简、作者的读者都持有的相同的情感和判断。

在谱段的最右端，我标出面具叙述（mask narration）。在面具叙述中，人物叙述者的报道功能减弱，其阐释和评价功能凸显出来，隐含作者依靠人物叙述者来帮助读者对叙事的一个或多个方面作主题化的总结。这里也有过滤器效果,但是比交汇叙述的过滤器效果要弱,因此隐含作者的声音只是受到轻微的折射。例如,尼克·卡拉威在《了不起的盖茨比》结尾处那段著名的阐释性、评价性沉思,最后一句话是:"于是我们奋力向前划,逆流向上的小舟,不停地倒退,进入过去。"(189) 尼克对叙事所作的主题性总结也是隐含作者菲茨杰拉德的总结,但是如果由菲茨杰拉德在不戴面具的情况下作出这番总结,其冲击力显然就没有那么强。这段总结之所以更加强劲有力,是因为尼克的沉思根植于他先前的经历、观察和思索,而所有这一切都已经由菲茨杰拉德的读者所认同。

以下是我眼中的可靠叙述谱段。箭头的方向表明作者与叙述者一致的程度(作者的读者总是与作者保持一致)。可靠叙述往往具有亲近作用。

| 受限制的叙述:报道;过滤器强度有所变化 | 交汇叙述:报道、阐释、评价,过滤器强度较高 | 面具叙述:阐释、评价;过滤器强度中等 |

在谱段上确定不同类型的不可靠叙述

从"受限制的叙述"向左移动,我们就进入了不可靠叙述的领域。我首先要指出的是,在这个领域中,人物模仿功能的叙述过滤器效果始终是很强的,因为不可靠性始终与人物的具体特征相关联。在《活着就是为了讲述——人物叙述的修辞与伦理》中,我识别出六种不可靠性,即错误阐释和不充分阐释,错误评价和不充分评价,错误报道和不充分报道,但是我并没有确立它们在作者与叙述者的距离谱段上的位置。现在我把错误阐释和不充分阐释放在靠近中央的位置,错误评价靠左一些,把错误报道放在谱段的最左端。我把错误报道放在最左端有两个原因。其一,由于我认为"某人告诉另外一个人发生了某事"是叙事的关键,因此我认为,作者和叙述者就所发生的事情存在的分歧非常关键,其重要性超过二者对事件的阐释、评价方面的分歧。其二,错误报道通常伴随着错误阐释或错误评价,因此从实践上看,作者和叙述者之间的距离会因此显得更加遥远。我把错误评价放在比错误阐释更靠左的位置,因为我认为道德上的缺陷比阐释上的不足更加严重,并且我认为错误阐释与在受限制的描述中发生的情况比较接近。

以下是不可靠叙述的谱段,箭头指示的是不可靠性增加的方向(虽然这个谱段上任何位置都可能具有亲近或疏离的效果)。

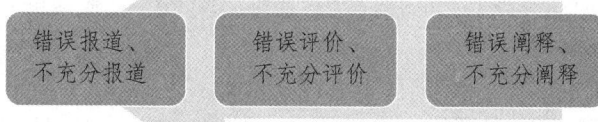

把以上两个谱段合并起来,就得出以下谱段,其箭头表示可靠性增加的方向。

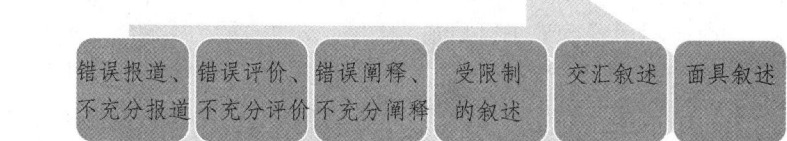

不充分叙述

在不可靠性的谱段上,作者和作者的读者始终立场一致,真实读者则尽量与这两者站到一边。有所变化的是作者、读者的立场与叙述者立场的一致性程度。如前所示,这个谱段上没有不充分叙述的位置,因为不充分叙述中作者、叙述者和作者的读者是一致的,但真实读者却选择不和他们站在一起。依据我们对不充分叙述的原因所作的分析,不充分叙述可能涉及报道、阐释,可能也包括评价,甚至也具有亲近或疏离效果。但是,这些亲近、疏离效果主要是在隐含作者与真实读者的关系中发挥作用,而不是像在不可靠叙述中那样,主要在叙述者与作者的读者的关系中发挥作用。

任何一位真实读者当然都有权把任何叙述视为不充分的,尤其是在伦理轴线上,因为任何读者都可能抵制或反对某位作者的叙事中最基本的伦理价值观。但是,作为一名修辞理论家,我对两种类型的不充分叙述尤其感兴趣,第一类仅限于非虚构作品,第二类则在虚构和非虚构作品中都可能出现。我把第一类称为不充分的指涉性叙述(deficient referential narration),其中又分为两个亚类型,即无意型(inadvertent)和欺骗型(deceptive)不充分叙述。第二种类型我称之为不充分的文本内叙述(有些人物叙述中,文本再现与外部事实存在差距,有关这类叙述的研究,参见 Hansen;Shen and Xu)。

不充分的指涉性叙述涉及非虚构叙事中对人物、地点和事件的错误报道、错误阐释和错误评价。换句话说,不充分的指涉性叙述所涉及的,是在非虚构文本中对文本外事实的再现与这一事实本身之间存在的差距。并且,由于报道是叙事中最基本的要素,因此最严重的"不充分"与错误报道相关。无意型不充分叙述,指的是作者想要准确地报道、阐释或评价外部事实,但却未能如愿。例如,对正在发生的新闻事件进行报道的现场记者一般都想尽力准确地进行报道,但由于信息有限,可能会对事件进行错误报道、错误阐释或错误评价。在这种情况下,新闻播报员希望作者的读者相信其报道的内容是可靠的,但随着更多信息的出现,真实读者将拒绝相信其真实性。依据造成不充分的原因,无意型不充分可能具有亲近或疏离的效果。

欺骗型不充分叙述出现在詹姆斯·弗雷的《百万碎片》这类叙事中,作者有意作错误报道,并希望作者的读者对此毫无察觉。一旦真实读者发现其中有诈,就会选择不再与作者的读者站在一边,这往往是一位或多位读者将作者的叙述与其他文本外事实证据相对比之后发生的情况。欺骗型不充分叙述往往会对隐含作者与真实读者的关系产生疏离作用。

如前所述,文本内不充分叙述可出现于虚构和非虚构作品中,其不充分性是通过叙述的总体设计中存在的某些不一致或其他瑕疵暴露出来的。换句话说,文本内不充分叙述之所以不充分,与其更大的叙事所设定的条件相关。例如哈克贝利·芬在小说中逃跑部分的叙述就是不充分的,因为这段叙述对汤姆·索亚的逃跑计划予以伦理上的认可,而要执行汤姆的逃跑计划,就要贬低吉姆,这与先前哈克艰难的决定相矛盾——他宁可下地狱也不告诉华生小姐她的奴隶藏在哪里。在这里,不充分叙述对我与哈克,尤其是我与马克·吐温的关系具有疏离作用。

让我以文本内不充分叙述的例子作为这个部分的结尾。这个例子我在其他文章中已经更为详细地讨论过。在《奇想之年》中,我发现琼·狄迪恩在叙事的某个关键部分做出了不充分阐释和评价,那就是当她接到丈夫约翰死于心脏病发作的尸检报告的时候。在此之前,她的叙述自我不断注意到她的经验自我在想办法让自己或是约翰寻求避免心脏病爆发的方法。而当她读到尸检报告的时候,她认为她可以放弃自己的求索,因为报告表明无论她还是她丈夫约翰对此都无能为力。报告表明,约翰的死因是冠状动脉左前降支被严重堵塞。狄迪恩之前提到,几年前约翰的这支动脉接受过血管修复手术。读了报告之后,她给出的说法是:"他的冠状动脉左前降支于1987年修复过,后来大家都忘了这事儿,于是它又坏了。"我认为叙述的不充分性出现在"大家都忘了这事儿"这个从句中,被遗忘的事情正是她竭力要去发现的那类事情。结果她不但没有将这件事看作一种启示,反而将其视为无须自责的理由。她的阐释和自我评价都是不充分的。但令人惊讶的是,与《哈克贝利·芬历险记》中的不充分叙述不同,这里的不充分叙述具有亲近效果,因为它增进了我对狄迪恩的同情,而且我也更加赞同她为摆脱丧夫之痛而做的努力。自责只会使她的境况更糟,而她的叙事设计让我非常希望她能找到节哀顺变的办法。

欺骗型不充分叙述比无意型不充分叙述具有更强的疏离效果。因此可以得出以下两个谱段,其中第二个谱段的描述更加细化。

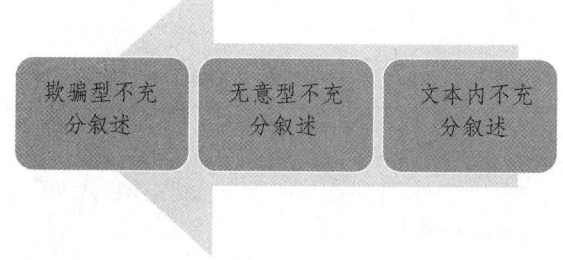

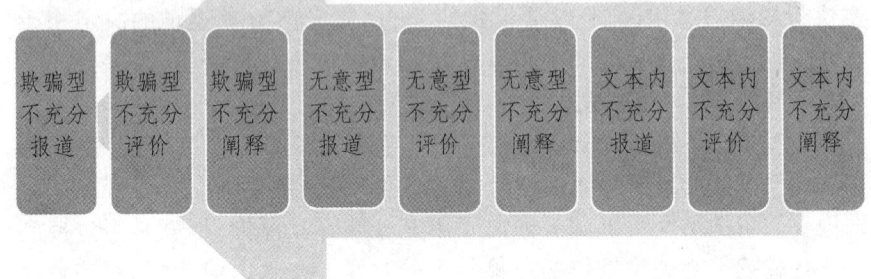

结论,或曰"那又怎样?"

针对"那又怎样?"这个问题,我给出两个答案。第一,与对任何多样化而又相互关联的现象所作的纵览一样,上述内容不仅让我们能够把这些现象视为一个连贯的巨大图景的组成部分,而且也能让我们藉此增进我们对单个现象的理解。也就是说,把人物叙述的每一个亚类型与其他所有亚类型结合起来加以观察,就能对它获得更清晰、更深入的认识。第二,上述内容为大量的其他研究提供了一块跳板。例如,可以对比虚构与非虚构作品中的交汇叙述,从而对这两种叙事中隐含作者与叙述者的关系加以比较;或者看看以上内容是否还有修正的余地,以便适用于对图画叙事和电影叙事的分析;还可以看看上述内容如何揭示对话的运作机制;如此等等。换句话说——这也是我今天的最后一项主张,只要修辞诗学能够恰如其分地对人物叙述加以描述,它就能开启额外的探索路线,进入叙事交流的奇妙领域。

【引用文献】(Works Cited)

Chatman, Seymour. *Story and Discourse: Narrative Structure in Fiction and Film*. Ithaca, NY: Cornell University Press, 1978.

Hansen, Per Krogh. "Reconsidering the Unreliable Narrator." *Semiotica* 165.1/4 (2007).
Phelan, James. "The Implied Author, Deficient Narration, and Nonfiction Narrative: Or What's Off-Kilter in The Year of Magical Thinking and The Diving Bell and the Butterfly?" *Style* 45 (2011).
——. "Estranging Unreliability, Bonding Unreliability, and the Ethics of Lolita." *Narrative* 15, 2 (2007).
——. *Living to Tell About It: A Rhetoric and Ethics of Character Narration*. Ithaca, NY: Cornell University Press, 2005.
Shen, Dan and Dejin Xu. "Intratextuality, Intertextuality, and Extratexuality: Unreliability in Autobiography versus Fiction." *Poetics Today* 28 (2007).

(译者单位：云南大学大学外语教学部)

故事的生产性:叙事与文化记忆

◎ 安·瑞格蕾(龙晓滢/译)
　　荷兰乌得勒支大学

超越方法论文本主义

　　叙事学的历史以20世纪80年代晚期的急剧转向为特征——从寻找普遍的叙事性模式,转向从世界制造(world-making)的视角批判性地关注特定文本。这一情况为人熟知,并且说起这一转向的时候,一般都将其描述为从结构主义到后结构主义的转向,从形式主义到以语境和文化为导向、并关注具体叙述事例的研究途径的转向。这一转向具有充分的理由。结构主义叙事学已经走进了死胡同。众多基本的叙事性和叙述结构原则模式的存在,已经不仅令人困惑,而且也完全适得其反,并证明了叙事学过于科学性的这种抱负的不当——对图表和专业术语的信赖看来是武断的,无助于范式的建构。更为问题重重的是,就文学研究的英美传统而言,建立一个普遍模式的尝试愈发显得从根本上就是受到误导的。一方面,根据后殖民主义对全球差异的反思,它声称的"普遍性"(罗兰·巴特在1968年著名的文章中将其夸大化,而这样做的理论家绝不止巴特一人),以及它对文化特异性的兴趣不足,这些观念看来有些落伍了(参见Friedman 2011)。另一方面,叙事的概括方法被视为没有区别地对待复杂文本和不复杂的文本,与此相关,它也未能给智力参与特定故事的批评潜能留下空间,而这一参与性长期以来被视为作为人文承担的文学研究的核心。

　　毫无疑问,从普遍意义上的叙事学到对特定叙事的批判性研究,这一视野转变的结果收益甚多。这不仅让我们看到,某些作家讲故事的方式具有更丰富的意义,同时我们也发现,在其讲故事的过程中,他们也左右了我们对世界的看法。然而,在这一朝向批判叙事研究的转向中也所失颇多。婴儿和洗澡水一起被泼了出来,也就是说,意愿——把研究客体视为超出单一文本或单一作品整体的意愿,对于各种形式的结构主义叙事学而言是至关重要的。若非如此,更偏重内容的、形式主义意味更少的叙事学转向将大受欢迎,而这一转向的代价,是向我所称的方法论文本主义传统的回归。我想要借此表达的是无可争议的信念——研究的单元是单个文本,因为人们确信,就文本意义的批判性挖掘而言,单个文本即便不是唯一的场所,也是最重要的场所。即便注意力已经转移至语言之外的其他媒介——视频、漫画小说、电脑游戏——的叙述,适当的分析单元是不连续的文化制品的信念已经被证明并且极为牢固。

虽然诸多情况已经改变,对这一"方法论文本主义"的坚持证明了丽塔·福克西(Rita Folksy)在《文学的用途》(*Uses of Literature*)(2008)中所持的下述观点——文学研究者对接受新的阐释框架尤为开明,却对反思他们的方法和研究"设计"不太热心。就像近几期《叙事》(*Narrative*)杂志的调查结果表明的那样,该领域的大多数研究(不同于对普遍问题的理论归纳)以 X 在 Y 当中的形式出现,X 代表着一个主题或叙事特征,而 Y 代表着特定的艺术家或者是特定的小说或电影。一个世纪的批评转向之后,看起来在基本的"作者与作品"这个范式中唯一改变的是,作品或许也在语言之外的另一种媒介中;同时,作者也已经变成了一名女性,而且并不被认为是欧美人。

今天我想表达的是,我们需要在叙事学研究中超越方法论文本主义。这样,我们可以重新介入结构主义叙事学——通过考虑将一系列故事,而非单纯某一特殊的、个别的文本作为我们的研究对象。我们可以这样行事,却不必倒退至被误导的普适主义。①

故事的社会生命

我随即要提出的是,研究"故事的社会生命",而非它们作为躺在书架上的自主手工制品的伪饰的问题。这一术语应和了阿帕杜莱(Arjun Appadurai)的"事物的社会生命"以及索绪尔(Ferdinand de Saussure)对被他称为"社会符号生命"('la vie des signes dans la société')的研究的最初呼呼。只有抓住"故事的社会生命",我们才能让叙事的研究超越目前的局限,并在它活动于不同的媒介、体裁和时间的时候牢牢地抓住它更为广阔的社会角色。

新兴的对"跨媒介叙事"的兴趣已经是迈向正确方向的一步。它在叙事内容从一种媒介转移到另一种媒介的道路上打开了视野,并且,在此过程中,特定故事正在进行的详述和挪用当中包括了诸多行动者(包括爱好者们)。然而,考虑到交汇处,跨媒介叙事的概念已经基本上被限制性地应用到了当代"融合文化"(convergence culture)(Jenkins 2006)的成果中,也即,新产品被设计成围绕着预测的与印刷、视频和社会媒介之间的互动的方式。②相比之下,"故事的社会生活"这一术语有着更为广泛的应用,并涉及长期的动力,而故事在不断改变的物质环境中的生产、传播、改变、再生产、转换和目标重设都依赖于这种动力。

我所提出的对故事的社会生活的研究,与文化研究领域更广泛的转向相契合——从基于产品的模式转向基于过程的模式(Rigney 2009),这一转向可以视为与"流动的"现代性的不稳定因素理智地妥协的一种尝试(Bauman 2000)。它暗示了一种通向文化的具有活力的方式,不再以孤立的艺术制品的方式来表达,而是以正在进行的意义生产和妥协的方式并通过人们的介入来产生影响——人们既是故事的生产者,也是使用者。它因此提供了一个与斯蒂芬·格林布拉特(Stephen Greenblatt)相角力的起点,他在一个"流动性研究"的宣示中,雄辩地表明"通过这个躁动不安的过程,文本、图像、艺术品和观念在永不停歇的、资源丰富的文化工作里被转移、伪装、翻译、改造、适应并重新想象"(Greenblatt 2010, 4)。更为根本的是,它让我们紧紧抓住文化记忆和文化进化的动态;以及了解当故事在媒介、代际和文化之间"跨越"并受到改变但同时也被保存这一事实(Erll and Rigney 2009)。

但是,如何捕捉故事的这种动态和"跨越"呢?这说起来比做起来容易——因为我们的分析术语,正如格林布拉特指出的那样(2010,3),是以我们研究对象的稳定性而并非它们的转变为前提的。然而,近来,从中世纪研究与哲学(Cerguiglini 1989)到翻译研究(例如,Raw 2012)以及改编研究(例如,Sanders 2006)的一系列学科当中,我们会发现"变化"本身已经被注意到,它不再像一个使得原作出现功能障碍的瑕疵,而是作为被格林布拉特称为"文化的丰富作品"的一个结构特征。③在这一背景下,用现今流传的术语来说,人们呼吁开展对"旅行的比喻"(Friedman 2012)、"便携"故事(Hofmeyr 2004；Rigney 2005)、"旅行的文化"(Clifford 1997)、"旅行的记忆"(Erll 2011b)的研究。难以预料的是,故事怎样"移动",以及故事的某些部分为什么比其他部分更易于移动？事实上,这些问题意味着去探索我在此所称的故事的生产性：他们自身的复制和再生产的能力——通过在新媒介和新文本中变得具有生产力(参见 Rigney 2012)。

在这一点上,仍然存在着用以接近叙事生产性的分析工具不足的问题。或者更准确地说,具有讽刺意味的是,目前已经涌现出大量相似和相反的术语,以至于有时很难在术语的草堆中找到一根尖锐的分析之针,尤其是当故事的"移动"被交替地用旅行、翻译、改编和挪用等术语(参见 Raw 2012；Niklas and Lindner 2012；Sanders 2006)或者是用上述术语令人困惑的组合来描述时。

接下来,我将以单个例子为参照来展示在"故事的社会生活"研究中什么才是难以预料的,以试图使这个领域显得更为清晰。在此过程中,我将结合文化记忆研究(被宽泛地定义为故事的保存和变形的历时研究,因为它影响着集体身份)中的思想论争与改编研究(对于故事怎样被从一种媒介转换到另一种媒介的研究)、翻译研究(包含了语言之间的碰撞的文本过程研究,Bassnet 2014, 173)以及跨国界诗学(尤其是跨越不平等的全球地带的跨文化动力的研究,Ramazani 2009, 12)等相关的分析工具。

改编与文化记忆

下面,我提议采用改编这一术语作为涵盖性术语来指代文化生产的内在活力,人们藉此"改编"他们所传承的对世界的表述,来适应新的环境。与此紧密相关的就是琳达·哈琴提出的普遍定义,她将改编定义为"故事是如何演变和转换以适应新的时代和不同的地方"(Hutcheon 2013, 176)。这种生态性的理解将改编视为在变更了的环境当中文化的持续性修饰,这种理解在它所涉及的领域内比起我们现在熟知的"改编研究"这个术语更为广泛,因为在改编研究中,改编主要被理解为故事从一种媒介到另一种媒介的转码。在改编的这一更宽泛的概念中,仍不明晰的是,组成文化记忆的复制、选择和变换的原则。由于这些过程是人类主体部分转换的反射行为的结果,古老故事的复制加变换既可以从生产、也可从接受这两个方面得到解释。我在其他地方提到了"生产性的接受"(Rigney

2012),意味着古老叙事的新版本既是回忆的方式也是重新加工早先故事的方式。④在此意义上,生产性接受是文化记忆的连接组织。

接下来,我将提出区分四种不同的"改编"模式;也即:再生产(当故事以新的外形再次呈现时),翻译(当故事改换到其他语言里),媒介转换(当故事从一种媒介转换到另一种的时候),以及文化跨界(当故事转换至与原作相比或多或少在时间和空间上有些距离的不同的文化框架当中)。更进一步的区分或许也会产生。但是,上述这些对于指出变动的范围已经足够了,这些变动确保了故事的复制加变换,并且因此确保了以下事实的重要性——复制总是包含了对于不适合新环境的元素的选择性遗忘。

最后,指出以下观点是很重要的——当复制、翻译、媒介转换和文化跨界都包括了一些变化的时候,在特定例子中必然有相当程度的修饰。在天平的一端,是对原作的忠实,在另一端,挪用的行为(Sanders 2006)包含了"使它成为自己所有"的创造性方式,这甚至需要一种对原作的敌对或是批评的方式(韦努蒂称之为"积极的抵抗",Venuti 2007)。⑤虽然再生产将会偏向天平的忠实性一端和跨文化的另一端,在"跨越"的种类与忠实度两者之间,却并不存在对应的关系。

关于这些生产性的过程可谈的还很多。但是,我在此关注的主要问题是:哪个故事,或者故事的哪个部分转换到不同媒介、语言或文化框架之后仍然保留了下来?或者换句话说:文化中生产的东西是什么,持续多长时间?通过长时间追踪故事的复制和变形,我们有希望了解更多关于"附着力"的问题——使故事附着于文化记忆,也能了解关于使它渐渐变得过时的一些因素,也即,不能产生自己的新版本。⑥诸如此类的问题不仅需要我们超越方法论文本主义,也需要超越持续统治了从一种媒介到另一种媒介的故事转换研究的一对一的比较。

正如我接下来将要论证的一样,故事会生产,并因此附着在文化记忆之上,这是多种审美特质组合在一起产生的结果,得益于那些故事改编者的创造性。在文化记忆中就如在其他场所一样,探戈舞要两个人才能跳,但这舞蹈一旦跳起来,就可以传承数代人。

《艾凡赫》

所有这一切将我带到我今天想要简单呈现的这个例子来:《艾凡赫》

的故事,由瓦尔特·司各特创作,1819年首次出版,传说中历史小说的鼻祖。这是他宏大的全部历史小说作品中的一部。在我名为《瓦尔特·司各特》(The Afterlives of Walter Scott, 2012)的书里,我详细地谈论过这个例子,大家能在里面看到更多的详情,所以在此我仅陈述基本的框架。

《艾凡赫》在文化记忆里有过许多风光的时刻。请允许我简单地回顾这篇小说的基本概要。《艾凡赫》,副标题为"传奇故事",无可争辩地是欧洲最早描写中世纪的小说,其中包括了关于服饰、风俗和建筑这些当时大多数人们都不知道的细节。它在1820年对事物的精细描述相当于今天3D技术所能达到的效果(的确,它对中世纪锦标赛的华美描写成了典型的场景)。故事发生在12世纪,大约在诺曼人征服不列颠诺曼之后一个世纪,而这段历史仍然为被殖民的英格兰早先居民撒克逊人尖锐地抵制。虽然有时候它会被高傲地不屑一提为"不过是"遥远年代的传奇故事,但《艾凡赫》事实上非常贴近自己的时代。写作于急速殖民扩张的年代,它也是一个关于殖民的故事,尽管它转换回到了中世纪。一般地说(正如柯勒律治指出的那样),《艾凡赫》是一个关于现代化(为带来变化的诺曼人所代表)与传统(为希望保持过去世界的撒克逊人所代表)之间力量斗争的故事。

基本情节围绕着阐释未来英格兰的这些群体之间的斗争。《艾凡赫》这部小说是以一名文化混血儿的名字命名的:作为撒克逊人出生的艾凡赫深深地依恋着他的撒克逊家庭,然而,他也成为了由理查德国王领导的诺曼人的一员,并且承袭了他们的服饰与风俗。他生来是撒克逊人,后来却成为了"诺曼化的撒克逊人",融入了诺曼人提倡的侠义精神和骑士传统。作为一名混血儿,艾凡赫提供了一个模式——为未来英格兰作为融合了两个民族之所长的籍贯混合的民族提供了模式。这在小说结尾他与撒克逊公主罗威娜的婚姻中得以体现。

政治冲突的解决和社会和谐的恢复是小说的主要情节,然而次要情节也值得一提。这个次要情节中有一位名为丽贝卡的年轻犹太妇女,她是关注的焦点:她凭着对草药的精通,曾一度拯救了艾凡赫的性命;后来,艾凡赫从凶恶残暴的诺曼领主对丽贝卡的迫害中把她解救了出来。通过这些波折,正如每位读者都知道的那样,漂亮的丽贝卡和侠义的艾凡赫之间产生了很多情愫。但艾凡赫最终娶了令人生厌的罗威娜,丽贝卡则离开了英格兰远赴西班牙,去寻找一个她和她的父亲不会遭受迫害的社会。虽然总的情节指向一个由撒克逊人和诺曼人全民融合的联合王国——这以艾凡赫和罗威娜的婚姻为象征,但这个结果实际上与倾向于艾凡赫与丽贝卡相结合的故事的情感逻辑相违背。在此,历史和诗学产生了碰撞:从历史的视角看,中世纪犹太人和基督教徒之间的婚姻是不可想象的,即使这从浪漫的角度而言是令人向往的。稍后,我将会在下文继续探讨浪漫和历史之间的张力。

这本书暂且谈到这里。在此谈论《艾凡赫》以及我今天把它呈现给你们的原因,是因为它一直罕见地具有生产性。它被复制和改编的次数令人不可思议。⑦事实上,它被更为频繁地复制,并因此比瓦尔特·司各特的其他26部小说中的任何一部在文化记忆中存留得更长——它们中的许多在刚出版的时候也都曾是畅销书。在19世纪以来对中世纪精神的传播中,《艾凡赫》无可争议地扮演了重要的角色——不仅在欧洲,也在其他的地方。对于今天的很多人而言,它是司各特作品中唯一能让人记忆犹新的篇目。

整整三代人的一段时期,《艾凡赫》使专业和非专业的读者变成了故事的"复制者"和修改者。它最非凡的创造性在于1820年到1900年之间,这在20世纪的电影和电视当中也得到了体现。

要列举出《艾凡赫》所有的版本是不可能的,所以我在此只做一个概述。

变化中的《艾凡赫》

再生产

《艾凡赫》有数不清的新的插图版本——有些是单行本,另一些是司各特小说集当中的一部分。在此可举之例数不胜数,正如威廉·圣克莱尔(William St. Clair 2004)断言的那样——司各特的作品彻底影响了19世纪的出版业。特别值得一提的是,之后为儿童出品的删减版,尤其是所谓的《绘本经典》系列(Illustrated Classics series)以及连环画版本,虽然是修改和简化了的形式,但它们有助于将故事传达给新一代的儿童。

翻译

苏格兰国家图书馆(BOSLIT总目)列举了大约618种《艾凡赫》的不同译本,从最早的1820年(法文译本)到持续至2012年的乌克兰语译本。该小说在19世纪上半叶被译为欧洲多种最重要的语言,但在该世纪末期以来被译为了孟加拉语(1885)、阿拉伯语(1907)、日语(1964)和中文(1939)。应该注意的是,在司各特所有的小说中,《艾凡赫》是被译介到欧洲以外最多的小说。这意味着和司各特其他的并未聚焦于中世纪的小说比起来,《艾凡赫》与其他地方的兴趣以及期待产生了更多的共鸣。

媒介转换

媒介转换的名单尤其冗长,包括

——戏剧性的改编,以情景剧或戏剧的形式(至少呈现为 25 种不同的版本);

——为电影和电视所作的改编(脱胎于 1913、1952、1959、1982 等年份的版本);

——改编为绘画和版画(如法国著名画家德拉克罗瓦[Eugène Delacroix]最为著名的作品);

——改编为物质文化(如英国陶瓷品牌威基伍德[Wedgewood]的餐盘);

——转换为地名和人名。

文化跨界

这是一个宽泛的类别(也许在将来需要进一步细分),包括被《艾凡赫》激发的叙事作品,也包括故事转换至另一种文化环境当中——以与原作有类似而非直接关系的这种方式。在这样的例子里,司各特的小说至少部分地被当作了新作品创作的一种"叙事程式"(narrative schemata)。在此可提及的例子如下:

——亨德里克·康西安斯(Hendrik de Conscience),《弗兰德斯之狮》(1838)[被转换为 14 世纪的比利时讲法语的人和讲弗兰德语的人之间的斗争]

——班磬·齐德拉·查特吉(Bankimchandra Chatterjee),《德盖什·南迪尼》(1880)(被转换为 18 世纪孟加拉的普什图人和蒙兀儿人的争斗)

——查尔斯·沃德尔·切斯纳特(Charles W. Chesnutt),《雪松后的房子》(1900)(被转换为内战后的美国白人与黑人之间的关系)

关于叙事和文化记忆,这告诉了我们什么?

毫无疑问,"成功孕育成功"(success-breeds-success)的原则(或者是我在其他地方称为文化记忆里的"稀缺"原则,Rigney 2005)适用于这部庞大的畅销书,因为已有的改编数量增加了它在其他地方被重新运用的几率。但是,关于《艾凡赫》也明显地具有比司各特的其他小说更具有启发性和生产性的因素。

对所有这些改编形式的仔细查看,揭示了它们都是怎样包括了某种程度上对原作的创造性修饰;这一点甚至也适用于再创造的形式——新的插图增加了文本的可读性,吸引了新的读者。《艾凡赫》所有的这些改编因此证实了媒介转换理论(Bolter and Grusin 2000),由此,文化进化被视为由新媒介技术的可利用性与不断更新的观众从不同感官路径介入故事的需求所驱使。虽然这些高新技术就它们自身而言自然是有意义的,但更有意义的是:原作的哪些元素在这些变形之后存留了下来?回答这个问题或许会允许我们进一步阐释这个故事的吸引力,以及它在急剧的文化与社会变革中在"附着于"文化记忆的能力。

由于今天没有时间深入细节,我将把我的论述集中在三个主要的观点上,进一步的细节可以参阅我的著作。

首先,考虑到结构主义坚持情节是小说的骨架,看到故事被后来的改编者点菜似地被"同类食用",并且许多部分朝着不同的方向发展是令人惊讶的。这里的"同类食用"指的是,特定的场景和角色可以被从故事中"提取"出来,并转换到其他场景中。因为戏剧和电影的改编不可避免地必须是在众多充满动作的情节片段中精挑细选出来,在我研究的25次改编中,理查德国王邂逅愉快的塔克修士这一片段的过度呈现是更令人震惊的。该场景在情节上没有任何结构上的作用,但是看来它的喜剧特质确保了它的留存。

其次,总的叙述安排或许显得比它实际的结果要重要。司各特对历史叙述的组织围绕着两个在种族方面明显不同的群体之间的对立,这被证明对于其他地方的群体而言也是极富生产性的。在两个因种族而区分开来的群体的斗争方面,它允许国家历史被戏剧化(故事因此得以转换至比利时、孟加拉,以及之前提起的美国。事实上,在讲述苏格兰的高地人和低地人之间的对立方面,司各特自己早就已经将这个模式运用到了他对苏格兰历史的描述当中)。这一将历史视为两个主要种群之间斗争的基本方式,看起来一直是司各特作品当中最有力量和最具生产性的部分。正如两个人才能跳探戈舞的原则所体现的那样,在正在涌现的国家主义和小国家从大帝国中为自由而斗争的时期,它被证明了是一个尤其多产的例子。

然而,司各特的情节始终朝着将对立进行升华并想象一个新的混合民族而发展,那些效仿他的人看起来不太容易妥协并且也不太保守;他们将种群之间的戏剧化对立作为起点,但是将这一模式以下述方式改编——用以证明那些群体之间的对立以及不妥协原则是合理的(例如,在比利时的例子中,佛兰芒人胜过了说法语的人)。再次,那些挪用司各特作品的人通过尊重基本的叙述设置,而不是尊重情节的完整性,来完成此挪用。

基本的原则也适用于第三点。《艾凡赫》长期极具生产性的接受表明了对早先提及的涉及犹太人的次要情节令人惊讶的关注。正如各种戏剧版本的标题所显示的那样,许多舞台改编强调了丽贝卡的角色并且将她作为主角。很多当代读者实际上不满于这一事实——丽贝卡被读者认为是故事中最有意思的角色,然而她在小说末尾却遭到驱逐,尽管她自己与艾凡赫之间产生了感情,但作为少数民族角色的她不适合新的秩序。换句话说,读者体会到了故事当中一定程度的"文理不通"(Riffaterre 1978),由此,它作为"传奇故事"的情感诉求与故事的结局相冲突。这或许能够解释为什么丽贝卡这一角色不断地成为人们关注的中心,不论是在戏剧还是电影作品中,而且在1820—1840这一时期的绘画中,丽贝卡不断地被描绘。丽贝卡成为了边缘化的象征。在一些例子中,改编与"文理不通"交织在一起并寻找着调和的途径。因此,各种剧本的结局稍有不同,其中的大多数都在丽贝卡决定离开英格兰之前就结尾了;并且,在几个例子中,改编者实际上重写了剧本,于是丽贝卡最终与艾凡赫成婚(在此我们看到一个非常早的电影版本的结尾,结局是丽贝卡和她父亲流亡到国外)。直至1947年,好莱坞的编剧尝试让丽贝卡嫁给艾凡赫,但即便在那时,它被证明是一个大胆的对原作的背离,并且/或者从历史角度而言太过于不合情理,于是该计划落空了。或许,对于故事的迷恋受到了对结局不满的驱使。在1981年的一篇名为《叙事性在对现实呈现中的价值》(The Value of Narrativity in the Representation of Reality)的重要文章中,美国思想史家海登·怀特(Hayden White)将叙事性的核心定义为"欲望"与"法则"之间的斗争,而它们的解决方法则指向现实可以是一致的这一幻觉,这一言论确有道理。对丽贝卡的接受证明了"欲望"和"法则"或者是欲望与现实之间的斗争作为叙事性主要因素的重要性；然而，它表明了文化记忆中故事的韧性（tenacity）或许是不满意的结果，而并非原作提供的一致性上的幻觉。

最后，《艾凡赫》作为故事与国家历史的模型已经失去了它再生的能力，但其他故事已然代替了它的位置。希望上述论述足以让各位对叙事以及它们改编为新文本的长期变化研究产生兴趣。这以前是民俗研究的领域；但这无损于它在我们高速变换的多重媒介社会中的相关性，以及一直更新的对早期叙事的重新撰写。

【注解（Notes）】

① 比起更为普遍却令人不适的结构主义路径，弗拉基米尔·普洛普关注特定的俄罗斯民间故事的民间故事形态学，也许是一个更好的"先驱"。
② 对"融合文化"（convergence culture）的论述参见 Henry Jenkins. *Convergence Culture: Where Old and New Media Collide*. New York：New York University Press，2006.
③ 相关研究参见 Bernard Cerquiglini. *Éloge de la variante: Histoire critique de la philologie*. Paris：Seuil，1989；Laurence Raw, ed. *Translation, Adaptation and Transformation*. London：Continuum，2012；Julie Sanders, *Adaptation and Appropriation. The New Critical Idiom*. London：Routledge，2006.
④ 关于"生产性的接受"，参见 Ann Rigney. *The Afterlives of Walter Scott: Memory on the Move*. Oxford：Oxford University Press，2012. 翻译版本也可以从生产性接受的角度来理解，既忠实于原文，也是创造性的重新加工；参见 Lawrence Venuti, "Adaptation, Translation, Culture." *Journal of Visual Culture* 6.1（2007）.
⑤ 文化跨界并不一定包括跨越语言障碍，例如，《鲁滨孙漂流记》这样的英文经典被库切的《福》从后殖民的角度重写；琳达·哈琴在此指的是本土化。
⑥ "附着力"一词借用自 Malcolm Gladwell, *The Tipping Point: How Little Things Can Make a Big Difference*. Boston：Little, Brown，2000.
⑦ 《艾凡赫》因其催生了数量众多的版本而更加令人瞩目，它出现在消费主义文化正在萌发的年代，彼时，作品的新颖备受珍视；勃朗特姐妹的作品，正如简·奥斯丁永无止境的分支一样，提供了相似的例子。一系列杰出的研究从早些时候就开始追溯其他经典文本后来的状况，与此处提出的相比，用的是不同的分析视角：参见霍夫梅耶对约翰·班扬的论述（Isabel Hofmeyr, *The Portable Bunyan: A Transnational History of the Pilgrim's Progress*. Princeton, NJ：Princeton University Press，2004），霍尔对荷马的论述（Edith Hall, *The Return of Ulysses: A Cultural History of Homer's Odyssey*. London：I.B. Tauris，2008），华纳对《天方夜谭》的论述（Marina

Warner, *Stranger Magic: Charmed States and the Arabian Nights*. London: Chatto and Windus, 2011)。

【引用文献 (Works Cited)】

Bassnett, Susan. *Translation*. London: Routledge, 2014.
Bauman, Zygmunt. *Liquid Modernity*. Cambridge: Polity Press, 2000.
Bolter, J. David, and Richard Grusin. *Remediation: Understanding New Media*. Cambridge, MA: MIT Press, 2000.
Cerquiglini, Bernard. *Éloge de la variante: Histoire critique de la philologie*. Paris: Seuil, 1989.
Cllifford, James. *Routes: Travel and Translation in the Late Twentieth Century*. Cambridge, MS: Harvard University Press, 1997.
Erll, Astrid. "Travelling Memory." Parallax 17.4 (2011b): 4-18.
Erll, Astrid, and Ann Rigney, eds. *Mediation, Remediation, and the Dynamics of Cultural Memory*. Berlin: De Gruyter, 2009.
Friedman, Susan Stanford. "Towards a Transnational Turn in Narrative Theory: Literary Narratives, Traveling Tropes, and the Case of Virginia Woolf and the Tagores." *Narrative* 19.1 (2011).
Greenblatt, Stephen, Ines G. Županov, and [et al.]. *Cultural Mobility: A Manifesto*. Cambridge: Cambridge University Press, 2010.
Jenkins, Henry. *Convergence Culture: Where Old and New Media Collide*. New York: New York University Press, 2006.
Hofmeyr, Isabel. *The Portable Bunyan: A Transnational History of the Pilgrim's Progress*. Princeton, NJ: Princeton University Press, 2004.
Hutcheon, Linda, and Siobhan O'Flynn. *A Theory of Adaptation*. 2nd ed. London: Routledge, 2013.
Nicklas, Pascal, and Oliver Lindner, eds. *Adaptation and Cultural Appropriation*. Berlin: De Gruyter, 2012.
Ramazani, Jahan. *A Transnational Poetics*. Chicago: University of Chicago Press, 2009.
Riffaterre, Michael. *Semiotics of Poetry*. Bloomington, IN: Indiana University Press, 1978.
Rigney, Ann. "Plenitude, Scarcity and the Circulation of Cultural Memory." *Journal of European Studies* 35.1 (2005): 209-226.
Rigney, Ann. *The Afterlives of Walter Scott: Memory on the Move*. Oxford: Oxford University Press, 2012.
Raw, Laurence, ed. *Translation, Adaptation and Transformation*. London: Continuum, 2012.

Sanders, Julie. Adaptation and Appropriation. *The New Critical Idiom*. London: Routledge, 2006.
Venuti, Lawrence. "Adaptation, Translation, Culture." *Journal of Visual Culture* 6.1 (2007): 25-44.

(译者单位：云南大学艺术与设计学院)

《达洛维夫人》与小说的重塑

◎ H·波特·阿伯特(骆　洪/译)
加利福尼亚大学圣巴巴拉分校

引言：小说和生活本身

弗吉尼亚·伍尔夫在1919年的一篇激昂的评论文章中写到，小说已经成为没有生活的东西（"Modern Fiction"：184-195）。对此评论可以从两个方面来看。一方面，伍尔夫所研究的作家们——H·G·威尔斯、约翰·高尔斯华绥和阿诺德·本涅特——都是"物质主义者"，因为他们笔下的人物只有外在表现而没有本质内涵，可想而知都是些物质的化身。这些人物在物质需求的驱使下生活在这个堆满物质的世界上。另一方面，小说本身已经成为了一个物体，一个预先正式包装好的物体。伍尔夫评论说，如果这些作家们只凭感受写作而无视创作传统，"人们普遍接受的创作风格中就再也没有诸如情节、喜剧、悲剧、爱情趣味、灾难等内容了"（The Common Reader：189）。伍尔夫所批评的这两个层面相互交织，但我将重点放在其第二个观点之上，因为第二个观点带有更加深层的含义，即伍尔夫对小说本身的看法：编织情结的必要性——特别是当其涉及对人的理解和再现等问题之时。①

然而，放弃情节编织就意味着扔掉了一个形式上十分重要的优势。伍尔夫所探讨的作家们可能机械地编织了其小说的情节，但这些情节仍然很有市场。换言之，威尔斯，高尔斯华绥和本涅特讲述的仍然是"好的故事"，即这些故事具有较强的叙事性，其叙事性将读者紧紧地扣在好奇、悬疑、惊奇的链条之上，使读者愿意继续读下去。② 作为一个优秀的读者和多产的评论家，伍尔夫当然知道什么是"好的故事"，而且，其第一部小说《远航》(1915)也能证明伍尔夫是撰写好故事的能手。不过,就其第三部小说《雅各布的房间》(1922)而言,伍尔夫在评论中提倡的创作要旨明显改变了她的小说风格,而且还影响着图书业中行之有效、强势有力的叙事性。伍尔夫的创作方法变化之大乃至一位评论者特别提醒说,纵观伍尔夫的第四部小说《达洛维夫人》(1925),"只有智力超凡的读者才能发现其故事具有连贯性"("Dairy III":21,24)。

伍尔夫为什么要这样做?最为常见的描述来自伍尔夫本人:在于抓住她所言的"生活本身"(192)。伍尔夫认为,"生活不是对称的马车车灯"(189)③,换句话说,生活不是局限在因果链上呈线性的一连串事件,而是生活在当下是种什么样的感觉,体验"五花八门的事情——这些琐碎的、奇异的、渐渐消失的各种印象"在某个平凡的日子里发生在"某个平凡的人身上、进入其脑海中"(189)。此外,对"生活本身"的体验不仅是她创作的目标,也是,如伍尔夫所言,创作的源泉。威尔斯、高尔斯华绥、本涅特抓不住生活,他们只是在小说创作的套路中劳役,而不能心于言表(188)。相反,一如伍尔夫在创作《达洛维夫人》时评论说,由于摆脱了市场对突出的叙事线索或情节的需求,思绪才能从"我那丰富的大脑深层冒出来"("Dairy II":323)。这两点似乎可以合二为一。伍尔夫小说情节蜿蜒散漫的形式与其蜿蜒散漫的思维不谋而合,而这种思维最符合伍尔夫的要求。她最为赞赏的思维飘忽不定的思想家、作家就是她笔下的主人公克拉丽莎·达洛维所推崇的思维飘忽不定的观察者——他们都具有同样的、有意而为的模糊性,亦即被称之为"生活"。④

讲述生活

如果人们可以谈论"生活"或者"生活本身",人们也就可以谈论"某种生活",而这种生活通常被表现为故事。自圣奥古斯丁在其《忏悔录》(公元400年)中提出生命叙事理论并加以实践以来,将叙事形式应用到个人和他人的生活的尝试已经得到普遍的认同。近年来,生命叙事普遍成为了跨学科理论研究的主题。⑤ 叙事确实而且应该参与自我建构的观点影响之大,以至于盖伦·史卓森(Galen Strawson)甚至在其经常被引用的批判性文章"反对叙事性"的末尾高度赞赏生活,赞赏在被投射的叙事结构中所经历的生活:"真正的逍遥自在,看吧,与生活随之而来的是那些最好的事物,栩栩如生、蒙受天恩、深奥无比"(Strawson:449)。

然而,史卓森在其反对叙事性的言论中所指的是,生活确实,或者应该面向未来,不受与情节编织相关而且十分必要的叙事弧的限制。同样,随着小说情节的展开,小说中必要的叙事弧的延伸产生叙事期待。相比之下,史卓森提出的叙事形式是那种最为简单的叙事形式,即"接下来"的结构:这样,接下来这样,然后这样……在小说中,这是一种松散的"流浪汉小说叙事形式",在此叙事模式下,由之前发生的事而产生的唯一期待就是将要发生新的事件。本质上而言,这是一种没有情节的叙事。没有情节的叙事是我一直在使用的术语。这根本就是伍尔夫在《达洛维夫人》中发明其独树一帜的叙事模式时所采用的一种范式(有时她也不采用这种范式)。

就称之为"叙事漫步"⑥吧。这是流浪汉小说叙事的缩影,通过一连串的时时刻刻展开,持续十七小时:"现在看见的是郁金香花床,摇篮里的孩子,看,她瞬间编出的那小个荒诞剧"(70)。伍尔夫并没有在《达洛维夫人》中放弃叙事,也没有像有些人所说的那样用诗来取代小说叙事,而是将产生好奇、悬念和惊奇的各种因素重置于连续不断的感知与想象中,分散在叙述者和为数不多的角色中,而克拉丽莎·达洛维是核心。小说的叙事环形推进,带着记忆的痕迹。随着叙事的展开,"她一生中最为惊心动魄的时刻"(32)就是萨莉·西顿出乎意料的一吻。如果说,这样的叙事没有那种能够吸引广大小说读者的强烈的叙事性,那至少也有一种微妙的叙事魅力。这一魅力反映在思维聚焦的活动中,但不易察觉:"一天之后应该是另一天;星期三,星期四,星期五,星期六;人应该在早晨醒来;看看天空;在公园散步;遇见休·惠特布雷德;然后彼特突然来了;然后是这些玫瑰;这就够了"(110)。⑦

实际上,《达洛维夫人》中有一种双重漫步:克拉丽莎自己经历的一连串微型事件和伍尔夫本人的叙事视觉和叙事听觉的突然闯入,从一种思维漫步到另一种思维,又从一个地方漫步到另一个地方。二者共同产生的效果使得"一种生活"和"生活本身"进入明显的和谐状态。但这同时也就得出一个推论:如果说在这种最低限度的叙事形式中,某个角色最易于捕捉生活本身,那么但凡出现规模稍大的情节入侵,就会使之远离生活。为了支持这一观点,《达洛维夫人》中的这些角色,如休·惠特布雷德,福尔摩斯博士,威廉·布拉德肖总经理等,都是"灵魂死亡"的样本。在他们所经历的生活中,情节线索明显处于主导地位。例如,另一个角色多丽丝·吉尔曼生活在自我建构之中,其自我建构映射到经典的皈依信主故事的程式。有一天,"[她]在激动和痛苦中走进教堂"(111),接着,听着唱诗班的合唱和惠特克牧师的布道,[她]哭了。正如牧师后来向她解释的那样,她因皈依我主而获得了新生。从此以后,这位不幸的女士念念不忘牧师的话。萨莉·西顿的情形又大不相同,她精力充沛,行事鲁莽;但年轻的她感到前途未卜。多年后她回来了,再次进入可以预测的叙事轨迹,嫁给了一位秃顶的实业家,生了五个男孩(163)。

简要概括一下这种由生活叙事而产生的令人窒息状况,可以想到那位形象高大的威廉·布拉德肖总经理。他是"一个零售商的儿子","工作非常卖力",而且他"完全靠着自己的能力获得其职位"(85)。他获得一位贵妇人的青睐,之后与之生了个儿子。他现在是一名医生,钓大马哈鱼,拍些漂亮的照片,然后不断地艰苦努力,同时"在[布拉德肖一家]"和生活中的"种种变迁、烦恼之间"筑起"一堵黄金墙壁"(85),这个自我克制同时也包容他人的男人对于克拉丽莎来说,自然是"一个了不起的医生,而她却隐隐感到他的邪恶,[但他对她]没有性方面的联想或邪念,[他]对女士极为礼貌,但[他]却可能做出伤天害理的事情……"(165)。简言之,他就是个活死人,他包裹在自我建构的生命叙事中,安全无虞,这样更使得他变得很危险,能够"对你的心灵产生压力,就那么回事"(165)。

创伤后精神压力症(PTSD)和创伤情节

伍尔夫在给格温·雷福拉特(Gwen Raverat)的信中使用了同样的动词"强迫"。她在信中描述道,鉴于自己的亲身经历,很难描写塞普迪莫斯·华伦·史密斯(Septimus Warren Smith)精神失常的情节。史密斯是个退伍军人,因在战场上亲眼目睹其密友被炮弹炸飞而受到强烈的刺激。"你无法想象仍然在我心中燃烧的怒火——精神失常,医生们,还有被强制的感觉"(*Letters II*: 180)。⑧ 可以肯定的是,塞普迪莫斯觉得有一位医生在向他逼近,他感到危险,所以他翻窗跳楼自杀了。使他受到惊吓的那位医生的名字很有讽刺意味,叫做什么福尔摩斯医生。这位医生也不明白塞普迪莫斯为何翻窗跳楼自杀,他只知道塞普迪莫斯是个"胆小鬼"(134)。⑨但是,威廉爵士,那个对相关病症颇有研究的精明的医生,十分清楚塞普迪莫斯的问题。他说,"这是个'被炮弹震伤后的延迟反应'的病例"(164)。而且,威廉爵士也很清楚该怎样治疗这些病例:把他弄到无人之处锁起来,直到他复原。换句话说,本来可以对塞普迪莫斯予以强制关押并将其隐藏起来的强制力量,沿袭的是一种诊断叙事,患者被强行带入其中。

不过,医生的处方针对的若是非人的话,其诊断也未必有错,而且我们比威廉爵士更有行事的权威。诊断情节线由叙述者展开,正是她告诉我们塞普迪莫斯的密友是何时阵亡的,"就在停战协定前,在意大利,塞普迪莫斯没有表露任何情感,也没有意识到这是他与朋友的诀别,还庆幸自己没想那么多,十分理性"(77)。伍尔夫[笔下]的叙述者所记录的症状——塞普迪莫斯无法感受到自己的悲伤,他觉察到潜在的危险,他对埃文斯产生的幻觉,他成为上帝选民的狂热的虚幻——这些都是我们称之为创伤后精神压力症的明显表征。换言之,确实存在着一种占主导的且带有支配性的叙事,这种叙事带有明显的情节,它支配着塞普迪莫斯的言行,而且这种叙事的确合理。它以线性的方式讲述一个故事,此故事有一个较有影响的创伤事件作为因,后面跟着一连串的事件。有了前面的因,这些事件就容易理解,而且随着创伤受害者的自杀走向高潮。

塞普迪莫斯不仅仅是小说中经历了创伤及其影响的唯一角色。如小说中所述,克拉丽莎小时候亲眼目睹一棵大树倒下时将她的姐姐西尔维娅砸死(70),所以伍尔夫也邀请我们使用创伤后精神压力症叙事去分析克拉丽莎本人。与塞普迪莫斯一样,克拉丽莎的脑海中从来没有出现过这样的恐怖事件,但这确实是创伤后遗症产生的效果,而且是有说服力的。⑩这与伍尔夫声称欲将塞普迪莫斯与克拉丽莎联系在一起的目的相符(*Letters II*, 189),这一目的在小说的后半部分得以凸显。小说中写到,此刻,克拉丽莎听到塞普迪莫斯自杀的消息,她发现自己"有点像他——那个自杀了的青年"(166)。在伍尔夫的心中,两个个案之间的联系如此的紧密,以至于她曾经想这样来安排情节,让克拉丽莎在听到塞普迪莫斯自杀后也自杀了("An Introduction to *Mrs. Dalloway*":11)。

在我的这个发言中,核心问题是:既然小说的主人公受到叙事漫步的塑造,而这种漫步又将有情节的叙事作为对任何人的生活的主宰而予以含蓄的批判,那么,主导性叙事程式,即创伤情节的意蕴又如何完全支配着小说的主人公呢?毕竟,塞普迪莫斯的情形如此,克拉丽莎的情形也一样,创伤后精神压力症的绝妙情节也可以循环反复地使用,可以提供有关克拉丽莎思想和行为的因果描述。读者一旦了解她孩提时代遭受的创伤,这种了解就可以为之提供一种新的解读方法,去重新审视曾经读过的内容。小说第一页,这种因果创伤的效果就像不合逻辑的推论一样,突然出现在漫步前行的叙事流之中。此时,克拉丽莎十八岁,地点是包尔顿,时值清晨。她回忆说,她俯身"向着户外","她站在敞开的窗户前,就像她感觉到的那样,可能会发生什么糟糕的事情……"(3) 接下来,五页后,"她总是感觉到,哪怕只生活一天都是非常非常危险的事情"(8)。这种危险迫近的感觉可能有其原因,但直到小说七十页后才提到过一次。此刻,"那件恐怖的事"突然闪现在彼特·沃尔什的思绪中:"你亲眼目睹……你的姐姐被倒下来的大树砸死"(70)。一旦这一情节暴露出来,它便将其意义赋予了小说的各种事件,包括伦敦每小时的钟声,现在听起来像是"丧钟,给生活一击,令人震惊"(45)。

重现的时刻

上面我说到克拉丽莎片刻间的强烈情感,它依次构成了小说漫步前行的进程。这是一种为"生活本身"所怀有的强烈情感。但由于有了创伤情节,随之而来的是另一种对克拉丽莎片刻间的强烈情感的描述。在此描述中,这些时刻的魅力在于其间的断裂,随着这些断裂,跳出时间、跳出以时间为主的普遍故事模式的幻想显出其应有的魅力:"她所爱的就是这个,这里,此刻,她眼前的一切"(8)。在本文的解读中,时刻指的是代表安全的地方。在这个地方可以感受到不附着于任何事物的强烈情感。即便是我前面援引的那段有关克拉丽莎强烈情感的例子后面,也有一个句子,正好强化了另一种解读:人应该在早晨醒来;看看天空;在公园散步;遇见休·惠特布雷德;然后彼特突然来了;然后是这些玫瑰;这就够了。*这样的话,死亡简直让人难以置信!*(110;斜体部分系原文作者标注)。当序列时间闯入克拉丽莎的意识之后,带来的不仅是死亡的机会,而且还有通向那个方向的叙事弧。

可以说,叙事是人的思维的反射,而人的大脑很难解除这种反射。神经病学家安东尼奥·达马西奥(Antonio Damasio)思考得更深远,他认为这种反射最早出现于人在语言能力尚未形成之前初次与世界进行最低限度的接触之时。[11] 不管这样的说法是否站得住脚,达马西奥和其他人提出的一个观点或许是正确的,即编织可叙事的关联是人类不可避免的活动。

克拉丽莎·达洛维正是想要去除叙事中的关联物,从而消除这种不可避免性,只留下时间片段:

> 厨子在厨房吹着口哨。她听到打字机的滴答声。那就是她的生活,她低头看着大厅里的那张桌子,受到影响,她弓着身子,她感到蒙受了恩赐,心灵得以净化,她自言自语,她拿着上面记有电话内容的便签簿,这样的时刻多么像生命之树之上的蓓蕾,她思索着(就好像可爱的玫瑰只在她眼前开放一样)。(26)

如果克拉丽莎试图将这些无情节的时刻——厨子在厨房吹着口哨,她听到打字机的滴答声——等同于是"她的生活",那么我们肯定能够感受到伍尔夫将克拉丽莎作为哀求者加以描写的讽刺意味——"她低头看着大厅里的那张桌子","受到影响,她弓着身子,她感到蒙受了恩赐,心灵得以净化",而且我们肯定也知道这里引用了《圣经》"生命之树"的典故。这里的讽刺意味非常明显,因为克拉丽莎已经"拿起上面记有电话内容的便签簿",并且立刻就可以看到电话记录。内容是这样的,布鲁顿女士邀请她丈夫,而不是她,共进午餐。就像传统故事讲述的那样,她感到"震惊"。

聚 会

在此还要指出的是,对克拉丽莎沉迷于各种时刻的这种解读,继而关联到她对聚会的沉迷。这些聚会实际上是其他人经历的时刻的聚合,这些人被强行从他们各自正在经历的生命叙事中拽出来,去享受她心目中的"简单生活"(109)。但这种生活不应被理解成一种可叙述的各种事件的历史性组合,而是各种偶然时刻的反历史性的杂陈。用克拉丽莎的话来说,她的聚会"不需要什么理由"(109)。但如果我们考虑到创伤后精神压力症的奇妙情节,就会发现这些聚会是有其"原因的"(109)。聚会放大了集体摆脱叙事时间并进入一个空间的幻觉。在这个空间里,各种时刻并非是故事中的那些因果相连的事件,而是以不确定的进程前后相连。这其中的反讽意味在于,克拉丽莎组织的聚会本身是她要逃离的创伤故事中被促发的事件。简言之,摆脱这个故事的强烈愿望产生了用该故事可以说明的事件。

在《意识究竟从何而来》(*Self Comes to Mind*)一书中,达马西奥借用鸡尾酒会的例子,展示了一个人能够生成意义的自我(meaning-making self)是怎样突然被激活的。你可能"听到了他人的谈话,这里一个片段,那里一个片段,就在意识之流的边缘",但这实际上并非是在倾听;接下来,"突然间喀的一声,某个谈话的片段与其他片段连在一起了,于是出现一个合理的模式,然后……就在那一瞬间,你建构出某种意义"(Damasio 173)。维系模式与意义的是我们的叙事能力。一旦开启了,这种能力就想持续下去,因为其启动机制就像某种原始本能一样不可抑制。从《达洛维夫人》中形成聚会持续高潮的模式来看,当克拉丽莎偶然听到威廉爵士与她丈夫的谈话时,这种机制便开始立刻运行,而且布拉德肖女士也起了推进作用,(因为)她在嘟哝着她丈夫如何听到"一个悲伤的事情。一个年轻人……自杀了"。接着,克拉丽莎想,"噢!……在我的聚会上,却(听到)死亡……布拉德肖干嘛要在她的聚会上谈论死亡呢"?(164)她试图不想这件事,想着回到其他客人那里继续参加聚会活动,但不知不觉中,她发现自己单独来到了一个小房间里。"那里没有人。聚会欢乐的气氛滑落到地下了"(164)。离开了她称之为的"生活",独自思考着死亡,她开始组织叙事。如同往常,"她的身体首先经历了这个过程",以这种方式把死亡的必然感受表现出来:"他已从窗户上跳了下去。地面已在眼前闪现,栅栏生锈的铁尖锉穿了他的身体。他躺在那里,脑袋里砰、砰、砰地响着,然后淹没在令人窒息的黑暗中。"

　　这个时间序列具有示范性,说明了潜藏在小说中无处不在的一种观点:以现在随机的时刻表现出来的生活让位于以一个只能导致死亡的故事所表现出来的时间。克拉丽莎·达洛维也许不会认为自己封闭在创伤后精神压力及其后遗症叙事中,但她总是感受到了更大层面上的故事的压力,而这个故事的结局已是预知到的了。我相信她明白,她那"秘密储存的美妙时刻"(26)都是这个故事的一个部分,而且它们将自身的分量施加在故事之上。这个故事压在她的心头,她的感受比他人还要强烈。这种情形的出现,透着冰冷的光。克拉丽莎觉得她"从某种意义上来说很像塞普迪莫斯,她也"感到欣慰,因为他干了那件事,放弃了[他的生命]"(166—167)。⑫

结　语

　　伍尔夫同时代的小说家多萝西·理查森(Dorothy Richardson)写到,

"现在看来,情节……是没法辩解的。孩子们的棒棒糖"(Richardson 139)而已。我想说明的是,伍尔夫在《达洛维夫人》中对情节的看法更为复杂。她一定在努力不让该小说成为一种已经编织了情节的叙事文类,但她同时却又在这么做。她在二者并用,创作出一种叙事漫步,把时时刻刻奉为"生活本身",同时也创作出一个受创伤支配的生活故事。一方面,我们看到的是最简单的叙事结构。在这样的结构中,生活被描写成接连不断的惊奇。另一方面,我们还看到一个带有情节的小说,该小说通过塞普迪莫斯·史密斯的故事从内部反射出来。如果说,萨利·西顿突然的一吻是上述第一点中最为紧张的时刻,那它还不是因果事件,还不能从中推出其他内容。但是第二点中谈到的令人恐怖的创伤却不可避免地成为一种具有强大力量的因果事件。继而可以认为是这种创伤产生了需求,要求把生活视为在各种时刻间漫步游走的幻象。

以上从两个层面对《达洛维夫人》这一叙事作品进行解读,二者之间的差异之大,不禁让人想起申丹提出的"隐性进程"的概念。隐性进程是意义的暗流,在小说中比比皆是,流淌在文本显性进程及其承载的意义之下。作为一种精心设计的东西,其创作者赋予了它一种潜在的力量。当这种力量释放出来并进入读者的意识当中,整个文本便显得更有深度,更具复杂性。我所追踪的是隐性进程,但也有一个重要的例外。伍尔夫在《达罗维夫人》中偏离小说叙事常规,其中,这一例外具有主导作用。申丹博士(以及大多数叙事学家)认为,情节支配着叙事的主要进程,情节是产生文本叙事性的主要推动力,使我们产生正在阅读一个有趣故事的感觉。相反,隐性进程出现于专心的读者的脑海中,专心的读者从显性进程中发现隐性进程。隐性进程不依赖情节,而通过其他的文体和修辞手段得以体现。然而,在《达洛维夫人》中,伍尔夫将这一模式颠倒过来,赋予该小说一个隐性情节,它流动在浮于表面的时刻之下,而这些时时刻刻形成了一根链,蜿蜒漫步推进。伍尔夫因此将情节编织隐性化,因为在她看来,所有的情节都是导致灾难的情节。这些情节朝着一个方向行进,并拖曳着人物向前推进,将人物简化为某种功能。由时时刻刻构成的生活似乎保证了一种无限的可能性,而情节却将这种可能性从人物身上夺走了。

正如我一直认为的那样,《达洛维夫人》中存在着一个隐性情节,这个情节吸引着克拉丽莎,左右着她的日常生活。这个情节的凸显程度可能取决于读者,即读者如何让自己完全地、清晰地进入一个孩子的意识之中,这个孩子亲眼目睹其姐姐突然身亡。如果读者避开这一情景,也是情有可原的。但如果我们的意识没有转向,而且那个意象停留在我们心中,我想弄明白的是,我们以某种方式经历达洛维夫人生活的时时刻刻,而这一事件的力量如何可能完全地渗透到这种方式之中。对这些时时刻刻的肯定又如何因此被蒙上一层阴影？当然了,主要还得看读者是谁。就我而言,这两种冲突的叙事结构各自都有其不同的视角,可以透视到我们在这样的生活中是自由的还是不自由的,而且这两种结构并存,但不可能构成一种合作关系,它们制造了一种持续的紧张状态,而伍尔夫在其生活中肯定感受过这种未曾释放的张力。

【注解】（Notes）

① "情节编织",用海登·怀特（Hayden White）的话来说,指的是一种叙事创作的基本运行方式,它提供的仅仅是一系列的材料,"是只有故事才具有的形式连贯"（Hayden White, "The Value of Narrativity in the Representation of Reality" in *On Narrative*, ed. W. J. T. Mitchell, University of Chicago Press, 1981, p. 19）。我在本文中使用的"情节"一词具有不同的含义,而且不同的含义之间差异很大。关于情节的简述,参见 Hilary Dannenberg, *Coincidence and Counterfactuality: Plotting Time and Space in Narrative Fiction*, 2008, pp. 6-10。关于情节,我将采用其普通意义上作为故事层面的用法,比如悲剧情节、喜剧情节、婚姻情节、复仇情节、探寻、朝圣等。这个意义上的情节是一种涵盖意义较广的叙事模式,一旦有所暗示,这样的情节模式就能满足读者对叙事如何展开的期望。

② "叙事性"又是一个较有争议的术语（参见 H. Porter Abbott, "Narrativity," in *Handbook of Narratology*, Walter de Gruyter, 2014, pp. 587-607）。本文采用大卫·赫尔曼（David Herman）的解释,即"叙事性"是一种衡量标准,据此可以确定某个事情"或多或少就像故事原型"（*Story Logic: Problems and Possibilities of Narrative*）,2002, pp. 90-91）。玛丽-劳尔·瑞安（Marie-Laure Ryan）同样将"叙事性"与"故事性"交替使用（Ryan, *Avatars of Story*, 2006, p. 7）。我使用"较强的叙事性"这一术语,我把具有故事性的叙事性意义与影响读者的力量结合在一起,梅厄·斯滕伯格（Meir Sternberg）把对读者产生的强大影响置于好奇、悬念和惊奇这一动态的叙事三要素之中（Meir Sternberg, *Expositional Modes and Temporal Ordering in Fiction*, 1978）。

③ 轻便单匹马拉两轮马车,常作出租马车。伍尔夫头脑中构想着这样一幅画面:夜晚,街道一侧列着一排这样的马车,马车上都点着灯。

④ "但是,我完全生活在我的想象之中;我走着,坐着,思想如喷泉突然涌现,我完全被思绪带走了";"一切在我的头脑中涌动,形成一幅永恒、壮观的画面,我感到极大的幸福"（"Diary II": 215）;"没有什么规则可言,只是思绪悄悄地随着大脑随意

的活动而闪现,(它)排除了不合适的内容,直到我获得完美的轮廓;如果有什么不妥,那是上帝的问题。毕竟是上帝出的差错,并非我们自己造成的"。(第299—300页)。

⑤ 关于叙事和身份的概述,包括一些有争议的问题,如叙事在身份建构中的作用等,参见 Michael Bamberg,"Identity and Narration", in *Handbook of Narratology*, 2014, pp. 241-52。

⑥ 参见 H. Porter Abbott,"Old Virginia and the Night Writer: The Origins of Woolf's Narrative Meander", in *Inscribing the Daily: Critical Essays on Women's Diaries*, ed. S. Bunkers & C. Huff, Amherst: University of Massachusetts Press, 1996。

⑦ 先前已有不少类似流浪汉小说的微型版,尤其是(英国)18世纪小说家 Laurence Sterne 的 *A Sentimental Journey* 和 *The Life and Opinions of Tristram Shandy*,伍尔夫在《现代小说》中对斯特恩倍加赞赏。

⑧ 伍尔夫的抑郁症不时发作,情况很严重,以至于在她创作《达洛维夫人》之前曾经三次住进女性精神病院。事后看来,她的病情的诊断结果各有差异,但人们普遍认为她患有创伤后精神压力症(PTSD)。苏洁特·汉克(Suzette Henke)坚持这种看法。汉克认真细致地研究过(伦敦)荷洛威疗养院精神病患者的档案记录,一直追溯到1895年。依据所记录的内容和记录所使用的语言可以发现,这些病例史显示患者们不仅被剥夺了自由,失去了尊严,而且多次被误诊(Henke, *Virginia Woolf and Madness: Trauma Narrative in Mrs. Dalloway*, 2010)。

⑨ 有些士兵因为炮弹的轰炸受到强烈刺激,产生创伤后压力症,但他们往往被斥责为懦夫。威廉·理福斯(Dr. William Rivers)医生推出了有关弹震症的破纪录的研究成果,他将弹震症视为一种隐性的反抗语言,其研究成果记有小说案例的精彩分析。参见帕特·巴克(Pat Barker)的小说《再生》(*Regeneration*)(1991年)。

⑩ 海明威(Hemingway)在《大双心河》("Big Two-Hearted River")中描写尼克时也有过类似的说法:《大双心河》讲述一个青年从战场上归来后感到"精疲力竭"的故事。"Beat to the wide"为俚语,描述人的心理状态,指人精疲力竭。有精疲力竭经历的人觉得精疲力竭是一件痛苦的事,根本不愿提及。所以,战争或者任何有关战争的事都从故事中略去不谈。(参见 Hemingway,"The Art of the Short Story", in *New Critical Approaches to the Short Stories of Ernest Hemingway*, ed. Jackson J. Benson [Durham, NC: Duke University Press, 1990], p. 3。该故事的第一部分于1925年同月刊出,题为"达洛维夫人"。)

⑪ 达马西奥(Damasio)自1995年出版《笛卡尔的错误:情绪,推理和人脑》(*Descartes' Error: Emotion, Reason, and the Human Mind*)以来,其关于认知本质的具体体现的著作对诸如认知叙事学等跨学科领域产生了显著的影响。叙事的中心地位一直是达马西奥理论的一个重要内容,而且还是在不断发展的主线。在其理论中,叙事是人们与世界关联互动的主要认知途径,在语言或意义产生之前,人的大脑里就有叙事活动,这一活动产生了"认知情感"。叙事最初表征为最小的一连串意象。自此,叙事在一个复杂的个体发生系统内起着重要的作用,从"原型

自我"到"核心自我"再到"自传式的自我"演变(Antonio Damasio, *Self Comes to Mind: Constructing the Conscious Brain*, New York：Pantheon Books, 2010)。

⑫ 在美国出版的第一版(哈考特版)(Harcourt)中,伍尔夫加了两句话,而霍格斯(Hogarth)第一版中没有这两句话:"他让她感受到了美。让她感受到了快乐"(283)。这一做法的动因模糊,大概隐隐约约暗示了一个基督般的塞普莫迪斯(Septimus),他死是为了让克拉丽莎(Clarissa)能够活着。我的观点是,克拉丽萨一直试图改变这一死亡的意义,所以她在抗拒着,尽管塞普莫迪斯行为有吸引力,她力图不受其影响。这同时也暗示了伍尔夫自己所做的努力,她试图进一步淡化那种晦暗,那种她通过选择让克拉里萨活着而已经淡化了的晦暗。

【引用文献 (Works Cited)】

Woolf, Virginia. "Modern Fiction". *The Common Reader*. London：Hogarth Press, 1925, reprint in 1951.

Woolf, Virginia. "Dairy III". *the Western Mail*. 14 May. 1925.

Strawson, Galen. "Against Narrativity". *Ratio* 17.4, 2004.

Woolf, Virginia. Mrs. *Dalloway*. Ed. by Anne Fernald. Cambridge：Cambridge University Press, 2014.

Woolf, Virginia. "An Introduction to Mrs. *Dalloway*". The Mrs. *Dalloway Reader*. Ed. by Francine Prose, New York：Harcourt, 2003.

Damasio, Antonio. *Self Comes to Mind: Constructing the Conscious Brain*, New York：Pantheon Books, 2010.

Richardson. *Journey to Paradise*. Ed. by. Trudi Tate. London：Virago Press, 1989.

Shen, Dan. *Style and Rhetoric of Short Narrative Fiction: Covert Progressions behind Overt Plots*. New York & London：Routledge, 2014.

(译者单位：云南大学外国语学院)

认知叙事学的前景与局限
——以心灵呈现为例

◎ 沃尔夫·施密德(陈　芳/译)
德国汉堡大学

人物的意识是每一叙事文本的核心因素之一。叙事通常被定义为某种状态变化的呈现。自从18世纪末以来,文学中所刻画的事件无论是有意或无意的,在本质上都是精神活动,任何外部的或内部的行为都与某种特定的内部运动有关。行为与意识之间的关系的确存在,不管这种关系是否明确地被叙述者所提及,或被读者所推断。意识可能会以两种方式存在于叙事文本中:或者是通过叙述者或人物直接呈现出来,或者作为某些被暗示激发了人物行为的事件而存在,并且读者不得不自行得出有关于此的结论。在这两种情况下,人物的意识对叙述都具有构建作用。

现在,认知主义者登上了舞台,作用在于是要思考英语中被称为心灵的存在。这个概念涵盖了所有的内部状态和行为:语言,思维,观念,欲望,情感——以一句话概括,就是整个内心世界(Palmer, 2002, 2004)。

认知主义叙事学(为了便利,而非精确表达,通常被称为认知叙事学)主要关注两个截然相对的问题:

(1) "故事如何[……]与理解者的心理状态和心理过程相关联,从而引发叙事体验?"(Herman, 2014: 46)
(2) 叙事如何在它们所引发的体验中有助于意义的发现? 叙述如何帮助人们在世界中定位,以了解他们自己的行为以及他者行为的意义? (Herman, 2014: 46) (第二种方法关乎叙事文本如何扩展我们对人及其意识认知的能力。)

"小说阅读就是心灵阅读"是认知叙事学的领军人物艾伦·帕尔默

(Palmer,2007)的口号,他同时也是英国的一位独立学者。他是两部基础性论著的作者:《虚构的心灵》(Palmer, 2004)和《小说中的社会心理》(Palmer, 2010)。第一部书所引入的最初假设被设定以适于创造行为的定位:"叙事在本质上就是虚构精神功能的呈现"(Palmer,2004:12)。

叙事学认知理论的关键概念是心灵阅读(mind reading)和思维理论(theory of mind)。后者由利莎·尊舍因(Lisa Zunshine)的著作《我们为什么读小说》(Zunshine, 2006)所引入。两个概念指向如何生成对他人思维中发生的事情所做的假设。心灵阅读和思维理论是基于对所观察到的个人的口头和实际行为,以及他或她的外表、动作和面部表情的解释。事实上,心灵阅读和思维理论并不是一种"阅读"或"理论",而是多种假设,甚至是对他人思维的猜想。

认知叙事学家往往高估心灵阅读的认知功能,并倾向于缩小理解真实和虚构心灵之间的差异。他们倾向于对真实想法(the real mind)和虚构心灵(the fictional mind)做出同样的解释。

认知主义忽略了真实和虚构心灵之间的根本差异,这就相当于反驳了文学批评中的一条公理。在叙事学经典理论中,一般认为虚构叙事与真实叙事不同,前者可以如实地呈现人物的内心世界,而在现实生活中,要呈现他人的思想就必须靠猜测;而且,虚构叙事被视为可以在无须证实的情况下,无条件地对心灵加以呈现的、唯一的文学体裁。首先就虚构叙事的此特殊性提出假设的,是英国小说家爱德华·摩根·福斯特,他在其著名的《小说面面观》中提出(Forster, 1927:61):

> [……]小说中的人们可以被彻底理解[……]。这也就是为什么他们往往显得比历史上的人物,甚至是我们自己的朋友更加确实,我们已经获知关于他们的一切事情,即使他们并不完美或不真实,他们也不会隐藏任何秘密,但我们的朋友却有秘密,而且必须有自己的秘密,因为个人隐私是人类社会生活的一个特点。[……]我们无法理解对方,除非是以某种粗略的、你情我愿的方式;我们不能自我暴露,即使我们自己愿意如此而行;我们所称之为亲密的关系不过仅仅是某种易变状态;完美的认识不过是一种错觉。但在小说中,我们可以完全了解人们,并且除了一般的阅读乐趣之外,我们还可以在这里因为他们生活中的黯淡找到一种代偿。从这个角度上看,小说比历史更真实,因为它超越了证据[……]。

30年后,德国理论家凯特·汉堡(Käte Hamburger)在她的著作《文学的逻辑》(Hamburger, 1957)中,在不言及福斯特的情况下,直接指出了虚构文学的独特作用。"史诗是唯一认识论的实例,其中第三人称的'我'的本源性(或主体性)可以得到描绘"(Hamburger, 1973:8)。

汉堡认为他人的主体性只能在虚构叙事中得到真实反映。这一论点后来获得奥地利理论家弗朗茨·施坦策尔（Franz Stanzel）的支持（Stanzel, 1959, 1979, 2002），并得到他的追随者多丽特·科恩的大力肯定。科恩以某种并不那么复杂的方式重申了汉堡的结论：

> [……]只有虚构叙事是能够描述未对说话者之外的他人未曾表达的思想、感情和感知，因此虚构叙事是具备这种能力的唯一一种文学体裁和叙事种类。(Cohn, 1978: 7)

且看托尔斯泰《战争与和平》中的一小段节选，其中无所不知的叙述者在没有任何解释或者铺垫的情况下就表现了拿破仑在波罗底诺战役期间的内心感受：

> 拿破仑正在经历痛苦[……]在他以前的战斗中，他只考虑成功的可能性，但是现在不幸的机会巨量呈现，并且他预料到了所有这些可能性。是的，这就像是一场噩梦，一个人梦见一个攻击者攻击他。在他的梦中，他抬起自己的手臂有力地还击，他知道必须粉碎对他的攻击，但他感觉他的手臂滑落下来，如抹布般瘫软无力。在他的无助中，不可避免的、死亡的恐惧就此降临。(Tolstoy, 1936: 757-759)

在真实发生的（factual）历史文本中，以此种方式呈现一个政治家的内心活动将是不可想象的，也是不能被接受的。这里甚至于并没有可供想象的资料来源，可供历史学家进行相应的推测。

把他人的内心世界自然而然地呈现出来，这无疑是小说在人类学、文化学上具有重要意义的因素之一。读者不但可以神魂出窍，去过另一个人的生活，还可以潜入另一个人的主观性当中，尝试着获得他人的感知，体会他人的雄心壮志。这种他者性（alterity）是任何谈话和心理学资料所不能给予我们的特征。只有浸入虚构他者的内心世界中，一个人才有可能形成关于自己身份的观念。作为他者主体性（foreign subjectivity）外显的代价，每个事件都已经被作者所考量，并且持守定位于代表作者（the representing author）以及其对世界的了解和所想象的力量。

从真实认知叙事学（actual cognitive narratology）的立场来看，福斯特、汉堡和科恩的"特殊论点"，一如戴维·赫尔曼（Herman, 2011a）所宣称的那样，确实遭到了尖锐的批评。赫尔曼质疑内部和外部世界的笛卡尔二元论（the Cartesian dualism）。在他看来，这正是"特殊论点"的潜在基础（the underlying basis）。赫尔曼宣称所引出的疑问并非是针对虚构表现的细节，而是针对虚构和事实呈现的二分法以及只有小说叙事可以提供反省人物思想的特定假设。针对此种假设,赫尔曼提出了两个观点:第一个观点,他称之为中介论证(Mediation argument):"虚构思维的可解性(Making sense)要求读者使用同类型的探索方式,他们以此充分解释这个世界中的他人思想"(Herman, 2011a)。第二,可达论证(Accessibility argument),归结于这样的假设:他者主体性的可达性并不受限于小说叙事。在日常情况下,人们适应于这样的一种状态,依赖于由所谓的"民间心理学"所要求的,根据外貌、面部表情、姿势和特定情况下他人心灵所发生的情况得到结论的探索。"普通人的心灵并非透明,但是却是可以触碰的。"(Herman, 2011a)这就是为什么对于赫尔曼而言,可达性不能作为虚构心灵的特殊性的判别标准。

赫尔曼认为他的两个观点得到了《思维的出现》(Herman, 2011b)一书中的两篇文章的支持,这本书所涉及的内容是英国文学中对意识的再现形式的出现。不过,赫尔曼的观点并非反对汉堡和科恩的立场。

当然,我们必须注意的是,作者的全知全能不是知识,而是自由的虚构。在这方面,热拉尔·热奈特的陈述中不无讽刺意味:"个人的猜测仅仅是在某些情况下才可靠,即此人正在进行虚构"(Genette, 1993:65)。

艾伦·帕尔默(Palmer, 2011)也拒绝了这一观点:"然而小说可以给我们直接进入人物心灵的直接路径,相比之下,在现实中,我们永远无法真正了解他人的想法。"这一反驳被帕尔默称之为"文学研究的老生常谈"。谈及"民间心理学理论",他说:

> 每一天,我们所有的人,大多数时间都了解其他人正在思考的事情。对于我们的爱人、亲密的朋友,家人和同事更是如此。(Palmer, 2011)

对于这一说法,引出了这样一个问题:在现实生活中,如果我们基本上能意识到与我们亲近之人所发生的事情,我们该如何解释,丈夫往往忽略他们的妻子之所求,甚至于在某种程度上,一个妻子已经提及离婚的愿望,却可能完全没有引起她丈夫的警惕?帕尔默所认为的知识并不是真正的知识,而是对知识的知觉,这往往具有误导性。

但对于真实个体的可接近性和虚构人物的透明性这类"文学中的老生常谈"(Palmer, 2011),他承认,在现实生活中,即便他人"有时候"想要告诉我们他们的想法,我们其实也并不知道他们在想什么。针对这样的让步,应当指出,第三人称叙述者作为一项规则并非用于思维阅读,例如用于猜测一个或者另一个人物身上所发生的事情,而是一种穿透他人灵魂的精确再现。如果作者没有明确地描绘,一部现实主义小说主人公的灵魂的复杂图景将不会通过虚构世界的人物向任何一种思维阅读开放，也不会敞开于读者思维的理论之下。

帕尔默的假设受到来自几个方面的挑战。诸如玛丽莎·鲍托鲁西的实证心理学家，研究文学的接受，并注意到帕尔默从"软"认知科学中"借用"了"与日常社会经验相关的基础性、普遍性进程的有限内容"。"在非常广泛、普遍进程上的特殊关注使得帕尔默（和认知说服的其他叙事学家们）得出了一些值得商榷的结论"（Bortolussi，2011）。

根据鲍托鲁西的观点，帕尔默所相信的，即我们像阅读真实存在的人们一样阅读虚构人物，并不能通过经验证实。"真实存在的人和文学人物之间的一个根本区别在于，我们直接处理前者，但只能通过作者或者叙述者方向的中介处理后者［……］并非针对虚构人物建构一种心灵的理论，读者很可能简单地认为，叙述者很可能为了让我们能够明白而试图呈现某些东西"（Bortolussi，2011）。

根据鲍托鲁西的观点，心灵焦点理论被认知叙事学家们普遍地高估。帕尔默的假设，并不被经验所支持，他认为小说的读者并没有如此关注事件，而是关注人物对事件的反应，也就是对人物所思、所感的东西。在鲍托鲁西看来，帕尔默的观点被经验心理学令人信服的结果所反驳（Bortolussi，2011）。

美国叙事学家爱玛·卡法莱诺斯（Kafalenos，2011）指责帕尔默过快地拒绝了小说和非小说之间的认识论差异。她充满疑问地思考他所指的知道（knowing）的概念。在小说中，叙述者"知道"现实世界中所不能被知道的。与我们作为某个事实（因为叙述者告诉我们）所知道的，和人物所猜想得知内容的不加区别相比，帕尔默坦言，根据卡法莱诺斯的观点，同样的错误并不存在于区分我们对于虚构世界所能知道的和我们在我们自己的世界所知道二者之间（Kafalenos，2011）。

以类似的方式，帕尔默"知道"的概念被美国认知主义者、《认知科学的人文主义》（Hogan，2003）的作者帕特里克·科尔姆·霍根所批评（Hogan，2011）。

为了达成暂时的平衡，我们必须说，福斯特、汉堡和科恩关于他者内在世界呈现作为虚构叙事的一个显著特点的论点并未被撼动。但是，让我们来看看另一种可能的反对意见。他者心灵的直接呈现，有时似乎也发生在真实性文本（factual texts）中。但这样的情况仅仅涉及假设和结论，其推论性本质已经得到明确表述，或是从上下文明确地显示出来。

拿破仑显然认为……从拿破仑的发言中,我们可以得出这样的结论,他认为……更具体地说,一个历史学家无法描述拿破仑的内在世界。诸如"拿破仑认为……"此类声明在真实文本中是无法令人接受的。

让我再次强调:对他者心灵的某种虚构呈现并不基于心灵阅读,而是基于虚构,它依赖于作者对世界的认识,依赖于他自己的生活经验,移情的能力,并且,最后但并非是最不重要的是,还依赖于他的心理想象。例如,像托尔斯泰一样采用"大男子主义"之笔,渗透进女性灵魂最隐秘的角落,仍然是一个移情和想象的奇迹。

艾伦·帕尔默(Palmer, 2004, 2010, 2011)还提出了从意识形态和社会方面来确立虚构心灵的看法。他对经典叙事学提出批评,认为其单方面从内部角度(intraspective)出发,把焦点集中在封闭的、私密的、心灵内部的(intramental)意识之上。他认为叙事学应当采用外部视角来看待他所谓的社会心灵和心灵内部的思想,他将其定义为指"联合的、群体的、共有的或集体的思想,对立思维内部的或私密的个人思想"(Palmer, 2011)。

并不令人感到惊讶的是,这一概念已经引起了为数不少的论争。一部分论争收录在2011年的《文体》杂志上。在那里,我们发现了帕尔默阐述的论文《小说和批评中的社会心理》以及该领域的专家的27条回应,以及帕尔默的答复。

帕尔默有关意识的内在外在视点的两分法的可达性和可行性受到来自各个方面的质疑(Hogan, 2011)。帕特里克·霍根(Hogan, 2011))批评说,帕尔默将经典叙事用作"稻草人"。戴维·赫尔曼(Herman, 2011c)批评了对比的平行化:社会与个人,自省与外展,外在论者与内在论者。批评者对构建社会心理和外展性(intramental)思想(Hutto, 2011)表达了质疑,而根据曼弗雷德·雅恩的看法,心灵或思想的说法只在隐喻意义上成立(Jahn, 2011)。

以色列知名学者什洛米斯·里蒙-凯南(Rimmon-Kenan, 2011)提出了一个问题,无论传统文学研究是否具备参与虚构心灵的社会和意识形态的决心,她在帕尔默的做法中都看到了对艺术设计的忽略。著名叙事学家玛丽-洛尔·瑞安也问了同样的问题(Ryan, 2011),她批评了帕尔默不足以定义社会心灵存在模式这一事实,以及关于个体意识及叙事角色的问题。

回应者异口同声地发出了对单个个体和社会角色之间存在着分裂心

灵的普遍批评。"甚至'内在论者'的心灵也是社会性的",查尔斯·费恩·哈夫(Fernyhough, 2011)在维果茨基的启发下如是说,并否认了为帕尔默所倡导的心灵切分。

这并非偶然,某些批评回应者通过提及20世纪20至30年代俄罗斯理论家,诸如维果茨基、巴赫金和瓦伦丁·沃罗辛诺夫等人,评论了社会心理。帕尔默本人(Palmer, 2004: 141-169)明显受到维果茨基取向的美国心理学家詹姆斯·沃茨(Wertsch, 1991)的影响,大力赞赏他的俄罗斯前辈们(其中还包括神经心理学家亚历山大·卢里亚)。帕尔默详细描述了话语和心灵层面社会和意识形态的研究路径,而此种方法正是由俄罗斯理论家所发现的。

让我们平衡一下我们的思考。认知叙事学,以非常不同的众多方式出现,打开了文学批评新的视野。它提出了人类学意义方面的问题,关联起文学研究——从某种解释学的原则中——并引入了经验科学。它主要的优点在于进行叙述和意识之间关系的分析,例如,人物和读者的心理。

从其代表性人物来看,认知叙事学还只是处于其发展的初期阶段,但现在需要注意到它的一些不足之处。让我们提两点:

第一,今天的认知叙事学有一种强烈的倾向,将虚构的思想与实际的想法等同起来。当然,心理学界不得不从小说中学习很多。但安娜·卡列尼娜并不是我们的病人。而且克服小说女主人公所生活的社会的狭隘规范,也并非我们的任务。我们看到,一方面女主角作为一个有着某些不可否认的创伤的女性,想要得到治疗;但另一方面,作为一部文艺作品,这又是艺术设计的一个因素。这种艺术因素并不是心理学家作为一个心理学家容易理解的,也不是认知主义学者作为一个认知主义学者容易理解的。

让我们来看看列夫·托尔斯泰著名小说里的一个例子:在与安娜的第一次约会中,伏伦斯基以吻相覆其身,并将其比作是杀手,将他的受害者撕成碎片:"随着愤怒,并伴有激情,凶手扑覆其身,拖动她,砍击她,于是[伏伦斯基]以吻落在了她的面庞和肩膀上。她握住他的手,但并没有慌乱"(Tolstoy, 1965: 158-159)。

正如似乎在初看之时一样,这是从叙述者的视角得出的比较。但是根据上下文,我们可以得出结论,它实际上是从安娜自己的感知和意识形态的视点得到的。对于认知学家和心理学家而言,情人与凶手之间的比较当然是有着重要意义的,同时从中各自得出他们自己的结论。但是,人文学者考虑小说的整体艺术设计,重点在于这样一个事实,被切分为片的身体主题在小说中发生了三次:第一次发生在莫斯科的火车站,安娜开始意识到在她到达时,事故发生:列车的车轮将铁路工人的身体切为两段。安娜被大大地震撼了,并且将事故解释为一个"邪恶的预兆"。第二次身体切分发生在之前所提及的、与伏伦斯基的爱恋约会中。第三次则是安娜死在火车锋利的车轮之下。

认知叙事学往往忽视了结构的艺术化人物,从中引出它自己的例子。当然,从理论上讲,很少有认知主义者不接受虚构心灵和社会心理是艺术设计因素的观点。然而在实践中,认知主义者倾向于忽略虚构叙事和其中虚构事例的艺术本质。它们没有充分考虑这一事实,即一个虚构心灵并不像必要的艺术设计所能达到的效果那样,能够被人物和境况的特性激发出太多内容。在精心制作的文学作品中,这些因素趋向一致,使得人物逻辑和艺术动机之间的衔接并不明显。但是,认知主义学者在研究小说中的人物时,并没有考虑到整体的艺术结构,所以应该建议他们在分析《安娜·卡列尼娜》和作品女主角时,保持某种谨慎的态度。

第二,与经验心理学认为小说的读者主要关注事件相反(我要提及前述玛丽莎·鲍托鲁西的论点),认知叙事学家关注人物,将事件附庸于人物。然而,亚里士多德已经指出行动高于人物。在他《诗学》关于悲剧的例子中,他界定了一个叙述部分的某种层次结构:

> "最重要的是事件[ἡ τῶν πραγμάτων σύστασις]的安排,对于悲剧而言,最终的不是人物的表现,而是行动的部分[μίμησίς ἐστιν οὐκ ἀνθρώπων ἀλλὰ πράξεων][……],并且,最终并不是关注人物特质的表现,而是某些行为特质的呈现。因此,他们不会采取行动来表现人物,但是人物研究包括在行动的原因中。由此可见,事件和情节[μῦθος]是悲剧目标的终结,一切之中,最终目标就是最重要的。"(Aristotle, 1932)

"事件安排"的准则意味着某种自觉的、建设性的行为,甚至于包括某些操作许可。在亚里士多德的著作中,"模仿"(mimesis)这一术语应该不是翻译为"模仿"(imitation),而应翻译为某种"呈现"(representation),或者更好翻译为尚不存在的某些事物的"演示"(presentation)。模仿的优点不在于对某一给定现实的相似性,而是某种对于接受者而言,能够引起预期效果的"事件安排"。

所以,认知叙事学不应该将人物,而应该将行动放于中心舞台,并且应该将人物看成某种在行动中被暗示的事物。这并不是指从心灵呈现中转移出来,认知叙事学对心灵呈现有着最浓厚的兴趣。

【引用文献 (Works Cited)】

Aristotle. *Poetics*, tr. by Fyfe W. H. London, William Heinemann Ltd, 1932.
Bortolussi, M. "Response to Alan Palmer's 'Social Minds'." *Style* 45 (2011): 283-287.
Cohn, D. *Transparent Minds: Narrative Modes for Presenting Consciousness in Fiction*, Princeton, 1978.
Fernyhough, C. "Even 'Internalist Minds' are Social." *Style* 45 (2011): 271-275.
Forster, E. M. *Aspects of the Novel*. London: Harcourt, Brace & Company, 1927.
Genette, G. "Fiction and Diction," Tr. by Catherine Porter. Ithaca: Cornell University Press, 1993.
Hamburger, K. *Die Logik der Dichtung*. Stuttgart: Ernst Klett Verlag, 1957.
Hamburger, K. *The Logic of Literature*, 2nd rev. ed. Tr. by M. J. Rose. Bloomington, IN: Indiana University Press, 1973.
Herman, D. "Introduction", in *The Emergence of Mind. Representations of Consciousness in Narrative Discourse in English*. Ed. by Herman D. Lincoln, 2011a, pp. 1-40.
Herman, D (ed.). *The Emergence of Mind. Representations of Consciousness in Narrative Discourse in English*. Lincoln, University of Nebraska Press, 2011b.
Herman, D. "Post-Cartesian Approaches to Narrative and Mind: A Response to Alan Palmer's Target Essay on 'Social Minds'." *Style* 45 (2011): 265-271.
Herman, D. "Cognitive Narratology", in *Handbook of Narratology*. Edited by P. Hühn JCMJ. Berlin/Boston: De Guyter, 2014.
Hogan, P. C. *Cognitive Science, Literature, and the Arts: A Guide for Humanists*. London, 2003.
Hogan, P. C. "Palmer's Anti-Cognitivist Challenge". *Style* 45 (2011): 244-248.
Hutto, D. D. "Understanding Fictional Minds without Theory of Mind!". *Style* 45 (2011): 276-282.
Jahn, M. "Mind = Mind + Social Mind?: A Response to Alan Palmer's Target Essay". *Style* 45 (2011): 249-253.
Kafalenos, E. "The Epistemology of Fiction: Knowing v. 'Knowing'". *Style* 45 (2011): 254-258.
Palmer, A. "The Construction of Fictional Minds". *Narrative*, 2002: 29-46.
Palmer, A. *Fictional Minds*. Lincoln: University of Nebraska Press, 2004.
Palmer, A. "Universal minds". *Semiotica* 165 (2007): 205-225.

Palmer, A. *Social Minds in the Novel*. Columbus, OH: Ohio University Press, 2010.
Palmer, A. "Social Minds in Fiction and Criticism". *Style* 45 (2011): 196-240.
Rimmon-Kenan, S. "Response to Alan Palmer". *Style* 45 (2011): 339-343.
Ryan, M. "Kinds of Minds: On Alan Palmer's 'Social Minds'". *Style* 45 (2011): 654-659.
Stanzel, F. K. "Episches Präteritum, erlebte Rede, historisches Präsens". *Deutsche Vierteljahrsschrift für Literaturwissenschaft und Geistesgeschichte* 33 (1959): 1-12.
Stanzel, F. K. *Theorie des Erzählens*. Göttingen, 1979.
Stanzel, F. K. "Der Durchbruch. Die Kontroverse mit Käte Hamburger", in *Unterwegs. Erzähltheorie für Leser*. Göttingen, 2002, pp. 41-44.
Tolstoy, L. *War and Peace*. Tr. by Constance Garnett. New York, 1936.
Tolstoy, L. *Anna Karenina*. Tr. by Constance Garnett. New York, 1965.
Wertsch, J.V. *Voices of the Mind: A Sociocultural Approach to Mediated Action*. Cambridge, MA: Harvard University Press, 1991.
Zunshine, L. *Why We Read Fiction. Theory of Mind and the Novel*. Columbus: Ohio State University Press, 2006.

(译者单位：云南大学文学院)

系列叙事的六要素

◎ 肖恩·奥沙利文(舒凌鸿/译)
美国俄亥俄州立大学

在叙事史和叙事实践中,系列叙事是一个研究不足的课题。尽管叙事学家们已将维多利亚时期的小说作为常规考察的对象,尽管漫画、电视和电影产业日益引起叙事学界的关注,但系列出版物作为一个带有独特影响力的特殊系统,虽然统辖着很多这类文本,却没有得到具体的研究。具有讽刺意味的是,一个特别的区域被遗漏了,那就是间隙所具备的功能。在一个叙事文本内的信息间隙,以及需要观众进行间隙填充的工作,已经长期成为小说文本叙事考察的内容。但在集与集之间,系列出版物的间隙——结构上和时间上的间隔,所获得的关注却相对较少。

我说的"要素"指的是在系列叙事中间反复出现的间隙所塑造的那些叙事的方面。这些间隙,或中断、或要求观众及读者进行知识和想象力的劳作。这种劳作关注每一个系列叙事的具体要点和结果,随着时间的推移,这些要点和结果被定义为叙事的区别性特征。故事讲述所形成的重点和结果不仅关涉序列中的个体,而且关涉连续性过程的本身。我的目标是为系列叙事技巧创建初始词汇表,可以让我们对小说、漫画、电视、电影和广播进行讨论,自从19世纪上半叶以来,在媒体和流派的谱系序列中它已经产生了广泛的影响。

詹妮弗·哈沃德和罗宾·沃霍尔已经写过研究跨媒体系列叙事的两部仅有的英文著作(1997,2003);她们特别关心观众的反应,而不是对界定系列叙事的形式属性感兴趣。哈沃德所特别提出的是关于系列叙事总是做什么的问题,而不是关心系列叙事可以做什么的问题,以及系列叙事习惯做什么的问题。在她的《消费的乐趣》一书中,她认为维多利亚小说、美国漫画和电视节目以及肥皂剧有"家族相似性"。这些相似之处包括

"拒绝故事终止、次要情节交织、大量的人物、与潮流互动,并包括政治、社会和文化等问题,依赖经济受益,并接受观众反馈"(哈沃德3)。无论哈沃德式关于肥皂剧的家族"相似性"方面谈到什么,如今这些都不是必要的条件,哈沃德提出这个大纲是在18年以前,而之后的系列叙事景观已经变得更加多样而丰富。仅以一个系列剧领域为例,我们可以想象电视系列剧,在那里不拒绝故事终止,至少在一些系列剧中是这样的,例如:极端的、开放结尾的肥皂剧和漫画,演员阵容不大的剧集,多少对文化"问题"感兴趣的剧集,以及成人观众反馈意见的剧集。作为一种起点,哈沃德的列表肯定是有用的,但是这其中提出了前提,也就是电视剧特有的、将各剧集组织成一体的那些方面。

相比之下,我提出的是选择,也就是叙事的可能性,单独的系列叙事可以决定是否涉及这些选择去表现相应的内容。我觉得它将更加有用,也更加敏锐地应对系列叙事分散的多样性,系列叙事的制造者们可以思考其共同成分,可以从中进行选择,而不是一一都包括。这些成分可以几乎完全被忽略,可以进行谨慎的使用,也可以集中其特征进行使用。通过界定这些要素,不只局限在对一种媒介研究,而是进行跨媒介研究,如对一部像《花生》一样的漫画,一部像《我们共同的朋友》的小说和一部像《火线》的电视剧,我们都可以一起进行讨论。下列任何一个术语似乎都不是革命性的,然而实际上这就是关键所在。在这里,我的目的是试图指出什么是核心的,而不是指出什么是模糊不清的。

在讨论这六个要素之前,让我简要地介绍一下我的研究背景。在我五年前发表的一篇名为《故事世界》的文章中,我认为我们可以考虑诗歌的创作方法和系列电视剧的结构之间有一种特别的关联。确定这一思想和界定所有系列故事讲述,其特征就是"段落性",这是从布莱恩·麦克黑尔那里借用的一个术语,他自己则借自诗人和评论家瑞秋·布劳·杜普莱希斯。麦克黑尔赞同杜普莱西斯的提法,我们可以将"段落性"定义为诗歌的特征,正如我们将"叙事性"定义为小说的特征。麦克黑尔和杜普莱希斯认为:"诗歌涉及'通过跨越间隙来完成意义序列的创造'。然后,相反的,'段落性'是一种表达能力,是通过选择、部署和进行段落结合来制造意义的能力",它是"诗歌作为一种体裁的根本特征"。麦克黑尔指出,虽然"段落性"还在非诗化叙事中使用,但"根据其定义却并没有在叙事作品中占据重要位置"。他认为,相反的,段落分割"必须为诗性叙事的结构,做出有意义的贡献……"(麦克黑尔17,18)。

我知道"段落性"对于系列电视剧构造的解释是相当明确和卓有成效的,由故事组成的段落可以称为"节",取自三到四条不同的故事线。在一集电视剧中的段落安排创造了一种形式上的相互作用,再与其他必然事件进行碰撞,仅仅通过并列的段落碎片就可能产生碰撞的火花,即使故事情节的内容和背景似乎是非常不同的。正如诗歌的段落性表现在音步、分行和节一样,它们正好是段落不同程度的放大,因此,系列电视剧的段落就是节、集和季。

超越电视节目这种局部的情况,我认为段落性是系列叙事不可避免的品质特征。当然,任何系列叙事段落性碎片化的混乱都可能会有所显现,并且程度不一。但我可以肯定如果叙事不是段落性的,就不是系列叙事。或许更大胆一些,我要说诗歌与系列叙事之间的定义连接,连同小说与系列叙事之间的定义连接,意味着系列叙事正好处于诗歌与小说之间的位置。诗歌一直要求我们考虑并置的押韵、韵脚、节、语序,并且不断要求我们从一个段落转移至另一个段落来获取意义。我认为,连续性正是以同样的方式运行。我将提出的六个要素是从诗歌建构的段落化逻辑中产生的,让我们可以把系列叙事视为一种具体的叙事技术。

在我介绍这些要素之前,还有一些内容要谈。我在前文中指出,这些系列叙事的要素指的是被系列叙事中间反复出现的间隙所塑造的那些叙事的方面。一般而言,我们可以在两个领域对这六个要素进行讨论。前三个要素主要用于说明单个叙事之内的创造性模式发挥的作用,或者是单个叙事时间的清晰的衔接。这些模式和衔接可以让我们理解当下一个系列叙事的间隙动力,以及它在多大程度上想把自身表现为一个相关物的清晰的系列,而不是一个松散的段落合集。剩下的三个要素主要说明的是系列叙事随着时间的推移产生的变化,这些变化塑造了系列叙事所描述的世界及其中的代理人,以及观众对系列叙事的自我意识的理解。这些要素让我们注意到,系列叙事中的单个叙事是总体叙事中可能发生变化的东西,标志着间隙被衔接而不是掩盖的时刻。

另外,我将展示一些媒体上系列叙事的例子,不过,我的主要参考领域还是电视节目。这不仅是因为电视媒体是我目前的研究领域,同时也似乎更能解释我的观点,而这些例子彼此之间也有直接相关性。无论如何,我总的观点是这六个要素可以在系列叙事的整个谱系中都发挥自身的功能。

第一个要素是"重述"(iteration)。我说的重复不是那种用来组织多种艺术形式和多种叙事类型的重复模式或平行结构,而是另一种东西。这些模式当然具有相关性,但它们不能揭示差异中的共性,如叙述者在文本中两个不同时刻使用同样的短语。就系列性而言,重述指的是这样一种现象:其重复的出现是叙事的核心的、可识别的特征。因此,我们可以认为查尔斯·狄更斯系列叙事中,在1841年狄更斯就出现了短语"老绿壳(书的封面)",这说明在他进入作家生涯仅仅五年,对重述的仪式性特质就已经十分敏感了,而重述对于广告和对他的小说的消费都是至关重要的。或者我们可以认为演员麦克·唐纳德·卡蕾在吟咏美国肥皂剧《我们生活的日子》的片头:"就像沙子穿过沙漏,我们已经时日无多!"伴随每一集都如此宣称,运用一个熟悉和相同(接近相同)的开端进行重述,就像狄更斯的"绿壳"一样,制造了一个对单个叙事的体验至关重要的相同入口。更广泛地看,在夜间电视连续剧中,上集剧情的复述和总结重现了我们之前看过的场景,而电视剧主题曲的重复,每次都可以让我们想起某个特定的人物或情境,并且对剧集的系列性本身也有仪式性作用,如《碟中谍》脍炙人口的主题曲。在最初的电视剧中受到仪式化的处理,眼下在其电影系列剧中又再次受到仪式化的处理。我们可以认为熟悉的套路就像沃尔特和斯凯勒的"白宫"在《绝命毒师》和《喜剧地下室》中、"路易的工作室"在《路易》中一样,也有重述的半同义词,如故事结构或讲故事习惯上的相似性。一个例子是电视里的一个冷开场或片头字幕的设置。在不同的重启开头字幕的之前,冷开场的目的是让观众尽早沉浸在故事世界里。冷开场是一个叙事单元,其重复既在一个单独的系列内,又贯穿一个较大的叙事形式范围。举例来说,每一部詹姆斯·邦德系列电影的开场都拓展了一项小型的冒险活动,经常完全偏离了这部电影的中心叙事。这种熟悉的重复行为,不仅带我们回到詹姆斯·邦德叙事,还引导和提醒我们回顾每一次观看詹姆斯·邦德系列电影的经历和记忆。

我认为这些要素可能在一些系列叙事中非常活跃,代表的是一种可选择性,而不是必然性,这一点在重复性较低的系列叙事中也一样值得考虑。一个低重复率的系列叙事的例子是詹姆斯·乔伊斯的《尤利西斯》,这部作品从1918年到1920在《小人物评论》(*The Little Review*)连载23期之后,由于其有伤风化被禁止,因此没有全部连载。这部作品所涉及的情节肯定是充满了重复性和并行性的,但它几乎没有重述——如果通过我们所称的重述这种机械性的再次提醒的设置,可以使系列叙事中心的组织经验形成强大的家族性。在《尤利西斯》连载片段的风格和结构之间来回游走，使变体（variation）这个概念显得比重述这个概念更加显眼。另一个低重复性的例子是电视喜剧《我为聚会忙》，通过一个餐饮公司一系列的餐饮活动进行演出，每一次活动都在不同的地点举行。因此，与《欢乐酒店》中的酒吧和《老友记》中的中央公园咖啡馆不同，这部电视剧中没有固定的场所来让观众产生重复记忆。在诸如《尤利西斯》和《我为聚会忙》的例子中，抵抗重复性都成为了一种形式特质或叙事元素，成为了系列叙事自我表述的标识。

第二个要素是"多样性"（multiplicity）。思考这一要素涉及一个电视剧典型的结构中几个相互关联的故事情节，范围从内容突出的"A"或"B"故事——其中包括最重要的场景，或者"节"——一直到内容不是很突出的"C"或者"D"故事。或者，在20世纪初美国默片年代，我们看到《宝林历险记》的影片叙事中，每一集讲一个单独的故事。事实上，在他们的设计中，这种叙事方式具有很大重复性，如一个问题的解决或者一种危险状况的克服。在此，多样性体现在不同剧集之间风格转换之中。《宝林历险记》可以轻易地从冒险故事转换为西部片或者犯罪片，而在每一集中，同一批演员在不同的故事场景中再次出现。在其跨空间和上下文的段落中，这里的"多样性"指的是系列叙事的灵活性。我认为，系列叙事从根子上说——即便不是受到规定——就倾向于讲述不止一件事情。与连续性相关的"多样"义项通常都与连续性相关，它是维多利亚时代的"多样情节"小说（当然，不是所有"多样情节"的小说都是系列叙事）。这方面的一个显著的版本是狄更斯《荒凉山庄》中的多重（即两个）叙述者，或者乔治·艾略特最著名的小说《米德尔马契》和《丹尼尔·德龙达》，原初的构想是单独的故事，后来逐渐变成了系列叙事。两个故事看起来可能是一个相对较小的多样性版本，但当我们了解了其他系列的经验和事件之后，这三本巨著阅读体会的中心部分就与一系列经历和事件的体验产生关联。

多样性还涉及一个事实，即：单一的观点或经验正是系列叙事所反对的。在电视剧中，我们可能想到两部既大胆又冒险，具有多样性叙事特点的连续剧：《火线》和《迷失》。《火线》有大量的多样性叙事策略，其中最明显的是每一集都有意识地重新设置了一个新的环境。第一季是项目和毒品斗争，第二季是巴尔的摩码头，第三季是政治和改革运动，第四季是公立学校，到了第五季则是媒体世界。在主题、调子和结构上，《火线》和《迷失》都不同于近年来出品的电视系剧。《迷失》通过多种版本的事件，其中心呈现了多样性的特征,例如我们看到的事件的多个版本,又如:各剧集中提到的多重背景故事,再如:观众和人物一同穿行于多重时间框架中。可以说,《迷失》最后一季的"失败"(或许只是其中的最后一集的"失败"),在于很难(即便不是不可能的)把多样变为单一,如果这样做,就会使其成为小说封闭结尾的一种方式。封闭似乎意味着趋向统一,在这个意义上,停止意味着多样性的结束。我认为,电视连续剧中多样性要制造令人满意的结尾,不仅几乎是不可能的,也是无法令人满意的。系列叙事即便倾尽全力,也难免在混乱中结尾,因为多样性本身就习惯于分裂而不是统一。

第三个要素是"惯性"(momentum)。我将它特别运用于考察系列各集故事之间的关系,具体而言,它指的是故事中明确要求我们继续观看或阅读的部分。惯性最显著的表现是惊险故事,特别是在20世纪30年代和40年代的《巴克·罗杰斯》和《闪电侠》的系列漫画中,轮流创造了每周播放的系列电影。通常在每一集的结尾都创造了十足的悬念,一个人物在某些致命的危险面前暂停或悬置于某些致命的状况中,是系列叙事由经济利益所驱动形成的最基本的结构,这也是促使消费者每周或每月都有回到作品的需要。在早期案例默片时代的系列剧《宝林历险记》或者同时代的法国系列电影《吸血鬼》中,惯性隐约表现为每一集都是一项持续不断的探索的一个组成部分。在《宝林历险记》中叙事的停顿点是婚姻,在安顿下来之前对生命的极致进行继续体验,而《吸血鬼》的例子则是对臭名昭著的黑帮的持续追踪。一路上这些大的弧形轨迹应当时的需要而张弛有度,惯性成为了一个非常明显的推进剂,或者是系列叙事所属的体裁中的那种隐含的力量。

如果一些系列叙事依靠集与集之间相当程度的叙事惯性继续的话,如:肥皂剧或《荒凉山庄》的最后一集,其他系列叙事也会采用各种形式抵抗这种惯性。在《火线》中,动力的作用可能极低,但它仍然是这部电视剧的驱动机制。该剧的主创戴维·西蒙经常说起为什么这部电视剧故意不遵循传统电视剧的套路,原因是其有意识地将注意力集中于长期收益而不是短期愉悦。在这种情况下,动力似乎被隐藏起来,当我给学生讲授《火线》时,在教室里的大部分学生中通常很少有人会报告说看完一集《火线》后还会有兴趣再继续观看。这意味着制造惯性的能力——至少是采用可识别的比喻或伪装来制造惯性的能力,就像内在的故事设计一样,在很大程度上取决于观众的期待。相比之下,在《广告狂人》这类美剧中,惯性可能遭到强烈的抗拒。其整体节奏十分缓慢,因为我们没有抓到反派人物"大坏蛋",也就是类似《黑道家族》中那个穷凶极恶的反派主角那样的恶人。我认为,时间本身就是《广告狂人》中用于产生惯性的工具。这部电视剧总是标明每集故事发生的年月,而且连续剧的内在机制让我们不断关注历史的变化。因此,如果运用前三个元素来考量这部剧,我认为《广告狂人》将自己定位为对重述和动力进行蓄意的抵抗,它倾向于间隙而不是连接,更偏爱多样性而不是统一性。《广告狂人》的主创马修·韦纳谈到这部剧时经常说:"观众打开电视的时候,我不想让他们对故事内容有所期待。"这明显说明他就是要从中打断系列叙事(塞宾·沃尔)。

第四要素是"世界构造"(world building)。系列叙事比其他任何出版形式都更擅长于先构建一幅叙事画面,然后进行填充,继而再次构建叙事画面。漫画的世界往往以自己的方式把新的空间和故事纳入其自身,就像系列小说《冰与火之歌》或者由其改编而来的电视剧《权力的游戏》一样。在电视中,故事世界可以是一个不断延展的核心,就像《黑道家族》那样,先建构起一个有自身情节的叙事,而随着一名黑帮成员每周向他的心理医生进行倾诉,叙事世界中不但出现了各种人物和地点,而且包含了许多故事讲述的可能性。一部像《死木》(也译为《化外之境》)的美剧也建构了一个世界,这部剧将一个地方从"营地"转化成了"镇子",在那儿,"死木"是一种存在,然后,那儿逐渐成为连接世界的中心,驱动着系列故事的产生。我们也可以从作者的角度来思考世界构造,就像 J·K·罗琳和哈利·波特的世界,或电视策划人,像乔伊·惠登的《吸血鬼猎人巴菲》系列剧,其系列剧的特许经营权被视为反映了一个世界与单一创造者之间的联系。世界构造虽然明确地指向空间问题,但在六个要素中,它与时间段的关系是最为明显的,因为系列叙事的特质是逐渐建构。实际上,我们对一个系列叙事所创造的地点的理解记录着我们在时间向度上对叙事的认知。

我一直认为,英格玛·伯格曼分别在执导 20 世纪 70 年代和 80 年代的两部电视连续剧时,展示了世界构造与世界缩小(world-narrowing)这两者间的对比。在后面这部系列叙事《芬妮和亚历山大》一剧中,展现了从一集到另一集的空间的探索与增殖的狂欢,启用了新的地点将新的元素纳入到他庞大的家庭系列剧中。这个系列的主题,可以说,是新旧环境之间的神秘关系。早先那部系列剧《婚姻生活》,紧紧围绕着幽闭的空间内的一个妻子和丈夫,把我们一次又一次地带到建筑和情感的内室。这部连续剧积极反抗的正是系列剧世界可能超出了一些限制存在的房间的想法。一个类似的幽闭系列剧是美国家庭影院(HBO)的《扪心问诊》，原本只是每周五半个小时的剧集，每一集都涉及精神科医生和病人。第五集则是这个医生去向自己的精神治疗师问诊。《扪心自问》就像《婚姻生活》一样，向我们展示了世界的缩小，不但深入到患者的心理和记忆之中，而且深入到我们日益熟悉且必然很熟悉的医生诊室之中。剧中出现不同场景的时候，这部电视剧看起来几乎是在假装对这个密闭空间之外的世界感到有兴趣，或是相信还存在这样一个世界。

第五个要素是"人员"(personnel)，这看起来只是"人物"另外一种说法，但我选择这个术语的目的是为了进行更为客观的分析（我意识到，"人员"一词或许无法准确地翻译过来）。我们可以用"人员"一词来表示新人物被安插到剧中的情况，在观看一部系列剧的若干集之后，我们对人员安插情况加以总结，就会看出故事中的人员安插是否有规律，以及这些规律是否表明原本毫不相关的人物之间是否具有联系。与上一集出场的人物数量相比的话，"人员"一词可能只涉及这一集当中出场人物的数量。有大量人物的连续剧，如《权力的游戏》，必然会鼓励我们思考人物数量的变化。有些剧集中只有很少几个人物在一个场景或一个地点出现，这类剧集称为"瓶子剧集"，在这种情况下，我们把人员的急剧减少视为一种叙事焦点的变化。一个著名的例子是《绝命毒师》中的"飞翔"一集，那里沃尔特·怀特和他的助手杰西·平克曼被限制在一个药品制造实验室里整整一小时，这种限制的强度表现为人物交流的密度。其中交流的密度不仅存在于两个人物之间，也存在于在剧集与观众之间。人员也可以指对注意到一个人物的转变，这个人物在此之前已被边缘化了。如果在一个小时或半小时之内，通过剧集中所出现的人物，这种转变会迫使我们重新考虑这个系列叙事的平衡。这一策略的一个实例是《顿悟人生》中的《想想海伦》这一集，我们跟随着母亲去购物，去做家务的家庭线索，我们遵循了母亲作为系列剧主角的特点。在这一点上，母亲作为一个非常受限的人物，我们只知道她是一个心胸狭窄的人，经常训斥她的女儿。意想不到的聚焦转换再次提出了《米德尔马契》中的叙述者所提出的著名问题："为什么总是多萝西？"换句话说：我们为什么对一位主人公的意识和经历如此重视，却对故事中其他存在者的意识和经历轻描淡写。系列叙事的宇宙——尤其是当其日益膨胀的时候，始终可以利用这些一边倒的策略，这种策略可能是暂时的，也可能建立了新的模式。

人员也可以表明许多其他选择和效果。这些选择和效果可以包含一个人物过去的信息,也可以集中揭示一个人物的心理。后者的选择在某种程度上不同于通过《想想海伦》所呈现的聚焦转移,因为我们在这一集中观看海伦的故事,但无法清晰地理解她的思维方式以及这种方式的成因。我们可能会把人物心理或曰内在性问题与系列叙事中的小人物关联起来。亚历克斯·沃洛克曾讨论了小人物在现实主义小说中的重要作用。他们是主人公的发展背景,同时,虽然他们本身可以成为读者关注的中心,但是为了小说发展的需要,他们必须被边缘化。在系列叙事中,情况可以完全不同,因为"发展"可能是暂时的或被永远推迟了。系列叙事有可能在细节描绘方面,具有非常复杂和富于微妙的阴影变化。一集电视剧如果让我们对其内在获得惊鸿一瞥,那不仅有可能改变我们对人物的理解,也可能改变我们对剧中所有人物关系的理解。人员,换句话说,就是谈人物存在与缺席的客观考量和系列叙事内对人数的控制系统和原则。

第六点也就是最后一个要素是"设计"(design),这个术语看似过于宽泛而缺乏适用性。对我而言,它用于分析一集电视剧似乎是一种很有用的方法,其独特设计将我们的注意力引向制造叙事的这一行为。如果说"世界构造"让我们关注空间的布置和组织,"人员"让我们关注代理人与主题的部署和安排,那么"设计"让我们关注的是建构系列叙事的机械。它是与作者在场最密切相关的因素,而不论作者身处摄影棚还是出版社,也不论其是与他人合作,还是从事单独创作。我们对设计的关注取决于我们对一部系列剧所选出的基本叙述单元或段落的特定形状和基础结构的熟悉程度。在查尔斯·狄更斯的例子中,读者很快就开始期望每个月随32页的文字叙述之后的两个插图。在故事真正结尾部分,(大约)48页的书面叙述之后开始出现"合刊"中的四幅插图,这个非常有规律的形式被打破了。插图与文字之间的不同平衡,以及在每集中叙事的不同比例,显示为一种对系列作品设计的改变。即便是在这种相对平稳的变化层次上,这一改变也表明叙事单元所遵循的极为严格的规约是多么不可预知。当一系列规则得到遵守或被打破的时候,系列叙事的单元划分变得清晰、透明起来。

这种邀请观众或读者来审视系列叙事的设计的做法,在最近的美国电视荧屏上变得更加突出。杰森·米特尔已经将这种邀请当做"操作美学"讨论过了。喜剧电视片《宋飞正传》以一种极端的方式,以名为《背叛》的一个剧集向读者发出这种邀请,这一集的内容是用逆向的时序讲述的。这个选择并不是简单地对半小时电视叙事的总体期望进行干扰。它明确要求我们依据对《宋飞正传》中的一部半小时剧集的期待来对其加以解码。从更为宏观的角度看,系列电视剧《迷失》将设计作为其统辖性的主题。每一集都通常在一个单个人物背后的故事与一群人物被困于一个岛上继续冒险的故事之间来回移动。这种双重的叙述链使我们意识到每一集的功能是怎样执行的。但对背后故事和体裁的高度选择自由意味着设计的特性是创造了每周不同内容的故事。在其他情况下,设计也可能会隐形。医学剧《ER 急诊室》中的《迷失的爱》这一集依赖的一个事实即:深入第一季,观众会明白,前两集中讲的第一、第二个故事在戏剧性上占有很大比重,第三或第四个故事所占的比重则相对较轻。在第四集中,第四个故事不仅由亮变暗,而且吞没了这一集的整个后半部分,把所有其他故事都排除在外,然后将它们打碎。如此激进的举措,完全依赖于我们对《ER 急诊室》的设计常轨所作的推测。可以说,设计作为一个要素大大依赖于观众对前五个要素的理解。我们对它的敏感性取决于我们对系列叙事如何选择一个系列的认识。

我今天所描绘的是一项正在进行的工作。我希望我对这些要素的描述和分析将得到补充完善,也欢迎您提出问题和给出建议。在 21 世纪,系列叙事作为一种重要的出版类型,观众日益增多,地位也更加突出。我希望这一工作能够为我们提供一种理论语言对系列叙事进行研究。

【引用文献】(Works Cited)

Hayward, Jennifer. *Consuming Pleasures: Active Audiences and Serial Fictions from Dickens to Soap Opera*. Lexington, KY: The University Press of Kentucky, 1997.

McHale, Brian. "Beginning to Think About Narrative in Poetry." *Narrative* 17: 1 (2009): 11-30.

Mittell, Jason. "Narrative Complexity in Contemporary American Television." *The Velvet Light Trap* 58 (2006): 29-40.

O'Sullivan, Sean. "Broken on Purpose: Poetry, Serial Television, and the Season." *Storyworlds* 2 (2010): 59-77.

――. "Ingmar Bergman, Showrunner." *Serialization in Popular Culture*. Eds. Rob Allen and Thijs van den Berg. New York: Routledge, 2014: 106-121.

Sepinwall, Alan. "Mad Men: Talking 'Out of Town' with Matthew Weiner." What's

Alan Watching? August 16, 2009.
http://sepinwall.blogspot.com/2009/08/mad-men-talking-out-of-town-with.html

Warhol, Robyn. *Having a Good Cry: Effeminate Feelings and Pop-Culture Forms*. Columbus, OH: The Ohio State University Press, 2003.

Woloch, Alex. *The One vs. the Many: Minor Characters and the Space of the Protagonist*. Princeton, NJ: Princeton University Press, 2003.

(译者单位:云南大学文学院)

叙事学研究: 回顾与发展

Narratological Studies: Review and Development

叙事理论探索

一种被忽略的叙事表意现象
——文字的不同"叙事运动中的意义"*

◎ 申 丹

【内容提要】 长期以来,中外学界均聚焦于叙事作品中的情节发展。然而,在不少叙事作品中,情节发展的背后还存在隐性进程,两者的内部还可能含有并列前行的分支。这些不同的叙事运动构成不同的表意轨道,文字在其中可能会表达两种或多种字面、隐含和象征意义。我们不妨将此类意义称为"叙事运动中的意义"。文字的不同"叙事运动中的意义"相互冲突、相互制衡又相互补充,产生虚构叙事特有的矛盾张力和语义密度,联手表达出作品丰富的主题内涵,塑造出双重甚或多重人物形象,邀请读者作出复杂的反应。本文以四则短篇小说的标题和正文中的相关文字为例,来说明这种被前人忽略的叙事表意现象。就标题而言,将探讨同一标题如何在不同叙事运动中产生不同的象征意义、隐含意义、字面意义,以及象征与非象征意义。就正文而言,则将关注文字在不同叙事运动中产生的不同程度的褒贬涵义、不同的感叹意义、双重视角中的现实与幻觉共存,以及反讽和非反讽意义等。在此基础上,将指出双重或多重叙事运动对叙事学和文体学的挑战,并提出相关应对措施。

【关键词】 双重/多重叙事运动;"叙事运动中的意义";双重/多重意义;挑战和应对

---

* 本文已发表于《外语教学与研究》2015 年第 5 期。

1. 引　言

　　自古希腊亚里士多德以来，虚构叙事研究一直围绕情节发展这一种叙事运动展开。无论属于何种领域、采取何种方法，学者们在考察叙事作品的文字时，往往仅关注文字表达的某一种主题意义。然而，在不少作品的情节发展背后，还存在另一种叙事运动，笔者在国际上将之命名为"covert progression"（Shen 2013，2014，forthcoming），在国内则称之为"隐性进程"（申丹 2013）。情节发展和隐性进程内部还可能出现并列前行的分支。在包含两种或多种叙事运动的作品中，同样的文字会沿着不同的表意轨道运行，表达出不同主题意义，塑造出不同人物形象。也就是说，文字的意义在叙事运动中产生，并受到叙事运动的制约。我们不妨将这种意义称为"叙事运动中的意义"[①]。在面对作品中并列运行的不同叙事运动时，我们需要打破长期批评传统的束缚，关注同样的文字在不同叙事运动中产生的不同意义，看到它们在对照冲突中的相互制衡和相互补充，更好地理解文学表意的复杂丰富和矛盾张力。

　　我今天以美国 19 世纪南方女作家凯特·肖邦（Kate Chopin）的《一双丝袜》（"A Pair of Silk Stockings"）、美国 19 世纪战争小说家安布罗斯·比尔斯（Ambrose Bierce）的《空中骑士》（"A Horseman in the Sky"）、英国现代女作家凯瑟琳·曼斯菲尔德（Katherine Mansfield）的《心理》（"Psychology"）和《苍蝇》（"The Fly"）等作品为例，来说明这种被前人忽略的表意现象。这四个作品具有一定的代表性，从四个特定角度多方位体现了文字如何在叙事运动中产生意义。本来是从标题和正文两方面展开探讨，但因为时间有限，因此仅集中探讨这些作品的标题。标题是作品的眼睛，短小精悍，对于点明主题意义起着重要作用，对标题的探讨有利于在较短篇幅中说明问题。在此基础上，指出文字的不同"叙事运动中的意义"对叙事学和文体学研究形成的挑战，并提出应对这种挑战的基本路径。

2. 标题的双重或多重意义

　　作品如果含有一种以上叙事运动，其标题往往具有双重或多重意义，有可能是不同象征意义（见 2.1）或不同隐含意义（见 2.2）；也可含有两种相互对立的字面意义(见2.3);还有可能在一种叙事运动中具有较强象征性,而在另一种中则不具象征色彩(见2.4),如此等等。

2.1 三种不同的象征意义

通常,我们仅关注作品标题的某一种象征意义。然而,在存在双重或多重叙事运动的作品中,标题有可能会具有两种或多种象征意义。在凯特·肖邦的《一双丝袜》中,情节发展有两个既相互矛盾又相互补充的分支,沿着女性主义和消费主义的轨道并列前行(详见申丹2015a)。从女性主义的角度,我们看到的是:作为贫困家庭主妇的女主人公在婚后完全失去了自我,但意外得到15美元后,她给自己买了一双精美丝袜,又接着给自己进行其他消费。在此过程中,她的自我意识逐渐觉醒,希望摆脱家庭的桎梏。从消费主义的角度,我们看到的则是:女主人公禁不住高档商品的诱惑,为自己进行了一系列炫耀性消费活动,希望以此来提升自己的社会身份,这体现的是消费文化对消费者的诱导和操控。在情节发展背后,还存在一个以自然主义为主导的隐性叙事进程,在这股叙事暗流中,女主人公随着环境变化(曾为富家女,后为贫家妇,在得到15美元后,重新回归富家女的消费方式),心理状态和行为举止也彻底变化,这体现出外在环境对人物的决定性影响。在这一隐性进程里,女主人公既不代表受男权社会压迫并短暂觉醒的女性,也不代表受消费文化影响和操控的购物者,而是代表受环境变化左右的个体(详见申丹2015a)。

作品的标题是"一双丝袜",这是女性专用物品,体现了女性特征。在女性主义的情节发展中,女主人公正是在购买和穿上一双丝袜之后,开始关注自己的身体和需求,获得自我意识,因此这一题目象征着女性自我意识的觉醒。与此相对照,在消费主义的情节发展中,"一双丝袜"则是消费文化的符号,象征着时尚商品对女性的诱惑,女主人公购买丝袜的行为是她炫耀性消费的开始。这两种相冲突的象征意义在情节发展中共同起作用,相互牵制,产生较强张力,也达到某种平衡:女主人公既受消费文化的诱导,又在消费过程中获得了短暂觉醒。

在情节发展背后以自然主义为主导的隐性进程里,精美丝袜是新的外部环境的象征。女主人公婚后失去了富家女的心态和行为,而在婚前穿戴的那种高档丝袜及其他物品的作用下,这种心态和行为迅速回归。在这一叙事暗流中,"一双丝袜"这一标题指向外在生活环境对人物的决定性影响。

在阐释标题时,以往批评家致力于挖掘一种意义,将之理解为在整个作品或整个语篇中的意义。在看到标题的双重甚或多重意义之后,我们可以悟出,标题的意义实际上是"叙事运动中的意义"。以往批评家看到的其实是标题在情节发展这一叙事运动中的意义。倘若情节发展本身有两个沿着不同表意轨道运行的分支,我们就需要观察到标题在这两个并列前行的支流中所呈现的不同意义;如果情节背后存在隐性进程,我们还需要兼顾标题在这股叙事暗流里的特定意义。

2.2 两种不同的隐含意义

在有的作品中,标题具有一定的隐含意义。如果作品含有双重叙事运动,就可能会存在两种不同的隐含意义。在比尔斯的《空中骑士》中,情节发展围绕战争的残酷和无意义展开,而隐性进程则围绕履行职责的重要性展开(详见申丹 2015b)。无论在哪种叙事运动中,"空中骑士"这一标题都字面指涉被儿子杀死的位于万丈悬崖顶上的父亲(父子分别加入了南、北方的部队,父亲在为南方部队执行侦察任务时,被为北方部队放哨的儿子发现,为了保护埋伏中的数千战友,儿子开枪射杀父亲的坐骑,使父亲坠下万丈悬崖)。

在情节发展和隐性进程里,作品的标题具有不同的隐含意义。在前一种叙事运动中,被儿子杀死的"空中骑士"是战争的牺牲品,含有较强悲剧性。与此相对照,在后一种叙事运动中,"空中骑士"是职责的化身,不仅不带悲剧性,且形象高大,乃至在一定程度上被神化(详见申丹 2015b)。标题的这两种隐含意义既互不相容,又互为补充,联手帮助表达作品丰富的主题内涵和双重人物形象。

2.3 两种不同的字面意义

如果我们把注意力转向曼斯菲尔德的《心理》,则会看到另一种情况:同一标题在情节发展和隐性进程里具有两种不同字面意义。"心理"的情节旨在揭示男女主人公的心理状态和交流沟通的困难,他们相互激情暗恋却竭力保持柏拉图式的纯洁友谊;而隐性进程则聚焦于单相思女主人公的复杂心理活动,她把自己的激情暗恋投射到并未动情的男主人公身上。这两种叙事运动并列前行,相互颠覆又相互补充,表达出作品丰富的主题意义,塑造出双重人物形象(详见 Shen 2015)。

就情节发展而言,"心理"("Psychology")这一标题字面指涉相互暗恋的男女主人公双方的心理;而在情节背后的隐性进程里,"心理"这一标题则字面指涉单相思的女主人公独特的心理状态。前一种指涉为情节发展中的明指,后一种则是隐性进程中的暗指;前者为虚(虚假表象),后者为实(实际真相)。标题的意义在于这一明一暗、一虚一实两种字面意义的相互对立和合作共存。

2.4 象征意义与字面意义

在曼斯菲尔德的《苍蝇》中,我们可以看到标题表意的另外一种双重性,即标题在情节发展中具有很强的象征色彩,而在隐性进程里则没有象征意味。"苍蝇"的情节围绕战争、死亡、施害和受害、悲伤等展开,而隐性进程则致力于对主人公虚荣自傲的反讽。在情节发展中,"苍蝇"指向莎士比亚《李尔王》第四幕第一场里的著名诗句:"天神对于我们,正像顽童对于苍蝇一样,他们为了戏弄而把我们杀害"(莎士比亚 1998:74)。"苍蝇"象征上帝的冷漠,是对一次大战之残暴恐怖的象征性谴责,被无法控制的外力杀死的苍蝇象征着死于战争的无辜的人(详见 Shen 2013:152-155)。也可以说,"苍蝇"是所有人物的象征:老板(主人公)、老板的儿子和老伍迪菲尔德"都是某种控制力量手中的苍蝇"(Rohrberger 1966:71-72)。与此相对照,在情节背后的隐性进程里,叙事运动自始至终聚焦于对主人公个人的反讽,"苍蝇"不再具有象征意义,仅仅从字面上指涉主人公用于检测自己的胆量和能力的那只苍蝇(详见申丹 2012)。诚然,在情节发展里,"苍蝇"也字面指涉被主人公杀死的那只苍蝇。但两种字面指涉的含义不尽相同。在情节发展里,苍蝇是主人公戏弄的对象,是其施暴的可怜牺牲品;而在隐性进程里,主人公通过苍蝇来检测自己的生存能力,逐渐与苍蝇形成认同。

如果作品含有一种以上叙事运动,不仅标题会具有双重甚或多重意义,而且正文的文字也会不断表达出不同"叙事运动中的意义"。

3. 正文文字的双重或多重意义

3.1 不同程度的褒贬涵义

在同一作品的不同叙事运动中,正文中同样的文字可能会具有不同程度的褒贬涵义。我们不妨看看《一双丝袜》中的一段,身为贫家妇的女主人公买了新丝袜之后,又去买一双跟袜子相配的鞋:

> [1] She was fastidious. The clerk could not make her out; he could not reconcile her shoes with her stockings, and she was not too easily pleased. She held back her skirts and turned her feet one way and her head another way as she glanced down at the polished, pointed-tipped boots. Her foot and ankle looked very pretty. She could not realize that they belonged to her and were a part of herself. She wanted an excellent and stylish fit, she told the young fellow who served her, and she did not mind the difference of a dollar or two more in the price so long as she got what she desired. (Chopin 1996: 58)

在女性主义的情节发展中,这段文字基本没有负面含义。尽管"fastidious""not too easily pleased"等用语通常带有贬义,然而在这一女性主义的叙事运动中,长期被家庭和孩子所累、完全失去自我的女主人公开始关注自己的身体和需求,为自己精心挑选服饰,这体现了她开始觉醒的女性意识,具有正面的积极意义,在很大程度上消除了相关文字通常的贬义。

与此相对照,在消费主义的情节发展中,这段文字则表达了消费文化对女主人公的负面影响。"凭借买了一样东西,往衣柜里添了一件新物品,女主人公在售货员面前的行为举止就完全变了"(Stein 2004: 361)。此外,这些文字还表达出:女主人公在消费文化的影响下,刻意模仿自己所不属于的富有阶层的购物行为,"假装"自己有足够的钱来买特别时尚的高档商品(Arner 2009: 125)。在这一叙事运动中,"fastidious""could not make her out""did not mind the difference of a dollar or two more"等文字的贬义都大幅增强,且无任何正面含义。同样的文字在女性主义和消费主义的叙事运动中表达出的不同意思互为补充,在矛盾冲突中联手表达出情节发展的复杂主题意义,塑造出双重人物形象。

在情节发展背后的自然主义暗流里,女主人公行为方式的改变则是由于外在环境的改变。作品开头,贫困环境中的女主人公为如何使用意外得到的15美元日夜盘算,但穿上婚前熟悉的精美丝袜、回到婚前那种购买高档物品的环境,她的心态迅速发生变化,回归到她身为富家小姐时的常态。在这一叙事运动中,"fastidious" "could not make her out" "did not mind the difference of a dollar or two more"等文字均意在表达女主人公像婚前一样,购物时讲究商品是否中意,注意搭配、质量和时尚,不在乎价钱,基本没有负面含义。

从这一实例,我们也可看到双重或多重叙事运动对作者遣词造句所提出的更高要求:作者需要选择能在不同叙事运动中同时表达不同意思的文字,但有时难以面面俱到。在"A Pair of Silk Stockings"中,单从女性主义角度考虑,作者不会选择"fastidious" "could not make her out"这样的文字,但消费主义的叙事运动则要求这样的选择。幸运的是,一种叙事运动本身构成一个表意语境,对文字的褒贬涵义有一定的决定作用。女性主义的叙事运动对上述文字就形成了制约,大大减轻了其负面含义。

在《一双丝袜》中,同样的文字在三种叙事运动中表达的不同意思互不相容,难以调和。它们在作品中共同作用,相互之间形成牵制和平衡,产生文学作品中特有的张力。在解读作品时,若仅仅沿着一条表意轨道来看文字的意思,难免会片面理解作品的主题意义和人物形象,也容易由于单向解读而造成该方向上的过度阐释。

3.2 两种不同感叹意义

在情节发展和隐性进程中,同一感叹语可能会具有不同感叹意义。且以《空中骑士》结尾处的一个感叹语为例:

[2] "See here, Druse," he said, after a moment's silence, "it's no use making a mystery. I order you to report. Was there anybody on the horse?" "Yes." "Well?" "My father." The sergeant rose to his feet and walked away. "Good God!" he said. (Bierce 1994:32)

前文一直未明说主人公杀死的敌方侦察兵是其父亲。中士得知这一真相后,发出惊叹:"Good God!",这是英语国家的人常用的感叹语,可以翻译成"天哪!""啊呀!""好家伙!"等。在围绕战争的残酷展开的情节发展里,这一感叹语仅仅表达对主人公被迫弑父这一战争导致的人间悲剧的哀叹;而在围绕履职重要性展开的隐性进程里,它也在很大程度上表达对主人公排除亲情干扰而坚定履职的感慨。这两种含义在文中共存,在矛盾冲突中帮助表达作品丰富的主题内涵。

3.3 双重视角中的现实和幻觉共存

我们一直认为,尽管叙事作品中的视角模式经常变换,但在某个时刻,只有一种视角模式在起作用。在这一种视角中,文字或者描述客观现实,或者表达人物的主观感受,如此等等。然而,在存在双重叙事运动的作品中,可能会出现两种视角在同一时刻并列运行的情况,且同样的文字可能会既描述客观现实又表达人物的主观想象。在曼斯菲尔德的《心理》中,正文的文字在情节发展和隐性进程里就不断表达出双重视角中的双重意义(详见 Shen 2015)。这是作品的开头部分:

> [3] WHEN she opened the door and saw him standing there she was more pleased than ever before, and he, <u>too</u>, as he followed her into the studio, <u>seemed very very happy</u> to have come. "Not busy?" "No. Just going to have tea." "And you are not expecting anybody?" "Nobody at all." "Ah! That's good." He laid aside his coat and hat gently, <u>lingeringly</u>, <u>as though he had time and to spare for everything, or as though he were taking leave of them for ever</u>, and came over to the fire and held out his hands to the quick, leaping flame. Just for a moment both of them stood silent in that leaping light. <u>Still, as it were, they tasted on their smiling lips the sweet shock</u> of their greeting. <u>Their secret selves whispered</u>: "Why should we speak? Isn't this enough?" "More than enough. I never realized until this moment. ... " "How good it is just to be with you. ..." ...
> (Mansfield 1920: 145—146, 下划线为引者所加)

在情节发展中,全知叙述者平衡观察男女主人公,描写双方的心理活动:双方都对这次会面感到极为高兴。然而,在隐性进程里,这一片段一直采用女方的视角。男方已经约好跟另一位朋友傍晚 6 点会面,顺路进来稍坐一会。暗恋他的女方开门看见他,喜出望外,且把自己的惊喜投射到男方身上。第一句里的"too"和"seemed very very happy"在情节发展里是全知叙述者佯装旁观者的观察,具有一定的客观性;而在隐性进程里,同样的文字则是女主人公在向男主人公投射自己的感受,主观性大幅增强。女主人公还把自己的恋情投射到男方放置外套和帽子的动作上:她期盼着跟男主人公永远生活在一起,因此幻想着他也想一直在这里待下去,不再穿衣戴帽告辞。在情节发展里,"lingeringly"是全知叙述者的描述;而在隐性进程里,则是女主人公的幻觉。在情节发展里,两个方式状语从句"as though ... or as though ..."是全知叙述者形容男方行为的比喻;而在隐性进程里,同样的文字则是女方投射到男方身上的自己的愿望。在情节发展里,"tasted on their smiling lips the sweet shock"是全知叙述者对男女双方的描述;而在隐性进程里,则是女方把自己的感受投射成双方的感受。在情节发展中,男女主人公心有灵犀,暗暗相互表达爱恋,读者从一方的内心转到另一方的内心。但在隐性进程里,读者则仅仅进入女主人公一人的内心,看到她幻想中两人的窃窃私语:男主人公的私语(his "secret self whispered")在隐性进程里纯属女主人公的幻觉。也就是说,随着叙事运动的变化,同样的文字在指涉事实和指涉幻想之间发生变动。这两种指涉相互排斥又相互补充,在对立冲突中联手帮助表达作品丰富的主题意义,塑造出双重人物形象。

3.4 反讽和非反讽意义

反讽在叙事作品中十分常见,但在笔者发现隐性进程之前,学界忽略了一种反讽,即"隐性进程中的反讽"(Shen 2013: 148-150)。其特点是,文字通常没有反讽意义,在隐性进程的这一局部也看不出反讽意义,但通过与隐性进程其他部分文字的前后呼应,在这一叙事运动中产生反讽。让我们看看曼斯菲尔的《苍蝇》的结尾段:

> [4] "Bring me some fresh blotting-paper," he said sternly, "and look sharp about it." And while the old dog padded away he fell to wondering what it was he had been thinking about before. What was it? It was. ... He took out his handkerchief and passed it inside his collar. For the life of him he could not remember. (Mansfield 1984: 533)

就情节发展而言,结尾的文字可以为"时间战胜悲伤"的解读提供支撑。对在战争中痛失独子的主人公来说,"失去记忆也许是最好的选择,通过记忆模糊来逃避现实也许是他与现实调和的最佳途径"(蒋虹 2004: 194)。从精神分析的角度观察,主人公忘却先前想的事也标志着其心理压抑和心理否认过程的结束(Hanson 2011: 125-126)。也就是说,这段文字不仅没有反讽意味,且邀请读者对主人公产生一定的同情和共鸣。

然而,在隐性进程里,这段文字则着力于反讽主人公的虚荣自傲。但反讽意义并非由此处文字本身产生,而是源于跟前面文字的交互作用,尤其是这一片段:

[5] "There was something I wanted to tell you," said old Woodifield, and his eyes grew dim remembering. "Now what was it? I had it in my mind when I started out this morning." His hands began to tremble, and patches of red showed above his beard. Poor old chap, he's on his last pins, thought the boss. (Mansfield 1984: 531)

在面对老伍迪菲尔德的健忘时,主人公居高临下地想着"Poor old chap, he's on his last pins(活不长了)"。如果说伍先生的健忘此时给了主人公很强的优越感,作品的结尾却让读者看到主人公与伍先生相似的困境。伍先生因为想不起来而着急,"patches of red showed above his beard",而结尾处的主人公也遭遇了同样的窘境,冒出冷汗,只好"took out his handkerchief and passed it inside his collar"。在用直接引语转述两人的想法时,曼斯菲尔德选用了同样的文字("What was it?""what was it?")来形象地表达两人相似的健忘。结尾句还采用了"For the life of him(无论如何)"这一状语来强调主人公的健忘。一般来说,作品的结尾句在读者的阅读心理中都会占据显著位置。作品很唐突地以"For the life of him he could not remember"戛然终结,突出了主人公的健忘,也由此呈现了对其虚荣自傲的强烈反讽:他跟伍先生同样健忘,没有理由把自己摆到居高临下的优越位置上。

在《苍蝇》中,情节发展没有反讽性,而隐性进程则以反讽为特征(详见申丹 2012)。既然相关文字在情节发展中没有反讽意味,而在隐性进程里则带上反讽色彩,就无法用现有研究模式来加以分析。在更广的范围,由于不少作品含有一种以上叙事运动,文字在其中产生双重甚或多重意义,因此对现有各种相关研究模式(包括读者阐释或认知研究模式)都提出了挑战。因篇幅所限,本文集中讨论这种表意现象对叙事学和文体学的挑战。

4. 不同"叙事运动中的意义"对叙事学模式的挑战

叙事学研究一直聚焦于情节发展这一种叙事运动,也仅关注与其相关的结构技巧。如果情节发展后面存在隐性进程,现有的叙事学模式就难以应付。我们需要把仅涉及情节发展(包括表达情节的方式)的模式至少拓展为涵盖情节发展和隐性进程这两种叙事运动的模式。叙事学将作品分为"故事"和"话语"这两个层次,就前者而言,叙事学考察故事事件究竟是具有"结局性"的结构还是"展示性"的结构(Chatman 1978：45-48)。在曼斯菲尔德的《心理》中，情节发展中的事件结构是"展示性"的，仅仅展示出男女主人公一直相互激情暗恋却无法表达；他们努力想成为精神伴侣，却也没有成功。与此相对照，在隐性进程中，女主人公最终从激情暗恋转向了男主人公想要的纯洁友谊，故事事件一直在为女主人公在结尾处的转轨作铺垫，其结构特点是心理展示与心理结局性变化的有机结合。文字在这两种事件结构中，不断表达出不同的"叙事运动意义"。在肖邦的《一双丝袜》中，女性主义的事件结构以女主人公获得短暂自我意识为特征；在消费主义的事件结构中，女主人公则一直受消费文化的诱导和操控；而在自然主义的事件结构中，女主人公则一直受外在生活环境的左右。文字在这三种事件结构中，也不断表达出不同的"叙事运动中的意义"。在叙事学研究中，我们需要分别关注不同叙事运动的不同事件结构：

事件结构
(a) 情节发展的事件结构：是展示性的还是结局性的？呈什么样的发展轨迹？
(b) 隐性进程的事件结构：是展示性的还是结局性的？呈什么样的发展轨迹？
(c) 两者之间是什么样的关系？是相互颠覆还是相互对照？在何种意义上相互制衡和相互补充？

对于其他结构技巧的研究，也需要在分析模式上加以同样的拓展。我们再看看叙述视角。叙事学界十分关心视角模式的分类和视角的转换。尽管视角的运用在有的作品中十分复杂也不断变化，但在情节发展的某一特定时刻，都只会采用一种特定的视角。倘若情节后面存在隐性进程，就有可能出现两种视角并列运行的情况。譬如，曼斯菲尔德的《心理》中的双重叙事运动就含有双重视角：在情节发展中，视角在男女主人公之间来回变换；而在隐性进程里，我们却一直从女主人公的视角来观察。若要揭示这种双重视角，我们必须把单一的视角模式拓展为双重视角模式：

叙述视角
(a) 就情节而言：采用的是何种视角模式？谁是聚焦者？
(b) 就隐性进程而言：采用的是何种视角模式？谁是聚焦者？
(c) 两者之间是什么样的关系？是相互颠覆还是相互对照？在何种意义上相互制衡和相互补充？

文体学也面临两种或多种叙事运动提出的挑战，也需要对研究模式和研究思路做出适当调整。

5. 不同"叙事运动中的意义"对文体学的挑战和应对措施

　　文体学是语言学和文学之间的界面研究,而语言学和文学批评都没有考虑文字在不同叙事运动中产生的双重或者多重意义:前者关注的是文字在短语、小句或句子、段落、语篇中产生的一种字面、内涵、比喻、隐含或象征意义;后者则仅仅关注情节发展,忽略了隐性叙事进程,也忽略了情节的不同分支所表达的不同主题意义。诚然,文学批评家也常探讨情节的分支,但一般限于主流的旁支,而不是从头到尾并列运行的分支(其本身构成情节发展的主流)。此外,文学批评家认为情节的主流和分支沿着同一表意轨道运行,表达的是同一种主题意义。当作品中存在沿着不同轨道表达不同意义的情节分支时,文学批评家倾向于把文本成分往一种表意轨道和一种主题意义上拉。这也是文体学家通常对作品的认识和分析思路。如果作品含有两种(甚或两种以上的)叙事运动,文字因此同时产生两种(甚或两种以上的)字面、隐含或象征意义,现有的文体分析模式只能发现其中一种。若要挖掘出文字在不同叙事运动中的双重或多重意义,我们需要在以下几方面做出努力:

(一) 打破批评传统的束缚

　　长期以来,文体学界着力于考察作品中的语言表达了一种什么样的主题意义。如果要发现文字在不同叙事运动中产生的意义,首先需要打破这一思维定式,认识到情节发展本身可能存在表达不同主题意义的分支;更重要的是,情节背后可能存在表达另一种主题意义的"隐性叙事进程"。

(二) 重新认识文体意义

　　我们需要这样来重新认识文体意义:文体意义指语言在叙事运动中产生的主题意义。如果作品中存在两种或两种以上的叙事运动,同样的文字可能会产生两种或两种以上的文体意义。文体学家需要挖掘这些不同的文体意义,并考察其如何相互对照、相互冲突又相互补充,联手表达出作品丰富的主题内涵,塑造出复杂的人物形象。

(三) 更新分析思路

若要发现文字同时表达的不同"叙事运动中的意义",我们需要更新分析思路。在进行语言学分析之前,首先凭借对文字的细致考察和对作品意义的直觉感悟,来大致判断作品中是否有可能存在双重(甚或多重)叙事运动,每一种叙事运动在哪个主题轨道上运行。在此基础上,沿着每一个可能存在的表意轨道,仔细深入地分析作品的语言,在分析过程中不断调整和修正对这一叙事运动及其主题意义的判断。此外,在分析每一种叙事运动的过程中,都需要关注文字在其中产生的文体意义与在其他叙事运动中产生的文体意义之间的相互冲突、相互制约和相互补充。

6. 结 语

长期以来,无论从何种角度、采用何种研究模式,学者们都致力于揭示情节发展的某种主题意义,关注其中人物的一种形象。而实际上在不少叙事作品中,情节发展背后还存在"隐性进程",且两者都可能含有并列前行的分支(关于隐性进程的分支,参见 Shen 2014:32-49)。这些叙事运动构成不同的表意轨道,文字沿着这些轨道运行,产生不同的"叙事运动中的意义"。它们相互映照、相互冲突、相互制衡和相互补充,在互动中产生文学作品特有的矛盾张力,表达出丰富的主题内涵,塑造出多面的人物形象,邀请读者作出复杂的反应。如果忽略作品的不同叙事运动和文字在其中产生的不同意义,就难免会片面理解甚或严重误解作品的主题意义、人物形象和审美价值。

由于时间所限,今天仅仅关注了文字在不同叙事运动中产生的双重或多重意义,而没有涉及另外一种相关现象:不少对于隐性进程至关重要的文字,对于情节发展却无足轻重,甚或显得琐碎离题,因此在以往的批评阐释中往往被忽略。如果能观察到这些文字在"隐性进程"这一特定表意轨道上产生的意义,相关语言细节就不会再显得琐碎,而会获得主题相关性,其审美价值也会相应显现。这也是文字的一种重要的"叙事运动中的意义"。

文字的不同"叙事运动中的意义"不仅对长期批评传统形成挑战,而且也对方兴未艾的叙事学、文体学研究以及其他各种研究(包括读者认知研究)构成挑战。要应对这一挑战,我们需要开拓新的视野,把仅仅关注情节发展的研究模式拓展成能涵盖不同叙事运动的研究模式。值得一提的是,文字的不同"叙事运动中的意义"在对现有叙事学、文体学和文学批评提出挑战的同时,也带来了新的发展空间。就叙事学而言,如果能发现隐蔽在情节后面的隐性进程,揭示出这种以往被忽略的叙事运动的不同事件结构、视角结构、叙述结构等,并关注这一叙事暗流与情节发展的相互冲突、相互制衡和相互补充,就有可能超越以往的文学批评,展示出叙事学研究的阐释价值。就文体学而言,叙事的"隐性进程"具有较强的隐蔽性和间接性,其关键成分往往是一些从情节发展的角度看上去无关紧要的语言细节,而文体分析有利于发现这些语言细节在"隐性进程"这一表意轨道上的重要作用。如果通过文体分析,能够挖掘叙事的隐性进程,揭示同样文字的不同"叙事运动中的意义"及其交互作用,就有可能超越以往的文学批评,展示出文体分析的阐释价值。如果我们叙事学的结构技巧分析和文体学的文字技巧分析结合起来,往往能更好地展示出界面研究的优越性。总之,如果我们摆脱长期批评传统的束缚,拓展视野,进行深入细致的分析,就有可能不断发现文字的不同"叙事运动中的意义",从而对文学叙事作品做出更好更全面的阐释。

【注解】(Notes)

① 笔者也考虑过采用"叙事进程中的意义",但"叙事进程"这一术语已被广泛使用,具有特定含义。"叙事运动"的优势在于前人没有使用,因此可用其指涉情节发展(包括其不同分支)和隐性进程(包括其不同分支)等贯穿文本的叙事运动。

【引用文献】(Works Cited)

Arner, R. D. "On first looking (and looking once again) into Chopin's fiction." In B. Koloski (ed.). *Awakenings: The Story of the Kate Chopin Revival*. Baton Rouge: Louisiana State UP, 2009, 112-130.

Bierce, A. "A horseman in the sky." In A. Bierce. *Civil War Stories*. New York: Dover, 1994, 27-32.

Chopin, K. "A pair of silk stockings." In K. Chopin. *A Pair of Silk Stockings and Other Stories*. New York: Dover, 1996, 55-59.

Hanson, C. "Katherine Mansfield's uncanniness." In G. Kimber and J. Wilson (eds.).

Celebrating Katherine Mansfield. New York: Palgrave Macmillan, 2011, 115-130.

Mansfield, K. "Psychology." In K. Mansfield. *Bliss, and Other Stories*. New York: Alfred A. Knopf. 145-156.

Mansfield, K. "The Fly." In K. Mansfield. *The Stories of Katherine Mansfield*, (ed.) A. Alpers. Auckland: OUP, 1984, 529-533.

Rohrberger, M. *Hawthorne and the Modern Short Story*. The Hague: Mouton, 1966.

Shen, D (申丹). "Covert progression behind plot development: Katherine Mansfield's 'The Fly'." *Poetics Today* 34 (2013): 147-175.

Shen, D. *Style and Rhetoric of Short Narrative Fiction: Covert Progressions Behind Overt Plots*. New York and London: Routledge, 2014.

Shen, D. "Dual textual dynamics and dual readerly dynamics: Double narrative movements in Mansfield's 'Psychology'." *Style* 49 (2015): 721-731.

Stein, A. "Kate Chopin's 'A Pair of Silk Stockings': The marital burden and the lure of consumerism." *Mississippi Quarterly* 57 (2004): 357-368.

蒋虹:《凯瑟琳·曼斯菲尔德作品中的矛盾身份》,北京:中国社会科学出版社,2004年。

莎士比亚:《莎士比亚全集》(下),朱生豪译,南京:译林出版社,1998年。

申丹:《叙事动力被忽略的另一面——以〈苍蝇〉中的"隐性进程"为例》,《外国文学评论》2012(2):119—137。

申丹:《何为叙事的隐性进程？如何发现这股叙事暗流?》,《外国文学研究》2013(5):47—53。

申丹:《女性主义和消费主义后面的自然主义:肖邦〈一双丝袜〉中的隐性叙事进程》,《外国文学评论》2015a(1):71—86。

申丹:《反战主题背后的履职重要性——比尔斯〈空中骑士〉的双重叙事运动》,《北京大学学报》(哲社版)2015b(3):165—173。

【作者简介】申　丹,北京大学外国语学院教授,主要研究方向为叙事理论与小说阐释,文体学,翻译学。

文本内真实性:情节的前提

◎ 赵毅衡

【内容提要】任何接受者,不可能接受一个对他来说不包含真实性的符号文本,这是意义活动的底线。文本的真实性,经常必须到文本外的经验世界求得证实,但是接受者也可以接受只有内含真实性的文本。本文试图对文本内真实性进行分类,即狭义的文本真实性,以及文本与伴随文本结合而成的"全文本"包含的真实性。这两种真实性,都必须符合融贯原则,即文本各成分逻辑上一致,或是与"外挂意义体系"一致。如果是艺术虚构文本,则需要依靠情绪浸入与社会感情体系融贯。

【关键词】真实性;接受;融贯;文本;全文本

1. 意义活动的底线真实性,替代真实性

任何符号表意活动,必须有接受者,这是传播交流不可动摇的基本原理。接受者之不可或缺,说明这个人格远比发送者重要。在自然符号文本(如自然灾害是在惩戒恶人)、作者不明文本(如作者隐姓埋名)以及在宣布"作者已死"的后现代主义批评家眼里,发送者——作者的在场性经常是可疑的,甚至是不必要的,但接受者确实不可忽缺。接受者是任何传播过程必须有的单元,它构成符号文本传播意义的完整途径。本文不讨论接受者人格的构成,也不探究其解释意义的标准,这些问题虽然极为重要,笔者认为"解释社群"理论比较言之有理(Fish 56),但在本文中只能暂时搁置。

本文要讨论的问题是:符号文本的接受者为什么要接受,而不是拒绝一个文本?这种接受的根本底线原因是什么?根本的理由是意识的追求

意义本性:意识存在于世,就是不断地在追求意义,也只有在意义活动中,意识的主体性才会出现。但是意义的概念——意义是意识与事物世界的联系——本身,就意味着它是"真实"的,任何接受者人格,不可能接受一个对他来说已经明显为非真实的意义。格雷马斯指出,每个文本接受者在解释活动之前,签下一个"述真合同"(veridiction contract)(Greimas 653),即相信该文本有真相才能读。

接受者必须有一个接受文本的动机,这个动机必然是文本具有某种真实性。此种真实性,不是该接受主体的判断的结果,而是接受者有意向接受这个符号文本的意识起码的条件;这样一个接受主体,不一定是有追求真理主动意志的主体,而是获得意义的意向性之源头。因此,这种主体不可能提出要求"我就是要接受一个假的意义",因为接受意义的真实性,是这个接受者人格在位的先决条件。

如果某人看幻想电影,明知情节不可能为真实(如动物或器物会说话),他却继续看下去,此时文本必然在向他提供某种真实性,哪怕是与常识真实很不同的某种真实性,这就是本文讨论的"文本内真实性"。文本内真实性有各种可能的样式,无论面对哪一种样式,一个接受主体必须在某些语境下,有条件地接受各种文本内真实性。这些就是本文讨论的主旨。

广义的真实,是传达的基础。接收者没有理由接受明知为假的符号文本,例如已经证明是谎言,如果接受者依然听下去,是因为可以穿透谎言,看出某种真实的东西,不然他没有理由留在传达过程中。哪怕他的感知(如他坐在戏院里)不得不被动接受信息,他的意识可以完全听而不闻,或视而不见,对他而言,传达过程实际上已经中断,因为没有接受的意向性,接受就无法进行。

2. 文本内融贯性

关于真实性的理论很多,其中的一种"融贯性理论"(coherence theory)认为,真实性主要来自对文本的融贯性认定。这意思是说,人判断真实性的标准之一,是文本中各元素的相互一致;逻辑上一致,各元素互相支持。的确,在同一文本区隔出来的意义环境里,各种符号元素互相之间有"横向真实"。这是任何情节发生的先决条件,也是我们找到文本内真实的根本原因。文本内的逻辑融贯，正是逻辑学发展成一般意义上的符号学的根本原因，因为它们都是人类追求真理的"普遍工具"，是"同一探究真理的动态过程"（张留华 45）。

塞尔指出，虚构文本中的"以言行事"，是"横向依存"的（Searle 59），也就是说，在同一文本中，融贯性可以有效地被解释为文本内的真实性。在同一文本区隔中，符号再现并不仅仅呈现为符号再现，而是显现为相互关联的事实，呈现为互相证实的元素。本文讨论的文本内真实性，只是与融贯性理论有关联，并不是用文本意义学说证明这个理论。但是，文本内真实性，与另一个更为传统、历史更为悠久的真实性理论，即"符合论"（correspondence theory）不相对应。符合论认为真实性产生于文本与经验世界的对应相符。有论者认为"符合论提供真实性的定义，融贯论提供真实性的标准"（李主斌 19）。这说法有一定道理，文本要自圆其说，并且"符合事实"。但是这样的看法适合"文本外真实性"，本文讨论的文本内真实性，可以暂时搁置与文本外经验世界相符合的问题，解释者可以在文本内、在文本间，找到一定范围内的真实性。因此，本文的看法是："符合论提供文本外真实性，融贯论提供文本内真实性。"

文本要取得这种融贯性，就必须为此文本卷入的意义活动设立一个边框，在边框之内的符号元素，构成一个具有合一性的整体，从而自成一个世界，而边框外的各种符号及其意义，就被暂时悬搁。有了这个条件，真实性才能够在这个文本边框内立足，融贯性才能在这个有限的范围中起作用（Stern 78）。

不仅如此，文本的此种融贯性，也必须与接受者的解释方式（如他的规范、信仰、习惯等）保持融贯。文本与解释，实际上形成"互相构筑"的局面，文本不是客观地存在，而是相对于解释而存在。艾柯认为："文本不只是一个用以判断解释合法性的工具，而是解释在论证自己合法性的过程中逐渐建立起来的一个客体。"也就是说，文本是解释自己的合法性而建立起来的，要找到解释有效性，只能通过接收者与文本互动，这是一个解释循环："被证明的东西成为证明的前提"（艾柯 78）。有解释，才能构成文本。文本真实性必须依赖读者相融贯的读法才能实现，普林斯曾经举过一个特别的例子说明这个问题：用读小说的方式读电话本，会发现"人物太多，情节太少"，反过来，用读电话本的方式读小说，会觉得更差（Prince 543）。

与接收方式互相融贯，说起来似乎十分抽象，实际上很具体，在我们接受任何文本是都在发生。例如电视剧这种当代文本体裁,最容易让观众上瘾,而所谓上瘾,首先必须是"信以为真",就是信赖甚至依赖其文本内真实性,而且对此种真实性充满了好奇。电视剧的文本内真实性,建筑在细节的丰富性之上,几乎"与真实生活一样丰富"的细节,融贯了文本的各个部分,是艺术表现呈现为真实。因为实在事物的一大特点就是细节的无限丰富,所谓"一沙一世界,一花一菩提"。压缩于有限边框(像素、篇幅、时段等)之中的符号文本,绝对不可能穷尽任何事物的细节。但是在文本范围内提供的细节如果很丰富,那么就能让观众产生已然融贯的幻觉,所谓"现实主义"和"自然主义"的文学艺术,给人强烈的真实感,就是这个原因。

美术理论家格林伯格指出过现实主义美术"与现实无距离"。他建议我们设想一个俄国农民进了莫斯科的艺术馆,毕加索的画使他想起东正教的民间艺术,他感到亲切。但当他转过身来,看到现实主义大师列宾的作品,他立即弃毕加索而崇拜列宾,因为列宾把戏剧性场面画得栩栩如生,使"他感到现实与艺术中间没有距离"(Greenberg 11)。接受者总是叹服于文本真实,而且把它当作"实在真实",即他的心目中的客观真实。

文本内真实性,需要文本内各元素互相对应相符,而相符的原则与常识相融贯。1983年根据同名言情小说改编的澳大利亚电视剧《荆棘鸟》(*The Thorn Bird*),故事情节从1912年延伸到1969年,讲了一对情人起伏坎坷的一生情史。男的是牧师,为了做主教,放弃爱情。到了白头之时,才明白爱情的真谛,两人才如愿以偿团圆。年代愈久,愈证明情爱无价,有情人难成眷属,终成眷属,令人唏嘘。

这颗重磅言情催泪弹效果极佳,五十年的爱恨情仇,延续成一部动人心弦的凄美浪漫巨著,在全世界收视率居高不下,1983年获得六项艾美奖。16年后的1996年,澳大利亚想拍"续集",但是剧终两人已老,只能找到情节中一段空档,原电视剧没有说1941—1945年二次大战期间发生的事。于是一部新编电视剧《荆棘鸟:失去的年代》(*The Missing Years*)问世。可惜这时候原演员班子已经无法寻找,连女主角都换了。如果是后续,可以说"岁月无情,年龄改变相貌",年代既然夹在中间,要换演员,就必须让观众忘记相貌。而人物的相貌,是影视的主要符号元素,这部"中续"(midquel)就落入尴尬境地:既要让观众想起原作(他们才会来看);又要让他们忘记原作(他们才能看得下去)。这部"中续"仅仅没有看过原剧的人才看得下去,只有他们能把它当作一个单独的文本。

电影是视觉艺术，文本如果视觉上不能完全连贯，变动必须在观众能忍受的范围之内。据说电视剧《西游记》拍摄期过长，唐僧不得不换人。一般观众没有妖怪们那样对唐僧的相貌敏感，许多电影对相貌的异常提出可以解释的理由，如《化身博士》或《巴顿奇事》；或是精彩到能让观众视为一个单独的文本，如007或福尔摩斯系列电影更换男主角。诚如《荆棘鸟》这样一部男女主角的一生情爱戏，中年一段相貌变化过大，原先观众就无法忍受。融贯性上的硬伤很让人遗憾，这部电视剧没有能重拾当年的风采。

在同一区隔中，哪怕已经媒介化，文本可以被理解为一个世界。此时再现并不呈现为再现，虚构也并不呈现为虚构，而是显现为这个文本世界中的事实，这是区隔的基本目的。语言哲学家塞尔指出，虚构文本中的言语，是"横向依存"的（Searle 59），也就是说，言语所陈述的事实，在同一文本各元素之间是实在的。

例如，我们可以问：贾宝玉为何能爱上林妹妹？听起来像是一个圈套，其实是老实到极点的问题。贾宝玉爱上林黛玉，自有他的千种道理、万般原因，那是红学家与耽读红楼的少男少女讨论的问题，回答或是才子佳人，或是因缘凑合，或是两人共享某种意识形态，共同敲响封建主义丧钟，或者干脆说爱情就是神秘得没有道理。这些命意或深或浅的回答，实际上都设立了一个前提假定：这两个任务共同存在于一个文本之中。若想问他们"为什么会相爱"，首先要问他们"为什么有可能互相爱上"，而我们文本外的人，为什么只有"艳谈"的份：文本之隔，就是世界之隔。

对同一文本中的人物，文本中的环境，发生的事件，遇到的人物都不是虚构的。对于我们读者来说，住在大观园中的林黛玉是虚构的，对于贾宝玉却必须是实在的，否则在《红楼梦》中，贾宝玉如何能爱上林黛玉？瓦尔许认为："叙述的作用，就在于让作品读起来像了解之事，而非想象之事；像事实报道，而非虚构叙述"（Walsh 34）。巴尔特指出："单层次的调查找不到确实意义。"苏轼诗云："不识庐山真面目，只缘身在此山中。"处于同一个表意层次中的文本，是一个融贯的世界，其中的事物和人物，只有对同一世界的其他元素具有逻辑融贯性。对于贾宝玉来说，林黛玉应当是实在的，因为他们在同一文本中，在存在意义上融贯。而对于我们来说，他们只是一个隔着框架可讨论的文本存在，俗话称为"谈资"。

难道只要"同一个文本世界"爱情就可能了吗？难道没有时代之隔，地域之隔，因缘凑合？难道不是林黛玉恰好寄养到贾府，才造就这一段轰轰烈烈的恋爱？难道许多偶然性，"无巧不成书"是必然的吗？情节如何安排得合理，是文本内次生的条件，是文本生产者的安排，人物的主体性只是一种情节假定。但是，从文本的定义来说，首先人物要落到同一个文本世界中，武大郎才会遇到潘金莲，潘金莲才会偶遇西门庆。

一旦落到同一个文本中，秦琼战关公就不是"非历史主义"。悖论的是，两人能战一场，条件恰恰就是侯宝林先生的相声：既然合到一道说，这事情就有可能。魏明伦的舞台让潘金莲会见安娜·卡列尼娜；伍迪·艾伦的《午夜巴黎》让一个当代作家见到毕加索和艾略特。只要同在一个文本世界，柳梦梅痴爱画上的杜丽娘，能让她死后复活；董永爱上七仙女，能让仙姑下凡。听起来是在强词夺理，实际上却是人类讲故事几千年的实践。文本具有一种内在真实，隔了文本边界就往往不再真实。接受者的意识沉浸到文本之中，就能接受这种局部融贯的真实性。

大卫·林奇导演的电影《内陆帝国》(*Inland Empire*)，对这种"文本内真实"提出了一个恐怖的反向证明：女主人公说了一段有点装模作样的话，吃吃笑起来说："天哪，真像我们剧本里的台词。"这时响起了导演的声音"停！怎么回事？"演员的笑破了戏，是 NG，落到了叙述文本的框架之外，应当重拍。但是女人四顾，一切依旧，电影继续，周围是"现实的"房间，没有摄影班子。她吓坏了，站起来慌忙奔跑。她的"破框"没有成功，反而肯定了区隔内强有力的真实：既然落在区隔之内出不来，就不是虚构世界，而是一个实在世界。这是一个超级恐怖的怪异场面，它从反面肯定了"文本内真实"。

处在任何一个再现框架区隔中的人物，不可能看到区隔内的世界是媒介化的符号。区隔的定义，就是隔绝文本世界与文本外世界。文本世界中的人不可能自觉到自己是被媒介化的，他们存在于一个被区隔出来的世界中，而这个世界能给他们提供存在所需的融贯条件。

3. 全文本

既然真实性可以存在于文本内部，就不可以牵涉到如何划定文本的边界的问题，但是文本的边界实际上并不清楚，正如本文上面讨论的，文本实际上是解释的结果。"印在封面封底之间"这样的理解，完全无助于文本边界的确立。接受者在解释文本时，不得不涉及大量封面封底之外的元素,如标题、作者姓名、文本体裁等重大问题;而且印刷文字这样清晰的"文本",在意义活动中是量很小的少数,绝大部分文本没有如此清晰的边缘。

文本的范围的确有多种定义方式:有的文本概念是窄义的,是一个边界清楚的意义表达单元。观察整个意义世界的文本构成,可以看到文本的边界非常不清楚,一个文本往往携带了大量的"伴随文本",许多的附加元素,这些元素经常不算作狭义"文本"的一部分。文本就像一个彗星,携带了巨大数量的附加因素,其中有些因素与文本本身几乎难以分解,有些却相隔遥远。伴随文本问题一直是符号学、解释学、传达学没有研究透彻的重大问题(赵毅衡 2004,143—159)。

伴随文本不是一些卫星般零散的"周边符号",而是文本与文化的重要联系方式。任何符号文本都携带了许多社会文化联系,这些联系积极参与文本意义的解读。甚至,某些伴随文本,可能比文本内的因素意义更为重大。因此,符号"全文本",是狭义的文本与进入解释中的各种伴随文本的结合体。通过这种结合,把文本变成一个浸透社会文化因素的复合构筑。

大部分副文本,完全"显露"在文本表层,可能比文本更加醒目,如标题、题词、序言、插图、电影的片头片尾以及广告的商品、商品的价格等。一首诗,则有标题、作者名等"副文本"元素。

型文本指明文本类型,因此是文本与文化的主要连接方式。文本归属于一定类型,与其他一批文本结合成派别、时代、风格等类别。现代传媒不断创造新的型文本类别,例如由同一个明星演出的电影,同一公司出品的游戏。型文本元素中最重要的是体裁,体裁把媒介固定到模式之中,决定了解释的最基本程式,体裁就是文化程式化分类。

前文本是对此文本生成产生的影响的一个文化中先前的所有文本的总称,与一般理解的"文本间性"相近,称之为前文本,是指明其方向性:只有在此文本之前出现的文本,才可能对此文本的理解产生意义压力。文本中的各种引文、典故、戏仿、剽窃、暗示等都指向这种影响。

文本生成后,还可以带上新的伴随文本。"评论文本"是"关于文本的文本",是此文本生成后被接收之前接受者接触到的,有关此作品及其作者的各种消息,各种道德或政治标签等等。"链文本"是接收者解释某文本时,与某些文本"链接"起来一同接受的其他文本,这在网络上体现最为具体:网络阅读者不断跟着链接走。"先—后文本"是多个文本之间的组合关系,电影都有原小说或电影剧本作为其先文本。在社会的符号表意中,先—后文本几乎无处不在:例如创作一首歌,必考虑如何推动大众传唱,而大众传唱的,大多是已经广为流传的歌。

所有这些伴随文本,主要功能是把文本与广阔的文化背景联系起来。从这个观点说,任何文本都不可能摆脱各种文化制约,它们只有在各种伴随文本因素环绕之中才能表达意义。没有这些伴随文本的支持,文本就落在真空中,无法被理解。无论是发送者还是接受—解释者,不可能不靠伴随文本来构成完整的文本。想要用摆脱文化束缚的纯粹心灵来观照文本是不可能的,在人类文化中,既没有纯文本,也没有纯解释。文化的定义,是"社会相关表意行为的总集合"(赵毅衡 1990,84)。任何文本的解读,不可能不落到文化的各种文本联系之中。

观察各种伴随文本,可以看到,某些伴随文本已融入文本,做任何解释时,都不可能让接受者剔除。由此出现"全文本"概念:凡是必须进入解释的伴随文本(如标题、体裁),都是文本的一部分。文本讨论的文本内真实性,就是全文本各种要素,包括必需的伴随文本在内的"融贯性",也就是说文本内真实性不仅产生于狭义的文本之中,不仅是文本内部各因素(如一部电影情节的前后对应),也在于文本与必须进入解释的伴随文本因素之间的呼应和融贯性。固然不同的读者—观众,会对伴随文本(如电影明星的社会声誉)有所取舍,但是他们对狭义文本内的元素也会有所取舍,因此,如同本文上面已经作过的声明,笔者取"解释社群"作为接受—解释的标准。

4. 全文本内的真实性

读者的意向性,就是在文本中寻找一个"证实条件"(conditions of authentication)(Ferman 156),而要让这样一个社群接受者愿意解释一个文本的"全文本内真实性",可以有以下几种特殊情况:

(1) 筹划真实性:相信此文本能告诉我们某种筹划,可以由实例化给予补足(如一张设计图纸,其真实性来自其成形可能);

(2) 文本间真实性:相信此文本能与过去确认的文本声称的真实情况互相印证(例如,阅读历史时,找到新的材料夹在某些被再次言说的说法之中);

（3）心理真实性：相信此文本能揭示发送者的某种真实情况（例如，听明知的谎言，看发送者的心理状况）；

（4）文本形式真实性：相信从此文本可以看出某种形式技巧的真实性（例如，从某种布料看纺织工艺）。

所有这四种"文本内间接真实性"，虽然求证的过场延伸到狭义的文本之外，但是它们与"符合论"要求的经验世界对应性很不同。它们的逻辑基础，都是"与某种更大的范畴相融贯"，只是这"更大范畴"的真实性，处于接受与解释潜在的背景之中，不一定要在本次意义活动中证明。"证据仅仅是一种真实关联度的符号，而不等于事实本身"（孟华 43）。例如上述第一种（筹划真实性）显然与经验世界的真实性暂时无关，而是靠这种对应可能性来判断文本内真实性；上述第二种（文本间真实性）与一个文化中累积的其他文本的地位相关；第三种（心理真实性）与想要了解的心理状态的真实性相关；第四种（文本构造的真实性），与意义构造方式的形式体系相关。

为获得这些"全文本"规模的文本内真实性，接受者把被解释的文本的真实性，依靠各种元素，挂在各种文本间体系之上。而这些外挂文本间体系，只是真实性暂时毋庸置疑的大规模体系，群体文化生活所认可的常识体系，逻辑体系，或知识体系。例如某个历史言说文本，只是与我们的文化认可的历史知识相融贯。"全文本"所包含的各种伴随文本，即是与这些外挂文本间体系实现融贯，从而获得局部真实性的方式。

如果接受者对文本的任何可能的真实性不再有获义意向性，比如对发送者品德完全失望（如发现抓到的俘虏不可能接触相关机密），甚至对此人的作假人格都不再感兴趣（如教师不想再与某谎瘾儿童周旋），对对方说出任何真实的可能性放弃希望（如放弃审讯一名囚徒），或者对这一类别的文本完全失去兴趣（如视同屋人放的广播为噪音）等等，此时符号传播就只能中断。

上述的第四种真实性，即"文本形式的真实性"，看起来包括了我们欣赏其形式的一切文本，尤其是艺术文本。实际上一件艺术品成为我们乐意接受的文本，因为它包含了多种文本内真实性，并不完全局限于"形式之美"。例如，读《诗经》，并不是只试图找到形式真实，孔子觉得《诗经》文本能"兴观群怨"，可以"多识于鸟兽草木之名"，这本歌词文本的另外几种文本间真实性，并不完全是文辞音韵之美。

5. 虚构文本的真实性

不得不特别强调的是,不同题材的文本,文本真实性品格有所不同。最明显的莫过于虚构与纪实这个体裁差别,召唤出"真实性"的机制很不相同。本文以上的讨论暂时搁置了虚构的特殊性,把虚构与纪实同样处理,而这个问题非常容易引起各种争议,必须仔细分辨。应当说明的是,虚构不一定是艺术的专利:有些纪实性文本(如纪录片或名家日记),可以很艺术,以情动人,但是并非虚构。但是我们大抵上可以以虚构作为艺术性文本的特点。因为虚构这种体裁,前提是否定文本外真实性。如果本文能说明在虚构文本内如何发现真实性,就对解决本文讨论的难题大有助益。

很多论者认为虚构类的叙述,其真实性来自于"放弃不信"(suspense of disbelief)。因为虚构文本本无真实性,不信是自然的,相信才是一种认知异常现象,而这种相信的来源,是"感情"上的认同,造成主体意识的"代入"(identification),以及心理情绪的"浸没"(immersion)。艺术用的是一种"情感语言",对于情感在人类意义活动中的地位,历来争议颇多。例如强调理性的新康德主义者卡西尔,认为欲望是动物性的,命题语言代替情感语言,是人性产生的标记:"命题语言与情感语言的区别,是人类世界与动物世界的真正分界线"(卡西尔 24)。

卡西尔说情感语言低一等,或许有道理,但是人性本质上就是不完美的,感情正是艺术文本的"文本内真实性"的源头,既是虚构叙述期盼读者"搁置不信"的理由,也是作品对读者产生"浸没"(immersion)效果的来源。既然虚构叙述的作者无论如何设置区隔,区隔内的世界依然被该世界的人格当作经验事实。读者也可以认同区隔内的接受者,忘却或不顾单层或双层区隔。一旦用某种理由漠视框架,虚构文本本身与纪实文本可能会有风格形态的巨大差异,却没有逻辑地位的不同。

虚构文本的文本内在真实性,依然要依靠文本内各种元素的融贯。钱钟书称之为"事奇而理固有",他比之于三段论(syllogism),艺术的不经无稽,可以"比于大前提,然离奇荒诞的情节亦须贯穿谐合,诞而成理,其而有法。如既具此大前提,即小前提与结论本之因之,循规矩以作推演"(钱钟书 905)。钱钟书指出的就是文本内融贯性:情节已经太奇怪,细节就必须尽可能以常识逻辑融贯。他举的例子是《西游记》中二郎神与孙悟空斗法,孙悟空与牛魔王斗法,都是你变一兽,我变另一兽尅你:变是荒诞不经,一物降一物却是符合常识。《管锥编》2007年再版本中,又增补了不少例子。从格林童话,到西方民谣,到卡尔维诺,到《古今小说》,到《贤愚经》:看来各民族都喜说魔术,而斗法之道必须弱强分明。

但是虚构文本更需要的是以情动人,而情感正是虚构文本真实性主要的"外挂文本系统",与纪实性文本主要外挂经验系统完全不同。例如前文所说的四种局部真实性,依然可以产生,只是感情外挂,原因很不相同:

(1) 筹划真实性:此种虚构文本有待感情的实例化(如读小说,有待社会正义道德感情的激发);

(2) 文本间真实性:此虚构文本与过去文本互相印证(如读历史小说,读者预知知事不可为,产生悲剧感);

(3) 心理真实性:此虚构文本能揭示发送者的情况(如读小说揭示作者的潜意识);

(4) 文本形式真实性:此虚构文本的技巧(艺术美导致的审美感情)。

这就是各种"虚构真实性"的根源:"现实主义"小说的大量细节真实,"现实主义"绘画的栩栩如生,只是能帮助读者外挂到生活经验体系上,与纪实文本的外挂方式实际上相同。此种外挂不能保证读者的真实性意向得到满足。对读者的心理产生"浸没",起决定作用的是感情上的投入,而这种感情投入,又来自读者认同虚构作品最下工夫处理的"道德感情"与"审美感情"。情感的强大力量,可以擦抹掉虚构文本的框架,然后建立起解释者所需要的文本内真实性。

一旦感情投入起作用,读者会觉得自己生活在真实的经验之中而感同身受,任何明显的区隔标记(如封面标明是"小说"),任何风格形态的差异标记(如人物视角的个人化叙述),甚至任何情节的怪诞(如《冰河世纪》中野兽的爱情故事),完全不现实的媒介(如动画的平面,或造型夸张的模型),只要能"感动"接收者,这些文本框架都能被擦抹掉。无论何种区隔内的叙述文本,其情感引导机制,为这种接受这发现"文本内真实性"提供了基础。

尼采说:"我们始终认为一个正常的人,不管是何种人,必定认为他所面对的是一件艺术品,而不是一个经验事实"(尼采 26)。可是,如今我们天天见到的人,"不管是何种人",经常把媒介再现当作经验事实。看来一个多世纪以后的人,在面对艺术品时,感情上反而更天真了,也或许是另一个原因在起作用:今日媒介表现手段(如电影的逼真性)更为老练,更容易让人接受文本内真实性。

　　文本内真实性,必须符合融贯原则,即文本各成分逻辑上一致,意义上相互支持。这种文本内真实性有两个大类,即狭义的文本真实性,即文本内部各元素的融贯。另一个大类,是文本与伴随文本结合而成的"全文本"真实性,伴随文本使文本与广大的社会文化联系在一起,因此文本内因素必须与各种"外挂意义体系"相融贯,例如艺术虚构文本,则需要依靠接受者的情绪浸入,与社会的道德感情体系融贯。文本内真实性,是人类社会符号表意的基本原则,人不可能接受不包含真实性的文本,但是各种文本内真实,经常能满足接受的条件。

【引用文献（Works Cited）】

Ferman, Claudia, "Textual Truth, Historical Truth, and Media Truth", *The Rogobetta Menchu Controversy*, (ed.) Arturo Arias, Minneapolis: Univ of Minnesota Press, 2001, p. 156.

Fish, Stanley Eugene, 1980, *Is There a Text in this Class?: The Authority of Interpretive Communities*, Cambridge Mass: Harvard University Press.

Greenberg, Clement, *The Collected Essays and Criticism*, Chicago: Univ. of Chicago Press, 1986, Vol I, p. 11.

Greimas, Algirdas Julien, Frank Collins and Paul Perron (1989), "The Veridiction Contract", *New Literary History: Greimassian Semiotics*, Vol. 20, No. 3.

Prince, Gerald, "Narratology, Narrative, Meaning", *Poetics Today*, Fall 1991.

Searle, John R, *Expression and Meaning: Studies in the Theory of Speech Acts*, Cambridge: Cambridge University Press, 1979.

Stern, Robert, "Coherence as a Test for Truth", *Philosophy and Phenomenological Research*, September Issue, 2004.

Walsh, Richard, "Who Is the Narrator?" *Poetics Today*, vol. 18, no. 4, Winter 1997.

艾柯:《诠释与过度诠释》,北京:生活·读书·新知三联书店:1997年。

巴尔特:"叙述结构分析导言",赵毅衡编《符号学文学论文集》,天津:百花文艺出版社,2004年。

恩斯特·卡西尔:《人论》,上海译文出版社,2004年。

李主斌:"符合论 vs 融贯论",《自然辩证法研究》,2011(9):15—22。

孟华:"真实关联度、证据间性与意指定律:谈证据符号学的三个基本概念",《符号与传媒》,2011(2):43。

尼采:《悲剧的诞生》,周国平译,北京:生活·读书·新知三联书店,1986年。

钱钟书:《管锥编》卷二《楚辞洪兴祖补注》,北京:生活·读书·新知三联书店,

2007年。
张留华:"皮尔斯为何要把逻辑学拓展为符号学",《符号与传媒》2014(9):45。
赵毅衡:《符号学:原理与推演》第六章"伴随文本",南京:南京大学出版社,2014年。
赵毅衡:《文学符号学》,北京:中国文联出版公司,1990年。

【作者简介】赵毅衡,四川大学文学院新闻学院教授,符号学—传媒学研究所所长。

西方文化的"以视为知"与中国文化的"听觉统摄"
——从视听倚重差异到小说结构差异

◎ 傅修延

【内容提要】不同文化中人在感官运用上会形成各有倚重的"路径依赖":西方文化的视觉耽溺,使得"以视为知"成为人们下意识深处的"定见";"听觉统摄"下的中国文化则注重闻声知情,源自上古的"尚声"礼仪与"声教"传统对此影响深刻。相对于一目了然的"看","听"到的总是若有若无、模糊不清和纷至沓来的,而这种不充足、不确定和非线性的信息传播,又会反过来迫使接受者更聚精会神地"卷入"其中。胡适、鲁迅和陈寅恪等之所以认为明清章回小说结构散漫,乃是因为他们在西方的视觉文化中浸润甚深,"连续性的线性序列"不知不觉成了他们判断叙事形式的标准。中西叙事的不同源于各自的结构观念乃至观念后面的感官倚重,这一认识有助于我们更有穿透力地去观察一些文化现象。

【关键词】听觉;视觉;叙事;文化;倚重

人类只有通过自己的感官才能与外部环境发生"接触",虽然分布于世界各地的人们拥有同样的感觉器官,但他们的感官运用不会完全一样,更具体地说这种不同表现为各有倚重的"路径依赖",因此从视听倚重这一角度进行探索,或许会有助于我们更深入地认识中西文化之异乃至叙事之别。

一、西方文化的"以视为知"

让我们先从一则希腊神话说起。

希腊神话中那耳喀索斯(又译那喀索斯和纳西塞斯)的故事可谓脍炙人口：这位美少年拒绝山林女神厄科(Echo)的追求，陶醉于自己水中的倒影，最终憔悴而死变为水仙花(narcissus)，厄科也因失恋而化作空中的回声(奥维德 61—66)。长期以来，人们只知从爱情角度读解那耳喀索斯的故事，殊不知这个故事乃是对视觉耽溺的一种隐喻与警示——如果一味顾影自怜，沉迷于"看"与"被看"之中不能自拔，必定导致灾难性的后果。"narcissus"一词在希腊文中有麻木、麻醉之义，这一名称本身就带有对视觉痴迷的讽喻。沃尔夫冈·韦尔施说：

> 神话借那喀索斯的故事向我们表明了视觉特权和听觉遭贬的双重形象，以及它的致命结果。它向西方宣示了视觉的致命性，因为它只要看，而盲目对待听。(219)

引文中"宣示了视觉的致命性"一语，表明韦尔施认为西方文化在发轫之初就带有一种对视觉耽溺的自省意识。

然而这种自省意识并未遏制住视觉霸权的崛起。就其荦荦大端而言，根据韦尔施的说法，西方文化的视听钟摆在公元前5世纪左右就开始摆向视觉一端，毕达哥拉斯可能是听觉时代最后一位哲人。[①]毕达哥拉斯的标志性成就在于察觉到万事万物后面的数学法则，而从文艺角度看，他的主要贡献在于运用数学手段，开拓出"和谐"这一建立在声学基础上的美学范畴。以其对宇宙秩序的描述为例，太阳、月亮、星辰的轨道和地球距离之比，分别等于三种主要和音，即八音度、五音度和四音度。毕达哥拉斯的宇宙模式更接近于我们现在所说的"听觉空间"，宇宙中心是一团人类无法用肉眼看见的"中央火"，十个天体按音程比例关系环绕在它的周围，这种关系使它们能够共同在天空中演奏出和谐的音乐。用耳朵来揣度宇宙在今人看来可能是匪夷所思，然而在以听觉沟通为主的时代，人类和许多动物一样常常会以声响来判断外部环境的变化，毕达哥拉斯的听觉立场应该是由他所属的时代决定的。可以印证这一点的是，即便是对毕达哥拉斯观点持批判态度的赫拉克利特，或许是由于他生活的时代距毕氏较近，在描述宇宙时也和毕达哥拉斯一样使用许多音乐隐喻。

那耳喀索斯神话预言的视觉耽溺，在柏拉图那里被赋予哲学上的合法性。柏拉图理论的核心概念是"理念"，其原文"idea"或"eidos"均出自表示"看"的动词"idein",这说明他把"看"当作接近最高真理的主要途径。柏拉图著作中提到过两种"看":一种是《理想国》中被人反复引述过的囚徒之"看",这些被关在洞穴中的可怜人只懂得凭自己的肉眼观察,结果把洞外火把投射到洞壁上的光影当作真实;另一种是《斐德若篇》中提到的灵魂之"看",这种"看"能使人感受到"理念"的光辉——以天空中的发光体为喻而呈现出来的明朗之美:

> 我回到美。我已经说过,她在诸天境界和她的伴侣们同放着灿烂的光芒。自从我们来到人世,我们用最明朗的感官来看她,发现她仍旧比一切更明朗,因为视官在肉体感官之中是最尖锐的;至于理智却见不着她。假如理智对她自己和其他可爱的真实体也一样能产生明朗的如其本然的影像,让眼睛看得见,她就会引起不可思议的爱了。②

柏拉图对真善美探求所作的一系列视觉性譬喻,不能完全说是他个人的戛戛独造,因为希腊语中表示"理论"的"theoria"就有"专注地看"之义,而把这种"看"的对象与天空中的发光体叠印在一起,更契合了世界各地普遍存在并且至今仍挥之不去的崇日情结。

柏拉图在《斐德若篇》等篇章中说人生最大的幸福在于观照绝对真实世界,这一点对亚里士多德的影响十分明显:亚里士多德把人类活动分为认识(观照)、实践和创造三种,其中认识(观照)位置最高,因为只有这种活动才能使人在直面最高真理中享受到无与伦比的幸福。观照在柏拉图那里主要指涉灵魂之"看",亚里士多德则把观照纳入艺术范畴,认为文艺只是一种关乎观照的认识活动,屏声去息的"静穆"和"静观"乃是文艺的最高境界。不仅如此,与柏拉图相比,亚里士多德讨论文艺问题时更加倚重视觉譬喻,他在讨论诗学问题时,总倾向于拿绘画与面具之类来做类比,而当涉及更为抽象的问题如情节安排或美感呈现时,他的表达方式仍然离不开"看",也就是说努力使讨论对象变得"直观"起来,把原本难以把握和描摹的东西变为视觉感知。例如:

> 一出悲剧,尽管不善于使用这些成分,只要有布局,即情节有安排,一定更能产生悲剧的效果。就像绘画里的情形一样:用最鲜艳的颜色随便涂抹而成的画,反不如在白色底子上勾出来的素描肖像那样可爱。
>
> 一个美的事物——一个活东西或一个由某些部分组成之物——不但它的各部分应有一定的安排,而且它的体积也应有一定的大小;因为美要依靠体积与安排,一个非常小的活东西不能美,因为我们的观察处于不可感知的时间内,以致模糊不清;一个非常大的活东西,例如一个一万里长的活东西,也不能美,因为不能一览而尽,看不出它的整一性;因此,情节也须有长度(以易于记忆者为限),正

如身体，亦即活东西，须有长度（以易于观察者为限）一样。

　　诗人在安排情节，用言词把它写出来的时候，应竭力把剧中情景摆在眼前，唯有这样，看得清清楚楚——仿佛置身于发生事件的现场中——才能做出适当的处理。③

请注意引文中加了着重点号的与"看"有关的文字，亚里士多德不像柏拉图那样特别在意肉眼之"看"与灵魂之"看"的区分，他的"看"既可指观察又可指认知，或者两者兼而有之。不难发现，在今天已经成为惯性思维的"看到就是知道"——更全面地说是"光明"照耀下的由"看"而"知"，在柏拉图与亚里士多德的表达中已经初露端倪。

乔治·雷可夫与马克·詹森合著的《我们赖以生存的譬喻》一书，为我们提供了一批颇能说明柏拉图与亚里士多德当代影响的语料，该书在"理解是见；见解是光源；话语是光的媒介"条目之下，列出了一系列与"视""光""知"相关的常用譬喻：

I **see** what you are saying.
（我**看出**[→知道/了解]你在说什么）
It **looks** different from my point of view.
（从我的角度**看**就不一样）
What is your **outlook** on that?
（你有什么**看法**?）
I **view** it differently.
（我的**看法**不同[→我有不同想法]）
Could you **elucidate** your remarks?
（你可以把意思**说明白**/清楚一点吗?）(91—93)

从这些使用频率较高的譬喻来看，使用者在"视"（看到）与"知"（知道）之间画上了等号，反过来，"没看到"或"缺少光"也就是"不知道"或"不清楚"。语言是思维的工具，这种"以视为知"或"视即知"的思维已经渗透到西方文化的骨髓之中，成为人们下意识深处的"定见"，绝大多数人在使用上述视觉譬喻时，不会意识到"视"与"知"之间并不存在必然联系。

拈出了"视""光""知"之间的这种联系，西方后古典时代文化的视觉内蕴也就自然而然地呈现出来。中世纪常常被人用"黑暗"一词来形容，是因为这个时代的心灵视力缺乏理性之光的照耀。由此又产生了文艺复兴的"曙光"之喻，意思是这一时期掀开了西方社会的光明帷幕，并非巧合的是，以造型艺术成果为代表的文艺复兴与"看"的关系甚为密切，研究者称但丁与彼得拉克的登高望远标志着现代人欣赏自然美的开端。至于启蒙时代,它的名字本身就表示"照耀"("启蒙"的法文和英文分别为lumières 和 enlightenment),其内涵可直观地表述为用理性的光芒透过眼睛去观察外部世界。对视觉的依赖到 18 世纪发展为所谓"视觉专制",启蒙运动的主将伏尔泰不仅服膺"观念即图像"之说,他本人还对牛顿的光学理论有浓厚兴趣,曾亲自做过不少这方面的实验。作为法国启蒙运动的本土思想来源,17 世纪哲学家笛卡尔的"我思故我在"也是以视觉为认知中心,但他的"思"指的是"精神上的察看",而伏尔泰遵循的则是以培根、洛克和牛顿等人为代表的感觉论传统,他的"看"主要还是指对外界物体所作的肉眼观察。

启蒙时代毕竟是一个一切都要用理性来审判的时代,虽然启蒙学者喜欢使用以视觉统领感知的"照耀",最早看到视觉不足之处的也是他们。卢梭对声音的感染力有过论述,他最早注意到人的五官实际上是按"听觉优先"的原则配置:我们有耳朵和嘴巴两个器官分别负责听觉信息的接收与发出,却只有一个负责接受视觉信息的器官——眼睛,因此人类注定了不能"像发出声音那样发出颜色"④,所谓"两眼放光"实际上只是一种形容或曰假相。马丁·杰指出,启蒙时期对视觉的过度崇尚引起了反弹,由于"对视觉景象分散注意力的作用大为不满",雅各宾党人做出了摧毁圣像及打倒一切权威的举动(Martin Jay 83—97)。到了对卢梭颇有好感的 19 世纪浪漫派那里,这种反弹构成一种"反图像主义立场"。⑤ 威廉·华兹华斯在叙述个人精神发展的长诗《序曲》中提到"视觉专制",他把自己的肉眼称为"最霸道的感官",因为它"常常将我的心灵置于它的绝对控制之下"。⑥ 同为湖畔诗人的撒缪尔·泰勒·柯勒律治则从理论分析入手,把"视觉专制"归因于"企图把非视觉对象视觉化"的"机械论哲学",这种哲学的目的在于"使心灵成为眼睛和图像的奴隶"(Samuel Taylor Coleridge 106—107)。

浪漫派诗人对"图像主义"所作的有意无意反抗,到 20 世纪发展为一股抵制视觉中心的自觉潮流,这股潮流的最重要引导者无疑是海德格尔。柏拉图以降的西方哲学从视觉化角度看待一切精神或物质的存在,海德格尔却试图将其拨回听觉的轨道,因为他更倾向于用属于声音范畴的符号来对存在(Seinde)做出描述。海德格尔提出的一些著名范畴与观点,如"道说""召唤""应合""寂静之音""无声的言说"和"语言是存在的家"等,都有强调听觉的意味。他让读者感受的世界,更多属于"音景"(soundscape)而非"图景"(landscape),人们从中听到的是一曲"天地神人四重奏":天空日月往来,地上花谢花开,诸神尊容隐显,世上过客匆匆,这一切既悄无声息又轰鸣如雷。由于"视即知"思维对当代话语的渗透,海德格尔的一些表述读来仍带有视觉色彩,如"显露""澄明"和"去蔽"等,但我们应当意识到这些成分的羼入非其本意。对于"被用作'现象学'的形容词的'解释学'",海德格尔曾从词源学角度作过考证,他认为"解释学并不就是解释,它先前意味着带来消息和音信",并说这一"源初意义曾驱使我,用它来规定为我开启了通向《存在与时间》的道路的现象学思考"(海德格尔 99—100)。由此我们可以理解,为什么海德格尔会用"吵闹的现代小屋"形容这个人人都在大喊大叫的时代,为什么他会如此推崇能听到广袤天地间"本真之音"的"孤寂"境界。

20 世纪为这股潮流推波助澜者不乏其人。萨特在自己的童年自传《词语》中,提到自己从小在他人目光的压力下成长,"这种注视保持着我的模范外孙的本质",也就是说他为了成为别人眼中的那种人而不断"矫正"自己的行为(萨特"词语" 58)。在其代表作《存在与虚无》中,萨特进一步把"被看"界定为他人目光对自己的塑形:为了避免"主体—我"沦落为"对象—我","我"必须用自己的"看"来对抗这种"被看",这种"看"与"被看"的抗争导致每个人的自由存在都受到限制(萨特"存在与虚无" 328—387)。在此意义上将视听作一比较,可以发现"被看"要比"被听"更为令人难堪,"他人就是地狱"主要缘于他人的监视目光。在《规训与惩罚》中,来自他人的监视目光被福柯形容为"权力的眼睛",其典型形式为现代环形监狱正中的瞭望塔:瞭望塔内的看守可以在不被发现的情况下观察监狱内的各个囚室,而处于透明铁笼中的犯人却因为逆光等原因只能"被看"而不能"看"(米歇尔·福柯 150—227)。这种精心设计的不平等格局透露出视觉社会中的权力泛滥,如果说监狱中的犯人是因为犯罪而被剥夺"看"的自由,那么那些在透明玻璃、半隔断与摄像头下面埋头工作的守法公民,却是平白无故地丧失了自己的尊严与权利。不仅如此,按照文化研究学派的意见,沦为"他者的景观"的还有许多居于弱势地位的群体,例如女性与黑人。众所周知,西方裸体画极少以男性为对象,女性身体在这类绘画上占据主要位置,其原因在于这种画的观赏者主要是男性。就像女性是从男性的目光中感觉到自己身体的不同,黑人也是从白人的目光中惊觉,意识到自己的肤色属于另类,这种"萨特式注视"使得一个正常的黑人异化为白人眼中的"黑鬼"(弗兰特齐·法农 213—217)。

20 世纪虽然见证了思想界对视觉耽溺的警觉与抵制,却未能如人们所预言的那样迎来一个听觉文化全面复兴的时代。究其原因,显然是因为"听觉转向"是一个缓慢的过程,视觉霸权的终结不可能一蹴而就。还应看到,20世纪以来的科技进步特别是传媒技术的日新月异,不但没有削弱反而进一步加重了人们对"看"的依赖。马歇尔·麦克卢汉把印刷文化兴起之后的西方人称为"印刷人":"古腾堡印刷充斥世界的同时,人类声音就消失了。人开始静默而被动地阅读"(马歇尔·麦克卢汉"古腾堡星系"350)。然而随着新一轮传媒变革的发生,各种便携式电子终端的普及,当年的"印刷人"已演变为无处不在的"刷屏族"与"低头族",他们携带的移动电话原先只有"听"和"说"的功能,如今更多被用于阅读和观看。21世纪电子产品开发商的目标仿佛只有一个,这就是不断刺激和满足人们对"看"的需求,时下如鲜花般怒放于各类电子屏幕上的唯美视频便是明证。"微信""推特"和"脸书"之类为大众迅速接受这一事实,预示着传播变革还将不断制造出各种新的"看",视觉盛宴对饕餮之徒的诱惑尚未结束。

二、中国文化的"听觉统摄"⑦

让我们也从一则故事了解中国文化对视听二根的态度。

《西游记》第五十八回讲述:两个孙悟空从外貌上看一般无二,光凭眼睛无从区分,正在众人万般无奈之际,地藏王菩萨提出自己的坐骑谛听能够"听个真假"——"原来那谛听是地藏菩萨经案下趴伏着的一个通灵神兽。他若伏在地下,一霎时,将四大部洲山川社稷,洞天福地之间,赢虫、鳞虫、毛虫、羽虫、昆虫、天仙、地仙、神仙、人仙、鬼仙可以照鉴善恶,察听贤愚"。谛听伏地聆听之后,果然鉴别出了假悟空的身份,但因畏惧其神通不敢"当面说破"。真假悟空后来闹到西天,法力无边的如来指出假悟空乃是"善聆音,能察理"的六耳猕猴所化,"此猴若立一处,能知千里外之事;凡人说话,亦能知之"。《西游记》中的孙悟空会"七十二变",这种本领让他经常靠欺骗别人的眼睛占得上风,但这保不住别人也以其人之道还治其人之身,遇到这种情况只有请出比视觉更为高明的听觉,或许这就是第五十八回所要传达的真谛。细读这个故事还能获得更深一层的领悟:假悟空的可怕主要不在于他像真悟空一样善于迷惑别人的视觉,而在于他具有谛听那种超越视觉的"听"力("能知千里外之事"),"六耳猕猴"

这个名字突出其最擅长的本领是"聆音察理"。

　　仔细揣摩六耳猕猴之名，还能发现我们的文化是以听觉来统摄包括视觉在内的各种感知：常人只有两耳，假悟空却有六耳，听觉器官的这种超级配备，意味着这只聪明的猴子具有远胜常人的洞察力。汉字中往往可窥见中国文化的精髓，为了认识中国文化的听觉属性，我们不妨对以下几个带"耳"旁的繁体汉字加以分析：

聽　聰　聖　職　廳

　　首先来看"聽"，这个字除了左旁有"耳"表示信号由耳朵接收之外，其右旁尚有"目"有"心"，一个单字内居然纳入了耳、目、心三种人体重要器官，说明造字者认为"听"近乎为一种全方位的感知方式。不仅如此，"聽"与"德"的右旁完全相同，这也不是没有缘故的——古代的"德"不仅指"道德"之"德"，还有与天地万物相感应的内涵。《庄子·人间世》说耳听只是诸"听"之一：

　　　　回曰：敢问心斋？仲尼曰：若一志；无听之以耳，而听之以心；无听之以心，而听之以气；听止于耳，心止于符。气也者，虚而待物者也，唯道集虚，虚者，心斋也。

引文中"听之以心""听之以气"之类，显示古人心目中的"听"非耳朵所能专美，"心斋"可以理解为像母腹中的胎儿一样用整个身体去感应身外的动静，这种全身心的感应可以说是中国传统文化的一大重要特质。"心止于符"这一表述，与海德格尔所说的"应合"（Entsprechen）庶几相似，波德莱尔的十四行诗《应和》亦可为此作注，在这方面西方一些人与我们古人的心是相通的。

　　与"聽"字的构形相似，"聰"字不但从"耳"而且有"心"，因此对这个字的理解也应是"耳闻之而心审之"。就像汉语中的"听"不仅是用耳朵来"听"一样，"聪"也是以耳闻来橐栝其他感知，"聪明"则是以耳目并举来指涉感知渠道的通畅。"耳聪目明"这种表达次序告诉我们，我们现在习以为常的先说"看"后说"听"（如"视听"），在传统汉语中往往是反过来的，"耳目""声貌""闻见""听视""绘声绘色""声色俱厉"和"音容笑貌"等均属此类。我们现在动不动就说"在我看来"，而在引征传统深厚的古代社会，人们常以自己的听闻为开场白，中国第一部历史文献《尚书》中，"我闻曰""古人有言曰"领起的直接引语不下十句，历代皇帝的诏书亦往往以"朕闻……"为起首（傅修延 196）。此外，"耽溺"之"耽"、"昏聩"之"聩"以及"振聋发聩"之"聩"，皆从"耳"而非从"目"，这也从一个侧面说明中国文化中的听觉统摄。⑧

"圣"字则是我们理解自己听觉传统的关键。许慎《说文解字》释"聖"为"通",段玉裁指出"聖"的发音来自假借字"聲":"聖從耳者,謂其耳順。風俗通曰:聖者,聲也,言聞聲知情,按聖聲古相叚借。"据此可以将"通"理解为听觉渠道的灵通顺畅。⑨"耳顺"现在一般理解为能听进逆耳之言,这其实是一种误解。从《论语·为政》中体现的认知递进与自豪语气来看——"吾十有五,而志于学。三十而立,四十而不惑,五十而知天命,六十而耳顺,七十而从心所欲,不逾矩","耳顺"应当是指多数人可望而不可即的"闻声知情"能力,亦即汉儒郑玄注《论语》中所说的"耳闻其言,而知其微旨"。如果只取"耳顺"的字面意义,那么圣人的门槛未免太低了一些。清人焦循在《论语补疏》中如此为"耳顺"释义:"学者自是其学,闻他人之言,多违于耳。圣人之道,一以贯之,故耳顺也。"刘宝楠的《论语正义》看到焦循之解与郑玄不同,但取和事佬态度未作细究:"焦此义与郑异,亦通。"今人杨伯峻则说"(耳顺)这两个字很难讲,企图把它讲通的也有很多人,但都觉牵强",他自己对"六十而耳顺"的解释是"六十岁,一听别人言语,便可以分别真假"(杨伯峻 16—17)。杨释实际上是回到了郑注,闻声而知情之真伪,与闻声而"知其微旨"没有多大不同。《史记·老子韩非列传》中提到老子"姓李氏,名耳,字聃",这一名称也标示出圣人与听觉的某种联系。

至于"職"字与"廳"字,段玉裁在解释《说文解字》的"職,記微也"("微"字去双人旁)时说:"記猶識也。纖微必識是曰職。周禮太宰之職,大司徒之職,皆謂其所司。凡言司者,謂其善伺也。凡言職者,謂其善聽也。"这段话再清楚不过地表明,不仅圣人需要聪察,凡在"廳"下为官者都要有一副善于聆听的耳朵。然而由于时代悬隔和汉字简化,"识微"与"善听"这一"職"中应有之义已被时光淘洗殆尽,大多数现代人已经不明白"职"字为什么会从"耳","厅"字里面为什么会有"聼",当然也就更不明白古代为什么会有"听政"这样的提法。本人之见,"听政"不是说官员真的只凭听觉施政,而是强调他们要有洞察幽微的"闻声知情"能力,这与段玉裁所说的"识微"与"善听"并无二致。

圣人的"闻声知情"让人不禁发生联想:那些达到识微见几境界的圣人,其感觉的灵敏度必定大大超过常人。事实确是如此,"心听"与"神听"今天看来非常神秘,在过去并不是什么太了不得的事情,古代文献中"闻声知情"的记载甚多,尤其表现在听军声而知胜负上:

> 大师,执同律以听军声而诏吉凶。(《周礼·大师》)
> 兵书曰:王者行师出军之日,授将弓矢,士卒振旅将张弓大呼,大师吹律合音,商则胜,军士强;角则军扰多变,失士心;宫则军和,士卒同心;徵则将急数怒,军士劳;羽则兵弱,少威明。(郑玄注《周礼·大师》)
> 楚师伐郑,……晋人闻有楚师,师旷曰:"不害。吾骤歌北风,又歌南风。南风不竞,多死声。楚必无功。"(《左传》襄公十八年)

现代人很难相信从声音中能够得到来自未来或未知领域的信息,但不管是人声还是器乐,只要这声音发自于人,一定会或多或少地携带发声者或演奏者的某种情绪,因此以"宫商角徵羽"来鉴别士气并不是全无道理。说来也许有人不信,"听军声而诏吉凶"的传统一直延续到晚近;抗日战争结束之前,苏州昆曲社社长陆景闵就曾根据中日军乐之声的变化,发出了日寇行将伏诛的预言。⑩

三、中西感官文化差异在小说结构上的表现

为了更具体地说明问题,以下我们将由"面"沉降至"点"——选择明清小说结构这个典型案例作进一步讨论。明清小说是古代叙事作品的重要代表,其结构颇能体现听觉传统对中国叙事的影响,但自章回体小说"换型"为现代小说以来,包括《红楼梦》在内的一批叙事经典都曾遭遇过结构是否合理的质疑。对明清小说结构的诟病不仅来自西方某些汉学家,我们这边的胡适、鲁迅和陈寅恪等重要学者也发表过相当严厉的批评意见。⑪现在看来,这些质疑主要源于质疑者所受的文化影响,而中西文化不同的感官倚重则是不同结构观念形成的重要原因。

胡适、鲁迅和陈寅恪对明清小说结构的讥评,与他们所受的外来影响不无关系。胡适和陈寅恪在欧美待的时间较长,鲁迅留学时的日本在文化上也已"脱亚入欧",他们均有大量阅读西方文学作品的经历,因此西方的小说形式和结构理念,特别是从亚里士多德那里延续下来的有机整体观,不可能不在他们的认识中留下烙印。将亚里士多德的结构观奉为正宗,对20世纪初年的中国学者来说还有时代风气的影响。胡适等人对明清小说的批评并非个例,许多未亲身在西方文化中浸润过的同时代人也觉得自己的小说不如人家,这种"自我矮化"心理的产生,与鸦片战争以来国人的自信心连续遭受重创不无关系。假如把明清小说的章回体形式比喻为长袍马褂,那么西方小说的叙事模式在国人眼中便是西装革履,既然

脱下长袍马褂后只有穿西装打领带这一种选择,人们便很容易唯西方马首是瞻,将其叙事模式奉为正宗。这种情况就像今天许多人把西装当成唯一的"正装"一样,他们从来没有想过自己的民族服饰也适用于正式场合。

明白了"自我矮化"的心理源于西强中弱的历史格局,更容易理解为什么胡适等人会将中国小说的结构形式视为正常之外的异常,他们衡量小说结构时使用的正反尺度,如"主干"与"碎锦"、"布局"与"散漫"、"系统"与"支蔓"等,明显采用了以连续性的线性秩序为正常、以有间隔的非线性秩序为异常的西方标准。亚里士多德认为"在简单的情节与行动中,以'穿插式'为最劣"(亚理斯多德30),"穿插式"(episodic)又译"缀段性",胡适直言不讳地对《红楼梦》"翻来覆去"地穿插过生日、起诗社等情节表示"讨厌",这"讨厌"二字透露出他的亚里士多德式文学胃口,已经无法容纳"缀段性"或曰"穿插式"这样的中式结构。胡适还说自己"写了几万字考证《红楼梦》,差不多没有说一句赞颂《红楼梦》的文学价值的话"(426),"没有说"的原因显然是觉得这方面无足称道,要让一个只以西装革履为美的人开口赞美长袍马褂,确实是一件难以做到的事情。

前文已经提到,亚里士多德对视觉的倚重,代表着西方文化中影响极为深远但个中人往往习焉不察的"视即知"认知模式。"以视为知"必然导致感知向"外形"与表象倾斜,所以西方文化中人更强调事物之间"看得出"的关联,这种关联具体到小说的组织上就是亚里士多德《诗学》中所说的"头身尾"一以贯之的"完整"结构。⑫结构其实有显隐、明晦或表里之分,不能说一眼"看不出"的关联就不是关联,对明清小说"无结构""无布局"和"无主干"之类的批评,让人感觉到批评者只关心那种浮于表面、一望而知的事件关联,而不注重"看不见的"的隐性脉络,这种重"显"轻"隐"的做法未免失之于简单。金圣叹在解释明清小说特有的"草蛇灰线法"时说:"骤看之,有如无物,及至细寻,其中便有一条线索,拽之通体俱动"(24)。这一解释指出隐性脉络具有三个特点:一是"骤看"若无,二是"细寻"则有,三是通体贯穿。胡适觉得采用"西洋侦探小说的布局"《九命奇冤》比"这一千年的(中国)小说"都更高明,陈寅恪认为中国小说结构"远不如西洋小说之精密",原因在于他们只是"骤看"而未"细寻",更谈不上把内在的草蛇灰线"拽"上一"拽",因而与明清小说中通体贯穿的隐性脉络失之交臂。具体到"无主干"的典型《儒林外史》,小说中那种"说到杜慎卿,已忘了娄公子"的走马灯式叙述,表面看像是排出了一长串各不相干的小故事,但这些小故事或展现儒林中的"礼崩乐坏",或指明出路在于"礼失而求诸野",也就是说与"礼"有关的叙述构成了小说的"主干"。此类情况并非仅见于《儒林外史》,四大小说名著中貌似不相关联的人物和事件,其实存在着相当整齐的内在对应关系——大部分次要人物和事件都是对主要人物和事件的正向或反向摹拟,这些摹拟构成了"看"不出但能"拽"得出来的隐性脉络,因此这些小说的结构绝不像批评者所说的那样无序或不完整。

"缀段性"或曰"穿插式"结构被视为无序还有一个重要原因,这就是亚里士多德的结构观讲究"一以贯之"的连续,明清小说中则存在大量不相连续的间隔,这些间隔直接导致了"缀段性"印象的产生。对于为什么要使用间隔,金圣叹和毛纶、毛宗岗在批注《水浒传》和《三国演义》时作了非常清楚的解释:

> 有横云断山法,如两打祝家庄后,忽插出解珍解宝争虎越狱事;又正打大名府时,忽插出截江鬼、油里鳅谋财倾命事等也。只为文字太长了,便恐累赘,故从半腰间暂时闪出,以间隔之。(金圣叹 25)

> 《三国》一书,有横云断岭、横桥锁溪之妙。文有宜于连者,有宜于断者。如五关斩将、三顾草庐、七擒孟获,此文之妙于连者也;如三气周瑜、六出祁山、九伐中原,此文之妙于断者也。盖文之短者,不连叙则不贯串;文之长者,连叙则惧其累赘。故必叙别事以间之,而后文势乃错综尽变。(毛宗岗 10)

金批和毛批都指出间隔的功能在于避免因"文字太长"而令人觉得"累赘",毛批还将"妙于连者"与"妙于断者"等量齐观,认为"文之短者"不妨"连叙","文之长者"则"必叙别事以间之",这样才能产生"错综尽变"的效果。值得注意的是,毛批所说的"必叙别事以间之",正是亚里士多德否定的"穿插式"或曰"缀段性",这个"必"字说明"断"在古代作者那里是有意为之,他们的认识是事件不能光"连"不"断","连"而不"断"的冗长叙述只会使读者觉得枯燥,这种认识导致古代批评中经常出现"隔""间""锁""关""架"等指涉"断"的词语。在我们的古人看来,不管是与"断"相关的"间隔""关锁",还是与"连"相关的"联络""照应",它们都是不可偏废的结构要素,谋篇布局中不能重此轻彼。借小说评点中常用的譬喻"横云断山"与"横桥锁溪"来说,正是因为"横云"隔断了逶迤绵延的山岭,"横桥"锁住了奔腾不息的溪水,山岭与溪水才更显得"错综尽变"和气象万千。

如此看来,中西结构观念的一大区别,在于前者讲究有"连"有"断",

以或隐或显、错落有致的组织形式为美,后者则专注于"连",以"头身尾"一以贯之的有机整体为美。审美品味的不同缘于文化的不同,文化没有美丑之分,讲故事的方式也无对错之别,我们可以理解西方文化中人初次接触明清小说时的不习惯,但批评"缀段性"结构者也应想到它对应的是中国文化中人的阅读胃口。亚里士多德的看法是就古希腊戏剧而言,那时许多文艺样式还未诞生,他所反感的"穿插式"未见得不能运用于未来的小说,他的结构观念更不能作为置之四海而皆准的最高原则。如同我们已经看到的那样,明清小说的事件之间并非真的"见不出可然的或必然的联系",不仅如此,小说中是要"见出"这种联系还是让其像"草蛇灰线"一样若有若无,是一个见仁见智无法给出标准答案的难题,这就像中西人士不可能在何谓美食问题上统一认识一样。现在整个世界都已明白文化方面不能强求一律,我们对本民族的叙事传统更应当持一种宽容的态度。

　　麦克卢汉说拼音文字使西方人用线性、序列的眼光看待一切,将人"卷入一整套相互纠缠的、整齐划一的现象之中",实际上"意识的任何时刻都有整体知觉场,这样的知觉场并没有任何线性的东西或序列的东西"(马歇尔·麦克卢汉"理解媒介"106)。"连续性的线性序列"由拼音文字向社会各方面弥漫,从最深的文化根基上解释了"缀段性"讥评的其来有自。西方文化中人长期处在相互联接的各种网络之中,很容易把线性序列视作天经地义的安排,这在使用方块汉字、崇尚直觉思维的国人看来有点匪夷所思。以上讨论还能使我们对一些文化现象获得更深理解。举例来说,中国游客在境外受人侧目的表现,如大声说话,深层原因可能在于国人对"线性组织"的不适应。联合国教科文组织曾在印度的一个乡村铺设自来水管,"由于水管是一种线性组织,所以不久村民就要求拆除自来水管。因为对他们来说,大家不再上公用井汲水以后,村子里的社交生活都被削弱了"(马歇尔·麦克卢汉"理解媒介"107)。类似情况在中国也有发生,我们的乡村过去就是众声喧哗的"整体知觉场",一旦生产和生活都被纳入线性序列的轨道,部落文化的种种魅力即不复存在。对这一事件还可作进一步分析:自来水管代表的线性秩序与公用井边的非线性秩序有很大不同,井边的人们不一定按先来后到的次序汲水,因为人们并不都是为了汲水而来到井边:有人来这里可能是为了发布新闻,有人可能是为了打听消息,有人可能是为了与人会面。在这种露天的社交场合,大声说话和谁先拿到水桶谁就动手汲水一样是很正常的事情。即便是在用上了自来水之后,人们也不可能立即改变祖祖辈辈养成的行为方式,他们会把新的公共空间当成井边,不自觉地按原有方式行事。换而言之,一种文化中"正常"的行为,到了另一种文化中有可能显得不那么"正常",如果只用一把尺子来衡量,我们就会不加分析地将大声说话之类统统看作缺点,甚至把问题上纲上线到"国民素质"这样的高度。

  综上所述,中西小说的结构差异源于中西文化导致的观念差异,而文化与观念差异又与感官倚重不无关系。用文化差异来解释叙事并不新鲜,归结到感官层面却似乎是首次。本人多年来致力于探讨中国叙事传统的发生与形成,一直在念兹在兹地思考为什么它会是我们今天所见到的这种样貌,接触到麦克卢汉的感知途径影响信息传播(所谓"媒介即讯息")之说后,本人觉得从感官倚重角度切入中国叙事学研究,一些问题似可得到更为贯通周详、更具理论深度的解释。麦克卢汉用"听觉人""视觉人"来划分中西,这样的提法未免有点绝对,不过中国文化中的听觉倚重甚于西方文化,却是有大量证据支撑的事实。

  回到现实中来,当前有一种现象特别令人困惑,这就是尽管批判"全盘西化"的声音一直不绝于耳,实际情况却是全球化的概念往往被偷换为西化。只要看到许多人还未走出以西服为唯一正装的认识误区,就会明白抵御"文化殖民"并不像想象的那么容易,当前我们离中华文化的"伟大复兴"还有很大距离。保持文化的多样性本是全球化的题中应有之义,中西文化包括感官文化在许多方面可以相辅相成,没有必要完全倒向一方。但是我们这边从洋务运动开始,一波接一波的变革图强运动都以振"聋"发"聩"的"睁眼看世界"为开场白,跟在"德先生""赛先生"后面悄悄进场的是"以视为知"的认知模式。20世纪见证了国人感官天平向视觉一端的迅速倾斜以及"闻声知情"能力的不断丧失,如今不单是"听戏"之类表达方式早已为"看戏"所代替,人们的注意力几乎全被各式各样的"视觉盛宴"吸引和占据。这种不知伊于胡底的感觉失衡与传统失守,是到了应该引起严重关切的时候了。

【注解 (Notes)】

① "视觉的优先地位最初出现在公元前5世纪初叶,进而言之,它主要集中在哲学、科学和艺术领域。故而赫拉克里特宣称,眼睛较之'耳朵是更为精确的见证人'。他甚至称毕达哥拉斯是'骗子魁首'。毕达哥拉斯是天体和谐理论家,今天对听觉文化的许多辩护,皆源于他。赫拉克里特的以上看法标志着听觉领先已经在向视

觉领先转移。"沃尔夫冈·韦尔施:《重构美学》,陆扬、张岩冰译(上海:上海译文出版社,2002 年)216。

② 着重号为引者所加,柏拉图:"斐德若篇——论修辞术",《文艺对话集》,朱光潜译(北京:人民文学出版社)126—127。

③ 亚理斯多德:《诗学》,罗念生译(北京:人民文学出版社,1962 年)22、55、24—25。译者在为这节文字作译注时特别说明:"在亚理斯多德的视觉理论中,对象的大小与观察的时间成正比例。一个太小的东西不耐久看,转瞬之间,来不及观察,看不清它的各部分的安排和比例。"引文与译注中的着重号均为引者所加。

④ 德里达在其《论文字学》中特别引用了卢梭《爱弥尔》中的这段话:"我们有对听觉作出反应的器官,即处理声音的器官,但我们没有对视觉作出反应的器官,我们不能像发出声音那样发出颜色。"雅克·德里达:《论文字学》,汪堂家译(上海:上海译文出版社,2005 年)143。

⑤ "与这种使语言文字迎合视觉图像的传统并行的还有另一种相反的传统,同样强大,表达了人们对视觉诱惑的深切矛盾。……在布莱克的时代,这两种传统都很活跃;但不失公允地说,后一种反图像主义立场在浪漫主义主要经典诗人中占据优势地位。"(重点号为引者所加) W.J.T. Mitchell, "Visible Language: Blake's Wond'rous Art of Writing", *Romanticism and Contemporary Criticism*, eds. Morris Eaves and Michael Fischer (Ithaca: Cornell University Press, 1986) 48—50.

⑥ 威廉·华兹华斯:"序曲,或一位诗人心灵的成长",丁宏为译(北京:中国对外翻译出版公司,1999) 12 卷第 126—135 行。参见朱玉:"华兹华斯与'视觉的专制'"(《国外文学》2011 年第 2 期),朱文对此问题论述甚详,并对西方 18—19 世纪的"视觉专制"现象做了系统的理论梳理。

⑦ 本节因篇幅所限删削较多,有关内容参看本人的《为什么麦克卢汉说中国人是"听觉人"》(《文学评论》2016 年第 1 期)。

⑧ 有学者提出"振聋发聩"之"聩"应为从"目"的"瞆",张巨龄:"以讹传讹的'振聋发'聩'"(《光明日报》2002 年 7 月 17 日)。愚以为正是因为过去的视听倚重在今天发生了反转,所以今人会以为"聩"不应当从"耳"而应从"目"。

⑨ 古人常用"通"来形容听觉,如刘安《淮南子·修务训》中的"禹耳叁漏,是谓大通"。

⑩ 1945 年 4 月,诗人金天羽与陆景闳等人同至昆山欣赏昆曲,金问陆此时"聆音识曲"是否合宜,陆回答说:"是强梁者行将自绝于天。吾尝听金奏之声,又审管籥之音,曩者涩而今者谐,曩者愤怒而今者宽易,而房帐之茄鼓多死声,是殆不能久驻于吾疆矣。胡不可行乐之有?"金天羽:"顾曲记",《天放楼诗文集》下册(上海:上海古籍出版社,2007 年) 1029—1030。

⑪ 胡适认为明清小说的问题在于"穿插"过多("缀段性"的原文 episodic 又可译为"穿插式"):"这一千年的(中国)小说里,差不多都是没有布局的。"胡适:"五十年来中国之文学"《胡适古典文学研究论集》上册(上海:上海古籍出版社,2013 年) 128—129;鲁迅对《儒林外史》的结构不以为然:"惟全书无主干,仅驱使各种人物,

123

行列而来,事与其来俱起,亦与其去俱讫,虽云长篇,颇同短制;但如集诸碎锦,合为帖子。"鲁迅:"中国小说史略",《鲁迅全集》第 9 卷(北京:人民文学出版社,1981年)221;对明清小说结构持贬议的还有陈寅恪:"至于吾国之小说,则其结构远不如西洋小说之精密。在欧洲小说未经翻译为中文以前,凡吾国著名之小说,如水浒传、石头记与儒林外史等书,其结构皆甚可议。"陈寅恪:论《再生缘》,(《寒柳堂集》,陈寅恪著(北京:生活·读书·新知三联书店,2001 年)68。

⑫ "所谓'完整',指事之有头,有身,有尾。所谓'头',指事之不必然上承他事,但自然引起他事发生者;所谓有'尾',恰与此相反,指事之按照必然律或常规自然的上承某事者,但无他事继起后;所谓'身',指事之承前启后者。所以结构完美的布局不能随便起讫,而必须遵照此处所说的方式。"亚理斯多德:《诗学》,罗念生译(北京:人民文学出版社,1962 年)24。

【引用文献】(Works Cited)

奥维德:《变形记》,杨周翰译。北京:人民文学出版社,1984。
沃尔夫冈·韦尔施:《重构美学》,陆扬、张岩冰译。上海:上海译文出版社,2002。
乔治·雷可夫、马克·詹森:《我们赖以生存的譬喻》,周世箴译。台北:联经出版社,2012。
Martin Jay, *Downcast Eyes: The Denigration of Vision in Twentieth-Century French Thought*, Berkeley: University of California Press, 1994.
Samuel Taylor Coleridge, *Biographia Literaria, or Biographical Sketches of My Literary Life and Opinion*, eds. James Engell and W. Jackson Bate, Princeton: Princeton University Press, 1983, Vol. 1.
海德格尔:"从一次关于语言的对话而来",《在通向语言的途中》,海德格尔著,孙周兴译。北京:商务印书馆,1997 年。
萨特:《词语》,潘培庆译。北京:生活·读书·新知三联书店,1992 年。
——.《存在与虚无》,陈宣良等译。北京:生活·读书·新知三联书店,1987 年。
米歇尔·福柯:《规训与惩罚》,刘北城、杨远婴译。北京:生活·读书·新知三闻书店,1999 年。
弗兰特齐·法农:"生为黑人",梁艳译。《视觉文化读本》,罗岗等编。南宁:广西师范大学出版社,2003 年。
马歇尔·麦克卢汉:《古腾堡星系:活版印刷人的造成》,赖盈满译。台北:猫头鹰书房,2008 年。
傅修延:《先秦叙事研究——关于中国叙事传统的形成》,北京:东方出版社,1999 年。
杨伯峻:《论语译注》,北京:中华书局,2007 年。
亚理斯多德:《诗学》,罗念生译。北京:人民文学出版社,1962 年。
胡适:"答苏雪林书",《胡适文集》(5),北京:人民文学出版社,1998 年。
(明)施耐庵著、(清)金人瑞评、刘一舟校点:《金圣叹评批水浒传》(上),济南:齐鲁书社,1991年。

毛纶、毛宗岗评书,袁世硕、伍丁整理:《三国志演义》,济南:山东文艺出版社,1991年。

马歇尔·麦克卢汉:《理解媒介——论人的延伸》,何道宽译。北京:商务印书馆,2000年。

【作者简介】傅修延(1951—),男,江西铅山人,文学博士,江西省哲学社会科学重点基地江西师范大学叙事学研究中心首席专家、江西师范大学资深教授,博士生导师,研究方向为叙事学、比较文学与世界文学。

【基金项目】国家社科基金重点项目"听觉叙事研究"(项目编号:13AZW003)

论抒情诗的叙事动力结构
——以中国古典抒情诗为例*

◎ 谭君强

【内容提要】抒情诗作为作者与读者交流的产物,与叙事文本一样,有其推进叙事进程的叙事动力。在抒情文本中,这一叙事动力结构可以在三重关系中表现出来,即时间、逻辑与空间关系。这三重关系在叙事文本事件的组合与情节发展中依然存在,但在抒情文本中以不同的方式表现出来,它们所形成的叙事动力与读者动力相结合,共同推进抒情诗的叙事进程,达到作者与读者交流的目的。本文以中国古典抒情诗为例,对抒情诗的叙事进程及叙事动力与读者动力的结合作了具体的分析与阐释。

【关键词】抒情诗;叙事动力;时间;逻辑;空间

一

如果将交流看作人类社会的本质特征的话,那么,任何文学艺术作品都是作者与读者之间交流的产物。对这一交流有诸多讨论,在对叙事类作品的探讨中,查特曼1978年在《故事与话语:小说和电影中的叙事结构》中提出的图示最为引人注目,其中包括作者与读者,以及隐含作者、叙述者、受述者、隐含读者六个要素(Chatman 151)。从交流的意义来说,查特曼在这一影响广泛的图示中所描述的,仅只表现为一种单向的流动,而非双向的交流,因此,严格说来,它并未描述出一个包括作者与读者在内

---

* 本文在会议之后已在《文艺理论研究》2015年第6期发表。

的完整的交流过程。①

美国叙事学家詹姆斯·费伦和彼得·拉比诺维奇从另一个角度出发,探讨了叙事文本中作者与读者间的交流。他们将关注的焦点转向叙事进程,即文本动力及其与读者动力的结合,透过叙事进程,作者达到其目的,因此,对进程的研究便是理解叙事如何运行的关键。在他们看来,"文本动力是内在的过程,通过这一过程,叙事从开头、经由中间向终点移动,而读者动力则表现为读者对与这些文本动力相应的认知、情感、伦理道德以及审美的反应"(Phelan and Rabinowitz 6)。

文本的叙事动力何在,它如何促成叙事层层推进?就叙事文本而言,其文本叙事动力来自于情节的发展变化,由此推动叙事由开头、经由中间、向结尾发展,以达致最后的结果。费伦和拉比诺维奇直接以"情节动力"(plot dynamics)来描述这一叙事的进程(Phelan and Rabinowitz 58)。实际上,这里所沿袭的大体上仍是亚里士多德在《诗学》中所描述的情节观。在《诗学》中,亚里士多德讨论的叙事作品的主要形式是悲剧,他认为悲剧艺术的六个成分中,"最重要的是情节,即事件的安排"(亚理斯多德21);"情节乃悲剧的基础,有似悲剧的灵魂"(23)。他强调情节的整一性,强调"悲剧是对一个完整而具有一定长度的行动的摹仿":"所谓'完整',指事之有头,有身,有尾。所谓'头',指事之不必然上承他事,但自然引起他事发生者;所谓'尾',恰与此相反,指事之按照必然率或常规自然的上承某事者,但无他事继其后;所谓'身',指事之承前启后者。所以结构完美的布局不能随便起讫,而必须遵照此处所说的方式"(25)。亚里士多德的上述论述持续影响了叙事类作品中对情节的基本观念。在这一情节观的影响下,叙事文本情节的构成与发展所依据的便是时间与逻辑关系这两个核心关系,它们成为故事事件组合的基本原则。这一原则与形成情节的诸事件的组合、即素材的组合是一致的:"素材(fabula)是按逻辑和时间先后顺序串联起来的一系列由行为者所引起或经历的事件"(巴尔3—4)。情节在叙事话语中体现出来,成为叙事文本中推动叙事进程的动力。费伦与拉比诺维奇所关注的文本动力的内在过程,即文本动力与读者动力的结合离不开这一情节观以及相应的两个事件组合原则。

亚里士多德的情节观及与之相伴的事件组合原则是以叙事作品作为对象而构建出来的,它在对叙事作品的研究中无疑是相适的。但是,这些原则是否可以在抒情诗歌的研究中加以运用或作为参照呢;如果运用的话,它们在抒情诗歌中会产生什么样的表现或变形呢?这是我们所关注的,也是本文所要探讨的中心问题。

　　交流是人类社会的本质特征,而交流的实现有赖于叙事,叙事可以体现为多种形式,包括一个手势,一个眼神。在这样的意义上,抒情诗歌自然也属于一种人类的叙事行为,只不过这里出现的是一种广义的叙事,与作为区分叙事类作品与抒情类作品的那种狭义叙事有别。即便如此,在实践上,这一区分也并不能绝对化,叙事作品中包含抒情,抒情诗歌中包含叙事,在中外古今的文艺作品中都不难看到(谭君强,"论抒情诗" 121)。可以说,"叙事是人类学上普遍的、超越文化与时间的符号实践,用以建构经验,生产和交流意义,即便在抒情诗中,这样的基本运作依然有效"(Hühn 1)。

　　将这样的叙事观念运用到对抒情诗的探讨中,可以看出,构成叙事文本叙事动力的基本原则,在抒情文本中仍是适用的,尽管其中可能会发生某些适应性的变形,或者说一种创造性的变形。而无论以何种方式出现,在将对叙事文本进行分析的相应概念运用于对抒情文本进行分析时,都可在一个新的视阈下,对抒情诗的研究做出新的阐释,深入到过去未曾触及的层面。

二

　　任何一部叙事作品,即使是篇幅短小的微型小说,都包含着"故事",都有由事件组合而成、并在叙事话语中表现出来的情节,文本中的叙事动力就透过表现为情节的叙事话语而层层推进,在这一进程中逐步展现。叙事文本何以是它所表现的那种方式、而非其他方式,是由其结构原则所决定的。因而,"理解它的构成从特定起点到特定终点的进程基础的那些原则,提供了理解叙事的设计及其目的的一个极好的途径"(Phelan and Rabinowitz 6)。在叙事文本的结构原则中,事件构成中的时间与逻辑原则,同样是推动叙事文本中叙事动力的两个基本原则。就时间原则而言,我们知道,任何事件都是在时间中发生的。我们强调事件是一种变化过程,这一变化过程无疑以时间的延续为其变化的必要条件。所有的事件都无一例外地可以在时间的轴线上体现出来,因而时间作为事件结合的原则是不难理解的。逻辑的原则主要表现为一种因果关系,这一原则同样是故事中一切事件发生、发展、变化的普遍原则与基本规约。先有生,才有死；先有离开，才有到达。在故事发展的事件链上，前一个事件是后一个事件发展的起点和必要条件，后一个事件则是对前一个事件的承继和发展，由此环环相扣，推动故事向前发展（谭君强，"叙事学" 27—28）。在叙事文本中，作为叙事动力结构的这两个结合原则是必不可少的。无论叙事文本以何种错综复杂的形式表现出来，大体上都可以发现它们在情节发展中所产生的推动力量。

  时间和逻辑关系这两个组合原则在抒情文本中是否也同样表现出来，并具有在叙事文本中类似的那种推动力量呢？抒情文本作为人类交流的重要方式，同样需要通过这一载体达到其特定目的，最终实现作者与读者之间的交流。诗人通过抒情文本所表现的，首先是强烈情感的抒发，这种有感而发的表达，可看作为一种叙事。真正好的抒情诗，不是空洞的、矫揉造作、"为赋新词强说愁"（辛弃疾 278）的无病呻吟，而是"强烈情感的自然流露"（华兹华斯 17）。这样的情感表达，不会无缘无故而起，一定会因人、因事、因情、因境而出。在这样的情况下，抒情诗中往往免不了会有"人"和"事"浮现出来，尽管这样的"事"若隐若现，并不完整地贯穿始终，而在其中活动的"人"也大多不会完整地展现出来，因而不能形成如叙事文本中一系列前后连贯的事件。但就"事"而言，它毕竟或多或少有迹可寻，而由这样的"事"所触发的诗人的情感活动，诗人经由这样的"事"而抒其真情，向特定对象倾诉，与叙事文本中叙述者对受述者的叙说相类似。这样，适用于叙事文本中事件结合的时间与逻辑原则，同样适用于抒情文本，它们同样可以作为抒情文本中的叙事动力体现出来。如果必要的话，由这两个原则所形成的文本动力也可视为抒情文本中的"抒情动力"（lyrical dynamics），以与叙事文本中的叙事动力（narrative dynamics）相对应。但情感的抒发是一种特定的叙事已如前述，它不过以不同的方式加以表现，与叙事文本中的叙事具有同样的性质，因而，叙事动力这一概念可以直接运用于对抒情文本的分析，而无需冠之以"抒情动力"之名。

  让我们选取几首中国古典抒情诗作为例证。从中国古代抒情诗歌的源头"诗三百篇"的诸多诗篇中，便可看出其中蕴含的叙事动力结构。《诗经》小雅"鹿鸣之什"中的《采薇》，是一首以戍边士兵的身份吟唱的诗篇。在抒情诗中，情感抒发的主体、即抒情人通常以第一人称出现，成为抒情诗中的抒情主人公。与叙事文本中不能将文本中的叙述者与作者相等同有所不同，在抒情文本中，抒情主人公与作者本身具有更多的关联，有时甚至被视为诗人自己，尽管这样的抒情主人公会以不同的身份或性别出现,未必与诗人自身的身份相吻合,但诗篇中所流露的情感往往与诗人自身的情感密不可分。可以说,在这样的情况下,情感抒发的叙事动力与诗人或诗人的不同体现具有更为密切的关系。

从《采薇》的内容看,它被看作为戍边的士兵归来时的吟唱。在为抵御北方的狁,经历长时间边塞之劳苦,思念故乡与亲人之烈烈忧心之后,"我"即将返回故乡。全诗共有六节,前三节都重复出现"曰归曰归",便是这种强烈归心的表现。长时间戍边即将归来,时间在这里无疑具有十分重要的意义,它是叙事动力重要的推动力量。而时间又与表现因果和常规关系的逻辑准则相结合,成为推动叙事进程的双重动力。在诗篇中,抒情主人公以回忆的方式展现出过往的经历。前三节的开头两句分别为:"采薇采薇,薇亦作止";"采薇采薇,薇亦柔止";"采薇采薇,薇亦刚止"。在采薇、即采摘一种叫野豌豆的野菜的过程中,"薇"由"作"到"柔"再到"刚",即由破土发芽,到长出柔枝,直到长大茎叶变得坚硬,其中时间的进程清晰可辨。伴随这一时间进程,戍边的士兵"靡室靡家","载饥载渴",全因"狁之故"。在随后的两节中,首先借盛开的棠棣花引出路上的戎车战马,再展现出抵御狁的阵容,将士们的跋涉与战斗。最后一节,则以给人印象深刻的场景,回顾了整个戍边的过程,伴随着抒情主人公的戚戚伤悲:"昔我往矣,杨柳依依;今我来思,雨雪霏霏。行道迟迟,载渴载饥。我心伤悲,莫知我哀!"(228—229) 在叙事文本中,话语表现通常与故事的顺序并不完全一致,其间会出现各种各样的时间变异,其中最基本的是追述与预述。这样的时间变异在抒情文本中也同样会出现,《采薇》整个时间历程的框架是追述,在追述的框架下以顺序方式展现出过往的历程,最后则以"昔我往矣,杨柳依依;今我来思,雨雪霏霏"这一明显的时间往复将时间框架定格。

在《采薇》中,强烈情感的抒发缘事而起,缘情而生,这种情感的流露和表现随时间的推进层层深入;而伴随时间的推进,或隐或现的"事"又不断浮现,在一个符合逻辑的层面上表现出来,并伴随着时间的回旋往复而出现抒情主人公情感的起伏变化。这种变化不仅增强了情感表达的力量,也赋予特定的情感表达以其合理性,使情感表达的叙事动力有据可凭,并在结尾达到情景交融、情事相谐的境地,使读者深受感染,产生强烈的共鸣,实现与抒情主人公的交流。

再看看大致产生于东汉后期建安前数十年间的《古诗十九首》,其中第六首《涉江采芙蓉》是这样的:"涉江采芙蓉,兰泽多芳草。采之欲遗谁?

所思在远道。还顾望旧乡,长路漫浩浩。同心而离居,忧伤以终老"(129)。这是一首表现远方游子思乡之作,看似平常,却蕴含绵绵不绝之意。不像上述《采薇》,在这首诗中,并未直接出现第一人称的"我"。但是,虽然字面上的"我"未显现出来,"我"的存在依然是实实在在的。至于诗篇中的"我"究为女性,还是男性,这并不重要,重要的是它所传达的情感。在这首诗中,长时间的分离依然是引起抒情主人公情动的中心,然而,与《采薇》相比,它表面上并没有前者那种清晰的时间展现,时间在这里是以更为隐蔽的方式表现出来的。可以说,《涉江采芙蓉》的叙事动力是在隐性的时间关系中,表现出更为明显的逻辑关系。这一逻辑关系以抒情主人公的行与思为依托,环环相扣:从"采芙蓉"开始,到自问"遗谁",再自答"所思在远道",无可遗赠;由此而出现抒情主人公的喟叹,漫漫长路,远隔旧乡,唯有相望;一直到最后的叙说:"同心而离居,忧伤以终老"。隐含在时间关系中的逻辑叙事动力层层推进,叙事动力与读者动力相谐相依,诗篇仿佛在时间河道中流淌的细流,一步步注入读者的心头,让人咀嚼不断,回味无穷。

　　东汉梁鸿的《五噫歌》,是一首让诗人获罪于朝廷的诗篇,诗仅五句:"陟彼北芒兮,噫!顾览帝京兮,噫!宫室崔嵬兮,噫!人之劬劳兮,噫!辽辽未央兮,噫!"(101)《五噫歌》是作者过帝京洛阳时有感而作。从诗歌每句后重复出现的"噫"这一感叹词及与之相关的内容来看,诗人在表面的冷静中蕴含着强烈的情感,并任由这样的情感一泻而出。与《涉江采芙蓉》一样,这首诗在叙事动力结构上,时间的推动力量并未明显地展现出来,却依然可以感知到。诗篇同样以诗人自身的行与思贯穿始终:由登洛阳城北的北邙山而览帝京,由所见之宫室而发出感慨。这里的时间关系随诗人之行迹而自然显现,成为推动叙事发展的内在动力。在这一基础上,可以看出,推动叙事动力进程更多的是其中展现的逻辑关系,时间关系则隐含其中。诗篇的前三句依诗人的行止而出:登高,远望,眼中凸现出崔嵬的宫室。从逻辑关系来说,其叙事动力进程完全合乎逻辑、合乎情理,先后展现出诗人的行迹及其所见。人们由所见而发出各种感慨,十分自然。这种感慨可以因人而异,甚至目睹同一物而发出全然不同的感慨。因而,诗篇的转折发生在后两句,也就是诗人由所见而发出的感叹中。面对崔嵬的宫室可以大声赞叹,赞宫室之宏伟、瑰丽、造化之精妙;但也可以是全然不同的喟叹,一如诗篇所示,诗人由崔嵬的宫室转向普通民众,引向宫室所带来的民众的劬劳,没有尽头的劬劳。从逻辑上说,后面的两句依然表现出前后相续的逻辑关系,叙事动力依然合乎情理地展现出来,并推向叙事进程进入高峰。

可是,诗人却由此诗而获罪。据《后汉书·梁鸿传》(范晔 1672)所载,诗出之后,汉章帝"闻而非之,求鸿不得"。诗人不得不在诏令搜捕的情况下,改名易姓,与妻子流落齐、鲁之间,再避居吴地。因诗文获罪,在中国文学史上,远非个案。这里,实际上关涉作者、读者之间的关系以及叙事交流的问题。在文艺作品的创作中,作者的创作往往会针对一定的对象:"作者的读者",即"作者写作针对的假设群体",而这一群体将"分享作者期待他或她的读者与之分享的知识、价值、偏见、恐惧和经历,并将他或她的修辞选择建立在这样的基础上"(Phelan and Rabinowitz 6)。这一"作者的读者"最理想的表现应该是艾柯所说的"模范读者",即"一种理想状态的读者,他既是文本希望得到的合作方,又是文本在试图创造的读者"(10—11)。可是,阅读作者创作的未必都是作者心目中的"作者的读者"或"模范读者",这些读者未必都会完全分享作者所呈现的文本,并与之合作,形成圆满的交流。

在叙事交流的过程中,离不开文本动力与读者动力的结合,在这里,读者动力表现为"读者对与这些文本动力相应的认知、情感、伦理道德以及审美的反应",而"文本动力与读者动力之间的桥梁由三类叙事判断所形成,分别为解释的、伦理的、审美的判断。这些判断搭建为桥梁,是由于它们在叙事中被读者再次编码,而一旦完成编码,它们的各种相互作用便导致读者多层次的反应"(Phelan and Rabinowitz 6)。无论是作者还是读者,其解释的、伦理的、审美的判断,或许还应该加上政治的判断,会由于各自独特的情况,包括社会地位、政治立场、经济状况、文化教养、审美情趣等的差异而出现不同表现,产生不同的反应。尽管文学艺术作品与诸如立场鲜明的政治文告不同,是以生动的形象、优美的笔触而感染人的,因而它可以在最大程度上赢得人们的共识、共享。然而,它仍然无法排除这样一种结果,即对同一对象,不同的读者在其解码过程中得出完全不同、甚至对立的解码结果。在这样的情况下,文本动力中合乎时间与逻辑关系的进程,在某些读者那里,便至少成为文本动力缺乏逻辑关系的表现。这样,就将出现交流的阻滞,甚至完全无法进行而出现交流的中断。在《五噫歌》的作者梁鸿与作为读者的汉章帝之间,情况便是如此。

三

在抒情诗的叙事动力结构中，还有一类结构值得引起人们的注意，这便是叙事动力的空间关系结构。空间结构关系，实际上是一种普遍存在的关系，它与人们看待事物与思维方法密切相关。人们"可以把世界看作由种种事态互相交织的网络，……其中每一个已经是或可能是事物的东西，都同一张无止境的关系之网中的其他每一个事物相联系"（鲍亨斯基 2）。这样的"关系之网"，自然包括空间关系之网。

文学作品中空间结构关系，在叙事文本，尤其是 20 世纪以来的叙事文本中明显表现出来，并引起了研究者的注意。20 世纪 40 年代美国学者弗兰克在关于文学空间形式的重要论文《现代文学中的空间形式》中探讨了"小说空间化的形式"。在小说的这种空间化形式中，"就场景的持续时间来说，至少叙事文的时间流被中止了：在有限的时间域内，注意力被固定在各种关联的相互作用中。这些关联在叙事文的进展中被独立地并置着；该场景的全部意义仅仅由各意义单位自身的联系所赋予"（Frank 62）。在这里，时间不再成为推动叙事文本情节发展的动力关系，透过时间而展现的逻辑关系则为空间关系所取代，其叙事动力由空间中"各意义单位自身的联系所赋予"。也就是说，叙事文本场景中经由空间叙事所形成的意义单位，由其相互并置而在这一关系之网中构成相互关联，成为叙事动力，由此推进叙事进程，并最终产生整体意义。

叙事文本中的这种空间关系及所形成的叙事动力，在抒情诗歌中有着更为明显的表现。抒情诗通常篇幅短小，透过这一短小的诗篇，抒情人表达"一种思想状态或领悟、思考和感知的过程"（艾布拉姆斯 293）。这样的抒情诗，在中国，自《诗经》开始，除极少数而外，"都是歌唱瞬间感受的"，它"是后来中国诗一直以这种抒情诗为主流的开端"（吉川幸次郎 20）。这样歌唱瞬间感受的诗篇，在很多情况下，会随诗人的兴之所至，情之所由，天马行空般地展开，透过一个个凝练的空间意象并置而出，形成关系之网，而情感的倾诉自在其中。让我们看看马致远脍炙人口的小令《天净沙·秋思》："枯藤老树昏鸦，小桥流水人家，古道西风瘦马。夕阳西下，断肠人在天涯。"（293）这首散曲，前三句分别以一连串不同的空间意象并置而出，其间看不出任何时间关联，也几乎不存在内在的逻辑关系。诗篇的叙事动力如何展开呢？它可以通过弗兰克所说的小说空间叙事的参照（references）和交互参照（cross-references）这一关系来实现，"在叙事文的时间序列中,这些参照彼此独立地相互关联;而且,在将这部作品结合进任何意义模式之前,这些参照必须由读者加以连接,并将它们视作一个整体"(Frank 62)。这些相互并无时间与逻辑关联的单个意象可以在空间中一个个展现出来,各自作为参照,并形成交互参照,其意义在这样的参照与交互参照的关系之网中显现,叙事动力也在这一过程中推进。读者在阅读与咏颂的过程中将这些无时间和逻辑关系的单个意象连接起来,通过联想、感知、思考,在意象的参照与交互参照中赋予其意义,在抒情诗的叙事动力与读者动力的结合下,整个叙事进程得以完成。

散曲的标题《秋思》已经展现了诗篇的主旨,无论对于诗人还是读者,它都起到了限定作用,对于叙事进程,它起到了指引途径的作用。这样,散曲的前三句一连串并置的意象,便可在其相互的关联中看出秋天的一片肃杀景象,以及在这幅景象中的抒情人。后两句则在前面意象的基础上展现出其中抒情人的咏叹,画龙点睛地将其整体意象推向高峰。王国维在《人间词话》中谈到"有有我之境,有无我之境","有我之境,以我观物,故物皆著我之色彩"(191)。《秋思》所呈现的显然属"有我之境",在瞬间的画面所呈现的景与物、景与人的相融相携中,在诸多意象形成的叙事动力推进的叙事进程中,可以看出其中"物皆著我之色彩"。王国维将这首小令看作"纯是天籁"(王国维,"宋元"122),可以说正是注意到在看来信手拈来、毫无任何逻辑联系的诗篇中所展现的自然之声,它显得天衣无缝,却诗意隽永。

这类显示空间结构关系叙事动力的抒情诗,在许多方面或许与"画"有近似之处。在莱辛看来,"诗中的画不能产生画中的画,画中的画不能产生诗中的画"(74)。②这里的"诗"所说的是以荷马史诗为代表的叙事文本,而非抒情文本。因而,它或许是有道理的。然而,在抒情诗、尤其是显示空间结构关系的抒情诗中,情况则有所不同,这样的抒情诗可以说与"画"相似,一如苏轼在谈论王维的诗、画时所说:"味摩诘之诗,诗中有画,观摩诘之画,画中有诗。"(305)

莱辛在谈到对一个占空间的事物,怎样才能获得一个明确的意象时说道:"首先我们逐一看遍它的各个部分,其次看各部分的配合,最后才看到整体。我们的感官进行这些不同的活动是非常迅速的,以至那一连串的活动仿佛只是一回事;如果我们要想得到对整体的理解,这种高速度是绝对必要的,因为对整体的理解不过是对各部分及其配合的理解的结果"(91)。莱辛在这里所谈的"占空间的事物"指的是"画",画作为特定的叙事文本，依然有其表现出来的叙事。在这里，莱辛实际上很好地展现出在"画"这类空间性的叙事文本中，叙事动力与读者（观者）动力相互结合推进的叙事进程，这一进程与那些以"占空间"为主的抒情诗十分类似。就以王维的《渭川田家》为例："斜光照墟落，穷巷牛羊归。野老念牧童，倚杖候荆扉。雉雊麦苗秀，蚕眠桑叶稀。田夫荷锄至，相见语依依。即此羡闲逸，怅然歌式微。"（104）这里所展现的可以说是瞬间出现的一幅恬静的田园画面，不愧"诗中有画"。读者逐一看到它所展现的一个个生动的意象，这些并无时间与逻辑关联的意象并置在一起，在其相互配合之间，推动叙事的进程；它与参与其中的读者动力相结合，在读者迅速的、一连串的精神活动中，完成对整体意义的理解，这与人们在观赏一幅同样"占空间"的画时相似。

对抒情诗叙事动力结构的分析，有助于我们深入文本中细察抒情诗歌以特定的结构和不同方式所显示的情感力量，以及这一情感力量在不同结构中如何层层推进，实现其情感叙事，展示其文本动力；与此同时，在读者阅读的过程中，在与读者动力的结合中，实现二者的和谐共鸣，展现其独特的艺术力量。

【注解（Notes）】

① 对这一问题的讨论，详见谭君强《再论叙事文本的叙事交流模式》，《河南师范大学学报》（哲学社会科学版）2012年第5期。
② 所引并非莱辛原话，而是德国学者瓦尔特·霍约（Walter Hoyer）为其所编莱辛选集三卷本（1952，莱比锡）《拉奥孔》第13章所加的标题，该章原意不离编者概括之意。

【引用文献（Works Cited）】

M.H.艾布拉姆斯：《文学术语词典》，吴松江主译，北京：北京大学出版社，2009年。
亚里斯多德：《诗学》，罗念生译，北京：人民文学出版社，1982年。
米克·巴尔：《叙述学：叙事理论导论》，谭君强译，北京：中国社会科学出版社，
　　2003年。
J.M.鲍亨斯基：《当代思维方法》，童世骏等译，上海：上海人民出版社，1987年。
《采薇》，载高亨注《诗经今注》，上海：上海古籍出版社，1980年。
Chatman, Seymour. *Story and Discourse: Narrative Structure in Fiction and Film*. Ithaca:

Cornell University Press, 1978.

安贝托·艾柯:《悠游小说林》,俞冰夏译,梁晓冬审校,北京:生活·读者·新知三联书店,2005年。

范晔:《后汉书》,载许嘉璐主编、安平秋副主编《二十四史全译·后汉书》第三册。上海:汉语大词典出版社,2004年。

Frank, Joseph. "Spatial Form in Modern Literature." In *Essentials of the Theory of Fiction*. Third Edition. Eds. Michael J. Hoffman and Patrick D. Murphy. Durham: Duke University Press, 2005.

Herman, David. James Phelan, Peter Rabinowitz, et al. *Narrative Theory: Core Concepts and Critical Debates*. Columbus: The Ohio State University Press, 2012.

Hühn, Peter. Jens Kiefer. *The Narratological Analysis of Lyric Poetry: Studies in English Poetry from the 16th to the 20th Century*. Trans. Alastair Matthews. Berlin: Walter de Gruyter, 2005.

莱辛:《拉奥孔》,朱光潜译,北京:人民文学出版社,1981年。

梁鸿:《五噫歌》,载林庚、冯沅君主编《中国历代诗歌选》上编(一),北京:人民文学出版社,1979年。

马致远:《天净沙·秋思》,载郁贤皓主编《中国古代文学作品选》,第五卷,北京:高等教育出版社,2010年。

《涉江采芙蓉》,载林庚、冯沅君主编《中国历代诗歌选》上编(一),北京:人民文学出版社,1979年。

苏轼:《书摩诘蓝田烟雨图》,载郭绍虞主编《中国历代文论选》,第二册,上海:上海古籍出版社,1979年。

谭君强:《论抒情诗的叙事学研究:诗歌叙事学》,《思想战线》2013(4):119—124。

——:《叙事学导论:从经典叙事学到后经典叙事学》(第二版),北京:高等教育出版社,2014年。

王国维:《人间词话》,徐调孚注,北京:人民文学出版社,1982年。

——:《宋元戏曲史》,北京:中华书局,2010年。

华兹华斯:《〈抒情歌谣集〉1800版序言》,曹葆华译,载伍蠡甫主编《西方文论选》,下卷,上海:上海译文出版社,1979年。

王维:《渭川田家》,载中国社会科学院文学研究所编《唐诗选》,上,北京:人民文学出版社,1978年。

辛弃疾:《丑奴儿·书博山道中壁》,载胡云翼选注《宋词选》,上海:上海古籍出版社,1978年。

吉川幸次郎:《中国诗史》,章培恒等译,上海:复旦大学出版社,2012年。

【作者简介】谭君强,云南大学文学院教授,主要从事叙事学、比较文学研究。

论文学史的叙事性

◎ 乔国强

【内容提要】从本质上说,文学史就是一个围绕着"古老的史实"、"诗学的价值"这两个轴心来运转的文本过程。本文试图从"叙事性",即叙事主题、叙事的话语时间和叙事的故事话语三个角度来描绘出文学史的这种运作过程,以此来分解、还原出文学史的各个组成层面及其关系,并为构建出合理、恰当的文学史模式提供一些理论上的启发。

【关键词】文学史;叙事性;叙事主题;叙事的话语时间;叙事的故事话语

什么样的文学史才是合理、恰当的文学史?从目前已出版的文学史版本来看,存在着一个明显的倾向,即文学史写作者往往在文学作品的思想性上流连忘返,而对文学作品的艺术成就则往往浅尝辄止。这种"一边轻"的文学史写作现状,一方面说明我们有重视文学思想性的传统,另一方面也说明我们在对文学史观念的理解、文学史的组成要素和文学史的架构等方面,都还存有理论认识上的不足。

这其实也正常,建构文学史原本就是一件复杂而繁琐的工程,因为作为一种独特的叙事文类,它不仅需要记叙"古老的史实",而且还需要处理好"古老的史实与诗学的价值"(William K. Wimsatt 1957: 537)之间的关系问题。此处所说的"古老的史实"主要指已出版的文学作品和已发生的文学事件等;所谓"诗学的价值"主要指文学史作者依据编撰目的和审美体验而对"古老的史实"本身所蕴含的文学传统,及其所具有的文学价值和影响做出的一系列判断。这其实就意味着一部文学作品或一起文学事件是否能进入文学史,既需要参照过去了的"古老的史实",又需要从"当下的"审美体验出发,对已出版或已经典化的作品,包括文学史上的重要文学事件等,重新做出估评。显然,这是文学史写作中所不可缺少的两个价值维度。

如何处理好这两个维度之间的关系,实际上就触及了与文学史叙事策略相关的叙事性问题。从某种程度上说,文学史的叙事性既是文学史的基本特点,同时也是构建叙事策略的基本要素。如果不了解文学史的这种叙事性,也就无从谈及文学史的叙事策略。因此我们说,了解文学史的叙事性是破解文学史叙事策略的一把钥匙。

这样一来,必然要牵涉到何谓叙事性?一般说来,叙事性是指"一种在[文本]深层运作的叙述能动力"(Philip J. M. Sturgess 1989:763-783)。它是"描述叙述世界/叙事世界特征并将之与非叙述世界/叙事世界加以区别的那组特征"(杰拉德·普林斯 2011:150)。这两个界定虽有些过于宽泛或笼统,但是,我们仍然可以从中分析出至少三层意思:一是说叙事性处于叙事文本的深层,且具有某种能动的作用;二是说叙述世界具有一定的特征,是可以从外在形式上捕捉到的;三是说这个叙事性是用来描述叙述世界的那组特征,它们区别于非叙述世界的特征。依据上述的界定及理解,本文拟讨论三种与之相关联的文学史的叙事性,即文学史中的叙事主题、叙事的话语时间以及叙事的故事话语,以此来揭示文学史的叙事性。需要解释一点的是,以上这三个方面在具体的文学作品文本中是有机地融合在一起的,本文分开来谈,只是为了讨论上的方便而已。

一、文学史中的叙事主题

文学史的叙事主题是反映文学史叙事性的一个重要的方面,属于"一种在[文本]深层运作的叙述能动力"(Philip J. M. Sturgess 1989:763-783)。传统文学批评使用"主题"这一术语时,通常指的是文学和艺术作品中所表现的中心思想,因而常常会把"主题"与"思想"连用或混用,如我们常说某部作品的"主题思想";"新批评"把"主题"看成是"整体意义或形式"或"作品中各种各样的基本问题、议题和疑问"(Gerald Prince 1992:1),即它把"主题"更多地与形式相关联;而叙述学所说的"主题"与以上两种观点都有区别,它是指一种在深层运作的叙述"框架、一种宏观结构、一种事实模型,一套有关世界某些现象的知识系统"(1992:2)。显然,叙述学中所说的"主题"是一个庞大的概念,它直接指向框架、结构、事实模型或知识系统,即它就像是一种看不见的规则和动力,在起到规范或统摄整个叙事文本的篇章结构、人物布局或事件场景安排等作用的同时,也推动了叙述的肇始与发展,并成为一种叙述动力。

既然叙事主题在文学史中有着如此重要的作用,那么该如何理解、阐释它?有关这一点我们可以从关联文学史内部系统的三种不同内在联系、功能以及运行原理的三个层面上来看。

(一)从宏观上看,叙事主题是文学史作者为了更好地实现其史学思想而特意制定的写作原则,其中包括对文学史的基本认识;对文学史框架结构、史料运用、作家作品安排以及所讨论的问题或话题等方面所作出的规定等。这些认识和规定对文学史的写作起到了指导和规范的作用,是文学史写作的初始动力之一。它揭示了文学史系统结构中各要素的内在工作方式,以及诸要素在一定环境下相互联系、相互作用的运行规则和原理,规定了文学史写作的立场、起止年限、各文学阶段的划分、主要文学思潮、主要作家及其作品等,并以此规范文学史按部就班地书写下去直至完成。总之,文学史作者在正确认识文学史原则、框架以及各个部分的前提下,按照写作的原则来协调它们之间的关系,以便能更准确地反映出文学史的真实面貌。

(二)从内部构成因子来看,文学史是一种综合了多种同质和异质史料的著作,如同质的文学作品[①]和相对于文学作品而言的异质的社会史料[②]等。文学史文本的内部组织结构就是围绕着这些同质与异质史料,分别组成了若干个具有不同属性和级次的子系统,并在整合这些不同子系统的基础上共同构建起来的。这一层面的叙事主题,主要是帮助文学史作者认识划分同质与异质的理由或道理,从这些同质与异质史料形成的要素和形成要素之间的关系方面来进行分析和使用。

(三)从文学史各种因子关系来看,不管是在同质与异质史料之间,还是在不同属性的子系统之间,都存在着两种不同的关系,即相互关联与相互转化的关系。从叙述的角度来说,这两种关系的动态存在及其存在的机制也构成了一种叙事主题,并成为推动文学史叙述的一种内在动力。叙事主题的这三个层面说明,文学史不只是把一些文学史料堆积起来,按照年代顺序分出章节地构建一下就可以了,而是要依据一定的写作原则、文学史料构建的方法,以及相互关联与转化机制等叙事主题,来表达自己的包括文学史观、文学思想、文学文类、审美趣味、价值取向等。

我们可以以英国浪漫主义文学史编写为例,来说明这种表达文学史叙事性的三种叙事主题的运用。首先,从总体上看,这样一部文学史的叙事主题首先需要设定一个明确的写作原则,并构建一个符合这一文学实际情况的叙述框架。写作原则和框架是具有指导性和限制性的,可以推动文学史写作有序地进行。其次,为完整、准确地将这一叙事主题运用到英国浪漫主义文学史写作之中,文学史作者需要对内部构成因子,即对与这一文学相关的同质性和异质性史料有一个明确的概念和分类,并在此基础上制定出使用这些史料的方法。其三,文学史作者需要知道自己所撰写的这一时期文学的相关知识,如肇始的源头、发展的轨迹、文学作品的遴选、所选作品的内涵、互文性与类文本等之间的关联与转化关系,对这些关联与转化有一个正确的认识和全面的把握,并能够在此基础上找出所有这些方面的关联及其关联的内在规律或法则。假如我们将文学史比作一个人的躯体,那么,我们可以把第一层面的叙事主题比作这个躯体的骨骼框架;把第二层面的叙事主题比作联系这些骨骼框架的筋腱与肌肉;而第三层则是关联并实际控制这个躯体内骨骼、筋腱与肌肉运动的神经网络。另外,我们可以把这个比喻中没有提到的第一层面上的写作原则看作是主宰全身运动的大脑神经。在它的统一指挥下,三个层面之间形成一种关联互动,即成为文学史叙述的初始动力。

　　需要指出的是,对上述三种叙事主题的不同了解和把握,会导致写出不同的文学史。比如说,中国学者在谈及英国浪漫主义文学时,认为文学是社会现实的一种再现。基于这样的一种认识,他们在设定叙述框架时便会把产生浪漫主义文学的社会背景放在前面,以此来阐释浪漫主义文学肇始的社会原因,然后再据此来评介具体的浪漫主义诗人,特别是那些被中国学者认为有"积极意义"的浪漫主义诗人,而对那些具有"消极意义"的诗人则很少提及甚或不提(杨周翰等 1979: 41—63),这种强烈的主观意愿一旦渗入文学史写作中,由此表现出来的文学史观就是一种带有偏见的文学史观。西方学者在处理同样话题时,其叙述模式虽与中国学者的叙述模式略有类似——也在开篇介绍产生浪漫主义的一些背景性史料,但是,他们介绍的更多的是文学或文化方面的,而较少触及其他社会方面的。他们在随后讨论具体浪漫主义作家时,则是按年代进行了较为全面的评介并附以选文(Irving Howe 1970),以此来对美国浪漫主义文学形成一个全景式的展示③。他们这样做当然也有其偏颇之处,如没有反映文学与社会之间的互动关系,因而不能准确地揭示文学发生与发展的外在动力。

文学史内部的分类也很重要。它是探讨文学史内部不同作家、作品、文学事件等之间关联与互动规律的一个重要途径。比如说，对英国浪漫主义文学类型的分析和评判，有助于我们探讨其由一种类型向另外一种类型嬗变的规律。具体地说，英国浪漫主义诗人可以细分为若干个不同的类型，有以威廉·布莱克(William Blake，1757-1827)、罗伯特·彭斯(Robert Burns，1759-1796)为代表的英国早期浪漫主义诗人；以威廉·华兹华斯(William Wordsworth，1770-1850)、塞缪尔·泰勒·柯勒律治(Samuel Taylor Coleridge，1772-1834)、罗伯特·骚塞(Robert Southey，1774-1843)为代表的湖畔派浪漫主义诗人；以乔治·戈登·拜伦(George Gordon Byron，1788-1824)、波西·毕希·雪莱(Percy Bysshe Shelley，1792-1822)为代表的所谓"积极浪漫主义"；以瓦尔特·斯哥特(Sir Walter Scott，1771-1832)、托马斯·穆尔(Thomas Moore，1779-1852)等为代表的抒情诗人；另外还有不属于某个具体派别的浪漫主义诗人，如约翰·济慈(John Keats，1795-1821)、托马斯·德·昆西(Thomas De Quincey，1785-1859)等。这些诗人及其作品的先后出现，经历了由"同质"向"异质"的转变：他们是法国革命、欧洲民主运动和民族解放运动高涨时期的产物，都受到 18 世纪末、19 世纪初欧洲普遍流行的一种文艺思潮的影响，也大都遵循浪漫主义的创作原则，如表现主观理想、抒发强烈的个人感情等；然而，他们之间也有不同之处，如早期诗人大都以热情讴歌大自然和抒发个人情感见长；中期诗人则既承袭了早期诗人对自然的热爱，又从自然出发阐发对自由的向往；而晚期诗人则开始走向含蓄，其诗心更为贴近美。

　　将异质史料的关联与互动纳入文学史的叙述之中，也是探讨文学创作以及流派发生和发展内在规律的一个途径。比如说，叙说 19 世纪发生在欧洲的社会运动有助于加深认识浪漫主义文学的发生与发展。1811—1812 年间发生在法国的群众性破坏机器的"勒德运动"、1819 年间的"彼得卢大屠杀"等，18 世纪末出现在英国的"革命社""权利法案社""伦敦通讯社"、威廉·葛德汶(William Godwin，1756-1836)与埃德芒·勃克(Edmund Burke，1729-1797)之间的论战、托马斯·潘恩的《人权论》(Thomas Paine, *Right of Man*，1791)以及葛德汶的《政治正义性的研究》(*An Enquiry Concerning the Principles of Political Justice*，1793)等一些重要事件，都直接或间接地影响了浪漫主义思潮的产生。将这类史料安排使用到英国浪漫主义文学史的写作之中并使之成为一种叙述机制，就可以形成一种推动文学史叙述的内在动力。

从某种意义来说,文学史表述的事实与价值模型其实也是一种叙事主题。事实与价值模型原来是危机传播管理中使用的一个术语,主要指的是危机处理中应采用的管理办法,其中主要包括传播事实的路径和构建价值的路径。文学史中表述事实与价值的方式在很大程度上暗合了这种模型,其通常的表现方式主要有四种:一是通过命名的方式来认定事实并做出价值判断。如洪子诚采用"新时期文学"的命名来判断"文革"后的文学,是"中国文学的另一次重大'转折'"(洪子诚 2010:233—234)。二是通过频繁使用告知性判断句式的方式,来表达文学史作者认定的事实与判断,如在洪子诚编撰的《中国当代文学史》中经常出现"'新时期文学'的'转折',表现为文艺激进派主要依靠政治体制'暴力'所开展的'文化革命',也为政治体制的'暴力'所中断"(2010:234)这类告知性判断句,以此来表达他的政治叙事主题。三是通过选用符合文学史编写主导思想史料的方式,来确定叙事主题的中心话语,如洪子诚为彰显中国当代文学的思想性而大量地引入了与思想政治相关的史料,其中包括有关"左翼文学界""毛泽东的文学思想""频繁的批判运动"等(2010);四是通过文学史分期的方法来判断和构建某种文学史观,如洪子诚将当代文学五十年分为上、下两编共二十七章,即通过这种过细的分期和分类方法将这段文学历史碎片化,并通过这种碎片化来表达他对这一时期文学发展的认识和符合他的总体的叙事主题——他把一部中国当代文学史写成了中国当代文学(政治)思想史。对洪子诚而言,他的《中国当代文学史》深层运作的叙述能动力,就较为集中地体现在这四种表现方式之中。

二、文学史叙事的话语时间

对文学史叙事性探讨的另一个重要方面,是叙事的话语时间。时间是文学史叙事的一个独特品质,是一种可以捕捉到的且具有一定意蕴的外在形式表现。其独特性不仅在"过去""现在"以及"未来"三个归属历史范畴内的不同时间维度上得到了定位,而且还在叙说这些维度的过程中得到了充分的展示。换句话说,文学史的叙述时间有两层含义:一是指一般意义上与叙述相关的时间;二是指叙述学意义上的话语时间或情境与事件表述所占用的时间。从叙述的角度看,作为一种叙事性,文学史的叙述时间除了可以分为"过去""现在"以及"未来"这些宏观一些的时间维度之外,还可以分为时间话语的结构,如"叙述时间""被叙述时间""多叙""少叙""不叙""时间误置""时序""时长""时频"等微观一些的时间维度。这些宏观的和微观的时间维度共同构成了文学史的叙事性。

  一般说来,文学史中的叙述时间多半指的是与叙述"过去"相关的时间,或对"过去"的文学所进行的梳理和评判。然而,从叙述的角度来看,一般意义上的"过去"并不等于进入文学史中的"过去"。也就是说,一般意义上文学的"过去"指的是过去所出现过的作家、所发生过的文学事件以及所出版过的文学作品等;而进入文学史中的"过去",不仅是指通过选择、概括、组织、归类、叙述等过程而再现出来的"过去",而且还指从特定的视角分析和评价这些入选的作家、文学事件以及文学作品中所反映或再现的"过去"。总之,是审美化和价值化了的过去。从这个角度来看,写进文学史中的"过去"大致可以分为三种情况:第一种是真实存在或发生的"过去",如生活在过去的真实的作家、发生在过去的真实的事件、出版在过去的真实的文学作品等;第二种是文学作品中所模仿或反映的"过去",其中包括经过虚构或加工而再现出来的过去的人物、事件及其他社会现象等;第三种是文学史作者从个人视角,叙说出的这些"过去",其中包括文学史作者在时间安排上所采用的叙述策略。

  文学史中这三种"过去"可以不同的形式存在,如可以照实记录的第一种"过去",这种"过去"主要就是真实地记录作家的生卒年限、文学活动、作品发表等;也可以介绍或重述第二种"过去",让读者了解文学作品中所模仿或反映的社会现实。然而,不管哪一种"过去",都必须经过第三种"过去"这道门槛。第三种"过去"的门槛是一种与"现在"相关联的和表现叙事性的,即都是在"现在"价值观的"观照"中展现出来的"过去"。从这个意义上讲,一方面,一般意义上的"过去"要转换为文学史中的"过去",需要依据"现在"的价值观和表现叙述规则的叙事性来进行,这其中就包括选择与"过去"这一时间概念相关的叙述策略来处理这些"过去",并在此基础上描绘出文学肇始与发展的曲线和解释其规律。另一方面,文学史中存在的这种"过去"与"现在"之间的关联与互动关系,折射出叙述"过去"与勾连"现在"之间的张力,如"过去"之中所含有的归属于文学史内部因子的"价值观"和叙述规则,与"现在"的"价值观"和叙述规则之间的关系:有些相重叠或一致,有些则相矛盾或对立。文学史在时间方面的叙事性,既要适当地保持"过去"与"现在"折射出来的这种张力,也要恰当地彰显这种张力本身所具有的意蕴和价值。

从叙述的角度来看,彰显这种张力本身所具有的意蕴和价值,主要是通过从微观时间维度这一叙事性入手的,如前面提到的"叙述时间""被叙述时间""多叙""少叙""不叙""时间误置""时序""时长""时频"等微观一些的时间维度。文学史叙述与其他任何叙述一样,(每个部分)都有一个类似于"开始""中间"以及"结束"这样一个线性的叙述过程。从大处看,文学史以何时、何人或何事为开始和结束,即是从时间维度这一叙述性上表达了文学史作者的文学史观。比如说,中国新文学肇始期应该确定为1919年还是1917年,其实表达的是中国新文学的两种不同文学史观,前者把"五四运动"看成是由"火烧赵家楼"这一具体事件而肇始的,意在强调"五四运动"对中国新文学的影响(周扬 1953:23);后者则通过拓展"五四"这一时间概念(丙申 1987:233),把由"五四"而肇始的新文学放置在一个大的社会文化背景下进行考察(郑振铎 1984:1156)。而从小处看,作家、作品、文学事件等其中绝大多数其实都是以散在的或各自不同的形态呈现在人们面前的。文学史作者需要按照一定的时间标准(如按某一时间段)和方法(如"正置""误置""多叙""少叙"或"不叙"等)将他们组合起来,并将他们置于一种构建的、表示相互关联的时间序列链之中,从而给人一种具有某种内在联系或因果关系的持续感和整体感。

这种通过一系列微观时间组合叙说所体现的叙事性,还有助于构建文学史叙事的情节感。例如,洪子诚在《中国当代文学史》第一章中,将一些与促使"文学转折"相关的事件和情境勾连起来,以此说明中国20世纪40年代文学界发生转折的因果关系。具体地说,他"首叙"并"多叙"了与社会政治相关的事件和情境(如"二次大战之后世界范围两大阵营对立的冷战格局""中国40年代后期内战导致的政权更迭""国民党统治区、日本占领的沦陷区和中国共产党政权的解放区"(2010:3)等);而"少叙"了与文学相关的事件和情境(如"规模宏大的创建社会的实验"与"反映这一社会实验的'解放区文学'"以及"'表现新世界'的文学"(2010:4)等)。他强调的是社会政治因素对文学发生与发展的戏剧性影响,从而冲淡了文学史原本应该重点叙述的具体作家、文学团体、文学事件等这些内部因子、结构及其与外部条件进行交流与互动的规律;甚至"不叙"那些具体的"解放区文学"和"'表现新世界'的文学",让读者以为这一时期的文学就像他所叙说的那样:社会政治与文学构成了一种必然的因果逻辑关系。

这种逻辑关系不仅体现着社会政治与文学之间的冲突与共谋,说明它是文学史构成中的一个重要因素;而且还揭示出它是文学开端、发展、高潮、结局等各个阶段的内在动力。

说到底,文学史叙述其实是一种再现。这种再现具体到文学史文本上就是针对某一或某些具体作家、作品、事件等而构建的时间话语。这种构建的时间话语所表达的叙事性会对叙述产生一定的(如真实、虚构或真实与虚构相交叉等)影响,在起到强调或弱化某一作家、作品、事件在文学史中的地位、作用或意义等作用的同时,让"历史本身曲折的进程给历史时间增加深度"(罗兰·巴尔特 2012:111)。然而,假如文学史叙事对同一时期的作家、作品或文学事件采用了一种非等时性叙事,这样的叙事既有可能会真实地再现,也有可能模糊甚或歪曲当时文学发展的真实面貌。

洪子诚的《中国当代文学史》就通过采取这种非等时性叙事的方法,来表达自己对当代文学发展真实面貌的认识。他的叙说框架是政治与文学,并用这种政治与文学的逻辑关系来统领文学史的全部叙说。他在谈及"隐失的诗人和诗派"时,也将时间话语聚焦在政治上——"诗服务于政治"而且"不存在多种路向互相包容的可能性"(2010:58),并以此作为评价"隐失的诗人和诗派"的唯一标准。为此,他在叙说这些诗人和诗派时采用了不均衡的叙说方式,将一些他认为与当时政治取向不符的诗人和诗派(如穆旦、"七月派诗人")拿出来做重点叙说,在"时长"上占据了"优势",而对一些政治立场发生转变的诗人(如臧克家、冯至等)则一带而过,让这些诗人在"时长"上处于"劣势",在一定程度上虚构了政治与诗歌创作的真实关系。

或许会有人提出这一章谈的就是"隐失的诗人和诗派",因而重点评介那些与当时政治取向不符的诗人和诗派是理所当然的。其实,这里所反映出的问题,从叙述的时间性上看是"时长";而从文学史时间话语的整体构建来看,还牵涉到叙述的"中断"。例如,洪子诚各用一个段落介绍了郭沫若、臧克家和冯至等,而在"穆旦等诗人的命运"一节中,则并未延续前面评介郭沫若、臧克家、冯至等用一个段落进行评介的时间话语模式,即没有具体评介穆旦或其他任何一位同诗派诗人的命运。透过这种选择性叙述"中断"引起话语时间表达的混乱,也可以看出他的文学史观和价值取向。

三、文学史叙事的"故事话语"

文学史叙事的"故事话语",也是文学史叙事性的一个重要方面。在展开论述这个话题之前,首先需要弄清楚文学史叙事的"故事话语"这个关键词。一般说来,"故事"与"话语"是两个不同的概念,在叙述学中是分开来界定的,即"故事"指的是"叙述世界/叙事的内容层面,与其表达层面或话语相对;正如叙述中的'什么'与'如何'相对"。而"话语"指的则是"与叙述的故事或内容层面相对的叙述世界/叙事表达层面;所涉及的是'怎么'叙述而不是叙述'什么'"(杰拉德·普林斯 2011:215)。这里将"故事"与"话语"放在一起使用,构成"故事话语"这个表达式,并非试图混淆二者的区别,而是强调二者是文学史叙事性的一个方面,即它们具有的共同的指向性和转换性。

需要加以解释的是,该处的"指向性"是说作为文学史中的"故事话语",都指向明确的目标,如对一种或多种对象的选择及跟踪,而归根结底应该是真实地再现作家、作品、文学事件等的风貌。而"转换性"则是指文学史无论是"写什么"或"怎样写",都必将要牵涉到一定程度和某种形式的"转换",即"把信息(报道的事件)、信码陈述(报道者的作用部分)以及有关信码陈述的信息(作者对其资料来源的评价),组合在一起"(罗兰·巴尔特 2012:109)。在这种意义上说,"故事话语"作为文学史的一种叙事性,又可以大致分为两种模式,即"等式性叙事"和"修辞性叙事"。

"等式性叙事"假设"故事话语"及其目标(或共同指向)为一个等式两边的数字,即把"故事"与"话语"看成是左边不同的两个数字及与其相关的运算过程(即转换性);把"故事"与"话语"合二为一,看作经过运算之后等式右边的得数或结果(即目标或共同指向),那么,这个等式则具有两种存在方式,即等式(如 2+3=5)和矛盾等式(如 2+3=6)。等式是一种真实的存在,而矛盾等式则是一种不真实的存在。

这个假设想说明的问题有二:其一是文学史的"故事话语"等式左边输入的内容应该等于其右边的指向,即文学史的写作目标应该与其史料选择和话语表达相一致。等式所具有的三个属性,即:(1)等式两边同时加上相等的数或式子,两边依然相等(若 $a=b$,那么有 $a+c=b+c$);(2)等式两边同时乘(或除)相等的非零的数或式子,两边依然相等(若 $a=b$,那么有 $a \cdot c=b \cdot c$ 或 $a \div c=b \div c$,设 $a,b \neq 0$ 或 $a=b,c \neq 0$);(3)等式的传递性(若 $a_1=a_2, a_2=a_3, a_3=a_4, \ldots\ldots a_{n-1}=a_n$,那么 $a_1=a_2=a_3=a_4=\ldots\ldots=a_n$),

也进一步证明等式左右的一致性。以等式(3)为例,我们无论是用"a"来指代"故事",用"n"来指代"话语",还是颠而倒之,即用"a"来指代"话语",用"n"来指代"故事",其结果都同样反映出"a"与"n"之间趋向一致的连动关系。这种等式关系说明文学史的内容应该与目标指向是一致的。

然而,事实上,许多文学史的内容与目标指向并不完全一致,更多的是文学史"故事话语"的目标指向大于或小于其输入的内容,表现为一种矛盾等式。这种矛盾等式类的文学史写作不仅具有随意性和缺乏合理性,而且还带来了许多不确定的因素,其目标指向很难令人信服。比如说,顾彬撰写的《二十世纪中国文学史》从宏观结构上来看,采用的就是这种矛盾等式的写作方法。具体地说,他的写作目标是二十世纪这一百年的文学发生与发展的历史。然而,这部文学史的结构和内容安排却缺乏合理性:民国时期文学时间跨度大约为三十七年;中华人民共和国文学从1949年到二十世纪末,时间跨度大约为五十年。然而,在他的笔下,中华人民共和国文学这段历史的篇幅,不到民国时期文学史的二分之一。这样的篇幅结构安排与他对二十世纪后五十年文学的认识相一致(即"1949年以来的任何一处中国文学迄今为止仍处于危险之中"和"鲁迅和周作人文风之优雅迄今无人能及,更谈不上超越"(顾彬 2008:238)),从这个角度看,他的写作属于等式的;而与他写作的总体目标(即二十世纪中国文学史)却相去甚远,即未能真实而又全面反映二十世纪中国文学的发生与发展的全貌。这样的文学史写作属于一种矛盾等式的写作。这种既一致又不一致的文学史写作,在反映着他对这段时期文学认识的同时,也暴露出他在研究中所存在的弱点,即他对民国时期的文学更为熟悉,而对1949年以后的文学则了解得不够。

"修辞性叙事"是文学史"故事话语"的另外一种叙事性。"修辞性叙事"是戴维·赫尔曼等在《鲁特莱奇叙述理论百科全书》中提出的四种叙事模式(即"简单叙事""复杂叙事""修辞性叙事"以及"工具性叙事")之一(David Herman 2005:387)。文学史属于其中的"修辞性叙事",指的是文本的发出者或其接受者,通过重塑普世价值观、集体的实体以及抽象的语境将叙事构建成一些特殊的人物和事件(David Herman 2005:387)。从大处看,这一概念用在文学史中可以指文学史作者通过结构安排来构建一定的语境,并藉此语境来转达文学史作者对这一时期文学的认识。比如说,洪子诚在《中国当代文学史》中谈及四五十年代的文学时,用"文学批评和批判运动"作为这一时期的文学语境,并藉此来构建在这一语境下出现的"作家的整体性更迭"和形成的"'中心作家'的文化性格"(2010:26—37)。从小处看,文学史作者可以选取某一时期文学的代表人物,通过具体分析讨论这些代表人物的作品来构建这一时期文学的风格或特质。比如说,顾彬选取鲁迅、郭沫若和郁达夫分别代表中国现代文学奠基时期的三种文学类型(即"救赎的文学""自我救赎的文学"以及"文学和自怜的激情"),并将这三位作家的特质凝练为这一时期的文学特质。

其实,上面所谈到的"大处"与"小处"都从一个侧面反映了"修辞性叙事"一些的叙述特性。按常理,凡是特性,在程度上或级次上都会有一定的差异。在西方叙述学家看来,造成这类的叙事性特性差异的因素有很多,不过大体上可以分为三类:第一类是指某一叙述中的叙事性级别,可依据叙事在何种程度上构建成一种能自主表现非连续、独特、肯定以及相互关联的情境和事件来决定。在这一情境和事件中,要有一个对人类事业来说具有一定意义的冲突;第二类是指叙事性受到针对情境和事件表述及随后出现的语境所做评论数量的影响;第三类是指叙事性的非叙事与丰富性功能和所谓虚拟嵌入叙事与人物心中产生的故事类结构。这三类影响因素可能互相抵触,也可能有所重复,另有一些可能更为重要一些(2005:387)。

不过话又说回来,尽管西方叙述学家把历史叙事也归于这种"修辞性叙事",并认为历史叙事也受到上述三类因素的影响,但是,就文学史书写与研究而言,他们的这种对"修辞性叙事"的界定及对三类影响因素的描述还缺少一定的针对性和具体性。为此,我们在将西方学者界定的"修辞性叙事"概念运用到文学史研究之前,还需要做出一些修改。即是说,从文学史的"修辞性叙事"这个角度来看,上面所说的第一类和第二类可以分别归结为故事结构层次和批评话语;第三类在文学史叙事中不多见,可以转而改为叙述话语。具体说明如下:

(一)故事结构层次主要指的是文学史中事件关联与构建的层次。文学史中的故事意蕴不是从单纯按照时间顺序排列的事件中展现出来的,而是从故事安排的表层结构和深层结构两个层次"勾连"出来的。这里所说的"勾连"出来,指的是我们可以通过这两层结构认识到,文学史中所叙说的事件既具有其表面的意义,也具有其深层的含义,事件的表面现象既可能反映了其内在的本质,也可能掩盖或遮蔽了其内在的本质;另外,这种"勾连"还告诫我们不能单一地解读文学史中所叙说的事件,而要将所叙说的事件放到一起来看。也就是说,组合或构建起来的事件一则会组合或构建出一个更大的事件;再则这样组合或构建出的更大事件会超出或降低原有事件本身所具有的意蕴。

(二) 批评话语主要是指散在于文学史文本中针对不同作家、作品或文学事件等所提出的各种观点。这些观点有一些共同的属性,如它们单独存在时各有其自身的意蕴;而将它们组合起来时,则具有共同的指向性,从而有可能超出或减少其自身原有的意蕴。不过,也有例外。比如说,在众多观点中,有些是可以参与聚合的(如与文学史作者本人观点相同或相类似的观点),其结果是共同形成了一种纵向的层级;另有一些不能参与纵向聚合(如与文学史作者相左的观点,文学史作者拿来进行商榷或批判),其结果是共同形成一种横向存在的异质层级。纵与横两种不同层级的存在也是文学史的故事话语"修辞性叙事"的一个独特属性,它有助于展现出文学史的丰厚底蕴。

(三) 叙述话语则主要指的是文学史"修辞性叙事"中虚构的叙述者和受叙者及二者之间的交流。文学史通过"修辞性叙事"表达出的叙事性就是建立在这种富有张力的交流之中。也就是说,叙述者通过这种对话性叙述话语,在文学史中叙说了一系列知识性话题,意在向受叙者传授并解说这些知识,并藉此表达自己的文化认知与诉求。

上面针对文学史"修辞性叙事"的分类,实际上也可以说是从三个不同的层面,揭示了文学史在"故事话语"层面的深层运作机制及其转而为叙述能动力的机理。这种揭示在一定程度上可以帮助我们加深对文学史内部的构建和运作机理及其意蕴的理解。不过,总的来看,这篇论文中所讨论的三个话题,似还并未完全涵盖文学史的全部深层运作机制或全面阐释其转而为叙述能动力的机理。这里对文学史叙事性所做的探讨只是一种初步尝试,以期能够起到抛砖引玉的作用。

【注解 (Notes)】

① 文学作品中也有同质与异质之分,这种同质与异质之分可以从文类、观念、文体等层面上来区分,如浪漫主义文学、现实主义文学、现代主义文学与以及现代主义文学等。

② 社会史料中也有同质与异质之分,这种同质与异质之分可以从材料属性、观点、可靠性等层面来区分,如政治运动、文化政策、文学史料等。

③ 当然,这样说似乎有些不够客观,其原因有二:一是篇幅问题,杨周翰等主编的《欧

洲文学史》受篇幅所限,不能一一进行介绍,而欧文·豪所编的《十九世纪美国文学》是一部断代史,有足够的篇幅展开介绍;二是国情有所不同。不过,尽管如此,本文的分析是从文本入手来看的,篇幅问题其实是次要的。

【引用文献(Works Cited)】

William K. Wimsatt, Jr., Cleanth Brooks. *Literary Criticism: A Short History*. New York: Alfred A. Knopf, Inc., 1957.

Philip J. M. Sturgess. "A Logic of Narrativity". *New Literary History*, Vol. 20. No. 3, Greimassian Semiotics (Spring, 1989).

Gerald Prince. *Narrative as Theme: Studies in French Fiction*. Lincoln, London: University of Nebraska Press, 1992.

David Herman, et al (eds.). *Routledge Encyclopedia of Narrative Theory*. London and New York: Routledge, 2005.

Irving Howe. *The Literature of America: Nineteenth Literature*. New York: McGraw-Hill Book Company, 1970.

杨周翰、吴达元、赵萝蕤主编:《欧洲文学史》,北京:人民文学出版社,1979年。

洪子诚:《中国当代文学史》,北京:北京大学出版社,2010年。

周扬:《新文学运动史讲义提纲》,《文学评论》1986年第1期。

王瑶:《中国新文学史稿》(上册),上海:新文艺出版社,1953年。

丙申(沈雁冰):《"五四"运动的检讨》,《中国新文学大系1927—1937》文学理论集一,上海:上海文艺出版社,1987年。

郑振铎:《新文坛的昨日今日与明日》,《郑振铎选集》(下册),福州:福建人民出版社,1984年。

周策纵:《"五四"运动史》,长沙:岳麓书社,1999年。

姜玉琴:《肇始与分流:1917—1920的新文学》,广州:花城出版社,2009年。

顾彬:《二十世纪中国文学史》,上海:华东师范大学出版社,2008年。

罗兰·巴尔特:《历史的话语》,李幼蒸译,见汤因比等著:《历史的话语》,张文杰编,北京:中国人民大学出版社,2012年。

杰拉德·普林斯:《叙述学词典》,乔国强、李孝弟译,上海:上海译文出版社,2011年。

【作者简介】乔国强,教育部"长江学者"特聘教授;英国诺丁汉大学哲学博士,上海外国语大学英语学院教授、博士生导师;主要从事英美文学、西方文论、叙述学的教学与研究工作。

类文本文本化
——附录在《我们仨》中的功能分析

◎ 许德金

【内容提要】本文以热奈特的类文本理论为切入点,首先指出其理论存在不足之处,随后本文对类文本及类文本叙事的定义进行了修正,重新确定了分类标准,并系统地提出了类文本叙事及其批评框架。在此基础上,本文以中国女作家杨绛的自传《我们仨》为例,聚焦其中作为类文本的附录,将附录的叙事与正文叙事加以对比研究,指出前者的内容及风格在某种意义上颠覆了后者中的相关叙事,并实质上取代了后者中的某些叙事而成为真正的文本叙事,堪称"类文本文本化"。本文指出,《我们仨》的三个附录具有三种功能:即叙事、补充信息和比照。通过《我们仨》的作为类文本的附录的具体功能分析,本文揭示了类文本批评作为一种视角,具有传统批评所不具有的独特作用,也从一个侧面为我们打开了阅读的一扇门。

【关键词】附录;类文本叙事;类文本文本化;功能;杨绛《我们仨》

《我们仨》是我国当代著名女作家杨绛先生在2002年92岁高龄的时候创作的。其时其人生伴侣钱钟书先生刚刚离去四年,而此前一年(1997年)他们唯一的女儿钱瑗已先他们而去。她用这部简单质朴的家庭生活回忆录倾心记述了他们这个特殊家庭63年的生活,梦由生活而生,她由此选择了依梦写生,照片、笔记与文字相映成趣,文本叙事与类文本叙事相辅相成、相得益彰,在历经几个时代社会大磨炼的背景下谱写了一曲家庭的和美赞歌。《我们仨》总体上风格非常独特:(1)语言上简练、朴素,委婉并略显节制,既没有夸张铺陈,也没有沉痛抑郁;(2)无论叙事、抒情、绘景抑或评论,都简单、婉约、清淡、直陈,毫无矫揉造作之嫌;(3)总体语调及情感的把控上显得风轻云淡,即使是对梦境的描述也没有故弄玄虚,华而不实。难怪该著作自出版以来就在国内学界好评一片。

总体而言,国内对《我们仨》的评论主要集中在其艺术风格和特色上,重点对作品中杨绛那自然、质朴、简洁及优雅的散文风格及艺术特色进行了赞誉,批评基本上是一种印象式的传统的质性评价,而鲜见对其叙事特色,尤其是类文本叙事特色进行深入批评探讨的。从类文本的角度切入,结合其文本叙事的内容和特色对该著作进行个案研究显然既有类文本批评的意义和价值,也客观上能够进一步丰富对《我们仨》艺术成就的解读。为此,下文拟从类文本的批评视角切入,聚焦类文本叙事与文本叙事的关系,结合《我们仨》的类文本叙事实例,尤其是其附录作为类文本的叙事功能,对《我们仨》的类文本叙事艺术展开全面系统的探讨,以揭示其独特的叙事特征及艺术价值。

一、类文本理论:批评与实践述评

类文本理论的奠基人及先行者当属20世纪法国著名的叙事学家杰拉德·热奈特。他在《原文本》(Architexte, 1979)的演讲中第一次系统地提出了"跨文本性"(transtextuality)的四维研究体系,标志着其叙事研究出现了巨大转向:其研究对象已由此前所关注的"文本"而转为所谓的"跨文本"。随后在1982年出版的《复写文本》(Palimpsests)一书中,热奈特最终将其早期提出的"跨文本性"体系确定修改为一个包含五个要素的五维度跨文本研究体系。

热奈特所设定的跨文本性五维度诗学体系主要包括如下要素:(1)文本间性(intertextuality 或译为互文性),指的是"两个或多个文本间共同存在的关系";(2)类文本性(paratextuality),指的是在印刷成书中不属于文本正文,但却环绕在文本周围那些仍然可以影响阅读的语言学及图案要素;(3)元文本性(metatextuality),即评论与"其所评论的文本"之间所形成的那种跨文本关系;(4)超文本性(hypertextualty),即所谓的"第二层次的文学",如后来的文本强加(叠加)于先前的一个文本之上,包括各种类型的模仿、戏仿、歪曲等;(5)原文本性(architextuality/architexture),此为最高级、也是最抽象的一类跨文本关系,指的是一个文本作为某一类文本或话语的典型代表而与该类文本所形成的涵盖关系。

在热奈特建立的上述跨文本性五维度的研究体系中,第二个维度类文本性是其后来研究的重点。在1987年出版的《类文本:阐释的门槛》中,热奈特对类文本性、类文本的概念内涵和外延也都做了较大的补充与调整。在热奈特看来,有些要素不论是否包含在所印刷的书本之内,均应视为类文本,比如报纸杂志上刊登的相关评论。不但如此,热奈特还对类文本进行了分类,区分了两大次类型的类文本,即:(1)边缘或书内类文本(peritext);(2)后或外类文本(epitext)。前者包括诸如作者姓名、书名(标题)、次标题、出版信息(如出版社、版次、出版时间等)、前言、后记、致谢甚至扉页上的献词等;后者包括外在于整书出品的、由作者与出版者为读者提供的关于该书的相关信息,如作者针对该书进行的访谈,或由作者本人提供的日记,等等。

热奈特在《类文本:阐释的门槛》一书中对类文本所进行的探究对我们的研究很有启发意义。但由于其身处的后结构主义及解构主义所盛行的时代,其类文本理论也难逃其害,存在如下几个明显的不足之处:

(1) 类文本的外延。热奈特所谓的类文本并不局限于印刷文本成书的范围,而是把文本乃至印刷书本之外的诸如相关作者的访谈、日记甚至年龄、性别等也包括在类文本的研究范畴,这虽然扩大了类文本的研究范畴,但另一方面也实际上造成研究语域的泛化和相对不确定性,客观上使得类文本研究具有不可预见性和不可操作性。

(2) 类文本的分类。热奈特对类文本的二分法表面上看起来比较合理,但细究下便不难发现其对类文本的分类缺乏统一的标准,且以列举为主要手段,这就造成相关研究中存在许多不稳定的因素,难免在操作上会导致挂一漏万的现象。

(3) 类文本批评体系的缺失。虽然热奈特洋洋洒洒用一本厚厚的篇幅就类文本的问题进行了专门研究,但细读其著作,却很难找到相应的类文本批评体系的建构,其对类文本的批评也基本上是印象式和列举式,过于直观和碎片化,缺乏批评体系的建构,这也客观上造成其类文本批评理论很难被学界广泛运用,更谈不上广泛传播了。

针对热奈特类文本理论的不足,笔者五年前就曾撰文指出,热奈特的类文本理论有待修正和进一步发展,并从类文本的定义、分类,尤其是类文本批评体系的建立等系列问题上提出了笔者的愚见,为方便下文对《我们仨》的分析,简述如下[①]:

[①] 有关热奈特类文本理论存在的不足、修正及批评体系建立的详细探讨,可参考许德金(2010):29—34。

（一）类文本的定义、要素和范畴。为方便类文本的研究,从实际应用和任何语篇都应具有相对稳定的语域这一角度出发,类文本应当有一定的疆界,而且是相对封闭的,比如在一本书之内,或在某一相对固定的网址或网页范围内。之前提到的热奈特所提出的与该文本相关的作者的访谈、日记或性别年龄等,如果它们不在印刷的书本之内或没有与文本一起放在一个相对固定的空间之内,则其不构成类文本的要素,而是构成热奈特五维度跨文本体系内的文本间性;如果它们是被放在印刷文本成书之内,无论是作为附录、封面抑或是其他形式,均可认定为类文本。

沿袭这个思路,我们便不难发现,任何著作中典型的类文本要素包括:(1)文本正文内容之外的印刷出版、版权等相关信息、前沿、扉页上的献词、致谢、目录等;(2)扉页上可能出现的引用,如贝尔·胡克斯的《骨子里是黑色的》扉页上所引用的两个著名作家的话语;(3)出现在前后封面上的他人的书评或出版商的推介性文字;(4)可能出现在文本之内我们称之为"内类文本"现象,如汤亭亭《女勇士》中出现的大量括号、乔伊斯《尤利西斯》中译本中出现的大量脚注、《我们仨》中出现的文本内的照片等;(5)附录、后记等,如下文即将重点分析的《我们仨》中的附录。

（二）类文本的类型学研究。前文已指出,热奈特对类文本进行的二分法较为粗糙,虽有看似统一的标准,但其实实用性及适用性均不强,只有理论上的意义,而缺少实践上的可指导性。针对此不足,笔者提出,应依据不同的标准,结合类文本批评的实践,对类文本进行不同的类型学研究。总体而言,对类文本进行不同的分类,可以根据类文本如下的特征：(1)出现在任一相对封闭语域中的位置;(2)其之于文本的功能;(3)具有叙事功能与否。具体分别图示如下：

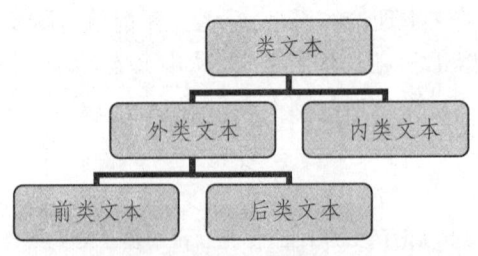

图1 类文本的类型(以出现的位置为准则)

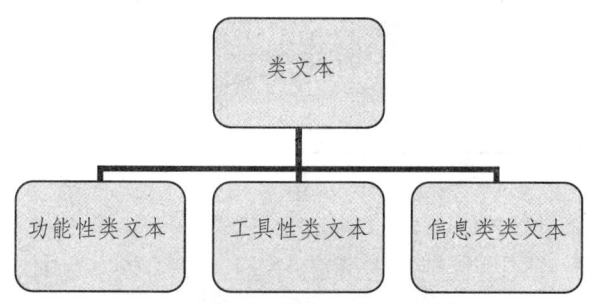

图 2　类文本的类型(以类文本之于文本的功能为准则)

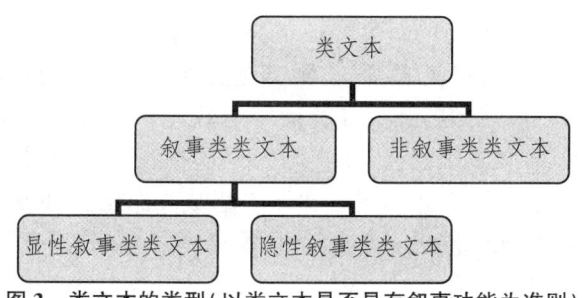

图 3　类文本的类型(以类文本是否具有叙事功能为准则)

　　特别值得注意的是,虽然依据是否具有叙事功能,可以将类文本可以进一步区分为类文本叙事和非类文本叙事,但类文本叙事与非类文本叙事在一定的条件下是可以相互转换的:比如下文即将分析的《我们仨》中的图像、书法等,虽然图像、书法等作为非叙事类的类文本明显不具有叙事的功能,但由于作者对原本静止不动的图片、书法等加以注释,此时的图像、书法已变得灵动起来,并具有了叙事的功能而成功转换成类文本叙事,其具有的功能也因注释的存在而变得非同寻常,这里暂不一一赘述。

　　(三) 类文本叙事批评框架的建构。针对热奈特类文本理论应用性和实用性不强的问题,笔者也给出了自己的答案,初次尝试建构了一个四维度的类文本叙事批评框架,简单图示如下:

　　此四维度的类文本叙事批评框架不但强调类文本叙事与文本叙事之间的直接互动和可能的相互转换,也强调了显性类文本与隐性类文本叙事之于文本叙事的作用,以此四维度建构了类文本叙事批评的立体框架,在下文对《我们仨》的类文本叙事分析中,将会具体应用到案例分析中,以此展示类文本叙事批评框架的独特作用。

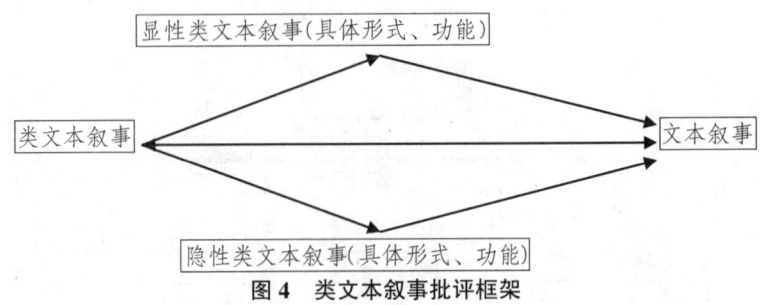

图 4　类文本叙事批评框架

二、《我们仨》的类文本叙事及其功能分析

《我们仨》一个典型的叙事特征就是文本叙事与类文本叙事交错杂陈,相互辉映,互为犄角,互相补充,尤其是文本叙事与作为附录的类文本叙事形成了独特而强烈的互文性特征。全书共有 210 页的篇幅,除了正文和两个封面、扉页及版权页、目录页外,还包括正文前的图片、笔迹及书法展示及正文后长达 40 余页的三个附录组成。而正文部分虽然从目录上看分为三部,但实际的正文文本叙事(文字书写)部分只有 136 页,只占全书不到 65%的篇幅。

《我们仨》正式的文本叙事共分三个部分:第一部是我们俩老了。第二部是我们仨失散了。这一部又分为三个部分:(一)走上古驿道;(二)古驿道上相聚;(三)古驿道上相失。第三部是我一个人思念我们仨。第一部和第二部所占篇幅较小,以"梦"的形式描述了"我们仨"在最后一段人生路上的聚散离合。第三部以平实感人的文字记录了自 1939 年二人赴英国留学,并在牛津喜得爱女,直至 1998 年钱钟书逝世,63 年间这个家庭鲜为人知的坎坷历程。

值得注意的是,《我们仨》的类文本主要集中出现在以下四处:(1)封面(前封面、后封面);(2)目录页之前的照片、诗字,如翻开书本的前三页,映入眼帘是三张"我们仨"的全家福,再接下来,是杨绛和钱钟书的诗字;(3)文本内第三部("我一个人纪念我们仨")开头的插图和照片,其中包括钱钟书和杨绛在牛津、巴黎的照片,归国途中的照片,钱瑗四个不同成长时期的照片,钱钟书和杨绛晚年在一起生活、工作的照片等;(4)附录。其中第一、第二、第四种属于典型的外类文本(off-text paratext),而第三种则是典型的内类文本(in-text paratext)。这些类文本要素就篇幅而言已经超过了书本总篇幅的三分之一,类文本的形式及其功能分析对于理解《我们仨》文本叙事本身的重要性和必要性由此可见一斑。

尤其是作为类文本叙事的附录部分竟然长达40余页,占据了全书近五分之一的篇幅,共包括三个附录:附录一、附录二及附录三。其中,附录一是有关钱瑗临终之际在病床上从妈妈手中"抢到"的《我们仨》写作任务的部分手稿;附录二是有关钱钟书和钱瑗婆婆的往来信札、钱瑗在病床上写给钱钟书和杨绛的信;附录三则收录了钱瑗给父亲的小画、钱钟书为方便不识字的阿姨去买菜画的画、杨绛的字等等。下文我们将依托上述类文本叙事批评框架,对《我们仨》中的类文本叙事,尤其是对作为类文本叙事的附录展开具体的批评分析,以此揭示类文本叙事之于文本叙事的独特功用,管窥类文本文本化及文本类文本化叙事策略的玄妙之处。

(一) 作为外类文本的前后封面

在本书前封上,绛红色的"我们仨"三个作者的手书大字横亘在书皮的中间偏右下部。上面是灰白色的两排,像是写在土墙上的粉笔字,不很起眼。第一排写着"Mom Pop",第二排正中是"圆○",显出是 Mom 和 Pop 的爱女。

本书的后封上,只有简短的三行有关该文本的评论:"一个寻寻觅觅的万里长梦/一个单纯温馨的学者家庭/相守相助,相聚相失";还有作者本人的一行评论:"我一个人思念我们仨/杨绛"。寥寥数行的他评与自评,言简意赅,却切中肯綮,不但令人读后凄怆之意顿生,而且他评与自评形成了鲜明的对照,并与前封面形成了互文,前后呼应的外类文本叙事与文本的叙事内容相得益彰,互为烘托。

(二) 作为外类文本的图像、诗作与目录页

前封面与扉页之后,文本叙事第一章之前是"我们仨"在不同时期的三张全家福及目录页。三张合影照是按时间顺序排列的,及配合图像、诗作的作者杨绛特意提供的解释性文字,这些解释性文字使得原本是静止、冷漠的图像和诗作变得生动形象起来,从功能上来说,也将原本的非显性叙事的影像、诗作等变成了具有明显叙事功能的显性叙事的类文本。

第一幅全家福依据作者的说明是1949年摄于上海抗战胜利后;第二幅是1950年清华校庆日摄于清华大学,左边页上配有照片的说明性文

字：新林园宿舍，我家住在这宅子的西侧，小门内是我们三人的卧室，窗内是客厅，我抱的是小猫"花花儿"，刚满月不久，阳台下是大片空地；第三幅是1980年，钱瑗在Lancaster大学进修两年后回家，在国外学会烹调，正做了拿手菜孝敬父母。作者和出版商商定将这些表现家庭温馨场面的照片放在文本叙事之前，主要是想让读者了解到这本书是关于这三个人的自传，而且表现的是一种家庭的温馨和睦，为其后的文本叙事奠定了和谐温情的叙述基调。

值得注意的是目录页上的"目录"二字。一般很难引人注目的目录二字在附录一作为类文本的映衬下，通过附录一圆圆所撰写的《我们仨》的另一个版本的目录页的互文，我们才发现目录页所具有的类文本叙事功能：对照、映衬与互文。目录页在《我们仨》中作为外类文本所独具的类文本叙事功能是通过文本叙事与类文本叙事的比照而看出来的。这些具有叙事功能的类文本，通过图像、诗作配以作者的解说为其后的文本叙事奠定了基础，也让读者在进入文本叙事的世界之前就可以了解到这部自传即将要讲述的内容：一个学者家庭一家三口朴素、简约而平淡的生活，而非充满传奇色彩、跌宕起伏、轰轰烈烈的人生。

（三）作为外类文本的"附录"：类文本文本化 vs 文本类文本化

"附录一"是女儿圆圆手写的另一个版本的《我们仨》的部分手稿。看到手稿上的字体，我们很难想象这些爬格子、仿佛小学生的作文，竟然是出自一个即将"六十"岁的爸爸、妈妈眼中孝顺的、乖乖女的圆圆之手。这一《我们仨》的另类版本的"惊艳"展出犹如孙悟空横空出世，显得既突兀又自然，起到了"意料之外、情理之中"的修辞效果，有典型的"陌生化"的作用。

细读作为类文本的附录一，圆圆的文笔更加朴实，构思更加简单明了，更像是得到了父母的衣钵真传。第一篇"记事珠"开头一句是"一寸光阴一寸金，寸金难买寸光阴"，让人仿佛回到孩提时代；第二篇"爸爸逗我玩"，文字依然朴素，但是让人看到这一家子其乐融融的场面；第三篇"我犯'混'大受批评"，让我们看到了身为文坛泰斗的钱钟书先生在女儿的教育方面的严厉态度。这篇附录的最后一篇是杨绛先生给病中的圆圆的小便条："圆圆 Dear：养病第一，好好休息，好好保养，勿劳神。Deeps of Love Mom 1997年 二月廿六日"；而圆圆则是这年的三月四日去世。"附录二"

是杨绛给圆圆和圆圆给父母的信,如果不看日期,我们会觉得这些信是出自一个孩子之手,淳朴、自然的情感凝练在笔端。谁曾料想,这是出自三个人的手笔:两位年近古稀的老人和一位已知天命的女儿。尤其圆圆以 Oxhead 作为自己的英文名,让读者倍感亲切。"附录三"是圆圆给爸爸的一些素描。最早的是 1956 年,其他的几篇都是 80 年代后。按年纪的推算,那时的圆圆都已四十多岁,却能画出如此多充满童趣的画来取悦父亲。

需要指出的是,针对类文本所做的任何分析都是围绕文本的概念进行的:即如果没有文本,也就无所谓类文本;同样如果没有文本叙事,也就无所谓类文本叙事;类文本与文本是相互依赖、共存共生的。因此,类文本叙事无论采取何种形式,对其进行的任何分析及批评框架的构建显然都绕不开文本这座大山;类文本叙事的所有模式和功能都是围绕文本叙事来展开,并始终为文本叙事服务。作为类文本的附录一,钱瑗在《我们仨》写作任务的部分手稿中,从女儿的角度描绘了女儿和父母之间平淡的琐事,表现了杨绛一家人平淡而幸福的生活,是对杨绛作品的补充,使得本书更平实、真切。附录二、三以一些零零碎碎的图片展示了杨绛一家生活的各个小片段,给读者除了文本之外视觉上的冲击,能让读者深切体会更真实的生活点滴。

本文所谓的文本类文本化和类文本文本化是指:作为附录部分(后类文本)的钱瑗《我们仨》的手稿本应作为文本出现,可是在杨绛的这本书中,却以类文本的方式出现;杨绛先生洋洋洒洒写了一整本书,看完整本书及附录后,发现其实杨绛整本书的写作都是在为钱瑗的手稿《我们仨》这一出现在附录中的类文本服务的,是作为铺垫引出钱瑗的《我们仨》的手稿。杨绛的《我们仨》这一文本在功能上成了类文本,而钱瑗的《我们仨》这一类文本在功能上成了文本。在本作品文本类文本化和类文本文本化的转化过程中,凸显出杨绛和钱瑗的《我们仨》讲述的母亲和女儿之间的人间真情。

在《我们仨》这部作品中,文本和类文本的界限在叙事及范畴双重意义上均被模糊处理了。虽然两者在直观意义的界定上没有变化,文本还是文本,类文本就是类文本(这点从其出现的位置清晰可见,可依据本文开头对类文本的阐释进行界定),但就两者的互文互通及互助性,乃至功能性分析来看,却可以进行角色互换。换句话说,如果将《我们仨》的文本与类文本调换位置,其叙事及修辞的效果可能会更佳。这种类文本与文本叙事角色的互换或曰转化在国内外自传写作史上也都是极为罕见的,亦即本文所谓的"类文本文本化"与"文本类文本化"。

就《我们仨》而言，对其文本进行分析，必须先从其类文本及其类文本叙事下手，可以说，没有对其类文本的充分深入分析，对其文本及叙事的理解将是肤浅和片面的，也不可能是深入的。举例来说，如果一上来读者就开始阅读《我们仨》的文本正文，尤其是第一部和第二部，那么读者是很难看出作者的意图及高超的叙事手法的。其第一和第二部的虚写完全是为了配合其前后类文本叙事的写实：文本叙事的一头雾水就是为类文本叙事的写实做好充分的铺垫。可以说没有附录的类文本叙事的补充和对照，读者就无法理解和体悟钱钟书和钱瑗的逝世原因，更无法理解"我们仨"之间的深情厚谊是通过一张张看似孤寂、冷漠及无语的图片、诗作及图像来传递的。正是有了诸如图像、诗作、笔记、图片以及附录这样的类文本叙事，读者才能真正读懂我们仨的题中应有之义，也才能明白类文本文本化的写作策略与意图真相。

文本叙事告诉读者钱瑗的病情和病中的情况都是通过晚上做梦来写的，然后再把梦中的情况在探视时告诉钱钟书。亲人的离去是年老的作者最不忍述及的心头之痛，只得借助于梦的形式予以表达。在象征着由生到死的必经之路的"古驿道"上，"我们仨"失散了。这烘托了作者凄凉的心境，使作品更具含蓄、隽永的艺术内涵。在本自传中，文本和类文本是相互服务的。正是这种文本类文本化和类文本文本化的使用，使文本和类文本联系更加紧密，使整部作品浑然一体。不管缺失了哪一部分，整本书都是不完整的。本书中的文本和类文本是相辅相成的。

三、结　语

通过本文对《我们仨》自传中类文本之于文本叙事的批评分析，不难看出类文本与类文本叙事对于文本及其文本叙事实际上具有不可多得、相得益彰的作用。文本叙事与类文本叙事也并非一成不变，在某种特定的条件下可以相互转换，比如《我们仨》的附录一到附录三，从某种意义上来说，可以看作文本叙事的本身，而文本叙事的"我们仨"则可以看作对圆圆"我们仨"叙事的一种有益的补充和互文。类文本可以说对文本叙事有着积极的甚至不可替代的作用：它可以解释文本，使文本更加易懂，也可以在一定条件下代替文本，实现类文本文本化，如《我们仨》。通过联系类文本和文本,分析其之间互文互帮乃至互换的关系,可以更好地发掘书本及文本叙事中隐藏的更深层的含义。本文所分析的杨绛的《我们仨》就是一个典型的"类文本文本化"vs"文本类文本化"的实例。对它的类文本叙事批评分析实际上为我们开启了阅读和理解类似作品的另一扇大门。

【引用文献】(Works Cited)

Genette, Gerard. "Introduction to the Paratext." *New Literary History* 22. 1991.
Genette, Gerard. *Paratexts: Threshholds of Interpretation*. Trans. Jane. E. Lewin. New York: Cambridge University Press, 1997.
Genette, Gerard. "Structure and Functions of the Title in Literature" Trans. Bernard Crampe. *Critical Inquiry*. 1988.
Maclean, Marie. "Pretext and Paratext: The Art of Peripheral" *New Literary Theory* 2. 1991.
Spiridon, Monica. "The (Meta) Narrative Paratext: Coda As A Cunning Fictional Device." *Neohelicon* 37. 2010.
牛运清. 杨绛的散文艺术[J]. 文史哲,2004(4)。
许德金. 类文本叙事:范畴、类型与批评框架[J]. 江西社会科学,2010(2)。
许德金,周雪松. 作为类文本的括号——从括号的使用看《女勇士》的文化叙事政治[J]. 外国文学,2010(2)。
杨绛. 我们仨[M]. 北京:三联书店,2003。
杨小燕. 雪落黄河静无声——浅析《我们仨》的艺术风格[J]. 名作欣赏,2007(8)。

【作者简介】许德金,对外经济贸易大学英语学院教授,主要研究方向为叙事学、传记/自传研究、文体学。

图像、媒介与语境

——睒子本生故事多重图像叙事模式与演化

◎ 刘 方

【内容提要】睒子本生故事的图像叙事,是一种广泛存在于佛教信仰区域的佛教艺术图像。在从印度桑奇大塔、阿旃陀石窟到犍陀罗艺术,再到中国西域克孜尔石窟、敦煌莫高窟、天水麦积山石窟、大同云冈石窟等广阔的南亚、中亚和东亚文化空间;从公元一世纪到公元十二世纪的漫长时间过程中,在石窟、佛塔(窣堵坡)等多种宗教空间中,通过壁画、浮雕等多种表现方式,基于多种物质媒介,形成多重图像叙事模式。睒子本生故事多重图像叙事模式的形成与演化,不仅反映了地域文化、民族习俗等方面的差异和影响,也体现出了与文本叙事的不同,图像叙事更为明显和突出地体现了叙事媒介与叙事空间及其特定的宗教文化功能,乃至于赞助者与图像叙事程式等等,更为复杂因素对于图像叙事模式的形成与演化的制约与影响。呈现出一系列不同于基于文字的文本叙事的图像叙事特征。因此,基于文字的文本叙事学理论在分析与研究图像叙事的时候,显示出其局限与不足。图像叙事的存在,远比文学叙事在时间上更为长久,在空间上更为广阔,也正是如此,探索和建构基于丰富的图像叙事基础上的图像叙事理论,从而更为有效地分析和揭示更为丰富、复杂、多样的图像叙事的独特艺术特征,是一项富于理论意义与挑战的研究工作,也展现了叙事学理论研究的更为广阔的发展空间。

【关键词】图像;媒介;语境;睒子本生;图像叙事;模式;演化

佛本生故事,又称《佛本生经》(jātaka),是佛经中最具文学性的作品之一。本生有广义和狭义之分。广义是指佛经中的一个部类,包括所有讲述释迦牟尼前生事迹的作品;狭义指南传巴利文佛典小部中的一部佛经,它将一些讲述佛陀前生事迹的故事编辑在一起,共有 547 个(片山一良)。它不仅是一部宗教典籍,而且是一部时间古老、规模庞大、流传极广的民间故事集。季羡林《关于巴利文〈佛本生故事〉(代序)》云:

> 所谓《佛本生故事》,巴利文叫做 Jataka,是从动词根 fan(降生)变来的名词,意思是释迦牟尼如来佛前生的故事。古代印度相信轮回转生。一个动物,既然降生,必有所为,或善或恶,不出两途。有因必有果,这就决定了它们转生的好坏。如此轮回,永无止息。释迦牟尼在成佛以前,只是一个菩萨,他还跳不出轮回,他必须经过无数次的转生,才能成佛;因此就产生了所谓佛本生故事。
>
> 佛教徒利用本生故事来宣传教义,至迟可以追溯到公元前三世纪。在这个时候建成的婆噜提(Bharhut)大塔和桑其(Sanchi)大塔,周围的石门上都有一些本主故事的浮雕,而且有的竟标出 Jataka 这个专门术语。在以后的佛教石窟中,像阿旗陀石窟等,我们也可以找到不少有关本生故事的绘画和浮雕。(郭良鋆、黄宝生,1—2)

据十六国时期佛教僧人释圣坚所译《佛说睒子经》记载,过去有一对双目失明的长者夫妻入山求道。一切妙行菩萨悲悯其意,投胎生于长者之家,取名睒子。睒子至仁至孝,穿鹿皮之衣,提瓶取水。时迦夷国王入山射猎,引弓误射死睒子。释梵四天为睒子口灌神药,拔下他身上的箭,使他复活,父母惊喜,双目皆开。

季羡林先生早已指出,我国二十四孝中的睒子孝亲故事,是通过译经从印度传入我国的睒子故事。而睒子故事原本是古印度民间广为流传的一个传说,其最初的记载,则见于纪元前 4 世纪至公元前 3 世纪由一个名叫蚁垤(Valmiki,一译瓦尔米基或跋弥)的行吟诗人所完成的印度史诗《罗摩衍那》之中(季羡林,229)。

日本学者东山健吾在《敦煌石窟本生故事画的形式——以睒子本生图为中心》一文中介绍关于睒子本生文献情况:

印度文献记载如下:

(1) Jataka 540 Saoma

(2) MahavastuII, pp. 209-231 Syaamaka

汉译经典记载如下:

(1) 吴·康僧会译《六度集经》卷 5"睒道士本生"(《大正藏》第 3—24 页)

(2) 失译人《菩萨睒子经》附《西晋录》(《大正藏》第 3—436 页)

(3) 西晋·圣坚译《睒子经》(《大正藏》第 3—438 页)

(4) 符坚·僧伽跋澄等译《僧伽罗刹所集经》卷上(《大正藏》第4—116页)
(5) 元魏·吉迦夜共昙暇译《杂宝藏经》卷1(《大正藏》第4—881页)
(6) 东晋·法显《法显传》(《大正藏》第51—865页)
(7) 唐·玄奘《大唐西域记》卷2(《大正藏》第51—881页)
(8) 唐·地婆诃罗译《方广大庄严经》卷5(《大正藏》第3—566页)

此外,东晋法显的《高僧法显传》(即《佛国记》)中,第一次出现了"睒变"这一名称。法显《高僧法显传》:"如是唱已,王便夹道两边作菩萨五百身已来种种变现,或作须大,或作睒变。"(《大正藏》第50册,第865页)(东山健吾,2)

实际上,在东山健吾介绍的上述文献之外,睒子本生故事在下述中国文献中也有记载:

(9)《法苑珠林》卷49《忠孝篇》。(656)
(10)《经律异相》卷10

可见睒子本生故事曾经流传十分广泛,并且与中国传统文化融合,甚至被纳入二十四孝之中。限于篇幅和论题,本文仅讨论睒子本生故事的图像叙事问题。

一

本生故事中睒子本生故事相对简单,可以成为图像叙事研究、讨论的一个基础性个案研究。

不同地区睒子图像叙事选择了哪些情节、情境进行图像叙事?叙事结构如何建构?艺术表达、技法策略与宗教功能、空间位置关系如何?相关图像之间的关系及其与整体宗教建筑、空间之间的关系如何?图像与赞助者之间的关系如何?图像与观看者之间的关系如何?等等,涉及一系列复杂而多方面的问题。

睒子图像叙事的研究至今已经有一些成果,在一些美术考古的相关论述中也有涉及。这些研究,特别是一些敦煌学研究者,为研究的基础性工作打下比较良好的基础,对于睒子本生故事图像的基本分布情况,通过对于上述研究进行整合,可以有一个基本的判断和了解。

至今最出色的研究应该是日本学者东山健吾所著的《敦煌石窟本生故事画的形式——以睒子本生图为中心》一文,其讨论比较全面、系统。

国内学者的绝大多数文章则是就某一特定区域、地点对睒子本生故事的图像进行介绍、分析和研究。而目前已有的研究文章对于睒子图像在不同时期,不同地域发生的变化、变迁之分析,或者完全没有涉及,或者缺乏深度。至今为止的所有研究者:

其一,没有人从叙事学角度研究其图像叙事的叙事特征。

其二,更为重要的是,大多数研究都是脱离了具体语境的孤立研究图像本身的内容、情节和构图,基本上没有考虑这些图像在不同地域、文化中的变迁与媒介位置、空间、整体和功能之间的内在关系(巫鸿,42—53),没有考虑图像的力量及其权力问题(Hans Belting,1-8)。目前的研究状况为我们的进一步研究留下了很大的发展空间。

日本学者东山健吾在《敦煌石窟本生故事画的形式——以睒子本生图为中心》一文中介绍:

> 睒子本生图为流行于中国北朝时期的本生故事画,敦煌莫高窟与西千佛洞中有诸多遗例,其中大部分集中于北周至隋朝这一时期,究其原因,是与北周时期崇尚儒教、宣扬孝养父母这一伦理道德观有关。敦煌的北朝窟与隋朝窟中遗存十几种本生故事画,仅从其数量来看,睒子本生图有8例,为最多,其次为摩诃萨睡本生图有7例。摩诃萨睡本生图并不见于印度及键陀罗,而睒子本生图在印度·键陀罗起源很早,佛塔围栏浮雕及石窟壁画中有较多作例。另外,新疆克孜尔石窟中有11例,森木塞姆石窟及克孜尔朵哈石窟中各有1例,大同云冈石窟有2例,天水麦积山石窟有1例。(东山健吾,2)

应该说,东山健吾对于亚洲各地睒子本生故事图像的掌握、了解和介绍已经相当详细了。而事实上,睒子本生故事迄今发现的图像叙事遗存,尚不止上述统计。

睒子本生故事,印度最早见于公元前2世纪中叶阿旃陀石窟中第10窟的壁画。公元前2世纪的印度巴尔胡特大塔围栏上,保存了很多本生故事的浮雕,唯独没有睒子本生。桑奇大塔的三座塔中,时代最早的第二塔的塔栏上没有本生故事,而一般认为是公元1世纪初的第一塔上,塔的围栏及门上有象本生、六牙象本生、猿本生及睒子本生。正如日本著名学者宫治昭在《涅槃和弥勒的图像学》一书序论中谈到如何理解佛教美术的多样性问题之时指出的:

> 佛教美术在亚洲地区广泛传播,在古代的中世纪东方美术中占有重要的地位。然而亚洲的佛教美术不能一概而论,从大的方面来看,在印度、东南亚、中亚、中国汉文化区、中国西藏、朝鲜、日本这七个大文化圈中,风格和发展状况差异很大。创始于印度的佛教美术,传播到亚洲各地,随之将印度的特色植根到不同的地

区。然而,那些地区毕竟与高温潮湿的印度土壤存在种种差异,民族也各不相同。

也许可以这样说,佛教不仅由于思想的普遍性,更是由于它的宽容性以及宗教上丰富的包容力,而被印度以外的地区所接受,并在亚洲各民族中间得到培育,佛教美术就是由此开出的多姿多彩的花朵。这多样的民族特性,在佛像造型风格中已经得到了明显的表现,但如果再对佛教故事画和佛教图像表现形式的细部进行观察分析,我们就会弄清楚佛教美术的传播与发展变化的情况。

诸多的佛教图像起源于印度,但在向亚洲各地传播的过程中,随着时代的变化,佛教图像的细部也发生着变化。经常可以看到同一图像在不同时代发生的演变,甚至诞生出全新的图像形式。如果把这些图像的传播、演变、新生的发展史,放在纵向的历史变迁和横向的亚洲地域空间中来看,佛教美术风格的多样性和多样性中所反映出的民族性和历史性将会毕现无遗。(宫治昭,1)

限于论题和突出主题,本文主要讨论印度桑奇大塔、中国西域克孜尔石窟和敦煌石窟三地有关睒子本生故事的图像叙事问题。

二

桑奇浮雕中描绘的"睒子本生故事",根据佛经中记载,睒子是印度迦夷国人,他孝养二盲父母的故事,见于多种佛经记载,主要有《佛说睒子经》、《六度集经》卷五《睒道士本生》等。据《佛说睒子经》记载,在很久以前的迦夷国,有一对双目失明的夫妇,他们只生了一个儿子,取名叫睒子,父母对他非常宠爱,睒子也"至孝仁慈,奉行十善",他长大后陪着父母在山中修行,常常在山中采集野果,汲取泉水供养父母。一天,睒子披着鹿皮在小溪边取水,正好这个国家的国王到山中狩猎,沿着小溪追赶鹿群,国王拔箭射鹿,谁知箭正好误中睒子,睒子疼痛难忍,大声呼叫"是谁这么狠心,一箭杀害的不只是我一人,而是三人!"国王听见有人呼唤,非常吃惊,急忙下马来到睒子身边。睒子向国王倾诉在山中修行二十年的经过,并说:"山中还有我的盲父母,我死了,盲父母便没有人照料,无异等于三人全死。"睒子告诉国王他父母居住的地方后,便死去了。国王深为悔恨,来到睒子父母居住的地方,告诉了他们实情,并表示愿代睒子赡养二老;睒子的父母悲痛万分,国王带他们来到溪边,睒子父母抱着尸体痛哭流涕。由于睒子的孝心感动了天神,天神派帝释天来到睒子身边,把神丹妙药灌入睒子的口中,毒箭自拔,睒子便死而复生,他父母的双眼也从此重见光明。

在桑奇大塔上"睒子本生故事"的浮雕,雕刻六个故事情节,主要发生在两个空间,各有三个情节。在叙事图像中,这一故事的第一个情节被描绘在右上方,睒子双目失明的父母各自坐在中间隔开的简陋的小屋之前,表现了夫妻在进行修道之中,持守戒规,分开居住。睒子的父亲身上系有禅带。故事的第二个情节刻画在第一个情节下面的画面中间,睒子肩扛水罐到河边取水,身边有一棵树,河中有水牛和莲荷。而在从左下角到画面正中间三次出现的国王,通过不同的身姿,表现了三个故事情节:左下角国王拉弓射箭,而睒子则中箭掉入河中痛苦挣扎着想把箭从身体上拔出。稍向右上方移动,是第四个情节,国王向临死的睒子表现悔意。继续向右上方移动,与第二个情节中睒子迎面而立的是第五个情节,国王已经脱去猎装,双手合掌,向睒子的父母忏悔。而故事的最后一个情节则描绘在左上方,手持净瓶的帝释天站立在中间,在帝释天的帮助下,双目失明的父母也复明了,双双立于帝释天右侧,而母亲则一手搭在死而复生回到父母身边的睒子肩上。国王则立于帝释天左后方合掌忏悔,故事有了一个大团圆式的结尾。

在这个图像叙事中,由于受到叙事空间的局限,为了叙事比较复杂的故事情节,艺术家巧妙地重复利用了场景。在整个画面下部雕刻了河水,河中有水牛和莲荷;中间右方,雕刻了山林和鹿群。故事情节中的第二、第三、第四个情节,则以场景共享的方式,雕刻出最为简要的情节中的人物行动;第一、第五、第六个情节,则发生于同一修道空间之中,也采取了场景共享的方式,表现故事情节。因此,在这一图像叙事中,艺术家巧妙地利用两个空间的背景设置,通过场景共享,叙述比较复杂的多情节故事。

正如著名的印度艺术史学家、德国慕尼黑大学印度伊朗学前系主任迪特·施林洛甫在《叙事与图画》中所分析指出,这一类图画遵从了一个同样的表现原则:

> 在一幅封闭的图画中,暗示了一套情节的发展,通过自身或者身体的一部分在不同的运动阶段的多次表现,以此实现图画中相关人物的运动。(施林洛甫,12)

然而,这一包含了六个故事情节的图像叙事,在叙事情节结构的安排和布局上,按照叙事时间与故事逻辑顺序,在图像中的位置安排,可用阿拉伯数字表述如下:

    6   1

    5   2

    3   4

桑奇大塔睒子本生图像（扬之水，149）

可见，睒子本生故事图像叙事情节结构逻辑上，看似没有按照我们今天习惯性的时间序列排序，从而显得有些不合乎我们今天的叙事逻辑。但是当我们发现了这一图像叙事中所采取的单一故事多情节中的异时并置视觉叙事模式，这一不同于文学的文字叙事特征，比较广泛地存在于图像叙事中的独特叙事模式，其在图像的空间布局上的安排很好地兼顾到了需要场景共享的多个情节。由此，在文字叙事角度看，并非合理的叙事结构与顺序安排，在具有空间化特征的图像叙事中，就具有明显的合理性和优越性。

三

克孜尔石窟又称克孜尔千佛洞或赫色尔石窟，中国佛教石窟，位于新疆拜城县克孜尔镇东南 7 千米明屋塔格山的悬崖上，南面是木扎特河河谷。克孜尔石窟是中国开凿最早、地理位置最西的大型石窟群，大约开凿于公元 3 世纪，在公元 8—9 世纪逐渐停建。石窟的年代学问题，在国内外学术界存在比较大的争议。学者们利用洞窟内现存画面、被揭取的壁画（包括已毁但有图像传世的部分），以及洞窟内清理出的木板画等材料，参考早期的考察记录，将壁画放置在洞窟的建筑空间里进行考察，试图还原壁画在石窟寺整体中所扮演的角色，结合对龟兹佛学与部派演变的认识，将图像程序与图像功能确立为分期的首要标准。同时对图像结构与装饰母题、壁画风格与绘制技法的发展演变进行关注。在年代方面，围绕一些经多方研究得到普遍认同的样本窟，推断出每期壁画大致的绝对时间。

此外,还借助于洞窟组合、打破关系、重绘现象等方面的石窟寺考古成果,关心碳十四年代测定数据,采用壁画榜题的识读成果,重视与龟兹地区的其他石窟以及龟兹周边的佛教文化艺术中心(如以东的焉耆、高昌、敦煌与以西的巴米扬石窟)进行对照比较。由此,将克孜尔石窟壁画的主要绘制时段分为以下四个时期:第一期,4世纪晚期至5世纪中叶;第二期,5世纪中叶至6世纪中叶;第三期,6世纪中叶至7世纪上半叶;第四期,7世纪中期(廖旸,271—295)。

六世纪中叶至七世纪上半叶。此时画风为晕染法,菱形格构图,以本生故事和因缘故事内容为主,本生故事图像往往是选取故事中最精彩的一个场面来加以表现,且绘画于中心柱的主窟室的菱格之中,而不是取卷轴连环画的构图形式。

第17窟、第114窟的睒子本生故事图像,均采用了克孜尔石窟壁画典型的菱形格构图。在克孜尔第17石窟的睒子本生故事图像中,画面上方描绘的是坐在简陋的小屋内双目失明的睒子父母。图像下方为持瓶在泉边汲水的睒子,旁边有骑马持弓正要射箭的国王。第114窟的睒子本生图则分为二菱形格图,一菱形格中图像左上方为搭箭上弦的国王,右下方为持瓶在泉边汲水的睒子。而在此菱形格东南方位毗邻的另一菱形格中图像描绘了坐在小屋里的睒子父母。

图左克孜尔第17石窟睒子本生　　图右克孜尔第114石窟睒子本生
(扬之水,151)

与印度桑奇大塔的图像对比,一个明显的差异是,印度桑奇大塔的图像中睒子双目失明的父母各自坐在中间隔开的简陋的小屋之前,表现了夫妻在进行修道之中,持守戒规,分开居住。而在克孜尔第 17 石窟的睒子本生故事图像中,睒子双目失明的父母则并排坐在简陋的小屋内。

这一差异,值得做进一步的图像志与图像学的分析与研究。

正如陈寅恪先生在 1932 年撰《莲花色尼成家因缘跋》一文中所指出:

> 佛法之入中国,其教义中实有与此土社会组织及传统观念相冲突者。……橘迁地而变为枳,吾民族同化之力可谓大矣。但支那佛教信徒,……后虽同化,当其初期,未尝无高僧大德,不顾一切忌讳,公然出而辩护其教义……。独至男女性交诸要义,则此土自来佛教著述,大抵噤默不置一语。……盖佛藏中学说之类是者,纵为笃信之教徒,以经神州冲突道德所熏习之故,亦复不能奉受。(陈寅恪,155)

因此,克孜尔石窟中睒子父母并排而坐的构图方式,或许恰好反映了在佛经文献与图像的异地传播过程中,由于文化或者理解上造成的差异,而形成了图像学上的差异。而在敦煌石窟壁画中的睒子本生故事图像,基本上同样采用了睒子双目失明的父母并排坐在简陋的小屋内的图像。或许在宣传孝道的睒子故事中,不理解印度相关修行文化的克孜尔图像的制作者,无法理解父母各自坐在中间隔开的小屋中,而采取了睒子父母并排而坐的构图方式。而对于敦煌汉地文化而言,让父母各自坐在中间隔开的小屋中,不仅是不可思议的,也是与睒子故事宣传的孝道相违背的。因此,在图像构图上同样采取了睒子父母并排而坐的构图方式。

但是在西千佛洞中西夏时期的睒子本生故事图像,则反复采用了睒子双目失明的父母各自坐在中间隔开的简陋的小屋之前(于向东,134 图 3—15)。这究竟是由于文化问题,还是制作者遵从佛经原文原意问题,还是新的粉本问题?由于没有任何相关文献资料,无法进行考证了。

与印度桑奇大塔睒子故事图像的另外一个图像志差异,是克孜尔图像均采用了国王骑在马上拉弓搭箭,瞄准了正在水边汲水的睒子。正是莱辛《拉奥孔》所谓的最富于暗示性的顷刻。莱辛认为绘画和雕刻可寓动于静,选择物体在其运动中最富于暗示性的一刻,使观者想象这物体在过去和未来的状态(莱辛,83)。虽然正如英国艺术史家贡布里希所指出,莱辛为了与来自德国、英国和法国的思想竞争对手竞赛而简化了观点,甚至莱辛的《拉奥孔》不是一部关于视觉艺术的书(it is not much a book about as against the visual art)(Gombrich, 35-37)。不过,莱辛的这一观点的确符合古代世界图像叙事的一个比较普遍的规则。

四

根据东山健吾的文章介绍,敦煌的睒子本生图共有8例,现存莫高窟北周第299、301、438、461窟,西千佛洞第10窟以及莫高窟隋代第124、302、417窟。东山健吾分析指出在敦煌地区,北魏、西魏以及唐代以后的洞窟里见不到睒子本生图,睒子本生图主要集中在北周及隋代初期的短期(东山健吾,6)。

而在《敦煌石窟全集 本生因缘故事画卷》中,李永宁如此介绍睒子的本生故事画:

> 睒子本生在印度和中国都是深受欢迎的题材。印度山奇大塔(公元前一世纪至公元一世纪初)、犍陀罗艺术(公元一世纪以后)、达鲁玛拉吉卡石刻(藏坦叉始罗博物馆)、珂托石刻(藏白沙瓦博物馆)、斯瓦托石刻(藏伦敦博物馆)等都有睒子题材。六世纪以后的阿旃陀第10窟壁画亦绘此故事。
> 在中国,除敦煌壁画外,目前所知的还有新疆克孜尔第17窟,麦积山北魏第127窟窟顶,云冈第9窟前室西壁和龙门等石窟均刻绘此故事。
> 北周、隋代的敦煌洞窟中共绘此故事画六幅,故事据西秦圣坚译《佛说睒子经》绘制。(李永宁,135)

李永宁还制作有北周隋朝睒子本生故事画分布表:

朝代	洞窟编号	位　　置
北周	莫461	龛楣
	莫299	窟顶西、东、北坡
	莫301	窟顶北坡
	西12	南壁门西
隋朝	莫302	人字坡东坡下段
	莫417	人字坡东坡

(李永宁,137)

对比东山健吾和李永宁的统计,数字有出入,因为无法覆案,未知孰是。本文主要分析结构特殊的莫高窟北周第299窟睒子本生故事画。东山健吾分析介绍说:

莫高窟北周第299窟,围绕覆斗顶藻井中央的华盖,由西壁大龛龛楣的尖端开始,向有经窟顶西坡、北坡到东坡中部,整个画面共分6个场景,与故事情节的发展顺序不一致。窟顶西坡绘有宫殿,树木环绕。国王坐其中,侍者相伴,面前两个家臣侍立。接下来北坡的画面,国王骑马出宫,侍者持华盖紧跟于后。至北坡中央睒子到泉边汲水,国王误认睒子为鹿,举箭而射。由此情节发展移至窟顶东坡。国王赶到盲父母居住的草庐,向睒子的父母告知误射睒子一事,并携盲父母手前往泉边。到此情节发展重新回到北坡,盲父母在睒子尸体前仰天恸哭。帝释天听到哭声从天而降,将神药注入睒子口中使之复活。由于画面分布于窟顶三面坡上,不是一个长卷,有的地方有转折,但整体属于一图多景的形式。各个场面情节突出与故事有关的特征,睒子复活的最后结局为重点描写场面,位于画面整体靠中部的地方,非常醒目。(东山健吾,6—7)

莫高窟北周第299窟睒子本生故事画线描图(东山健吾,7)

而李永宁的分析认为:

> 本图占据窟顶的西坡(即本图之左部)东坡(即本图之下部)。北坡(即本图之右部),南坡与西坡上半部画面与本图无关。本故事情节由两头向中心推展,西坡绘迦夷国国王出猎,东坡绘国王误射睒子,北坡绘国王射死睒子后拜见盲父母,至于故事的结局,即睒子被救活,则安排置于东坡和北坡的转角位。画面虽不具麦积山睒子本生故事画的巨大场面、宏伟气势及威严的王者气派,但是有画面清晰、色彩鲜艳、简明扼要的优点。(李永宁,149)

两位研究者都注意到第299窟睒子本生故事画,在结构安排上采取了由两边向中央发展的布局方式。但是东山健吾"睒子复活的最后结局为重点描写场面,位于画面整体靠中部的地方,非常醒目"的分析介绍显然是不准确的。李永宁"至于故事的结局,即睒子被救活,则安排置于东坡和北坡的转角位"的介绍才是准确的。因为在正中央"位于画面整体靠中部的地方,非常醒目",所描绘的是国王误射睒子的场景。这一包含了

叙事理论探索

莫高窟北周第299窟睒子本生全图（李永宁，第149页）

六个故事情节的图像叙事，在叙事情节结构的安排和布局上，按照叙事时间与故事逻辑顺序，在图像中的位置安排，可以表述如下：

     1 4

    2 3 6 5

  从桑奇大塔上的浮雕图像，到克孜尔石窟棱格图像，再到敦煌石窟壁画，我们可以看到，一方面是故事情节的图像选取基本上一致；另一方面在图像叙事和构图上，同样体现了超越时代与地域空间的惊人的一致的构图特征。即图像叙事的逻辑不同于文学叙事以文字的线性时间的展开进行，而是遵循了视觉文化的逻辑特征，把故事中最为核心也是最具戏剧性和悲剧性的情节，即国王误射睒子的场景，放置于画面整体靠中部的地方。国王误射睒子这一情节不仅是整个故事的关节点，也是整个故事的转折点和交叉点。国王与睒子的命运从此发生了转折，国王的故事与睒子的故事从此也才有了交叉。因此，国王误射睒子这一情节不仅是整个故事中最为具有莱辛《拉奥孔》所谓最富于暗示性的顷刻，而且也是整个

173

故事中最为震撼人心而留下深刻印象的情节，从而也成为图像的观看者最为容易识别和辨认出图像所描绘的佛经故事的关节点。

图像叙事的表述空间的安排，所占比例、大小来体现主次，突出重点、重心，进行图像叙事。

睒子图像叙事的叙事结构，其时间线索，既非横贯，也非纵贯，或者环绕，正、逆时针，也正是这样的一种叙事结构安排，突显出图像叙事不同于文本叙事的突出特征。即图像叙事特别是单幅多情节并置模式的图像叙事，是在图像画面中并置多情节，而观看者也并非像阅读文本叙事一样是在依照文本顺序阅读，而是整体图像同时映入观看者眼中。因此，图像叙事的语法特征之一，也是图像叙事的一个独特特性，就在于将最重要的故事情节、人物等置于画面整体中最核心最关键，观看者视觉关注焦点的图像空间位置之上。

大多数的佛教石窟壁画的研究者，习惯于以佛经文献来比对壁画图像，并且按照佛经文献的文字叙事来比较和分析壁画图像。通过比对佛经，对于壁画图像进行图像志的分析，辨识出图像所描绘的佛经故事，当然是必要的。但是，以文字、文献为主体的习惯性思维，也限制了研究者对于图像叙事的研究。不仅是因为如西方著名艺术史家夏皮罗指出："事实是许多艺术家并不查阅文本，而是仿制一个现存的可理解的(视觉图像)"(Schapiro, 11)，而且图像叙事，并不遵循文学叙事学这一基于线性文字进行叙事的叙事原则，而是遵循图像叙事作为一种视觉文化的视觉叙事原则。

睒子故事的图像叙事恰好鲜明地体现了基于图像叙事的语句特征。故事主人公睒子被置于体现的最中心最引人注目的位置，相关人物则根据简化共享原则来加以处理和安排。

透过睒子故事的图像叙事在从印度到中国，经历数百年的时间，数千里的空间的变迁，由于文化、地域等因素，在图像的情节和细节的描绘上，产生了一定的变化。但是视觉文化的图像叙事原则，则超越了特定的和巨大的时空上的差异，为不同时代、不同地域、不同文化的群体所遵从和理解。

【引用文献（Works Cited）】

Belting, Hans. *Likeness and Presence: A History of the Image before the Era of Art*. Chicago: University of Chicago Press, 1994.

Gombrich, E. H. *Tributes: Interpreters of Our Cultural Tradition*. Oxford: Phaidon

Press, 1984.

陈寅恪:《寒柳堂集》,上海:上海古籍出版社,1980年。

[日]东山健吾:《敦煌石窟本生故事画的形式——以睒子本生图为中心》,李梅译、赵声良审校,《敦煌研究》,2011年第2期。

[日]宫治昭:《涅槃和弥勒的图像学》,李萍、张清涛译,北京:文物出版社,2009年。

[季羡林《比较文学与民间文学》,南昌:江西教育出版社,1996年。

[德]莱辛:《拉奥孔》,朱光潜译,北京:人民文学出版社,1984年。

廖旸:《克孜尔石窟壁画年代学研究》,北京:社会科学文献出版社,2012年。

《敦煌石窟全集 本生因缘故事画卷》,敦煌研究院主编,本卷主编李永宁,上海:上海人民出版社,2001年。

[日]片山一良:《佛的语言:巴利佛典入门》,杨金萍、肖平译,北京:宗教文化出版社,2012年。

Meyer Schapiro. *Words, Script and Pictures: Semiotics of Visual*. George Braziller Inc., 1996.

[德]迪特·施林洛甫:《叙事与图画》,刘震、孟瑜译,兰州:兰州大学出版社,2013年。

《佛本生故事选》郭良鋆、黄宝生译,北京:人民文学出版社1985年。

巫鸿:《美术史十议》,北京:三联书店,2008年。

扬之水:《桑奇三塔》,北京:三联书店,2012年。

于向东:《敦煌变相与变文研究》,兰州:甘肃教育出版社,2009年。

【作者简介】刘　方,文学博士,湖州师范学院文学院二级教授,主要从事叙事学、美学和文学研究。

重构中西文化因子
——从非虚构的虚构看文学大势*

◎ 凌 逾

【内容提要】 以非虚构为虚构小说开拓新路,重织中西文化因子,这是新文学大势。黄碧云《烈佬传》以纪实法侦破事件真相,恰似中式的斯维特拉娜,但又自有超越之处,在于另辟方言口语体访谈叙事;彻悟草民心路,铸造港版阿Q,成就女版鲁迅,超越处于创设佛学等多级文化编码,进行时间空间化建构,淡静言说,化解心结,开辟新的港版范式。

【关键词】 非虚构之虚构;中式斯维特拉娜;女版鲁迅;港版范式

一、开拓口语体的非虚构之虚构:西式因子

21世纪前后,叙事性非虚构(narrative nonfiction)渐成风潮,即讲述真实发生的事情,记录真实世界的真实故事,让人了解世界真相,以高超叙事法,深入到故事背后,挖掘有启发性的普遍真理,使人乐读(2)。此风转向热潮,有诺贝尔文学奖为证:2015年,白俄罗斯的斯维特拉娜·阿列克谢耶维奇(Svetlana Alexievich)摘得桂冠,诺奖的颁奖词指出:她的复调作品是对我们时代的磨难与勇气的纪念。其新闻学科班出身,善于借访谈当事人来记录人类重大事件,《切尔诺贝利的回忆:核灾难口述史》《战争的非女性面孔》《锌皮娃娃兵》等再现大灾难、阿富汗战争、苏联解体等历史,将新闻写得比小说还动人。叙事性非虚构不再是鲍德里亚所说的拟

---

* 本文为国家社科基金重大项目《华文文学与中华文化研究》(批准号:14ZDB080)的阶段性成果。

真、仿真艺术,而是写真的纪实,直切血淋淋现实。写实主义曾独霸文坛,赐予作家高度,也成为限度。后来,现代主义、后现代主义甚嚣尘上。如今写实主义再次回归,以非虚构的方式洗心革面。

黄碧云2012年的《烈佬传》好像报春鸟,提前三年预告了诺奖的非虚构新风向。《烈佬传》获2014年第五届"红楼梦奖"(世界华文长篇小说奖)首奖,自2006年设奖以来,香港作家冲刺首奖,一直未果,直至此书实现零的突破。黄碧云也是新闻学出身,1984年香港中文大学新闻系毕业后,做了六年记者,多次赴越南、泰北、孟加拉国、老挝等国,见证战争暴虐;1995年港大犯罪学研究院毕业,1998年获法律文凭,2003年获执业事务律师资格。其一生一笔为业,文学血脉里含藏着新闻学西式文化基因。

黄碧云和斯维特拉娜都很重视实地调查,深入访谈,极为接地气。为写《烈佬传》,黄碧云费时7年,前往监狱探访,观察囚犯的入狱或离世,感受他们的喜怒哀乐,访问道友及社团人士。斯维特拉娜真实再现访谈问与答,采访者众声喧哗,透露叙述者反思事件的痕迹。《烈佬传》自有突破,开拓口语体非虚构叙事疆土,为口述史、访谈录、独白体打通虚构与非虚构的边界,不写访谈之问,只写访谈之答,以第一人称独白体讲述故事;烈佬仿佛向每个受众倾诉心声,个个读者都成了他的听众与知音,因此能打动人心,让人手不释卷而不觉虚度。该书讲述一介草民为何一生反复进出监狱,书写草民一生"史诗",铺排香港社会景观图,钻出了时代的极致噪音或者和声。非虚构的结构核心是叙事弧线(16—38),从阐述到上升动作、危机高潮、下降动作。《烈佬传》的叙事难度在于,如何写出弧线感和动感,步步惊心,扣人心弦。

"此处"同现"此时"。《烈佬传》以空间为题,三章名为"此处""那处""彼处",但也讲究时间序列穿插。开篇先讲周未难六十岁出狱,即出闸,出班房,以现在进行时叙述。几百字后突然提及小时"阿爸叫我小难"(7)。然后再荡开笔去,叙述时间回溯,周未难当年行差踏错的故事时间:倒叙11岁时跟小伙伴阿生踩单车,到了湾仔,从此踏上不归路,其修顿的兄弟和邂逅的女人依次粉墨登场。黄碧云深知叙事收放节奏,初始叙述很有节制,最初叙述阿爸只寥寥几行。每节结尾处留下扣人心弦的悬念,吊足阅者胃口。阐述,叙事弧线第一阶段,只告诉读者基本事实、背景信息、相关的行为动机等,而不是把核心人物信息都抖出来。成功以神秘感推动故事发展,因当一切都知晓时,故事已不复存在。此后,两线交错铺展:阿难离家思家、混闯世界。青少年本应是人生的上升阶段,他却行落斜路,走上了下坡路:入行黑道,染上毒瘾,打架,扒美国水兵钱包,在监房出出入入:"一世人流流长,日子怎样过"(49),让人深觉生存之艰。当问题出现时,故事就发生,每件事形成情节点,构成戏剧性结构。希望的新生与幻灭,谜题的设定与揭晓,悬念的形成和解开,都出现在上升动作阶段。

"那处"并呈"那时"。倒叙中年阿难眼见身边兄弟一个个落难:阿牛死,阿钜死,青云杰死,蛇皮阿重被差人打死,监狱犯人吊颈自杀。阿细与阿觅,雌雄大盗,飞天蠄蟧,入屋行劫;阿觅后来失手跌落,阿细初到医院照顾他,后来没去,两人就散了。隔壁大明星范丽丽脸好灰,嘴唇带紫,眼又黑,好似朵夜莲,却只能看着她陨落、飞仙,无法救助。兄弟阿生竟做了议员,却只是得把口。阿难遭遇前所未有的危机,濒临崩溃的危险边缘。高潮是解决危机的系列事件,矛盾发展到最尖锐阶段,叙事处于弧线尖峰,人物性格、主题思想获得充分表现。但至紧要关头,小说又宕开一笔,零碎提及父母。阿爸做裁缝。阿爸打阿妹,阿难为此与阿爸打架。后来,阿爸不要阿难给的钱,说钱不干净。阿妹跟男人去了美国,就再没见过。当年阿妈一生下阿妹,就和阿爸来香港,不久跟人去了台湾。可怜兄妹俩对阿妈毫无印象,连照片都欠奉。然后冒出更冰的语句:"我阿爸死我都没有去送他……不知道我为何不去,我不想去"(100)。读者必定奇怪,阿难为何提到父亲都极冷,谈到伙伴反而句句真情。第二章结尾才讲,"我"在上海出生,爷爷奶奶带大,第一次见到阿爸已八岁。不幸人生总有不幸童年。弗洛伊德精神分析学指出,童年阴影在潜意识里影响成年的自我人格,本我过去在哪里,自我就在哪里,创伤心理操控着人生走向。

"彼处"即是"彼时"。顺叙晚年阿难如何求得心安。亚里士多德指出戏剧结构最好先展现实情,再编排事件,直至第三幕读者还很难猜出结局。叙事弧线的最后阶段,最好出其不意,超出预期,才会让人参悟。阿难不想再坐监,又不想再回湾仔,看来只有死路一条。但探底后情节突转,他最终体会到,别人累了他,他也累了别人:如让阿娇吸毒,累了阿娇;没告知杜冰找大佬的原委,累大佬被大火烧死。他开始反省自我,帮助别人,感到别人需要他,阿启和阿莲将他当大佬,他们虽各有精神病和肾病,但高兴地结婚,等孩子出生,家庭幸福。第三章一反常态,多讲童年时爷爷奶奶的疼爱、叔叔姑姑的照顾、阿爸的温情关爱。最终,才揭开阿爸的终极谜底:军人、特务,专杀日本仔,阿爸打阿妈。阿难自问"我离家出走的那晚,阿爸有没有找我。我想他有",信则有,爱念生。孤独一生的阿难终于原谅了父亲,都过去了,无所谓了,冰心融化,成功戒毒,愿回湾仔现身说法,感化他人。这像电影《第七封印》里的骑士最终醒觉,单纯家庭生活即理想所在,坦然面对劫难,就能获救。

当代文学热衷于寻求虚构与非虚构互渗之道。要么在虚构中求真实,小说夹杂报纸新闻事件,如昆南的《地的门》、刘以鬯的《酒徒》、西西的《我城》、余华的《第七天》等。要么在非虚构中求虚化,《烈佬传》历经长久调研,从片鳞半爪的真实访谈中,才逐渐摸索到隐藏的人事线索,慢慢触及庶民一生行走的心路历程。其叙事弧线独特,逆向追溯阿难从晚年到中年、到青少年、直至童年的人生路,探阿难和父亲人生穷途之底,如何一步步走向不可测的真相深渊,像侦探小说。行错一步,即是步步错。人行走什么路,仿佛身不由己。最终阿难不再逆着走,而顺着走。人物的行走路向与小说的顺逆结构正相吻合。读者如同进入阿难的真实人生轨道,像牧师般聆听忏悔;被打入十八层地狱的所谓"人渣",内心如此丰富,不失善心。然而,这世界可能未曾有人聆听过他们的内心。此作因而有特殊的价值和魅力。

西方创意写作探究非虚构叙事,如雪莉的论著。中国称之为纪实报告文学,时下又涌现出口述史、纪录片、私人传记等新类型。艾晓明教授1999年赴美访学,义务教犯人学中英文,写成《我的监狱之行》,后转行为纪录片导演。梁鸿的《中国在梁庄》反映中国农村现状,获2010年度"茅台杯"人民文学奖非虚构作品奖。加拿大华人作家李彦的《尺素天涯》(2015),也从小说回归新闻学老本行:探寻白求恩秘密;采写加籍华裔的精彩人生。2015年纪录片《他们在岛屿写作》第二系列首映,为刘以鬯、也斯、西西、白先勇等文学大师刻像。2015年的《百年文脉》采写28位梅州籍大学校长,以小说笔法写名人小传。《读库》刊载以非虚构为主。当前非虚构纪实成为热潮。非虚构求真,再现实然世界,活化生活的美感和痛感。虚构求虚,再现或然的世界。非虚构的虚构,则在非虚构中升华出虚构的应然:生活应该是怎么样的,呈现升华过的真实。

二、女版鲁迅,港版阿Q:中式因子

小说史从写神话人物,转向写英雄传奇,再到写百姓草根,从神化到英雄化或魔化,再到凡化或变形化,神的文学转向人的文学。非虚构叙事在小说凡化的历史时刻涌现。《烈佬传》(2012)的文化血脉是《阿Q正传》(1921),两作虽相隔近百年问世,但参差对照相映成趣。潘国灵指出,"其实现在香港的很多作家都非常喜欢鲁迅,比如黄碧云,很多人说她受张爱玲影响,但她自己不承认,反而承认自己受鲁迅影响。中国内地太注重鲁迅的政治性,而在香港,人们更注意他文学性的一面。"确实,黄碧云和鲁迅都有硬骨头精神,都是清醒者、奋争者、虚无者,黄碧云仿佛女版鲁迅,写了部长篇的港版阿Q。

第一,都为小人物作传,但叙述声音迥异。两书都不继承中国的诗骚传统,而继承史传传统,但这既不是正史也不是野史,而是另辟史类——为小人物作传,替赤贫之人发声。《阿Q正传》叙述者自序,解释取名之难:自古有列传、内传、外传、本传、家传,均为神仙、名人、阔人作传,而为平民阿Q作传,没有前例,只好从"闲话休题言归正传",取得"正传"两字,作为名目。自嘲所写为速朽文章,但实际上,替草民作传,可谓前无古人,有开拓之功。全文写阿Q生命史三大难题:饥饿、性欲、生命,即馒头、自由、人权;写最有活力的三部曲:偷萝卜、入盗伙、革命;谱写生命三部曲:不配姓赵、不配革命、不配活命,最终走向悲剧。《烈佬传》写阿难生命史的三大难题:吸毒、偷盗、坐监;最有活力的三部曲:离家、戒毒、助人;谱写生命三部曲:极难、难、不难,走向圆满。

《烈佬传》书名的"佬"字突兀,《现代汉语词典》解释,佬,即成年男子,含轻视意,如阔佬、贼佬、和事佬。粤语的"佬",语境不同,意思有变,褒贬不一。有时指兄弟,如大佬即大哥,细佬即小弟。有时指从事草根工种者,如剃头佬、卖鱼佬,在市井阶层互叫,无不敬成分。有时称呼某地人,如外江佬,有些贬义。全然贬义:如仆佬,没有文化见识的人;咸湿佬、麻甩佬,指喜欢挑逗、调戏女生的男人;如鬼佬、傻佬等。此书"佬"字褒贬复杂,既草根又市井,既黑帮又义气,既哥们又男子汉,极具香港色彩,传神点破烈佬们状态:一群行了宿命的路、且不回头者,阿难是代表,食白粉,卖白粉,做三只手,坐一世监。读者读至结尾,感觉此词由贬到褒,变了颜色。鲁迅对笔下人物多居高临下,张爱玲也如是,叙述者声音深藏悲痛愤慨的意绪。《狂人日记》和《烈佬传》都让草民直接发声,但鲁迅日记体还是见出叙述者的态度,而黄碧云口述史,叙述者隐身幕后,不代言,书写更边缘的人群,不带有色眼镜,不增不减一分,零度叙述,让阿难自述瘾、偷、打、狱、悔、转的一生,对人物采取众生平等的态度。

第二，两主人公都无家无室，身处憋屈的物理空间，但两书的叙事空间结构有别。《阿Q正传》以时为序，物理、心理空间变动不大。阿Q一生厕身土谷祠；偶尔进城，是人生少有亮色；最后被兴师动众地抓于土谷祠。土谷祠，是当时农村社会空间缩影。《烈佬传》叙述空间结构区隔为此处、那处、彼处；物理空间多变，阿难一生几乎跑遍了香港每个角落，活化出个人印记的香港地图。8岁从沪移居到港，居于柯士甸道漆咸道，不爱读书，11岁跨过维多利亚港湾，从九龙跑到湾仔修顿球场，识了班兄弟。睡在酒吧间，到李节街拜大佬，在士多店拿货，卖嘢食嘢，染上毒瘾。在卢押道大排档，因被人骂白粉仔而打架，入赤柱马坑教化所；出来后，学会不要驳嘴。按大佬安排，住皇后大道东的六楼天台木屋间。到李节街厨房学制毒，去新嘉美见识小姐，在落春园街大档赌博。首次坐大人监在芝麻湾五仓。出狱后租住石水渠街，后住湾仔道板间房。北角马宝道看过租房街招。后在铜锣湾裁判司署钉了，抛入域多利。最后坐监在赤柱，只听未见"监狱暴动"。晚年住沙田屋村，初与瘾君子、疯子、残疾者为伍，后搬到老人院、喜灵洲的戒毒所、九龙医院等。从良转正后，终于敢回湾仔，不再怕被诱惑。湾仔既是阿难个人的魔窟，也是当时港城飘摇之岛的缩影。全书将采访所得的真实原生事件，转化为意识事件，运用位置、处所记忆法（315—359）回忆追溯，不再是传统的空间时间化，而是时间空间化，将之用到非虚构叙事，匠心独运。

第三，两部作品都极具精神穿透力，善于重编文化。叶舒宪着眼于历时动态视野提出文化有多重编码：一级编码指文物和图像等大传统文化原初文本；二级指文字小传统；三级指用文字写成的早期经典文本；N级指经典时代以后的所有写作（3）。创作越善于调动前三级编码，就越能获取深厚意蕴，而不只停留在就事论事上。《阿Q正传》延续《史记》精神，《烈佬传》也想学《史记》的简洁，为此重写了三次，抒情近无，情节愈简。《烈佬传》写他人都有"黑黑实实"等形容词，对阿难外形描写却付之阙如。两部作品的主角都面目模糊，但人物精神力量却穿透而来。Q字虽是英文字母，语音像阿鬼，实是中国象形符码，隐喻晚清人拖着辫子，拖着国民的劣根性，以类型化提炼法，传神写照精神胜利法。阿Q是抽象化的共性典型，求虚。阿难是具象化的个性典型，求真。鲁迅，脸相棱角分明，文字亦棱角俨然，神似版画木刻，气、力、恨齐发，铁骨铮铮，喷火成冰，幽寒彻骨。黄碧云自称受鲁迅启发，不仅自创四幅木刻，作为书籍的封面和插画，刻写街道、人影、枯枝，隐喻人物从晦暗苦涩走向有点光的所在；而且，将木刻这一农民艺术的粗糙原始转化为口语文风,深得鲁迅文画打通的神髓,心有灵犀。

但《烈佬传》的佛典编码艺术更胜一筹,不再是精神胜利法的反讽,而转向恕道、心灵涅槃。鲁迅研读过佛教、基督教、犹太教,认为释迦牟尼是大哲,我们平常对人生有许多难以解决的问题,而他居然大部分早已明白启示。但其未将佛典编码进《阿Q正传》,《野草》反而见出佛典的虚无精神。《烈佬传》主角名为阿难,典出佛教。阿难本是释迦牟尼的堂弟,后做常随弟子,善记诵佛祖说法,誉为多闻第一。阿难一表人才,屡遭妇女诱惑,然志操坚固,终得保全梵行,佛陀传法予摩诃迦叶,后者传法予阿难。《烈佬传》的阿难受诱惑于白粉。但行这条邪路也有付出,如在教导所被人抢鸡翼,只能打人,不打以后都会被抢;但几个先生冲入来按住他,打到屙几个月黑屎,又不敢说要看医生,怕打多几次,慢慢又没事,好番。阿难,隐喻为难、受难、逃难。周末难妹妹叫周未满,因出生时月蚀,人生难满,难以周全。年少阿难记得黑帮大佬王天瑞的话,有一天,你会发觉你一无所有,此话萦绕一生,虚无入骨。

阿难何曾阿易,阿生仿佛阿死。阿生是阿难的引路人,将之带上了不归路。阿生还带阿难见过天主教修士。但是,阿难与之无缘,而跟佛更有缘,多讲佛理:"蛇皮阿重说,佛祖有弟子叫阿难……做人有乜所谓,人家用得着你,是你的造化。他说做人是来受苦的,讲得好有佛味"(56)。蛇皮阿重成全了阿觅、阿细,像月净菩萨,此菩萨立于药师如来右侧,帮人除去障难与病痛,远离怖畏。佛学曰:"此处死彼处生;人生有此处、彼处,岁月有今年、明年,人若能时时怀抱希望,则生机无限;在此地时,回观彼处是梦,在彼地时,思及此处也是梦了。"此处、那处、彼处可换为此在、曾在、将在,或此岸、彼岸、中流:前际不来后际不去今则不住,不此岸不彼岸不中流。《烈佬传》以个体化、具象化叙事,讲述个人挣扎的心灵史诗,写透阿难苦海慈渡的后果前因。导行要先导心,心先知,才有行。良心是对躁动于人体的异常愿望的抵制。阿难历尽苦难,经由倾诉省思,直至60岁才开悟,就像鲁迅说的"废弛的地狱边沿的惨白色小花"(161),绝地逢生,放弃负能量针刺,即粤语"行正",最终达至彼岸、净土、理想地。心灵自牧是空符号:空,无形的东西,不占空间、时间,不可见,可感知,混沌状,难捉摸。该书将空无的心灵交战展开得丰富合理,有感染力,渗透出《圣经》的谅解与恕道、禅宗的空无哲学、佛经的心灵涅槃精神。

三、淡静言说：个性因子

如果没有个性和创造力,创作会湮没于中西文化的浩瀚烟尘中。黄碧云重织中西文化因子,自成个性:从暴烈到淡静,从书面语到口头语,从烈女到烈佬。前期,撕心裂肺地说,笔下不乏疯狂、暴力或死亡场景,具有审丑的力度和深度。习舞后明白,费兰明高舞蹈,慢最难;媚行,控制很重要;从舞中学习文的魅惑。在苦难世界,激烈不难,而坚忍才难。后期以沉默方式言说,从《温柔与暴烈》转向《沉默·暗哑·微小》,转向《血卡门》的热切专注又冷峻如冰,柔中带韧,平静隐忍。很多作家都有从郁热期到沉静期的历程,鲁迅从《呐喊》到《野草》,巴金从《家》到《寒夜》,曹禺从《雷雨》到《北京人》,也斯从《烦恼娃娃的旅程》到《后殖民食物与爱情》等,越到后期,越是于无声处听惊雷,欲说还休。鲁迅与黄碧云都从早期的满肚子怒火,到后来的淡然随然慈悲然,从多血质到冷血质,热血降为冰点,生出超然心。1936年,鲁迅自知大限将至,写《我要骗人》《死》《女吊》,不再是早期在铁屋中呐喊、在旷野中呐喊,而是幽诉自牧,在绝望中凝止,困顿化为悲美。史沫德黎为珂勒惠支版画选集作序,指其画作早年主题是反抗,而晚年主题是母爱,母性的保障,救济,以及死。有人问其转变之因,珂勒惠支用深有所苦的语调回答:"也许因为我是一天一天老了"(608)。这用之于黄碧云也贴切,年龄和见识的变化,形塑作家的个性文风。

创作有很多选择,要不停挑拣,才能总结出准确的一种。近年,黄碧云一直想用语言讲沉默,其《末日酒店》寻找语言可到达何处,直至《烈佬传》的淡静言说终于成功,找到了静默与言说的度:讲暴烈故事,但叙述却非常淡静,这得益于非虚构特性,新闻的客观性、纪实的真实性。烈佬不烈,像《老炮儿》的六爷降了火气,冯小刚和黄碧云拿捏"慢"都精准到位。作家也不再烈,而是退隐幕后,彻底地让烈佬做主角,冷静凝视。这种淡静仿佛昭示了中国画的无声胜有声和道家哲学的无为。鲁迅文字,是烟茶里伺候出来的;李白诗句,是酒水里泡出来的;《金瓶梅》,是色里泡出来的;黄碧云文句,是苦水里酿出来的。如果说鲁迅是推石头上山的西西弗斯,那么,黄碧云则是穿上红舞鞋就永不止步的文舞双全者(254—276)。

越到后期,黄碧云越转向方言写作。《烈佬传》的个人独白,满口粤语,全无引号,语句奇短,在自述中流露感悟,反映性格特征,给人真实可靠之感。如阿难说,不要倚靠任何人,原来都是各自搵食:"为什么这条路要行这么久,才行到这一步,我没有什么需要防人,我没做什么,我也不需要什么,人也不需要防我"(174)。无说教布道,不用道德词汇硬写,而让人物一点一滴倾诉,春风化雨,自我疗伤,以后见之明,看清一生,最终移情动性。王安忆、陈思和等指出,《烈佬传》题材出色,赢在叙述,将粤语口语精心提炼为平实结实、表现力内敛的文学语言,从叙述层面赋予不识字的口述者以主体身份和尊严。这颁奖词定位精准。舒言指出,该作交叉使用粤语及书面语,有真实新鲜感,充满本土特色。廖梅璇认为,该书省略处暗藏玄机;少用主观形容词,多写动作与对白;写越战、暴动、偷渡、廉政、跨国资本等大事,与个人史并置,将历史转化为日常。董启章的长篇《时间繁史·哑瓷之光》也是满纸粤语,附录香港常用粤语简译。但方言障碍易丢掉潜在读者,也是憾事。

港台和内地的方言叙事同声呼应。金宇澄的《繁花》2012年问世,获2015年第九届茅盾文学奖。该书也是满纸沪语,对白活灵活现,极其饶舌;但又反复出现"某人不响"一语,非常突兀。说不来,不好说,不能说,就不说了。留白沉默,话语空间余音绕梁;或卖关子,或郁闷,或反对,甚至反抗。这空符号别有韵味暗恨生,极具玄机。作者先想好地图,然后让人物行走;缘聚缘散,关系缠缠绕绕;一场场男女情色和饭局故事,无主角,由沪生、阿宝、小毛串场;无主事,借记忆串接少年旧梦、中年声色;上只角与下只角打通,蒙太奇错接,时空穿越,贫富替变,传奇迭生,像海派的时间地图小说。几人前后同讲一事,照妖镜般映出真相。结尾繁花零落,前喜后悲。该书穿插很多古今诗词、谚语,若堆给殊华等文艺青年合适,但堆给女佣阿婆,有点不太真实。该作的虚构成分更足。

如果说2012年的《烈佬传》是男性个体单言,那么,1999年的《烈女图》则是女性集体群言,黄碧云为此也访谈过大批女性。其非虚构特征早有渊源。"汉代《列女传》记载通才卓识、奇节异行的百余女子;《明史·列女传》记载为夫守节、殉夫的节烈女,事迹冰霜惨烈。《烈女图》却叙述平常女子,在坎坷生活中历经磨难,表现出坚韧的意志力,以三代烈女故事,书写香港百年史。"饶翔引用笔者的评论后,指出烈佬、烈女都显示出飞蛾扑火般卑微而顽强的生命力。吴美筠认为,《烈佬传》摆脱阴性书写,以静谧语言进入失语沦落人的内心;叙述者扮演采访者角色,摆脱过往书写的艰深,用本土语言掀开被忽略的身影,以暴烈美学的话语,标志着本土小说的范式转移。笔者认为,此书非虚构的淡静虚构、中西文化的化合更是新范式。

黄碧云为何从烈女转向烈佬？因其一生写作,寻求心灵自牧。前期多写女性,寻求与母亲和解,与女性身份和解。她7岁时母亲离世。父亲死后,她写《媚行者》,执意寻求自由,但发现,不再寻求后,反而自由。《烈佬传》转写男性,黄碧云之父与阿难之父是同辈人,她常梦到死去的父亲扬言打死她,其父是训犬警师,性情暴烈。弗洛伊德说,我想不出比获得父亲的保护更强烈的儿童需要。黄碧云写阿难与自己、父亲、世界和解,实在是借他人之酒杯,浇胸中之块垒。人放下童年创伤,可实现二次葬,求得心安。2014年的《微喜重行》是写给死去七年的哥哥的遗书,"是无人听的祷告与忏悔",寻求与兄长和解,讲两兄妹如何摆脱非正常情谊,获得灵魂救赎。《老炮儿》中六爷寻求与自己、晚辈、规则、无物之阵和解。从烈女写到烈佬,黄碧云寻求自我的心灵和解,谅解父亲、兄长、男人和女人。文学终极意义是什么？成为不朽的史籍经典？但在速朽的时代如何不朽？是改造人心？于己而言,卑己自牧,镇痛安神,小乘佛教？于人而言,惠及众生,普度众生,大乘佛教？若有人问文学意义,必是先有执念。要去执,才能达至自由。不能强求意义,而要在不经意中,意义不求自来。

　　综上所述,《烈佬传》创造了非虚构的虚构口述体,纪实采访,虚构结篇,曲折弧线写事,入心入肺写人,淡静沉默写心。黄碧云和斯维特拉娜都受新闻学训练,都善于打通纪实与虚构界限;都不写英雄史诗、传奇神话,而以女性视角关注当下,发现战争和犯罪故事背后的母性、子性、童年、灾难等隐匿因子。但斯维特拉娜关注重大题材,纯粹非虚构创作,类于纪录片脚本。黄碧云以非虚构为基础,以虚构为主体,不直击重大新闻,而关注个体,将新闻学、犯罪学、法律学知识基础发挥到极致,微观透视。未来文学也许书面语不再独尊,口语化兴盛,说书体、听故事风潮重来。可是,华文文学走向世界,第一坎就是欠缺好翻译,尤其是方言作品。黄碧云在佛教和史传经典中,寻根寻脉,寻求心理重生;在中西文化多重编码中,再编再造,寻找叙事再生,由暴烈转为淡静,开辟风格新变。谁越能将全球文化因子进行创造性编码,谁就越能写出精彩作品,赢得全球掌声。

【引用文献（Works Cited）**】**

杰克·哈特:《故事技巧——叙事性非虚构文学写作指南》,叶青、曾轶峰译,北京:中国人民大学出版社,2012年。

黄碧云:《烈佬传》,台北:大田出版社,2012 年 12 月。
雪莉·艾利斯:《开始写吧! 非虚构文学创作》,刁克利译,北京:中国人民大学出版社,2011 年。
《专访潘国灵:香港很多作家受鲁迅影响很深》,http://book.sohu.com/20150719/n417063889.shtml。
龙迪勇:《空间叙事学》,上海:上海三联书店,2014 年。
叶舒宪等编:《文化符号学——大小传统新视野》,西安:陕西师范大学出版社,2013 年。
袁兆昌:《黄碧云:湾仔烈佬有话说》,《明报》世纪版,2012 年。
鲁迅:《鲁迅全集》第二卷,《野草》英文译本序,北京:人民文学出版社,1981 年。
鲁迅:《死》,收入《鲁迅全集》第 6 集,北京:人民文学出版社,1981 年。
凌逾:《跨媒介香港》,北京:社会科学文献出版社,2015 年。
舒言:《以另一种口吻述说香港—— 黄碧云的〈烈佬传〉》,《香港作家》,2013(1)。
廖梅璇:《航渡遗忘——〈烈佬传〉》,2013 年 5 月 13 日,http://erenlai.com/tw/home/item/5324-2014-02-16-10-15-07.html。
凌逾:《中国女性主义的自我赋权叙事策略》,《学术研究》,2010(4)。
饶翔:《黄碧云〈烈佬传〉:以文字照亮那没有光的所在》,http://www.chinawriter.com.cn/bk/2014-08-08/77334.html,2014 年 08 月 08 日 07:08。
吴美筠:《烈佬夺魁——从自我放逐到天涯沦落人》,"香港文学评论学会"策划之"《香港文学》小说展评论特辑",2014 年 12 月(360)。http://www.101arts.net/viewArticle.php?type=hkarticle&id=1714。
黄碧云:《微喜重行》,香港:天地书局,2014 年。
李颖、陈佩佩:《致予哥哥的遗书——黄碧云新书〈微喜重行〉》,2014/07/16,http://media.stu.edu.cn/hkbookfair/?p=951。

【作者简介】凌　逾,华南师范大学文学院教授,主要从事叙事学、现当代文学研究。

德国浪漫主义反讽及其对后现代叙事的影响

◎ 倪爱珍

【内容提要】 德国浪漫派反讽继承苏格拉底反讽的精神,将反讽从语言修辞学提升到哲学和美学高度。反讽是哲学与艺术的汇合。从内容上看,它包含着有限与无限的冲突;从表达形式上看,它意味着不可言说而又必须言说;从创作主体上看,是自我创造与自我毁灭的交替。浪漫诗即是这种反讽思想的集中体现。它强调自我的主观能动性,推崇直觉、情感与想象,倡导断片、"阿拉贝斯克"和元叙述的文体形式。后现代主义文学叙事中的反讽在精神上和叙事形式上与之有着紧密联系。

【关键词】 浪漫主义;反讽;后现代;元叙述

德国浪漫主义文艺运动发生于18世纪末至19世纪初。它以康德、费希特、谢林等人的唯心主义哲学理论为基础,以施勒格尔兄弟、诺瓦利斯、佐尔格、蒂克等一批文人的理论探索和创作实践为主体,形成了浪漫主义理论,奠定了西方近代美学的基础,对整个欧洲乃至世界文学的发展都产生了巨大影响。反讽是浪漫主义最重要的原则和范畴。

弗·施勒格尔[①]说:"哲学是反讽真正的故乡"(施勒格尔49)。弗兰克认为浪漫派反讽"是把原本认识论问题,即自我的矛盾结构,转移到了艺术表现结构上"(弗兰克349)。所以研究浪漫派反讽,必须从哲学出发。近代哲学的主旋律是认识论。它开始于笛卡尔,"我思故我在"的提出意味着自我、主体成为哲学的首要问题。康德强调人在认识中的主体能动作用,认识的主体性根源于"自我意识"或"统觉"的先验统一性。他一方面认为主体在认识和行动中具有自主性,另一方面又认为这种主体性是受限制的。费希特在康德哲学止步的地方开始新的探索。康德把世界分为可知的世界——现象界和不可知的世界——自在之物的王国。费希特不满于这种划分,他用"自我"把这两个分裂的世界统一起来,即世界是由自我建立起来的。自我是一切存在的前提,是排除了一切东西之后所剩下的唯一确实的存在。自我有着自己为自己提供根据、自己设定自己的绝对无条件的自由本性。他明确表示:"我的体系是第一个自由的体系;正如法兰西民族使人摆脱了外部的枷锁一样,我的体系使人摆脱了自在之物、外部影响的枷锁,在自己的第一原理中把人视为独立不倚的存在者"(李超杰 309)。自我是世界的终极存在。自我设定自身,自我与自身是绝对同一的,我就是我,不需要任何证明。自我之外还有一个独立的世界,它不依赖我而存在,这就是"非我",从这个意义上说,自我是受限制的。但是,非我并不是一个外来的东西,而是由自我设定的,如果没有自我,那个非我就不能够作为对象而存在。从这个意义上说,非我又是由自我创造出来的。所以,总体说来,是自我把自我与非我统一起来的。自我设定非我,是为了限制自我;自我设定自我与非我的统一,是为了限制非我。由此可见,自我与非我是相互限制、互为存在的。

费希特的"自我"学说对施勒格尔的思想产生了直接的影响,他说:"费希特的形式中的优点是设定,然后就是走出自身并回复自身——即反思的形式"(李伯杰)。自我从设定自身到走出自身再到回复自身,在反思中不断超越自己,创造新的自我,在精神上获得绝对自由。然而施勒格尔无意对这个问题进行纯粹哲学层面的思考,而是要从哲学进入艺术和美学领域,以此来解决近代资本主义文明中人与世界、人与他人、人与自身的普遍分裂问题,实现审美救赎、诗化人生的目的。诺瓦利斯的"浪漫化"理论表达了与之相同的思想,"世界必须浪漫化,这样才能找回它的原本意义。浪漫化不是别的,是一种质的乘方。这种做法使低级的自我与一个更美好的自我等同起来,就如我们自己是这样一个质的乘方级数一样。这种做法还不大为人知晓。给低级的东西赋予高尚的意义,给普通的东西披上一层神秘的外衣,使熟知的东西获得未知的尊严,让有限的东西发出无限的光芒,这就是浪漫化"(弗兰克 284—285)。被认为是德国浪漫派理论代表的谢林也坚信艺术高于哲学,直观和想象力高于概念和逻辑,艺术创造是一种审美直观,是跨越有限与无限之间的桥梁,所以艺术具有改变世界、人生的功能,"超脱凡俗现实只有两条出路:诗和哲学。前者使我们身临理想世界,后者使现实世界完全从我们面前消逝。我们看不出为什么对哲学的了解恰恰一定要比对诗的了解更为普及一点,尤其是在那类或因死记硬背(直接戕害创造性东西的莫过于此)或因从事死板的、毁灭全部想象力的思辨而完全丧失了美感官能的人们中间"(谢林 18)。

一、浪漫派反讽的哲学内涵

在施勒格尔的思想里,反讽的哲学内涵是什么呢?从他的这句话中可以见出,"反讽出自生活的艺术感和科学的精神的结合,出自完善的自然哲学与完善的艺术哲学的汇合。它包含并激励着一种有限与无限无法解决的冲突、一个完整的传达既必要又不可实现的感觉"(施勒格尔 57)。

首先,反讽是哲学与艺术的汇合。在施勒格尔的思想里,反讽是世界存在、人类生活的本质特征,是人认识世界、把握世界的一种思维方式,如韦勒克在研究施勒格尔时所说,"滑稽②是反论的一种形式……滑稽论说明他认识到这种事实:世界就其本质言,是似非而是的,只有凭借一种矛盾态度才能抓住其互相抵牾的总体性"(韦勒克 17)。哲学可以解释反讽,但不能表现反讽,只有艺术才能够做到。所以施勒格尔说:"哲学终止的地方,诗就开始了"(弗兰克 363)。"应该记住,诗的必然性建立在一种需求的基础之上,这个需求产生于哲学表现无限的不完美"(弗兰克 303)。佐尔格与之有相同的认识,它对于美如何呈现出来的问题给出的答案是:"通过完美的行为,以一种特定的方式,这个行为叫做艺术。这种行为只出现在理念或者本质替代现实、同时现实本身即纯粹的现象由此被毁灭的这一刻。这就是反讽的观点"(弗兰克 289—290)。

其次,反讽是"一种有限与无限无法解决的冲突、一个完整的传达既必要又不可实现的感觉"。从内容上看,反讽包含着有限与无限的冲突;从表达形式上看,反讽意味着不可言说而又必须言说。如何把这种感觉表达出来呢?就只能是以有限表达无限,以具体表达绝对,以确定表达不确定。正是在这个意义上,施勒格尔说:"反讽仅仅是应该走向无限之物的替代物"(弗兰克 302)。也就是说,反讽是一种替代物,它的意义在别处。反讽的外在形式——有限之物执行的是隐喻的功能,"隐喻是无限的不可表现性的必然表现形式"(弗兰克 264)。反讽必须借助有限之物,但同时它又把有限之物的所指否定掉,用它去暗示、隐喻不可表现之物——无限,也就是施勒格尔说的——"达到了反讽,或者说达到自我创造和自我毁灭的经常交替"(施勒格尔65、72)。在施勒格尔看来,理念的最完善状态就是反讽。这是因为事物本身就是一个矛盾的统一体,事物的运动就是事物内部相互对立的双方不断地否定自身。反讽是否定的精灵,在自我创造和自我毁灭、自我限制和自我超越的交替中呈现出诙谐的面容,既襟怀坦白,又伪装得很深。

二、浪漫派反讽的主体特征

德国浪漫派把反讽的探讨放到了哲学领域中,但是哲学无法表现反讽,所以最终必须把它落实到艺术创作——"浪漫诗"中,而这首先就涉及创作主体的问题。施勒格尔一方面强调浪漫诗创作主体的自我在精神上是绝对自由的,"只有浪漫诗才是无限的,一如只有浪漫诗才是自由的,才承认诗人的随心所欲容不得任何限制自己的法则一样"(施勒格尔72);另一方面又强调创作主体必须对自己进行限制,否则就陷入了不自由状态,"自行限制无论对于艺术家还是普通人都是首要任务,是最必要的、最高的任务。之所以是最必要的,是因为无论何处,人们若不自行限制,世界就限制人,于是人就沦为奴隶"(李伯杰)。如此看来,浪漫诗主体在对外在世界随心所欲的同时必须对内在自我进行必要的限制。

浪漫诗的创作主体强调自我,就必然推崇与自我紧密相关的直觉、情感与想象。施勒格尔所说:"每一首好的诗里,一切都必须是意图,一切又都必须是直觉。这样,诗才成为理想的"(施勒格尔47)。浪漫派的这一主张与其生活的时代环境有密切关系。18世纪末19世纪初的德国,社会动荡不安,理性主义、技术文明虽然给社会带来了一定的进步,但也带来了很多弊端,比如价值观的功利化、道德的庸俗化、精神被压制等,于是人们把目光从外界转向内心,借助艺术的力量追求内心的丰富与完善。浪漫派受费希特"自我"哲学思想的影响,认为自我设定一切,世界万物是否能存在、是否能被认识都取决于我。自我不仅是艺术的生产者,也是艺术表现的对象。诺瓦利斯说:"诗所表现的是精神,是内心世界的总合。"蒂克指出:"我所描写的不是这些植物,也不是这些山峦,而是我的精神,我的情绪,此刻它们正支配着我"(艾布拉姆斯56—57)。施勒格尔强调浪漫派诗人应该充分发挥想象力,不受任何约束创造另一个美好的世界,费希特甚至说:"一切实在都是想象力制造出来的"(杨文极、石倬英206)。

浪漫派强调自我的能动性,并不仅仅体现在自我的无限自由上,还表现在自我对非我的设定、限制上,表现在创作中,就是艺术家应该保持一种清醒状态,一种客观立场,要用理性限制感性,施勒格尔说:"为了就某个对象写出好的作品,人们必须不再对它感兴趣。人们想要审慎表达的思想,必须是已经完全过去了的,根本不再使人为它费思量。只要艺术家还在挖空心思地构想,还在热情澎湃,至少对于传达而言,他就还处在一个不自由的状态中。他于是想把一切都和盘托出,而这正是青年天才们的一个错误倾向,或者说是老朽们正确的成见。因为这样一来,他就忽视了自我限制的价值和尊严"(施勒格尔48)。艺术家与对象必须保持适当的距离,创作过程中要始终保持清醒的自我意识,不能听任内在本能、冲动的驱使,沦为激情的奴隶。把一切和盘托出的想法是幼稚的,因为完整的传达是不可实现的,只能通过暗示、隐喻的方式无限走近,"一切美都是隐喻。正因为最高存在是无法言说之物,所以人只能用隐喻的方式来言说"(弗兰克125)。

三、浪漫派反讽的形式特征及其对后现代叙事的影响

反讽在后现代主义文化中具有非同寻常的意义。伊哈布·哈桑将"形而上学/反讽"对立,认为反讽是后现代文化的重要表征,琳达·哈琴也认为"反讽已成为后现代艺术最主要的修辞策略",克莱尔·克尔布鲁克与之同感,认为"我们如何理解和评价后现代主义,在很大程度上有赖于我们如何定义和评价反讽"。后现代反讽在精神上和叙事文体形式上都与浪漫主义反讽有着紧密联系,前者如凭借一种矛盾态度才能抓住世界互相抵牾的总体性、自我创造与自我毁灭的交替、凸显不确定性等,后者则主要表现在三个方面。

1. 断片

德国浪漫派的思想表达常常采取一种独特的形式,即断片,如施勒格尔的《美艺术学苑》断片集、《雅典娜神殿》断片集、断想集等,那么反讽思维与断片形式之间的关系是怎样的呢?

首先,反讽表达一方面要创造文本,另一方面又要在文本中埋下消解、毁灭它的因素,因为只有这样,才能打破文本的有限性、统一性、静止

性,使文本在不断否定中朝着无限的方向运动。断片的零散、不成体系正好适应了反讽的这种表达诉求。施勒格尔说:"科学要昌明,就必须用剑与火消灭掉许多异类,系统就是其中之一。所以根本无需问体系与多面性有何关系。人们常常把解释的确定性、科学描述的准确性称作系统性,而我只关心看法的完整性和内在的完善。多面性乃是通往全面的道路,这还不清楚吗?"(李伯杰) 在施勒格尔眼里,体系总是与确定性联系在一起的,而他认为事物都处在不断地否定中,是无法用体系来解释、描述,只能用断片来表现,而且自我本身即是断片。

其次,断片是对"机智的灵感"的及时记录。浪漫派反体系,反传统思维,究其根源,是因为他们认为认识世界的方式靠的不是概念、分析、论证,而是直觉、感悟。他们追求对世界的整体把握,认为世界是一个整体,个体与整体之间存在着内在联系。这与康德、谢林的有机主义美学理论紧密联系。康德的理论局限于艺术作品,主要讨论观赏者对艺术的感受过程,还没有深入涉及艺术活动的其他方面。谢林则作了进一步的发展,使其完整化、系统化。谢林认为文学创作过程是有意识与无意识的结合,从创作的角度看自我是有意识的,从作品的角度看则是无意识的。艺术创造是一种审美直观,它从个体意识开始,但又超越个体意识,以有限的感性形式表现无限的内在精神。谢林把哲学思维同诗性思维统一起来,以诗性的直觉取代了概念和逻辑的认知方式,从而取消了"理性至上"的古典主义诗学话语。

既然浪漫派推崇直觉,就自然看重"机智的灵感"。"机智"是施勒格尔反复提到的一个术语,认为它是精神得以自由的重要媒介。他所说的"机智"并不是我们常说的理智的产物,而是想象力的产物。断片就是对闪电般的"机智的灵感"的记录,这意味着每一个断片都只是自我思考的过程,而不是结果。每一次思考,都可能是对前一次的否定,或者等待着后一次的否定,思维就是这样在不断地否定中运动,通过反思从有限向着无限迈进。苏格拉底反讽就是苏格拉底不断地通过诘问来质疑已经得到的结论,从而向真理一步一步靠近。他不断地诘问的目的,就是要通过行动来展示自己在变化和生成中的思维过程。

2."阿拉贝斯克"

反讽包含着有限与无限的冲突,是自我创造与自我毁灭的交替,这也就意味着它的文本所呈现出来的必然是混乱的美。施勒格尔反复强调混乱的重要意义,"反讽,就是清醒地意识到永恒的灵活性和无限充实的混沌。""只有从中能够产生出一个新世界的杂乱无章,才称得上是混沌"(施勒格尔 114)。"最高级的美、最高的秩序恰恰是混乱的秩序"(李伯杰)。他借用阿拉伯绘画艺术中的"阿拉贝斯克"(arabesque)来描述这一思想。阿拉贝斯克原指一种装饰性图案,其线条纷繁复杂,缠绕交错,绵延不绝。它是人们有意制造的混乱,所以是乱中有序,乱中有义。

施勒格尔认为最适合浪漫诗表达方式的就是阿拉贝斯克,这与浪漫诗的特点相联系。"浪漫诗是渐进的总汇诗。它的使命不仅是要把诗的所有被割裂开的体裁重新统一起来,使诗同哲学和修辞学产生接触。它想要、并且也应当把诗和散文、天赋和批评、艺术诗和自然诗时而混合在一起,时而融合起来。""总汇性就是所有的形式和所有的材料交替地得到满足。自由凭借诗与哲学的结合,总汇性才能达到和谐"(施勒格尔 71、451)。

施勒格尔所说的浪漫诗,不是一种体裁,而是一种品格,它包括:用诗表达对世界认识的哲学思维,用有限隐喻无限的修辞学思维,将各种体裁融合在一起,追求艺术与自然的同一等。施勒格尔认为在现代各种体裁当中,只有小说才具备浪漫诗的特点。而对于小说,施勒格尔也从来没有为其下一个明确的定义,他也无法下定义,因为他将前述的众多异质因素都融入小说,使这种体裁只能处于不断探索中。但有一点很明确,他所谓的小说,其主要特征不是我们常说的讲故事,而是创作主体精神的介入,他所谓的结构,并不是指传统的逻辑解构,而是指一种人为的混乱,目的是使文本具有开放性,具有向着无限发展的空间。

小说《路琴德》是施勒格尔对自己这一理论的实践。它没有传统小说的"三要素",即一以贯之的情节、生动的人物形象、典型的环境描写等,而是将各种体裁融合在一起,如书信、田园诗、对话、寓言等,而且其叙述人称和语言风格也多变。但在这貌似混乱的形式后面,又有一定的秩序。这部小说一种有十三章,第七章为"男性的学习时代",讲述了主人公尤利乌斯的成长过程,是篇幅最长的一章,构成小说的中轴,前后再分别以 6 章形成对称。全书基本上没有可供叙述的情节,只是传达一种感受,一种"精神的情感"(施勒格尔 204)。尤利乌斯是一个分裂的主体,他在时间的河流中不断地自我否定,在否定中升华,其自我教化之路充满着反讽。

3. 元叙述

施勒格尔有时又把浪漫诗叫做"超验诗","有一种诗,它的全部内容就是理想与现实的关系,所以按照有哲学韵味的艺术语言的相似性,它似乎必须叫做超验诗……超验哲学是批判性的,在描述作品的同时也描述创作者,在超验思想的体系中同时也包含对超验思维本身的刻画"(施勒格尔 81—82)。他强调的超验诗,有一个最重要的特点就是在描述作品的同时也描述创作者,将创造作品背后的思维过程也同时呈现在作品中,其目的是摧毁被创造对象的独立性、神秘性,同时也使创造者摆脱被创造物的束缚,获得精神自由。从文学艺术角度来看,这就是"元叙述"。

元叙述的现象古已有之,但对它的广泛讨论则是在 20 世纪,各派各家赋予其不同的内涵,比如利奥塔的"元叙述"是指"宏大叙述"(Grand Narrative),指启蒙运动以来对世界和人类社会发展进行理性主义建构的话语,强调总体性、普遍性、宏观性,常常是政治意识形态的伴生物。热奈特的元叙述有时指小说叙述分层中产生下一层的"主叙述",有时指文本生成之后的评论。本文所说的"元叙述"出自赵毅衡的广义叙述学理论,指"叙述文本与叙述框架之间的关系",它的本质特征是"犯框",目的"并不在于要接收者相信,而是要接收者看到叙述是人工制造的,从而拒绝对叙述的'自然化'"(赵毅衡 309—310)。从施勒格尔的思想可以看出,元叙述的哲学内涵就是反讽,也就是他所说的——"自我创造和自我毁灭的经常交替"。

浪漫派作家们运用元叙述来表现他们的反讽思想。《路琴德》的开篇是尤利乌斯给女友路琴德写信,但是写着写着就忽然中断了,然后宣称自己制造混乱的权利。蒂克的许多剧作都运用了浪漫反讽,最典型的如喜剧《颠倒的世界》。它的"颠倒"不仅表现在内容上,比如开场时有人上台道收场白,收场时有人上台道开场白,还表现在形式上,"犯框"就是其中一个突出表现。人物和观众可以进行交流,评论演戏,观众之外还有观众。作者一方面表现剧情,另一方面又表现创作行为本身,在自我创造与自我毁灭中享受着精神的自由。它一方面消除了观众的幻觉,让他们意识到虚构的存在;另一方面又让作者凌驾于作品之上,不被作品所拘囿,就如蒂克本人所说的:"确切地说,它(按:指反讽)是一种最深沉的严肃,同时又与玩笑和真正的欢快紧密相连。它不仅仅是消极的东西,而完全是积极的东西。它是让诗人掌握素材的一种力量,让他不至于迷失在素材当中,而是凌驾于其上。因此,反讽使诗人避免了片面性和空洞的理想化"(弗兰克 342)。

断片、"阿拉贝斯克"、元叙述这三种形式特征在后现代叙事中都特别普遍。这与后现代文化的根本特征——意义的不确定性紧密相关。哈桑认为在后现代社会中,"我们不确定任何事物,我们使一切事物相对化。各种不确定性渗透在我们的行为、思想、解释中;不确定性构成了我们的世界"(哈桑 292)。

施勒格尔提倡的断片在后现代小说家中得到非常一致的呼应,比如巴塞尔姆认为借小说人物之口表达"我只相信片段"的思想,认为"拼贴原则是 20 世纪所有艺术的中心原则"(陈世丹 16)。施勒格尔用断片来反抗人们描述事物时所强调的确定性、准确性、系统性,认为事物总是处于不断的否定中,唯有断片所带来的多面性才能真正走向对事物全面的认识。后现代小说家库弗的小说《保姆》由 108 个片段组成,长则几百字,短则五十余字,段与段之间没有标明顺序,只用星号隔开。文本的开放性强烈呼唤读者参与意义的建构。巴塞尔姆通过片段的拼贴来构建文学世界,反映纷繁复杂的社会现实。他的《白雪公主》《死去的父亲》《玻璃山》等,采用了大量的拼贴手法,打破了传统小说的连贯性、完整性,以形式上的离奇怪异表现当代社会中人的生存状态、人性的异化,具有强烈的反思性和批判性。

阿拉贝斯克是一种文本形式,它将各种素材拼贴在一起,追求文本的开放性和混沌之美。后现代文化将这种拼贴发展到极致。拼贴作为一种叙事技巧,本身是中性的,关键看如何使用。有一些作品采用拼贴技巧,具有较高的艺术价值,比如福克纳的《押沙龙 押沙龙》、巴塞尔姆的《白雪公主》《死去的父亲》、伦纳德·柯恩的《大大方方的输家》、李锐的《太平风物:农具系列小说展览》等。但是,很多网络恶搞式的拼贴,没有价值立场和精神追求,纯粹陷入娱乐化,则意义甚微。这也是后现代理论家詹明信所竭力批判的,"从某些方面来看,拼凑法跟摹仿法(parody,也即戏仿)一样,都要摹仿及抄袭一个独特的假面,都是用僵死的文字来编织假话。所不同者,拼凑法采取中立的态度,在仿效原作时绝不多作价值的增删。拼凑之作绝不会像摹仿品那样,在表面抄袭的背后隐藏着别的用心;它既欠缺讥讽原作的冲动,也无取笑他人的意向。作者在实行拼凑时并不相信一旦短暂地借用了一种异乎寻常的说话口吻,便能找到健康的语言规范。由此看来,拼凑是一种空心的摹仿———一尊被挖掉眼睛的雕像"(詹明信453)。而且,即使是艺术之作,如果拼贴泛滥,也会带来个人风格的消失,而个人风格恰恰是作家最大的魅力和文学多元化最重要的因素。后现代文化中拼贴的"空心化",其思想根源是主体性的缺失。詹明信认为在从现代主义到后现代主义的文化演变中,"主体的疏离和异化已经由主体的分裂和瓦解所取代……主体的灭亡……也意味着'自我'作为单元体的灭亡。在主体解体以后,再不能充当万事的中心;个人的心灵也不再处于生命中当然的重点"(詹明信447)。这与浪漫主义反讽精神背道而驰了。施勒格尔特别强调主体性,认为艺术家在追求自我的自由时应该对自我进行设定、限制,理性自我不能缺失,所以其一切反讽形式的背后都有一个哲学的灵魂在主宰着,其深刻性正在于此。

元叙述在后现代叙事中非常普遍。作家们一边讲故事,一边又故意暴露故事背后的生成机制,运用该文体的同时又解构该文体,自我创造与自我毁灭同时进行。其思想根源是对世界新的认知,主要体现在关于真实与虚构问题上。传统小说的文体特征是通过讲故事来虚构一个"真实"的世界,逼真性是其创作追求。元叙述将读者的注意力转移到叙述过程本身,暴露文本背后的创作机制,提醒读者文本的虚构性,邀请读者进入文本世界,叙述者、受述者、人物之间跨界交流与行动,这些做法必然破坏小说世界的"真实性"。它展示语言的自我指涉功能,强调除了叙述的现实以外不存在其他现实,彻底消解了传统意义上文学与生活、文学与现实的反映与被反映关系,如赵毅衡所说:"元叙述特意暴露各种叙述策略,以及叙述与社会、存在、主体的关系,从而解构现实主义的'真实',消解利用叙述的逼真性以制造意识形态神话的可能,颠覆叙述创造'真实世界'的能力"(赵毅衡310)。

总之,德国浪漫派反讽继承苏格拉底反讽的精神,将反讽从语言修辞学提升到哲学和美学高度,具有重要意义。在他们看来,反讽是世界存在、人类生活的本质特征,是人们认识世界、把握世界的一种思维方式。反讽主体在自我创造与自我毁灭的交替中追求精神的自由,表达对无限之物的永久渴念。落实到艺术创作中,他们强调自我的主观能动性,推崇直觉、情感与想象,倡导断片、"阿拉贝斯克"和元叙述的文体形式。浪漫派的这些观点,在后世既有批判者又有支持者,其焦点主要集中在自我的能动性与限制性问题上,但更多的作家或流派则是从中吸取其理论营养。

后现代反讽在精神上和叙事形式上都与浪漫主义反讽有着紧密联系,充分证明了它在西方理论发展史上的重要价值。

【注解（Notes）】

① 本文的"施勒格尔"均是指"弗·施勒格尔",有的译为"施莱格尔"。
② "滑稽"在有些译著中又译为"诙谐"。

【引用文献（Works Cited）】

施勒格尔:《浪漫派风格:施勒格尔批评文集》,李伯杰译,北京:华夏出版社,2005年。
曼弗雷德·弗兰克:《德国早期浪漫主义美学导论》,聂军译,长春:吉林人民出版社,2005年。
李超杰:《近代西方哲学的精神》,北京:商务印书馆,2011年。
李伯杰:《弗·施莱格尔的"浪漫反讽"说初探》,《外国文学评论》1993年第1期。
谢林:《先验唯心论体系》,梁志学、石泉译,北京:商务印书馆,2009年。
雷纳·韦勒克:《近代文学批评史》(第二卷),杨自伍译,上海:上海译文出版社,2009年。
M.H.艾布拉姆斯:《镜与灯:浪漫主义文论及批评传统》,北京:北京大学出版社,2004年。
杨文极、石倬英:《德国古典哲学教程》,北京:中国人民大学出版社,1998年。
李伯杰:《"断片"不断——德国早期浪漫派的断片形式评析》,《外国文学评论》1997年第1期。
赵毅衡:《广义叙述学》,成都:四川大学出版社,2013年。
伊哈布·哈桑:《后现代转向》,刘向愚译,上海:上海人民出版社,2015年。
陈世丹:《美国后现代主义小说艺术论》,大连:辽宁师范大学出版社,2002年。
詹明信:《晚期资本主义的文化逻辑》,陈清侨等译,上海:三联书店,1997年。

【作者简介】倪爱珍,文学博士,四川大学博士后,江西省社会科学院文学研究所副研究员、"中国叙事学"重点学科带头人,研究方向为叙事学、符号学。

叙事学研究： 回顾与发展

Narratological Studies: Review and Development

叙事文本分析

《酒国》的中国式元小说叙事策略

◎ 胡铁生

【内容提要】 欧美元小说是二战后欧美文化、社会和政治背景相结合的产物,其叙事策略为新形势下小说的书写拓展了空间。莫言以反腐为题材的社会问题小说《酒国》既有西方元小说叙事策略的元素,体现了莫言对域外文学的接受态度,同时又是莫言对元小说叙事策略的创新,为当代语境下作家的个性化发展做出了表率。这部以"寻找结构"为主要特征的元小说在作者介入故事叙事、后现代语境下的语言游戏和文艺美学的另类追求等方面发展到一个新的阶段。事实证明,中国作家只有善于吸收域外文学的最新成果,而又勇于在域外文学所形成的范式基础上进行创新,才能在"和而不同"的原则下创作出叙事风格上与时俱进、内容上体现出知识分子肩负社会重任的优秀作品,使小说在虚构的文学世界中以其象征性意于人类社会的理想追求。

【关键词】 莫言;《酒国》;元小说叙事策略;洋为中用;自主创新

  作为文学叙事策略之一,元小说始于18世纪英国文学。然而,美国小说家伽斯(William H. Gass)在20世纪70年代采取这种方式进行创作才使元小说真正成为小说的一个类别。80年代中国新时期文学正处于拨乱反正、改革开放的初期,元小说随文化全球化一道进入中国作家的视野。莫言在远离"高密东北乡"系列、以反腐为题材的《酒国》中,以元小说为其主要叙事策略,在借鉴域外元小说的同时,大胆进行自主创新,通过"寻找结构"(344)而创作出这部重在叙事策略创新的优秀作品。

---

* 本文系国家留学基金管理委员会资助项目"美国文学研究"(编号:CSC97822032)和吉林省社会科学基金项目"莫言研究:域外影响与自主创新"(编号:2014B26)的研究成果。

一、莫言与域外元小说叙事策略的继承与发展关系

元小说的叙事策略可以追溯到欧洲 18 世纪欧洲文学中斯特恩(Laurence Sterne)、简·奥斯汀(Jane Austin)、赫胥黎(Aldous Leonard Huxley)和纪德(André Paul Guillaume Gide)等早期出现的元小说雏形,20 世纪中叶在美国小说家伽斯的努力下,使其成为当代小说的重要叙事手段之一。虽然元小说叙事策略在中国文学史上并非新鲜事物,但并未形成潮流。只有在改革开放之后,当中国文学进入后现代主义阶段,元小说在新时期中国文学中才名正言顺地获得了相应的地位,莫言的《酒国》成为中国元小说叙事的代表作之一。

元小说叙事策略能够在美国文学中兴起,与后现代主义文学和美国社会的不确定性具有密切关系。以艾森豪威尔、肯尼迪、约翰逊和尼克松等为代表的几届美国政府利用现代传媒手段,使 20 世纪 50 年代的经济蓬勃发展在民众心目中树立起来的美国形象随古巴核危机、肯尼迪被刺、尼克松水门事件以及越战等重大事件的影响而受到质疑,民众开始从幻想中清醒过来,对官方话语的可靠性产生了质疑,认为现代传媒篡夺了历史的解释权,歪曲了历史事实,进而导致"真实与想象之间那种明确的关系已不复存在",因而"区别事实与虚构的界限也就模糊不清了"(Elliott 1148-1149)。海森伯格(Werner Karl Heisenberg)的"测不准原理"、哈桑(Ihab Habib Hassan)的结构之外的结构论以及索绪尔(Ferdinand de Saussure)的语言符号任意性以及能指与所指之间的不对称性等理论持续发酵,对后现代主义文学的不确定性特征产生了重大的推动作用。在此境况下,具有后现代主义文学"不确定性"基本特征的元小说叙事策略应运而生。因而,元小说叙事策略也是文学由现实主义和现代主义向后现代主义转向的标志之一。

受政治经济体制和传统文化的影响,中国古典文学自成体系,受国际化影响的因素并不多。只有在西方列强诉诸武力打开中国的大门之后,随着西方政治经济的影响,西方的文学思潮才进入中国。改革开放以后,当西方文学的思潮和流派进入中国作家的视野时,莫言抓住了这个有利契机,大胆借鉴西方元小说叙事策略并坚持自主创新,在对域外元小说的继承与发展方面做出了重大贡献。此外,马原、苏童、格非和余华等其他作家构成的中国元小说创作群则进一步烘托出莫言对元小说叙事策略所做出的新贡献,体现出莫言向域外学习中更应重视"自主的、有强烈自我

意识的创新"精神(《莫言作品精选》2012：313)。

　　学术界对元小说又有"反小说"(anti-novel)、"超小说"(surfiction)、"自我小说"(self-begetting novel)和"自我意识小说"(self-conscious novel)等不同提法。然而,"关于小说的小说"却是学术界对元小说较为流行的释义。不论该释义是否有以偏概全之嫌,但仅就莫言的《酒国》而言,在反传统小说的叙事策略方面,该释义的确具有其合理性。作为小说的一种叙事策略,被冠以什么样的称呼并不重要,重要的是元小说叙事策略的实质是什么。从语言学的角度来看,"元小说"的特征在于"元"与"小说"的关系。"元"在汉语释义中为"始""首"或"根本"之意;西文中 meta 作为定语使用时意为"与……相关的"或"构成……性质的",以前缀的形式出现时意为"后发生的""位于……之后的"或"超出……的"(Cove 1418)。如同"元语言"(meta-language)是用来指分析和描写被观察的语言或目的语的语言或一套语言符号那样,"元小说"是在小说中分析和研究小说创作的一种小说形式。元小说是"反小说"的提法需要进一步推敲,因为"反小说"的概念指的是先锋派文学的一个下属部分,虽然也与传统的文学范式持决裂态度,但并非特指小说中探讨小说。但认为元小说属于"先锋派"的范畴却具有一定意义,因为先锋派并非指某个特定的流派,而是泛指任何时期具有创新精神、超越传统文学的作家群体或者派别,因而是一个较为宽泛的概念。伽斯作为元小说的代表作家和批评家,就一再声称"希望自己成为'先锋派'作家"(Elliott 741)。

　　元小说于二战后在美国发展起来,伽斯成为这一小说流派的领军人物。中国当代作家在20世纪末期也加入到这个文学流派中来,莫言以其《酒国》的创作,使元小说在文学全球化进程中独具特色,因为全球化使"一个国家民族文学的发展除有其自身内在的因素以外,同时还有他国民族文学影响的外在因素,其文学成果也必然是人类所共有的精神财富"(胡铁生 94)。从时间段的划分上来看,莫言于1989—1992年间创作这部小说时也正是莫言处于向西方学习的成熟期,这部在接受欧美元小说叙事策略的基础上进行自主创新的元小说作品于2001年获得法国"儒尔·巴泰庸外国文学奖"(Laure Batailin)也是天时地利的必然结果,莫言接受与超越西方元小说创作范式也是中国新时期文学在全球化进程中对西方元小说进行继承与发展的产物。

二、作者参与故事叙事的元小说创新

传统的纯文学在创作中极力回避作家本人在故事叙事中出现,而是以"公允"和"客观"的方式叙述故事。元小说则突出强调作者在作品中的全能叙事作用。《酒国》对元小说作者参与叙事的模式则与众不同:突破第一人称的传统叙事方式,小说采取内嵌小说和书信往来的方式,直接由作者本人出现在作品中来表现作者对小说创作路径的探讨。这部小说中采取了两条线的叙事策略:一条线以典型人物和典型环境的书写方式叙述侦察员丁钩儿到酒国市调查食婴案的故事,构成了小说以现实主义为叙事策略的第一个层面;另一条线以元小说的叙事方式通过业余作家李一斗(既是小说人物也是内嵌小说作者)与莫言(小说作者兼小说人物)之间的19封往来书信和9篇内嵌小说来探讨小说的写作策略构成了元小说叙事的第二个层面。这些书信和内嵌小说在表面上是独立存在的,实则自成体系,在整部小说中构成第二层面的元小说叙事,探讨了当代小说的创作问题。莫言让作者本人在小说中出面与业余作家李一斗对话,体现了元小说是"关于小说的小说"的基本特征。作者出现在作品中来参与小说创作的目的、内容、途径和原则等方面的讨论并非新鲜事物,但作者的名字直接出现在小说中却是莫言的独到之处。在小说中,业余作家李一斗的前两封来信采用了"尊敬的莫言老师"这个称呼,其他信件则直接将收信人称呼为"莫言老师"。这种将小说叙事者与作品人物、叙事者与隐身读者混杂在一起的方式,形成了虚实交映的艺术效果。这种创作手法不仅使读者会时常陷入"究竟谁才是真正的故事叙事者"这一困惑中,同时也为读者参与创作提供了更大的空间。

在李一斗给"莫言"[①]的第一封信中,李一斗以交流体会的方式论及了他对《红高粱》的观后感(24);在第二封回信中,"莫言"认为他创作的这部作品是"在故乡的历史里缭绕的酒气激发了灵感"(56)。这是"莫言"对李一斗意欲撰写一篇有关"酒文化"为主题的小说所做的提示,论及的是内嵌小说创作的题材来源。对于小说该如何写的问题,李一斗在给"莫言"的信中直述:"为了避免犯错误,我这讲故事的人,只好客观地叙述,尽量不去描写小妖精及孩子们的心理活动。只写行动和语言,至于故事行动的心理动机和语言的言外之意,靠读者诸君自己理解"(103)。在内嵌小说的叙事结构中,"莫言"则借李一斗之口来论述相关命题。在内嵌小说《驴街》中,李一斗认为他先前写的《酒精》、《肉孩》、《神童》以及现作

《驴街》的结构,"按照(传统)文学批评家的看法,绝对不允许它们进入小说去破坏小说的统一和完美",但因作者饱受酒文化的"熏陶",因而"无法循规蹈矩",只能"放荡不羁"和"信口开河"了(133)。对李一斗《烹饪课》的评价中,"莫言"直言:"什么前后风格不一致了,什么随意性太强了,什么分寸感把握得不好了","所以我想与其老生常谈一番,不如干脆闭嘴"(238),体现了莫言对后现代主义小说的态度。在小说的最后一章,"莫言"直接成为作品人物应邀前去酒国市。于是,车厢里就有了一个"体态臃肿、头发稀疏、双眼细小、嘴巴倾斜的中年作家莫言","知道我与这个莫言有着很多同一性,也有着很多矛盾"。当乘务员来换票时,"我飞快地与莫言合为一体,莫言从中铺上坐起来了也就等于我从中铺上坐起来"(311)。这种叙事模式在先前的元小说传统中是并不存在的。

小说第七章中"大名鼎鼎的丁钩儿"怀着"此行任务重大"而"不敢马虎"行事的谨慎态度来到酒国市办案,却不久也被酒色迷住而不能自拔,对如何处理作品人物丁钩儿的结局,"莫言"在给李一斗的回信中指出:"我正在创作的长篇小说已到了最艰苦的阶段,那个鬼头鬼脑的高级侦察员处处跟我作对,我不知是让他开枪自杀好还是索性醉死好"(238)。在第九章的结尾处,丁钩儿被安排为醉酒跌入茅坑而死。因而,元小说的后现代主义不确定性特征和作者与作品人物之间角色的互换及合二而一构成了独特的元小说独特的叙事策略。

《酒国》对小说创作的立意和思想性的讨论,拉近了元小说对探讨小说艺术性与思想性之间的关系。该小说虽然在形式上是探讨小说创作的小说,重在艺术表现形式,但更加关注通过作品艺术性来表现作者对小说立意的探讨。由于1949年以后中国的文学长期处于"政治是检验文艺的唯一标准"的统控之下,而在改革开放伊始,许多作家受左的思潮影响过深,迈不开改革的步伐,因而又滑入"远离政治"的另一个极端。莫言时刻不忘自己肩上的重任,借李一斗给"莫言"的第二封来信对《肉孩》所做构思的探讨,表达了作者在文学创作中对社会问题和政治问题所做的思考,莫言戏言地将李一斗的《肉孩》评价为"比较纯熟地运用了鲁迅笔法,把手中的一支笔,变成了一柄锋利的牛耳尖刀,剥去了华丽的精神文明之皮,露出了残酷的道德野蛮内核";如果给这篇小说的思潮归类,可以称其为"严酷现实主义";文体上就是对"当前流行于该文坛的'玩文学'的'痞子运动'的一种挑战";意义上是"用文学唤起民众的一次实践",意在猛烈抨击"那些满腹板油的贪官污吏",因而这篇小说无疑是"黑暗王国里的一线光明"，"是一篇新时期的《狂人日记》"，而作家对社会弊端的揭露与批判则应具有"无所畏惧的"精神(54—55)。作者在面对社会问题和政治问题时，借李一斗之口道出："作家要敢于直面人生，舍得一身剐，敢把皇帝拉下马。"既然《肉孩》是一部"严酷现实主义"作品，那么就按照现实主义的创作原则，让其"源于生活高于生活"，塑造出"典型环境中的典型人物"，在作品中"添了油加了醋撒了味精，使红衣小妖精的形象更加鲜明起来"(152);鱼鳞小子以少侠形象出现，其"侠义行为，实际上起到了安定民心、宣泄民愤、促进安定团结的作用"(153)，那些贪官污吏"受到了鱼鳞少年的惩罚就等于受到了正义的惩罚，就等于受到了人民的惩罚"，于是，"鱼鳞少年"就"实际上成了正义的化身，成了人民意志的执行者，成了一个维持社会治安的减压阀"(153)。在作品世界与现实世界的关系上，"莫言"借李一斗之口指出，对于腐败的高级领导人，没有必要回避，因为"文学艺术是虚构嘛，谁愿来对号入座就让谁来好了"；作者在批判社会和时政弊端时要有自我牺牲精神，"士不畏死，何必以死惧之"、"砍头只当风吹帽"、"二十年后又是一条好汉"(156)。"莫言"借李一斗来信中论及《采燕》时，采取反说的方式来论证文学与政治的关系："这是一部远离政治、远离首都的小说"(240)。在小说接近尾声时，虚实交映的莫言到达酒国车站，将前面叙述过的小说场景与此地场景联系到一起，认为"他在这里获得了重要的线索……场景的独特性是小说成功的一个重要因素"，因为"高明的小说家总是让他的人物活动在不断变换的场景中，这既掩盖了小说家的贫乏，又调动了读者阅读的积极性"(313)。丁钩儿办案和内嵌小说的两条故事主线齐头并进，作者以虚实交映的叙事方式，将文学与政治的关系以元小说的叙事策略表现出来。

在艺术美学的本质方面，传统美学认为"艺术是现实的模仿和反映等表述。但当代存在论美学放弃这种传统观点，从存在论现象学的独特视角，将艺术界定为真理(存在)由遮蔽走向解蔽和澄明"(曾繁仁 18)。《酒国》的创作过程中不仅有元小说的悖论，而且还将某些细节描写戏言化，两者的结合使原本不能书写的东西变成了可能。

在《酒国》中，作者有意将红烧婴孩说成是"麒麟送子"(76)、将一根驴屌配上两只驴眼说成是"乌龙戏珠"(148)、将驴屌插进驴屄说成是"龙凤呈祥"(154)。莫言在小说中又以戏说的方式来论及艺术的美学追求："我们追求的是美，仅仅追求美，不去创造美不是真美。用美去创造美也不是真美，真正的美是化丑为美"(154)。"驴屌"和"驴屄""插在一起"，

"黑不溜秋,毛杂八七,臊巴拉唧,当然不美,也无人敢下筷子"。但是,经过高级厨师将其反复水洗、碱水蒸煮、剔除筋毛、油熘、锅焖、高压蒸熏、精细刀工、切出花纹,再配上佐料、点缀上菜心,于是,驴屌变成"乌龙",驴屄变成"黑凤","一龙一凤,吻接尾交,弯曲盘缠在那万紫千红之中,香气扑鼻,栩栩如生,赏心悦目,这是不是化丑为美呢?"(154—155) "驴屌、驴屄,这些字眼粗俗不堪,扎鼻子伤眼,也容易让意志薄弱的人想入非非",但经过"易名"则成为中华民族庄严图腾的龙和凤,就具有了"至圣至美之象征,其涵义千千万万可谓罄竹难书。您看,这不是又化大丑为大美了吗?"(155)

作者采取书信交谈的方式,让人物出面,在假说"严格恪守'革命现实主义和革命浪漫主义相结合'的不二法门,从不敢偷越雷池半步,为了取悦读者而牺牲原则的事咱宁死也不干"的幌子下,采取后现代主义话语游戏的方式,在小说的创作中论及了后现代主义小说的创作特点及其美学追求。

在读者阐释的探讨方面,莫言采取的也是戏言的策略。"莫言"在给李一斗回信中提及:《高粱酒》中往酒篓里撒尿的细节是因其没有化学知识,不懂勾兑技艺,出于恶作剧心理,想跟那些"眼睛血红的'美学家'们开个玩笑而已"。然而,作为读者的李一斗却能"用科学理论来论证这些细节的合理性与崇高性",用俗话来说,就是"内行看门道,外行看热闹"(109),构成了元小说读者阐释层面的小说探讨。

至于作者介入作品、人物与读者对话等策略在元小说的传统中已不再是新鲜事物,莫言对这一策略所做的贡献在于通过内嵌小说、书信形式或虚实交映的"莫言",立体式地表现了后现代主义语境下元小说的反传统特征。

三、《酒国》在语言实验和话语游戏层面的元小说创新

语言实验和话语游戏策略是《酒国》在元小说创作方式上的另一主要特征。由于受解构主义思潮的影响,语言冲破自身的牢笼,"逻格斯中心"被解构,语言实验和话语游戏取代了传统文学的话语表现形式,体现了后现代主义小说重在"话语言说"的叙事特征。

《酒国》中大量采取了相关语言的借用、拆解与重构方式,在戏仿过程

中将互文性融入小说的叙事策略,不仅解构了语言中心的话语权力,而且也增添了小说阅读的趣味性。莫言充分肯定王朔的小说功绩,但在《酒国》中却以反语的表达方式将王朔说成"李七先生",将其小说《千万别把我当人》有意说成是"狗屎小说《千万别把我当狗》",认为"李七把崇高、神圣的文学糟蹋得不像样子,是可忍,孰不可忍(此处为'文革'期间的流行话语)"(53)。在论及人的本质时,莫言在丁钩儿误入歧途并力图再获重生时借用并改写了毛主席语录:"成千上万的先烈,为了人民的利益,牺牲了自己的生命,活着的人还有什么痛苦不能抛弃呢?"(222) 毛主席语录在"文革"期间被视为圣言式的话语,引用时是不允许有任何一点儿差错的;在后现代主义语境下,莫言在其小说创作中则有意"篡改"了这段语录,使传统的话语权威性受到颠覆,神圣的毛泽东话语走下了神坛,进一步扩大了话语的语用范畴。李一斗在给"莫言"的信中邀请"莫言"前来酒国市的急切心情被描述为"学生我'盼星星盼月亮只盼着深山出太阳'"(239—240)。这段话源自"文革"期间"样板戏"《智取威虎山》中常宝在唱词中的一句戏文。莫言借此将"文革"期间文艺作品中"高大全"式的人物形象也予以解构,将传统现实主义文学中所强调的思想性语言游戏化。在互文性方面,"莫言"则以"燕道主义"取代了"人道主义"。于是,"一想到唾血成窝的金丝燕,心里就不是滋味","花那么多钱吃那脏东西,实在是一种愚蠢的行为,何况还那般残酷地一次次毁坏了金丝燕的家,这已经不单是愚蠢的问题了"(258—259)。莫言将文艺复兴时期人的本质、使命、地位、价值以及个性发展等方面对人的关注转移到对当代生态问题的关注,在"篡改式"的互文中,以语言实验的方式将其对生态问题的关注态度呈现出来。在"洋为中用"的同时,莫言又采取了"古为今用"的互文方式,让中国古典文学服务于当代作家的创作。在谈到中国的酒文化时,"莫言"给李一斗的信中故意将李白《月下独酌》中的诗句"举杯邀明月,对影成三人"解释为"李一人,月一人,酒一人",戏说李白之所以成为著名诗人,就在于"月即嫦娥,天上美人;酒即青莲,人间美人;李白与酒合二为一,所谓李青莲是也。李白所以生出那么多天上人间来去自由的奇思妙想,盖源于此"(91)。这段戏言化的互文是莫言对当下所谓的"酒文化"进行抨击时所采取的语言实验方式。莫言又以中国历史上"战国时易牙把儿子蒸熟献给齐桓公"(79)的典故与小说中酒国市那些精心生养婴儿是为了将其送到权贵餐桌上去的情节以互文的方式,影射了当下物欲横流而放弃道德品行的现存社会弊端。

《酒国》的元小说话语游戏策略是自我贬毁。"莫言"借侏儒余一尺之口来自虐:"那姓莫的小子其实不姓莫,他本姓管,自吹是管仲的七十八代孙,其实是狗屁不沾边。他现在成了什么作家,牛皮哄哄,自以为了不起,真实呀,他那点老底儿,我全知道"(172)。当谈及"莫言"尚未答应是否为余一尺作传时,余一尺冷笑道:"放心吧,他会愿意的。这小子一爱女人,二嗜烟酒,三缺钱花,四喜欢搜罗妖魔鬼怪、奇闻轶事装点他的小说,他会来的"(173)。这种表述从表面上看是在自残,实则是作者所采取的一种话语游戏的叙事策略来暗示作者与作品人物之间的关系。莫言通过内嵌小说向读者介绍了自己:现实中的莫言的确不姓莫,姓管,名谟业,的确有爱喝酒和喜欢搜罗妖魔鬼怪、奇闻轶事的特点,至于是否爱女人,则另当别论,因无据可查。这些特征与现实中的莫言基本上是一致的,这种虚实相映的叙事策略在把玩文字游戏的过程中也同时表达了莫言对作品人物塑造的原则。现实生活中的人,由于受社会性和"趋利避害"本质(马基亚维里 100)的制约,在人际交往过程中必然存在利益冲突。虽然在理论上讲,人类和谐社会的建构追求的是"善",但在现实生活中却往往践行的是"恶",因而,纯粹的"好人"或"坏人"是不存在的。文学作品虽然在本质上是虚构的,但是,如果仍将其看成是一面"镜子"(Abrams Preface)的话,那么文学作品仍需要将人的本质如实地折射出来。莫言在《酒国》的元小说叙事策略中恰恰体现了这一点,因而,莫言在话语游戏的过程中把自我贬毁作为作家自我反省的策略,也是莫言对中国式元小说叙事策略的创新体现。

四、元小说叙事策略"洋为中用"的划时代意义

　　元小说在欧美文学界中成为小说的一种叙事策略,是西方社会后现代性在文学领域的反映,也是人们认知社会乃至世界的一种全新视角。虽然元小说的元素出现要更早一些,但是作为一种成型的叙事策略,则出现在西方当代文学中。中国现当代小说创作与批评,基本上处于现实主义的体系之中。在当今的影视文学作品中,也仍以现实主义为主流。然而,莫言小说创作的初始期就大胆借鉴域外文学的优秀成果,其中包括后现代主义语境下的元小说叙事策略。

　　《酒国》的主要特征是独特的小说结构。莫言在代后记《酒后絮语》中

坦言:"《酒国》首先是一部小说,最耗费我心力的并不是揭露和批判,而是为小说寻找结构"(344)。实际上,中国文学中也早就有元小说的元素。例如,评书中"话说曹操……"一类的开场表现形式。然而,欧美哲学思潮中,尤其是在语言哲学的当代转向中,文学的叙事策略发生了重大转向,对文学作品的美学评价也必然会形成新的评价标准。如果从传统的现实主义文学作品的创作与接受来看,《酒国》的语言实验和话语游戏策略,在相当程度上的确有悖于传统的美学原则,也背离了传统接受美学的心理机制。这种新时期的美学转向解构了传统的美学权威,使文艺美学走向了后现代主义的发展阶段。

对《酒国》的叙事策略需要从多重视角做出评价。虽然莫言的这部小说主要采取的是后现代主义元小说叙事策略,但是其中还伴随着现代主义意识流(如丁钩儿即将淹死于茅厕时产生的幻觉意识和意识流淌)(308—309)和魔幻(如丁钩儿梦幻中开枪打死余一尺以及酒醉后产生的"茅台酒精魂"的魔幻景象)(234)等各种流派的叙事策略。尽管《酒国》这部小说在风格上五花八门,但从莫言的颁奖辞中可以得到印证,其作品创作的主体仍是现实主义的。然而,在《酒国》中,虽然内嵌小说和书信往来基本上奉行的是元小说的叙事策略,但在丁钩儿办案的这条线则以现实主义的叙事策略为主。当然,这种划分法仅出自于其叙事策略的主流。实际上,现实主义、现代主义和后现代主义的不同元素在整个小说中混杂在一起,即莫言自述中所提及的"寻找结构"。

文学作品不论采取何种叙事策略,作品的虚构性和象征性均为其文学性的本质,这是毋庸置疑的。詹姆逊认为,就文学作品的阐释而言,"文学是社会的象征性行为"(詹姆逊 57)。就文学与政治的关系而言,乔治·奥威尔则认为:"没有所谓的纯粹非政治性的文学"(奥威尔 401)。《酒国》的表层结构是作家采取元小说的叙事策略,其深层结构则是作家在这部作品中表现出来的历史使命感、社会和政治责任感。莫言以知识分子"有能够进行科学思维的头脑"、"独立的人格"和"为了自己的理想而献身的勇气"这三个标志来衡量自己,认为自己并非"知识分子"(文学个性化刍议42)。然而,作家本人的自述及其作品可以证实莫言是一位在社会主义体制下对公共权力主体和客体双方负有重任的知识分子楷模,因为莫言坚持认为,社会生活和政治问题始终是一个有责任感的作家所必须关注的重大问题,政治、历史和社会问题也永远是作家所要描写的主要题材。因而,莫言在《酒国》中体现的仅是本人在后现代主义语境下所采取的元小说叙事策略。"策略"的本意是"谋略"或"计谋",是实现特定目标所做的总体计划和所要采取的手段,小说的叙事策略即文艺为达到某种创作目的时作家所采取的方针、方略、方法或途径。虚构是小说创作的基本策略,作品的象征性则是作家创作的目的。《酒国》采取现实主义和后现代主义元小说的叙事策略并行的方式,构成了这部小说的独特结构,在看似把玩文字游戏的作品表层价值下面,以艺术的方式揭示出改革开放以来鱼龙混杂的社会状况,对借搞活经济之名而投机钻营,一部分人富得头脑膨胀后更加利欲熏心,最终走上腐败道路的社会问题描写,将人本质思考与社会问题反思合为一体,构为了这部作品的象征意义。

　　元小说是"舶来品"。《酒国》对西方元小说的借鉴,拓宽了中国当代文学的发展之路。事实证明,仅仅模仿和机械复制西方小说的叙事策略而无中国元素的新意,那么中国文学攀登世界文学的高峰就是一句空话,也就无法通过文学的艺术形式来达到"建设社会主义文化强国"的发展目标(胡锦涛 31)。《酒国》在中国当今对内实行改革、搞活经济,对外实行开放、接受西方先进文化的新形势下,创作中采取元小说的叙事策略,对人的本质、人的个性发展和民族的价值观等方面做出了全新的思考。然而,小说不是纪实文学、报告文学或新闻报道,而是艺术创作,作为虚构性质的小说作品,其结构和文体等艺术表现形式都必须具有文艺美学的价值,并在文艺美学价值的基础上实现其政治价值的增值,否则文学的文化软实力作用和知识分子的公共性均是一句空话。《酒国》这部作品以传统文学中不可写进作品的情节和不可入书的"粗俗"字眼以及颠覆了传统文学表现形式的元小说叙事策略,使其成为改革开放以来对中国社会问题进行批判的政治小说力作,为新形势下公共权力主体与客体达成一致,发挥文学的文化软实力作用。在"洋为中用"的过程中,莫言在对西方元小说借鉴的同时,又对其做了大量的自主创新,将西方元小说的叙事技艺发展到一个全新的阶段。

　　作者在"寻找结构"中建构这部作品的结构,读者也在对文本进行解构与重构,进而通过元小说的叙事策略,形成作者与读者之间的互动关系。这也是莫言对当代小说叙事策略创新的突出功绩。对读者而言,只有在接受这种文艺美学转向的基础上才能真正领悟到莫言元小说叙事策略为主,辅以多重结构、语言实验和话语游戏等表现形式所带来的艺术之美。由于该小说在创作上采取了独特的元小说叙事策略,同时将多种流派混杂在一起,因而那些习惯于传统文学批评的学者对《酒国》持有否定态度是不足为奇的。

莫言获奖后在国内外形成了一股强劲的"莫言热",这个热潮同时也引发了读者阐释学的转向。造成这种现象的根本原因在于作家和作品的个性化发展,因为没有个性的作家是难以在文学的殿堂里取得成功的。在莫言看来,文学个性化是作者把自己的作品"能跟他人的作品区别开来",其中包括"作家的个性化"和"作品的个性化"。如果再像改革开放之前的30年那样,作家"只图解领袖的思想",那么"作家的思想就是空白的,这是作家的悲剧也是文学的悲剧"(文学个性化刍议41)。然而,作家又不能走进个性化的误区,因为"文学的个性化""不能离开物质层面"和"精神层面"。如果作家仅追求奇特或者猎奇,那么他就"很可能是炒了西方的剩饭,或者是由追求个性而造成了趋同性"(文学个性化刍议44)。莫言坚持"和而不同"的心态,在文学全球化的发展进程中,坚持"洋为中用"和"自主创新"并举的原则,才使自己成就为一名既以宽容的态度接受域外文学传统,同时又具有中国元素的个性化发展的新时期著名作家。

【注解(Notes)】

① 文内凡是加有引号的"莫言"均为作者本人和作品人物双层身份的"莫言",以示区别现实中的莫言,是《酒国》元小说第一人称独特叙事策略的体现。

【引用文献(Works Cited)】

Abrams, M. H. *The Mirror and the Lamp: Romantic Theory and the Critical Tradition*. London · Oxford · New York: Oxford University Press, 1971.

Cove, Philip Babcock. *Webster's Third New International Dictionary of the English Language* (Unabridged), Springfield: G. & C. Merriam Company, Publishers, 1961.

Elliott, Emory. *Columbia Literary History of the United States*. New York: Columbia University Press, 1988.

胡锦涛:《坚定不移沿着中国特色社会主义道路前进为全面建成小康社会而奋斗——在中国共产党第十八次全国代表大会上的报告》,本书编写组:《十八大报告辅导读本》,北京:人民出版社,2012年。

胡全生:《英美后现代主义小说叙述结构研究》,上海:复旦大学出版社,2002年。

胡铁生:《论文学发展与全球化因素的互动关系——中美文学发展史中全球化因素的对比研究》,《学习与探索》2005年第2期。

弗里德里克·詹姆逊:《政治无意识》,王逢振、陈永国译,北京:中国社会科学出版社,
　　1999年。
马基亚维里:《君主论》,张志伟译,西安:陕西人民出版社,2001年。
莫言:《莫言作品精选》,武汉:长江文艺出版社,2012年。
莫言:《文学个性化刍议》,载林建法主编:《说莫言》(上),沈阳:辽宁人民出版社,
　　2013年。
莫言:《酒国》,上海:上海文艺出版社,2012年。
乔治·奥威尔:《政治与文学》,李存捧译,南京:译林出版社,2011年。
曾繁仁:《转型期的中国美学——曾繁仁美学文集》,北京:商务印书馆,2007年。

【作者简介】胡铁生,法学博士,吉林大学公共外语教育学院教授,吉林大学
　　文学院博士生导师,主要从事比较文学、应用语言学和政治学研究。

莫言《酒国》的记忆叙事

◎ 柴 鲜

【内容提要】在《酒国》中,有三条并列进行的故事线索:一是"侦探丁钩儿"被派到酒国市侦查"食婴"事件,二是"酒博士李一斗"书写酒国市的"肉孩"商品化现象,三是"作家莫言"创作有关酒国市的故事。作品中,在作者与人物、人物和读者、作者和文本之间建构了四层文本空间,以李一斗和"作家莫言"的通信为媒介文本,沟通李一斗书写个人记忆的内文本和"作家莫言"群体视角叙述的背景文本,文本之间相互映射,在叙事时间上和故事发生时序上形成逆向追溯而指向未来的记忆叙事形态。从文化记忆视角看,《酒国》是一部写给过去的将来的作品,通过"婴儿宴"的符号寄寓深刻历史批判性和文化延续性,具有反思当下指导将来的现实意义。

【关键词】《酒国》;记忆叙事;记忆符号

学界认为《酒国》成为莫言创作风格的一个转折,在"以现代小说叙事理论和现代哲学思想为参照的专业化文学批评,把《酒国》推进了现代经典小说的行列"(毕光明 80),该小说从 1993 年出版至今,学界对《酒国》的各种评论及解读持续不断,体现作品自身所具有的经典研究价值。莫言曾说"批评家总是找自己感兴趣的话题"(帕慕克 251),因为"作为读者的他者"总是建立在个人经验之上的想象中去阅读作品,这句话在某种程度上揭示文学批评和作家创作意图之间的多重矛盾,也暗示作家和读者之间形成理解和交流而必须存在的文化共识基础。事实上,文学自身总是人类共性的某种体现,尤其是作为一种将个人心灵意识活动转换为可以传达和交流的经验的物质媒介而延续着我们共同的文化记忆。对于个体来说,现在所经历的一切都会成为已经过去的个人体验,这些体验以记忆形式储存在我们的大脑中,所有经历的过去并不可能随时随地地呈现在我们的意识表层。当我们偶然想起过去的经历时,"所回忆起来的事物近于虚构而不是过去的真实,是经过一定程度的变形和转换"(Sara B. Young 17),也就是说,回忆是对已经历过的过去形象有选择的重构。对于作者的创作,作品也可以说是作者在个人经验之上有意识地对过去经历的选择、想象和重构,从狭义的文学记忆文本来说,记忆叙事可以界定为以文字符号为媒介,对个体意识中所经历的过去事件、情绪和场景的回忆性叙述。

在记忆的文化传承意义上看,莫言的《酒国》融合传统文学作品的多种文体和当代文化思潮的多种流派,是借"吃人"这一文学主题"传达某种文化隐喻的集大成之作"(吴义勤等,2014)。小说中,"婴儿宴"作为一种文化记忆符号,不仅指向传统文化中的"吃人"意象,还立足于过去的记忆而对"酒国市"经济发展的前景提出理性质疑,对作为过去的将来的当下现实具有隐喻性的批判意识。换句话说,文学是一种记忆行为,作为文化记忆的文学作品兼具社会思想的内在延续性和个体记忆的独特性。从文化记忆视角去看,莫言在《酒国》里以想象的方式建构并重构不同个体的自我记忆文本,如:以李一斗个人生活经历为基础创作的九篇文学作品、以第三人称视角虚构的"丁钩儿"的人生经历、"作家莫言"[1]写作长篇小说的过程和建立在现实作家人生体验之上的作品《酒国》等四层故事文本。总体上,作品具有一种不断向将来延伸的历史意识,呈现出不断从当下向过去进行逆向追溯的群体记忆叙述模式。

一、李一斗:自我客体化的记忆书写

表面上看,吸引"作家莫言"到访"酒国市"的原因正是酿造大学酒博士李一斗的九篇作品,这九篇作品叙述李一斗在"酒国市"的个人生活经历。《酒国》整个文本有十章,除了第四章有5节,第六章有3节外,其余各章都分为4节,大多按照"丁钩儿"故事、李一斗来信、莫言回信、李一斗作品的顺序排列,从第八章"作家莫言"决定去"酒国市"开始,在第八、第九章中李一斗作品的文本位置被移动到"丁钩儿"故事之前,第十章以"作家莫言"的短函、与李一斗游览酒国市并参加宴会为结束。整部作品是以作者的叙事文本作为开头和结尾,"作家莫言"写作以"丁钩儿"为主人公的小说为显在的故事线索,是整个叙事中的背景文本,而李一斗的九篇作品镶嵌其中,成为"文本中的文本"(a work within a work)或内文本,这些内文本具有相对的叙事独立性。同时,如果没有主文本的背景存在,这些连缀在其间的内文本就只是一些自由散漫的文字碎片,失去其存在的文本功能。

从表面上看,李一斗的文学作品里也讲述发生在"酒国市"的事件,这些讲述是以李一斗的人生轨迹为基础而重构关于过去的回忆。"作家莫言"写作"丁钩儿"查案的故事与李一斗的记忆文本处于并行的同一时空,但是,各自的叙述立场不同。从内容上看,李一斗作品中塑造的人物和群体形象与他在"酒国市"的生活经历有关,每一篇作品都在讲述相关人物或群体已经过去的历史或当下的人生经历,如市委部长"金刚钻"的回忆,侏儒老板"余一尺"的传奇经历,岳母关于采燕人家族的历史记忆,岳父袁双鱼和"我"的人生纠葛,酒国市的酒文化渊源。李一斗书写这些人物生平时,是按个人的成长经历的顺序,把自己的记忆分散其中,通过讲述与他相关的人和事勾勒出他成长的轨迹。由于个人的生活总是发生在具体的时间和空间,李一斗的个人记忆是"酒国市"群体记忆的一部分,他用文学叙事将个人经历变成客体化的他者,达到对真实自我的认识和反思。

从内文本的语言风格和文体形式看,它的内容涵盖"酒国市"历史渊源、社会变迁和风俗人情,将城市的过去和现在、上层和下层、男人和女人、家庭和个人都糅合在这九个短篇里。比如,第一篇《酒精》里,混杂金刚钻的演讲词和叙述者的旁白,第五篇《一尺英豪》里在当代对话体语境中糅合传统话本文言小说风格。同时,还在其他篇章里将新闻语体、广告语体、散文体及口传文学等多种语体风格融合,或夸张铺排,或重复堆砌,从整体上展现了储存文化记忆的各种物化形态。李一斗的个人记忆书写,揭示了正在过去并不断走向将来的时间意识,他借叙事梳理自己的过去和当下状态,也是他意识到纸醉金迷的环境对个体的侵蚀而对自身所处环境的抗拒和反思,以言语作为行动来重构个人记忆,并理性评判来自过去的信仰。

"酒国市"中的李一斗,面临着从"观察者"转变为"参与者"的角色选择。准确地说,是个体面对强大的群体环境而产生的困惑和焦虑,促使他不断用文字书写出他在酒国市所经历的一切。他将自身的历程和环境作为一个客体对象来观察和思考,与想象的读者群体(也包括"作家莫言")进行交流,以期得到一个更为强大的权威"他者"(比如《国民文学》之类的机构)的认可与肯定,而对抗当下自我的生存境遇。这个权威"他者"是"酒国市"之外的群体力量的象征,也指向形成李一斗内心信仰的过去,李一斗坚持要做一个"用文学改造社会,愚公移山,改造中国的国民性"(莫言 2012:53)的文学青年,他的梦想在遥遥无期的等待中变得晦暗模糊。李一斗要破解自己人生孤独的境遇,这种个体与群体的对抗,最终只有从自己身上去寻找解决的答案,他把当下自我的人生变成文本化的"他者",用自我的过去反思当下,期望自己在不断流逝的当下和即将到来的未来之间,找到应有的合乎环境的"理性"选择——即投身"酒国市"的权力群体中。

二、"作家莫言":个人经验之上的"他者"想象

李一斗的九篇作品勾勒出自我人生的过去和现在,他渴望的是在言说自我人生经历时,有一个倾听对象,"作家莫言"是可以与其在精神上进行沟通的理想交流者。但是,对于读者"作家莫言"来说,他忽略李一斗这种情感欲望,他真正感兴趣的是李一斗文本中的"肉孩"故事,因为这与他当下正在进行创作的丁钩儿探案故事有关,这也是维持他和李一斗书信往来的根本动因。从作者和读者的关系看,《酒国》至少隐含三层阅读关系:一是李一斗和"作家莫言"互为读者和作者的双重身份;二是作为读者的现实作家和作为作家的人物"作家莫言";三是现实读者和《酒国》的现实作者莫言。"作家莫言"阅读李一斗作品中有关酒国市"肉孩"的商品化传闻,丰富并影响了他自己想象性的小说创作。小说中这种创作主体的循环性和双重性在 20 世纪 50 年代就已引起欧美文学批评家的注意,法国现代评论家吕西安·达伦巴赫使用"文本之镜"②这一术语描述"包含于作品之中任何可以展示与该作品的相似性的方面"(泰勒等 311)。显然,"丁钩儿"的查案建立在"作家莫言"阅读后的主观想象上,形成不同层次文本之间的呼应。

整个作品的第二层文本,由李一斗的 10 封来信和莫言的 9 封回信构成,这些通信的主题不仅包括文学作品和文学创作的交流探讨,还谈及各自的生活,是沟通李一斗作品和"丁钩儿"故事的媒介文本。这些"以专业作家身份出现的莫言和酒国市业余作家李一斗的通信来往。这一系统代表了作为生活和艺术'中介'的创作主体(作家)的内外在生活状态"(毕

光明82)。如果说那些内文本中展现的是李一斗成长的社会经历,那么,他的书信里反映的就是他思想发展的精神历程。从第一封信里,李一斗精神抖擞地一边喝酒一边"运笔如风"写信给他"尊敬的莫言老师",希望能得到帮助推荐发表他的作品;第二封信里表白要送礼托关系希望能发表,因为他决心向鲁迅学习,做文学青年;再到第三封信里说要敲开《国民文学》的鬼门关,否则誓不罢休;后来却变得"心情沮丧,失魂落魄"(莫言129)、"努力克服这些情绪……决心百折不挠地写下去……我当然不能为了赚奖金就把小说扔了"(莫言240);在最后一封信里说"也许您辛苦半年写出来的长篇,还不如写一段广告词儿赚的钱多"(莫言294)。

从李一斗对文学创作的态度变化,表明作为"读者"的他对代表"他者"权威的《国民文学》所推崇作品的困惑和愤懑,可以看到作为个体代表的李一斗如何在现实环境中挣扎和反抗的心路历程。李一斗抗争环境的失败遭遇是普遍性存在的社会常态,折射出群体文化框架对个体意识的影响和抑制。显然,李一斗对文学创作的观点不同于主流权威,他身上有对民族文化深沉而悲愤的忧患意识。李一斗认为,处于社会群体框架之下的个体文化需求和文学作品之间的关系,不能简单地认为是一种市场导向的供求关系,还指出文化意识形态的建构不仅涉及国家政治安全,也涉及民族文化和民族精神的延续和传承,与民族自身的群体存亡休戚相关。这些无法排泄的热情与激愤,又映射出"作家莫言"在非酒国市的可能现实中的理性思索。

"作家莫言"给李一斗的回信称呼,从第一封信里"酒博士",第三封信里"酒博士一斗兄"到第四封信"一斗兄",这些称谓的情感色彩由冷淡客套到亲近平和,而回信语气"希望你来信时多跟我聊点酒事,或许能激发我一点灵感"(莫言133)等逐渐表现出一种惺惺相惜的知己之情。作为读者的"作家莫言",对李一斗作品的态度从不以为然到重视,从认真提出意见到坦诚交流创作的困难,对作为作者的"作家莫言"产生的影响,表现在他创作的人物"丁钩儿"与李一斗现实生活境遇的暗合。尤其是最后一章,"作家莫言"问李一斗小说中的岳父母和现实中有多大区别,李一斗回答"天壤之别"。其实,同为作者身份的"作家莫言"和李一斗各自构建的故事文本,只是现实作者从读者和作者的两个人物视角进行的主观想象,它们处于对等的文本层面,但读者和作者视角的相互转换表现在文本层面的互动里。

作品扉页上的题词——"在混乱和腐败的年代里,弟兄们,不要审判自己的亲兄弟。——丁钩儿墓志铭",这个题词存在于丁钩儿故事文本之外,置于整个文本之首,可能来自人物"作家莫言",但也可能是现实作者在场的暗示。"丁钩儿"的故事在第九章结束,第十章是"作家莫言"接替已死的"丁钩儿"角色到访酒国。"作家莫言"出现在相对于内文本更加真实的第三层文本时空中,像是这句题词的可靠言说者,又像隐藏在整个文本背后的现实作者。"丁钩儿墓志铭"本身具有自我言说和告诫的双重性,目的是指向背景文本之外的现实读者,它是现实作者建构《酒国》多层文本迷宫时留给文本之外的现实读者群体的出口。

"食婴"案件和"肉孩"传闻是不同文本层面的故事线索,来往信件成为沟通两层文本空间的媒介,为各自故事的创作主体提供了互为作者和读者的双重身份,产生一种平等交流的对话意识。"作家莫言"从群体视角审视酒国市当下的社会生活,而李一斗以个人经历为基础讲述他所看见的"酒国市"从过去到当下的发展过程。媒介文本层采用直接对答式的"书信体",不仅便于直接表达和相互交流各自的创作观点,还有揭示时代观念演变过程的双重作用:一是有关价值观和人生追求的过去和当下两种社会思潮的论争过程;二是生活环境与个体生存之间的互动,呈现群体意识如何改变并影响个人人生道路的过程,一种个人在群体环境中的渐变过程。

三、"吃人"记忆:相互映射的创伤体验

酒国市的"食婴"即吃人,被美国学者郑麟来称之为"习得性食人"[3]是中国风俗与文化的一个重要组成部分。"吃人的宴席",这个短语在《酒国》里重复出现很多次,却没有主语。"吃人"的主体是谁呢?"婴儿宴"的换喻就是"吃人的宴席",从鲁迅的"人肉筵席"到20世纪90年代的"婴儿宴",这个象征性的记忆符号具有历史延续性,从时间和空间上延伸出厚重的集体文化记忆意识。学者吴义勤认为莫言在《酒国》里延续鲁迅"吃人"叙事的传统,提出鲁迅"吃人"叙事有三种含义:一是吃人现象本身;二是文化意义上的"吃人",这是鲁迅文学思想的核心命题;三是人性意义上的"吃人",每个人都有"吃人"的本性和可能性,但《酒国》里"婴儿宴"的目的并不是社会批判,而是指向对人性的自我反思。

"映射",是作为生活环境的客体对象在个体自我身上所留下的记忆

痕迹。在《酒国》中，内文本人物生活的地理空间"酒国市"和背景文本人物"丁钩儿"所行走的酒国市，是作者在现实生活的观察和体验基础上虚构的一个城市空间。它不是一个独立的"乌托邦"国度④，是作者以历史时空的记忆对现实的戏仿、虚拟和艺术变形。李一斗说自己的创作受到"作家莫言"和其他文学大师的影响，影响他的这些作家都是过去时空里真实存在过的历史人物，如：阮籍、托尔斯泰、高尔基、鲁迅、郭沫若和莫言，这些人物身上都有对现实的积极批判倾向，但是，他满腔热忱和激愤书写的作品始终没有被权威文学刊物接受。李一斗孤独反抗的人生经历成为他人生中的记忆创伤，而这种精神创伤也映射在"作家莫言"创作的"丁钩儿"形象上。加拿大学者琳达·哈琴认为在文学作品中，内文本和主文本具有自恋式叙事风格，即文本自我反射和作家与艺术家之间的自我凝视。也可以说，内文本和背景文本是互为他者的关系，因为创伤记忆是文化记忆中一种群体性的情感体验，同时，每个个体的人生经历中都存在有各种不同的创伤体验，既凝聚着群体的共性特征，也有个体的特殊意义。

从内文本和媒介文本叙述中，我们看到李一斗的人生被动而愤懑，他在妻子、师恩如山的岳父、丰满和蔼的岳母等三人构成的家庭生活圈中，无法沟通又无处发泄；与所在的酿造大学及酒国市的社会环境格格不入；矢志不渝追求的文学创作却得不到权威"他者"的认可。可以说，家庭和学业都不是李一斗想要的，精神追求与名利欲望构成他人生当下的双重困境。这种困境是他不知如何才能揭开的创伤记忆，也回应在"丁钩儿"的人生困境上。"丁钩儿"有妻儿组成的完满家庭，还有情人、工作成就和人生原则，所处的生活环境依然无法沟通。"丁钩儿"和李一斗思想观念落后于他们所处的时代，他们在传统道德价值观念的信仰与当下商品经济价值观之间的矛盾冲突中迷失了。他们内心中持存的文化记忆束缚着自我的肉体欲望，面对一切被商品化的经济时代，延续在记忆中的信仰在与当下生活现实的较量中不断败退。这种精神价值的缺失经历了三个阶段，由冲突产生对现实的困惑——被商品化包装后对现实的迷惑——失去信仰后记忆空间的迷茫，是他们共同的精神历程。作为迷失的结果，李一斗开始"拉斯蒂涅式"⑤的随波逐流，投身于权力阶层的倾轧中；"丁钩儿"则妥协在酒桌应酬中，醉酒溺死于粪坑。两个文本在叙事上形成主题的相互映衬，暗示了这种精神创伤的普遍性存在。

如果将三个文本相互对照，会发现李一斗、"丁钩儿"、"作家莫言"具有相似精神气质，他们都面临着各种物欲的冲击，能否坚持自己的信仰和原则标志着自我精神修养的程度和对传统道德观念的恪守。作者冷静地写道"作家莫言"住在"酒国市"的豪华酒店遭遇美女按摩时的感受,"他把精神集中在一副冰凉的手铐上,才避免了犯错误"(莫言 322),"手铐"象征法律体系的强制约束力,暗示作者对人性本身的深刻认识。作为社会化的个体,一旦失去精神道德和法制约束的制衡,被无限放纵的欲望所奴役,失去道德和理性的判断标准,在人类文明进程中形成的人性将荡然无存。人性的内涵绝对不是自我的绝对自由,是个体性和社会性之间的相互促进、不断完善和丰富的结果,是人类进化过程中形成的一种共存法则。

四、"婴儿宴"符号的隐喻意义

"婴儿宴"是存在于现实的客观世界和虚构的文本世界的文化记忆符号,也是整个作品的核心隐喻。从符号学的符号过程视角看,从发送者(意图意义)→符号信息(文本意义)→接收者(解释意义),符号的作用就是让我们寻找对世界感知的解释意义(赵毅衡 50)。小说最终指向是文本外的客观世界,现实中读者的阅读才构成作品第四层文本的完整性,解释贯穿每层文本中"婴儿宴"的符号意义,"我们"这些读者的理解才是作者对"他者"的真正期待。

"酒国市"弥漫着对金钱和欲望无止境的享受意识,人们为了当下而活着,过去的历史也成为获取经济利益的装饰。所有的东西都被当作商品生产、买卖、加工并食用,即使连自己的孩子也不例外,一切都为了赚取金钱和肆意消费。在酒国市里,没有不能用来吃的东西,也没有用金钱买不来的东西,为了追求结果,手段和过程都是次要的。李一斗笔下的权力人物代表"金刚钻",卖"肉孩"的父亲"金元宝",他们的名字暗喻迷失在金钱里的自我。普通老百姓在烹饪学院下水道出口抢食排泄出来的"优美食物",这些食物是烹饪"肉孩"的剩余物。可见,人们无所谓吃的是"谁",关键是自己能否吃到,表现出一种极端自私的个人主义。

"婴儿宴"象征着一种历史意识的反射,李一斗和"丁钩儿"所处的特定时代是以推翻"人肉筵席"为人生理想,这种理想是一种源自过去文化的信仰,但他们身上残留的传统伦理价值,在"酒国市"金钱化的时代里变成了对自我的一种束缚。他们所生活的现实里,"肉孩"是合法的商品化交易，这使他们心中坚守的精神信仰成了一种荒唐可笑的被他者化的人生困境。作为群体文化记忆符号的"婴儿宴"，充满延续性和异化性，矛头从当下现实直指过去。"人吃人"的过去记忆，这沉重的历史之痛是传统文化内部自身遗留的毒瘤，也是欲望失控后的人类社会将面对的未来。

"婴儿宴"的主语是人，这些"吃"的主体超越特定的权力阶层，呈现出大众化倾向，构成具有普遍性意义的"人"。作者莫言认为任何一个时代的好作家都应该有积极的批判精神，《酒国》不止是"对酒文化的反讽和批判"（邵纯生等 210），直接指向数千年来国民性的愚昧与麻木，指向挣扎在人性和兽性之间的可能世界。小说的结尾写道李一斗有意识的迷醉和"丁钩儿"无意识的醉酒，酒精的麻醉性使人们失去对在场事物的现实判断力，甚至被烹调的"肉孩"也在酒精的麻醉中成为含笑盘坐的名菜。整个故事以"作家莫言"到访酒国市，那等待着欢迎他的筵席刚刚开始而呈现出开放式的结局，对"作家莫言"自身的现实考验以言说自我的冷观态度提出另一种文化批判：我们的文化里从来不缺少批判精神，我们缺少的是自我反思。

有学者认为《酒国》表明"文学家莫言超前地看到了一个经济主义时代来临的巨大隐患，即放纵物欲追逐带来的社会全面腐败"（毕光明 83），从"作家莫言"的结局看，他真正担心的是我们自己会心甘情愿地成为自己都没有意识到的"吃人者"。从作品创作的时代环境来看，小说中刻画的三位人物：酒博士李一斗、侦探"丁钩儿"和"作家莫言"，都具有"知识分子"型的精神气质，寄寓作者对社会缺失人文精神后的忧虑和担心。从读者所在的"只有发展才能生存"的时代语境来看，当法制建设和精神文明建设没有跟上经济发展步伐时，一些极端的个人主义思想便沉渣泛起，放纵个人欲望的满足而损害他人利益，必然为我们自身的生存境遇和生活环境产生一定的负面影响。因为"肉孩"是合法化交易的商品，所以"食婴"案件查而无解，那么，"酒国市"形成这样的普遍性现象，是谁的问题呢？虚构人物李一斗写给"作家莫言"的自白："**认真检讨起来，社会变成这个样子，每个人都有责任**"（莫言 260），对自我人性的拷问，才是《酒国》记忆叙事的真正价值。

【注解】（Notes）

① 本文认为作品中存在作者和读者双层建构，在文本分析中，用"作家莫言"区别客

观现实里的作者莫言,同时李一斗具有和"作家莫言"对等的作者身份,因此,对"丁钩儿"人物形象也加引号以区别。"作家莫言"与《酒国》作者不在同一时空,是建立在作者的个人体验上的想象性人物,与作者不能等同。

② 转引自 Lucien Dallenbach, *Le rdcit spiculair*,英文译名为 *The Mirror in the Text*, trans. Jeremy Whiteley and Emma Hughes. Chicago:The University of Chicago Press, 1989,参见 Review by:Ross Chambers South Central Review, Vol. 8, No. 2 (Summer, 1991), pp. 106-107

③ 所谓"习得性食人"是指这一类型的食人习俗是一种食用人体特定部分的风俗化行为,也就是说,是在文化上获得公开认可的行为。见郑麟来:中国古代的食人[M].北京:中国社会科学出版社,1994.1。转引自古大勇,金得存:"吃人"命题的世纪苦旅——从鲁迅《狂人日记》到莫言《酒国》,[J]《贵州大学学报》.2007(3)p.106

④ 在这里特别强调,主要针对 2000 年英文译本名 The Republic of Wine,据笔者统计,《酒国》整部小说中"酒国市"出现达 70 多次,而单独出现"酒国"的次数不足 20 次,且都有酒国市的语义背景。此外,文本中所虚构的"酒国市"指明是中国境内,应该类似于美国作家福克纳笔下的"约克纳帕塔法县",或哥伦比亚作家马尔克斯的"马贡多小镇",它不是一个外在于现实之外的想象的"乌托邦",也不能等同于现实中所在国家的隐喻。但国外对于莫言作品的评论,总是有某种误读,认为莫言在书写人民理想的共产主义"乌托邦"社会在现实的幻灭,笔者认为对现实的冷静批评并不等于是对理想的幻灭,批判是对现实的积极参与,表明作者对生活的将来所寄寓的希望和乐观态度。

⑤ "拉斯蒂涅",为法国作家巴尔扎克《人间喜剧》中的男主人公,出身于外省的破落贵族家庭,到巴黎求学期间历尽人情冷暖,最终在金钱的诱惑下抹掉青年人的最后一滴眼泪,投身于巴黎金钱社会的倾轧中,不惜一切手段努力上爬直至高位。本文用"拉斯蒂涅式"喻指金钱对欲望的刺激和社会环境所造成的畸形人生追求方式,人自身成为满足欲望的工具。

【引用文献】(Works Cited)

毕光明:《"酒国"故事及文本世界的互涉——莫言〈酒国〉重读》.《文艺争鸣》2013(06):80—84

帕慕克、陈众议:《身份认同与文化融合——穆宏燕对帕慕克的专访》,《在十字路口》.上海:上海三联书店,2009 年。

Astrid Erll. *Memory in Culture*. Trans. by Sara B. Young. New York:PALGRAVE MACMILLAN, 2011.

吴义勤,王金胜:《"吃人"叙事的历史变形记——从〈狂人日记〉》到〈酒国〉》.《文艺研究》2014,(4)。

莫言:《酒国》.上海:上海文艺出版社,2012 年。

维克多·泰勒,查尔斯·稳奎斯特:《后现代主义百科全书》章燕、李自修等译.长春:吉林人民出版社,2007年。

赵毅衡:《符号学原理与推演》.南京:南京大学出版社,2011年。

邵纯生、张毅:《莫言与他的民间乡土》青岛:青岛出版社,2013年。

【作者简介】柴　鲜,1981年生,女,汉族,陕西汉中人,暨南大学文学院博士生,商洛学院语言文化传播学院讲师,研究方向为欧美文学及中西文化比较。

从归附到超越

——萧红《生死场》中的双重叙事

◎ 舒凌鸿

【内容提要】 女性作者叙事文本具有双重属性。就中国现代女性作家而言,身处于时代急剧变迁进程之中,既被时代挟裹着前进,又在被挟裹中有了自我的觉醒,这是中国女性作家小说叙事双重性的重要体现。作为较早建立女性文学自主意识的作家萧红,其作品《生死场》的叙事双重性特征尤为突出。在《生死场》中,表面的革命叙述背后,着力凸显的是女性生命的苦难。《生死场》呈现了女性与乡土的象征性,女性与动物之间的同构性。萧红一方面归附于主流意识形态话语,谋求话语权威;另一方面,又超越了这一话语,揭示了这一话语对女性命运的虚妄性。

【关键词】 萧红;《生死场》;女性;双重叙事

序 言

  文学作品的魅力很大程度上就在于文学文本的多义性与模糊性。从逻辑上说,任何一个文本,都可以进行多重含义的解读。但实际的文学研究中,多重含义的解读必须是有根据的。也就是说,要对作品中各种成分之间的相互作用进行综合考察,并且要注意作品与语境之间的关系,才能得出一个让人信服的结论。申丹(2009:12)就认为将宏观考察和微观透视结合起来,才能对作品完成一种"整体细读"的考察,将文本深层的"潜文本"内容挖掘出来。在文本当中要揭露潜在的含义,就必须特别注意叙事话语中那些看似合理实则矛盾的表述。不仅要注意叙述者说了什么,怎样说的,甚至要注意叙述者未说什么,隐瞒了什么。文学文本深层意义的发掘是一个复杂的过程,与普通读者的阅读有很大的差异,它往往需要研究者对文本进行从故事到话语的综合考察。

在《虚构的权威》中,美国叙事学家苏珊·S·兰瑟认为女性作者文本具有明显的双重性特征。兰瑟运用《埃特金森的匣子》(Atkinson's Casket)一诗的内容说明了女性文本所具有的双重属性(兰瑟,2002:8—12)。从这封信的表面上看,顺序的阅读,这封信写的是一位新婚不久的女性向自己的同性好友讲述自己的幸福生活。但当从第一行起隔行跳读时,信的内容就发生极大变化,读者看到的是这名女子在向自己的朋友表达自己在婚姻生活中的不满与愤怒。这封信实际上是在软弱无力的表面文本(surface text)中隐藏了一个属于女性群体的潜文本(subtext)。这封信表明,一个女性叙述者在男性的权威目光下,依然可以向另一名女性倾诉自己的内心秘密。这封信通过不同类型的阅读者的阅读也产生了不同的阅读效果:丈夫会认为此信是在称颂自己,而同性朋友却可以读出自己的痛苦与不满,从而形成一种双重性文本。它是女性之间进行深刻交流的真实信物,是妇女真实的生活处境与她们文本之间连接的证据。也就是说,女性文本叙述具有双重性,体现为表面内容与实际内容的矛盾,既屈从于男权意识,又要凸显女性意识。而这封信可以解释女性文本所具有的一个重要特征:表面上,刻意表现女性对男权社会规则的依附,背后则是对男权社会的怨气。这样的女性书写故意以一种公认的女性立场,通过表现女性卑微无助的心理,来获得一种男性公众的认可。

中国,历来是一个男权至上的传统社会,对女性的轻视与残害自古开始从未真正地从历史中淡去。在民族危亡的时代里,女性作为被奴役被无视的群体命运更为悲惨,女性不仅要服从国家、民族的"大义",更要服从"男权"。但她们中的大多数一直处在沉默无言的状态里。在中国现代文学史上,萧红的《生死场》常常被视为代表了民族、国家(抗日)的文学。她的作品在社会主流意识形态和人性认识的宏大主题中,悄悄渗入对女性悲惨命运的关注和思考。在这里,宏大主题指的是小说呼应主流意识形态的要求,写革命文学。在20世纪30年代的中国,日本侵华脚步时刻紧逼,在这种局势下,左联成为中国文坛上占据文艺战线的主导意识形态。正如鲁迅所说:"现在,在中国,无产阶级的革命的文艺运动,其实就是唯一的文艺运动"(鲁迅,1963:223)。萧红的《生死场》是其作品中革命色彩最为浓烈,最具时代性的一部作品。鲁迅曾说:"北方人民的对于生的坚强,对于死的挣扎,却往往已经力透纸背"(鲁迅,1953:1)。萧红小说"思考着处于原始半原始状态中的农民生与死的哲理和人类的价值",并且呈现这种"东北特定环境中形成的民间文化景观,以及这种文化景观在日本侵略条件下所产生的反应"(杨义,2007:181)。在《生死场》中,革命叙事是小说所呈现的重要内容,但小说的潜流却是展现叙述者对农村女性悲惨命运的深深同情和关注,这一内涵才是萧红小说最为核心的内容。

一、女体和乡土的象征性

《生死场》中小说叙述者力图在表达抗日和反战的主题中,有意将女性受难命运嵌入国家、民族兴亡的历史图景中去。由此,她力图在《生死场》中,建构农村女性悲剧命运与乡土大地命运之间的同构关系。在小说中,一方面表现了在中国历史的特殊时期,抗战时农村实际生活以及民族国家抗战的主题;另一方面,在表现农村之苦中又集中表现农村女性所受到的生育之苦。萧红的小说表现了女性性别意识与民族历史文化的双重主题,正如林幸谦所谈到女体是"乡土的另一层载体",是"女体/母性"通过对大地与女性身体之间构成了一种象征意义(林幸谦,2004)。

在《生死场》的前半部分,女性身体和土地形成了相互对照的象征关系。甚至在不同的两代女性之间,也构成了互相指涉的古老命运的轮回。第一章的"场"中,构成了大地之母与母性的整体隐喻。第二章"菜圃"里,构成了"大地母土/女体象征的延伸空间"(林幸谦,2004)。《生死场》前四个章节:麦场、菜圃、屠场、荒山等名称就显示了这是一幅乡村的图景,而在每一场中也蕴含了被压迫的女性命运的主题。小说开头部分迷途的山羊与寻羊者老王婆所失去的青春和生命力,在第五章中再次出现。这种结构安排,隐喻了在乡土大地上,老王婆身上所体现出一种女体受难的寓言,将女性苦难的命运与乡土命运构建起了一种形式上的连接。

叙述者在描写人物外貌时也将女性身体与乡土进行一种对照,形成一种暗喻:"王婆穿的宽袖的短袄,走上平场。她的头发毛乱而且绞卷着,朝晨的红光照着她,她的头发恰像田上成熟的玉米缨穗,红色且蔫卷"[①](周鹏飞,1996:11)。在"菜圃"一部分中,写了各种果子蔬菜,如西红柿、青萝卜等的丰收,与金枝怀孕形成一种暗喻的对照,女性的繁殖力喻示大地母亲的再生能力。从17岁拥有美好青春年华的主人公金枝怀孕开始,也喻示了金枝注定像大地母亲一样为父权社会所耕耘的命运。在菜圃一节中，第一句就是："菜圃上寂寞的大红的西红柿，红着了"（13）。丰收的图景中，在未婚先孕彷徨不安的金枝眼中，是"寂寞"的。而在金枝家"走进柿地嗅到辣的气味"，是丰收的气味，在枝头上的果实已变成了金红色（18）。众人都在开心地摘倭瓜，但金枝心里却十分痛苦。对植物而言，丰收意味着喜悦。但对未婚少女而言，孕育却是可耻的。怀孕的金枝陷入更深的沉默和哀伤中，时时担心自身的命运和肚中胎儿的命运。《生死场》中，这些妊娠母体的形象，成为了"作家批判传统农业男权社会的手段"。在这里，萧红文本中将女性身体与乡土空间联系在一起的写作方式，构成中国现代文学史上一道独特的风景（林幸谦，2004）。

女性悲惨命运的代代相继。成业婶婶说出了自己与金枝的相同故事，她同样也是在河边钓鱼时与成业叔叔发生了关系。在过去"我欢喜给你叔叔做老婆"，但是"这时节你看，我怕男人，男人和石块一般硬，叫我不敢触一触他"（15）。农业社会的文化气息，代代承袭，甚至成业所唱的情歌也与成业叔叔唱给婶婶的相同。代代承袭的乡土文化，从另外一个侧面表现了女性人物的哀伤与悲痛，与荒凉的乡土情境交织在一起，同时也从另一女性人物身上喻示了金枝未来命运的悲惨结局。文本中两代人共同命运的书写既呈现了农村社会真实的两性关系，也形成女性命运与乡土命运内在的有机连接。

二、女性与动物的同构性

萧红小说《生死场》常常将女性与乡村动物形象并置起来。一方面，叙述者在描述女性人物外貌时喜欢用植物来比喻，而用各种动物作比喻的现象更是俯拾皆是。另一方面，小说在有关女性命运的关键场景的描写中也有意将动物的生活场景纳入其中。

小说中叙述者在描述女性人物如麻面婆、王婆、金枝等外貌时，常常运用乡村的动物进行比拟，以动物喻人。在小说开头对麻面婆描写是这样的：

> 汗水在麻面婆的脸上，如珠如豆，渐渐浸着每个麻痕而下流。麻面婆不是一只蝴蝶，她生不出磷膀来，只有印就的是麻痕。……她的眼睛好像哭过一样，揉擦出脏污可笑的圈子。若远看一点，那正合乎戏台上的丑角；眼睛大得那样可怕，比起牛的眼睛来更大，而且脸上也有不定的花纹。（3）

头发飘了满脸,那样,麻面婆是一只母熊了!母熊带着草类进洞。

让麻面婆说话,就像让猪说话一样,也许她喉咙组织法和猪相同,她总是发着猪声。

对于老王婆,邻居的孩子说:她是一只"猫头鹰","在星光下,她的脸纹绿了些,眼睛发青,她的眼睛是大的圆形。有时她讲到兴奋的话句,她发出嘎而没有曲折的直声"。(7)

对生活失去希望和信心的老王婆"在院中睡觉被蚊虫迷绕着,正像蚂蚁群拖着已腐的苍蝇。她是再也没有心情了吧!再也没有心情生活!"(58)

对于金枝则是:"金枝好像患了传染病的小鸡一般,眯着眼睛蹲在柿秧下,她什么也没有理会,她逃出了眼前的世界。"(19)

在担心自己命运,担心肚中胎儿像怪物似的金枝静静地待着:

她被恐怖把握了。奇怪的,两个蝴蝶落在贴落在她的膝头。金枝看着这邪恶的一对虫子而不去拂去它。金枝仿佛是米田上的稻草人。(20)

同情金枝命运的成业婶婶是"好像小鼠一般又抬起头来。"(15)

几乎小说中涉及女性人物形象的描述,作者都用了动物作比喻:麻面婆像"猪""羊""狗""熊",老王婆像"猫头鹰",金枝像"患了传染病的小鸡""米田上的稻草人",瘫痪在床被丈夫虐待的月英则"像一只患病的猫儿,孤独而无望"。小说也将人物外貌描写放置在女性人物劳动场景中进行,在人物遇到困难或异常痛苦的时刻也对人物心理活动进行了动物性的比拟。从全书运用动物性词汇的比例上看,未见用动物性词汇来描写男性人物,只见用在了女性人物身上,无论是女性的外貌,还是女性的心理活动。

另外,在小说结构安排上,女性人物的悲惨命运开始之时,总会有叙述者对动物生活的一段描写,将引导读者思维引向动物与女性之间密切关系的想象中。如在小说第六部分"刑罚的日子"中,描写女性生育的痛苦场景,一开始就写了动物的生产:

房后草堆上,狗在那里生产。大狗四肢在颤动,全身抖擞着。经过一个长时间,小狗生出来了。

暖和的季节,全村忙着生产。大猪带着成群的小猪喳喳地跑过,也有的母猪肚子那样大,走路时快要接触着地面,它多数的乳房有什么在充实起来。(44)

接着小说中就对应地写了五姑姑姐姐和金枝刑罚一般的生产过程。在这些描述中,女性的命运是艰辛、痛苦和无奈的,作者怀着无比的同情来描写这些内容,但这种同情是通过将女性人物比拟为动物的方式体现出来的。人也是一种动物,也与动物有着许多相似之处,用动物拟人并不奇怪。但像萧红这样,大规模地使用动物来描写女性却是比较少的,吊诡的是,对男性的描写却不涉及动物。实际上,这些动物在人类社会中,地位是低于人类的。从女性文本双重性意蕴的角度看,女性与比人类低一等的动物,特别是畜生(萧红是吝啬的,连浪漫蝴蝶都不愿意给予她笔下的女性)形成比拟关系。在形式上就形成了女性＝动物(畜生),低于男性的隐喻意蕴。叙述者在多个人物形象的动物比拟中,使这些人物相互印证着、彼此暗示着女人们的悲惨命运。

在第三章《老马走进屠场》里,王婆将老马赶往屠宰场的一幕,写尽了人对动物牲畜马深厚的感情。第三章一开始就将老马与老人并置在一起:

> 深秋带来的黄叶,赶走了夏季的蝴蝶。一张叶子落到了王婆的头上,叶紫是安静地伏贴在那里。王婆驱着她的老马,头上顶着飘落的黄叶;老马,老人,配着一张老的叶子,他们走在进城的大道。(25)
>
> 王婆一路上走着,心里想着可怜的老马,甚至幻想"屠刀要像穿过自己的背脊",在屠宰场院内,"满院在蒸发腥气,在这腥味的人间,王婆快要变作一块铅了!沉重而没有感觉了!"(27)

小说不仅写出了王婆对老马的深厚感情,而且老马的命运和老人的命运之间还形成了一种巧妙的对应关系:老马的命运就是王婆的命运。在这一章的结尾,当地主使人将买马的钱拿走了后,叙述者非常明确地将老马与王婆进行了形式上的连接:"王婆半日的痛苦没有代价了!王婆一生的痛苦也是没有代价"(28)。点明了像王婆一样的女性的生命也如同一匹老马一样没有任何价值。

作者把王婆对老马的爱和同情进行了连接,实际上意在写出女性与命运抗争的徒然,辛劳一生却没有任何收获。这一章的内容,写出了王婆对老马无法舍弃的爱。这种痛苦也可以看成是在农家,主人与牲畜之间深厚感情的表现。陈思和就认为这"完全就是一个农人对牲畜的天然的情感,这种情感丝毫不矫情",老马这样的牲畜就是"农人们的伴侣","家庭成员",他们"用对待自己的孩子样的感情去对待它们"(陈思和,2004)。但结合小说第一章内容看,这种爱实际却具有双重意蕴,一重是农人对牲畜的爱,另一重则是女性对老马命运的感同身受。在叙述声音里充盈着女性对自己悲剧命运的一种认识和痛惜。在第一章里,作者用拟人化的手法将老马比拟为失去了青春的衰老的女性:

> 老马差不多完全脱了毛,小孩子不爱他,用勒带打着它走,可是它仍和一块

石头或是一棵生了根的植物一样不容搬运。老马是小马的妈妈,它停下来用鼻子偎着小马肚皮间破裂的流着血的伤口。(11—12)

  马静静地停在那里,连尾巴也不甩摆一下。也不去用嘴触一触石碌;就连眼睛它也不远看一下,同时,它也不怕什么工做,工作来的时候,它就安心地开始;一些绳索束上身时,它就跟住了主人的鞭子。……主人打了它,用鞭子,或是用别的什么,但是它并不暴跳,因为<u>一切过去的年代规定了它</u>。(12)

  小说第三章与第一章已经形成一种对照,年老无用的女性正像老马一样,最后只有走向屠宰场的命运。这种悲剧性命运的根源,正如上面画线部分的语句,是"一切过去年代所规定了它"。这种思想不可能是老马的思想,实际是作者将女性命运与老马命运形成连接之后的一种思想意识表现。因此这种"规定"就不单单是马主人与马之间关系的规定,还暗含了几千年承袭下来的男权社会对女性身份的规定,揭示了女性悲剧命运根源。作者对老马悲惨遭遇的总结实际也是对女性悲剧命运的一种隐喻的总结。

  小说在一种看似松散的结构中,在不同的部分,将不同的女性人物与动物进行比拟,反复言说着女性命运的悲惨,在结构上形成一种隐喻的强化。"萧红的文本结构在其乡土想象中和女性身体紧密结合,让她找到可供模拟、互写和反思的聚焦点"(林幸谦,2004)。作者对女性命运的同情得到了一步步强化,由此也完成了作者在文本上的叙述权威,让读者不知不觉中受到影响,并接受了作者的观点。

三、革命叙述与女性意识

  在作品中,萧红虽然着力描写女性身体与乡土的同构性,虽然将自己对女性同情通过动物的形象比拟得以实现,但这并不意味着她的作品只有这些内容。叙述者也并未就完全采用这种曲折隐喻的方式来表达观点,或者尽量隐藏来自叙述者的价值判断。这些与之前思想意识有明显偏差的,代表主流意识形态的观点,以及叙述者对人物、事件的评述,依然作为小说的一部分重要内容而得以呈现。例如:

  (1) 在乡村,永久不晓得,永久体验不到灵魂,只有物质来充实她们。(31)
  (2) 大肚子的女人,仍胀着肚皮,带着满身冷水无言地坐在那里。她几乎一动不敢动,她仿佛是在父权下的孩子一般怕着她的男人。(46)
  (3) 乡间,日本人的毒手努力毒化农民,就说要恢复"大清国",要做"忠臣"

"孝子""节妇";可是另外一方面,正相反的势力也增长着。(72—73)

(4) 赵三只知道自己是中国人。无论别人对他讲解多少遍,他总不能明白他在中国人中是站在怎样的阶级。虽然这样,老赵三也是非常进步的,他可以代表整个的村人在进步着,那就是他从前不晓得什么叫国家,从前也许忘掉了自己是哪国的国民!(75)

这些叙述无论是女性对父权制或男权中心主义的批判,还是对革命形势的分析判断,都明显夹杂了作者对当时社会现实的一些思考。但这些叙述和判断常常采用单独一段的方式,与小说的内容、故事结构的关系结合并不紧密,如果将其去掉也不会对小说的结构和意蕴表达造成大的损害。结合小说前后文,这样的叙述和判断,明显不够真实和自然。叙述者并没有从人物角度,实际情况出发来总结人物思想。这样的叙述话语是被生生嵌入到关于乡村生活的叙述中,其评述的内容与小说主题处于一种相对割裂的状态。这也说明这些来自左翼主流意识形态的思想与小说内容是格格不入的。在另一方面,我们可以发现萧红对女性题材的小说都能秉持一种来自女性的独特眼光。在她的文本中,我们无法将革命、民族命运与女性命运形成一种彼此关联的整体,而是各行其道,甚至革命、民族命运,成为女性命运抒写过于宽大的华丽外衣。在这件外衣的庇护之下,女性经验的特殊性,女性多舛的历史命运,才能在当时以民族、革命等左翼文学意识形态中堂而皇之地存在。这种意识形态本身就不可避免地带有强烈的男性中心论色彩。

文中对金枝命运的描写就深刻地体现了这种思想。尽管金枝也如其他女性一样命途坎坷,但作品并未给她安排一个像其他女人那样悄悄死去的结局。金枝在丈夫死后到都市去谋生,虽然逃脱了日本侵略者的奸淫,却未能逃出当地流氓的掌心,受着丈夫和流氓的双重凌辱。她忍饥受迫、受尽凌辱,仍然找不到活路。回到乡村后,她产生了当尼姑的念头。于是她来到尼姑庵,准备削发为尼。但是人去庵空,她连最后这一点希望都破灭了。世界之大,却没有她的容身之地。金枝的故事到这里就结束了,我们无法想象金枝后来的生活,小说并没有给出答案。

金枝在乡村和城市都遭受到男性的迫害,在乡村,丈夫摔死了自己的孩子;而在城市,金枝又受到了其他中国男性的侮辱。对此金枝是这样说的:"从前恨男人,现在恨小日本鬼子。"随后又加上了一句:"我恨中国人呢! 除外我什么也不恨。"从金枝的角度讲,她并没有真正亲历日本人的迫害,应该说在她的思想中,男性才是带给她悲剧命运的唯一原因。最后一句"恨中国人",是非常突兀的。从故事内容看,金枝未曾经历过鲁迅似的对"看客"的愤怒,从文化较低农村妇女的人物身份设定看,也很难具备这样的觉悟和水平。但这样的表述,站在左联革命文艺的视角来理解,很自然就可以和"哀其不幸,怒其不争"鲁迅式的人性思考取得联系。但结合金枝故事内容而言,从女性受辱的现实来看,这个"中国人"则指向了中国男性。从叙述话语进行分析,可以看出那些堂而皇之的民族革命语汇中,女性身上重重枷锁的勒痕。从叙述的语言上说,对于尚未具有国家民族意识的农村女性而言,显然是无法将自己的思想上升到鲁迅式的人性思考的高度。这一思考与作者的思想形成了某种明显的关联。对照上文分析,生活在底层的底层,过着动物般生活的农村妇女而言,"中国人"指向的是中国的男性。因为在旧中国的封建社会中,女性还不能称之为"人"。叙述者也在金枝说完之后,下了自己的判断:"王婆的学识还不如金枝了",这与其说是对金枝思想的肯定,不如说是对自己思想的肯定。可以说,这正是一种典型的女性文本的双重意蕴表达,萧红小说中不经意地从女性命运出发来思考女性问题,已深深触碰到了女性生活的历史真实,这就远远超越了民族抗战和阶级斗争的主题樊篱。

萧红的这种叙述策略在她其他文本中也有所体现,在1933年所写的《弃儿》中,因为生活所迫而准备放弃自己刚出生孩子的芹,在医院中与生下来的孩子隔绝了五天,而孩子在隔壁也哭了五天。芹听见自己孩子哭泣的时候,叙述者对芹的内心是这样展现的:

> 孩子咳嗽的声音,把芹伏在壁上的脸移动了,她跳上床去,她扯着自己的头发,用拳头痛打自己的头盖。真是个自私的东西,成千成万的小孩在哭怎么就听不见呢?成千成万的小孩饿死了,怎么看不见呢?比小孩更有用的大人都饿死了,自己也快饿死了,这都看不见,真是个自私的东西。(110)

小说对一个失去了孩子年轻女性内心的描写,对自己"真是个自私的东西"自责,将自己孩子哭与成千上万孩子哭之间所进行的联系,显然是十分牵强的。能够做出这种反省的女性,在20世纪三四十年代的落后中国,显然不是一般的女性能够形成的思想,而更像一位革命者的思想。但在小说中,读者并没有读到任何有关芹革命的内容,所以这一叙述与小说主题显然也是割裂的。

这种关于革命的叙述,总体上而言与萧红小说所表达的思想或者说人物的自然发展而言是不相协调的,却能有效地获得以"左联"为首的主流意识形态的认可。实际上,萧红叙事文本虽然付出了"不够自然"的代价,却也的确使萧红顺利跻身文坛,并且得到包括鲁迅在内的左翼文学人士的认同。

萧红小说中对民族、革命等主题的了解与体会显然是不足的,这也是她的作品被诟病的地方。《生死场》前后两部分的写作是分离的,从"生死"之"场"到农民的反抗主题转换过于仓促,有评论家也认为小说前后两部分的矛盾,对她的小说结构造成了损害。胡风认为这部作品:"对于题材的组织力不够,全篇现得是一些散漫的素描,感不到向着中心的发展"(胡风,1996:122)。如果这个"中心"是前半部叙述声音所表现的女性的历史困境和体验的话,那么后半部分叙述声音则突兀地表现农民抗战的主题,这的确是"组织力不够",是前后矛盾的。作者在第一部分叙述声音中自由地发掘了女性的历史经验,让第二部分关于抗战主题的叙述声音成为了"女性生死之场"的合法外衣和保护伞。结合左翼文本意识形态的要求,不难发现在两部分看似矛盾的声音中,正在当时情况下,不得已而为之的选择。在这种矛盾的叙述声音中,既顺利地在文本中发出作者对男权中心主义的反抗之声,同时也使之逃离了左翼文学的苛责。

萧红的这种写作方式与其他作家笔下的妇女题材小说是大为不同的,甚至可以说是不合时宜的。她带有深邃历史感的女性感悟,已经明显偏离了左翼文学的主流话语。在三四十年代,对于革命所需要的女性题材的小说,往往按照主流意识形态叙事的要求,从政治和阶级的角度来探讨女性问题,呈现处于阶级底层的农村女性的悲剧。同时,基本都要给予女性一个光明而简单的结局,认为女性唯有跟着共产党和无产阶级走才能获得解放。这些作品包括叶紫的《星》、柔石的《为奴隶的母亲》、萧军的《八月的乡村》等。

萧红的文本写作独特性就在于:她将女性文本的双重性贯穿到底,将这种对女性忧伤和耻辱的抒写,植入民族命运主流话语的书写之中。实际上构成了对左联主流文学话语的一种解构力量,同时也唤起了人类共同的苦难而疼痛的历史记忆。茅盾在《呼兰河传》中看到了女性精神和肉体被双重异化的现实,但是也对其提出了批评:"作者所写的人物都缺乏积极性……在这里,我们看不见封建的剥削和压迫,也看不见日本帝国主义那种血腥的侵略"(茅盾,2004:11)。毫无疑问,用反帝反封建标准看《生死场》,萧红的确呈现了两方面的内容:一方面是农民特别是农村妇女的悲惨命运,另一方面是封建文化和日本侵华战争的罪恶以及农民的反抗。但不同角度的读者却对作品形成了不同认识,站在革命者的角度,该文本中有大量的革命话语，还真切地揭示了妇女的悲惨命运，是极为符合革命文学潮流的文本。作为女性读者，或者从故事出发的一般读者，却很容易在作品中读出了女性对男权社会的反抗之音，读到了女性对自身命运不自主的痛苦与悲哀。

四、女性叙事文本的双重性

　　萧红的《生死场》形成了一种双重性的叙事，原因不仅来源于小说本身艺术性的要求，也来源于特定历史时期，身为女性作家的一种叙述策略上的灵活调整。萧红身处靠近左翼文化的地位，一方面想要自己的小说在革命群体中得到认可，另一方面，又企图对根深蒂固的小说传统和社会权威提出挑战，强调呈现女性在男权社会中的悲剧性命运。萧红的写作给中国现代文学带来不一样的气息："这个作品不成熟，但是它有原始的生气，有整个生命在跳动，有对残酷的生活现实毫不回避的生命体验"（陈思和，2004）。"当富于女性生命感受的爱被女作家作为解决社会问题与人生矛盾的一种理想投向广阔的社会空间时，被明确指认为无效、无力；可是，当女性之爱作为温柔的抚慰点缀在家庭式场景中时，就被认为适当且令人愉快"（乔以钢、刘堃，2005）。女性作者在言说自我与获得公众权威之间，显然存在着巨大的分歧，这常常会给女性作者带来烦恼，也促使女性作家们思考如何才能协调二者的关系，使自己的小说既能言说自我，又能获得公众的认可。伍尔夫曾这样认为：过去妇女所写的小说，虽然像画眉鸟美妙的歌声一样，是发自内心深处的真实情感，但同时也像画眉鸟一样，唱着单调重复的曲调。在她看来，女性写作所遇到的这一难题，其解决之道是依靠女性自己的思考，女性要意识到女性写作的优势，并避免其缺点。要将这种优势转化为最终的胜利，不在具体的事件中沉湎，也不要为了女性对细节的敏锐发现而沾沾自喜。只有如此女性才会"超越个人的政治的关系，看到诗人试图解决的更为广泛的问题——关于我们的命运以及人生之意义的各种问题"（伍尔夫，1986：58）。

　　女性作家必须在男性所建立的文学传统中进行写作，不得不服从这一话语秩序，另一方面，由于女性与男性身份的差异，由于现实中被排挤的地位，女性一旦开始进行自我表述，必然带有一种明显的差异性，乃至反抗性。兰瑟在论述女性叙述声音谋求权威的过程中，曾对其进行了辩证性的解释。她认为女性作家对男权社会的权威持有一种"双重态度":一方面,为了获取话语权威,包括获得出版的机会,最终赢得尊重和赞同,她必须屈服于既有的文学传统和权威;另一方面,每一位作家都想通过作品影响读者,"都想在一定范围内对那些被争取过来的读者群体产生权威,尽管这种想法也许是具有强烈的反作者权威倾向的"(兰瑟,2002:7)。

这种双重性的态度,促使女性作家的创作活动具有不同于男性作家的特点。现代女作家们受到启蒙思想的影响,所发出的女性之声,与新文学革命、社会改革直至民主革命形成一个共同体,其指向都是要突破封建传统的樊篱,树立了一种社会新女性的形象。但在实际的写作过程中,她们又不断挑战主流文化的"性别"言说,去深入表达女性真实的身心体会,表现女性在社会生活中,在新文化运动和革命阵营内部,所经历的真实处境。这种写作方式深化了女作家的自我认知和作品的审美建构,不断消解和冲击男性中心文化及传统美学概念的,促使人们对固有文化秩序进行反思和审视,也开启了重建性别文化的文学历史进程。

萧红在诗意或形象化景物描写和人物形象化叙述声音中,作者将自己对人性的思考与景物描写进行有机融合,使作品获得了一种超越时空的美学意义。在她的其他作品中,也贯彻这种诗意的抒写。在《商市街》中以优美简洁的文笔描写穷困潦倒的生活和孤苦无依的内心告白,在《手》《桥》等中对贫富不均现象进行了生动叙述,都渗透了来自世态炎凉的切肤之痛,她的字里行间始终浸透了一种对世界、对生命的巨大悲悯情怀。在远离主流意识形态之后,她创作了《呼兰河传》。生命就像肃杀的秋天一样苍白悲凉,充满了人生的无常和物是人非。女性眼中的故乡在作者异常冷静的笔调中得以艺术性的呈现。萧红最后选择离开主流话语,其目的或许除了对爱情的依托,还有对自由书写的追求,如此,她才能更为自由地书写来自内心那份女性的忧伤和生命的体悟。即使在遍尝人生苦果之后,萧红在生命之火行将熄灭之际,对生命价值的领悟和女性命运深刻认识,也促使其在对艺术和女性自身命运的进行了反思:"我一生最大的痛苦和不幸却是因为我是个女人","这样死,我不甘心……"(葛浩文,1985:151—152)

萧红在生活现实磨难中感受到女性的命运早已由"历史"所规定并写出,对于作家的自我已被深深"封锁于历史凝滞不动的深层",她希望能够写出中国古老的历史记忆里被忽视和遗漏的部分,那些男性作家无暇无力写出的女性真实历史(孟悦、戴锦华,2004:190)。这部分关于生关于死的记忆,历史不仅是女性的历史,也是人类历史中的一部分。正因为她的文本关注那些尚未被公之于世的,同时又是非常重要的史实,真真正正地刺激了中国人的神经和眼睛,由此也起到了一种震撼人心灵的作用。

  对于萧红而言,在她的小说文本叙述形式的叙述声音中,就表现了双重特征,对以男性为主的主流的革命意识形态形成了从归附到解构的过程。一方面她接受了左翼新文化,认为女性必须汇聚到时代、民族革命的洪流中去,所以许多革命话语都在叙述话语中出现,以此谋求话语权威。但另一方面,身为女性,而且是命运坎坷的女性,女性的各种难以启齿,暗藏在历史岁月中的命运与悲痛,依然让她无法释怀。她试图超越这一话语,揭示了这一话语对女性命运的虚妄性。所以革命话语就变成了覆盖在这些女性幽暗伤痛之海上,浮在海面的泡沫,绚烂无比却又单薄脆弱。轻风乍起,就烈烈地露出了那些暗红色的哀伤。她将女性写作拓展到对人类共同命运和整个社会发展的关注上,这必然可以提升女性作家作品对社会的影响力,使作品具有超越时代的恒久魅力,不仅在文本中建立了"虚构的权威",也建立了女性作者对真实读者的叙述权威。

注释【notes】

① 本文中作品引文皆出自周鹏飞主编《中国现代小说精品:萧红卷》,西安:陕西人民出版社,1996年。文中不再一一注释。

【引用文献】(Works Cited)

申丹:《叙事、文体与潜文本——重读英美经典短篇小说》,北京:北京大学出版社,2009年。

申丹:《叙事形式与性别政治——女性主义叙事学评析》,载《北京大学学报》(哲社版),2004(1):136—145。

[美]苏珊·S. 兰瑟:《虚构的权威——女性作家与叙述声音》,黄必康译,北京:北京大学出版社,2002年。

林幸谦:《萧红小说女体符号与乡土叙述——〈呼兰河传〉和〈生死场〉的性别论述》,载《南开学报》(哲学社会科学版),2004(2):100—124。

杨义:《二十世纪中国小说与文化》,上海:三联书店,2007年。

骆宾基:《萧红小传》,哈尔滨:北方文艺出版社,1987年。

鲁迅:《鲁迅全集》第四卷,北京:人民文学出版社,1963年。

鲁迅:《〈生死场〉序言》,载萧红:《生死场》,上海:新文艺出版社,1953年。
胡风:《〈生死场〉读后记》,载萧红:《萧红作品精粹》,沈阳:沈阳出版社,1996年。
茅盾:《呼兰河传·序》,载萧红:《呼兰河传》(中国现代文学名著原版珍藏),天津:百花文艺出版社,2004年,第11页。
陈思和:《启蒙视角下的民间悲剧——〈生死场〉》,载《天津师范大学学报》(社会科学版),2004(1):46—54。
乔以钢、刘堃:《试析〈中国新文学大系小说一集〉的性别策略》,载《南开学报》,2005(2):21—27。
[英]弗吉尼亚·伍尔夫:《论小说与小说家》,瞿世镜译,上海:上海译文出版社,1986年。
葛浩文:《萧红传》,哈尔滨:北方文艺出版社,1985年,第151—152页。
孟悦、戴锦华:《浮出历史地表》,北京:中国人民大学出版社,2004年。

【作者简介】舒凌鸿,云南大学文学院副教授,主要研究方向为叙事理论及文本阐释、女性文学、英美文学。

从昔日重现到精神还乡
——关于《我的遥远的清平湾》的叙事阐释

◎ 洪丽霁

【内容提要】 以注重精神探索著称的当代作家史铁生的成名作《我的遥远的清平湾》,是一篇采用第一人称内聚焦叙事模式的短篇小说,其中的人物叙述者"我"主要依托回忆的方式成功构建了一个叙述的框架。从表面来看,它比较有利于完成对北京知青"我"的插队故事,以及陕北村民破老汉的人生经历的有效讲述。由内思之,作者之所以在叙述过程中进行这样的安排与处理,实际上还有一个更为隐秘而重要的原因和目的:通过一种富有温情的回首、眺望,实现站在"我"的身后、处于城市文化中的自己,与时空距离相对遥远却令人难以忘怀的陕北山村——清平湾之间进行一场内在而深入的精神层面的对话与交流的愿望,进而使读者对有别于现代城市文明的乡土中国及其传统获得一种新的认知和理解。

【关键词】《我的遥远的清平湾》;第一人称内聚焦叙事;回忆;叙述框架;精神对话

自1980年代初期问世以来,史铁生的成名作《我的遥远的清平湾》得到了读者、批评家和研究者的普遍认可和肯定。但人们在表达喜爱和赞赏之情的同时,对其题材、人物、主题和风格等方面,存在不小的意见和分歧。这些彼此不同的观点和看法,从某种程度上表明这篇小说对于作者本人乃至当代文学来说,是比较重要和富有魅力的,因此多年以来一直引发人们不断地作出思考和探讨。在这些颇有价值的研究成果的基础上,本文将继续展开与之相关的思考和解读,对这篇不乏年代感的佳作进行一番新的理解和阐释。

一

特定岁月里有1 700万[①]青年参与其中的知青运动，催生了在中国当代文学史上有着特殊地位和不小影响的知青文学。由于作家的具体经历、思想感情及艺术个性存在差异和区别，他们在知青题材的小说创作中对特定历史作出叙述的时候，在表现形态、审美体验、价值取向等方面难以避免地呈现出了多样性与复杂性。

在这些取材广泛、内涵深厚的知青文学中，既有卢新华的《伤痕》、郑义的《枫》、老鬼的《血色黄昏》等对"文革"悲剧作感伤而沉重的揭露和控诉的作品，又不乏梁晓声的《这是一片神奇的土地》《今夜有暴风雪》《雪城》等维护一代人的"青春年华"和献身精神，表达一种得到的远比失去的多的无悔宣言，具有悲壮的浪漫风格和鲜明的道德立场的小说，而"在张承志、史铁生的'知青'题材的写作中，对往昔生活的挖掘，则表现为另一趋向。他们在开始时，已明显离开社会政治视角，着重发现民间生活中可能具有的人性品格，以作为更新自我和社会的精神力量"(洪子诚 1999：269)。具体到史铁生而言，与其他作家的作品多以知青为主角不同，他的名作《我的遥远的清平湾》侧重书写和表现长期生活于乡土中国的普通民众。在该小说中，以破老汉为代表的、朴实的乡间子民身上自然闪耀的人格之光，不仅照亮了陕北苍凉厚重、广袤无垠的黄土地，也照亮了曾经在这片土地驻足、停留的外乡人"我"的眼睛和心田。

作为一篇比较典型的、采用第一人称内聚焦叙事模式的短篇小说，《我的遥远的清平湾》在对过往岁月所作的形象化反映方面，乍一看和不少知青文学作品并无多少差别。比如，小说开头的部分，在谈及对北方黄牛的稔知与熟悉后，这样写道："我插队的时候喂过两年牛，那是在陕北的一个小山村儿——清平湾"(史铁生，1985：121)。随后，便展开了对插队生活的追忆性叙述，到结尾部分，才又出现了一个明显涉及时间的句子："十年过去了"(史铁生，1985：141)。由此可知，人物叙述者"我"主要依托回忆的方式，颇为有效地构建起了一个关于多年前发生在清平湾的故事的叙述框架。我们在小说的第一叙述层看到的，正是"我"对自己插队故事的讲述。然而，令人感到疑惑的是，该小说对于"我"何时离开北京的家，一路上"我"的心情及所见之景究竟如何，怎样抵达陕北这个名叫清平湾的村庄……诸如此类于同类题材的其他作品中较为常见的内容，均未作具体的交代或者专门的提及。陕北地区主管"我"这样的知青的相关部门和工作人员,以及其他一同响应政策号召来到陕北的知青等,也一律被淡化甚至被直接隐去,由此而把"我"的插队经历描述(处理)成犹如一个人到清平湾的一次独自旅行。

与当时的许多知青不同,"我"插队的时间只持续了两年,具体从到清平湾不久因腰腿疼病倒,直至后来病情加重返回北京而结束。此番短暂的插队经历,又主要围绕着"喂牛"一事来展开(实际的情况是,叙述者"我"当年因为生病受到村民关照而被特意安排去"喂牛")。根据小说中的相关描述可知,与耕田种地相比,"喂牛"这项工作虽然算不上力气活,却也绝不是轻松、随意的事情。一般来讲,上午要把牛群赶上山,傍晚时分再赶回村里来。放牛的过程中,得要提防庄稼被牲口吃到,晚上直至夜里还需按时给牛拌料、添草,想把牛喂好其实完全离不开人的勤快、耐心和细致。由于牛在当地的农业生产中发挥着相当重要的作用,所以"喂牛"一事一向受到全村人的关注,被视为一项颇为重要的"机要工作",喂牛人身上自然也就多了一份责任心甚至使命感。

也正是通过参加"喂牛"这一具体的生产劳动,"我"得以对陕北的山村生活作出近距离的观察、体验和了解。若就物质方面的条件而言,清平湾是相对贫瘠的,满眼都是黄土,植被非常稀疏,人们一年到头不停歇地辛苦劳作,却难得吃上几回掺进麦麸皮做成的馍馍。但是,从精神方面来看,清平湾其实一点儿也不缺乏特别而又独到的美好与动人之处,甚至可以说显得比较富有。在这块遍布"山峁"与"山梁",堪称贫瘠的土地上生息、繁衍的人们,乐观豁达、坚强不屈,似乎从不怨天尤人,人品和心地都异常地醇厚善良。或许正是由于有很为别人着想的乡亲们的存在,从而促使"我"原本单调平静得近乎乏味的插队生活,弥散出了几分清新自然、温情四溢的色彩及味道。

二

在小说中,陕北那么多的父老乡亲,最令"我"难忘的人则要数破老汉。关于他的故事,是由"我"的故事的讲述中非常自然、妥帖地引发出来的,进而构成了小说的第二叙述层次。小说中的"我"主要采用一种平静、从容的态度和口吻讲述破老汉的故事和自己的事情,还常常将二者交织、叠加乃至混合在一起来进行,并且在讲述破老汉的人生经历时,一度表现出了明显高于对自己插队故事的叙述热情。这一现象似乎在有意地提醒作为读者的我们，对破老汉与"我"的关系作出适当的思考，是很有必要且不无依据的。从外在关系上看，破老汉是每天和"我"一起拦牛的同事，他具体教会了"我"应该怎样喂养牛、怎样照顾和爱护牛。在朝夕相处的日子里，这个人还让"我"感受到了亲人一般难得的关切与温暖。正是由于两人间因为工作关系而产生的此种特殊情分，让我们在北京知青"我"与陕北庄稼人破老汉这两个身份与外表都迥然有别的人物身上，有了更加丰富和深入的发现。

我们认为，从精神层面来探讨和把握两者之间更为内在、潜隐的关系，或许不失为一种便捷而又有益的路径。首先，"我"作为从北京到清平湾插队落户的知青，实际是一个正饱受身体疾病折磨的人。从小说中所写到的"清明节的时候我病倒了，腰腿疼得厉害。那时只以为是坐骨神经疼，或是腰肌劳损，没想到会发展到现在这么严重"（124），"可就在那年冬天，我病厉害了"（130），"那年冬天我的腿忽然用不上劲儿了，回到北京不久，两条腿都开始萎缩"（140）等语句，让读者清楚地看到一个被像恶魔一般的病痛死死纠缠着的年轻的"我"。不难想见，当风华正茂、青春年少的"我"，面对日渐乏力、萎缩的两条腿时，需要承受的是何等沉重而又特殊的肉体与精神上的双重苦刑。身处厄境中的"我"，此时究竟应站立还是该趴下？选择痛苦的生抑或走向解脱的死？对于一个刚在人生道路上起跑的年轻人来说，突然需要去直面这样一些生命中的根本问题，并且需要在很短的时间内作出抉择，无疑是件非常艰难和十分残酷的事情。

其次，长期生活在陕北农村的破老汉，虽然在生命历程中只与北京知青有过短暂的交集，但种种迹象和情况表明，对于"我"而言，这个人以及他的身上逐渐显现并展示出了一种不同寻常、丰厚感人的价值和意义，给了"我"诸多启示和思考。破老汉姓白，"陕北话里，'白'发'破'的音"（史铁生，1985:122），所以人们都叫他"破老汉"。年轻时曾有过不平凡经历的他，人生之路非常坎坷、曲折，丧妻失子，困窘年迈，后来只能带着幼小的孙女留小儿一起生活。这位精神和心理均遭遇过巨大打击与痛苦的乡村老汉，不开心时会"呆呆地坐着，闷闷地抽烟"（132），但更多的时候则是"一天价瞎唱"（142），虽然嗓子像破锣。透过破老汉这个表面看来普普通通的人，"我"体察和感受到的是一个将所有不幸与苦痛深埋于心底，坚韧地生活下去的硬朗的陕北汉子的形象。显然，这个不起眼的庄稼汉以其坚强不屈的人生态度,在不经意间触动、启发和震撼了对底层民众的生存状态怀有关怀与同情,当时却因为疾病而陷入了痛苦深渊中的"我",引领和促使来自城市的"我"开始对人生进行认真、严肃的体会和思考,从而渐趋领悟到应该怎样面对现实生活,以及它带给人们的一切好或者不好的东西。

事实上,北京和清平湾之间原本存在着相对遥远的距离,但由于插队而使分属于两地甚至可以说分别处于两个社会阶层的破老汉与"我"有机会得以相识、相处,进而产生颇为难得的心灵上的共鸣与往来。之所以如此,无疑是因为两人在精神实质方面有着不少相连相通之处。由此,我们似乎找到了叙述者"我"在叙述自己插队故事的时候,为何会将破老汉的故事置于一个较为显著的位置,表现出很高的讲述热情的内在缘由。可以说,这篇以"我"回忆在陕北清平湾的插队生活作为叙述框架的短篇小说,不仅是当年的知青"我"在与庄稼人破老汉看似简单、琐碎的日常交往中,被他坦然面对苦难人生的态度及精神深深打动的过程的温情回顾,也是后来长期居住在北京,身处不断变化、发展而日趋嘈杂的城市文化环境之中,早已远离西北农村及其静谧、缓慢得几近停滞的生活氛围(乃至未被时代风雨完全笼罩的民间文化空间)的"我",在事隔多年以后重返故地清平湾,潜在而又用心地去找寻、接续一种生之勇气和信心的深度书写。它是对已然逝去的往日时光在个人记忆当中的重新构建,是一段关于令人难忘且相对隐蔽的精神还乡之旅的生动再现。

三

我们知道,1951年生于北京的史铁生,1969年曾赴延安插队,3年后因双腿瘫痪回到北京,1974年开始在某街道工厂做工,7年后因病情加重回家疗养。他于1979年开始发表文学作品,此后的多年里笔耕不辍,直至2010年年底因病逝世,其创作累计达到了300万字[②],出版了《我的遥远的清平湾》《命若琴弦》《回首黄土地》《我与地坛》《务虚笔记》等多部作品。

相对于其他人,这个名叫史铁生的人虽然"21岁就不能走了",却因为从事写作而找到了真正属于自己的另一种存在及行走的方式。他的《我的遥远的清平湾》发表于《青年文学》1983年第1期,随即荣获了当年的全国优秀短篇小说奖,这位坐在轮椅上的作者也因此给不少人留下了很深的印象。而他自从投身于创作之后,便潜心、深入地思索和探究生存、死亡、苦难、信仰等问题,"其想象力和思辨力一再刷新当代精神的高度"(杨雪梅,2011),创造了一个又一个的奇迹,彰显出创作主体美丽而又特别的光彩与价值。在此后的数十年间,他用生命、才华和毅力书写出的顽强拼搏、不屈不挠的精神品格,以及沉着深厚、优质高产的创作成果,令众多的读者深为感动,钦佩不已,深深感受到了一个不同凡响的艺术家在近六十载的人生历程中迸发和绽放出来的耀眼光芒!

一些叙事理论的研究者常常强调叙述者与作者的差异和区别,主张不应该将文本里的叙述者与现实中的作者简单地等同起来、混为一谈。这种观点有它的道理,对我们理解一些作品不乏某种功效与作用。然而,完全无视叙述者与作者之间可能存在某种关联的做法,也并非一定是正确和可取的,需要对二者进行具体的分析。对史铁生这样"主观自我色彩鲜明"的"情感型作家"而言,正如有的学者指出的那样,他在创作小说的过程中,已经"把自己的情感直接投射在他的叙述者身上",从而使作者与叙述者出现了"情感上的完全认同"以及"经验的同一"(吴俊,2000:139)。读者在不无虚构成分的《我的遥远的清平湾》中不难捕捉、寻找到一种自叙传气息与色调,其主要原因就在于人物叙述者"我"与作者史铁生本人,在年龄、经历乃至性格和气质等方面,均有不少相近的地方。

如前所述,《我的遥远的清平湾》中的叙述者"我",是一名到陕北插队的北京知青,最终因为腿疾而提前返回北京,与清平湾相连的是一段永久地留在了过去,又必然地会在"我"的一生中有着特殊位置,足以产生重要影响的经历和生活。对于史铁生来说,因为插队而离开了非常熟悉的成长之地和那里的亲人、朋友,前往一个完全陌生的环境中劳动、工作、生活,他最为美好且非常珍视的青春年华,最终伴随插队经历的结束而永久地逝去,唯有关于人生世事的独立感悟和深入思考,一点一滴地慢慢汇集、凝结、沉淀了下来。因此,插队可谓是连接作者史铁生与人物叙述者"我"的一个关键点。

有论者提出,于史铁生而言,"插队岁月如一个长长的梦,他好像已在这有限的经验里体味到了生命的全部。苍凉的西北、古朴的人群、凄清的命运……史铁生在感受民族苦难的同时,又捕捉到了人类共有的无奈。他似乎想于此将深切的哲思诗化地抽象出来"(孙郁,1998:6)。在与王尧的对话录《有了一种精神应对苦难时,你就复活了》中,史铁生本人也曾经谈到,插队以后自己对人生、社会等"才开始有了一些认真的想法"(史铁生、王尧,2003:50)。他还说:"我了解的中国也不过就是从插队开始的"(史铁生、王尧,2003:51)。可以说,正是"插队"开启了史铁生一段崭新的人生经历,促使他开始真正地走向成熟。在此过程中,当年所亲历的种种困厄、不幸与磨难,也有幸成为个人后来愿意用心收纳、悉数珍藏,在时间的长河中不断地加以感觉、舔舐和体味的不朽记忆。这或许正是促使作者史铁生在多年以后,借助同为知青的人物叙述者"我"的身体和心灵,尽心尽力地运用自己手中的笔墨和文字,去重新描绘、讲述并拾起在陕北度过的那段艰难而又温馨的岁月的一个深层原因。

四

对插队时的陕北农村的回忆,使史铁生以《我的遥远的清平湾》为真正起点的创作生涯得以开启。对于自己与清平湾的关系,史铁生曾经在创作谈《几回回梦里回延安——关于〈我的遥远的清平湾〉(代后记)》中作过清楚的交代和说明:"'清平湾'属延安地区,但离延安城还有一百多里地。我总是梦见那开阔的天空,黄褐色的高原,血红色的落日里飘着悠长的吆牛声。有一个梦,我做了好几次:和我一起拦牛的老汉变成了一头牛……我知道,假如我的腿没有瘫痪,我也不会永远留在'清平湾';假如我的腿现在好了,我也不会永远回到'清平湾'去。我不知道怎样才能把这个矛盾解释得圆满。说是写作者惯有的虚伪吧?但我想念那儿,是真的"(史铁生,1985:387)。他在同一篇文章里还说道:"刚去陕北插队的时候,我实在不知道应该接受些什么再教育,离开那儿的时候我明白了,乡亲们就是以那些平凡的语言、劳动、身世,教会了我如何跟命运抗争。"(392)

我们认为,这块滋养过处于现实人生中的史铁生,乃至他的艺术生命的黄土地,是他在"文革"结束之后的许多年里展开不间断的精神和思想上的思索、寻访与拷问的一个重要基点(当然,与陕北有关的经历和记忆,并非他用以进行文学创作的全部资源)。换言之,史铁生对陕北的黄土地既心怀感激甚至敬畏之情,乐于作出与之相宜且具有一定深度的艺术表现,但又决不甘于把自己牢牢地囿于这片土地之上,而更愿意在此地作一番短暂的回想、休整和停留后,坚定地踏上也许不无艰难险阻而又意义重大、直指人心的漫漫征程（沿途遇到的一切，可能远不如想象和期待中那般美好，却不妨碍他在始于清平湾和黄土高原，进而走向更广阔天地的创作道路上不断行进）。洪子诚曾就史铁生的此种创作特色作过如下概括："和另外的小说家不同，他并无对民族、地域的感性生活特征的执著，一般也不触及现实政治、性别、国族等炙热议题。写作在他那里，是对个人精神历程探索的叙述，但叙述的意义又不限于个人……"（洪子诚 2010：345）显然，这种创作特色其实在他以《我的遥远的清平湾》为代表的前期作品中已经显露端倪。

客观地讲，文学创作主要是一种以情感体验为基础的精神活动，创作主体在很大程度上比较重视通过观念、符号、意识等来进行思考和创造。史铁生本人曾经对注重精神方面的探索与追求的相关理念作过清楚的表述与说明。他在患病近二十年时所作的一篇叫《我二十一岁那年》的回忆文章中说："21 岁过去，我被朋友们抬着出了医院，这是我走进医院时怎么也没料到的。我没有死，也再不能走，对未来怀着希望怀着恐惧。在以后的年月里，还将有很多我料想不到的事发生，我仍旧有时候默念着'上帝保佑'而陷入茫然。但是有一天我认识了神，他有一个更为具体的名字——精神③。在科学的迷茫之处，在命运的混沌之点，人唯有乞灵于自己的精神。不管我们信仰什么，都是我们自己的精神的描述和引导。"（史铁生，1995：153）后来，他接受王尧访谈，在谈及信仰问题时说道："……他④是要让你有在精神里诞生的那种复活，有了一种精神应对苦难的时候，你复活了。"（史铁生、王尧，2003：59）因此，我们不难发现，史铁生"写作的起点跟其他知青作家不同，除了一般性地针对'文革'造成的人的悲剧命运和生存困境外，他还需面对个人堕入的绝望境况而作精神自救"（陈顺馨，1994：98）。对饱尝人生之苦涩滋味的史铁生而言，文学创作确实是一种异常重要的、实现精神探索和价值寻觅的特殊方式（此种令人感佩的探索与寻觅，虽然不免会让人感觉到疼惜和不忍），他的不少作品讲述的也正是自己"遭遇苦难——应对苦难——走向复活"的精神历程。

岁月一刻不停地在流走、消逝，只留给人们一个又一个转瞬即逝、或明或暗的背影。作为在回望与反观中展开日常生活叙事的作品，《我的遥远的清平湾》不仅在风格上与作者后来创作的哲理性和宗教感较浓重的小说有着明显的区别，走进这篇小说，实际还不难发现，作者让参与到故事中去的人物叙述者"我"，运用一种源自艺术及哲学的视角，去体验和面对原本闭塞、静寂的乡村的生产、生活,从未以与乡亲们格格不入的外乡人或城里人自居,也没有用具有优越感的态度及俯视性眼光去看待别人。"我"与村民的关系非常融洽,在接受他们的关心、帮助和照顾的时候,内心深处时常涌动的是尊敬、赞赏、同情、悲悯交错而成的感情。在"我"的眼里,清平湾几近于一种不增不减的定格化存在,一直拥有其自然、本真、清新的样子,似乎从来都未曾改变或者远去,最终被赋予了一种象征的意味,具有了一种特别的含义,读者能从中明显感觉到作者对清平湾所怀有的那份敬意、留恋和不舍。

可以说,《我的遥远的清平湾》真正想要表现和传达的,是曾经身为知青的作家史铁生,从西北一个小村庄所获得的、足以用来支撑自己及应对苦难的一种精神,一种促使栩栩如生地活跃于文学作品中的"纸上的生命"——破老汉、"我",以及真真切切地生活在现实世界里的作者自己,得以从无边的苦楚、疼痛与煎熬之中突围、解脱出来,一步步地走向某种意义上的"诞生"与"复活"的精神。通过叙述者"我"的回忆,作者不仅完成了对距离当时已有十年之久的插队生活的重温与记述,也成功地实现了与相去甚远却令人终难忘怀的陕北山村——清平湾之间的一次内在而深入的精神层面的对话与交流。

综观之,被认为"是中国当代最关注内心的磨难,进而到达了一种深渊境遇的作家"(谢有顺,2011:141)的史铁生,因为身体罹患疾病的缘故,包括衣食住行在内的日常生活确实受到了很大的影响,但在某种程度上,这又是促使甚至激发他竭力突破现实世界的种种表象与限制,多年来坚持不懈地"扶轮问路",进而潜入到触及事物的内核与本质、具有形而上意味的沉思默想中的一个重要缘由。这使"他的写作与三十年来中国文学的变化声息相通,丝缕相连,却从来就在潮流之外,在热点之外,在喧嚣之外"(张新颖,2014:90),常常会显得有些静默、特殊和孤独,却在涉及文学创作的内容与形式的取材、构思、立意和表达等方面,多有发现、创新而较少因袭与重复。由此而决定这个名为史铁生,最初由于回望插队经历的《我的遥远的清平湾》在文坛上崭露头角的人,较之一般的知青作家以及同时代的其他艺术家,其具体的观察、思考、反映与表现等都可谓更加耐心、平静、深入和成熟,体现出了"对形式的自觉与他对人类困境的思考高度结合"(陈顺馨,1994:101)的特点,从而使其作品对中国当代文学产生了持久的影响力,多年来一直受到不少读者的喜爱。

【注解（Notes）】

① 此处采用的是作家叶辛的意见和观点。他曾在一篇文章里对知青人数问题专门作过探讨："我们习惯上讲,中国上山下乡的知识青年,有1700万,……1700万这个数字,是国务院知青办的权威统计,应该没有错。但是这个统计,是从1955年有知青下乡这件事开始算起的。研究中国知青史的中外专家都知道,从1955年到1966年'文革'初始,十多年的时间里,全国有一百多万知青下乡,全国人民所熟知的一些知青先行者,都在这个阶段涌现出来,宣传开去。而发展到'文革'期间,特别是1968年12月21日夜间,毛主席的最新最高指示发表,知识青年上山下乡,掀起了一个前所未有的高潮。……在随后的10年时间里,有1600万知青上山下乡",他还进一步指出,"国务院知青办统计的是大中城市上山下乡知青的数字,没有统计千百万回乡知青的数字"。参见叶辛:《总序》,史铁生:《回首黄土地》,武汉:武汉大学出版社,2012年版,第2—3页。

② 自《我的遥远的清平湾》一书于1980年代中期问世以来,由全国各地的多家出版社陆续编辑、出版,收录史铁生各种文体形式创作的作品集已经有很多种。它们相互之间颇多类同,其中不乏名称相同而内容有别的出版物,据此来进行其创作数量及字数的统计,困难和问题是显而易见的。因此,不少人在涉及该问题时,一般笼统地将其表述为"数百万字"。经考虑,我们主要参考十卷本《史铁生作品全编》(北京:人民文学出版社,2017年版)这一相对而论最新也最全的史铁生文集,根据其版权页所作的具体标注"字数3000千字"而得到了300万字的结果。

③ 结合对史铁生的人生及创作的理解,不止一位论者将所谓"精神"视为"宗教精神"并且作过相应解释。有人认为,"'宗教精神'的内涵是,承认厄运无常的同时,以巨大的热诚与无悔的执著走一个没有终点的过程,并借此过程而得到救赎。"参见李松:《熔铸绝境的壮美——论史铁生的生存美学》,《当代方坛》2002年第2期。有人提出:"在史铁生看来,宗教精神在人的精神世界的位置就是从彼岸对现世生命达观的审视,从而获得一种更阔大的生存背景与生存期待。将衡量生存价值的准则置于彼岸世界,它以远离现世的状态完成了对人类生存价值、意义、目标的悬置,并将现世的生存目的淡化乃至虚无,使人类的生存过程进入审美的境地。"参见张建波:《理想·幻想·冥想·思想——史铁生创作的精神轨迹探析》,《东岳论丛》2012年第9期。

④ 联系具体的上下文可知,此处所说的"他"实际指代的是信仰。关于信仰,史铁生曾经说过:"不通过某位代言者,你直接和无穷的那个东西沉思、对话,我觉得这是信仰",在他看来,信仰的意义不在于"把世间的苦难全部消灭掉",而是帮助人们"应对这个苦难"。参见史铁生、王尧:《有了一种精神应对苦难时,你就复活了》,《当代作家评论》2003年第1期。

【引用文献 (Works Cited)】

陈顺馨:《论史铁生创作的精神历程》,载《文学评论》,1994,(2)。
洪子诚:《中国当代文学史》,北京:北京大学出版社,1999。
洪子诚:《中国当代文学史》,北京:北京大学出版社,2010。
史铁生:《我的遥远的清平湾》,北京:北京十月文艺出版社,1985。
史铁生:《好运设计》,载《我二十一岁那年》,沈阳:春风文艺出版社,1995。
史铁生、王尧:《有了一种精神应对苦难时,你就复活了》,载《当代作家评论》2003,(1)。
孙郁:《通往哲学的路——读史铁生》,载《当代作家评论》1998,(2)。
史铁生:《当代西绪弗斯神话》,载吴俊著《文学流年——从八十年代到九十年代》,广州:广州出版社,2000。
谢有顺:《史铁生:一个尊灵魂的人》,载《当代作家评论》,2011,(2)。
杨雪梅:《作家史铁生:他代表了一代人的理想》,载《人民日报》,2011—1—5。
张新颖:《以心为底——史铁生的文学和他的读者》,见《当代批评的文学方式》第四辑,广州:广东人民出版社,2014。

【作者简介】洪丽霁,楚雄师范学院人文学院副教授,主要从事中国现当代文学和叙事学研究。

"混沌三明治"
——论麦卡锡《血色子午线》中的迭代叙事

◎ 张小平

【内容提要】迭代是混沌理论的基本原则之一,有着"面包师转换"的别称。作为一种基本方法,迭代常被用来考察非线性动力系统中物体运动的轨迹,在对系统的反馈进行无数次的迭代后,便会形成映射非线性系统"相空间"的复杂图形。简单构成复杂,复杂形成一种特殊的复杂美,迭代叙事便是如此。当代美国作家麦卡锡的小说《血色子午线》,其文本突出的复杂性正是迭代叙事的结果。运用混沌理论,文章重点考察了迭代如何在小说流派、人物刻画、风景描述以及语言风格的形成等方面加以塑形,以及小说如何在"面包师转换"的迭代过程中,使得小说具有审美效果上的"混沌三明治",兼有"新奇而熟悉"的杂糅。

【关键词】科麦克·麦卡锡;《血色子午线》;迭代;混沌三明治

混沌理论文学批评家黑尔斯(N. Katherine Hayles)指出,"如果作家不是对新科学一无所知,那么无论愿意与否,也总会跻身到其时代的文化大潮中,用他自己的方式绘制这股潮流之下的范式"(Hayles,1984:26)。被誉为"美国当世一流小说家之一"的科麦克·麦卡锡(Cormac McCarthy,1933-)(Brosi,2011:14),就是一位热衷于将新科学融进文学创作的作家。他于20世纪80年代晚期,就将家搬到了新墨西哥的圣菲,成为当代混沌理论研究的重镇——圣菲研究所的一名研究员。在圣菲研究所里,喜欢探究世界与宇宙中事物演变和进行的麦氏,不仅结识了一大批全球顶尖的科学家,而且接触到了自相对论之后最具革命性意义的新科学——混沌理论。作为当代自然与社会科学两大领域乃至文化界的一种新的思维范式,混沌理论的复杂性思维给了麦氏新的创作"语言",在他的作品中,混沌理论的概念和原则常被用来建构他独特的"混沌"世界。

小说《血色子午线》(*Blood Meridian*, 1985)一经问世,麦氏不仅有了其研究史上的首部著作《科麦克·麦卡锡的成就》(1988)[①],而且获得了精英评论家布鲁姆的好评,称该小说为"与麦尔维尔的《白鲸》和福克纳的《弥留之际》比肩的作品"(Bloom, 2009:1)。简单是美,复杂也是一种美。大自然因其生物多样性,呈现在我们面前的世界斑斓而复杂。然而,复杂缘于简单,其生成的重要方法就是迭代。把一个简单的算式或图形无限地重复且迭代下去,便会产生无限复杂的图形。《血色子午线》之所以成为麦氏研究者"检验自我阅读水准的试金石"(Arnold and Luce, 1993:9),主要归因于小说自身的模糊性和复杂性,以及小说审美效果上新奇而熟悉、恐怖而美丽的奇诡结合。这种复杂的美的叙事,用混沌理论语言来说,便是"混沌三明治"。这种奇特的文本构型,正是麦氏采用了混沌理论重要概念之一的迭代作为叙事技巧,将传统西部小说流派、人物刻画、风景描述以及语言风格等迭代重塑后的结果,从而使得《血色子午线》这部典型的后现代西部小说有了"混沌三明治"(chaos sandwich)的美学特征:奇特而熟悉、复杂又动态。

一、迭代与"混沌三明治"

迭代是一种基本的数学运算,运算过程要重复进行。我们可以用著名的康德尔图集(The Cantor Set)做例。先选取一根线段,任何长度都行。方便起见,可以假设这根直线的长度是整数。把这根直线平均分成三段,裁去中间的一段后,留下另外两段。接着,把剩下的两段直线再平均三分,把中间的三分之一线段裁去。这样的过程持续下去,直到无限,那么余下线段的数量也会持续直到无限。过程经过多次重复也即迭代后,我们"就会得到一个零维的点的无限集合"(Cambel, 1993:179)。凡考克雪花构型(The Van Koch Snowflake)、茱莉亚集(The Julia Set)、曼德尔集(The Mandelbrot Set),甚至中国《周易》中的六十四卦,都是迭代生成的复杂图形。用数学家们的术语来说,迭代是一种"面包师转换",其过程类似于著名的罗斯勒吸引子(Rössler Attractor)的形成过程,也即"火腿中的火腿中的火腿"(Gleick 141),简言之,把简单的抻、拉、折、叠等动作无限重复下去,便可生成无限复杂的图形。奇特的是,在新生的复杂图形中,人们很难找到最初那个引起变化的图形,它们不仅深埋其中,甚至扭曲变形。但最初形成图形的点,即点吸引子,还可在迭代形成后的图形中若隐若现。也就是说,多次"面包师转换"后生成的图形就是一种"混沌三明治",其具体形状为"一个有序的图形周围环绕着无序的状态,而在无序的周围又环绕了许多有序的图形"(Slethaug, 2000: 133)。

在非线性动力系统学的研究中,迭代也是一门基础技术,用来形成物体在相空间(phase space)运动的图形,这一过程通常需要运行速度极快的计算机来帮助完成。假设一个系统开始时的位置为 X_0,速度为 V_0,待时间 t 过后,重新计算系统的位置与速度。我们把上次得到的速度和位置(X_t 和 V_t)的结果,做下一次系统运算的位置和速度,并做相同的相加算式,待时间 2_t 过后重新计算算式,可得出再次系统的位置和速度(X_{2t} 和 V_{2t})。类似的过程无限重复,且多次迭代,并把反馈环持续下去,便可描绘出无限的时间段后系统的行为方式。需要注意的是,这只是问题的一个方面。在一个远离平衡态的系统中,抻、拉、折、叠的过程本身也会伴随产生其他的现象。也就是说,迭代有时候会产生分形的结果,也即"自相似",就如奇异吸引子(strange attractor)所展示的图形那样。在上述图形中,相同甚至相似图形的递归过程是无限的。对于文学创作来说,迭代并不陌生。对故事形式或结构的递归,便会形成小说叙事结构上的"中国盒子""戏中戏"等类似分形的嵌套结构,而这样的迭代叙事正是后现代派小说自指性的叙事模式。

实际上,"混沌三明治"就是当代混沌学意义上"混沌"的几何本质,恰好映射了混沌理论对世界宇宙图景的认识:有序的无序或无序的有序。然而,混沌系统具有不确定性,系统的变化对初始条件敏感性的依赖,使得迭代过程后的最终结果成了不可预测。也就是说,迭代最终形成的图形取决于人们对迭代过程的控制。尽管混沌系统中迭代的结果不尽相同,然而,有两种相对普遍的结果可以把握:一是混沌学所说的分形,类似"戏中戏"等有着自相似特征的迷宫图形;二是混沌学强调的不确定性和非线性,对应的图形为变形了的"戏中戏"结构,表征的是"一种延异而非完全相似性"(Slethaug, 2000: 133)。后一种迭代的情形可用来解释《血色子午线》叙事的复杂性。麦氏正是对小说流派及其原有传统进行"面包师转换"的过程中,尤其是对小说人物、语言以及叙事结构进行抻、拉、折、叠之后,使得小说有了"混沌三明治"这种奇特的叙事构型,其目的不仅要与传统的小说流派相左,更是为了自由进出原先的流派,从而实现麦氏的"共谋性批评"。

二、小说流派与迭代

《血色子午线》的复杂性缘于其流派的模糊性。这部小说可谓杂糅了西部小说、流浪汉小说以及战争小说等众多不同的文类。我们可就文本对上述较为突出文类的迭代加以分析。首先,多数论者认为该小说属于后现代西部小说,甚至断言《血色子午线》的问世标志着新西部小说的诞生。毫无疑问,就小说自身"对元叙事的怀疑",《血色子午线》秉承了琳达·哈琴(Linda Hutcheon)意义上的"共谋性批评"的后现代小说叙事传统,在借用西部小说传统的同时,麦氏批评了西部小说建构与想象下的乌托邦与意识形态,试图颠覆传统西部小说的叙事传统,来建构麦氏特有的西部小说的类别特质,从而实现他对传统西部小说流派的超越。

麦氏笔下的西部正是混沌。在这里,看不到秩序与规则、再生与恢复,甚至传统西部小说标志式的文明与野蛮的二元冲突业已抹除,凸显的只有非道德与不道德。在道德真空的西部,无论是白人雇佣军还是阿帕奇、科曼奇或者羽玛部族的印第安人,他们清一色地残暴野蛮。但是,这些白人雇佣军在小说中却被称为西部的"朝圣者",无疑是对美利坚合众国神圣起源的莫大讽刺。而此处的印第安人不再是库柏笔下高贵的野蛮人或者理想的"他者",而是"一群从地狱里走出的魔鬼"(52)[②]。传统西部文学中被神话成"上帝的花园"的西部已然蜕变为"邪恶的疆土"(89)。西部的扭曲和变异不仅暗示了混沌无处不在的普遍性,也试图表明,无论是小说背景发生的19世纪中期,还是20世纪80年代麦氏创作的当下,西部作为美国民众乌托邦想象的失败。正如人物法官霍尔顿(Judge Holden)的评述,人类不是一个自足的容器,而是对他人迭代后的结果(141),麦氏似乎有意识地对他笔下的西部英雄做了迭代处理。这些北美雇佣军尽管有着勇敢冒险的英雄特质,但却是一群奸杀女性、捕杀北美野牛以及剥取印第安人头皮的流氓刽子手。他们到了西部,也经历了种种暴力事件,但没在暴力中重生;他们是边疆的征服者,但却没从征服中得到救赎。实际上,在所谓的英雄主义行为中他们一无所获;相反,却从被人神话为"可以摆脱物质或心理束缚的绝对自由"的西部旷野中

(Holloway,2002：147)，得到了无边的黑暗、暴力和死亡。借这些反英雄，麦氏不仅质疑了美国的进步神话，而且也怀疑美国边疆英雄们为了民主、自由、文明而开疆拓土之伟大使命的可靠性。重要的是,通过揭示他们的暴力行径,麦氏不仅使得"西部英雄传统复杂化"(Kollin,2001：564),更使西部文学的叙事传统走向复杂化,从而得以在新一轮的反馈环中,颠覆大众文化想象的建构。

其次,《血色子午线》杂糅了流浪汉小说的模式。该小说的文本,是由许多事件和插曲组成,其情节的发展,似乎可以自由遵循任一顺序,然而,无论是事件还是插曲却多为暴力,对情节的推进与延伸几乎没有任何意义,徒为文本营造出冷漠超然的气氛而已。小说的情节看似有所挪动,但却没有丝毫进展。小说也没有试图解决任何矛盾,只是"在描述而非叙述"(Phillips,1996：443),其文本的碎片化就是最好的说明。文中的许多情节事件几乎都是对"少年各种各样的遭遇以及格兰顿帮成员和他们的敌人遭遇的重复"(Slethaug,2000：135),唯有麦氏"标签"式的句子——"他们继续向前骑行",似乎提醒读者,相似的情节将会在另一重反馈环里迭代重复。小说结尾,只有前牧师和法官霍尔顿侥幸逃遁,其他所有的人物都相继死去。

再者,战争小说的模式也在《血色子午线》中若隐若现。根据赫佐格(Tobey C. Herzog)的观点,战争小说常围绕"自由与限制、理想与现实、混沌与控制、真理与谎言、先进技术与原始文化"(25)等若干中心矛盾展开,而《血色子午线》的背景设置在19世纪美墨战争的余火之后,文中充斥了大量血腥的战争场面与屠杀,以及暴力、欲望、复仇与混沌等物质和精神双重层面的黑暗。然而,该小说中的战争却消抹了善恶之分,准确地说,是一群让人恐惧的恶棍在循环圈里的一次次迭代。一般来说,卷入战争的人总有某种程度上的心理创伤,但该小说的人物却从未患过"战争创伤综合征"。牧师托宾(Tobin)在西部亲历了许多教堂的被毁和玷污,但始终保持沉默;少年的生活充斥了流血、谋杀和屠杀,但却没有任何文本表明他受到心理创伤。除法官外,小说的其他人物根本没有能动性,就如"被吹活了的巨型的泥塑"(13)。能动性通常与英雄有关,而麦氏的"英雄"不仅没有坚忍精神,更缺乏自主性。他们在杀人与被杀时无动于衷,显然是对传统战争小说英雄形象的扭曲和否定。

综上分析,《血色子午线》混杂了众多不同的小说文类,而麦氏正是借助"面包师转换"式的抻、拉、折、叠等手段,巧妙地模糊了小说流派的界限,使其成为"万花筒式的混沌"(Phillips, 1996: 438)。

三、小说人物与迭代

《血色子午线》的复杂美还缘于麦氏对小说人物的迭代塑形。该小说的人物几乎是平面的。他们大多没有姓名,即使偶然有个名字,却也少姓缺名。"少年"从首次出现在文本中的1848年直到1878年,已然45岁的他在作者的称呼中不过是从"少年"变成了"男人"而已。没有准确的名姓暗示了人物身份的模糊性,似乎其身份或命运可相互替换,他们的这种相似性,体现了人物刻画的迭代性。准确地说,"少年"的形象是对经典小说人物哈克(Huckleberry Finn)或艾克(Ike McCaslin)形象迭代后的结果。如果说哈克在马克·吐温的小说中有所成长,而"少年"在荒野中的成长却差强人意。哈克的西行象征了自由和逃脱,而"少年"的西行却与血腥和暴力为伍。实际上,"少年"只是哈克败坏了的那一面而已。我们知道,福克纳笔下艾克与大熊的相遇使他有了对大自然的敬畏并从此成熟起来,遭遇大熊可谓艾克的成人礼,但麦氏的"少年"尽管两次碰到大熊,却未从自然里获得丝毫的宁静,更别提从自然中有了精神的超验;相反,"骨子里早已养成盲目的暴力嗜好"(3)的他彻底与荒野的暴力、残酷与敌意融为一体。

"少年"是否在文本中有所发展,评论家们莫衷一是[③]。尽管文本确实记录了他从田纳西州到加州这趟从美东到美西的旅程,但却没有交代旅程的意图和目的地。从某种意义上说,"少年"根本不是真正意义上的小说主人公,因为他从未真正成长(发展)过。围绕他的只有支离破碎的事件片段,在全知全能的小说叙事中不停地迭代。用这样的人物来做西部"英雄",麦氏有意地解构了传统西部小说中英雄牛仔的传统。如果认为"少年"和其他格兰顿匪帮队员一样成了凶残的杀人者,言外之意就是他有所改变,然而,我们找不到他有所发展的文本证明,尽管荒野之旅中他曾帮助布朗(Brown)拔出腿上的箭头,拒绝射死垂死的歇尔比(Shelby),甚至在前牧师失踪和布朗死后佩戴上布朗的人耳项链,成了一个手捧圣经的牧师。"少年"的上述行为可以理解为对队友的同情、怜悯或怀旧,但不足以说明其人性良善的苏醒,因为成年的他在德克萨斯州北部还杀掉了一个路上遇到的15岁的少年。另外,"少年"在文中始终没有杀死法官,说明其抉择能力的匮乏,而他杀与不杀的结果都是死亡。文本结尾,"少年"是否厌倦了暴力或恢复了人性与良知,交代模糊。显然,麦氏没有给予读者任何西部未来的感觉。没有任何未来可以追寻的少年,在一个充满偶然性的混沌宇宙中,终将死于非命。总之,人物"少年"在发展上的模糊,使得麦氏将西部小说、战争小说与流浪汉小说都推向了一个新的界限,正是他对小说人物的迭代塑形,赋予上述各流派新的特点。

麦氏说过,"最丑陋的事实莫过于书是从书中而来。小说是否获得新生取决于曾经写过的小说"(Woodward,1992:31)。确实,《血色子午线》丰富的互文性凸显了小说的迭代叙事,并在另一主要人物法官的形塑中尤其明显。对于法官这个人物,研究者几乎竭尽了人物与文学原型之间联系的挖掘。斯莱索格认为法官不仅是挑战宇宙的亚哈布,更是对抗上帝权威的撒旦(137—138);考林指出法官就是"康拉德的库兹与麦尔维尔的亚哈布等众多帝国人物原型的拼贴"(568);达克斯(Chris Dacus)认为法官这个人物根本就不真实,因为30年来他几乎不曾改变,因而更像是麦尔维尔笔下的那头白鲸,集"死亡、未知、黑暗、光明、魔鬼与上帝为一身的统一体"(10)。不仅如此,有论者认为法官是追求真理的尤利西斯(Campbell 55-64),甚至就是印度神湿婆的化身,"在战争毁灭宇宙的舞蹈中跳着舞"(Wallach,2002:5)。鉴于学界的争论,笔者认为,法官就是大自然中的涡旋,混沌的符号与矛盾的统一体。他既是上帝也是撒旦,既是日神阿波罗也是酒神戴奥尼索斯,既是生命也是死亡,既是历史的建构者也是历史的毁灭者,既是绅士也是骗子。作为混沌世界的唯一幸存者,法官这个人物复杂而神秘,不听命于任何权威,就连时间或天气也奈他不得。从他身上,我们看到的不仅是文学史上众多人物原型留下的"痕迹",更是人物迭代塑形后互文映射下"延异"的后果。法官这个人物的离奇性,缘于麦氏采用了"面包师转换"的技巧,使得人物形象不仅扑朔迷离,而且某种程度上也使得美国西部与西部小说问题化。

作为混沌的化身,法官兼有理性和秩序的另一面。他精通多国语言,知晓各种哲学流派,善于运用科学、历史等知识,操控话语权。他深知文本权威的重要性,其随身携带的笔记本不仅方便他重新编排历史事件,还可帮他用新的故事使其任务理论化,同时也将抽象问题简单化。坎贝尔(Neil Campbell)指出,法官"用笔记本把过去发生的改写成他希望发生或他认为应该发生的事情,从而通过重写过去来控制过去"(58—59)。重写过去,不仅得以控制自己的命运,也可操控其他的人和事。"词即物",法官明白,要做文本的作者,就要按照自我的意愿先来"播撒",进而操控话语权来操控自我和他人的命运。在他看来,"人的记忆通常都是不确定的,过去发生的和过去未曾发生的没有什么差别"(330),一旦原始文本被毁,便可任意书写,从而取得文本上的权威。实际上,法官的笔记本具有历史书写的功能。格兰顿帮在通往埃尔帕索镇的路上,发现了大量关于人类狩猎的古岩画。法官对那些岩画不仅做了详细的标记,还把"能看清楚的图画抄写到他的笔记本中",然后他"拿起一块黑燧石,仔细地刮掉其中的一幅画"(173)。仅挑选自己需要的且只保留自己的记录,法官的行为是对历史作为业已挑选和涂抹过的文本的最佳证明,而这正是殖民者惯有的逻辑和策略。不仅枪弹,书写也是成功消除他者的武器。事实上,法官借助笔记本所从事的"文本事业"就如一部美国边疆神话的缔造史,"拓疆留下的叙事……不是因为巧合而被忽略,而是有意为之"(Donahue,2007:280)。写作可以产生反向记忆(counter-memory),其本身也是一种战争行为。如果把法官看做神话的制造者,将他的神话创造过程看成边疆叙事,那么《血色子午线》无疑质疑了西部小说传统中潜藏的意识形态。

奈什(Gerald D. Nash)指出,西部在美国历史中扮演过多重角色,不同的时代对西部有不同的阐释。他强调,是否发现西部要看西部拥有者的文化包袱,而当下的西部正是美国人的一面镜子,可以帮助他们认清自己(Nash,1991:69-75)。因此,重新发现西部的目的在于重新定义自己乃至所处的时代。我们知道,麦氏小说自《萨特里》(*Suttree*,1979)后便有了"西部转向",这一转向恰好呼应了20世纪60年代之后美国小说重访西部神话的潮流。麦氏说过,"这个世界,无论走到哪里,西部牛仔、印第安人以及西部神话都家喻户晓"(Woodward,1992:31)。可以说,通过对西部文学传统与西部文学原型的"面包师转换",麦氏揭示了这些人物传统最糟糕的一面,由此重新定义了他所处的时代。当然,在对小说人物的迭代塑形中,麦氏也成功建构了其小说自身的复杂性,并有了"混沌三明治"奇怪又熟悉的审美特点。

四、风景、语言与"混沌三明治"

黑尔斯说过,"迭代的过程中会产生一些不确定的因素,而这些往往会改变意义的稳定性"(Hayles,1990:182)。《血色子午线》的迭代叙事,暴露了文本戏仿这一文学形式的弱点,从某种程度上也是对西部小说创作传统的颠覆,而小说为此而获得的"混沌三明治"的艺术特点,还凸显在小说所采用的章节题目、风景描述以及语言风格中。

《血色子午线》的时间背景设在 19 世纪,麦氏也形如其文,巧妙地采用了 19 世纪小说的结构,使其有古风之韵。每一章节都标有罗马数字,且在开头部分,会将此章要出现的话题按照文中出现的顺序依次排出。但麦氏的小说不完全雷同于 19 世纪小说的传统,原因在于麦氏经常会对文中相似的情节事件进行多次迭代,从而造成小说章节的开头尽管标出了文本要发生的一系列的事件,但结果却"使得这些事件平淡化,无论每一选项的重要程度如何,都与其他的事件至少看起来同等重要或不重要"(Slethaug, 2000: 134)。如果说《烟草生产商》是对 18 世纪小说《汤姆·琼斯》结构的戏仿,那么,麦氏在《血色子午线》中采用 19 世纪小说标签式的章节格式,旨在讽刺 19 世纪小说强调秩序这一平庸观点。借助对 19 世纪小说传统写作格式的迭代,麦氏不是在"升格"过去,而是重新创造了过去。

风景是西部小说的重要元素之一。麦氏笔下的西部荒野,读者视线所及之处,整个世界恍然都成了混沌。文本对荒野苍凉与阴暗、浪漫与壮美的迭代处理,使得小说的风景描述也有一种"混沌三明治"的审美效果。"他们继续往山里骑行,一路穿过高耸的松林、树间的风和孤单的鸟鸣。没钉蹄铁的骡子绕行于干草地和松针上。北部的斜坡上,蓝色的干河谷中还有稀稀疏疏的几抹经年的残雪。他们沿着蜿蜒的小路向上骑行,穿过一片孤零零的白杨林,厚厚的落叶铺在林中潮湿的黑色小径上就如有着金色小圆点的地毯。无数的树叶在蛋白的光线中闪烁曳动"(136—137)。如此宁静的环境,却被黑暗森林中钻出来的一只"棕黄色的大瘦熊"打破,它迅疾地冲向人群,抓住一个特拉华人,便消失到森林中去了(137)。文中另一处相似的段落,突出了麦氏西部荒野混沌的特质:"犬牙交错的山脉在黎明中苍青一片,鸟儿的叽啾声随处可闻。朝阳升起时月亮还没有隐去,隔着大地遥遥对峙。太阳炙热,而月亮只是太阳苍白的复制品,他们就如同一枪膛的两端,分别燃烧着无从估量的世界"(86)。风景的美丽与宁静,终结在了太阳和月亮的敌意中,而自然的美好也因二者的对立有了无限的敌意,似乎整个自然就是混沌,充满了秩序与非秩序的矛盾统一。

《血色子午线》的语言也呈迭代感。方便其见,我们仅以开头的段落为例:"See the child. He is pale and thin. He wears a thin and ragged linen shirt he stokes the scullery fire. Outsides lie dark turned fields with rags of snow and darker woods beyond the harbor yet a few last wolves."④("看这少年。他苍白瘦削,身着单薄破烂的亚麻衬衫。他在往洗碗间的灶里添柴。屋外是黑黑的翻耕过的土地,地上残雪斑驳,远处更黑暗的森林里还藏着几匹残存的狼。")(3)。上述文字有着明显的诗歌节奏,其文本特点的突出性缘于三个英语词语"thin""ragged"和"dark"在句中的微妙重复。单词"thin"首次出现在第2句,说明少年身材的瘦削。为了突出他的瘦削,作者在第3句中加入了新信息"ragged linen shirt";同时,句中单词"thin"的意思因为与"ragged linen shirt"有了连结从而起了迭代变化,成了少年身着衣服之"单薄"的意思,丰富了前面少年瘦削的信息。第4句中的"dark"一词,原指黄昏中的田野变得暗了下来,而后面紧接"darker"一词,使得"dark"有了迭代,不仅增强了室外黑暗的程度,其具体所指更加明显,强调了外面"树林"的幽暗。此句中的"rag"一词也有了重复,但再次出现后成了"rags",语意也就从上文的"破衫"变成了屋外的"几痕残雪",颇有新意。另外,上述句子的标点符号也略显怪异,文本接连用句号结尾,不仅使原本简单的句子结构复杂化,同时也因前一个单词在接着的句子里迭代重复,读者的阅读速度被迫加快,眼睛也如运动极快的计算机,要迅速扫描字词在文本空间的运动轨迹才能明晓语义。总之,迭代技巧的运用,使得整段文字有了文体上的变异,增添了文本的"混沌"美。

文中类似的语言迭代的例子还有多处,如,"They rode for days through the rain and they rode through rain and hail and rain again"(186)。英文单词"rain"在句中重复后,便有了"rain and hail and rain again",使得句子隐含的信息有了增值,说明天气无聊的原因不止是绵绵细雨,还有寒冷的冰雹,且小雨还在继续。对简单的句子结构做迭代处理,麦氏便轻易地制造出天气以及行军氛围的乏味。当然,麦氏"标签"式的语言,如"他继续走""他们向前骑行""他们继续行走"等类似句式的各种变体,在文中也很突出。叔本(Bernard A. Schopen)做过统计,从小说的第7章到第19章,此类句子出现的频率高达40次,而最后4章更加密集,竟达十几次(179—194)。这些句子看似与主题无关甚至暂时没有产生戏剧效果的意义,但它们在文中的迭代使用,却利于将分散在文本中的不同事件组成叙事的整体,凸显了血腥与暴力之类单词单调重复带来的压抑和混乱感。

另外,《血色子午线》突出的西部小说风格还杂糅了严肃的哲学思考,经常出现在人物的对话中,某种程度上也突出了小说"混沌三明治"的审美效果。比如,"少年"与沙漠隐士的对话中就充满了程式化的陈词滥调,但是,他们的谈话却并不仅停留在天气、女性、匪徒、印第安人等陈旧话题上,有时也对人性、生命、宇宙以及宗教等形而上的问题做深刻观察。当然,小说的极简主义风格与复杂模糊的句子结构的融合,使得《血色子午线》偏离了传统西部小说流派的风格。我们还拿小说开头那段话来做例子。首先来看小说的开场白,祈使句"看这孩子",呼应了《圣经》中罗马总督彼拉多(Pilate)将戴荆冕的耶稣交给犹太人示众时说的话,"瞧,你们看这个人!"(Isaiah 41: 1),而习语"劈柴挑水的穷人"也出自《圣经》,改变了文本话语的语域场。接着,引文第一段倒数第二句中的"他",指代非常模糊。整段文字语调邪恶,呼应了少年面容的邪恶,似乎也暗示了某件邪恶的事情正要发生。接着,小说交代"少年"年龄的方式也很奇怪:"三十三年尔生夜,狮子飞降流星雨。壮哉,天星之坠落!望苍穹,寻暗空。火流穿天堂,北斗炙如炉"(3)。麦氏没有用传统的线性方式直接说明,而是运用了迂回的方式,将"少年"的出生与流星雨的出现相提并论,同时还联系了黑洞等天体现象。在描述流星雨时,文本还联系了狮子座和北斗七星等经典天体意象,造成了小说风格上通俗与严肃之间的巨大张力。除了将"少年"出生的年龄与天体现象相联系,当他生命结束时,文本也有对天体现象的模糊指代:"无数星星划过夜空,从它们黑暗的来处迅速地划过一道道短线,抵达命运注定了的尘土和虚无"(333)。狮子座和北斗星并非恒星而是流动的星体,用流星来映射一个人生命的开始和结束,不仅会让读者有一种宇宙之大也非恒定的悲伤之感,同时也有生活充满了偶然的混沌之叹,强调了小说叙事整体上的混沌。

结　语

简单和复杂从来都不稳定,复杂往往来自简单,这正是我们身处的混沌宇宙对我们的暗示。作为混沌理论的重要原则之一,迭代利用了反馈环中的信息,使得"面包师转换"这一动作有了无限的可能,从而在混沌系统的相空间里制造出复杂的图形。同样,在叙事中,对传统的迭代塑形,不仅增强了传统潜在的不稳定性,同时也为传统增殖了新的信息,创造出"混沌三明治"的效果:不仅自身奇特,也与早先的流派和风格有故人归来似曾相识之感。正是借助迭代叙事,麦氏在《血色子午线》中得以自由地进出西部文学的传统,从而揭示了西部作为乌托邦和神话的"症候",完成了他对传统西部小说的共谋性批评。在对小说流派、人物、语言以及风景的迭代塑形中，麦氏建构了他独特的后现代西部小说的流派特征，展示了他生活的社会和所处的时代本身所有的实在性。同时，借助"面包师转换"技巧，麦氏得以跨越流派之间的界限，从而使其小说有了复杂而又动态的"混沌三明治"的审美效果。这无疑就是布鲁姆教授将《血色子午线》看做"西部小说的终极之作，无可超越"（Novelists and Novels 532）的重要原因。

【注解（Notes）】

① 《科麦克·麦卡锡的成就》（The Achievements of Cormac McCarthy, 1988）是在《血色子午线》出版后3年出版，但作为南方文学批评家的贝尔（Vereen M. Bell）在其著作中对麦氏"边境三部曲"之前作品的研究，只是突显继福克纳之后麦卡锡杰出南方小说家的地位。
② 文中未标明作者的引文，均引自 Cormac McCarthy 的《血色子午线》（Blood Meridian: or the Evening Redness in the West, 1992）。
③ 关于这一点，评论家们有不同的意见，乔治（Sean M. George）认为，"少年"这个人物几乎是静止的，因为"直到小说末尾，少年的状态也没有改善……，他的暴力能力、世界观、生活状态，甚至与法官的关系都不曾改变"（114）；而考林（Susan Kollin）则认为"少年"是主动地参与了文中各种各样的屠杀，最后成了"与他人一样败坏凶残的"男人（566）。
④ 原文中的线条为笔者所画，为突出说明文本文字的变化，下文不再标出。

【引用文献（Works Cited）】

Arnold, Edwin T. and Dianne Luce. "Introduction." *Perspectives on Cormac McCarthy*. Eds. Edwin T. Arnold and Dianne Luce. Jackson: UP of Mississippi, 1993.

Bell, Vereen M. *The Achievement of Cormac McCarthy*. Baton Rouge: Louisiana State UP, 1988.

Bloom, Harold. "Introduction." *Bloom's Modern Critical Views: Cormac McCarthy*. New York: Infobase Publishing, 2009.

Bloom, Harold. *Novelists and Novels*. New York: Checkmark Books, 2007.

Brosi, Georg. "Cormac McCarthy: A Rare Literary Life." Appalachian Heritage 39: 1 (2011).

Cambel, A. B. *Applied Chaos Theory: A Paradigm for Complexity*. New York and London: Academic Press, 1993.

Campbell, Neil. "'Beyond Reckoning': Cormac McCarthy's Version of the West in

Blood Meridian or the Evening Redness in the West." Critique 39.4 (1997).

Dacus, Chris. "The West as Symbol of the Eschaton in Cormac McCarthy." *The Cormac McCarthy* Journal 1 (2009).

Donahue, James J. *Rewriting the American Myth: Post-1960s American Historical Frontier Romance*. Diss. Univ. of Connecticut, 2007. Ann Arbor: UMI, 2007.

George, Sean M. *The Phoenix Inverted: The Re-birth and Death of Masculinity and the Emergence of Trauma in Contemporary American Literature*. Texas A & M Univ. — Commerce, 2010 / Ann Arbor: UMI, 2010.

Gleick, James. *Chaos: Making a New Science*. New York: Penguin Books, 1987.

Hayles, N. Katherine (ed.). *Chaos Bound: Orderly Disorder in Contemporary Literature and Science*. Ithaca and London: Cornell UP, 1990.

Hayles, N. Katherine (ed.). *The Cosmic Web: Scientific Field Models and Literary Strategies in the Twentieth Century*. Ithaca and London: Cornell UP, 1984.

Herzog, Tobey C. *Vietnam War Stories: Innocence Lost*. London: Routledge, 1992.

Holloway, David. *The Late Modernism of Cormac McCarthy*. Connecticut and London: Greenwood Press, 2002.

Kollin, Susan. "Genre and the Geographies of Violence: Cormac McCarthy and the Contemporary Western." *Contemporary Literature* 42.3 (Autumn 2001).

McCarthy, Cormac. *Blood Meridian; or, The Evening Redness in the West*. New York: Vintage International, 1992.

Nash, Gerald D. "The West as Utopia and Myth." Montana: The Magazine of Western History 41.1 (Winter 1991).

Phillips, Dana. "History and the Ugly Facts of Cormac McCarthy's Blood Meridian." *American Literature* 68.2 (June 1996).

Schopen, Bernard A. "'They Rode On': Blood Meridian and the Art of Narrative." *Western American Literature* 30.2 (Summer 1995): 179-94. Rpt. In *Contemporary Literary Criticism*. Ed. Jeffrey W. Hunter. Vol. 204. Detroit: Gale, 2005. Literature Resource Center. Web. 13 Nov. 2010. <http://go.galegroup.com>

Slethaug, Gordon E. *Beautiful Chaos: Chaos Theory and Metachaotics in Recent American Fiction*. Albany: State U. of New York Press, 2000.

Wallach, Rick. "Judge Holden, Blood Meridian's Evil Archon." *Sacred Violence: Volume 2: Cormac McCarthy's Western Novels*. 2nd ed. Eds. Wade Hall and Rick Wallach. El Paso: Texas Western Press, 2002.

Woordward, Richard B. "Cormac McCarthy's Venomous Fiction." *The New York Times Magazine* (19 April): 1992.

【作者简介】张小平,扬州大学外国语学院教授,主要从事当代美国小说研究。

面具之下
——《洛丽塔》的隐含作者分析*

◎ 王 浩

【内容提要】隐含作者是叙事学研究中的一个重要概念,对不可靠叙述的判断和文本的阐释都具有重要影响。对《洛丽塔》中隐含作者的建构不仅依赖于对叙述者可靠性的判断,也依赖于作者本人的说明。这进一步表明隐含作者不仅仅是读者从文本中推导出来的,也是作者隐藏在文本之内的一个化身,对小说的阐释发挥着重要作用。

【关键词】《洛丽塔》;隐含作者;不可靠叙述

弗拉迪米尔·纳博科夫的《洛丽塔》是美国文学的一部经典之作,但这部小说问世之初不仅使作者纳博科夫饱受争议,还被一些国家列为禁书。随着人们对这部作品的认识不断推向深入,小说才逐渐解禁,并最终成为人类文学宝库中的一部经典。小说遭禁的主要原因之一,在于叙述者亨伯特·亨伯特(Humbert Humbert)的病态心理及各种隐晦的性描写与普适性道德伦理相违背,因而小说甚至一度被归为色情文学之列。幸而后来在这部小说不断再版、译介和为读者所接受的过程中,其艺术价值不断为人们所发现和认可,才使其不至湮没在文学史的长河之中。

《洛丽塔》一度被视为洪水猛兽,其中很重要的一个原因在于读者难以理解纳博科夫为什么要用如此优雅的笔调和富于美感的意象来写一个恋童癖、杀人犯的故事,并且把它写得那么曲折、婉转而又十分感伤。读者不禁会在沉醉于小说优美文字的同时对纳博科夫的创作意图产生疑问,或是在愤慨于作者含混不清的道德立场的同时感到难以抗拒小说叙

---

* 本文在会议之后已在《云南大学学报(社会科学版)》2016年第1期发表。

事的魅力。在追寻作者意图的过程中,较为敏锐、细致的读者其实能够在不同程度上体会到作者不乏戏谑的笔调中透露的反讽意味,从字里行间看到一个戴着面具的作者在调侃小说的主人公,同时,小说中的人物叙述者也流露出种种"不可靠"的迹象。这能够在很大程度上让读者确信作者对主人公是持批判态度的。当然,我们并不能据此认为纳博科夫已将自己的立场和价值观念嵌入文本之中,让读者自己去发现。这或许正是这部小说复杂性的一种体现。为认识、理解这种复杂性,可以用韦恩·布思的"隐含作者"概念作为理论支撑,为读者心中存有的一些疑问寻求合乎逻辑的回答。

一、隐含作者与不可靠叙述

隐含作者的概念最初来自布思在《小说修辞学》中的两段描述:其一,"在他写作时,他不是创造一个理想的、非个性的'一般人',而是一个'他自己'的隐含的替身,不同于我们在其他人的作品中遇到的那些隐含的作者";其二,"'隐含作者'有意无意地选择了我们阅读的东西;我们把他看作真人的一个理想的、文学的、创造出来的替身;他是他自己选择的东西的总和。"这个概念自诞生至今,相关的讨论一直未曾间断,甚至对于其作为一个叙事学术语的存废,学界也存在不同甚或迥异的看法。在诸多讨论声音当中,涉及最多的是隐含作者究竟是谁? 长久以来,不少学者将其视为文本中的存在者,是在读者的阅读过程中逐渐形成的作者形象。例如,杰拉德·普林斯(Gerald Prince)把隐含作者的概念收入了他编著的《叙事学词典》(*A Dictionary of Narratology*),他把隐含作者更凝练地界定为"从文本中重构出来的作者的第二自我、面具或形象;是作者在文本中的模糊形象,被认为是站在幕后并对它的设计负责,对它信奉的价值观和文化准则负责"。米克·巴尔(Mieke Bal)就认为"隐含作者是文本意义的研究结果,而不是那一意义的来源"。里蒙-凯南敏锐地觉察到,布思实际上把隐含作者描述为"人格化的实体",但她更为赞同美国叙事学家西摩·查特曼(Seymor Chatman)的观点,即认为"隐含作者应该被看作是读者从本文的全部成分中综合推断出来的构想物"。赵毅衡也持相同观点,认为隐含作者"是从作品的内容和形式中推论归纳出来的"。他甚至认为这个术语的名称都有问题,不该叫做"隐含作者",而应当叫做"推定作者"

(deducted author)。

查特曼认为隐含作者不仅创造了叙述者,还创造了叙事中的一切,但他认为由于隐含作者是"隐含的",因此"是读者从叙事中重构出来的"。他研究隐含作者的重要目的之一,在于完善他著名的叙述交流模式,他用以下图形来解释这一模式:

真实作者 ---▶ | 隐含作者 → (叙述者) → (受述者) → 隐含 | ---▶ 真实读者

这个模式有助于确保查特曼叙事学理论的完整性和合理性,但传统结构主义叙事学研究又要求把作者排除在外,因此他进一步把隐含作者描述为:"[隐含作者]不是肇始的原因,也不是元初的自传者,而是我们将发明工作归诸其上的文本中的原则。"这意味着,其实查特曼也把隐含作者视为文本的创造者,但是在他的理论归纳中,最终还是将其界定为非人格化的"文本中的原则"。

热奈特也不赞成把隐含作者视为叙事文本的创造主体,他指出:"布思的这个概念对立于真实作者概念,在很大程度上等同于叙述者概念,布思本人有时就用'暗含**叙述者**'的概念替代它。"热奈特之所以否认隐含作者的主体地位,是因为在热奈特的理论模式中,叙事主体只有两个,一是文本之外的真实作者,二是文本内的叙述者,容不下第三个主体。热奈特并不否认隐含作者在阅读过程中的经验性存在,因此他在假设隐含作者作为作品中的作者形象成立的前提下,列举了三种 AI＝AR(隐含作者等于真实作者)的情况,即作者"无意识个性的无意泄露",作者故意模拟不同于其本人的个性,以及滑稽戏仿,既然 AI 始终等于 AR,那么 AI 就失去了存在的必要性。即便伪作与合著中存在 AI≠AR(隐含作者不等于真实作者)的情况,热奈特总体上也对隐含作者持否定态度。但如前所述,热奈特并不是一味排斥和拒绝隐含作者的经验性存在,他甚至完全赞成仅仅把隐含作者视为真实作者在作品中体现出来的"形象",但是绝不接受"把这个**作者概念**升格为'叙述主体'"。

前述理论家都在不同程度上把隐含作者归结为读者从文本中推导出来的作者形象,其实,他们都在有意无意中重新界定了隐含作者的概念,以符合于结构主义叙事学的理论框架,但这并不完全符合布思的本意,因为布思也把隐含作者等同于作者本人。为此,他在《隐含作者的复活:为何要操心?》这篇文章中说明了他提出这一概念的初衷,即不能接受作者的全面退场,消除学生混淆第一人称叙述者与作者的现象,以及恢复因批评家忽略修辞伦理效果而丧失的道德伦理评价立场。此时他进一步考虑了"真实作者对隐含作者的创造与日常生活的关系,在日常生活中,也无处无时不存在建设性和破坏性角色的扮演"。他以自身为例描述了作为个体的布思如何在日常生活和学术研究中表现出的不同个性与特征:"布思甲"阅读诗歌,"布思乙"从事文学批评和写作,"布思丙"从事日常琐事,"布思丁"修改论文。也就是说,隐含作者并不完全是从文本中重构出来的作者形象,同时也是文本外的、实际存在的有血有肉的作者本人。布思的各种变体(甲、乙、丙、丁)是布思这个真实的人在不同情况和状态下的特殊体现。

一些理论家对隐含作者概念的修改,以及布思本人的坚持,使这个术语的内涵变得不易把握。针对国内外众多学者围绕隐含作者发生的各种误解和混淆,申丹试图通过对布思理论的细读,从中抽绎出分别处于文本外和文本内的两种隐含作者状态,并用一个简约的理论模式来廓清这一概念的本来面目:

作者(编码)——文本(产品)——读者(解码)

这个模式表明隐含作者的概念实际上"既涉及作者的编码又涉及读者的解码"。从编码的角度看,隐含作者是处于特殊状态下的真实作者,从解码的角度看,是读者从文本中推导出来的作者形象,这完全符合布思本人的表述和意图。这个简练的模式对隐含作者予以精炼而全面的概括,是对布思隐含作者概念的完整表达,它既表明隐含作者是作品及其意义内涵的来源,又揭示出读者赖以理解隐含作者意图的途径。更重要的是,这个图示对于不可靠叙述的研究具有重要意义。

首位对不可靠叙述予以理论描述和总结的学者也是布思,他指出了作者、叙述者、其他人物和读者之间存在的"含蓄的对话",并认为以上每一方与其他三者的关系都存在"价值的、道德的、认知的、审美的甚至是身体的轴心上,从同一到完全对立而变化不一"。由此他论述了叙述者与隐含作者、叙述者与故事中的人物、叙述者与读者、隐含作者与读者之间的"距离"变化,并由此提出了叙述者可靠或不可靠的问题:"对于叙述者中的这种距离,我们几乎找不到恰当的术语名之。由于缺少更好的术语,当叙述者为作品的思想规范(亦即隐含作者的思想规范)辩护或接近这一准则行动时,我们把这样的叙述者称之为可信的,反之,我称之为不可信的。"

自布思对叙述者的不可靠性加以评说以来,叙事学界对不可靠叙述现象的研究在过去一二十年中得到长足发展,并引起了日益广泛的关注。从最初的"不可靠叙述者"这个相对单一的概念,到如今"修辞派"与"认知派"的理论交锋,以及詹姆斯·费伦的理论贡献,如"事实/事件""知识/感知""价值/判断"等三条轴线和"疏离型不可靠"与"亲近型不可靠"的六种表现形式,对不可靠叙述的分析和探索发展走上了日益精细化的道路。但不论其理论的精密程度如何,不可靠叙述的研究主流方向,仍旧是把叙述者对隐含作者及其规范的偏离程度作为基本的判断依据。

在诸多理论研究和文本分析中,隐含作者的规范是叙述者可靠性或不可靠性的基本参照,但这套包含知识、感知、伦理、价值在内的规范如何得以确立?如果仅仅把隐含作者视为读者从文本中推导出来的作者形象或者文本原则,那么问题的答案就比较简单了,但申丹归纳的理论模式要求对隐含作者这枚硬币的两面都予以观照。可以说,叙述者的可靠性或不可靠性是在这个模式的两端同时产生的,从"作者(编码)"这一端来看,作者的编码行为是产生不可靠叙述现象的根源。作者在文学创作中发挥的重要作用不言自明,文本外的写作活动已经完成了文本内的所有设计构造,包括叙述者可靠与否,都已涵括在内。从"读者(解码)"这一端来看,文本的消费在读者的阅读活动中完成,并在此过程中有意或无意地建构出隐含作者形象及其规范,从而发现叙述与隐含作者规范的趋近与偏离的情况。

对于《洛丽塔》这个特定文本而言,已有不少研究者对小说的人物叙述者亨伯特·亨伯特的不可靠性予以讨论,基本一致的结论是:亨伯特是一个较为不可靠的叙述者。对于亨伯特的不可靠性表现在哪些方面,其程度有多深,研究者尽可以得出见仁见智的回答,这个结论终究是毋庸置疑的,不过本文关心的问题是,小说中的隐含作者是如何建构起来的?

二、《洛丽塔》中的隐含作者

在《谈谈一本名叫〈洛丽塔〉的书》中,纳博科夫开头的第一句话颇有意思:"在完成对温厚的约翰·雷《洛丽塔》中执笔前言的人物的模仿之后,任何直接来自我的评论,都可能使人——其实是我自己——为之一震:这是弗拉迪米尔·纳博科夫的化身在谈论他自己的书呀。"纳博科夫在此明确无误地告诉我们,他曾模仿小约翰·雷(John Ray, Jr.)的口吻评价《洛丽塔》,他在这里使用这种故作惊讶的语气,无非是想表明他不得不亲自出面谈论自身创作经历的那种无奈,他显然更喜欢用小说开头的《引子》中那种戏仿的谐谑语调来评论这部小说。这篇文章的发表早于布思的《小说修辞学》,但我们已经可以从他这句话中看出隐含作者的端倪,也就是说,他隐藏在小约翰·雷的身后对《洛丽塔》和他本人大加评论。而此时的他,就是隐含的纳博科夫,借用布思的譬喻,可以称他为写作《引子》的"纳博科夫甲"。同理,可以称《洛丽塔》的作者为"纳博科夫乙",称《谈谈一本名叫〈洛丽塔〉的书》的作者为"纳博科夫丙"。那么,纳博科夫的甲、乙、丙三个变体就是这部正式出版的小说的三个隐含作者。

  孤立地探讨这三个隐含作者,显然是比较困难的。既然隐含作者的概念往往与不可靠叙述相关,那就有可能借助对叙述者可靠性的分析来洞悉隐含作者的面目。布思的理论描述似乎给人一种错觉,让人觉得似乎是在读者对小说的隐含作者获得较为透彻的了解之后,才有可能对叙述者的可靠性或不可靠性做出判断,但是从阅读实践来说,恰恰是当读者对叙述者的可靠性产生疑问时,隐含作者的真实面目才逐渐从文本中浮现出来。更确切地说,这也可以视为某种阐释的循环,即读者只有不断对比叙述者的不可靠性与隐含作者的面目,这两者才会不断臻于清晰;只有当读者发现叙述者越来越不可靠,才会意识到隐含作者更为冷峻、幽默、嘲讽的样貌;只有当读者充分意识到隐含作者故意在文本中埋下伏笔或奏出弦外之音时,才会更加审慎地看待和分析叙述者的说辞。

  如前所述,很多研究者都专门就亨伯特的不可靠性做过大量分析,得出了颇富洞见的结论。不唯如此,细心的学者还充分揭示了《引子》的叙述者小约翰·雷的不可靠性。不过值得注意的是,从阅读的顺序来看,如果读者按部就班地先读《引子》,恐怕不会贸然得出结论认为小约翰·雷是不可靠的叙述者,但精明的读者在读完亨伯特的叙事之后再重读《引子》的话,必然会有令人惊奇的发现,并从小约翰·雷的不可靠叙述中获得很大的阅读乐趣。

  就亨伯特的不可靠性而言,如果用费伦的三条"不可靠性轴线"对其加以衡量的话,不难发现他在三条轴线上都具有不可靠性。其一,亨伯特时而声称他记忆超群,对很多事情的细节都历历在目,时而又表示自己记忆力有问题。实际情况的确如此,记忆力很好的时候他可以凭借记忆复原黑兹的信和他遗失五年的日记,但记忆力不好的时候,他感叹说"我记的日子已经乱了",以及"作为一个感觉敏锐,但无完整、系统记忆的杀人犯,女士们先生们,我不能告诉你们,究竟是哪一天我第一次确定那辆红色敞篷车在尾随我们"。亨伯特的精神状况时好时坏,因此他所提供的事实在多大程度上具有可靠性,这一点并不明确。并且隐含作者似乎在暗示他的记忆力障碍与精神障碍之间的关联,他提供的事实很可能被他的妄想症所扭曲。更重要的是,他试图以记忆力不好为托词来掩盖某些事实,例如黑兹的信比他复述的内容多一倍,但没有复述的内容是什么,他并不完全透露给读者。其实他自己也对这一点予以肯定:"我觉得我难以捉摸的自我总在躲避我,滑进了深沉沉、黑暗沉沉的汪洋里,我是探不到的。我已把我能隐瞒的东西都隐瞒了,以免伤害人们。"他所隐瞒的是什么?隐瞒这些事实的目的的确如他所说,是为了避免伤害其他人,还是怕影响到他自身?扭曲事实属于"误报道",隐瞒事实就是"不充分报道",因此他在"事实/事件"轴上可能很不可靠。

其二,他为自己"合理"占有多洛雷斯做了充分的理论铺垫,以法律的、历史的理据形成自己的一套理论,又以"小仙女"的理论来表达他对少女的迷恋,以及这种迷恋的合法性。我相信,当读者看到这些内容的时候,甚至无需诉诸隐含作者的意见,就可以将亨伯特关于未成年少女的理论定性为歪理邪说。不难想见的是,这套歪理邪说肯定是精神失常与心理变态这两个因素共同作用的结果,因此他在"知识/感知"轴和"价值/判断"轴上都极不可靠。此外,亨伯特坦言自己隐瞒了一些事情,这本身是一种诚实的表现,但是他对自己的虚假和虚伪缺乏明确的认识。他曾经在精神病院贿赂护士以查看自己的档案,并因发现医生被自己戏弄而暗自窃喜。黑兹死后,他如释重负,但身为鳏夫,他多少要表现出丧妻的悲痛,他写道:"这些可亲的人害怕我独自留在这儿会自杀……我借一阵悲壮的感激之情给善良又轻信的法洛夫妇(我们正在等莱斯利前来赴他和路易斯的有偿约会)拿了一张从夏洛特遗物中找到的照片。"亨伯特不仅欺骗他人,甚至还为自己计谋得逞沾沾自喜,他在"知识/感知"轴和"价值/判断"轴上的不可靠性昭然若揭。

亨伯特的不可靠性是显而易见的,但当我们细看这些不可靠叙述时,我们对隐含作者的形象及其规范究竟有多大程度的把握?亨伯特是一个精神病人、性变态者和杀人犯,对于这些方面的展示,纳博科夫毫无不隐晦,但我们无法把握十足地做出判断的是,隐含作者如何看待这三个标签。当我们断言亨伯特在三条轴线上都不可靠时,读者是真的对"纳博科夫乙"的规范和原则胸有成竹,还是在一定程度上把普适的道德规范投射到他身上,从而做出这样的判断?因此,截至目前对亨伯特的不可靠性所作的判断应当暂时较为谨慎地放置在假设阶段。

接下来不妨看看《引子》中小·约翰雷的可靠性。小约翰·雷所讲的内容包括三个方面:第一,这本名为《洛丽塔》或《白人鳏夫的自白》的书的缘起,以及他对这部作品进行编辑的大致过程;第二,概略地交代了书中一些人物目前的生活状况;第三,对《洛丽塔》及其假托的作者亨伯特·亨伯特的评价。从其内容和形式来看,这是一篇标准的编者弁言,他指名道姓地概述了回忆录中一些人物的现状,当然这些名字都是化名,但对其中提到的日期和地点言之凿凿,而且还提醒读者,如果读者对"亨伯特·亨伯特"的犯罪情况感兴趣,可阅读1952年9月的报纸。这些内容连同小约翰·雷都出自"纳博科夫甲"的虚构,因此对这些文本内的事实无须质疑,小约翰·雷在"事实/事件"轴上是可靠的。对于亨伯特及其回忆录,小约翰·雷有五点评价:其一,这本书绝不是一部色情小说。其中存在一些可能被某些人误读为"色情"的场景,但这些场景"是一处悲剧故事发展过程中必不可少的有机部分",如要强行删除,则《洛丽塔》不再有出版的必要。其二,对亨伯特予以严厉的批判,认为"他是极其可怕的,他是卑鄙的,他是道德堕落闪光的典型,是残暴和机智的混合体,这或许是一种超级的痛苦的暴露,但并不增加他的魅力。他是反复无常的,令人厌倦……他是变态者。他不是绅士。"其三,对亨伯特写作中涉及美国社会、人文风俗、自然景观的部分做出评价,认为"他对这个国家的人和景物所抱的随意观点都是可笑的"。其四,对这本书的艺术特征予以评价,认为这本书的内容虽然令人十分不安,但其散发出来的艺术魅力使人难以抗拒。其五,对这本书伦理价值和教育意义做出评价,认为亨伯特的回忆录在科学、文学方面都具有其价值,并且将对读者产生伦理上的影响。

依据对《洛丽塔》的解读,我们可以做出一些判断:第一,诚如小约翰·雷所言,这并不是一部色情小说,这说明小约翰·雷作为一名资深编辑,对色情文学和非色情文学的区分具有非常专业的眼光。第二,他对亨伯特充满了负面的、措辞严厉的评价,但是我们也感觉到,亨伯特精神、心理之复杂,并不是小约翰·雷的这番言辞所能概括的。第三,不论亨伯特本人如何面目可憎,小约翰·雷为他作品中随处闪烁的艺术魅力所打动,不由得发出赞叹。第四,小约翰·雷在序言最后一段对这本书在科学、文学、伦理方面的价值的评论,给人感觉是一位例行公事的编辑按照常规写下的陈词滥调,似乎唯有如此方能尽到编辑的义务。由此可以看出,小约翰·雷在"知识/感知"和"价值/判断"轴上既有其可靠性,也有不可靠性。

与我们对亨伯特不可靠性所作的假设有所不同的是,我们对小约翰·雷的可靠性和不可靠性具有更大的把握,因为小约翰·雷对亨伯特和《洛丽塔》所作的主要评价都可以从我们的阅读经验中得到印证或反证,因此"纳博科夫甲"的形象比"纳博科夫乙"的形象要鲜明得多。小约翰·雷不乏自夸地表示,克拉克先生之所以选中他担任编辑,原因是他刚刚发表过一篇有关精神病和性变态研究的论文,这已经暗示出"纳博科夫甲"对亨伯特精神、心理的病态表现所作的结论性描述。但是当小约翰·雷断言《洛丽塔》会成为精神病领域中的一个经典病例,"纳博科夫甲"的嘲讽语气显得异常强烈。正如鲁迅《狂人日记》的读者大都知道,《小引》中的叙述者"我"把狂人日记整理、发表的目的,绝不是拿去"供医家研究"。因此,当小约翰·雷为《洛丽塔》的艺术魅力所折服,却转过来大谈其社会、伦理、教育方面的意义时,读者无法理解一个颇具慧眼的编辑为何做出这等平庸的判断。再如,小约翰·雷历数书中一些其他人物后来的境况和发展时,末尾来了一句"与此事有关的各处墓地看守员都报告说不曾有鬼魂游荡",这表面上是说死者已经安息,读者不必为他们操心,但我们不由得要去思考"纳博科夫甲"为什么在这里把故事文本内的"事实"交代到如此荒唐、可笑的地步。他如果不是在挖苦小约翰·雷又是在做什么呢? 又如,当小约翰·雷说道"[亨伯特]对这个国家的人和景物所抱的随意观点都是可笑的",这在表层上是一个虚构人物对另一个虚构人物的批评,在里层上是"纳博科夫甲"在指责"纳博科夫乙"没有公允地描述美国社会,而事实上我们不难做出判断:这并不是纳博科夫的自我指责,而是他对读者的批判有所预期或经历,因此是在为一些真实的美国读者作反讽式代言。

"纳博科夫甲"更为鲜明的形象无疑可以为"纳博科夫乙"的形象建构提供参照,使我们对亨伯特不可靠叙述的判断得到部分确认。而如果我们把"纳博科夫丙"的叙事引入讨论,可以使我们的诸多判断得到进一步确认。"纳博科夫丙"介绍了《洛丽塔》成书及出版的经过,不过最令人关注的还是他本人明确的创作论和对亨伯特的评价。他明确地指出,在他看来,小说的价值在于"它带给我(勉为其难地称之为)审美的福祉,一种不知怎么,不知何地,与存在的另一种状态联系起来的感觉,艺术(好奇心、柔情、善意和迷狂)是那种状态的准则",而对于说教小说,他既不想读,也不会去写。这一方面肯定了小约翰·雷对《洛丽塔》艺术价值的判断,一方面驳斥了小约翰·雷对小说教育作用的那番大而无当的说辞。关于亨伯特或"纳博科夫乙"对美国社会的描写是否恰当,"纳博科夫丙"也给出了明确的答案:"一些读者对《洛丽塔》的另一项指责说它是反美国的。比起那些认为《洛丽塔》不道德的无聊控诉,这更令我苦恼。"由于他是俄国移民,关于他对美国社会言论不当的指责,他肯定十分敏感,而且深为不安,实际上他的要求很简单:"我在努力成为一个美国作家,要求的只是与其他美国作家享有的同样权利。"在此,他所要求的是作家身份的国民待遇。关于小约翰·雷介绍其他虚构人物"现实"生活状况的做法,"纳博科夫丙"的态度依旧鲜明:"为了获取关于一个国家、一个社会阶层或作者的资料而去研究小说,是幼稚的做法",因此我们可以十分确信小约翰·雷的这一做法在"纳博科夫甲"眼中是荒谬、可笑的。

关于"纳博科夫丙"或者说纳博科夫本人对亨伯特的道德评价——这也是读者最关心的问题之一,当他说"除了早熟的少女外,我还有许多事情不能与他苟同",一切基本了然,但即便如此,读者或许仍然存在的一个疑问是:既然这样,为什么还要塑造亨伯特这样一个主人公?难道纳博科夫并不担心小说可能招致的伦理批判?事实上《洛丽塔》遭到的诸多道德批判已经说明了这一点,而"纳博科夫丙"也明确地表达了自己的态度:"的确我的小说中包含了对一个变态者的生理冲动的种种暗示。但毕竟我们不是儿童,不是没有文化的不良少年,也不是英国公学里的男生,在一夜的同性恋游戏后不得不忍受阅读被删节的古典作品的矛盾。"这也就是说,纳博科夫对亨伯特违反伦常、道德、法律的行为是持批判态度的,只不过他的写作并没有明确提出这种批评,使读者在这个问题上存有疑虑。费伦用"疏离型"和"亲近型"不可靠叙述理来说明纳博科夫"对不可靠叙述所做的实验为读者设置了阐释和伦理上的圈套",却又没有给出十分明确的线索让读者寻找其答案,所以未能实现隐含作者和真实读者之间的有效交流。因此费伦却注意到,《洛丽塔》的读者中有两个群体引人注目,其中第一类痴迷于亨伯特巧妙的叙述,第二类却坚决抵制亨伯特的修辞诱惑。但是如果让"纳博科夫丙"也参与到交流之中的话,我们可以看出,他并不认为伦理道德问题不重要,而是说他认为这是一个无需证明和讨论的问题,他的"作者的读者"(authorial audience)应当能够轻松地逾越这道障碍,进入阅读小说的审美愉悦之中,而却不会对亨伯特产生过分的亲近。

三、结　论

　　隐含作者的规范和观念对叙事作品的理解和阐释具有重要作用。《洛丽塔》的不可靠叙述者为我们认识隐含作者的面目提供了很多线索,并且我们可以先通过两个叙事文本的对照,在一定程度上确认我们对叙述者不可靠性的判断,从而使隐含作者的形象逐步从纸面上显现出来。而当我们把真实的作者带入讨论现场,他的评价不仅证实了我们之前所作的假设,也使他的不同变体得到更为清晰的展示,同时使我们难以从虚构叙事中参透的疑问得到解答。这使我们更加确信,隐含作者并不是一个理论预设,也不仅仅是读者去推导和构建的一个文本中的存在者;作为一名作家写作状态下的自我,隐含作者真实地存在于作品之外,作为读者合成的作者形象,隐含作者在作品中发挥着思想、意识、道德、情感方面的引导作用。因此,不论是对叙述者可靠性的判断,还是对作品的理解而言,仅仅从"读者(解码)"的角度去建构隐含作者是不够的,"作者(编码)"是这个过程中不可或缺的维度。并且,从作者(编码)的维度看,纳博科夫丙讲述了一些重要的编码动机和原因,这对纳博科夫甲、乙的形象构建发挥了重要的证实和指导作用。就《洛丽塔》这部具体的作品而言,纳博科夫丙的叙事可视为小说的"阅读指南",如果读者认真阅读这份"指南"之后再进一步思考他们对作品的看法,那么费伦提到的两类读者应该不会对亨伯特偏听偏信,也不会对其一概反对。而就浩如烟海的小说作品而言,当我们对其作叙事学分析时是否可以较为从容地诉诸作者本人的论说与评价,《洛丽塔》隐含作者的这个案例应当具有启示作用。

【引用文献（Works Cited）**】**

Gerald Prince: *A Dictionary of Narratology*, University of Nebraska Press, London and Lincoln, 1991.

Seymor Chatman, *Story and Discourse*, Ithaca: Cornell University Press, New York, 1978.

James Phelan: "Estranging Unreliability, Bonding Unreliability, and the Ethics of

Lolita", *Narrative*, 2007, (2).

韦恩·C·布思:《小说修辞学》,华明、胡晓苏、周宪译:北京:北京大学出版社,1987。
米克·巴尔:《叙述学:叙事理论导论(第二版)》,谭君强译,北京:中国社会科学出版社,2003。
施罗斯密·里蒙-凯南:《叙事虚构作品——当代诗学》,姚锦清译,北京:生活·读书·新知三联书店,1989。
赵毅衡:《当说者被说的时候——比较叙述学导论》,成都:四川大学出版社,2013。
热拉尔·热奈特:《叙事话语·新叙事话语》,王文融译,北京:中国社会科学出版社,1990。
詹姆斯·费伦、彼得·拉宾诺维奇:《当代叙事理论指南》,申丹等译,北京:北京大学出版社,2007。
申丹:《何为"隐含作者"》,《北京大学学报(哲学社会科学版)》,2008,(2)。
弗拉迪米尔·纳博科夫:《洛丽塔》,于晓丹译,南京:译林出版社,2000。

【作者简介】王　浩,云南大学大学外语教学部副研究员,云南大学叙事学研究中心成员,主要从事叙事学研究。

《幸存者回忆录》
——一部独特的新自传叙事[*]

◎ 沈洁玉

【内容提要】《幸存者回忆录》以幻想小说的形式及自传叙事的实质性开启了多丽丝·莱辛文学创作上的新里程碑。作者巧妙地运用空间因素的并置与套叠打破了传统的线性时间流,推进着小说的叙事进程,在自传事实与虚构情节的融合呈现中完成了对自己一生主要经历的回顾与反思。在表层叙事之下作者还以独特的"墙后世界"追溯对苏菲教信仰的精神之旅,在对末世乱象的书写中抨击了现代文明的弊病,并同时隐喻了通过意识升华而通往的人类自救之路。

【关键词】《幸存者回忆录》;多丽丝·莱辛;空间自传;精神自传;寓言

英国女作家多丽丝·莱辛的《幸存者回忆录》在1974年一出版即受到广泛争议,其形式与内容上的大变革使广大读者与评论家一时间难以适从。"科幻小说"、"内空间小说"、"一部关于未来的鬼故事"众说纷纭。批评家亚伦·罗森菲尔德等则注意到了小说的自传因素,称之为"莱辛的自传实验"(Rosenfeld 42)。而莱辛本人也曾多次公开提到"它是一部自传的尝试"(Klein 20)。自传研究专家勒热纳说,"当某个人主要强调他的个人生活,尤其是他的个性的历史时,我们把这个人用散文体写成的回顾性叙事称作自传"(勒热纳3)。这其中,作者通过带有个人经历色彩的细节描述而达成的身份认定与带有精神剖析性质的自我意识又是现代自传的基本要素(梁庆标80)。基于这一界定,《幸存者回忆录》确是一部自传

---

[*] 本文系安徽省高校人文社会科学重点项目"多丽丝·莱辛幻想类小说的'空间'研究"(编号:SK2015A469)阶段性成果。

叙事。然而在文本的结构上，这部小说打破了传统叙事顺序，表现出明显的碎片化特征。空间因素的巧妙利用使小说的情节跳出了传统自传的单向度线性时间脉络，甚至在过去、现在与将来之间自由穿梭。小说在内容上则是纪实性的事件与幻想的模块相互混杂，对人生主要经历的回溯部分与纯属想象的虚构部分自然承接，又相映成趣。此外，自传主体明显分化，多个人物呈棱镜状态在并存的同时共同折射着主体的生存轨迹。这些独特的叙事特征又使得《幸存者回忆录》具有别于传统自传的"新自传"性。

一、一部空间自传

杜克在其编著的《现代中国女作家评论》中用"空间自传"（spatial autobiography）描述汤亭亭的《女勇士》。而他使用"空间自传"这一概念并非一个区分其他类型自传的类别概念，其目的在于阐释后现代自传叙事具有大量使用空间化策略的特点（杨晓霖 133）。

《幸存者回忆录》的叙事即呈现出强烈的空间感，其视角由外而内的延伸及不断交替的镜头甚至给读者一种建筑物的层次美感与神秘性。莱辛利用空间并置将象征着自己一生经历不同阶段的三个主体（"我"、艾米莉、墙后面世界中的小女孩）的叙事巧妙地镶嵌在一个共时发生的故事里，打破了自传惯常的时间流。"我"是一名居住在文明崩溃、社会机构坍塌的乱世中的独身中年女性，公寓的客厅就是"我"日常活动与对外界进行观察的主要场所。文中的艾米莉是一个无父无母而被突兀地交由"我"照看的十几岁的少女，她所施展人生抱负的种种行径则发生在公寓对面的人行道上。"我"时常能穿越客厅的墙壁进入后面的世界，在那里，"我"又目睹了萦绕"我"一生并被"我"认定是艾米莉童年的一位小女孩的生活场景。给人以安全感的破旧的客厅、充满混乱与流动性的人行道和墙后面充满窒息感的"个人的空间"随着主体的活动不断在叙事中交替呈现，而从作家这种叙事视角与人称空间转换的虚实交错中，我们仍然可以清晰地感知这多重的主体实则是"我"的分化。艾米莉就是"我"的青少年时代，"从我的角度看，她，她的状况，与我接近得就如同我自己的往昔记忆"（51），她在乱世的种种挣扎与实践实则是"我"一生求索的缩影，而墙后面的小女孩，"当然就是交给我照看的艾米莉"（49），也是"我"

的童年时代。正因为这样一种空间的分化及所承载的主体的特征,莱辛通过既作为外部观察者又作为内部参与者这两个对立而统一的视角,在艾米莉和小女孩身上检视了自己的前半生,在"我"自己的反思、回顾与自省(被具象为在墙后面的另一空间里发生的行为)中进行了自我意识的升华。

可见,《幸存者回忆录》就是一部带有明显空间实践特征的后现代自传叙事。它在从物理意义上描绘与定义自传主的位置的同时,也在抽象意义上定义着个人在社会生活中的位置——即寻找身份。首先,"我"在墙后面所目睹的那个"孤孤单单,遭人厌弃,被人抛弃"(157)总处在惊恐状态的小女孩就是莱辛本人童年生活的影射,其中母亲对弟弟的偏爱与对她的冷漠甚至苛刻,父亲常跟她玩的那种折磨人又让人尴尬的游戏片段均来自莱辛本人生活中的真实经历,她也多次在作品中记录过这些类似的情节。其次,艾米莉从到来时的那个敏感早熟的少女到最后"我"眼中的一个有着"一对大约三十五至四十岁的成熟女子的眼睛"的"精疲力竭的女人"(212)所经历过的历程——走出客厅加入马路帮派生活,在流浪派组成的团体中践行着一位女主人的职责和对救苦救难的追求,陷入对团队首领杰拉尔德的爱恋而后又因信仰分歧而产生隔阂,这些都无不观照出莱辛早年生活中类似的对自由、独立、信仰与爱情的求索。而已进入中年的"我"在乱世所表现出的洞悉一切的从容淡定与同时存在的被现实困囿的无助与茫然又使得 20 世纪六七十年代的莱辛的生活与思想状态昭昭然跃于字里行间。

自卢梭的《忏悔录》以来自传的主旨就被认为是一种寻找自我、或者说是建构身份的过程。由此,自传写作既是作者自我意识展现的一个过程,也是其完成自我身份建构的一种方式(周凌枫 57)。莱辛正是通过这些折射在他者身上的"过去的我"杂糅着"当下的'我'"总结与反思着自己前半生的人生轨迹。她分别以"叙事者"与"被叙事者"的身份重新认识自己,通过重建过去来建构自己理想的身份。在并置、割裂与片段化等空间化叙事策略的掩助下充分探寻多个自我之间的关系,并通过这样的坦白正视现实,整合分裂,从而弥补童年的缺憾,消除童年创伤的阴影,并在这一努力中逐渐成长、成熟,继而进行自我超越。在这一过程中,她不再是高墙之后父母的桎梏下无助乞怜的小女孩,也不再是流浪于世、敏感而害怕受伤的少女艾米莉,她所塑造的成熟后的艾米莉最终以聪明善良、勇敢果毅、充满自我教育的悟性与智慧获得了在乱世中"大大超越她本人,彻底变幻了容颜……离开这个崩溃的小世界,进入完全不同的另一个世界"(230)的重生机遇。而这也正是作家一生的求索与梦想。

借助空间存在的多样性与变换的灵活性,莱辛将一生的经历铺陈开来进行恣意的穿梭浏览,在看似割裂不相关而实质上延续统一的叙事片段中完成了"幸存者"一生的回顾。这样的一部"空间自传"在实现了自传主自审的功能之外也确实是一种叙事手段的心裁别出,出色地践行了作家"一部自传的尝试"。

二、一部精神自传

近年来诸多学者的研究认为,精神分析与传记的关系在今日已经密不可分了,精神分析与传记是构建生命叙事的两种平行的方式。当代的传记家往往解剖、分析传主的精神生活(赵山奎 111)。南京大学杨正润先生概括,"新传记"对人类心理世界的兴趣日益增长,传记家除了描述经验的事实外,还注意到心理的事实(唐岫敏 94)。《幸存者回忆录》中,在经验事实的外表下就始终涌动着"我"的一场精神苦旅。

在"我"穿墙而过的墙后面的空间里除了容纳着"我"童年时代回忆的"个人的"空间,还存在着一个"非个人的"空间。那里面的混乱肮脏、杂乱无序的布局反映的就是"我"在现实世界中所遭遇的那个末世情景。"我"在其中的一次次游历,一次次竭力所做的清洁、规整与修补工作则象征着"我"竭力超越现实的禁锢通往理想生存境界的意识升华之路。

每当"我"靠近客厅这面墙就感觉"仿佛托着一只快要孵化的鸡蛋贴近耳边,倾听着,等待着,想象着里面头缩在翅膀下的小鸡,正啄着自己的出路,摆脱黑暗的牢狱"(14)。在接下来的越墙而过的际遇中,"我"看到那里许许多多、绵延无尽的房间,那里破败陈旧、凌乱不堪或损毁严重,甚至还有让人感到恶心、感到害怕的有着杀戮痕迹的房间,"我"感觉有许多工作要做,"我"不停地对自己说:这个地方需要好好清理一下。"我"开始擦洗、修补,打开门窗让阳光与清风进入,涤荡整个房间。可"无论我如何打扫、收拾,将翻倒的椅子、桌子和室内物品恢复原样,无论我如何刷洗地板,擦洗墙壁,等到我有一阵子脱离了现实生活,再次走进那些房间时,一切又得重做一遍"。即便如此,每次的清洗与粉刷工作后,人就像站在了清洗干净的蛋壳里面,感觉我已把积攒的妨碍生存者呼吸的污垢都清除掉了"(68—70)。

在此,作家虽隐晦然而又很清晰地表露出自己对苏菲主义教义的信仰与践行。从20世纪的60年代开始,走出青年时代的信仰迷茫期的莱辛就坚定地宣称自己对苏菲主义的迷恋与追随,在她六七十年代的创作尤其是幻想类作品中亦充满了苏菲主义元素。作为宗教的一种,苏菲主义是伊斯兰教神秘主义派别,它强调人通过调整自身状态来思考社会问题、改变人生困境,它主张人用"出神"、"想象"与"冥想"等这些独特的非理性思想状态来进行自我调节和整合,从而达到自我认识,自我纠错,最终获得个人的自由和超脱。这样的理念无疑使莱辛发现其精神困扰的出路所在。在那个过度崇尚科技力量和暴力的20世纪西方世界中,人类面临的是往昔文明大厦的崩塌及精神家园的破碎与丧失,而苏菲的思想恰恰能帮助人们在迷乱的现实生存中积极抗争,寻求超越之路。

后现代与后结构主义对传记与自传的侵入还表现为虚构成分的大大扩张。用真实的自传成分来认证自己的身份,用虚构的故事来解释自己的心理世界(杨正润42)。在整部小说的构图中,墙的后面其实是公寓的走廊。显然,在这面墙后面"我"所看到的一个个房间只是作家虚构的空间,她在这个"非个人"的空间里盛放的不过是"我"的精神活动。在此,在虚拟空间的辅助下精神被披上了事实的外衣,作家巧妙地通过一桩桩能够显见的事实实则坦呈着"我"的意识。一次次穿墙而过的经历就如一次次精神与灵魂的洗礼,让"我"一次次更透彻地理解了外面的世界和"我"真正的需求与目的。墙后面的空间景象随着"我"的每一次穿越而不断地发生变化,"我"也在改变,"曾经伴随我整个一生的焦虑和渴求,总是与我同在的反抗和怒气,都在逐渐减弱"(107)。在"我"最后一次踏入墙后面的世界时,"我"所居住的大楼像一台机器那样瘫痪了,外面的空气已经污浊得令人无法呼吸,到了一切该结束的时候了,墙面上隐藏的图案苏醒了,显现出来……

作为一部新自传,在《幸存者回忆录》里,传主(也是自传者本人)童年被忽视、受压抑的创痛所带来的不安与惶恐,青少年时期理想与信念的一次次追索与破灭后造成的无助与茫然,中年后苏菲教义的精神追求与修炼而带来的灵魂的平静与安定都在作家笔下借助空间的并列与划拨一一呈现开来,作为最终幸存者的艾米莉(也就是"我")在这部回忆录里记录的既是她一生的各阶段历程,更是自己的一部精神成长史。

可见,现代传记表现出对传主的童年经验等问题的重视,对传主的身份认同、无意识动机和深层人格等问题的探讨。而在传记叙事手法和解释策略方面,精神分析对时间和记忆问题的一系列洞见也更新了传记家对传记事实和传记证据的看法,启发了现代传记家打破传统的传记叙事模式,在过去和未来、事实和虚构、现实和梦幻之间建立了复杂的关联,通过对传主精神地形的层层描摹,传记家对传主的人生做出了更为深入的解释(赵山奎 114)。

三、一部作为寓言的自传

寓言是一种通过叙事和描述来表达"隐含的道德意义"的古老的文学式样。古今中外的学者对此曾作过各类定义,目前被普遍认同的是美国康奈尔大学教授艾布拉姆斯的论述:"无论在诗还是散文中,寓言都是一种叙事文体。在寓言中,作者用人物、情节以及背景以诠释'字面上的'或称作第一层意义;与此同时还传递出一个与第一层字面意义相关联的第二层意义"(Abrams 5)。在综合了中外学者关于寓言的论述后,张清华这样总结:寓言大约包含了这几层意思:一是虚构性,其叙事的虚假性是暴露在外的;二是哲学与寓意性,其叙事的目的在于表达作者的观念;第三,在叙事方面具有怪诞或非现实性,其魅力和内涵的扩展性也由此而产生。总之,"虚伪的形式"和"真实的经验"结合构成的正是寓言(张清华 42)。

《幸存者回忆录》正是这样一部不折不扣的现代寓言。首先,故事的主要内容就是作家想象的一场发生在未来的无名的大灾难降临世界,原先秩序井然的城市生活陷入瘫痪,曾经体面的各种人际交往也沦落为为争取有限的生活资料而进行的相互格斗与残杀,到处是死寂、无望和令人窒息的现代荒原图景,人们只能在"往昔文明的垃圾堆"里找点可用的东西来延续末日的残喘。作为故事主人公的"我"亦无名且无家庭无历史,"我"的任务除了观察社会格局的一步步变化就是照管受托的艾米莉。这样一个充满作家想象力与忧患意识的显然虚构的未来叙事曾在出版之际被芝加哥论坛报誉为"多丽丝·莱辛最深刻的寓言小说"。而其"深刻性"莫不过于其暴露在外的虚假的叙事下隐藏的"哲学和寓意"。作家正是借幻想小说的契机,以隐喻的方式高度风格化地暗示了现世的混乱和人的生存困境。随着描绘从自然环境污染深入到昔日文明社会的全面崩溃,莱辛的批判锋芒所向正是人类文明以及文明框架中的压迫与统治意识,并对其实施颠覆性的反讽:人类不择手段地利用现代科技构建文明社会的统治与秩序,但正是文明框架中的统治意识与压迫观念又导致了整个文明的坍塌(沈洁玉、黄波 20)。文中作者借在灾难的摧残与颠沛流离中变得凶狠、残暴甚至毫无人性的一群地铁中的孩子帮与坚毅、果敢、充满温情的艾米莉和她忠诚的黄皮狗雨果的争斗实则探讨了人性的善与恶以及它们最终导向的归属。

在小说表面虚假叙事之中还存在着"另一个虚假",即"虚假中的虚假",那就是位于"我"客厅墙背后的世界——一个根本不存在的空间。在这个更深一层的虚假叙事中,作者对她在第一层寓意中所提出的人类生存困境进行了救赎式的探索。本雅明在其著作《德意志悲苦剧的起源》中提出了小说的寓言式批评理论,其中就包括"废墟上的救赎功能",这也是寓言的主题(徐舒仪、朱新福 134)。这样的一种救赎功能,莱辛并没有让读者通过阅读作家所设的寓言在否定之否定的悖论思辨中自己去体会,而是辟一方假想的空间,通过"我"的一次次越墙之旅隐喻了自己对苏菲教义的信仰,这当然也是因为小说本身的自传特性。借助"我"的所思所行,作家跳出虚设的故事框架真正地言说出苏菲教冥想式的摆脱现世苦难,追求精神纯净与意识升华的理念。

莱辛在她的寓言中了绘制出了多个"第一层意义"——倒退的人类文明、毁灭的世界秩序、代表正义的艾米莉与暴力势力的较量、墙后面世界的混乱和肮脏与"我"竭力所做的清洁工作、墙后面小女孩的孤苦迷茫,然而拨开层层"虚假的面纱"我们可以探知作家在这一系列表层叙事之下所布设的一个个隐喻。她所要真正显示的是她对当今世界扭曲的现实的解剖,对人类未来生存的忧患,以及借助宗教教义既完成个人意识的升华又能以"完善个体、和谐共生"的救世主张拯救这个现代荒原于乱世的美好愿景。《幸存者回忆录》就是一部综合而复杂的"混合的寓言",它在现代西方文明、人性和精神哲学的层面上都富含寓意和影射力量。它是对现代文明颓败的抨击寓言,是在复杂人性较量中讴歌美好与善良的寓言,是一个迷茫无助的个体精神成长的寓言,也是一则向世界种种不和谐因素提出解决之道的寓言告示。本雅明说,"寓言是我们这个时代最有意义的思想形式"(本雅明 294),而《幸存者回忆录》就最有意义地彰显了作为一个宏大的寓言叙事的多义性和复杂性。

最后,在这部寓言的叙事方面,多维空间虚实并构、交错呈现(物理空间、人物心理空间、具有异质性的第三空间)的杂糅技巧,自传叙事主体呈三个人称状态("我"、作为"你"的艾米莉和作为"她"的墙后的小女孩)的明分暗合之匠心设计无疑都更使得这部小说充满了作为寓言的怪诞与魅力。

结　语

《幸存者回忆录》是莱辛继《四门城》之后创作风格上的一次更大创新。20世纪70年代西方学界的空间化转向给她的创作形式注入了新的活力与魅力,对苏菲教义的信仰则使得她曾在作品中一以贯之的对人类生存状态的观察与思考多了一层视角与维度。她打破时间的限制,将多维的空间引入时间流,时空兼并却又信手拈来地铺陈小说情节;她突破事实与虚构的疆界,将明显属于自传的素材纳入虚构的小说框架内;她模糊了精神与事实的界限,将人物的精神活动物质化,并置到自身的行动中。她以文本这样表面的"乱"与"杂"映射外部世界的混乱、无序,也反映出主人公生活追求的无目标状态与精神的迷茫、空虚,并同时隐喻了通过主体自身的心理调节与精神净化来规整个体的心理错乱,进而进一步改善外部世界之脏乱的深刻主题。

小说自身命名中的"回忆录"(the memoirs)其实已言说出了莱辛创作一部自传的意图,而其中的"幸存者"(a survivor)则隐喻了在乱世中什么样的人、什么样的集体甚至什么样的社会才能成为幸存者的深意。《幸存者回忆录》完成了从充满幻想元素的"新小说"到浸染着后现代色彩的"新自传"的蜕变,且无论形式与内容它都堪称一部绝佳的独特新自传。

【引用文献(Works Cited)】

Abrams, M. H. *A Glossary of Literary Terms* (7th Edition). Boston: Heinle & Heinle, 1999.
本雅明:《本雅明文选》,陈永国、马海良译,北京:中国社会科学出版社,1999年。
Klein, Carole. *Doris Lessing: A Biography*. London: Gerald Duckworth & Co.Ltd., 2000.
Lessing, Doris. *The Memoirs of a Survivor*. London: The Octagon Press, 1974.
菲利普·勒热纳:《自传契约》,杨国政译,北京:北京三联书店,2001年。
梁庆标:《对话中的身份建构——君特·格拉斯〈剥洋葱〉的自传叙事》,《国外文学》2011年第1期。

Rosenfeld, S. Aaron. "Remembering the Future: Doris Lessing's 'Experiment in Autobiography'". *Critical Survey*. Vol.17, Issue 1, 2005.

沈洁玉、黄波:《文明旅行:多丽丝·莱辛的'有毒话语'批判》,《外语学刊》2014年第5期。

唐岫敏:《'新传记'面面观》,《外语研究》2013年第4期。

徐舒仪、朱新福:《失落与救赎:科马克·麦卡锡"边境三部曲"的寓言性叙事解读》,《解放军外国语学院学报》2016年第3期。

杨晓霖:《后现代视野下的空间自传叙事与自传叙事空间》,《当代外国文学》2014年第3期。

杨正润:《实验与颠覆:传记中的现代派与后现代》,《浙江师范大学学报》(社会科学版)2009年第2期。

周凌枫:《新时期以来作家自传中的身份意识》,《当代文坛》2014年第1期。

张清华:《寓言——当代小说诗学关键词之一》,《小说评论》2012年第1期。

赵山奎:《论精神分析理论与西方传记文学》,《南京师范大学文学院学报》2007年第3期。

【作者简介】沈洁玉,硕士,合肥师范学院外国语学院副教授,主要从事英美文学及文化研究。

叙述视角、引语方式和文化身份困境
——裘帕·拉希莉小说《森太太》解读*

◎ 张 玮

【内容提要】《森太太》是美籍印度裔女作家裘帕·拉希莉《疾病解说者》中的一篇短篇小说,讲述的是一位印度妇女在美国的生活故事。本文以叙述视角和话语模式为切入点,结合文体学的知识,分析小说《森太太》故事层中叙述者和人物视角转化使用,以及直接引语和间接引语等话语模式的应用,解读人物"森太太"所折射出的印度海外群体的身份认同问题,将小说文本的艺术形式和精神/文化向度的身份认同分析相结合。

【关键词】叙述视角;直接引语;间接引语;文化身份

《森太太》(Mrs. Sen's)是美籍印度裔女作家裘帕·拉希莉(Jhumpa Lahiri)的一篇短篇小说,收录于小说集《疾病解说者》(Interpreter of Maladies, 1999)中,该小说集获得2000年度美国普利策文学奖。拉希莉1967年出生于英国伦敦一个印度移民家庭,幼年随父母移居美国。她大学毕业后在波士顿大学深造文学创作,有多篇小说收入《全美最佳小说集》。她还获得过欧·亨利短篇小说奖、《纽约客》杂志小说奖等。西化的成长环境和教育背景,以及印度家庭承袭的文化传统,赋予她与众不同的人生观察角度,她尤为擅长描写海外印度人的生活。《森太太》讲述随丈夫在美国生活的印度妇女森太太受雇在艾略特放学后照顾他。森太太给他做印度食物,跟他讲印度家人和家乡的故事,还带他去海边买鱼。森太太开车不熟练也不愿意学开车,一次森太太准备开车带艾略特去买鱼时,车子

---

* 本文为国家社科项目《当代南亚英语流行小说类型研究》(15BWW025)成果之一。

撞到电线杆上,艾略特受了轻伤,森太太也停止了照看他的工作。

学者们多着眼于解读《森太太》中所表现出的印度海外流散者所面临的身份、文化认同问题。如,郭欣茹(Hsin-Ju kuo 2011)分析小说中烹饪描写所折射出的印度女性移民的种族身份和性别问题等。也有学者从女性主义角度,指出森太太在美国被文化边缘化、在家庭被男权主义(丈夫)边缘化的境况(冯欢 2011)。有学者认为这篇短篇小说包含了"不同文化背景的人之间的差异""文化疏离""全球化压力下的女性"和"婚姻问题与生活在此情况下的家庭"等四大主题(温琪 2015)。学者们对《森太太》所反映出的美国(异域)文化对印度移民的影响和身份认同问题享有共识,而较少分析作家如何利用具体的文本构成方式和叙事方式来反映森太太的身份认同问题。本文以叙述视角和话语模式为切入点,结合文体学的知识,通过分析小说故事层中叙述者和人物视角转化使用,以及直接引语和间接引语等话语模式的应用,解读人物"森太太"所折射出的印度海外群体的身份认同问题,将小说文本的艺术形式和精神/文化向度的身份认同分析相结合。

一、叙述者视角和人物视角转化使用

叙述视角指叙述时观察故事的角度,以什么视角观察故事一直是叙事研究界讨论的一个热点。热奈特在《叙述话语》中提出了"谁看"和"谁说"的区别,认为分清叙述声音和叙述眼光有助于合理区分视角。20世纪80年代以来,"视角和叙述"成了一个常用搭配,以示对感知者和叙述者的明确区分。"叙述声音即叙述者的声音;叙述眼光指充当叙述视角的眼光,它既可以是叙述者的眼光也可以是人物的眼光"(申丹 2004:201)。当叙述者借用人物的眼睛和意识来感知事件,就是"人物视角",叙述者是讲故事的人,但感知者是观察事件的人。"20世纪以来的第三人称小说中,叙述者往往放弃自己的眼光而采用故事中主要人物的眼光来叙事。这样,叙述声音与叙述眼光不再统一于叙述者,而是分别存在于故事之外的叙述者与故事内的聚焦人物这两个不同实体之中"(申丹 2004:237—238)。申丹将国内外不同学者提出的模式进行综合与提炼,详细列举出视角的9种模式,并分析了不同视角的叙事功能。《森太太》的叙述视角主要是第三人称叙述视角,中间夹杂叙述视角的转化,从第三人称叙述者

视角切换为人物视角,例如,在描写森太太外貌、行动和居住环境时,作者利用人物视角将写物和写情同时完成。例如:

(1) She was about thirty. (2) She had a small gap between her teeth and faded pockmarks on her chin, yet her eyes were beautiful, with thick, flaring brows and liquid flourishes that extended beyond the natural width of lids. (3) She wore a shimmering white sari patterned with orange paisleys, (4) more suitable for an evening affair than for that quiet, faintly drizzling August afternoon. (Lahiri 1999: 112-113)

引文的(1)(3)句用摄像式视角,从叙述者的角度客观观察森太太的年龄和穿着;句(2)句前半部分同样是客观描写森太太的长相,后半部分中"漂亮""黛眉灵动"等评价性的修饰语体现的是观察者(艾略特)的感受;句(4)利用第三人称人物有限视角,写艾略特看到森太太后的感受。在这段文字中,叙述者视角转为观察者视角,人物感知替代了叙述者的感知,形成人物的体验视角。森太太充满异域特色的外貌和装扮对十一岁的美国少年来说是陌生的,叙述者写实的语句搭配上观察者视角,既描写出了森太太的外貌,也表现出艾略特看到她的穿着打扮时的好奇感受。同样,小说下文还多次以人物视角表现森太太的外貌,如写她的头发往两边分开,梳成辫子,分路正中敷了一层朱砂粉,用艾略特的视角描写森太太的装扮(额头吉祥痣)来说明印度和美国女性(婚戒)表示已婚状态的不同方式。人物视角和叙述视角转化中,让叙事者从外貌上点明森太太的民族文化身份,同时也巧妙地对比在穿着打扮这些日常琐事上所体现出的印度与美国在文化上的差异性。

小说里,作者还运用视角交替的手法描写森太太的行动,如下面句子:

(1) He especially enjoyed watching Mrs. Sen as she chopped things, seated on newspapers on the living room floor. (2) Instead of a knife she used a blade that curved like the prow of a Viking ship, sailing to battle in distant seas. ... (3) Each afternoon Mrs. Sen lifted the blade and locked it into place, so that it met the base at an angle. (4) Facing the sharp edge without ever touching it, she took whole vegetables between her hands and hacked them apart: cauliflower, cabbage, butternut squash. (5) She split things in half, then quarters, speedily producing florets. (Lahiri: 114)

(6) As soon as they were inside the apartment she kicked off her slippers this way and that, drew a wire pin from her hair, and slit the top and sides of the aero-

gram in three strokes. (7) Her eyes darted back and forth as she read. (Lahiri: 121)

结合上下文可以看出,句(1)为叙述者视角,写艾略特对森太太动作的感受是"喜欢";句(2)(3)(5)的叙述者视角和人物视角重合,描写刀的形状、森太太切菜的动作和菜切好后的样子;第(4)句里从句部分为人物视角,写艾略特对森太太切菜方式的评价,主句部分人物视角和叙述视角重合,描述森太太流畅的切菜动作。艾略特看到印度妇女处理家务的细节,她切菜的方式、菜的分量等,都和自己妈妈做家务迥然不同。就是这些生活细节,再加上前文所介绍的森太太的穿着打扮、行为方式、家居摆设等,让艾略特在美国公寓里感受到一种印度文化气息。句(6)(7)用人物视角,写艾略特看到森太太收到家乡亲人来信后的兴奋和读信时的迫切心情。

梅洛-庞蒂(2005:326)说:"正是通过个人视觉角度,经由个人视觉角度,我们才得以进入一个世界。"小说在故事层面上多以固定人物艾略特有限视角观察森太太,他的视角时而感性、时而白描,通过一些具有代表性的事件(外貌装扮、拿信读信)描摹森太太的外貌、举止,让读者随着故事内人物的眼光看到由森太太所营造出的、位于美国一所公寓里的"印度世界"以及"印度人"的日常生活同美国人的不同。与此同时,观察者是位十一岁美国少年,由于年幼,他对森太太的所作所为的感受也表现为好奇和不解,这种无知的旁观者的视角,让森太太的行为、举止产生出一种疏离感,读者通过艾略特的视角体会到,在异质文化空间里,森太太日常生活里所保持的印度文化性扎眼而孤独。

二、直接引语和间接引语话语模式的使用

人物视角的转变也会带来人物话语方式的变化。话语方式是叙事作品的重要组成部分,诺曼·佩奇在《英语小说中的人物话语》中,详细地列举出八种小说中人物话语的表达方式。话语用不同的表达方式就会产生不同的效果,热奈特区分了三种表达人物口头或内心话语的方式,西蒙·查特曼、普林斯、米克·巴尔等人也对话语方式进行了分类和论述。可以说,不同引语形式具有不同的审美功能和叙事效果。因此,变换人物话语的表达方式成为小说家控制叙述角度和距离、变换感情色彩及语气的有效工具(申丹、王丽亚 2010:144—145)。

在传统小说中,直接引语是最常用的一种形式,间接引语是小说特有的表达方式。在文学批评中,人们多从人物话语本身与人物关系来分析,比如关注话语是否符合人物身份,是否有助于人物性格刻画等方面,人物话语的不同方式也是人物塑造的重要方式。下面这段引文直接引语和间接引语两种引语方式交替使用,让森太太形象更加生动:

(1) One evening when Eliot's mother came to pick him up, Mrs. Sen served her a tuna croquette, explaining that it was really supposed to be made with fish call bhetki. (2) "It is very frustrating," Mrs. Sen apologized, with an emphasis on the second syllable of the word. (3) "To live so close to the ocean and not to have so much fish." (4) In the summer, she said, she liked to go to a market by the beach. (5) She added that while the fish there tasted nothing like the fish in India, at least it was fresh. (6) Now that it was getting colder, the boats were no longer going out regularly, and sometimes there was no whole fish available for weeks at time.

(7) "Try the supermarket," his mother suggested.

(8) Mrs. Sen shook her head. (9) "In the supermarket I can feed a cat thirty-two dinners from one of thirty-two tines, but I can never find a single fish I like, never a single." (10) Mrs. Sen said she had grown up eating fish twice a day. (11) She added that in Calcutta people ate fish first thing in the morning, last thing before bed, as a snack after school if they were lucky. (12) They ate the tail, the eggs, even the head. (13) It was available in any market, at any hour, from dawn until midnight. (14) "All you have to do is leave the house and walk a bit, and there you are." (Lahiri: 123-124)

这是对森太太和艾略特母亲之间的一次对话场景的描写。从文本构成上来看,这个场景由 14 句构成,其中句(2)(3)(7)(9)(14)是直接引语,除句(8)是人物动作描写外,其他都是间接引语。从句子排列看,间接引语和直接引语交错分布,以间接引语为主。从话语发出者来看,句(7)是美国妈妈的话,其余都是森太太的话。在段落构成上,句(7)处于两段文字中间,在文字数量上,美国妈妈的话由 8 个词组成。直接引语在话语方式的叙事功能上具有直接性与生动性,对话场景以直接引语开始和结束,增加画面感和音响效果,而密集的间接引语则如电影的概述镜头一般,让读者想象森太太喋喋不休地抱怨美国和侃侃而谈家乡事的画面。

再者,话语方式的另一个叙事功能是通过人物的特定话语从而对塑造人物性格起到重要作用。这段话中的间接引语是叙述者对说话者话语的概括,用较为冷静客观的话语替代具有人物个性特征、情感特征的语言,尽管如此,读者仍能从中获悉森太太的性格特点。此外,这段引文从话语发出者、话语内容和话语句数量上来看,森太太是倾诉者,她跟美国妈妈说家常,把她当朋友看待,就像家乡串门聊天的邻里一样,而美国妈妈更多是礼节性的敷衍应付,森太太的热情、多话和美国妈妈的冷淡、少语之间形成对比。这里不仅表现森太太的性格特点,也呼应了前文她和艾略特回忆家乡邻里之间热络交往的一段对话,在加尔各答,邻里之间可以自由和随意地交流,同时还对比了艾略特妈妈因为邻居聚会吵闹而报警的场景。森太太在美国的孤独感是印度人和美国人处理人与人之间关系的不同表现,也侧面写出两种文化间的隔阂和差异。

美国叙事学家普林斯把人物话语作为传递信息的渠道之一,这段对话由两部分内容组成,一是说在美国买鱼的情景,二是写在加尔各答买鱼吃鱼的情况,读者可以从中得到很多信息:首先,鱼肆在海滩边,买鱼不方便,鱼的供应受天气影响,鱼的品种不丰富;其次,对美国人来说,鱼和鱼罐头都是鱼,森太太对鱼的要求是整条的、新鲜的;再者,森太太是吃鱼长大的,鱼在加尔各答有各种吃法;还有,在加尔各答买鱼很方便,不仅鱼多,到卖鱼的市场很近,买鱼的时间也很自由。在美国,鱼肆离家很远,开门时间短而不固定,去买鱼很不方便,所卖之鱼的种类也很单调,种种情形和加尔各答相比差别太大,也让森太太更加想念家乡。对鱼和鱼罐头的分别,是印度(加尔各答)和美国文化差异的又一表现。森太太的家乡加尔各答人对鱼的各种处理方法和烹饪方法,是美国单一的鱼罐头无法相比的。从上页引文中,间接引语方式提供了大量信息,读者从中可以为后文森太太的行为找到很多注解。在后文,作者用一段直接引语记录了森太太与卖鱼伙计之间有说有笑的对话。不难理解,除了买到喜欢的鱼让森太太觉得开心以外,也因为买鱼、买鱼时这种聊天的行为是她在家乡熟悉和习惯的生活方式,让她有一种恍如回到家乡的欢快之情。在异国他乡,森太太执著于一次又一次到海边买整条鱼,兴高采烈地切鱼、做鱼……通过买、做和吃家乡食物来寻求慰藉和缓解思乡之情,点滴而重复的日常生活凸显出美国与印度的文化差异。

三、"森太太":印度海外流散女性的缩影

近年来,随着文学批评中文化研究角度的介入,后经典叙事学中将叙述视角在不同载体和媒介中的使用也纳入研究范围,并"注重探讨视角与

意识形态或认知过程的关联"(申丹 2010:90),进一步拓展了叙述视角研究的领域。作为故事层叙事手段的引语方式,同样可以将研究领域拓展到文化研究范围。在小说文本中,作者通过变换叙述视角和应用不同的引语方式,借助人物艾略特的观察,让读者看到在美国的印度女性森太太的日常生活:在家庭空间里,森太太穿印度式服装、做印度式食物、读印度家人来信;在家庭之外的公共空间,森太太去接艾略特时,都是在校车停靠站路边的松树丛里等他;在公共汽车里,因为森太太买的鱼的腥味和血污,其他美国人用质疑和厌恶的眼光看她。通过这些情节,读者感受到,森太太的孤独和思乡之情,以及她在公共空间里的局促和无助,并进而追问森太太情感产生背后的文化原因。结合后经典叙事学中视角问题、引语方式与意识形态关联的方法,《森太太》中的叙述视角、引语方式的应用,在文本上成功表达了森太太个人在美国生活的经历和感受,而造成她所遇到的种种问题的本质原因,是东西文化差异所带来的身份认同问题,因而,作为人物形象,"森太太"也揭示出印度海外流散女性群体身份困境的共性特征,它是印度海外流散女性的缩影。

在裘帕·拉希莉笔下有很多"森太太"式的印度海外流散女性,比如《同名人》(*The Namesake*, 2004)中的阿希玛(Ashima)、《不适之地》(*Unaccustomed Earth*, 2009)中亚潘娜(Aparna)等,其他印度流散小说中也不乏这样的女性形象,她们与森太太有着类似的经历和感受。与森太太一样,她们穿印度传统服装,为家人准备印度食物,和家人在异国他乡的家里以印度传统方式庆祝印度节日等。印度海外女性以日常、简单的方式保留着自身印度身份的标志,并以此来确定自己的身份。拿"森太太"们的印度式装扮来说,就是在身体上维持印度文化对其外形的规定性。身体不仅是自然的实体,也是文化概念的体现,是被表现的客体,它展示着主体的文化身份和社会身份。"在美国的印度族裔,传统文化得到了较好的坚守和传承。他们不断自我发展的同时,却又很多地保持了传统文化的延续,尤其体现在宗教、婚配、服饰和饮食等方面"(滕海区 2013:118)。可以说,在居住地保持和延续印度传统文化,是姐姐家异域文化所造成的身份认同问题的策略和手段。"散居的族裔身在海外,生活在所居住的社会文化结构中,但是他们对其他时空仍然残留着集体的记忆,在想象中创造出隶属的地方和精神的归属"(张京媛 1999:6—7)。对身居海外的印度人来说,家庭空间是最好的"精神的归属","这里……就跟在印度一样"。印度英语流散小说作家擅长通过日常生活叙事,在理所当然、循环往复的日常生活中,表现历史的、传统的印度文化。"森太太"们在美国的日常生活不仅是对印度家乡日常生活的重复,也成为看待文化的主观面。

对于身处海外的印度女性来说,她们并不完全排斥与居住地人/文化的交流,她们试图保留自己身份的规定性、差异性去接触、接受的当地文化。森太太主动贴出代为照看孩子的广告,就是想有机会接触到当地美国人。在照看艾略特时,她并没有刻意地改变自己的印度式穿着、饮食等习惯,并且还热情地让艾略特妈妈品尝印度食物。小说中(学)开车这一情节最能体现森太太在文化身份认同上的困境。到了美国之后,森先生一直在教森太太学开车,森太太偶尔也和艾略特开车练习一下。但是,森太太对(学)开车是抵触的。在印度,很多中产阶层家庭雇有司机。在老家,森太太不需要开车更没有必要学开车,在美国学车、开车与她的文化理念是背道而驰的。对于传统印度女性来说,做饭、照顾孩子和处理家务等才是她们熟悉和擅长的事,也是她们理所当然做的事,开车这样现代而男性化的事情,有男人为她们解决,她们不用操心。此外,美国的交通规则和印度的不一样,森太太学开车就要改变在印度养成习惯,改变观念也是一件困难的事。然而在美国,车是人们出行的必要工具,从某种程度上说,也是个人与社会的关联点。因为森太太不会开车,艾略特放学后要先到森太太的家里,而不是按照习惯、由照看者去她家照看孩子,这也成为艾略特妈妈不满意的地方。不会开车也给森太太在美国的生活带来不便,缩减了她去外面的机会,缩小了她融入美国生活中的可能性,也加深了她和美国生活空间和文化空间的隔阂。因此,森太太对于(学)开车的矛盾态度,既是对自身文化身份的坚守,也是对美国文化改写其文化身份的被动接受。

在论及另一位美籍印度裔作家芭拉蒂·穆克吉(Bharati Mukherjee, 1940-)的小说写作时,石海军(2008:13)认为:"她的小说多表现亚洲(印度)移民适应并同化于美国文化的历程,不过,这里所谓的'同化'(assimilation)并不是简单的'失却'(印度文化)和'消弭'(于美国文化),它意味着作家处于两种文化的边缘地带,在两种文化的交流(同时也是冲突)中充当着一个'协商者'(negotiator)的角色。"同穆克吉一样,拉希莉也是一个东西文化差异的协商者和解说者。《森太太》没有谱写不同文化间剧烈的冲突和矛盾,也没有强烈的人物情感冲突,一个生活在美国的印度妇女日常所接触到的东西更不是不同文化间繁琐的政策和法规。相反,作者用一个美国少年的视角写出普通印度妇女最基础、最琐碎的文化隔阂和文化不适应。读者在理解《森太太》中的情节描写的同时,也在追溯作者所传达出的写作意图,并衡量其意义,把文本中叙述因素的意义给予实现。森太太是印度海外群体的一员,"森太太"具有形象符号意义,她的生活状态是众多海外群体成员所共有的,她所遭遇的文化冲突和身份困境也是其他群体成员遭遇到的,她是一种隐喻,阐释出印度海外群体的文化境遇。

【引用文献】(Works Cited)】

冯欢:《从女性主义视角解读裘帕·拉希莉的小说〈森太太〉》,《文学界》2011 年第 5 期。

Hsin-Ju kuo, Culinary Narratology in Everyday Life: The Foodways and Identity Formations of South Asian Women Immigrants in Jhumpa Lahiri's "Mrs. Sen's" and The Namesake, *Fiction and Drama*, 2011(1):1.

Lahiri Jhumpa. *Interpreter of Maladies*. New Delhi: HarperCollins Publishers India Pvt. Ltd, 1999.

梅洛-庞蒂. 知觉现象学. 姜志辉译, 北京:商务印书馆,2005。

温琪:《〈疾病解说者〉中〈森太太〉的主题意义》,《剑南文学(上半月)》2015 年第 3 期。

申丹:叙述学与小说文体学研究(第三版). 北京:北京大学出版社,2004。

申丹、王丽亚:《西方叙事学:经典与后经典叙事学》,北京:北京大学出版社,2010。

石海军:《后殖民:印英文学之间》,北京:北京大学出版社,2008。

滕海区:《论美国印度族裔族群的形成及特点》,《美国研究》2013 年第 4 期。

张京媛主编:《后殖民理论与文化批评》,北京:北京大学出版社,1999。

【作者简介】张　玮,博士,安庆师范大学外国语学院副教授,主要研究南亚英语文学。

论小说《水泥花园》中的叙述者*

◎ 姜燕燕

【内容提要】广义叙述学意义上的叙述者呈现为"框架—人格"二象形态,记录类虚构叙述中的叙述者最突出地体现了此二象形态之间的并存和变化关系。不论小说的叙述者呈现为第一、第二还是第三人称,其框架形态和人格形态都是同时存在的,只是两种形态的隐显程度有所不同。即使在被视为高度人格化的第一人称叙述者身上,叙述者的框架形态依然存在。从这一现象出发,能够对小说的不可靠叙述的可变性及动态性发出新的思考。本文以小说《水泥花园》中的叙述者为分析对象,考察在作为框架的叙述者中进行人格填充的诸种主体性来源,以及不可靠叙述的变化情况。

【关键词】《水泥花园》;叙述者;框架;人格;不可靠叙述

一、虚构叙述的"二度区隔"和叙述者的二象

"分节"是任何符号全域获得意义的第一步。虚构与纪实,是人类叙述活动的最基本分类,如果将全部叙述都纳入叙述学思考和研究的对象范畴,虚构叙述与纪实叙述,就构成叙述研究最基本的分类。对于纪实叙述与虚构叙述之间的判别标准,赵毅衡教授认为,在于"区隔"。首先,两种叙述都与经验事实之间存在一个"符号区隔",也就是在对经验事实进行再现的过程中,将其符号化了,"一旦用某种媒介再现,被再现的经验之物已经不在场,媒介形成的符号代替它在场"(赵毅衡 74)。这个符号区

---

* 本文是作者承担的云南省教育厅科学研究基金项目"广义叙述学视域中的不可靠叙述研究"(项目编号:2015C095Y)的阶段性成果。

隔也被称为一度区隔,被区隔出来的是一个由符号文本所构成的世界。其次,虚构叙述在一度区隔之内,在符号再现的基础上必须进行二度区隔,即对于符号化了的再现世界进行二度再现,具体方法为,虚构出一个叙述的发出者,且这个发出者召唤一个同样是虚构的叙述接受者,而由这个二度媒介化区隔出来的世界,在其内部具有内指的真实性,否则虚构叙述的发出—接受过程无法进行。因此所谓虚构叙述,其实质是虚构一个叙述信息的发出源头,而非逻辑指称意义上的"虚假",或风格形态上的"虚构"。

由叙述与经验世界的"区隔"这一特征出发,决定了叙述源头应当具有双重功能:一是对经验世界进行符号化,二是为区隔出来的符号文本的世界提供信息来源。前一项功能决定了叙述者的框架形态,后一项功能决定了叙述者的人格形态。因为虚构叙述存在"二度区隔",因此其叙述者的人格形态并不像纪实叙述那样与作者的人格完全合一,而是同经验世界、一度区隔出来的世界和二度区隔内部的世界之间都有着复杂的关系。但不论如何,作为叙述源头,叙述者的"框架—人格"的二象形态是永远并存的,只是在不同的叙述体裁中,二象的隐显程度各有差异。如在纪实叙述中,因为只存在"一度区隔",因此叙述者与作者的人格合一,叙述者的人格形态十分突出,在演示类虚构叙述,如戏剧、电影中,叙述者的框架形态较为突出,而其人格形态较为隐蔽,而在以小说为代表的记录类虚构叙述中,叙述者的"框架—人格"二象形态的并存和分裂则表现得最为典型和充分。

在讨论第三人称叙述的不可靠性问题时,赵毅衡教授从叙述者的"框架—人格"二象的理论出发,将第三人称叙述视为叙述文本的各种主体性填充到叙述框架中,并根据不同的人格填充形式讨论了不可靠的第三人称叙述的六种情况(包括电影)。在讨论叙述悖论与自指悖论时,他又指出:"叙述文本无法讲述它自身是如何产生的,叙述行为本身的存在,就是为了设置被叙述内容的框架,这框架必须在叙述的内容之外"(赵毅衡280)。将两者结合起来可以发现,叙述者的"框架—人格"二象实际上处于不同的文本层次,叙述者的框架形态处于被一度区隔出来的符号文本所构成的世界,而叙述者的人格形态则处于被二度区隔出来的虚构世界中,因此"框架—人格"二象的并存,实际上是虚构世界中的各种人格化组分对于上一层次叙述者框架的填充。即使是被称为"人物叙述者"的第一人称叙述者,其实质也只是二度区隔出来的虚构世界中的一个人物,其人格以非常明显的方式填充在叙述框架中。因此,叙述者实际上不存在人称问题,不同的人称只是对于填充到叙述框架中的人物、观察者、话语主体等人格化组件而言的。

谭光辉教授认为,就第一人称叙述而言,不论是在纪实型叙述还是虚构型叙述中,叙述者都只是伪装人格化的框架叙述者,因为第一人称叙述者"我"和被叙述的人物"我"虽然名称相同,但实际上分别处于叙述层和被叙述层,二者只能一为人格(人物),一为框架(叙述者)。此外,虚构型叙述虚构的实际上是叙述者,而由其所进行的二次区隔则在文本内部造成一个具有真实性的叙述世界,如果叙述者"我"与人物"我"为同一人,则其跨层将造成其本身在虚构性与真实性上的冲突。因此,他认为:"各种叙述者的实质,都是为了完成叙述任务,叙述者只有功能特征,没有人格特征。叙述者的本质,就是一个为完成叙述任务而设的框架,无论他以什么样的形态或人称出现"(赵毅衡 131)。

如果将叙述者完全理解为框架功能,就可以看到,叙述文本中的主体冲突,实际上是通过不同的人格对于叙述框架的填充而呈现出来的,这可以为我们对于不可靠叙述的讨论开辟更加广阔的空间。

二、主体冲突与不可靠性

在广义叙述学的视域中,叙述的底线定义为:"(1)某个主体把有人物参与的事件组织进一个符号文本中。(2)此文本可以被接收者理解为具有时间和意义向度"(赵毅衡 7)。可以看出,在这一定义中,叙述包含"制作"和"读出"两个叙述化过程,这样一来,叙述本身就卷入了叙述文本之外的文化程式、阐释规约、伦理规范、价值观念等文化因素。赵毅衡教授认为,可以从文本构筑、接受构筑和体裁构筑三个方面来考察叙述者(赵毅衡 93)。三个方面强调的是文本结构和文化因素在叙述者身上的投射,而文本结构和文化因素的投射实际上是通过叙述框架的人格化填充而实现的。

就虚构叙述而言,在二度区隔而成的被叙述出来的世界中,人物、次叙述者、观察者、受述者等可成为人格化填充的来源。在叙述层,即叙述框架所处的层面,隐含作者、隐含读者、作者、读者也可成为人格化填充的来源。由于对叙述框架进行人格化填充的来源复杂,涉及叙述交流过程中的诸种主体,因此叙述者所呈现出的人格化特征会出现矛盾甚至冲突,叙述者由此也会称为展现叙述文本中主体冲突的重要场所。

有学者认为:"所谓的第一人称叙述,是采用了一个人物作为观察者,让观察者伪装成叙述者的叙述"(谭光辉134)。也就是说,所谓的第一人称叙述,是故事层中某个作为观察者的人物,其话语作为主要的人格来源,明显地填满了叙述框架。但即便在第一人称叙述中,也存在着除了人物"我"之外不同的人格对于叙述框架的填充,最明显的就是在叙述层,通过经验材料的选择和安排以及叙述评论等形式而显现出来的人格化组分,它们可能来自隐含作者、隐含读者等叙述主体。因此,虽然叙述者始终自称"我",但填充在叙述框架中的人格来源其实是多样化的,并且存在于叙述文本的不同层面,这是出现所谓"二我差"的原因。唐伟胜教授将之称为 narrator-I 和 enactor-I,很贴切地说明了第一人称叙述者框架中不同的人格来源间的区别。[①]除此之外,在第一人称叙述中,观察者之外的人物话语,也可能成为填充叙述框架的人格的来源。第一人称叙述者的不可靠性,常常源自这些人格化特征之间的距离和不一致,而不可靠性本身的变化,也常源自这些人格化特征间距离和关系的变化。

在关于不可靠叙述的讨论中,儿童或青少年叙述者及智力低下、精神错乱、心理变态的第一人称叙述者是经常被提及的一种类型。对于这类叙述者可靠性的讨论,往往集中于由于其社会化程度不足、天真幼稚、过于自我、缺乏认知能力、道德水平不够完善等原因而导致的叙述不可靠,以及通过这种不可靠而传达出的作品的伦理价值。但与此同时,可以发现针对上述类型中的同一个叙述者,对于其可靠性的界定却本身就存在争议,如《喧哗与骚动》中的昆丁、《狂人日记》中的狂人、《哈克贝利·芬历险记》中的哈克贝利·芬等,既有人从"不正常"这一角度认为他们是不可靠的叙述者,又有人从"正确"或"可信"的角度认为他们是可靠的叙述者。

詹姆斯·费伦曾提出契约型不可靠性和疏远型不可靠性的观点来解释小说《洛丽塔》中的叙述者在被解读的过程中发生变化以及由此产生的伦理效果。这一区分实质上是指出了叙述的不可靠性本身是可变的,这与费伦对于不可靠性在认知/阐释/评价三条轴线上的区分是一致的。但所谓契约型不可靠性,实际上是突出了"伦理—评价"这条轴线在可靠性问题中的决定性作用,这样一来,在另外两条轴线上所出现的不可靠就成为了传达特定伦理价值的修辞手段,契约型不可靠性实际上就成为了传达伦理意义上（因而也是最终意义上）的可靠性的修辞手段。

如果将上述类型中的第一人称叙述者视为"框架—人格"二象形态，并考虑到叙述者框架中填充的不同人格组分间的距离与关系，能够更好地说明这一类叙述者的不可靠性的变化，并且我们能够发现，对于这一类不可靠叙述的某些极端情况而言，其纠正点往往在被叙述出来的虚构世界之外，而这种不可靠叙述的伦理价值正是通过这种纠正而传达出来的。

下文将以伊恩·麦克尤恩的小说《水泥花园》(The Cerment Garden)为例，具体探讨其叙述者的"框架—人格"二象中，不同的人格特征对于叙述框架的填充，并探讨这些人格特征之间的距离和差异，由此分析其叙述的不可靠性的变动情况及其伦理意义。之所以选取该小说作为研究对象，是因为其叙述者属于第一人称青少年叙述者中在"不正常"的程度上较为突出的一种，同时也是麦克尤恩在"恐怖伊恩"阶段经常运用的叙述者类型的一个典型代表。

三、《水泥花园》中的叙述框架和人格填充

如前所述，如果将叙述者理解为"框架—人格"二象，那么作为框架形态的叙述者，实际上是没有人称之分的，而所谓的人称问题，其实是来源于填充于这一框架中的人格取何种位置来呈现自己。并且，即便是在看似由某个人物的话语所填满的第一人称叙述中，实际上也存在着其他人格对于叙述框架的填充，只不过这些人格所处的文本层面有所不同，其隐显程度也有差异。

在伊恩·麦克尤恩的小说《水泥花园》中，一名十五岁的少年杰克讲述了自己的一段亲身经历：父亲在整饬自家花园、铺设水泥小路时病发身亡，父亲死后，母亲因为某种病症日益衰弱，最终在睡梦中死去，失去了看管和庇护的四个孩子将母亲的遗体用水泥砌在地窖的一个大铁柜子里。随后，"我"与十七岁的姐姐朱莉承担起父亲和母亲的职责，开始以自己的方式照看和管理妹妹苏与弟弟汤姆。在驱逐了朱莉的男朋友德里克之后，"我"与朱莉通过令人惊骇的方式完成了"父亲"与"母亲"角色的确立，但与此同时，随着母亲死亡一事的暴露，四个孩子孤岛式的生活也被来自成人世界的权力与规则（以小说结尾透过窗帘刺进来的闪烁的警灯为标志）所入侵和打破，叙述到此结束。

在小说中，整个叙述框架中似乎充斥了人物"我"的话语，整个事件的过程都是通过"我"的观察和体验而传达，对这些事件的阐释和评价不少都携带着与"我"的年龄、心智和遭遇相符的文化信息和伦理立场。如"我"在一开始就认为父亲的死亡是"小事儿"，提及这件事仅仅是因为它赶上了自己"肉体成熟的一次标志性事件"，并且此事"跟这此后的事态发展相比就好像算不了什么了"（麦克尤恩 5）。在叙述母亲去世前对自己的托付时，"我真正感兴趣的是她到底要离开多久，一种自由的感觉已经在我心里蠢蠢欲动"（麦克尤恩 60）。在叙述此后所发生的一系列令人惊骇的事件时，"我"始终语气平淡，有时较为冷漠。这种伦理立场以其鲜明的封闭性和个体性与"正常"意义上解读和评价事件的方式恰成对立。在叙述自己与朱莉的男友德里克一同去台球室这件事时，通过人物"我"的观察和感受，这个与"水泥花园"格格不入的代表"正常"社会的空间，却显示出一种"陌生化"的效果，反过来成为了"不正常"的。

但除了这一以十分强势的方式填充在叙述框架中的人格，我们依然可以在叙述中发现与这种"天真"或"无知"的叙述不一致的地方，这些不一致来自于人物"我"之外的其他人格对于叙述框架的填充，至少有如下几种形式：

一是对人物"我"的行为的反思和评论，这些评论有时呈现出与人物"我"不同的伦理水平和话语风格。如在将母亲的遗体用水泥砌入铁柜时，"我第一次为了她而非为了自己哭了出来"（麦克尤恩 77）。在对于母亲的回忆中，"我"意识到："同多年前相同而又简单的认识却传达出悲哀和可怕的感受，令人难以忍受地混合在一起。她不是我或我两个姐妹捏造出来的，虽说我还在继续捏造和忽略着她"（麦克尤恩 27）。母亲死后，"不过我接着又把自己描画成一个母亲刚刚去世的人，于是我又能顺畅地哭下去了"（麦克尤恩 64）。讲到"埋葬"母亲的方式，"我也想不清楚我们的行为到底是稀松平常、即便是个错误也可以理解，还是惊世骇俗、一旦被发现就会称为全国每家报纸的头条。再或者这二者都不是，而是件你在当地的报屁股上可能读到却再也不会想起的事。就像我对她的脸的印象，我的所有记忆都最终化为乌有"（麦克尤恩 110）。

二是其他人物的直接引语。如母亲死后，妹妹苏对人物"我"的评价就采用了直接引语的方式："她要你做的事你从来都不理会，你从来就没有做过一件帮她的事。你一直都太自我中心了，就像你现在这样"（麦克尤恩 123）。再如朱莉的男朋友德里克对兄妹四人的评价："'父母双亡，'

德里克对查斯说,'他们四个就这么相互照顾。''像是孤儿。'查斯说,目光仍没离开报纸"(麦克尤恩132)。在这里,直接引语携带了与人物"我"不同的意义和价值观,同时也提供了另外的角度来看待人物"我"所讲述的故事。

三是不充分报道和拒绝评论。

叙述框架对于虚构世界的区隔,一个很重要的方式就是对于叙述材料的选择与安排,而这种选择和安排中总是携带了一定的文化因素和人格组分。在此意义上,对时间的不充分报道和拒绝评论,有时恰恰暗示了话语禁忌的存在,从而正显示了文化规约对于叙述所造成的压力。

在小说结尾,人物"我"与朱莉试图通过结合来确认各自的"父亲"与"母亲"的身份,从而达到维系与成年人的伦理规则相疏离的"水泥花园"的稳定性。这一令人惊骇的事件以如下的方式被叙述出来:

> 事情发生得非常快,我们突然安静下来,无法正视对方了。朱莉屏住了呼吸。有种柔软的东西挡住了我的路,当我在她里面胀得更大时,它分开了,我深深地进去了。她发出一声短短的叹息,朝前跪下来轻轻地吻我的唇。她轻轻地抬高身体然后再落下。一阵冷冷的战栗从我的腹部生发出来,我也叹了口气。终于,我们互相对视。朱莉微微一笑说:"挺容易的。"(麦克尤恩179)

这里出现了不充分报道,叙述拒绝提供与"正在发生什么"有关的全部信息,也拒绝对这一在常理看来难以接受和理解的事件进行评论。在叙述兄妹四人用水泥将母亲的遗体封存于铁柜这一事件时,类似的不充分报道和拒绝评论同样出现过。此外,整个叙述停止于德里克砸开母亲的水泥棺材,代表外在成人世界和常规化伦理标准的警灯和人员进入"水泥花园",以及朱莉对被吵醒的汤姆的安慰。叙述并未提供关于藏匿尸体和"乱伦"行为的后果的任何信息。从效果上看,这些沉默反而使得禁忌本身所携带的文化规约更加明确地呈现出来。

四是通过重复报道形成某种隐喻。

在叙述中,人物"我"反复提及自己在读的一本科幻小说。不难发现,对于这本科幻小说的人物与情节的重复报道与"我"正在经历的事情之间有着某种隐喻式的对应。在那本科幻小说中,"亨特船长的任务就是不但要除掉这个怪兽,还要分解掉它巨大的尸体"(麦克尤恩42),在"我"的生活中,则即将面临母亲的死亡以及处理母亲遗体的问题;我到地窖中去检视母亲的水泥棺材,"想起亨特船长和他手下沿一颗未知行星表面低空飞行的情景"(麦克尤恩152)。在面对德里克的逼问时,"我"假称自己死去的狗叫做"科斯莫"(Cosmo),这与cosmos(宇宙)词形相近。亨特船长驾驶飞船在茫茫宇宙中与怪兽作战,人物"我"在孤岛般与世隔绝的"水泥花园"中以纯然出自个体标准的伦理行为构成同成人化世界的对抗。

不难看出,除了故事中人物"我"对于叙述框架的填充之外,在叙述框架的层面上,还存在与人物"我"的伦理立场、价值观念不同的其他人格组分,这些不一致的人格组分,造成了叙述中各主体之间距离的变化,从而使得叙述的不可靠性本身发生着变化。

四、《水泥花园》中不可靠叙述的变化及其伦理意义

通过对于小说《水泥花园》的叙述者的分析可以看出,在其框架形态中,填充了来自不同叙述层次的不同人格化成分。可以发现,来自于被叙述出的故事中的人物"我"的人格成分,与其他几个人格成分之间,存在着明显的距离。"正常"的反思和评论、故事中其他人物所携带的不同的话语立场、对于叙述材料的有意扣留、重复或拒绝评论的处理,都构成对于人物"我"的话语和立场的某种补充和纠正。

这样一来,这些人格组分之间就形成两股相互对立的力量,两股力量之间的张力则影响到不同的叙述主体之间距离的变化。

人物"我"的话语在大部分时候充斥在叙述框架中,由于"我"的身份是一个正处于成长发育期的青少年,在认知能力、伦理意识上与所谓"正常"的成人世界存在差距,因此"我"的话语反而可以在文化规约中获得"豁免权",较为安全地去展现一个禁忌性非常强烈的故事,并在此过程中推出一个与成人世界的公共伦理规范(如强调义务、道德感及遵从等)相疏离的个体伦理的立场(如强调自我权利、快乐及叛逆等),后者同时提供了一个对前者进行反思和嘲讽的参照系。

"正常"意义上的反思与评论,一方面打破了人物"我"的话语中的封闭性,在一个较能为人所接收的意义上解释了人物"我"所未完全意识到的自己所面临的困境,以及未能完全表达的某些情感体验和自我评价,使得叙述能够卷入一些共享的文化规约,从而能够到达读者一方,最终实现"读出"这一二度的叙述化过程。简单地说,就是使得叙述能够呈现出读者得以去理解或认同的价值与意义。

故事中其他人物所携带的不同话语立场,与人物"我"的话语间形成

对照,构成对于人物"我"的立场的补充或纠正。苏和德里克两个人物的直接引语,构成对于人物"我"的评价和纠正,苏评价"我""自我中心",德里克对于兄妹四人境况的揭示,都是对于我的封闭性立场的纠正,他们在一定程度上代表了"水泥花园"之外的公共伦理规范。朱莉的直接引语中说:"他想接管所有的一切,他不断说要搬进来跟我们一起住"(麦克尤恩174)。这道出了"我"所未能直接清楚揭示的事情实质。

对于叙述材料的选择和安排,也使得叙述框架中的某些人格组分得以显现出来。不充分报道和拒绝评价,将读者的注意力吸引到话语禁忌及其背后起支配作用的文化规约上来,而重复报道,则揭示出所叙述的内容中蕴含的隐喻性的意义。

从这些人格组分之间的关系来看,两种伦理立场之间形成了相互的参照。一方面,如果没有所谓"正常"意义上的伦理立场对于人物"我"的话语和立场进行补充和参照,则整个叙述交流的过程难以完全实现,完全"非正常"的叙述难以被读出,因此也无法完成。人物"我"之外的其他人格化组分,一方面映照出"我"的"非正常",让"我"与读者间的距离拉大,但在解释和补充"我"的话语和立场时,试图将"我"的故事"自然化",变得更容易为读者所理解和接受,让读者在最初的疏离过后又获得一个逐渐与"我"接近的角度,得以从中寻求与"我"达成某种认同的可能性。另一方面,作为人物的"我"的伦理立场,最终并未显示出对于其他的人格组分所呈现出的伦理立场的皈依(如同许多成长主题的小说那样),而是将两种立场之间的反差保持至叙述终结。这种对峙和反差又拉开了"我"与读者之间的距离。

因此,叙述框架中复杂的人格组分就使得叙述者与读者之间的距离处在变化之中,读者在某些时候疏远和否定叙述者,在某些时候则选择理解和试图认同叙述者的部分感受与观点。具体来说,当叙述明显违反常规(对隐含作者的推导本身依赖于"制作"和"读出"双方共同认同的常规),如叙述者对于父母的死亡漠然以对,冷淡地讲述诸如自己将母亲的尸体用水泥砌进铁柜、与姐姐发生性关系这样的事件时,其必然与读者推导出的隐含作者之间呈现出巨大和明显的差异,使得整个叙述不可靠。但当叙述者表现出其他的成分时,如通过沉默暗示所谓"正常"的文化规约的压力以及禁忌问题时,通过不同人物的话语来揭示出不同的伦理立场之间饶有意味的互为参照时,或通过别有意味的重复试图揭示故事对于个体伦理处境的关注时,读者能够意识到这些成分试图修正对文化规范的认识,从而可能推导出一个更加复杂的隐含作者,其伦理立场不在于否定或肯定某一方,而在于将人们引向对于伦理问题的相对性和复杂性的关注,这使得叙述者可以在一定程度上与这一隐含作者达成一致。小说中,叙述者的"自我中心"与指向了公共伦理消弭个体差异的倾向形成反差,"冷漠"和"乱伦",指向了对于何为"伦理"的追问。不同的伦理立场之间的反差和相互参照表明,"伦理"本身乃是人为构建的产物,一种伦理秩序的构建往往伴随着对于另一种伦理观念的排斥乃至消灭,叙述者本身的矛盾便与这种思考和关注具有一致之处,因此其可以达成局部的可靠。

结　语

对于《水泥花园》中的叙述者的讨论,使我们去思考这样一个问题:那些明显无知、违背道德、精神错乱、心理变态的第一人称叙述者的价值何在？我们为何要花时间去倾听和接受那些在认知、阐释和评价上"非正常"的故事？

如果从"框架—人格"二象形态出发来理解叙述者,可以看到,叙述者本身容纳了叙述过程中诸种可能互有矛盾的主体因素,这使得不可靠叙述这一问题本身具有可变性与复杂性。在《水泥花园》中,叙述者呈现出诸多不同的主体立场,不仅使得自身与读者之间的距离不断发生着变化,同时也影响到我们用以阐释文本意义的那些文化规约本身的变化,从而也使得隐含作者在阐释和推导中发生着变化,并造成了叙述者在全局不可靠中又在局部达成了可靠。在此过程中,伦理问题本身的相对性和复杂性成为了一个十分突出的问题,这正是小说在伦理立场上的最终诉求。

对于非正常的第一人称叙述者的运用,是伊恩·麦克尤恩在"恐怖伊恩"时期的创作中非常突出的一个现象。除了篇幅相对长一些的《水泥花园》之外,在《立体几何》《蝴蝶》《最初的爱情,最后的仪式》《一头宠猿的遐思》《既仙即死》《夏日里的最后一天》《家庭制造》等多个短篇小说中,都运用了这类叙述者,而这些小说几乎都涉及了对于伦理问题的反思,特别是表现出从个体伦理和公共伦理的反差中寻求伦理问题的重估这一诉求。

"非正常"的叙述者及其"非正常"的故事,为我们反思和重估"正常性"提供了必不可少的参照角度,文化规约的相对性和可变性正是从这种参照中凸显出来的,这或许是我们始终需要这类叙述者和他们的故事的原因之一。

【注解(Notes)】
① 来自广东外语外贸大学英文学院唐伟胜教授在第五届叙事学国际会议上的分组讨论发言。

【引用文献(Works Cited)】
伊恩·麦克尤恩:《水泥花园》,冯涛译,上海:上海译文出版社,2012年。
谭光辉:《作为框架的叙述者和受述者——论第一人称、第二人称叙述的本质》,《河南师范大学学报(哲学社会科学版)》2015年1月第42卷第1期。
赵毅衡:《广义叙述学》,成都:四川大学出版社,2013年。

【作者简介】姜燕燕,云南大学滇池学院人文学院中文系讲师,主要从事叙述学和比较文学研究。

《唐老亚》的叙事模式与伦理

◎ 董晓烨

【内容提要】《唐老亚》以成长小说的模式讲述了一个华裔少年在自我认知的过程中所面对的困惑和最终的伦理选择。《唐老亚》既采纳了成长小说的叙事模式,又在主要的叙事环节上违背了美国成长小说的叙事规约。叙事进程的调整实际上体现了主人公独特的身份认知过程和作者的叙事伦理,即关注文化身份的确立,凸显父辈的英雄传统和父子之间的文化传承,强调白人伙伴对于华裔男性气质的认同,重新阐释消费符号在身份质询过程中的意义等。《唐老亚》一书典型地反映了华裔美国文学独特的叙事关注和华裔作家破除华裔刻板形象,重塑华裔男性气质的伦理关怀。

【关键词】成长小说;叙事伦理;情节模式;男性气质

作为亚裔美国文学的标志性人物之一,赵健秀(Frank Chin)在亚裔美国戏剧界和评论界的地位毋庸置疑,然而相关研究与他所做的贡献不成比例。资料显示至笔者成稿之日,ProQuest全文博士论文数据库以赵健秀为研究对象的论文仅8篇,国内更是尚无针对赵健秀的全面的学术性研究。实际上,赵健秀的创作既具有美学特色又具有极强的意识形态意义。他的第一部长篇小说《唐老亚》(Donald Duk, 1991)首印7500册迅速售罄。媒体不吝赞美之词,称其为"一部小型的杰作,"认为"该书机智、练达,完全打破了刻板的亚裔形象,因而受到了高度赞扬"(Chin: backcover)。这本书在国内也获得赞誉,台湾学者李有成充分肯定了它的开拓性意义,认为"《唐老亚》……是一部质疑与摈斥种族刻板印象的逻辑,并部署差异政治作为文化抗争场域的弱势族裔文本与后殖民文本;赵健秀的整个计划大抵是以其记忆政治为基础,企图唤起华裔美国人的集体记忆,在找回、重述华裔美国人有意无意间被涂灭(抹煞)、消音的过去之余,同时揭露美国历史——支配阶级所认可的历史……"(李有成 127—128)。

李有成强调了《唐老亚》一书的政治寓意和作家的伦理诉求。依据修辞性叙事学的理论,文本的故事与话语互为目的和功能,而且"作者、文本和读者在叙事进程中相互作用或协同作用"(申丹 242)。作家的创作与性别、种族、文化等文本外语境不可分割。独特的创作意识造就个性化的文本,反之,作为有意识的文化再生产,文学作品以特定的形式来表达伦理诉求。因此,分析作品的叙事手法是研究作者的叙事伦理的基础和有效手段。本文从《唐老亚》作为成长小说的叙事模式研究入手,发现不同于传统欧美成长小说的叙事变形,挖掘华裔文学不同于美国主流文学的叙事伦理。

普洛普在《故事形态学》一书中提出不同的叙事类型具有相对稳定的叙事结构。美国成长小说的基本叙事结构模式可以被归纳为"诱惑——出走——考验——迷惘——顿悟——失去天真——认识人生和自我"(芮渝萍 80)。《白鲸》或是《哈克贝利·费恩历险记》等成长小说的情节主线都是主人公的出走。哈克由于对约束的不满和对自由的向往而开始了一段冒险,经过旅途中的种种磨难与精神洗礼,他最终摆脱了幼稚和狭隘,获得了道德提升。与此相比,唐老亚的成长轨迹脱离了传统美国成长小说的叙事规约。最明显之处在于叙事进程中缺少"出走"这一叙事环节。主人公没有经历哈克或是伊斯梅尔等人所经历的诱惑和冒险,没有与周围环境的直接抗争,因此也就没有美国成长小说中常见的对失去童真的强调。但是,成长叙事中的三个必要环节——迷惘、认知、成熟——仍然清晰地呈现出来。下文从成长小说的叙事规约入手,谈谈《唐老亚》的叙事进程设计和情节建构所体现的叙事伦理。

一、叙事开端——华裔的伦理困境

克莱恩(R. S. Crane)把情节分为行动情节、人物情节和思想情节三类。行动情节强调主人公所处的环境发生变化;人物情节强调主人公的道德态度发生变化;思想情节强调主人公的思想感情发生变化(Crane 141-145)。比较而言,《唐老亚》一书中的行动十分有限,人物情节和思想情节更为突出,小说的主要变数(主人公的自我意识、伦理认知和文化态度)构成了小说的情节核心,因此,我们可以通过追踪唐老亚的心理变化轨迹来讨论他的成长。

"成长小说侧重展现主人公在追寻自我的过程中所经历的困惑与痛苦"(董晓烨 181)。传统美国成长小说中主人公的困惑与痛苦大多源于行动。文明社会的教化和暴虐父亲的回归威胁了哈克追求自由的本性,因此哈克选择出走。由于经济的压力和世俗的羁绊,伊斯梅尔决定出海。不同于传统美国成长叙事所凸显的动态叙事进程,《唐老亚》的故事开始于静态的呈现,即唐老亚对自身华裔身份的厌弃。种族主义悲哀(the melancholy of race)①的情绪在主人公的身上体现得淋漓尽致。唐老亚为与迪士尼的鸭子同名而尴尬,反感中华文化,厌烦将来临的春节,对家人愤怒,极力排斥一切与中国有关的事物。与排斥中国特征相对的是急于内化美国主流价值的心态。唐老亚将白人明星弗雷德·艾斯泰尔(Fred Astaire)当作自己的偶像,以被称作中国的艾斯泰尔而自豪。由此可见,不同于传统美国成长叙事大多始于静态平衡的破坏,华裔成长小说在叙事之初维持了某种程度上的动态平衡。

如果说动态的叙事进程有助于呈现世界的变化和个体精神的形成,静态的叙事进程则更适宜反映华裔叙事中的文化冲突的母题。唐老亚这一殖民内化的心态是文化质询的结果。意识形态国家机器质询个体,从而使个体获得了主体身份,并使身份与特殊的文化消费过程相连(Storey 133-135)。在唐老亚的身份认知过程中,他所接受的教育和文化消费的方式质询了他独特的文化主体身份,进而规训了其伦理取向。美国的文化工业生产了大量扭曲的中国文化符号,华人"被主流文化定型于丑陋形象之中,因此成了温顺、娘娘腔、怪异等的代名词"(Chu 119)。以唐老亚的白人老师米莱特为表征的美国教育体制也在不遗余力地扭曲和妖魔化中华文化。在意萨斯的质询作用之下,唐老亚患上了族群厌恶症,他此时的伦理价值观是以自己的种族、历史和文化为耻,形成了错误的价值判断。

但是,在看似稳定的叙事开端中实际蕴含着叙事冲突和促进叙事进程发展的促因。在种族主义的叙事语境之下,主流伦理话语和唐老亚的种族无意识形成了冲突,他看似有明确的身份认知,但却无法消除其无意识的伦理定位和文化认同,因而形成了伦理困境和叙事进程发展的促因。在一个特定的生产场域中,唐老亚虽然选择认同主流霸权伦理的价值观,但他否认自己的种族身份而强行融入主流社会的做法并不能消除他的身份和伦理危机。潜藏的危机终于在新年期间爆发。唐老亚对一系列事情开始困惑不解：父亲所制作的飞机模型、反复出现的华人建筑铁路的梦等。其中最让他困惑的是父亲与白人老师对于天命论的截然不同的解释。

白人老师认为中国人的天命观使华人消极而不思进取。正是中国的消极文化使华人成为美国社会的属下阶层，也正是因为华工生性懦弱懒惰，才在积极进取的美国人面前毫无竞争能力(2)。来自父亲的阐释与上述东方主义式的他者凝视截然不同。父亲认为天命就是要保留自己的历史，天命也是对统治阶级的警告。父亲的天命观体现了华人的生存哲学。他以这种全新的阐述说明：在一个受压迫的社会中，华裔应该自立自强，而统治阶级的暴政必然会引起被统治阶级的反抗。白人老师和父亲实际具象化了两种不同的伦理倾向和选择。他们分别采用东方主义的和民族主义的视角对中华文化进行阐释，见解的分歧形成了叙事中最为基本的伦理张力。伦理张力的出现推进了叙事进程，引发了主体的成长。在主流文化和华人文化双重伦理话语的质询之下，唐老亚的文化主体性产生裂变。作为一名刚满12岁的华裔少年，唐老亚尚不具备辨别能力，只有在成长引路人的循循善诱之下，才逐渐认清了自己的身份归属。

二、叙事的发展——成长引路人的认知指向

在传统成长小说中，主人公"独自踏上旅程，走向他想象中的世界。由于他本人的性情，往往在旅程中会遭遇一系列的不幸，在选择友谊、爱情和工作时处处碰壁，但同时又绝处逢生，认识不同种类的引领人和建议者，最后经过多方面的调节和完善，终于适应了特定时代背景与社会环境的要求，找到了自己的定位"(Howe 49)。唐老亚虽未踏上旅程，却同样在引路人的引领下经历了精神的漫游和碰撞。在叙事的最初，唐老亚认为华人男子缺乏阳刚之气。但是随着叙事进程的推进，唐老亚在父辈的引领之下，重新发现了华人英雄传统和伦理价值，从而实现了向华裔文化身份的回归。值得注意的一点是，不同于传统美国成长叙事中成长引路人的单一性。华裔文学中的成长引路人常常以群像的形式出现。这有助于说明文化身份的失落，表明华裔在遗失的、碎片化的、被误导的历史中寻找和拼凑真相，因而形成了华裔美国小说中特有的群像型成长引路人

的特征。在《唐老亚》中，赵健秀塑造了全新的华人/华裔男子英雄形象。小说中的华人/华裔男子，无论是唐老亚的祖先、父亲和伯父，还是梦中的筑路者、关公和108将无一例外地一反过去华裔文学中常见的被阉割的华人/华裔男性形象，具有阳刚、正直、勇敢、仁义等英雄气质。正是从此意义上讲，《唐老亚》"恢复了亚裔美国男子的男性气概，扭转了主流社会中长久以来的恶劣形象"（单德兴 28）。

族裔作家的叙事关注之一在于主流媒体中的族裔形象的呈现问题。唐老亚排斥自己的华裔身份是因为在他所知的中华文化里没有英雄，因此没有效仿对象。这一观念在小说中被逐步修正。"《唐老亚》一书描写了一个具有力量和男性气概的唐人街社区，其中充满了身为黄种人的骄傲"（Ho 28）。首先开启了唐老亚身份认知之门的是他的伯父大唐老亚。伯父发现唐老亚烧掉了一架飞机模型之后告诉他：108架飞机代表了《水浒传》中的一百单八将，他烧掉的是黑旋风李逵；他们一家原来和李逵一样也姓李；他们的先辈在和唐老亚一样大的年纪来北美建造铁路。伯父的话填补了缺席的华人文化历史，提供了华人文化资本，为唐老亚向华裔身份的回归提供了可能。如果伯父的话是正确的，那么关于华人"胆怯内向"的说法就不成立，唐老亚就可以在华人历史和文化中找到归属和身份认同。

伯父的讲述成为唐老亚文化身份建构的起点。他开始对自己的华裔背景产生兴趣，在此前提下，关公、李逵、岳飞等英雄人物一一入梦。关公是反复出现在赵健秀笔下的文学形象。在作家看来，关公体现了中华文化的最高伦理价值，他的忠诚、英勇和正直是"华人伟大品格的体现"（Chan 38-39）。出现在唐老亚梦中的关姓工头就是关公的化身。颇具元叙述气质的讲述同中国文学中的关公形象和其他华裔作家笔下的华工形象构成了互文性。赵氏笔下的关姓工头不但骁勇无比，而且颇具领袖气质。关姓工头的形象挑战了美国官方历史的权威性和真实性，消解了华人生性"懦弱懒惰""缺乏进取"的刻板形象。他的出现适时地迎合了少年唐老亚崇拜英雄的心理预期和伦理取向，使得主人公的种族自豪感油然而生，开始渴望与他的文化环境和传承之间建立新的关系。

但梦境并非现实，由于背景知识的缺乏，唐老亚对其梦境产生了疑惑，这时另外一位引路人适时出现了，他对唐老亚进行新一轮的伦理教育，带领他对中国文化和历史进行全面深入的认知。这个人就是唐老亚的父亲金·达克（King Duk）。金是华人男性英雄主义气质的典范。他在唐人街成功地经营一家餐馆,是一位出色的厨师。他具有侠义心肠,常常接济食不果腹的芳芳姐妹。他是一位自律和出众的演员,为了演好关公,演出前三天禁食荤腥。最为重要的是,他是一位称职的父亲,面对唐老亚的自我殖民倾向,金引领着困惑的儿子找到了身份和伦理归属。从父亲那里,唐老亚懂得了责任与历史的意义。为了让唐老亚有正确的身份认知,金教导他成为男性的楷模,寻找历史的真相。

这样,群像式的成长引路人的塑造增强了文本的历史和文化张力。相比较美国传统成长小说而言,华裔美国成长叙事中的成长引路人的形象更为丰满和复杂,这实际上表明了华裔作家的叙事伦理之一在于挖掘历史中失落的真实、丰富而复杂的族裔形象。在故事之中,在接受父辈的伦理教化之后,唐老亚将男性气质与中国英雄传统相连,将华人修建铁路的历史与中国古典小说的英雄故事相结合。在华人男性英雄的感召和父辈成功的干预教育之下,唐老亚对自己的华裔身份有了新的认知并形成了新的伦理认同。他发现白人社会对华裔充满了偏见。华工并非如同米莱特所谓的那般被动、胆怯、内向、缺乏自信和无能为力,而是充满了阳刚之气。华人男性有着久远的英雄传统,其中既有关公和岳飞的忠义,又有李逵与宋江的反叛;既有战场杀敌的豪迈,又有律己的冷静克制。然而这一切都在白人主流话语体制的控制之下被抹杀了。于是,在东方主义的凝视之下重申华人的英雄传统,在被他者化的社会中确立自己的主体伦理身份就成为唐老亚这个华裔英雄传统的接受者和继承者所承担的"天命"。唐老亚伦理选择的成熟经历了象征性的成长仪式。

三、叙事的终结——叙事伦理的呈现

在成长小说中,人物的成长虽然是一个渐进的过程,但是也常常以某种象征性的仪式为标志。成长仪式常常是顿悟式的。在成长仪式过后,主人公明确意识到自己进入了人生的新阶段。在父辈的影响下,唐老亚的心理和行为都发生了变化,建立了新的伦理、文化和种族认知。在此过程中,一个颇具伦理象征意味的标志性事件显示了他对自身文化身份认知的最终成熟。

在故事的最后,当米莱特在课堂上再次污蔑华人胆小无能时,唐老亚挺身而出维护了华裔的尊严:"米莱特先生,你说错了,我们并不消极,也不缺乏竞争精神。我们承担了越岭隧道的爆破任务。我们在高高的山脊上工作了两个艰难的寒暑。我们的工头带领我们为拖欠工资而举行罢工。我们赢了。我们创造了一天之内铺下10英里铁轨的世界纪录。我们在海角铺下了最后一根枕木。但是像你这样对历史极端无知的人还是把我们中国人排挤在(为庆祝铁轨铺就而拍摄的)照片之外"(150)。这段陈述具有显著的伦理象征意义。唐老亚一反过往的失语特征,积极驳斥主流伦理话语,主动成为华人历史和文化的传播者。对华人的称呼从"他们"变成"我们",昭示了唐老亚成长的心路历程。此时的主人公已具有明确的伦理身份定位。他不但积极捍卫祖先的历史,而且明确了自己的文化立场;不但接受了自己的华裔身份,而且深以此为傲。至此,唐老亚终于完成自己的"天命",到达了成长的伦理目标,挖掘出被埋没的历史,寻找到家庭丢失的环节,并用它来对抗霸权话语。

就这样,这个象征性的成年仪式表明唐老亚了解了华人在美的历史,意识到了中国文化的价值和力量,接受和尊重中国的英雄传统。此时的他充满了种族自豪感,变成了新一代的华裔英雄。他从被动的观望者变成了积极的参与者,从排斥所有与华人有关的文化符号到积极参与其中,不仅以新的态度饶有趣味地观看粤剧,而且积极参与唐人街的迎春活动。以上种种均表明,他已经继承了华人的英雄传统,具备了为迎接华裔美国人的"天命"所应具有的决心和勇气。这一继承了"中国文化的英雄传统和华人移民的奋斗历史"的新华裔男性形象体现了赵健秀的伦理诉求。

四、华裔成长叙事——作者的叙事伦理

对于作家来说,艺术创作是他们表达政治、文化、性别和种族伦理立场的手段。《唐老亚》对欧美传统成长叙事模式的继承和反叛体现了赵健秀作为一名族裔作家的特有道德和文化关怀。将《唐老亚》与其他亚裔文本进行并置解读,读者又会体会到赵氏强烈的民族主义倾向和积极的战斗精神。

从宏观情节模式来讲,作为成长小说,《唐老亚》与众不同之处在于缺乏"出走"这一环节,这导致情节中心从行动转向思想。亚裔美国成长小说"提供了移民主体性,社区的想象和叙述的其他模式"因为文本"在普遍的叙事范围之内挑战了身份和身份认同的概念"(Lowe 101)。旅行原本

是欧美成长小说中的重要环节。主人公因对现状不满和外界的诱惑而出走,在旅途中经受各种考验,最终实现社会地位的提升或是精神的成长。这样的叙事设置有助于表现作家的叙事主旨,即展现资本主义社会日新月异的变化及其带来的社会影响和资本生产大语境下的新兴阶级的出现和成长。但唐老亚没有离开家门,也没有遭受旅途中的种种诱惑和磨难,他经历的考验主要来自内心而非外在世界。这恰恰符合了华裔作家独特的创作诉求。在赵健秀看来,华裔在成长过程中所面对的最大问题不是如何去应对复杂的成人世界,而是如何认知自己居间的文化身份,尤其是如何对待与生俱来却给自己带来困扰的中华文化。因此在小说中,唐老亚虽有行动的发展,但主要变化的是他的心理和态度。

  从成长引路人的角度考察,在美国传统成长小说中,往往出现一些伙伴式的人物,如《哈克贝利·费恩历险记》中的吉姆,《白鲸》中的魁魁格,《熊》中的山姆等人。这些伙伴式的人物在主人公的成长过程中赋予了主人公无私的友谊和关怀,教会了他们与社会相处的法则。值得关注的一点是,这些伙伴式的人物常常是少数族裔,例如吉姆是黑奴,魁魁格是印第安人,而山姆是印第安人和黑奴的混血。他们文化程度不高,但却具有高尚的道德和精神力量。主人公虽无父亲的引导,但在与这些伙伴的交往中获得了人类最基本的道德品质,明白了世事真谛。这样的角色设置其实反映了作家对晚期资本主义发展带来的物质主义膨胀和精神需求沦落的担忧,表达了他们重回精神伊甸园的文学理想。在唐老亚的成长过程中也出现了伙伴式的人物。"赵健秀除唐老亚之外还创造了另外一些辅助性的学习者/人物来行使重要的'安抚'策略。最主要的例子就是唐老亚最好的(白人)朋友,阿诺德·阿扎利亚(Arnold Azalea)"(Richarson 60)。有趣的是,与传统成长小说不同,阿诺德这位成长伙伴在小说中不是一个教导者而是一个学习者的角色。他对中国文化深感兴趣,主动要求到唐老亚家与他们一同庆祝新年,并最终对中国文化有所认知,和唐老亚一起获得了成长。赵健秀对美国文学传统中白人男性与少数族裔男性的友谊模式的颠覆与重写用心良苦。"阿诺德是白人读者的另一个自我"(Richarson 60),是赵健秀所创造的理想读者的化身。作家以阿诺德的形象向白人读者表明华人文化的巨大吸引力,试图唤起白人读者对中国男性英雄主义气概的认同。

  赵健秀在《唐老亚》一书中所塑造的父子关系也颇为与众不同。大部分成长小说中鲜少有对父子关系的积极描写。以往成长小说中的主人公要么没有父亲,要么与父亲的关系紧张。这在华裔小说中也不例外,如在雷霆超(Louis Chu)的《吃一碗茶》(*Eat a Bowl of Tea*, 1961)中父子关系冷淡,徐忠雄(Shawn Wong)的《家园》(*Homebase*, 1979)中父亲在主人公年幼时死去,李健孙(Gus Lee)的《中国崽》(*China Boy*, 1991)中的父亲对年幼的主人公既不关心也无力保护,雷祖威(David Wong Louie)的《野蛮人来了》(*The Barbarians Are Coming*, 2001)中的父子缺乏沟通,彼此之间充满了误解和敌意。这凸显出唐老亚父子的关系的独特之处。《唐老亚》一反西方文学传统中弑父的原型和父子冲突的母题,转而强调父子之间的血缘维系和文化与精神的传承关系,而且父亲的形象也不同于以往。"在华裔美国小说中,现实中的父亲形象大多是平庸的、猥琐的、被白化的或被阉割的"(蒲若茜 4)。在叙事开始时,唐老亚眼中的父亲荒唐可笑,然而随着唐老亚的种族自尊的提高,父亲在他眼中的形象日趋高大。在故事的最后,父亲的身影与关公、李逵等中国古代英雄的形象重合,俨然成为了华裔英雄传统的代言人。作家有意表达:在族裔内部殖民的强大话语压力之下,只有重拾强悍好战的父系英雄传统,华裔男性才能摆脱刻板形象和心理创伤,重建积极的亚裔男性气质。

在叙事素材的选取上,小说凸显了饮食因素。小说的时间背景设置在中国新年期间,在中国文化传统中人们必须要准备食物,迎接新年。这既给了金一个大展厨艺的机会,也使小说充斥了大量的饮食文化描写。食物是一种消费和文化符号,体现了个体在社会中的地位和彼此之间的关系。"白人种族主义、帝国主义和性别主义是通过消费来体现的,通过吃掉他者,……获得力量和特权"(hooks 36)。饮食在亚裔美国文学中更是具有明显隐喻意义。亚裔美国文学对于饮食的描写关涉到性别、种族、阶级等问题。《唐老亚》一书中大量的饮食意象同样引起了评论者的关注。"赵健秀的小说中充满了有关食物的意象和隐喻。实际上人们甚至可以断言是食物组成了这一文本的框架:唐老亚的父亲是一个经营的十分成功的唐人街餐馆的厨师,每一场有关铁路的梦境都是以一餐饭开始,丰富的食物细节,从对于金的厨艺的描写到由中国食物庆典所引出的故事"(Ho 29)。不同于黄玉雪(Jade Snow Wong)唐人街导游式的对中国饮食的介绍,也不同于汤亭亭(Maxine Hong Kingston)对于中国饮食的东方主义的凝视,赵健秀的饮食叙事再次成为了他彰显华人男性英雄气概的手段。早期的赴美华人受到白人的排挤,只能从事洗衣煮饭等以往由女性从事的职业,这部分地导致了美国流行文化中去性化的华人男性形象的形成。厨师等职业更是强化了华裔男性在主流话语中的女性化的形象。然而在赵健秀的笔下,情况却大不同,他笔下的厨师形象完全颠覆了消极的华裔男性刻板印象。金虽然也是厨师,但他做饭时的形象却与概念化的去势的男性形象毫不相关。"爸爸打开了锅盖,尖锐的目光在升起的蒸汽中闪烁,他像鹰一样俯视着身下的白云,像音乐家一样用水果和蔬菜演奏"(66—67)。在此,做饭被仪式化为具有高度男性气质的行为。鹰的形象体现了父亲的英勇和强悍,厨房成为了父亲重建秩序和规范的权力空间和一个新的符号王国。他以厨艺征服了华裔后代和白人少年,使他们醉心于中国文化。此外,赵健秀再现的已不再是纯粹的中国饮食,而是多元文化的杂糅。唐老亚一家的年夜饭颇具象征意味。父亲的菜式改变了传统中国式的烹饪方式,将中国菜与法式、意式、日式等菜肴融合,这既象征了华裔美国身份的融合性、多样性和流动性,又体现了作家对于居间文化身份的采纳。此处的文本叙事体现了赵健秀建立"亚裔美国感性"的一贯主张:华裔美国人的文化是一种既不同于美式文化也不同于中式文化的新生的文化。就这样,"在《唐老亚》一书中,赵健秀将食物当作种族骄傲的来源和一系列指向华裔美国人文化和历史的骄傲的符号,而不是定型化的语言的愚蠢的符号"(Ho 24)。

赵健秀曾谈到创作《唐老亚》的初衷:"我发现(亚裔美国文学创作中)有两大空缺需要填补:一是他们需要书籍,讲中国儿童故事或中国童话的书籍;二是亚裔美国人需要类似《麦田守望者》这样的少年读物,讨论青春期亚裔少年的成长。于是,我有意识地去填补这些空缺"(Davis 88)。《唐老亚》正是这样一部填补空缺的书。赵健秀采用成长小说的模式来探讨华裔主体性的形成过程,又基于不同的生产场域和伦理观念,创作了既不同于欧美传统成长小说也不同于流行亚裔成长叙事的独特文本,以此达到他"矫正美国历史文化",反对将华裔美国男性女性化,重塑华裔美国人的男性气质和英雄传统的目的。从上述分析来看,赵健秀既是一位杰出的叙事者也是一位严肃的文化斗士,相关研究的缺如必将影响对亚裔美国文学创作的美学特质和复杂构成的深入探讨。填补相关研究的空白成为国内外亚裔美国文学研究者们亟待攻克的课题。此外,叙事修辞是有效的文学批评手段。研究作家的叙事呈现与叙事伦理的关系既有助于欣赏作品的美学特征又有助于挖掘作品的意识形态内涵,从而全方位地深入解读文学文本。

【注解】(Notes)

① 陈安琳(Anna Anlin Cheng)认为亚裔美国人普遍具有"种族悲哀"的心理。在弗洛伊德的理论体系中,悲哀是一种病态的情绪,它将人所受到的不公正的对待内置,并有意识地使某些不愿看到的东西变成无意识的和缺场的,其结果就是这种情绪变成了萦绕在主体内心、不断吞噬、破坏甚至摧毁人的正常心理调节机制的恶魔(Cheng 21)。陈安琳借用悲哀一词来揭示种族主义留在少数族裔心灵上的无法愈合的创伤。她认为在少数族裔那里,悲哀成为一种形成自我的方式,悲哀的形成过程就是种族的属性与身份的认同的过程。它显现了在美国种族化是如何运作的。在种族悲哀的心理影响之下,自我更难于确定,此时的主体往往具有既自暴自弃又自救自赎的矛盾冲动。

【引用文献】(Works Cited)

Chan, Jeffery Paul, et al., Eds. *The Big Aiiieeeee!: An Anthology of Chinese American and Japanese American Literature*. NY: Meridian, 1991.

Cheng, Anne Anlin. *The Melancholy of Race: Psychoanalysis, Assimilation and the Hidden Grief*. Oxford: Oxford UP, 2001.

Chin, Frank. *Donald Duk*. Minneapolis: Coffee House P, 1991.

Chu, Patricia P. *Assimilating Asians: Gendered Strategies of Authorship in Asian America*. Durham: Duke UP, 2000.

Crane, Ronald. "The Concept of Plot." *The Theory of the Novel*. Ed. Philip Stevick. London: The Free P, 1967.

Davis, Robert Murray. "West Meets East: A Conversation with Frank Chin." *Amerasia* 24: 1 (1998).

Ho, Jennifer Ann. *Consumption and Identity in Asian American Coming-of-Age Novels*. NY & London: Routledge, 2005.

hooks, bell. *Black Looks: Race and Representation*. Boston: South End P, 1992.

Howe, Susanne. *Wilhelm Meister and His English Kinsmen*. NY: AMS P, 1996.

Lowe, Lisa. *Immigrant Acts: On Asian American Cultural Politics*. Durham, N.C.: Duke UP, 1996.

Richardson, Susan B. "The Lessons of Donald Duk." *MELUS*. Vol. 24, No.4, (Winter 1999): 57–77.

Storey, John. *Cultural Consumption and Everyday Life*. London: Hodder Arnold, 1999.
董晓烨:《〈女勇士〉的情节模式与文化改写》,《小说评论》2012 年第 3 期。
李有成:《〈唐老亚〉中的记忆政治》,单德兴、何文敬主编《文化属性与华裔美国文学》,台北:"中央研究院"欧美研究所,1999 年。
蒲若茜:《族裔经验与文化想象:华裔美国小说典型母题研究》,北京:中国社会科学出版社,2006 年。
芮渝萍:《美国成长小说研究》,北京:中国社会科学出版社,2004 年。
单德兴:《重建美国文学史》,北京:北京大学出版社,2006 年。
申丹、韩加明、王丽亚:《英美小说叙事理论研究》,北京:北京大学出版社,(2005) 2009 年。

【作者简介】董晓烨,东北林业大学外国语学院副教授,主要从事华裔美国文学与叙事学研究。

诺斯替漫游癖、文物收藏价值观与反弗洛伊德主义
——苏珊·桑塔格短篇小说《无导之游》的犹太女性创伤叙事研究

◎ 张 艺

【内容提要】苏珊·桑塔格短篇小说《无导之游》在其成为经典作家的文学旅程中有着不可忽视的作用,然而国内学者对其短篇小说的研究远远少于对其理论批评与长篇虚构文学的研究。本文从作家主体作为犹太女性的创伤叙事的研究向度,主要是从种族创伤叙事、信仰创伤叙事、文化创伤叙事、情爱创伤叙事四个研究界面审视她创伤叙事的思想痕迹及其艺术特色,并探索其自我与写作的关系。本文指出,作家对"旅行"的"嗜好"和对欧洲文明冲突的认知和情感体会体现了作家主体犹太女性身份的种族的、信仰的、文化的、情感的多方面诉求,而这些诉求是通过其独特的创伤叙事实现的。

【关键词】苏珊·桑塔格;《无导之游》;犹太女性创伤叙事;诺斯替主义

一、引 言

苏珊·桑塔格(Susan Sontag, 1933-2004)不仅是如今享誉全球的美国知名作家、文化评论家,更应该引起重视的是其"公共知识分子"的道德承担及其人道主义写作。也正是鉴于对其在文化以及文学创作和人道主义公共书写双重维度所取得的成就,中国学界如火如荼地译介和研究其人其作。我们看到,呈现出对其文化批判与长篇小说创作的浓厚

学术兴趣,深入发掘其短篇小说在其经典之路上的重要作用的高水平研究是国际桑塔格研究的薄弱环节。她的论著滞后地入选声望显赫的"美国文库"(Library of America),标志着她通过时代的检验,被公认为"美国经典作家"。在中国,这位连接美欧知识界的批评才女身上闪耀着的智性光辉吸引严肃的"爱智人"无法"盲视",尤其是在当代中国现代化进程与习总书记所说"文明断层"的特殊语境中。审视一种文化现象,研判一段文化断代史,解读一位作家的生平以及创作,需要"把脉"当时语境中的政治思潮、文化气候以及作家主体的思想流变。对身为立陶宛移民美国第三代的犹太裔作家桑塔格来说,无论是文化地理意义上的空间位移,还是美国精神中"自我创造"精神对她的影响,她的个性化的旅行思想和普罗大众意义上进行的关于旅行与人生、旅行与文学等关系的思考,对于充分理解、整体把握,同时在中国语境、中国立场中超越地接受她的思想层面的文化建构,具有十分重要的现实价值。《无导之游》是作家《我,及其他》(I, et cetera, 1978)短篇小说集里十分重要的一部。仅就短篇集的标题就暗示了这是桑塔格最富有自传色彩的作品;她创作的故事更像是回忆录的形式而不是传统意义上的短篇小说。在这部"实验性的、自传色彩的"作品面世以后,美国评论界立即发出"结论不一致然而一致富有同情心"的批评声音。几乎所有的评论者都对桑塔格对语言的娴熟运用以及对她的"美国根"令人意外的认同留下了深刻的印象。《纽约时报》的阿纳托尔·布鲁瓦亚尔称赞"这是一部调合了抒情的文学性和美国性的作品"(Rollyson 128)。哈珀杂志的弗朗西斯·托利弗则称作品"太理性、噱头十足"(Rollyson 128),其理由是"'残羹剩饭'的故事因没有关注历史语境的变化缺乏连贯性"(Rollyson 128)。我们选取探究《无导之游》桑塔格作为犹太女性作家的创伤书写,来追寻短篇小说集里具有代表性的"作家的影子"。我们将从种族创伤、信仰创伤、文化创伤、情感创伤四个棱镜角度观照桑塔格创伤书写的思想痕迹及其艺术特色,以探明桑塔格在经典之路上如何将自我和身份的创伤升华为艺术的写作,如何在这部基本上以自传式散文手法写成的短篇小说集中展露出桑塔格"先锋实验的创作表层"之下,骨子里"对现实的关注和对人性的关怀"的经典的"公共知识分子道德承担"和"文化精英情怀"(桑塔格 封底)。

二、种族创伤棱镜：犹太大流散的焦虑与作家主动飞散的旅行

关于"何为创伤?"这个问题,在文学意义上,英国当代哲学家西门·克里奇(Simon Critchley)在《伦理、政治、主观性》(*Ethics, Politics, Subjectivity*, 1999)一书中阐述,"从词源学的意义上讲,创伤(trauma)一词源自于希腊文,意思是'刺破或撕裂的皮肤',引申为伤痛的感觉。创伤既有心理意义也有精神意义,表明有外界因素导致的一种冲击"(Critchley 191)。弗洛伊德隐喻性地使用"trauma",比喻人类的心灵就如同皮肤组织一般,亦会遭受意外事件的伤害。他在《愉悦原则之外》(*Beyond the Pleasure Principle*, 1920)中曾阐述,"一直以来,大家知道产生在严重的机械事故、铁路灾难,以及其他可能危及生命的突发事件之后的人们所处的一种精神状态"(Freud 12),并对其进行了描述。弗洛伊德将这种精神状态命名为"创伤性神经官能症"(Freud 12),他相信研究梦可以被看作是探究创伤层次心理过程的最可信的方法。用弗洛伊德的"精神装备"(psychical apparayus)思想阐释,创伤是一种打破精神均衡状态的过度激动情绪,因此是一种不愉快的经验。用拉康的话来阐释,创伤是遭遇真实情况时的主观掩饰,是自我向外界打开,是对"自我代偿机制"的破坏。用列维纳斯(Levinas)的话来阐释,由于创伤对自我的破坏,"愉悦原则"暂时失去作用。心理学家看"创伤"多从"自我"和"愉悦原则"的角度出发;而历史学家则倾向于从"经验"和"效应"的角度看"创伤"。多米尼克·开普拉(Dominick Capra)在《写历史,写创伤》(*Writing History, Writing Trama*, 2001)一书中说:"创伤是一种经验的断裂或停顿,这种断裂或停顿使经验破碎,具有滞后效应"(Capra 186)。"书写创伤,就是书写事后影响,从普遍意义上说,书写创伤是一种能指活动,它意味着要复活创伤'经验',探究创伤机制,而且在某种程度上,要分析并'喊'出去,研制出与创伤'经验'、有限事件及其在不同组合中,以不同方式显示的象征性效应相一致的过程"(Capra 186)。关于"种族创伤"(racial trauma),犹太大屠杀被公认为人类历史上最惨烈的种族灭绝行为,由此造成的创伤也是最令人痛心、最引人深思的种族创伤。

《无导之游》的作者就是一位出身犹太族裔的作家。她对犹太人在广袤的世界中四处游荡的漫长的流散(the Dispersion)历史,流浪中的犹太人"离开本地、本族、本家"寻找"希望之乡"的生存模式,散居中的犹太人

在蒙辱受害和文化再造之间的民族意识状况,以及聚居地中的犹太人既分散又凝聚、既努力融入又保持距离的犹太人的文化品性,有一种自不待言的了解。尽管有评论者认为,桑塔格的犹太民族感情淡薄,依据是作家的公开言论。其实,作家言行不一、或者言不由衷、或者前后矛盾的情况并不鲜见。仅从桑塔格曾前往以色列西奈沙漠拍摄纪录片《希望之乡》探索犹太良知和犹太意识身体力行的文化实践,便可看出桑塔格心中的犹太民族情结。她曾对《时尚》杂志的记者说,《希望之乡》是她个人色彩最浓的一部片子。观察现代犹太人的生存经验和文化历史,我们发现,犹太人变被动"流散"为主动"飞散",当代意义上的"离家"少了几许离乡背井的悲凉,多了一些生命繁衍的欣悦,这一现象已经引起了美学判断和文化研究的注意。"飞散",古词新用,原意与犹太民族散布世界各地的流散经历联系在一起,新意则包括一种德鲁兹(G. Deleuzw)所说的"游牧式思想"(nomadic thinking)的现代哲学,文化旅行与跨文化等内涵,是后结构、后现代、后殖民时代复杂表意过程中的一个"灵活的能指"。飞散型的作家,或曰选择主动飞散文化模式以及生活模式的作家,主动将自己放逐于本土文化之外的"他乡"或"异乡",在与本土文化可形成对照的"文化边缘"的自我流放中实现文化的再造与创新。这种"跨界"(border-crossing)的思维与行动,以"对话的逻辑"与"交往的姿态"超越曾被压抑的创痛历史,以跨民族、跨地域的文化气度看待民族文化和本土文化,以更丰富的生命经验和更丰富的语言复兴和创新"过去的荣耀"。

　　桑塔格生活的年代,从世界范围来看,排犹的浪潮虽然没有达到纳粹骇人听闻的程度,但是此起彼伏的对犹太人的驱逐、偏见和仇视仍然如挥之不去的阴魅幽灵蹒跚于世界各地。这种历史和现实的创伤症候,体现在桑塔格身上,表现为特别的敏感和焦虑。"她的神经一直紧绷",她自己说这是"无法想象能让莎士比亚放松",她经常局促不安,她习惯四处漂泊,她的儿子大卫·里夫也一样,总是四处旅行。焦虑的情感并非都是负能量的,焦虑对作家而言,往往意味着灵感邀约的前奏。桑塔格就是一位擅长于把焦虑的心理压力转化为行动位移、心理距离、反思能力以及最终——书写能量的作家。她喜欢出发,渴望每一次、每一处新的开始,她认为"新手的头脑是最棒的"。主动"飞散"的思想观念和文化态度,"在路上"的生活模式和文化实践,探险猎奇的冒险心理和探索精神,扫去桑塔格作为犹太后裔的创伤阴霾,"提振"她对于世界视野的认知热情,同时也带来她无法让自己的心灵安放等问题。

《无导之游》中,桑塔格化身第一人称叙述:"我"执意要去旅行,"上路旅行是为了说再见"(247),"变动的心绪"(247),"变化的景观"(247)。至于旅行的目的地是何方,我"就像玩轮盘赌一样转动我的记忆"(248)。总是感觉到离"起初"(263)遥远,于是"变成对另一个地方的强烈企盼,想把此处变成另外一个地方"(263)。"我"是一个漫游癖旅者,时刻准备着动身,相信"谁单独旅行,谁的速度就最快"(263)。旅伴已经"熄火停下"(263)想要枕头以便"睡得更沉"(263),而"我"想要"狂奔猛赶"(263),"带着遗憾,带着狂喜,一种更傲慢的抒情风格"(263)离开,因这儿又不是"那失去的伊甸园"(263)。有一位哲人打过一个形象的比方,比喻不合适的恋人:"我想要睡觉,你却想要跳舞"。小说中的这个"我"就像是一个不合适的旅伴,做不到在哪怕一站"驿站"让心灵片刻停留、诗意栖息。身体在此处,灵魂却飞散到了彼处。永不餍足的求知欲和好奇心,"我"一直在告别,一直在动身,向往"地之尽头"(264)。"舌头上的盐"(264)是"我"抚慰自己、抚平创伤的一剂膏药;然而,疯狂爱之,我执过度,却渐为"我"陷入"自我漩涡"不可自拔、走向虚无主义情绪的魅惑毒药。

三、信仰创伤棱镜:宗教怀疑论诺斯替主义与虚无主义的滥觞

创伤叙事并非是西方文学藩篱内的"墙内花"。古今中外都有创伤叙事作品。花开两朵,各表一枝。西方世界中反映创伤的叙事作品,体现宗教创伤的,比比皆是。究其原因,主要有三点:一、历史渊源和文化氛围的不同;二、近现代社会状况和面临任务的不同(西方是现代性压力,中国是抗日民主革命);三、族裔历史的不同(西方各国几乎都有犹太移民的大规模迁入,中国则基本保持了华夏民族的族裔性稳定)。究竟什么是宗教创伤,其定义又是什么?宗教创伤,指的是信仰主体由于政治归化、文化同化等不同的外界压力,被迫或者无奈选择放弃、背离自己原来信仰的宗教,改信他教之后,理性与感情上所承受的愧疚、痛苦与迷茫。最具有典型意义的就是犹太人的信仰创伤。由于"排犹主义"的历史阴影,西方社会对犹太人反反复复的排斥和仇视,犹太人对自己出身的态度逐渐走向一种对民族身份的"自我怨恨",表现为对自身犹太血统的讳莫如深,或者为了积极融入社会放弃信仰,理性与情感上却无可奈何陷入一种"观念上

走向极端理性及激进怀疑,即一种现代世界中的混乱处境"(Shechner 239);企图逃避过去而又无法摆脱过去;希望立足当下而又未能找到安全感的所在;向往未来而又忧心忡忡。

诗人亨利希·海涅(Heinrich Heine)曾发出的哀鸣之声"犹太教不是一种宗教,乃是一种不幸",可以说就是犹太人的女儿桑塔格登上纽约知识舞台的序曲。桑塔格作为一名受过西方良好教育、"被知识和理性所陶醉"的新女性,仿佛是近代柏林门德尔松时代活跃在"自我教化""犹太沙龙"中的多萝西娅,在"启蒙"的浪潮中日益有意识远离自己的犹太之根,拥抱"自我解放和自我教化"的文化同化和信仰改宗的历史潮流。在犹太知识分子身上具有的典型的对其犹太身份的隐蔽的自我憎恨,这股情绪挟裹她走进"两难境地":一边厢对过去极力摆脱,其子说他的母亲"在任何生活领域都不大喜欢回顾"(Shechner 23);另一边厢对自我建构异常敏感。桑塔格在接受采访被问及信仰问题时,曾说"过去总能摆脱掉"。其实不然。诚如书评家本杰明·泰勒(Benjamin Taylor)所言,"独立的自我性是不可能的"(林肯15)。作为个体,自童年伊始,桑塔格便具有知识早慧的天性;作为作家,她属于"自性"敏感的类型。《我,及其他》书写的就是一个个自我的建构和反思的工程,作家主体分散出去的主人公们在很多情况下都是在拷问着各自的犹太性,特别是美国精神和犹太良知之间的关系。作为职业知识妇女,桑塔格和千千万万的犹太裔女性一样,为了自身职业的发展,为了社会认可的获得,背离了民族起源的犹太教。在应对由于背离与改宗带来的困顿和迷茫,对一切确定意义怀疑中的桑塔格遇见了宗教的怀疑论——诺斯替主义,视之为人生的方法论和创作的文艺观。

据笔者考证,美国苏珊·桑塔格权威研究专著《苏珊·桑塔格:哀悼的现代主义者》(*Susan Sontag: The Elegiac Modernist*, 1990)的作者塞尔斯·索恩亚,是目前国外桑塔格研究学界唯一一位注意到该问题的专家学者,在这本专著中他阐明自己的发现:"某种诺斯替式的追思很可能推动了作家对自我意识进行探索,而这种探索意图在存在主义的无偿艺术中被证明是自恰的"(Sphnya 11)。索恩亚称之为"这种现代主义的两难处境"(Sphnya 11)。本文的笔者在看到这部权威专著之前发现这位美国著名作家在面对西方现代性和文化同化的双重压力之下,和许多犹太裔作家一样,主动选择了放弃犹太教信仰;然而她走上的一条与"改宗"不同的道路,她终生未信仰基督教,而是回到了一种古老的宗教——诺斯替教,秘密信仰素有"异教"名声的诺斯替主义,并从怀疑的信仰者走向了信仰的怀疑者。这一段信仰旅途饱受的创伤,以及作家主体如何应对这些创伤在自己的生命文本中所划过的思想痕迹,对作家的艺术创作造成了什么样的影响?

翻开作家的档案,1955年她正在哈佛大学攻读哲学专业研究生课程,宗教学教授雅克布·陶布斯(Jacob Taubes)是她的指导教师,她很快被陶布斯对相反观念的想象性同情所深深吸引,深受其诺斯替否定性原则影响,并视陶布斯的妻子苏珊·陶布斯(Susan Taubes)为"另一个自我"(double self)。这个同叫苏珊的女子的自杀,直接促发了作家创作短篇小说《心问》。阅读作家的日记,这段时期她还积极参加到著名思想家沃格林(Eric Voegelin)在芝加哥大学的讲座《新政治科学》,醉心对现代性与灵知主义(即诺斯替主义)的思考。创作《我,及其他》的时候,作家刚刚度过了写作《死亡匣子》拷问死亡意识所带来的精神危机,以及失恋带来的低落,深陷虚无主义的深渊,亟待一部富于建构性的写作工程将她拉出自我的泥潭。这部《我,及其他》便是应运诞生于如斯的心境。可见,文学创作虽以小说面目出现,它与作家的档案、日记以及笔记之间呈现出一种互文关系。

《无导之游》题目暗示历史长河中传来的悲鸣古老民族被上帝打散到众民中的哀鸿之声,同时也诉说作家本人作为"犹太人的女儿"个体经历的虚无主义的滥觞之情。在作家的旅行计划中,"修道院"、"小教堂"、"寺院","清真寺"都赫然在列。旅行计划的制订者明显沉浸于一种宗教混合主义的情绪。"某种虔敬感总是把我带到这个地方"(248),背离了犹太信仰,心里最深处洗不去的是犹太感情。世俗化和同化的现代性应对策略并没能改变作家的习惯性的思维模式:"不吉之兆。修道院的墙壁上裂了一道长长的斜口子。水位一直在上涨。大理石圣像的鼻子不再是鹰钩形状的"(247)。宗教隐喻色彩浓郁的文化景观,提醒读者联想到以色列的哭墙和"洪水泛滥之时,耶和华坐着为王;耶和华坐着为王,直到永远"(《圣经》19)。"不再"流露出作家在意识深处对于自己背离了古老源头的不安和罪悔。"在整个看得见的世界里,几乎没有哪种印象能比夕阳西下之际在哥特大教堂里体验到的心理感受更强烈了"(254)。诺斯替主义的一个文学原型就是哥特式"暗恐"文学。出人意料,此时此地,作家的叙述面具——"我"游荡出了上下文,摆脱了诺斯替主义的滥觞,以类似主祷文般的叙事模式,感叹道"时间和精神的永恒信使"(254)。"体验了神的启示"(255),可是"我"拒绝聆听神的"召唤"之声,"我不想要那种启示"(255)。路过了"犹太人居住区里上演的光表演"(257),"我"一次次故意错过神的提醒,"我们或许会需要一位向导"(261),可是"我"一次次坚持选择"单独旅行"(263)。最终,"我"导演了自己的悲剧:"盐"是在"我"的舌头上,可是,这不是来自神的"盐",所以,"我"看到的也不是"光",只是一片在景观位移中的虚无。

四、文化创伤棱镜:欧洲文明观之思乡及缅怀与文物收藏批评

在桑塔格身上,遭受到的文化创伤,可分为两类:对文化降级的伤痛和对欧洲传统的哀悼。她曾在德国保罗教堂"和平奖"受奖演说中阐述自己的轨道:"我是波兰和立陶宛犹太裔的第三代美国人,生于希特勒上台前两周。成长于美国外省(亚利桑那州和加州),远离欧洲,然而我的整个童年却被德国、被德国的兽性所困扰和被我所喜爱的德国书籍和音乐所萦绕。那些书籍和音乐为我建立起崇高和强度的标准"(桑塔格 209)。十岁的桑塔格为自己找到了第一个文学之父,即埃德加·爱伦·坡。和坡一样,桑塔格也是一个在欧洲、在文学本身中寻找灵感的美国作家。十岁的她还阅读了居里夫人的传记,和小玛丽一样,苏珊也企盼着能到法国这个学识和自由圣地接受教育。十三岁的她发现了法国作家安德烈·纪德,通过阅读纪德日记,她攫取了一种文学的热情和神圣的火光,并树立起艺术世界是跨越地理和超越时间的心境的理念。十四岁的她,主要计划是保护自己免受当代社会和当地文化的无知和愚蠢将其吞没的威胁。她四处觅友,希望他们与她志同道合,一起致力于纪德的"艺术崇拜"。身在大西洋"此岸"的美国,灵魂却诗意栖居大西洋"彼岸"的欧洲(主要是法德)。这点恐怕是在她意识上走了柏拉图主义身心分裂路线之外,她的儿子深知其心、深解其意,将其日记第二卷命名为"盖因意识羁于肉身"的缘故:生命陷落在"文化沙漠"中,心却飞翔在欧洲"高级文化"的天空。二十六岁的她逃离婚姻,以"旅行——真正的旅行——到欧洲"(桑塔格217)的方式,她觉醒自己一直生活在一个天真之梦中,如同天真之于美国。当初美国人坐船逃离英国,桑塔格坐船逃离美国,"她有一种原始的欲望想来欧洲,夜复一夜注视着波浪起伏、洒满月光的洋面,她低声自语:

'我的天真让我哭泣'"(桑塔格218)。她说自己既是病人,又是医生,她给自己和自己的失败的婚姻开出的药方是:奔向理想的欧洲——文明的欧洲。从英国牛津转校至巴黎,左岸咖啡馆生活、栖身绿林、流连同性恋酒吧,在巴黎的自由逐梦年华,浸淫在法国哲学和文化中,后来的文学职业生涯,终其一生,她也是更多受到法国文化而不是美国文化的影响,最终她的儿子替她选择了归于尘土的地点——将她安葬在巴黎的蒙帕纳斯公墓。回顾她的一生,她始终仰慕巴黎的智性氛围和欧洲文明,仰慕的心情的对立面则是痛惜——痛惜自己生活在消费主义物欲横流、浅薄和粗暴大行其道的当代美国。联系她的出身,从欧洲的祖籍地来到上帝应许之地的美国,却未能实现"希望之乡"的文明契约。这种文明的降级带给桑塔格一种"才下眉头却上心头"的失落和忧郁。同《伊斯坦布尔》的作者奥尔罕·帕慕克一样,桑塔格宿命性地饱受"呼愁"之苦。

在她眼中,"欧洲是一代代寻求'文化'的美国人的伟大的逃避地"(桑塔格203)。漂洋过海的文化流浪经历,让她切身感受到欧美之间"文明的冲突"(桑塔格201)和"潜伏的对抗"(桑塔格198),她在"文学就是自由"一文中表明心迹:"它至少像父母与子女之间的对抗一样复杂和矛盾"(桑塔格198)。她充当两个大陆之间的民间的"知识大使"的角色,她是以自己的兴趣和热情竭力弥合这道鸿沟的。值得注意的是,桑塔格提及了一道时间的鸿沟:欧洲"新"、"旧"文化之间的鸿沟的存在,并且义无反顾地站在了"旧"文化一边。尽管她履行了文学的外交义务,可是她似乎无意于履行文学的历史义务:"但那个欧洲正无情地改变着我所心爱的欧洲,改变着欧洲的多元文化。而我恰恰是在这些文化传统中进行创造、感觉、思考,变得骚动不安,并根据其中最好的,让人觉得高山仰止的传统标准调整自己的标准"(339)。在"无导之游"中,桑塔格阐述了自己针对收藏和文明关系的主张:"末日的审判。你们不能把所有的东西都封存在博物馆里"(248)。"太不幸了。我无法眷恋陷在记忆中的有如纪念品的过去。实物课。希腊古瓮,形如埃菲尔铁塔的胡椒碾磨器。俾斯麦啤酒杯。印有那不勒斯及维苏威火山的围巾。有米开朗琪罗的大卫像的软木盘。谢谢,不要纪念品。咱们还是跟真实事物在一起吧"(248—249)。"我同意。像你一样,我不认为热衷于过去是某种趋炎附势。仅仅是诸多没有回报的毁灭性的爱恋方式之一"(249)。她站在灵魂知己本雅明的立场上,在文明的废墟上,企盼弥赛亚救赎的灵光临到,"带着残篇断简、睥睨一切的神色、沉思,还有无法克服的忧郁和俯视的目光,占据了许多'立场',并以所能拥有的正义的、超人的方式捍卫精神生活,直到永远"(桑塔格 132)!

五、情爱创伤棱镜:弗洛伊德主义与反对弗洛伊德主义的碰撞

　　超越情爱的滥觞、自我重生的写作一直都是作家桑塔格创作的中心。她的儿子回顾她的人生与创作,整理出版了母亲的日记与札记,在为第二卷日记《盖因意识羁于肉身》(*As Consciousness is Harnessed to Flesh*, 2012)作序的最后一段,大卫·里夫首次披露了母亲罗曼蒂克的失落与智识博学的写作的关系:"她的心经常破碎,这卷日记的大部分就是阐述她情感的失落。从某种意义上说,这点意味着日记留下了关于我母亲生活的一个错误印象:她感觉不幸福时在日记中写得多,感觉痛苦时写得最多,而感觉好时反而写得最少。但是,尽管这种比率不一定完全正确,我认为,她在爱情中的不幸福与从写作中获得的满足感,与她在不写作时给生活带来的激情,在构成她的自我上程度相当。不写作时,她如同一个永久的学生、一个伟大文学的理想读者、一个伟大艺术的理想欣赏者以及一个伟大戏剧、电影和音乐的理想观众那般生活着。结果,忠实于她自己,换句话说,忠实于她的生活,日记将话题从情感失落转移至博学多闻,再回到情感失落,周而复始。这并不是我所希望的她在'此处'或'彼处'会过的那种生活"(桑塔格 xii)。人生就像现场直播,并无可重新来过的可能。尽管这样一种生活并不是儿子所希望母亲曾经过的,然而,事实是,在大卫来到这个世界之前,以及在大卫来到她母亲的世界之后,他的母亲一直都生活在情感的创伤和为走出情感的创伤所做的努力之中。对于一直都感到不幸福的感觉,桑塔格总结,"是她没有以正确的次序过她的生活:她的成年生活先来到,然后才是她的青春期"(Maunsell 45)。衬衫的第一颗纽扣扣错了,剩余的纽扣都会扣错。没有在童年以及青春期得到心理满足的桑塔格,情感上一直压抑,"在服满了漫长的童年的刑期之后,我将会被释放出来,踏上现实生活的旅途"(桑塔格 289)。向往和志同道合的人生活在"别处的一个世界"(罗利森、帕多克 16)——杰出思想家的花园,十七岁的桑塔格和她读书的芝加哥大学里一位叫菲利普·里夫的精通文学、研究弗洛伊德、执教以她的一个神——卡夫卡为中心的社会学

理论的犹太人共进午餐,十天后就闪婚嫁给了他,自以为是"迈向更美好的生活"(29)。根据传记作者罗利森记述,"里夫想独占她这个漂亮女子,他要的远远不只是一个情人和妻子,在他求婚的时候,他提出了他的婚姻计划的梗概:'我是以我们俩的孩子们的名义向苏珊求婚的'"(罗利森、帕多克42)。结果,婚后一年,桑塔格在第一次读《米德尔马契》时"突然啜泣起来"(42),"意识到不仅我就是多萝西亚,而且几个月前,我嫁给了卡苏朋先生"(42)。正如许多婚姻中一方或双方意识到他们的婚姻是个错误那样,过了好多年,桑塔格才走出"这阴差阳错的痛苦"(42)。赴法留学,追求梦想的她,回到了婚前的生活,决定在道德上她有可以和里夫分手的权利。她选择了写作作为生存的职业和生活的理想,并选择了旅行的生活方式来满足自己的浪漫和激情。"无导之游",又名"来自威尼斯的来信",浓缩了濒临分手边缘、不幸的情人之间简略而含蓄的对话这些主题,艺术再现了桑塔格的情爱创伤。

在《婚姻札记:1951—1958》中,我们可以看到,桑塔格的婚姻实质上是一场为了克服自己的同性恋倾向和身份危机而突然采取行动的自我劝导和自我戏剧:"抓住某人,为什么要等待?"(Maunsell 26) 选择闪婚,乃是为了彻底改变自己,她有强烈的欲望要变得"正常"(normal),同时她有强烈的抱负要实现自我。在日记《重生》里,她记载了自己等待逃离童年已经太久、直接冲进了成年婚姻的心情:"带着对自我毁灭意愿充分的意识+恐惧,我嫁给菲利普"(85)。因为童年压抑,她从卡夫卡和弗洛伊德这样的精神导师身上攫取智性满足,并且一直焦虑地渴望能遇见"智性同伴"(intelligent company)。事与愿违,桑塔格匆忙走进的婚姻日后成为她另一个想要逃离的家庭。菲利普先生和苏珊女士婚姻缔结的一个结晶,除了儿子大卫,就是夫妇之间对话的产物:夫妇二人一起从事弗洛伊德研究,合著了菲利普·里夫的第一部书——《弗洛伊德:道德家的心灵》(*Freud: The Mind of the Moralist*, 1959)。合著这部弗洛伊德书整个过程,二人的婚姻始终处于巨大压力之下,随着该书的完成,他们的婚姻却走到了解体的边缘。探究二人何以感情破裂,他们之间围绕弗洛伊德的学术对话暴露出的理念分歧不能不说是其主要原因。首先,他们的研究对象弗洛伊德对婚姻的态度就是否定的,弗洛伊德认为中产阶级在婚姻中相爱是不可能的。其次,桑塔格认为里夫在很多地方错误地理解了弗洛伊德。里夫立意于从伦理学角度对弗洛伊德的思想进行剖析,他借弗洛伊德之口提出女性提供家庭服务是女人之为女人的意义所在,他是为作为男人和思想家的弗洛伊德辩护的，里夫认为"弗洛伊德需要一个标准的犹太婚姻，在这一婚姻中，妻子是一个标准的犹太家庭的王后和管家"（罗利森、帕多克 48）。里夫也将桑塔格置于传统女性地位，而桑塔格坚持这种一厢情愿的想法来自里夫本人而非弗洛伊德。最后，桑塔格引用弗洛伊德间接提及她对婚姻的理解，她是这么说的："身处精神失望和身体剥夺之下，大多数婚姻的宿命，同伴都发现自己重新变弱了，又回到了夫妻之间以前的状况——节欲，但是由于幻想的消失而精神低落"（Maunsell 34）。写书带出了夫妇二人感情观的不合适，妻子选择了以读书和写作的方式逃离她的婚姻。文论和访谈中，她一生都明确表示，反对弗洛伊德式的心理阐释；然而，她却一口气创作了两部弗洛伊德式的心理小说——《恩主》（The Benefactor, 1963）与《死亡匣子》（Death Kit, 1967）。这种自我矛盾的纠结态度，体现了桑塔格思想的背后，有受到主体情感经历的影响。掀起主体面孔文化批评"公共性"的面纱，展现的是她对情感经历的反思与探索的"私密性"。

　　这种反对弗洛伊德主义的情绪进入"无导之游"的文本世界，在记述旅行体会、搭建散文体小说时，桑塔格处于有意识地抵制弗洛伊德式的思维模式和不由自主以弗洛伊德式眼睛观看景观的自我漩涡中。一方面，桑塔格力避陷落在弗洛伊德意识的海洋中："我无法眷恋记忆中的有如纪念品般的过去。咱们还是跟真实事物在一起吧"（248—249）。另一方面，她清醒而自制地对自己的心理进行了剖析："我过去常说：只有与人有关的风景才能引起我的兴趣。啊，热恋某个人会使这一切有了生机。然而，人们在我们心中唤起的情感也总是这么彼此相似，真可怜。地点、习俗，以及出行经历的环境变化越多，我们就越会发现置身其中的自己并没有变化"（250）。这种纠结在弗洛伊德主义和反对弗洛伊德主义之间的自我的心理碰撞，与桑塔格现实的情爱之旅交织在一起，折射出桑塔格对情爱、对性以及对性别的理解和看法。随意的性爱态度，肆意的情欲交战，反对女性的传统地位，反对女性作为"第二性"的存在，尤其反对弗洛伊德式的女性心理，她以征服男性欲望的方式掌控异性，却是以情感的低落和空虚告别这段情感之旅。在奔向"世界的尽头"的旅程，她一次次奔向快感的宣泄，然后一次次逃离。衬衫第一颗纽扣就错了，无论是弗洛伊德主义还是反对弗洛伊德主义，任何主义也未能事实上保守桑塔格的内心。结果，奔跑的速度虽然快，却离幸福的方向愈行愈远。

六、结　语

　　创伤书写，已然作为一种自我的书写和治疗的写作，日渐进入文学评论者和研究者的关注视野。女性作为创伤书写的主体和作为主体的创伤书写的命题，应该引起我们足够的研究的重视和研究视角的新意发掘。我们可以通过对经典作家的经典文本的阐释，认识女性创伤书写的发生机制、思想内涵以及艺术特色。在女性书写主体中，犹太女性因其民族历史、族裔和信仰的独特之处，在反映、再现民族和个人的创伤时，会选取什么样的主题？表现什么样的思想？形成什么样的艺术风格？这些命题值得我们深入研究。桑塔格就是一位犹太经典女作家，在她的写作之心中，富有活力和希望的美国精神和守望传统和信仰的犹太精神冲突交织。站在美国和锡安之间，她背负种族创伤、信仰创伤、文化创伤和情感创伤的重荷，经历了多次自我的身份危机和个体的精神危机。她的创伤经历既是独特的，也是普适的。"苦难是化了妆的财富"，她没有沉沦在层峦叠嶂的创伤记忆中无法自拔，而是从创伤的自我意识中升腾，转化为艺术的追求和艺术的写作，并且将超越创伤的反思和理想，转化为对人类文化现实的关注和对个体精神生活的关怀，充分彰显了犹太女性传统的知识的道德承担和现代的艺术的人文情怀。她没有囿于短篇小说叙事空间的局促展现多维度的创伤，且在其中对西方旅行传统、文物收藏话题、精神分析学说进行了学者型小说家的"小中见大"的艺术搭建和展示，为我们提供了短篇小说叙事革新方面的宝贵借鉴。从这个意义上说，经典作家都是擅长化苦难经历为艺术升华，在形式创新的道路上愈战愈勇。

【引用文献（Works Cited）】

Capra, Dominick. *Writing History, Writing Trama*. Baltimore: The Johns Hopkins University Press, 2001.

Critchley, Simon. *Ethics, Politics, Subjectivity*. London: Verso, 1999.

Freud, Sigmund. *Beyond the Pleasure Principle*. London: The Hogarth Press, 1955.

卡尔·罗利森、莉萨·帕多克：《铸就偶像：苏珊·桑塔格传》，姚君伟译，上海：上海译文出版社，2009年。

Maunsell, J. Boyd. *Susan Sontag*. London: Reaktion Books Ltd, 2014.

耐伯特·林肯：《苏珊·桑塔格的艺术》，佐治亚评论，1980年冬季号。

Rollyson, Carl. *Reading Susan Sontag*. Chicago: Ivan, R. Dee, 2001.

中国基督教三自爱国运动委员会:《圣经》,南京:爱德印刷有限公司,2011年。
Shechner, Mark. Jewish Writers. In *Harvard Guide to Contemporary American Writing*. Boston: Harvard University Press, 1979.
Sontag, Susan. *As Consciousness is Harnessed to Flesh*. London: Penguin Books Ltd. 2012.
Sphnya, Sayers. *Susan Sontag: The Elegiac Modernist*. New York: Rutledge, Chapman and Hall, Inc., 1990.
苏珊·桑塔格:《同时:随笔与演讲》,黄灿然译,上海:上海译文出版社,2009年。
苏珊·桑塔格:《朝圣》,徐天池、申慧辉译《我,及其他》,上海:上海译文出版社,2009年。
苏珊·桑塔格:《无导之游》,徐天池、申慧辉译《我,及其他》,上海:上海译文出版社,2009年。
苏珊·桑塔格:《重生:苏珊·桑塔格日记与笔记(1947—1963)》,姚君伟译,上海:上海译文出版社,2013年。
苏珊·桑塔格:《火山情人:一个传奇》,姚君伟译,上海:上海译文出版社,2012年。
苏珊·桑塔格:《在土星的标志下》,姚君伟译,上海:上海译文出版社,2006年。
习近平:《防止极端势力和思想在不同文明之间制造断层线》,中新网,http://www.chinanews.com/gn/2014/06-05/6247257.shtml,2014年6月5日。

【作者简介】张　艺,南京理工大学外国语学院副教授,研究方向主要为当代美国文学及文化、国际符号学和西方文论。

叙事学研究： 回顾与发展
Narratological Studies: Review and Development

中国叙事学构建与实践

世系、宗庙与中国历史叙事传统*

◎ 龙迪勇

【内容提要】 作为有着悠久历史和灿烂文明的古国,被称之为"正史"的二十五史形成了中国史学的主流或"正统",而作为二十五史体裁的纪传体叙事,则构成了中国历史叙事的主要传统。考虑到本纪在所有二十五史中都处于位列第一的核心位置,我们认为本纪所代表的世系叙事在中国历史叙事传统中有着特别的重要性,它真实反映了中国古代血缘意识所具有的压倒一切的重要性。由于本纪存在于全部"正史"之中,并在其历史叙事中起着"纲纪"性的作用,所以我们说,以本纪为代表的世系叙事构成了中国历史叙事传统的主要模式;而在这一叙事模式的形成过程中,宗庙这一特定的建筑空间起到了至关重要的结构性作用。如果说,宗庙是宗族世系的空间化的话,那么,以"本纪"为代表的世系叙事则是宗族世系的文本化。

【关键词】 世系;宗庙;凝聚性结构;建筑空间;纪传体;本纪;历史叙事传统

引 言

尽管叙事堪称一种基本的人性冲动,自从人之为人的那个时候开始,人类就具备了基本的叙事能力,但作为一门学科的叙事学却迟至20世纪60年代才伴随着结构主义的浪潮在法国正式诞生。自20世纪80年代进入中国以来,叙事学因为自身的理论活力和强大的阐释能力,一直受到中国学者、尤其是文学研究者的青睐。但叙事学毕竟是一门舶来的学科,其概念、范畴和理论模式都是基于西方的叙事传统和文学经验之上的。对

---

* 本文全文5万余字,限于篇幅,仅刊发其中引言和第二部分。

于我们中国来说,在经过一段时间的接受、消化和吸收之后,如何把源于西方的叙事理论中国化,并最终建立起奠基于中国叙事传统和文学经验的中国叙事学,是每一个叙事学研究者都必须面对的一个严肃问题。而要建立起有别于西方叙事理论的中国叙事学,首先要做的就是对中国叙事传统的梳理。近年来,有不少学者已经开始了这方面的工作,但他们的主要着眼点还在于试图在中国文学内部梳理出一个有别于抒情传统的叙事传统。这方面的研究当然有其学术价值,但我认为:考虑到中国古代并没有明确学科分野的事实,我们对中国叙事传统的梳理必须在跨学科的视野中进行;而且,对中国文学叙事传统的研究,最重要的是描述并概括出其有别于西方文学叙事传统的本质特点,而不在于确定中国文学叙事传统存在本身,因为与抒情传统并列的叙事传统本来就是中国文学史上确凿无疑的事实。

在《建筑空间与中国文学叙事传统》一文(龙迪勇 2014)中,我考察了中国明清章回小说分回立目与单元连缀的"缀段性"特征及其与中国古代建筑结构之间的内在关联,并认为这种特征与中国古人特殊的思维方式——"关联思维"息息相关,正是这种特殊的思维方式铸造了中国文学叙事传统。本文考察的则是中国历史叙事传统。在我看来,构成这一传统核心的世系叙事,其结构性特征与中国古代一种特殊的建筑——宗庙有关,而归根结底,中国历史叙事传统又可追溯到中国古代的祭祀传统与世系结构。

……

二、宗庙:世系的空间化

在文字产生之后,对家族世系的记录当然是更为便利了。进入商代,随着文字的出现,我国出现了最原始、最古老的用文字记载的实物家谱——甲骨家谱和青铜家谱。"所谓甲骨家谱,即锲刻在龟甲、兽骨上揭示家族世系的家谱。在没有文字之前,家族成员要记住自己的祖先,只能靠口耳传授、结绳记事的办法来认识自己家族的血缘关系。时间一长,记忆难免有错。到文字产生之后,人们开始将文字锲刻在甲骨上来记事,甲即龟甲,骨指兽骨,尤其是牛的肩胛骨。其记载家族成员世系的甲骨,即锲刻在龟甲和兽骨上的家谱,即为甲骨家谱"(2010:44)。目前,共有三件甲骨可以被确认为家谱:一件最早见于容庚等编的《殷契卜辞》,序号为209;一件最早见于董作宾编的《殷墟文字乙编》,序号为4856;一件最早见于《库方二氏藏甲骨卜辞》,序号为1506。这三件甲骨家谱上的人名,都不属于商代王室成员,"由此可以推测不仅王室,就是其他一些显贵家族,也已出现了用文字记载本家族世系的家谱"(2010:46)。在商代,与甲骨家谱差不多同时出现的还有青铜家谱,即铸刻在青铜器上的家谱,也叫金文家谱。在现存的商代末年的青铜器中,共有四件专门记载家族世系人名的家谱,一件为"祖丁"戈(又称"祖乙"戈),另三件因出土于易州(今河北易县)而合称"易州三戈"。"祖丁"戈一共只有6字,分别为"祖丁"、"祖己"和"祖乙"。"易州三戈"则各有22字、24字和19字,分别记载了6位"祖"、6位"父"和6位"兄",所以又叫做"六祖戈"、"六父戈"和"六兄戈"。对于这些青铜家谱的目的和作用,杨冬荃认为:"这些单纯铭刻祖先兄弟世系、忌日的铜戈,应是某家族供奉于祖庙、用来祭祀祖先、记录世系的家谱载体。其做器的目的,就在于以铜戈为载体而铭刻文字记录家谱,使子孙不忘祖先世系、忌日,按时追祭,使祖先世系得以随器而永存。这与后世人们将祖先名讳忌日刻之于石、陈于家祠家庙的用意完全相同"(杨冬荃1989:63)。

其实,甲骨家谱和青铜家谱都是被供奉于宗庙之中的,它们所记录的宗族世系是为了在祭祀祖先时被"小史"等专业人士备查(当然,"小史"本身也是记录人员)。至于这些家谱本身,在祭祀仪式中是并不出现的(至少是不起主要作用的),因为此时宗族的世系已经被明确地表现于宗庙的排列和宗庙中神主的排列之中了。显然,此时的世系体现出了一种空间化的特征。

宗庙的出现及其制度化,是随着祭祀观念的演变而来的,而祭祀观念的变化又伴随着祭祀场所的变化,这就涉及庙祭和墓祭问题。

关于我国古代墓祭的情况,是学术界争论很大的一个问题,其中主要有三种观点,对此,霍巍先生这样写道:"一种观点认为古有墓祭;一种观点认为'古不墓祭';还有一种观点认为墓祭在春秋战国之际在民间已开始推行,但其普遍流行则是在秦汉以后。我们认为,第三种观点比较接近于秦汉以来意识形态变化的客观实际。祭祀礼俗,反映着人们对于祖先灵魂的敬仰和崇拜,因此,祖先灵魂的去向,对于祭祀场所的选择影响极大。由于古时认为'冢以藏形,庙以安神',所以先秦时期的祭祀活动多在都邑中所设立的宗庙里进行。宗庙仿生人的宫室,设立前'朝'后'寝',庙中安放祖先神主,寝中陈设祖先衣冠用具,四时祭祀,供奉祖先灵魂。这种情况在秦汉时期已发生变化……为什么要把'寝'从宗庙中移到墓侧?

其中主要的原因之一,就在于当时人们已普遍认为墓室才是祖先灵魂居住的地方"(霍巍 2011:365)。对于祭祀场所在秦汉时期发生变化的情况,其实汉代人王充和蔡邕已说之甚明。王充在《论衡》中说:"古礼庙祭,今俗墓祀……墓者,鬼神所在,祭祀之所"(王充 1990:971—972)。蔡邕《独断》则云:"宗庙之制,古者以为人君之居,前有朝,后有寝,终则前制庙以象朝,后制寝以象寝。庙以藏主,列昭穆;寝有衣冠几杖象生之具,总谓之宫。……古不墓祭,至秦始皇出寝,起之于墓侧,汉因而不改,故今陵上称寝殿,有起居衣冠象生之备,皆古寝之意也"(杨宽 2003:178)。

　　上述看法如果仅就商周至秦汉以后变化的大趋势来说,当然是大体不错的,但问题是所谓"古不墓祭"之说中的"古"到底古到什么时候。其实,古人最原始的祭祖行为主要还是在墓地进行的。甚至到了商代前期,仍主要盛行墓祭。晁福林先生根据甲骨文中有关"囗(堂)"的卜辞,并结合相关考古材料,就得出了商代武乙以前的"囗(堂)"即是殷王陵区的公共祭祀场所的结论。晁福林认为:"关于甲骨文'囗(堂)'字的卜辞可以分为两大类。一类是时代较早的从武丁到武乙时期的卜辞。这类卜辞里的堂字单独使用;另一类是文丁、帝乙时期的卜辞,这类卜辞里的堂字附属于某一位先王或先妣的名号之后使用"(晁福林 2003:361)。"殷王陵区的公共祭祀场所是殷墟考古发掘所见的面积最大、使用时间最长、祭祀种类最多、用牲数量最多的祭祀场所。在卜辞中能够在各个方面和这个祭祀场所相符合的只有关于堂的前一类卜辞。由此可得出这样的推论,即武乙以前甲骨卜辞中的堂,就是殷王陵区公共祭祀场所的名称","堂是殷王陵区公共祭祀场所里举行祭祀和各种仪式的主要所在,绵延数万平方米的祭祀葬坑只不过是堂的附属区域"(2003:366)。商代祭祀制度在康丁、武乙时期开始发生变化,其中一个大的变化就是公共祭祀场所开始远离王陵区而出现在宫殿区。"康丁、武乙时期,商王朝的祭祀制度正酝酿着深刻而重大的变化。主要是,第一,商王陵区的公共祭祀场所逐渐被废弃,所发掘的祭祀坑皆属殷墟文化第一、二期就是明证,……那种没有限定的专门祭祀对象的堂祭卜辞皆属第一、二期,也是明证。第二,从康丁时开始在堂祭时较多地选祭父辈先王,说明商王室随着王权的加强已经不满足于以前习见的那种笼统地堂祭。第三,和前一类卜辞锐减的情况形成对照的是在宗、室等处祭祀的卜辞大量涌现","宗的位置很可能不在王陵区,而应当是在宫殿区的建筑。这个时期不仅有祭祀所有先王和神灵的作为公共祭祀场所的宗,还出现了专属某位先王的宗……"(369—

370) 总之，商代自康丁、武乙之后，就开始出现了"宗庙"这一建筑形式，并将其作为祭祖的场所。

"宗庙"之所以能作为祭祀祖先的场所，首先就在于它模仿了祖先的形貌。对此，王鹤鸣、王澄这样写道："'宗'的本义就是祖庙，《说文解字》中解释：'宗，尊祖庙也，从宀示。''宀'，《说文解字》中解释：'宀，交复深屋也'，交复指其人字形的屋顶，所以'宀'是屋宇，'示'是神主，本义即是宗庙。《说文·广部》又说：'庙，尊先祖貌也。'可见宗庙是先祖形貌所在的宫室。邢昺疏注《孝经·丧亲》，其中说：'宗，尊也；庙，貌也。言祭宗庙，见先祖之尊貌也。'祭宗庙就像是看见了祖先"（王鹤鸣、王澄 2013：41）。这就是说，宗庙本身即是一种象征祖先形貌的建筑形式。

既然商代后期祭祀制度已经发生了变化，并开始出现"宗庙"这一新的作为祭祀场所的建筑形式，那么商代的庙制如何呢？要回答这个问题，我们必须考虑商周时期宗法制度的基本情况，因为正如有学者所指出的："庙制和宗法是一个问题的两方面，庙制体现并导源于宗法制度。……因此，庙制的研究必须追溯宗法制度的形成过程"（王贵民 2015：228）。商代后期已经有了大宗、小宗和大示、小示的区分，不少学者据此认为商代后期已经有了初步的宗法制，并因而形成了初步的庙制。王玉哲认为："大宗与小宗有分别，大示与小示也有分别。'宗'是宗庙，而'示'则是祭祀时的神主（或称庙主）。商人所谓'大宗'，乃是大的祖庙，庙主自上甲起。在大宗举行合祭的祀典，是祭自上甲或大乙以下的大示；'小宗'是小的祖庙，庙主自大乙起，在小宗举行合祭的祀典，是祭自大乙以下的小示。所谓'大示'是指的自身所出的直系先王先公，而'小示'则是指包括旁系的先王先公。这是宗法制度中'大宗'和'小宗'的根源"（王玉哲 2000：365）。王贵民亦根据宗系制度的演变，认为商代已经有了庙制的雏形："所谓宗系，就是宗法上的大宗、小宗和直系、旁系的划分。这种划分，在商代也是由来已久。而这种制度的最终确立，也是在商代后期和祭祀制度的长期演变中，结合在一起的。西周的情况大体与此相同"（2015：233）。"商代后期祭祀制度的变化，……体现了宗法制度的逐步完成，随之也就显露了庙制的雏形"（2015：231）。

与上述看法不同，晁福林认为不能根据卜辞中大宗、小宗和大示、小示的划分而得出商代已有宗法制的结论。他认为："过去以为卜辞里的'大宗'、'小宗'是宗庙建筑，'中宗'是先王称谓。现在看来。并非绝对如此。应当说，大宗、中宗、小宗既是宗庙建筑，又是先王称谓。它们之间的区分标准应当和大示、中示、小示一样,以时代先后划分,而不在于所谓的'直系'与'旁系'的区别。一般来说,大示者入大宗,中示者入中宗,小示者入小宗"(2003:318—319)。之所以可以依时代先后来进行这种划分,是与商代祭祀场所的发展演变情况相关的:"分析殷代'宗'的演变情况,可以看到其发展趋势是由合祭所有先王的公共祭祀场所,渐次变为合祭某一些先王的场所,最后变为某一位先王的单独祭祀场所。殷代祭祀先祖的神庙殿堂是由大而小、由集中到分散而演变的"(2003:318)。据此,晁福林指出:"殷代的祭祀形式,无论是对于示、宗的祭祀,或是周祭,其实质都是要轮流祭祀殷先王,并且这些先王在享祭时基本上没有高低贵贱之别,而仅以先后次序而享祭。这种情况与周代大、小宗在祭祀制度上的严格区分很不相同"(2003:321)。晁福林认为宗法制的关键是嫡长子继承制,并引用王国维"商人无嫡庶之制,故不能有宗法"(王国维2008:127)的论断,而否认了商代有宗法制。最后,晁福林指出:"早在原始氏族时代,宗法制就有所萌芽,但作为一种维系贵族间各种复杂关系的完整制度,其形成和完备则是周代的事情。尽管如此,就是到了周文王、武王时期,宗法制仍然没有确立,因此,文王舍长子伯邑考之子而立次子武王,武王死前又欲传位于弟周公。随着周公执政称王和平定三监之乱,封邦建国的制度遂成为周王朝的立国之本。周代从周公开始,经成康昭穆诸王以降所实行的分封制的精髓,在于将尽量多的王室子弟和亲戚分封出去,建立新的诸侯国,故有'立七十一国,姬姓独居五十三人'(《荀子·儒效》)之说。从根本上看,宗法制是适应了周代分封制普遍展开以后、稳固周王朝统治的需要而产生的。与周王朝的情况不同,殷代没有分封之制,所以也就没有实行宗法制的社会需要"(2003:322)。

我们认为,说商代晚期已经出现了宗法制或庙制的雏形是成立的,但这种制度毕竟还只具备"雏形",与周代成熟时的状况是有较大区别的。王玉哲先生说得好:"称作宗法制度的'宗法'乃是一种宗庙之法,必然与宗庙制度、祖先崇拜、血缘关系、尊卑制度有关。宗法既是与血缘关系有关,所以,它起源很早。考商之世,尚无像西周那样的宗庙制的昭穆序列,而是所有先王几乎都立有尊庙,存而不毁,凡有子继承王统的,死后即祀于大庙,亦即'大宗';无子继承王统的,虽系嫡长子,也归入小庙,即为'小宗'。所以,殷墟卜辞中之大宗、小宗,与周人具有严格嫡庶规定的所谓大小宗意义是不同的。商时兄弟的权位差别不大,王位的继承'兄终弟及',而周人的兄弟间严格分别嫡庶长幼,'立嫡以长不以贤,立子以贵不以长',周人新创的继承法是固定的'嫡长子'继承和宗法制度"(王玉哲 2000:566)。这就是说,商与周"宗法"的一个大的区别,就在于商代的王位继承制度中还存在"兄终弟及"现象,也就是说,当兄去世后,其王位由弟弟继承而不一定由嫡长子继承。这样一来,当兄弟几人相继为王而只有一人的儿子继承王位的情况下,就只有这一人拥有单独或个别的宗庙,其后代可以在此宗庙中认祖归宗;其他几个兄弟则因为不拥有自己单独的宗庙,其后代必须到上一代,也就是其祖父的宗庙中去认祖归宗。上述情况涉及给历代直系先王建立单独宗庙的问题:"所谓历代直系先王乃指有嫡子继位的商王,其嫡子可以仅有一位,也可以有多位,例如祖丁有四子阳甲、盘庚、小辛、小乙皆相继为王,但四人仅小乙有子武丁为王,小乙因而有宗,但阳甲、盘庚、小辛因无子为王而成了旁系先王,没有他们个别的宗,他们的后代只能前往祖丁宗去认祖归宗。商王室的宗(庙、嗣系)制无疑将商人的群体依血脉、世代、直旁的关系作出了分类,而每一类的建立,乃以个别先王的宗作为作为区隔的标志"(赵林 2011:90)。此外,商代所说的大宗、小宗,也与周代的有别。对此,赵林先生说得很明白:"商人的宗(庙、嗣系)制以建立两座集体的祖庙,即大宗、小宗,以及建立历代直系先王个人的祖庙为制度核心结构之所在。大宗神主始自上甲下及历代先王,这表示商王室追认商汤开国前六世先祖的后裔和所有先王的后裔为王室之血亲,因此大宗是此一商人血亲群体的象征,也可以说是子姓的象征。小宗神主始自大乙(商汤)下及历代先王,小宗因此象征商王室本身,而王室为子姓的主干。历代直系先王个别的宗,乃为一个所有出自该商先王的后人认祖归宗的礼拜场所,因此历代直系先王个别的宗象征着子姓主干的各个分支"(2011:89—90)。显然,这里所说的大宗、小宗,和周代的涵义是不同的:周代的小宗是从大宗分出来的旁系,而小宗自身经过世代的延续,又不断地分出更小的宗,相对于更小的宗来说,该小宗又是"大宗";只有最初的大宗为"百世不迁之宗"[①],永远继承始祖,其他各小宗则只能"继祢",后延至第五世则要离宗,是为"五世则迁之宗"。在这个意义上,说商代没有宗法制(没有像周代那样的宗法制)也是成立的。

应该说,通过大宗、小宗这两座集体的祖庙以及历代直系先王个人单独的"宗"这三种宗庙形式,商代的世系被宗庙这种建筑形式空间化了;通过认祖归宗的程序,每一个商人都可以在这一空间化的宗族世系中找到自己的位置:"总之,先王的宗,乃为出自这位先王所有的后代子孙提供了一个认祖归宗的对象。而通过认祖归宗的程序,每一位商人都可以为自己,以及为自己的家人,在整个亲属组织的网络中标示出属于他或他们的位置"(2011:90)。在这种复杂的世系网络中,其世系分类模式也许是抽象的,但整个认祖归宗程序却是在具象的、空间化的宗庙中进行的,正如赵林先生所说:"在商人认祖归宗之运作程序中,每一位商人需要一代一代地向上追溯,而每一代的祖先皆可以'亲称+前或后缀'的命名式来识别分辨。这是以商人的亲称体系为序列(order)的、对己之血亲所进行的再分类,它同时也为每一位活着和死去的商人在其血亲组织的网络中做了垂直(世代先后)及水平(直旁尊卑)的定位。虽然认祖归宗一部分的程序以抽象思维的方式进行,但其整个程序乃是在有形的庙祭仪式中实践、体现、完成。总之,商人的血亲分类兼有具象和抽象思维的性质,而其抽象性是内在于具象的庙祭及其仪式中的"(2011:91—92)。也就是说,商代认祖归宗的世系总体来说是比较复杂和抽象的,但这种世系都体现在其具象化、空间化的宗庙制度之中了。是的,对于一般人来说,他们不需要对宗族世系作抽象化的理解,而只要在特定的日子里按时到宗庙参加祭祀典礼就行了,这种规范化的祭祀仪式的不断重复,就是对宗族世系的潜移默化的灌输。于是,对于参与宗庙祭祀仪式的人来说,宗族世系就成了像英国学者迈克尔·波兰尼所说的那种"默会知识"[②]。

　　由于传世文献所记载的庙制都限于周代,所以对于商代庙制和世系的考察只能依据考古材料来进行。依据甲骨文中有关商王室的资料,王国维先生撰写了开风气之前的《殷卜辞中所见殷先王先公考》一文。此后,不少学者紧接其后,纷纷加入了考证商王世系的工作之中,其中尤以将殷卜辞"周祭"祀周中所显示的商王系统与《史记·殷本纪》作出对比,对厘清问题、重建史实有着较大的贡献。"经过近一个世纪以来,地上与地下材料相互对比,有关商人先公先王从上甲微到帝乙、帝辛(纣王)的世代和位次等问题大致上可以说尘埃已经落定。《史记·殷本纪》的可信度相当高……"(2011:419)　可见,商代宗庙祭祀确实真实反映了商代的宗族世系,尽管我们无法直接看到商代宗庙的面貌,但通过科学考证有关宗庙祭祀的甲骨文,还是可以大体还原出宗庙所反映的商代世系。总之,商代的世系先是反映在宗庙祭祖的仪式中,后又出现在司马迁所撰写的《史记·殷本纪》这一历史文本里。

　　周代在宗法制成熟之后,就有了明确的宗庙制。由于庙制和宗法的一体两面性,我们在探讨周代的庙制之前,最好先阐明周代的宗法制。

　　周代的宗法制不仅是一项宗法制度,而且是一项政治制度,它总是与周代的分封制(封建制)联系在一起。正如杨宽先生所说:"宗法制度不仅是西周春秋间贵族的组织制度,而且是与政权机构密切相关着的。它不仅制定了贵族的组织关系,还由此确立了政治的组织关系,确定了各级族长的统治权力和相互关系"(杨宽 2003:426)。也就是说,宗法制本质上是一种宗族与政治一致、宗统和君统合一的统治制度。按照宗法制度,周王自称天子,王位由其嫡长子所继承,称为天下的大宗,是同姓贵族的最高族长,又是天下政治上的共主,掌握着统治天下的权力。天子的众子(其他儿子)被分封为诸侯,君位也由其嫡长子所继承,对天子为小宗,在其本国则为大宗,是国内同宗贵族的大族长,又是本国政治上的共主,掌有统治封国的权力。诸侯的众子被分封为卿大夫,职位也由其嫡长子所继承,对诸侯为小宗,在其本家则为大宗,世袭官职,并掌有统治封邑的权力。卿大夫的众子则只能为士,而士的众子就已经成为庶人了。"在各级贵族组织中,这些世袭的嫡长子,称为'宗子'或'宗主',以宗族族长的身份,代表本族,掌握政权,成为各级政权的首长"(2003:426)。周代的这种宗法与封建(分封)关系,可以形象地用下图来表示(图1):

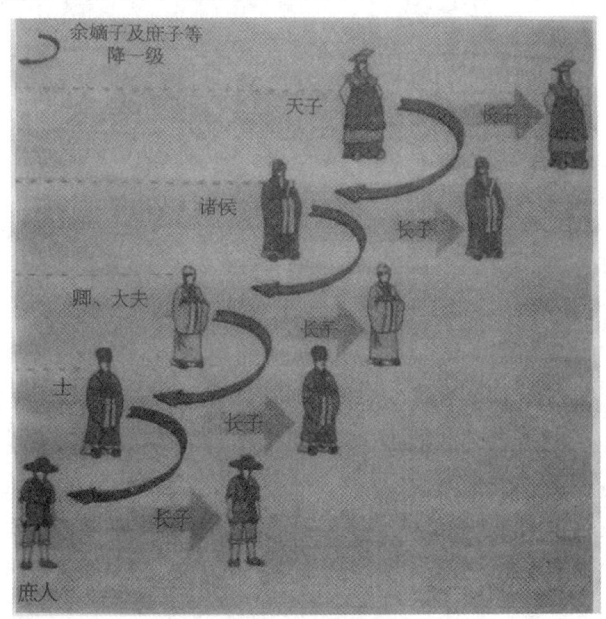

图1:周代宗法与封建关系图**

** 见王鹤鸣等:《中国祠堂通论》,上海:上海古籍出版社,2013年,第46页。

宗法制的作用,主要在于明确王位只能由嫡长子一人继承,从而避免了像商代那样因"兄终弟及"的继承制度而带来的王位和财产之争。冯尔康说得好:"周王和各级贵族利用宗法制,确定嫡子(妻生子)、庶子(妾生子)的区别。处理诸子继承问题,是一种行之有效的方法,即嫡长子继承父位为大宗,余子为小宗,大宗统领小宗,实质是'以兄统弟',把家庭制度纳入这一格局中,避免诸子发生冲突和祸乱。同时由于这一原则的实行,促使分封制得以顺利贯彻,维持了周王与各级贵族的等级秩序和权力,有利于周朝政权的稳定和社会发展,所以宗法制在其初期有积极意义"(冯尔康 2013:32—33)。正因为有上述这些好处,所以周代所制定实施的嫡长子王位继承制,被以后所有的封建王朝所采纳,成为影响中国两千多年的一项政治制度。

关于周代的庙制,史籍记载主要有"天子七庙"和"天子五庙"两种说法③。对于这个问题,历代学者争论颇多,难有定论,本文取"天子七庙"说。关于"七庙"说的几处记载,早期典籍主要见于《礼记》和《大戴礼记》:

> 天子七庙,三昭三穆与太祖之庙而七;诸侯五庙,二昭二穆与太祖之庙而五;大夫三庙,一昭一穆与太祖之庙而三;士一庙。庶人祭于寝。(郑玄 2008:516)
> 礼,有以多为贵者,天子七庙,诸侯五庙,大夫三,士一。(郑玄 2008:963)
> 是故王立七庙、一坛、一墠:曰考庙,曰王考庙,曰皇考庙,曰显考庙,曰祖考庙,皆月祭之;远庙为祧,有二祧,享尝乃止。去祧为坛,去坛为墠。坛墠有祷焉祭之,无祷乃止;去墠曰鬼……(郑玄 2008:1792)
> 故有天下者事七世,有国者事五世,有五乘之地者事三世,有三乘之地者事二世,待年而食者不得立宗庙,所以别积厚者流泽光,积薄者流泽卑也。(方向东 2008:98)

由于在宗法制度上确立了五世则迁的原则,所以在祭祀上也应有与其配套的制度,因此天子所立亲庙只能从父庙上及高祖庙,此四亲庙加上始祖(太祖)庙共五庙,至于高祖以上的庙则要不断地毁去,将其神主迁出藏于始祖庙,此之谓"祖迁于上"④;同样,高祖以下至本人为五世,在宗法的亲属关系范围内,再下一代则超出这一范围,意味着离宗,此之谓"宗易于下"。这一"迁"一"易"根据的其实是同一原理,同时在世系的两端实行,每一世代均如此,一个宗族始终保持着五世的系统。正因为如此,所以有学者指出:"按宗法制度,本人以上的四亲庙,再加始祖庙的五庙制,应该是根本的制度,是普遍的原则"(王贵民 2015:235)。这种说法本身是不错的,但周代的情况比较特殊,因为周文王和周武王是受命为王的,建立了创立周朝的功勋,所以也和始祖庙一样应在"不迁"之列。于是,常规的"五庙"再加上文王和武王,就成"七庙"了,是故郑玄注曰:"七者,太祖及文王、武王之祧与亲庙四"(2008:516)。也正因为这样,"因此七庙分为两个部分:第一部分为后稷庙、文王庙、武王庙,其庙主是固定的,即后稷、文王、武王;第二部分为高祖庙、曾祖庙、祖庙、祢庙(即父庙),这四庙成为亲庙,其庙主是不固定的"(张肇麟2015:286)。文王庙和武王庙因属"不迁"之庙,因而有"文世室"和"武世室"之称。"这种'七庙'的建筑结构可能出现于恭王时期(公元前10世纪)之后,随即成为周王室宗庙的定制:为后稷、文王和武王所设的三个祠堂固定不变,而四个昭、穆祠堂所供奉的对象则每代变更以保持固定的祠堂数目。当一个周王死去时,他被供奉在'考庙'中;他的父亲、祖父和曾祖父将依次上移;其曾祖父之父的灵位将被拆除,移存到祧中"(巫鸿2009:104—106)。

在周代的庙制中,除了庙数的定制,还应该包括宗庙本身以及宗庙中神主的排序,这种序列其实正是周代世系的空间化表征。

在周代的宗庙中,无论是天子、诸侯还是大夫,都把始祖放在最重要的位置上,"天子七庙,是天子之父、祖、曾祖、高祖、始祖等七位祖先的享堂;诸侯五庙,第一位被祭祀的是始受封诸侯,以下四庙为其已去世的子孙袭爵者分享;大夫三庙,也是首先供奉始受封的祖先"(冯尔康2013:31)。就周代的庙制而言,都是把始祖庙放在正中间,其他庙分昭穆排在始祖庙的左右两边。就拿周代的天子七庙来说,其昭穆顺序为:祖考庙(太祖庙)为后稷庙,昭一庙为武王庙(武世室),穆一庙为文王庙(文世室)。至于昭二庙、穆二庙、昭三庙、穆三庙即为皇考庙(曾祖庙)、显考庙(高祖庙)、考庙(父庙)、祖庙(王考庙)。这种分昭穆排列宗庙顺序的制度,可以用下面这种图的形式来表示(图2):

"这种宗庙建制,以最早的祖先(太祖)之庙为中心,后来的祖先则依次按左昭右穆的顺序排列,充分表明昭穆制度在宗庙中居非常重要的地位。所谓'宗庙之礼,所以序昭穆也'。……宗庙中将祖先分为昭辈和穆辈两组,表明了宗庙主的行辈"(2013:52)。

除了宗庙本身的布局,宗庙中的神主也按昭穆分类并排序。"宗庙中神主的置放,以始祖的灵牌为正中,其左侧为第二代,右侧为第三代,第四代置于第二代一侧,第五代又回到第三代一侧,以下代数的安置以此原则类推,在左侧的称为'昭',右侧的称作'穆',这样的放置原则也称为昭穆制度"(2013:31)。这就说明,祖先神主的排列方式,也和宗庙本身的排列

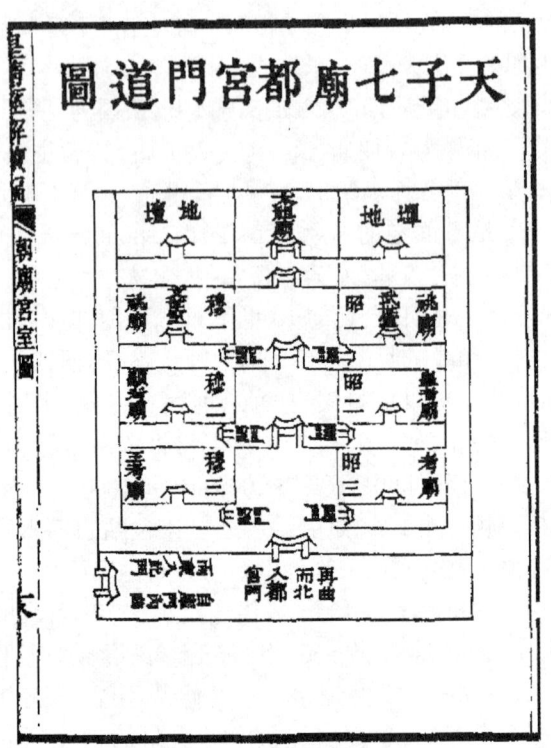

图 2：天子七庙排列分布图***

一样，遵循着昭穆制，同样体现了宗族的世系。

关于周人的昭穆制，是中国学术史上最复杂难解、最聚讼纷纭的问题之一。本文不拟对此问题本身发表意见，这里只想征引张富祥先生的观点，以明了昭穆制的本质特征及其缘起。关于昭穆制的特征，张富祥认为："古文献所见昭穆制的特征，不管有多少不同说法，实可总归于一条，即祖孙同昭穆而父子异昭穆"（张富祥 2014：182）。关于周人昭穆制的缘起，是由于原始的辈分群婚制："种种迹象表明，周人的昭穆之分即是由原始的辈分群婚制继承和发展而来的"，"辈分群婚制的基本特征是在同一原始集群内部，根据人们出生先后的辈分和年龄划分允许通婚的群体，纵向的不同辈分的群体之间不允许存在两性关系，横向的相同辈分的同一群体内部则既是兄弟姐妹，又是夫妻"（2014：186）。对于昭穆制的作用，张

*** 见[美]巫鸿，《中国古代艺术与建筑中的纪念碑性》，李清泉等译，上海：上海人民出版社，2009 年，第 105 页。

富祥这样认为:"昭穆制的根本机制,其实只在于避免婚姻关系与亲属制度上的乱伦,或说是血亲婚配禁忌上的一种大前提而已……"(2014:187)。

值得指出的是:昭穆制的本质特点,在宗庙本身以及宗庙中神主的排列上,可以借助空间化的方位次序得到形象化的展示(见图2);而在历史文本的叙述中,这种左昭右穆的特点却不容易说清楚。这是因表达媒介不同而带来的差异。

由于宗庙这一特定空间是对宗族世系的形象化展示,所以我们不妨在广义上把宗庙视为展示宗族世系的空间化文本。从这一"文本"中,人们对周代的历史会有一个结构性的把握。要明白这一点,我们首先必须了解周代祖先神的类型,只有在此基础上,我们才能了解这种类型与宗庙结构的象征性之间的关联。事实上,这两个方面有着重要的内在关联,在某种意义上是一而二、二而一的事情。巫鸿先生曾根据周王室宗庙的内部组织结构而把周代的祖先神分成三组,并用图示的方式表述如下(图3):

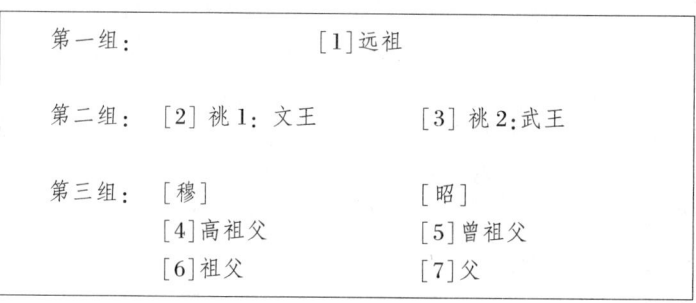

图3:周王室宗庙内部组织结构图

在这一结构系统中,三个祖先群组其实代表着周王朝的三段历史,其中第一、二组代表的历史已经被周人格式化,第三段代表的则是活态的、流动的历史。对此,巫鸿这样写道:"总的来说,决定着宗庙结构及其礼器系统的三个祖先群组,为把有关周代的零散历史记忆组织在一起提供了一个基本系统。换言之,这三个祖先群组是从后代角度对周代历史的分期。郑玄在注解'三礼'时写道:'先公之迁主,藏于后稷之庙;先王之迁主,藏于文武之庙。'这意味着宗庙中的这三个永久性礼拜对象(后稷、文王和武王)不仅仅被看做个体的祖先,而且也被看成周代历史中两个重要阶段的象征:作为姬姓部落的始祖,后稷代表了先周时期;而文王和武王创立了周朝,象征着周代的统一政体。庙中崇拜的其余四个祖先表明在位之王的直系血统,并将这个在位之王与他的远祖联系在一起"(巫鸿2009:106)。

那么,为什么始祖后稷的祠堂深藏于整个宗庙的后部,而近祖却被祭祀于靠近外部的祠堂?(参见图2) 巫鸿认为:"回答这个问题的关键在于发现宗庙的建筑空间与宗庙礼仪程序之间的关系。祖先祠堂在宗庙中的位置隐含着从现时向遥远过去进行回溯的编年顺序;这个顺序帮助确定礼仪程序;而这个礼仪程序又使人们重温历史记忆,赋予自己的历史一个确定的结构。实际上,周代的宗庙可以被认为是一座'始庙',在庙中举行的仪式活动遵循着一种统一模式,以回归到氏族的初始,并和初始交流。《礼记》中不下十次地强调宗庙礼仪是引导人们'不忘其初'、'返其所自生'。《诗经·大雅》中所保存的商周时期的宗庙颂诗,无一例外地将人们的始祖追溯到洪荒时期的神话人物。……确切地说,这类颂诗的主旨并不在于颂扬个别祖先,其创作目的是为了将他们共同的来源告知部落成员。这也就是《姜嫄》一诗为什么以'生民如何'的设问开篇,又以'后稷肇祀,庶无罪悔,以迄于今'之句作为结语。当这首诗在周庙中被唱起、祭品在始祖的灵前陈上,祭祀者便可明了自己的身份与由来。在这个礼仪传统中,'神话'被当作历史,而历史又把现在与过去连在一起"(巫鸿2009:106—107)。而且,整个"七庙"均以围墙或廊庑围合,各庙既相对独立,又合起来构成一个整体,多重的墙和门造成了一种将宗庙和庙中神主和礼器隐匿起来的层叠结构。"依靠对空间的处理,宗庙创造了时间性的礼仪程序,加强了宗教感。它不向公众显露它的内涵,而是保持着自己的'封闭'结构——一个高墙环绕、外'实'内'虚'的复合建筑体。由于与外部世界隔绝,它那深深的庭院和幽暗的堂室于是变得'庄严'、'秘密'和'神圣'。所有的这些空间要素引导着礼拜者步步接近那秘密的中心,但同时也造成重重屏障去抵制这种努力。甚至于在礼仪过程的终点,人们所见到的仍然不是祖先的实在影像,而是提供与无形神灵沟通之途径的青铜礼器。作为纪念碑综合体的宗庙因而成为历史和祖先崇拜本身的一种隐喻:返回初始、保存过去、不忘其所自生"(2009:113)。总之,"宗庙是一种有围墙的集合建筑,其中的祖先享堂以二维的宗谱形式排列"(2009:140)。

这种试图"返回初始、保存过去"的努力,这种对始祖后稷以及对开国君王文王和武王的追忆,这种对宗族世系的空间化表征,使周代的宗庙成为一种非常有效、非常具有凝聚力的"凝聚性结构"。当然,之所以能够如此,除了宗庙本身的结构性特征之外,还在于先秦时期宗庙祭祀活动的重要性、经常性与重复性。扬·阿斯曼认为:"每个'凝聚性结构'的基本原则都是重复。重复可以避免行动路线的无限延长;通过重复,这些行动路线构成可以被再次辨认模式,从而被当作共同的'文化'元素得到认同。……这样,每次庆典都依照着同样的'次序'来不断地重复自己,就像墙纸总是以'不断重复的图案'呈现那样。我们可以把这个原则称为'仪式性关联'"(扬·阿斯曼 2015:7)。

此外,这里必须指出的是:在原历史或前历史时期,只有像宗庙这样的"神圣空间"才有可能成为"凝聚性结构",因为"对古代人来说,如果在世上生活具有一种宗教价值的话,那么这也就是可以称为'神圣空间'这种特殊经验所产生的结果"(米尔希·埃利亚德 1990:26)。之所以如此,是因为只有"神圣空间"与其他空间的分离,才能导致世界秩序的产生,"因为,正是这种在空间上形成的分离才使得世界得以构成,因为,它为所有未来的取向展示出了固定的点即那个中心轴。当这种神圣通过教义来表现时,就不仅仅是对空间同质性的突破,也是对绝对实在的启示"(米尔希·埃利亚德 1990:26—27)。西方的神庙和教堂就是这样的"神圣空间",中国古代的宗庙也是这样的"神圣空间"。此外,举行仪式活动本身,也首先需要一个具有神圣性的场所(空间),只有这样才能把参与仪式活动的人聚合在一起。这就告诉我们:在中国古代,像世系这样的抽象观念,只有在宗庙这样的"神圣空间"具体化、形象化之后,才能成为真正意义上的"凝聚性结构"。

当然,仪式的意义并不仅仅在于重复上一次仪式,它更重要的意义是"现时化"另一个更早的事件,比如说"后稷肇祀"或"武王伐纣"。《诗经》"雅"、"颂"中那些歌颂后稷、文王或武王的诗歌,其实就是伴随着歌舞在宗庙礼仪中对他们生平重要事件(也是周代历史上的重要事件)的"现时化"。"现时化"是一种根本不同于"重复"的指涉方式,正如扬·阿斯曼所说:"所有的仪式都含有重复和现时化这两个方面。仪式越是严格遵循某个规定的次序进行,在此过程中'重复'的方面就越占上风;仪式给予每次庆典活动的自主性越强,在此过程中'现时化'的方面就越受重视。在这两极之间就形成了一个动态结构的活动空间,文字对于文化中凝聚性结构的重要意义也便在此空间中得以展现。伴随着将流传下来的内容进行文字化这一过程,一个这样的过渡就逐渐形成:从'仪式性关联'过渡到

'文本性关联',由此,一种新的凝聚性结构便产生了,这种结构的凝聚性力量不表现在模仿和保持上,而是表现在阐释和回忆上。这样,阐释学便取代了祷告仪式"(扬·阿斯曼 2015:8)。当然,这里所说的"阐释学"与施莱尔马赫、海德格尔和伽达默尔等人所说的那种哲学阐释学有所区别,它指的主要是一种叙事性阐释。

其实,撰写文本性的历史本质上就是一种阐释活动,是为了"现在"的目的而攫取或利用"过去",这与为了在宗族世系中获得一席之地的宗庙礼仪活动有着根本性的不同。在宗庙还在祭祀体系中占支配地位的时代,是不可能存在真正的历史思维的。随着战国秦汉之际祭祀中心由"庙"至"墓"的转变⑤,为了突显时王个人的成就,社会意识的中心开始从"过去"转向"现在"⑥,而"过去"则成为构筑"现在"的丰富宝藏。于是,历史编纂活动开始兴起⑦,经过一个时期的酝酿和实践(如孔子著《春秋》,以及左氏、公羊和谷梁等三家为《春秋》所作的"传"),到汉代终于出现了像《史记》、《汉书》这样的文本化的长篇史学巨著。

【注解(Notes)】

① 此处的"百世不迁之宗"以及后文的"五世则迁之宗",语出《礼记·大传》:"别子为祖,继别为宗,继祢者为小宗。有百世不迁之宗,有五世则迁之宗。百世不迁者,别子之后也。宗其继别子之所自出者,百世不迁者也。宗其继高祖者,五世则迁也。尊祖故敬宗,敬宗,尊祖之义也。有小宗而无大宗者,有大宗而无小宗者,有无宗亦莫之宗者,公子是也。"([汉]郑玄注、[唐]孔颖达正义、吕友仁整理:《礼记正义》[中],上海:上海古籍出版社,2008 年版,第 1363—1365 页)

② 所谓"默会知识",指的是那种虽然知道但不能明确说出来的知识,也就是说,这种知识可以通过行为方式自然地表现出来而不能加以清晰、系统的描述。关于"默会知识"的讨论,可以参见迈克尔·波兰尼的《个人知识——迈向后批判哲学》一书。([英]迈克尔·波兰尼:《个人知识——迈向后批判哲学》,许泽民译,贵州人民出版社,2000 年版)

③ 关于"天子七庙"说,本文后面会有引述并讨论,至于"天子五庙"说,主要见于以下几处早期典籍:(1)《礼记·文王世子》:"五庙之孙,祖庙未毁,虽为庶人,冠、娶妻者必告,死必赴,练、祥则告。"([汉]郑玄注、[唐]孔颖达正义、吕友仁整理:《礼记正义》[中],上海:上海古籍出版社,2008 年版,第 849 页)(2)《礼记·文王世子》:"王者禘其祖之所自出,以其祖配之,而立四庙。"郑玄注曰:"高祖以下,与始祖而五。"([汉]郑玄注、[唐]孔颖达正义、吕友仁整理:《礼记正义》[中],上海:上海古籍出版社,2008 年版,第 1298 页)(3)《吕氏春秋·谕大》:"《商书》曰:'五世之庙,

可以观怪。万夫之长,可以生谋。"(许维遹撰、梁运华整理:《吕氏春秋集释》,北京:中华书局,2009年版,第304页)除"天子七庙"和"天子五庙"两种说法之外,还有天子多庙说,其代表人物为清代的秦蕙田。秦蕙田在《五礼通考》中这样写道:"夏殷以前,太祖亦以世数而迁,复于郊禘及之……凡庙须推始祖为太祖,又须有一创业之主,即所谓祖也。又须有一有功业致太平之主,所谓宗也。祖、宗二祧与始祖之庙永不祧也。若后世之君有中兴大勋业者,亦当为不祧之主,如祖、宗也……又如四亲庙,自高至祢,皆不可不祭。若使一世之中各有兄弟数人代立,不可以庙数确定,却有所不祭也。虽数人,止是当得一世,故虽亲庙亦不害为数十庙也。"([清]秦蕙田:《五礼通考》卷59《宗庙制度》,文渊阁《四库全书》本,台北商务印书馆,1983年版,第353页)

④ 此处的"祖迁于上"以及后文的"宗易于下",语出《礼记·丧服小记》:"别子为祖,继别为宗,继祢者为小宗。有五世而迁之宗,其继高祖者也。是故祖迁于上,宗易于下。尊祖故敬宗,敬宗所以尊祖祢也。庶子不祭祖者,明其宗也。"([汉]郑玄注、[唐]孔颖达正义、吕友仁整理:《礼记正义》[中],上海:上海古籍出版社,2008年版,第1299页)

⑤ 参阅巫鸿《从"庙"至"墓"——中国古代宗教美术发展中的一个关键问题》,《礼仪中的美术——巫鸿中国古代美术史文编》(下卷),郑岩等译,北京:生活·读书·新知三联书店,2005年版,第549—568页。亦可参阅巫鸿《中国古代艺术与建筑中的纪念碑性》一书的第140—154页,李清泉、郑岩等译,上海:上海人民出版社,2009年版。

⑥ 从这个意义上说,意大利史学理论家克罗齐"一切历史都是当代史"和英国哲学家科林伍德"一切历史都是思想史"的论述,确实是对历史本质的绝佳概括,他们的观点揭示了一切历史都是为了表述"当代"、都是为"现在"服务的本质。

⑦ 当然,商周时已有专门的史官,但他们仅限于对亲历的其时实事的据实记录,这不是真正的历史编纂,而是像西晋杜预所说的那种"记注"。"记注"语出杜预《春秋左氏经传集解序》:"周德既衰,官失其守,上之人不能使春秋昭明,赴告策书诸所记注,多违旧章。"

【引用文献 (Works Cited)】

龙迪勇:《建筑空间与中国文学叙事传统》,《中国比较文学》2014年(4):25—43。
徐中舒:《结绳遗俗考》,《徐中舒历史论文选辑》(上),北京:中华书局,1998年。
王鹤鸣:《中国家谱通论》,上海:上海古籍出版社,2010年。
欧阳宗书:《中国家谱》,北京:新华出版社,1992年。
杨冬荃:《中国家谱起源研究》,《谱牒学研究》(第一辑),北京:书目文献出版社,1989年。
高亨:《周易大传今注》,济南:齐鲁书社,1979年。
转引自徐中舒:《结绳遗俗考》,《徐中舒历史论文选辑》(上),北京:中华书局,

1998年。
（唐）李鼎祚撰、李一忻点校：《周易集解》，北京：九州出版社，2003年。
常建华：《宗族志》，上海：上海人民出版社，1998年。
赵林：《殷契释亲——论商代的亲属称谓及亲属组织制度》，上海：上海古籍出版社，2011年。
张肇麟：《示与主》，《姓氏与宗社考证》，北京：社会科学文献出版社，2015年。
霍巍：《从丧葬礼俗看先秦两汉时期两种不同的形神观念》，《西南考古与中华文明》，成都：巴蜀书社，2011年。
语出《论衡·四讳》，（汉）王充著、黄晖校释：《论衡校释》，北京：中华书局，1990年。
转引自杨宽：《中国古代陵寝制度史研究》，上海：上海人民出版社，2003年。
晁福林：《先秦社会形态研究》，北京：北京师范大学出版社，2003年。
王鹤鸣、王澄：《中国祠堂通论》，上海：上海古籍出版社，2013年。
王贵民：《商周庙制新考》，《寒峰阁古史古文字论集》，北京：社会科学文献出版社，2015年。
王玉哲：《中华远古史》，上海：上海人民出版社，2000年。
王国维：《殷周制度论》，周锡山编校：《王国维集》（第四册），北京：中国社会科学出版社，2008年。
赵林：《殷契释亲——论商代的亲属称谓及亲属组织制度》，上海：上海古籍出版社，2011年。
杨宽：《西周史》，上海：上海人民出版社，2003年。
冯尔康：《中国古代的宗族和祠堂》，北京：商务印书馆，2013年。
语出《礼记·王制》，（汉）郑玄注、（唐）孔颖达正义、吕友仁整理：《礼记正义》（上），上海：上海古籍出版社，2008年。
语出《礼记·礼器》，（汉）郑玄注、（唐）孔颖达正义、吕友仁整理：《礼记正义》（中），上海：上海古籍出版社，2008年。
语出《礼记·祭法》，（汉）郑玄注、（唐）孔颖达正义、吕友仁整理：《礼记正义》（下），上海：上海古籍出版社，2008年。
语出《大戴礼记·礼三本》，方向东撰：《大戴礼记汇校集解》（上），北京：中华书局，2008年。
语出《礼记·王制》，（汉）郑玄注、（唐）孔颖达正义、吕友仁整理：《礼记正义》（上），上海：上海古籍出版社，2008年。
张肇麟：《宗及其层级》，《姓氏与宗社考证》，北京：社会科学文献出版社，2015年。
（美）巫鸿：《中国古代艺术与建筑中的纪念碑性》，李清泉、郑岩等译，上海：上海人民出版社，2009年。
王鹤鸣、王澄：《中国祠堂通论》，上海：上海古籍出版社，2013年。
张富祥：《日名制·昭穆制·姓氏制度研究》，上海：上海古籍出版社，2014年。
（德）扬·阿斯曼：《文化记忆：早期高级文化中的文字、回忆与政治身份》，金寿福、黄晓晨译，北京：北京大学出版社，2015年。

(美)米尔希·埃利亚德:《神秘主义、巫术与文化风尚》,宋立道、鲁奇译,北京:光明日报出版社,1990年。

【作者简介】龙迪男,1972年生,男,江西宜春人,文学博士,东南大学艺术学院教授,主要从事叙事学、图像学研究。

民族的立场 差异性研究 比较的方法
——论中国叙事学建构*

◎ 王振军

【内容提要】中国文艺理论界几十年来一直存在着强烈的理论建设"冲动","冲动"来自全球化语境下中国学者普遍的"文化认同的焦虑","中国"叙事学建构是这种焦虑的表征。当代中国的文化建设要秉持开放的民族立场,坚持差异性研究,中国叙事学建构是对这一立场与姿态的呼应。我们的立场是民族的,中国叙事学必须立足中国深厚的民族叙事传统之中,我们的研究是差异化研究,叙事学发端于西方,中国叙事学当以西方叙事学为参照,在东西方相互注视中显示差异性,寻找普遍性和共同性。中国叙事学建构中要始终贯穿比较研究的方法以处理"古、今、中、外"的复杂矛盾与张力,建立既融会中西又贯通古今,既有强大包容性又有民族特色的中国叙事学。

【关键词】中国叙事学;民族的立场;差异性研究;比较的方法

进入21世纪以来,中国叙事学的建设被正式提上日程,不但有傅修延、谭君强、乔国强、蒋述卓、王瑛等学人的理论倡导,更有陈平原、胡亚敏、傅修延、赵毅衡、谭君强、董乃斌、张世君等众多学者的研究实践。当此之时,对中国叙事学建构之深层动因的思考和可能途径的讨论也须进一步展开:西方世界本无国别叙事学之实,为什么中国学界热衷于建构?

---

* 本文是河南省哲社规划项目"中国叙事学与叙事学中国化研究(2004—2014)"(项目批准号:2015BWX009)的阶段性成果。本文会议之后在《内蒙古社会科学》(汉文版)2016年第3期发表,原文较长,此处进行必要删节。

怎样理解中国叙事学与西方叙事学的关系？如何处理中国古代叙事思想和现代叙事学及现当代叙事文学的关系？本文认为建构中国叙事学的"冲动"体现了中国学术界普遍的"文化焦虑"，在全球化语境下我们应该秉持开族的民族主义立场对中西方叙事学进行差异性研究，这是构建中国叙事学的基本姿态，建构中国叙事学要处理西方与中国、古典与现代的基本关系，解决其矛盾和张力的途径也是中国叙事学研究的基本方法：比较研究法。

一、为什么是"中国"叙事学：问题背后的问题

叙事学是当今文艺理论界当之无愧的显学，进入新世纪以来，面对令人惊讶的发展态势，东西方学者采用诸如"复数"的叙事学、"跨"的叙事学、叙事学狂欢等词汇来描述叙事学的发展，如戴卫·赫尔曼说"近年来，我们亲眼看到叙事研究领域里的活动出现了小规模但确凿无疑的爆炸性局面。……一门'叙事学'（narratology）实际上已经裂变为多家'叙事学'（narratologies）"（戴卫·赫尔曼 3）。詹姆斯·费伦认为当今的叙事学已进入"叙事帝国主义（narrative imperialism）"（Phelan James 13）时期，凡是有叙事的地方和领域就有叙事学出现，赵毅衡试图建立一种涵盖一切叙事的广义叙事学，以把叙事学提高到叙事哲学的高度，尚必武认为当前的叙事学发展具有"'跨'指向"（尚必武 2009：115），包括跨国界、跨媒介、跨学科。事实上，除这三跨外，还有一个更重要的跨文类，正是跨文类把早期叙事学的小说研究扩展到所有叙事文类研究，跨学科、跨媒介、跨文类分化出了众多叙事学分支，但令人奇怪的是跨国界却没有产生国别叙事学。德国叙事学家安斯伽·纽宁（Ansgar Nünning）在《语境与文化叙事学：纲要、概念与潜能》一文中列举出来 16 种当代叙事学分支：语境叙事学；主题学叙事学；比较叙事学；应用叙事学；马克思主义叙事学；女性主义叙事学；同性恋叙事学；种族叙事学；跨文化叙事学；后殖民叙事学；社会叙事学；认知叙事学；自然叙事学；新历史叙事学；文化与历史叙事学（Ansgar Nünning 54-55）。这些叙事学分支也没有给国别叙事学——如法国叙事学、美国叙事学、德国叙事学——以必要的地位和命名，可见，西方叙事学界似乎并不在意叙事学是属于德国还是美国，是法国还是英国，唯有叙事学来到中国并成为中国学人关注的中心时，反而产生了建构属

于自己的叙事学的强烈愿望,个中原因恐怕不能简单地以"西方"属于一个统一的文化体系、中国属于另一个独立的文化体系加以搪塞。

中国叙事学建构实际上是数十年来中国文艺理论界不绝于耳的"建构中国文论"之呼声在叙事学领域的具体表征。大规模中西方文学与文化的交流起于晚清,"五四"是第一次高峰,从那时到现在有多次波折,或繁荣或沉寂,由于特定的政治意识形态干预,整个"文革"及其之前时期的中西文化交流一度中断,直到20世纪70年代末,中国文艺理论重新开启向西方学习的热潮,短短几十年间,各种各样的西方现代主义和后现代主义文学流派、文艺思潮、文学观念和文学批评方法走马灯式的翻译介绍引进到中国,对西方文艺理论的学习与借鉴不仅带来文学创作的大胆革新,也大大促进了中国文论摆脱庸俗社会学的束缚和政治意识形态的干预,走向现代化和多元化。但伴随中国当代文论的繁荣,一些令人担忧的问题也随之显现,特别是现代化中的西方化,大量的西方文艺理论概念、术语、话语规则、批评方法不加辨别地"拿来"直接使用,中国文学——现代的、古代的——成了论证西方现代文艺思想的材料和文学批评方法的"实验场"。这引起了中国学人的高度警觉,于是,和译介运用西方文论的同时,必然是对中国文艺理论精神、原则、方法、途径的思考,建构中国文论话语体系成了当代中国文艺理论界的一贯主题,以"中国文论"和"建构""建设"为主题词的学术论文在期刊网上随处可见,第六、第七届国际叙事学会议均把"中国叙事理论的建构与发展"作为中心议题之一,越来越多的学者由原来对西方叙事学的深入研究转向对中国叙事学建设的深层思考,以至二十年间竟有三部以"中国叙事学"为书名的专著(浦安迪 1996;杨义 1997;傅修延 2015)先后问世。

由是观之,我们可以明显感受到包括叙事学在内的中国文艺理论界几十年来一直存在着强烈的理论建设"冲动","冲动"来自全球化语境下中国学者普遍的"文化认同的焦虑","这种焦虑自近代以来像一个幽灵始终萦绕在文化共同体中"(周宪 102)。就中国文论来说,人们在反复追问:中国自己的声音在哪里?中国有没有和能不能建立自己的文论话语体系?如何建设具有中国特色的文论体系?在建构中国文论的话语体系时如何解决西方与中国的张力?如何处理传统与现当代的关系?如何看待全球化与民族化的矛盾?中国文论建设的过程是和中国现代化诉求相伴随的,中国的现代化进程又不同于西方的现代化,西方世界的现代化是在政治、经济、体制、思想文化、文学艺术的内部革新中自发进行的,并没有传统与现代的断裂,相反,中国是在遭到外力强势挤压打击之后,被迫中断延续了几千年的传统而改弦更张走上现代化的,中国的现代化进程中融进了太多西方的异质因素,因此中国的现代化进程始终存在着西方与中国、传统与现代、世界与民族、自我与"他者"、中心与边缘、激进与保守的张力。讨论如何构建中国现代文论时必然会发出不同的声音、提出多种路径,这些声音与路径又往往是充满矛盾、困惑甚至对立的,借用西方文论概念术语、融合西方文艺观念被认为是全盘西化的文化殖民主义,沿用古代文论的概念范畴解释现代文学、通过古代文论的现代化转型建设中国文论被认为是"文化原教旨主义"(周宪 106)。

如今,人们的思考更为理性、视野更为开阔、观点更为辩证、对全球化和民族性的理解更具包容性,人们逐渐认识到全球化是一个不可阻挡的过程,全球化并不排斥本土化和民族性,不同民族间是互为"他者"的,在全球化过程中要充分重视民族间的对话与交流,只有在民族间的互相"注视"中不同的民族才能显示其个性特征,也只有在民族间的相互交流互渗中才能表现民族的普遍性。在全球化语境下,作为世界格局的一部分,中国的发展需要与其他民族协调进行,"不吸收外来新的理论和观念,中国的文学批评将难以适应文学的发展和跟上世界潮流;而若不超越西方的藩篱,我们的文学批评不仅不能很好地阐释中国的文学实践,而且也不可能获得与世界交流的话语权"(胡亚敏 99)。因此,中国的文学批评要"坚持民族的差异性和有容乃大"的原则,"突破边缘/中心、西方/本土等二元对立的怪圈,超越东西方等级秩序和狭隘的民族情绪,最大限度地向异质文化汲取有利于自身发展的因素,融会中西,自铸伟辞"(胡亚敏 2007:100)。中国叙事学建设也应该走这样一条兼容并包的道路。

二、中国叙事学:民族立场与差异化研究

进入 21 世纪以来,学界对建构中国叙事学所作的努力正是对中国文化建设中开放的民族立场和差异性研究的呼应,言说中国叙事学必须从西方叙事学开始,以西方叙事学为参照。经典叙事学以索绪尔结构主义语言学为其哲学基础,以小说为主要研究对象对叙事虚构作品进行形式分析,努力在纷繁多变的叙事文本背后寻找潜隐的深层结构,描述构成故事的结构模型,研究小说话语的叙事语法、时序时距和语式语态,叙事学

研究方法尽管有割裂文本内外关系的严重缺陷,但其带来的小说(叙事)研究方式的变革几乎是革命性的。后经典叙事学突破经典叙事学研究方法和研究对象的局限,显示出跨学科、跨媒介、跨文类的显明特征,后经典叙事学将叙事研究扩张到所有叙事领域,重新介入文学与世界的关系,研究叙事作品中作者、隐含作者、叙述者、隐含读者及读者之间错综复杂的修辞关系,研究叙事的审美文化意蕴和暗含的意识形态,研究特定叙事语境下的认知假定、认知期待、认知模式、认知框架对读者产生的影响。国内研究叙事学的知名学者申丹、胡亚敏、赵毅衡、傅修延、谭君强都有丰富的西学背景和国际化眼光,在从经典到后经典时期的西方叙事学给以热情的译介和深入的研究中展开与西方叙事学界的积极对话,研究中自觉化用西方理论,提出新的研究方法和新的理论构想并身体力行。如申丹把文体学与叙事学相结合令人感到耳目一新,提出的叙事学研究的文本细读法让文学批评具有很强的可操作性,对众多西方叙事概念的辨析厘清让西方叙事学界深为折服。赵毅衡依据叙事学的新发展提出创立广义叙事学的设想,他的《广义叙事学》把叙事由过去时扩展到现代时和将来时,其符号叙事学性质把叙事诗学提高到叙事哲学的层面,胡亚敏继罗钢的《叙事学导论》之后出版了别具特色的《叙事学》,该书总的方法是结构主义的方法,但时有对叙事内部研究的突破,特别论述了不被西方叙事学关注的环境描写问题和叙事阅读问题,尤其是以附录的形式展开对中西叙事的比较研究。谭君强则在三次翻译荷兰叙事学家米克·巴尔的《叙述学:叙事理论导论》的同时提出审美文化叙事学和比较叙事学的构想。所有这些叙事学研究都具有显明的西方叙事学的品性,但在中国学人笔下已经不再是纯粹的西方叙事学了,他们置身于中国文学和文化的语境,有选择地引进和借鉴西方叙事学话语模式又自铸伟辞,显示鲜明的时代特征和民族个性。至于运用西方叙事理论进行中国文学研究的成果,更是多之又多,如许子东、南子刚、徐德明、刘俐俐、陈顺馨、刘云春、王平、刘宁、郑铁生、潘万木等等,这些学人研究的共同特点是利用西方叙事话语,但不囿于西方叙事理论,在文学批评实践中能够突破叙事学单纯结构分析的局限,或自觉引进中国叙事批评的文化分析方式,或与其他批评理论相结合解决中国文学中的现实问题,可以说,在中国叙事学研究的道路中,其立场是民族性的、其方法是多元化的、其态度是包容性的、其视域开放性的。

在叙事学研究之路中,中国学者一开始就对西方叙事学"片面的深刻""深刻的片面"(胡亚敏语)有清醒的认识,也保持叙事学横向移植中其不完全适合中国文化与文学语境、不能合理地解释中国叙事文学现象、不能展开恰当文学批评的警觉。结构主义叙事学的哲学基础是结构主义语言学,分析对象是西方叙事文本,如普罗普通过对俄国100首民间故事的分析提出他的形态学理论,托多罗夫通过对《十日谈》的研究建构了叙事语法,热奈特通过对卷帙浩繁的《追忆似水年华》的分析提出迄今为止最为完备的有关叙事时序、叙事时距、叙事频率、叙事语式、叙事语态理论,后经典叙事学时期众多叙事学家如詹姆斯·费伦、戴卫·赫尔曼、普林斯、玛丽-劳勒·莱恩、彼得·J·拉比诺维茨、安斯加·纽宁、莫尼卡·弗卢德尼克的叙事理论也无不与西方叙事文本有密切的关联,由于叙事理论面对的是西方的叙事传统,植根于西方叙事文学和文化的土壤,当其横向移植到中国时,就显示出某种异质性特质。运用西方叙事理论研究中国叙事文学,一方面大大拓展了中国文学的阐释空间,推动了所有叙事性文类研究向纵深发展,出现了一批卓有成效的研究成果,另一方面西方的叙事学研究在价值观念、伦理取位和研究策略上并不具有普世性,在其研究视野中忽视了数量庞大、浩如烟海的中国叙事文本,缺乏对中国叙事传统的重视和东西方叙事传统的比较研究,以至于在用西方叙事学分析中国叙事作品时出现水土不服、削足适履的尴尬和以中适西、以中证西的怪象。乔国强把这种尴尬与怪象总结为"三个一","格式化般的套用,即千篇一律的概念、千篇一律的术语、千篇一律的论述腔调,把一个鲜活且充满情趣和智性的人文学科理论搞得宛如科学公式般的僵硬"(乔国强29)。可以说,大量叙事学术语的套用泯灭了丰富多彩的中国叙事的个性,在叙事学研究中出现了严重趋同性现象。"趋同性主要表现为学术研究的西方化"。与趋同性相对的是"差异性研究","差异性研究的提出正是对学术研究西方化或'趋同性'的警觉和抵制",是"全球化语境下民族知识分子的一种立场和策略"(胡亚敏 2012:40)。傅修延更是全面地回忆了中国的叙事学研究之路,指出要建设具"世界文学"品味的叙事学学科,必须有对中国叙事经验的总结和中国叙事传统的研究。他说:

> 叙事学不应是独属于西方的学问,经典叙事学和后经典叙事学的理论成果应当为全人类共享,中国学者完全可以参加到对其发扬光大的行列中来……。但是也要看到,像许多兴起于西方的学科一样,西方叙事学家创立的叙事学主要植根于西方的叙事实践,他们引以为据的具体材料很少越出西欧与北美的范围。这种情况当然可以理解,但若长此以往,叙事学就会真的成为缺乏普适性的西方

叙事学，无法做到"置之四海而皆准"。所以中国学者在探索普遍的叙事规律时，不能像西方学者那样只盯着西方的叙事作品，而应同时"兼顾"或者说更着重于自己身边的本土资源。这种融会中西的理论归纳与后经典叙事学兼容并蓄的精神一脉相承，有利于将问世于西方的叙事学接上东方的"地气"，成长为更具广泛基础、更有"世界文学"意味的学科。（傅修延 13）

在我们的讨论中，民族性、包容性、差异性是三个关键词，傅修延强调叙事学研究要"着重于自己身边的本土资源"就是要实现叙事研究向民族文化与文学的回归，深入研究叙事文学中表现出来的独特的民族思维、民族个性、民族精神和民族传统。强调"融会中西的理论归纳"就是要打破文化交流和文学研究中根深蒂固的二元对立观念，以有容乃大的胸怀海纳百川似的吸取西方叙事学基本概念、基本方法并为我所用，其中既有以西融中，又有以中入西，同时包容性以尊重民族的差异性为前提，通过差异性研究唤起人们对本民族文学的肯定和弘扬，扭转中国文学被边缘化的危险。

三、中国叙事学建构：比较的方法

通过讨论中国叙事学建构的理论背景和基本立场，可以看出中国叙事学建构已经是"进行时态"，但中国叙事学建构还只是一个开端，相对于西方叙事学在中国的大量传播与作为文学批评方法的广泛运用，中国叙事学建设相对来说还比较滞后，甚至连中国叙事学的研究对象是什么还存在分歧，通过厘清中国叙事学的研究对象，分析中国叙事学建构中面临的矛盾可以找到中国叙事学建构的可能途径。

关于中国叙事学的定义，目前有三种观点，乔国强认为中国叙事学是"一套既有西方叙述学的缜密结构，又能恰如其分地把中国文学，特别是古典文学恢宏意蕴表达出来的系统体系"（乔国强 30）。蒋述卓、王瑛认为中国叙事学有广义和狭义之分，狭义的中国叙事学指"基于中国传统叙事理论与中国文学实践上的、具有民族和区域特色的叙事学研究"。广义的中国叙事学指"'在中国的叙事学'，包括中国学者提出各种叙事学分支学科、叙事学研究方向、叙事学研究新课题、叙事学研究的方法论建构、叙事学概念和观念的重新界定以及传统中国的叙事理论研究等。只要是中国学者展开的叙事学方面的研究，都属于广义的'中国叙事学'范围"（王瑛 72）。傅修延认为中国叙事学"是以'中国叙事'为研究对象的学问"

(傅修延 14)。乔国强的定义强调了中国叙事学与西方叙事学的比较关系但把着重点放在中国古典文学上,中国现当代文学是中国现代化进程的产物和记录,把具有现代意识的中国现当代文学排除在叙事学之外——哪怕是作为其外围——实际上缩小了中国叙事学的处延。蒋述卓与王瑛的狭义概念虽强调了民族特色,但把中国叙事学等同于传统叙事理论显得更为狭窄,且中国文学实践也语焉不详,这一实践包含不包含中国现当代文学实践呢?如果包含的话又有前后矛盾之处,其广义的中国叙事学把民族性的"中国"置换成地域性的"中国",模糊了中国叙事学与西方叙事学界线,实际上是否定了中国叙事学建构的意义,如以此定义来框定的话,就可以把立足于外国文学又基本致力于西方叙事学研究的申丹及青年学者尚必武的叙事学也归之于中国叙事学,这似有不妥,同时又容易把具有明显中国叙事学性质的海外汉学家如浦安迪、王靖宇、丁乃通等人的叙事理论排除在外。比较而论,我们同意傅修延先生给中国叙事学所作的定义,这一定义既有明确的研究对象,又把中国古代叙事与中国现代叙事打通连贯,同时防止了概念外延的无限扩大,也更符号中国叙事学对民族性、差异性的强调,"中国叙事学"之中国不是区域概念,不能把在不在中国作为叙事学是不是中国的标准,这里的中国是一个民族的文化概念,只有那些具有民族内涵、民族特色、民族品味,表现中国民族文化心理、民族思维特性、民族审美趣味的叙事才是中国的叙事,这样的叙事学才是中国叙事学,同时定义立足于叙事而不是文学就可以涵盖其他媒介叙事,符合后经典叙事学的发展方向。

  从实际状况看,讨论中国叙事学建设的文章多暗指古代叙事,目前的中国叙事学研究也主要集中在古典文学与文化领域,二十年来学术界有三部以《中国叙事学》命名的专著先后问世,浦安迪的《中国叙事学》是对明清四大奇书的研究,杨义的《中国叙事学》取例虽有少量鲁迅、钱钟书等现代作家的叙事作品,但基本上还是集中在中国古代叙事文学上,傅修延的《中国叙事学》属文化叙事学之作,通过太阳神话的研究寻找中国叙事的原始动力,通过《山海经》的研究探寻华夏先民的原始生态,通过青铜研究发现中国叙事的"前叙事",通过赋叙事研究中国叙事的演进,该书虽有对其他叙事如声音叙事、瓷叙事、民间传说叙事的研究,基本上仍集中在古典叙事上。除此之外,董乃斌主编的《中国文学叙事传统研究》、赵炎秋主编的"中国古代叙事思想研究丛书"、张世君的《明清小说评点叙事概念研究》等被认为是中国叙事学研究的重要成果,均以古代叙事传统和叙事思想为研究对象。与此相对照,虽然有大量对中国现当代叙事文学的研究,但并没有人给以"中国叙事学"的命名,它们是不是中国叙事学的范畴学术界的态度是暧昧的。如果我们接受傅修延关于"中国叙事学"的界定,则中国现当叙事文学的研究当然应该归入中国叙事学研究之列。这样,我们的叙事学研究就面临着比西方叙事学研究远为复杂的问题,乔国强对中国叙事学的定义虽不周延,他对中国叙事学要处理的复杂关系却认识比较全面,他认为中国叙事学研究要着重处理五个关系。

(一)中国古典叙述与现当代叙述之间的关系是一种怎样的关系?(二)这个拟构建的中国叙述理论体系与中国古典叙述研究的关系如何?(三)如何处理与西方叙述理论体系之间的关系?(四)目前谈及的中国叙述主要指的是文学叙述,如何处理与其他领域的叙述,如电影、新闻、媒体、广告、绘画、雕塑、法律等叙述之间的关系?(五)叙述学研究与文艺理论、文化批评、心理学研究、伦理批评、审美鉴赏之间是怎样的一种关系?(乔国强 35)

乔国强对五种关系的分析可谓周详,结论也令人信服,对我们讨论中国叙事学的方法论也有一定启发,其中前三种关系是中国叙事学研究的基本关系,涉及中国古代叙事传统和叙事思想、中国当代叙事、西方叙事理论三个基本要素,它们又统摄于中国叙事学总体框架内,如此看来,中国叙事学建构和几十年来争论不休的中国文论的建构一样面临古、今、中、外的复杂矛盾与张力,绕了一大圈中国叙事学建构又回到了原点,是化西为中走西方叙事学的中国化道路,还是古为今用走古代叙事理论的现代化转型,这实在是令人困惑的,中国文论道路之争的经验让我们相信纠缠于此是无解的。既然无解不如不解,换一种角度思考可能别有洞天,那就是以比较的方法统摄古今中外,建立熔铸中外贯通古今的现代中国叙事学理论。我们的立场是民族的,中国叙事学必须立足中国深厚的民族叙事传统之中,舍此中国叙事学将不再姓"中";我们的研究是差异化研究,叙事学发端于西方,中国叙事学当以西方叙事学为参照的,中国叙事学必须在东西方相互注视中显示差异性,寻找普遍性和共同性;中国叙事学不但要研究古代的叙事传统,更要研究这一传统与中国现当代叙事的精神血脉,因为传统不只指向过去,更指向现在和未来,在中国现当代作家个性化的叙事中都包含着古代的叙事思维,包含着对古代叙事精神的继承,因此,要贯通古今,以古代传统烛照当代叙事,从当代叙事反观古代传统。

所有这些研究中,贯穿了一个基本的比较研究法。安斯伽·纽宁列举的十六种叙事学分支中比较叙事学是其中的一种,谭君强也认为比较叙事学是建构中国叙事学的可能途径之一,"如何使中国的叙事学者更好地为国际叙事学研究作出自己的贡献,并促进中国自身的叙事学研究和叙事作品分析?如何使中国的叙事学研究在国际叙事学领域中具有自己的特色,我想,也许'比较叙事学'可以作为构建广义的'中国叙事学'之一途,并促使中国的叙事学研究在国际叙事学界占有一席之地"(谭君强 2010,37)。谭君强还在《学术史视阈下的比较叙事学》一文中详细梳理了比较叙事学在国际和国内的发展历程,评述了国内外在比较叙事学研究做出突出贡献的学者。安斯伽·纽宁与谭君强是从学科构建意义上论比较叙事学的,作为叙事学的一个分支,比较叙事学和中国叙事学是交叉的,而不是重合的,比较叙事学显然不等于中国叙事学。但是如果从方法论意义上说,中国叙事学构建中则始终贯穿着比较的方法,中国叙事学建构中当然可以有众多的方法,比如文化研究法、系统研究法、共时研究与历史研究法、个案研究法,但比较研究可以说是贯穿始终并统领其他研究方法的根本性方法,中国叙事学必须面对"古今中外"的矛盾,它们之间有对立、有对照、有互渗、有转化、有贯通,其实这全是比较。比较的方法可以是横向的,也可以是纵向的;可以在中西叙事学之间开展,也可以对中国古代叙事与现当代叙事对比研究;可以在不同叙事传统整理之时运用,也可以用来描述不同文类相互影响和作家作品的平行研究及影响研究;可以在同一媒介叙事中进行,也可以在跨媒介叙事中展开——乔国强所论的第四、第五种关系实际上涉及了跨媒介、跨学科的叙事比较,本文未作重点论及。

在自觉运用比较的方法建构中国叙事学的道路上,杨义、胡亚敏、傅修延、张世君、陈平原、谭君强等前辈和大家们起到拓荒和引领的作用,海外学者如浦安迪、王靖宇、丁乃通等起到沟通和桥梁的作用,一大批中青年学者主动参与其中,这是中国叙事学研究与建构的主力军,这是一支虽不能说蔚为壮观但已相当宏大的叙事学研究队伍。国际叙事学的发展已经超越了"经典""后经典"时期并继续"向纵深发展"(谭君强 2015,2),无论叙事学的跨国趋势还是中国文化与文学研究的现实诉求都要求在叙事学研究中发出中国的声音,有中国特色的叙事学的建构,一方面,我们欣喜地看到中国叙事学建构"已经走在了路上";另一方面,我们更希望在与西方叙事学的广泛对话中、在中国众多学界同仁的共同努力下,通过中国叙事学建设的"纵深"发展推动国际叙叙事学的"纵深"发展。

【引用文献】(Works Cited)

戴卫·赫尔曼:《新叙事学》,马海良译.载戴卫·赫尔曼主编《新叙事学》,北京:北京大学出版社,2002年。

Phelan, James. "Who's Here? Thoughts on Narrative Identity and Narrative Imperialism." *Narrative*, 2005(3).

尚必武:《后经典语境下西方叙事理论的发展趋势与特征:评〈剑桥叙事指南〉》,《外国文学》2009(1):111—118。

Ansgar, Nünning. "Surveying Contextualist and Cultural Narratologies: Towards an Outline of Approaches, Concepts and Potentials." in Sandra Heinen, Roy Sommer. *Narratology in the Age of Cross-Disciplinary Narrative Research*. Berlin: Walter de Gruyter, 2009: 54-55.

周宪:《"合法化"论争与认同焦虑——以文论"失语症"和新诗"西化"说为个案》,《南京大学学报》2006(5):98—107。

胡亚敏:《开放的民族主义——论中国当代文学批评之立场》,《华中师范大学学报(人文社科版)》2007(6):98—102。

乔国强:《中国叙述学刍议》,《江西社会科学》2010(6):29—40。

胡亚敏:《论差异性研究》,《华中师范大学学报(人文社科版)》2012(4):39—45。

傅修延:《从西方叙事学到中国叙事学》,《中国比较文学》2014(4):1—24。

蒋述卓,王瑛:《论西方叙事学的本土化》,《中国比较文学》2012(4):63—73。

谭君强:《比较叙事学:"中国叙事学"研究之一途》,《江西社会科学》2010(3):35—40。

谭君强:《总序》,米克·巴尔:《叙述学:叙事理论导论(第三版)》,北京:北京师范大学出版社,2015年。

【作者简介】王振军,河南科技学院文法学院副教授,主要从事文艺理论和叙事学研究。

空间叙事
——中国叙事学学科建构的逻辑基点*

◎ 王 瑛

【内容提要】建构中国叙事学，需要找到中国叙事传统的民族个性。本文认为，与西方坚挺的时间信仰不同，中国叙事传统呈现出鲜明的空间逻辑特性，也就是说，空间对于中国叙事学的意义，犹如时间对于西方叙事学。首先，独特的画图和读图的视觉思维方式，形成了中国传统叙事文本呈现方式和批评方式的空间逻辑特点；其次，中国学者对中国古代叙事特性的空间发现以及对中国古代空间诗学的建构，已经昭示出空间之于中国叙事学的建构性力量；最后，空间叙事诗学的确立，为中国叙事学的空间逻辑提供了佐证和理论支持。这些事实显示一种与西方叙事学以时间为逻辑基点迥然不同的中国叙事学的构型：从承认时间逻辑存在的前提下，空间叙事，可能是建构中国叙事学的一个重要逻辑基点。

【关键词】空间叙事；视觉思维方式；中国叙事学；理论形态

叙事学本土化最强大的理论冲动，就是建构中国叙事学。西方叙事学东渐三十多年来，学界在叙事学研究上一直在探索新域。叙事诗学的新建构[①]，叙事学方法论的新探索[②]，中国传统叙事思想的整理研究，中国文本叙事奥秘探究等，中国叙事学大坝正以一种可见的速度逐渐合拢，但学界对建构中国叙事学最关键的因素是什么的问题并没有形成共识，所以"中国叙事学"也还只是一个概念，一个愿景。那么，这个最关键的因素

---

* 本文为国家社科后期资助项目《西方叙事学本土化研究(1979—2010)》阶段性研究成果，项目编号为[14FZW002]。

是什么？西方叙事学强大的时间逻辑，是否也适合中国叙事的文本实践？中国叙事学，究竟会以一种怎样的图景出现在世人面前？考察中国叙事传统以及当代的叙事实践会发现何种端倪？

一、画图与读图：中国传统思维特性与叙事表征

没有人会否认个性的重要性。寻找中国叙事传统区别于他国他文化圈的特性也许不是最首要但一定是最重要的事情。在叙事学的框架内谈论国别叙事学，共性显然是存在的，特性却是国别叙事学存在的前提。而在发现国别叙事特性之前，有一些工作是应该先要完成的，比如对某一个叙事传统历史的整理和描述（这是一项长期而艰苦的工作），它可以让我们对这个传统有一个整体的认知；再比如对这个传统叙事文本的分析，它会让我们从细微处体会到这个传统的叙事奥秘。但无论是对叙事传统的历史钩沉，还是叙事文本隐秘特性的探幽，最后的关节点还得落在叙事特性上。不同文化传统、不同国别、不同时代的叙事特性正是丰富和发展叙事学的要素。那么，处于东方文化圈内的中国叙事思想的特性是什么？

这可能还是要到东西方文化差异，或者更具体地说，从中西文化差异中去寻找中国叙事思想的特性。文化的外延无边无际，从哪里进入才是发现二者叙事特性差异的最佳路径？可能还要落在思维方式上。思维方式是文化特性的一种表征，思维方式往往决定言说方式。说到底，叙事方式本质上是思维方式的具体化。众所周知，西方文化传统的思维方式主要体现为一种重逻辑的线性思维，这个传统具有坚挺的时间信仰，里蒙·凯南认为时间就是事件的构成要素（里蒙·凯南 33）；所以，对于西方叙事而言，时间性就是其最大特征。

那么，与西方思维特性相比，中国传统的思维特性是什么？表征出什么样的叙事方式和叙事特性？

我们大多会同意那些描述中国传统思维方式的语词，比如整体的、模糊的、直觉的、悟性的，它们基本上概括了中国思维方式特性。我们也可以很轻松地找到例证，比如汉字的构造方式，最早就是以画图的形态出现；中国文学传统的理想形态意境，也是一种空间构架；比如司空图对文学风格"纤秾"的描述："采采流水，蓬蓬远春。窈窕深谷，时见美人。碧桃满树，风日水滨。柳阴路曲，流莺比邻。乘之愈往，识之愈真。如将不尽，

与古为新"(司空图《二十四诗品·纤秾》)。这分明就是一幅意境幽深的山林美景图!我们发现,在这里时间停止了,凸显的是鲜明的空间。司空图二十四诗品的每一品,都采用了相同的表达方式。实际上,这种具有空间特征的表达方式,延续贯穿了整个中国古典时代,作为中国传统批评方式的点悟式批评,事实上也是一种画图与读图的批评方式,叶维廉描述了点悟式批评方式的过程:"中国的传统理论,……以美学上的考虑为中心。""中国传统的批评是属于'点''悟'式批评。以不破坏诗的'机心'为理想,以'言简而意繁'及'点到为止'去激起读者意识中诗的活动,使诗的意境重现,是一种近乎诗的结构"(叶维廉 106)。诗的意境重现过程,实际上也是一种造图过程,文字逻辑置换成了图像逻辑。

这种置换是如何发生的?宗白华充满激情的描述为我们揭示其中的奥秘:"空间、时间合成他的宇宙而安顿着他的生活。他的生活是从容的,是有节奏的,对于他空间和时间是不能分割的。春夏秋冬配合着东南西北。这个意识表现在秦汉的哲学思想里。时间的节奏(一岁十二月二十四节)率领着空间方位(东南西北等)以构成我们的宇宙。所以我们的空间感觉随着我们的时间感觉而又节奏化了、音乐化了!画家在画面所欲表现的不只是一个建筑意味的空间'宇'而须同时具有音乐意味的时间'宙'。一个充满音乐情趣的宇宙(时空合一体)是中国画家、诗人的艺术境界"(宗白华 138)。"中国画中的空间意识是怎样?我说:它是基于中国的特有艺术书法的空间表现力。中国画里的空间构造,既不是凭借光影的烘染衬托,也不是移写雕像立体及建筑的几何透视,而是显示一种类似音乐或舞蹈所引起的空间感型。确切地说,是一种'书法的空间创造'"(宗白华 209)。事实上,在中国,戏曲、书法、山水画甚至抒情诗在很大程度上来说都是空间艺术。

故事一定是发生在一定的时空中。在中国传统叙事思想中,时间和空间是如何转化的?或者说,时间如何被空间化?张世君的《明清小说评点叙事概念研究》也许可以给我们启示,她发现明清小说的评点家善于借用戏曲、书法、绘画的技巧术语评点小说,小说的时间被形态化为空间,空间成了组织文本秩序,串联情节结构,推动叙事进展的主要力量。例如把戏曲的舞台空间运动性与建筑空间的静态性相结合,小说叙事建立了一个有规律的空间叙事,在这里时间消融在空间叙事中;对书法概念的借用一方面诗书同笔同字同时空,另一方面也是在小说中追求书法的空间审美概念,正如宗白华所言,"暗示读者用图像的眼光去逼视作品的结构和性能"(宗白华 209);评点的读画理路,则化小说叙事为一幅幅具体的图画,"以读画的方式审读文本,是要在时间叙事中突出空间的形态性,把时间空间化。它强调文学叙事中绘画的形象性和视觉艺术的可视性,以唤起读者对叙事的文字绘画的想象性,突出叙事的空间性特点"(宗白华253)。在对时间艺术的小说叙事的评点中大量借用空间艺术的概念术语,力图把时间叙事的维度消融在空间叙事之中,从而把空间叙事的特性凸显出来,表现出中国叙事艺术的空间性。

或许我们可以从人们对中国传统思维特性的具体描述中一见置换发生的端倪。中国传统思维特性,陈果安称之"对偶思维"(赵炎秋、陈果安、潘桂林 6),傅修延称之"二合思维":"二合特性——相当一部分汉字是由上下或左右两部分组成,还有许多汉字呈现出强烈的轴对称意味……或许是因为这种'二合'思维,中国古代诗文中存在大量骈词偶语,有的文本甚至通篇都是排偶"(傅修延 202)。杨义在《中国古典小说史论》中认为,中国传统思维是一种圆形思维:"圆形思维是一种融合着理性与非理性的悟性自觉,它总揽万象而又超越万象,以逍遥自在的精神状态,直指万物变化的根源。……它以'道论'统合着一与万、有和无,叩问着天人间变化的大法。探寻着 How。"它贯通儒道释,泛化于天地万物,渗透到中国人的诗性智慧之中。因此,"中国叙事学的逻辑起点和操作程式,带点宿命色彩地是与这个奇妙的'圆'联结在一起了"(杨义 561—562)。奇妙的是,"圆"的形象性表述在傅修延那里得到呼应,他在探讨太阳神话与叙事的关系中发现"太阳在先民视觉上的从东到西以及在夜间想象中的从西到东,为叙事提供了深层结构与基本冲突,这种周而复始运动所导致的循环论,启发了'以圆为贵'的叙事思维"(傅修延 26)。龙迪勇说的更为直接:"与侧重听觉与时间的西方文化不同,中国文化侧重视觉与空间,中国人的思维特点偏重'视觉思维'是一种典型的'象'思维、'图像思维'或'直觉思维'"(龙迪勇 27)。

思维方式的空间特性,在叙事文本中会有什么样的表现?

二、发现:中国叙事文本中的空间

视线转向中国的叙事实践。空间在中国叙事文本中承担了什么样的作用?

在《中国古典小说史论》中,杨义发现了中国小说叙事文本中的空间特征。他认为《山海经》实际上是一种地理叙事,《山海经》的神话思维形态,"是与华夏初民居住于山川阻隔、内陆外海的土地所形成的地缘文化心理相联系的"(傅修延 37)。他认为汉魏六朝志怪小说中时空意识与幻想方式相辅相成,志怪小说作者受《山海经》和神仙家空间幻想的影响,在小说中构造殊域空间,如仙宫、洞穴甚至日常空间的变异,这些空间形态与遥远的时间一起,共同造成了志怪小说审美上的陌生感、神秘感和惊奇感。杨义在《世说新语》中发现了山水意识,在唐传奇中看见了梦幻世界、潜隐意识和变形艺术,在敦煌变文中划出了敦煌的地域特色,在《酉阳杂俎》和《夷坚志》中看出了时空错综的诗意,当然也明了《红楼梦》的时空结构。最出彩的是对中国人思维模式的构图——杨义认为是中国人的直觉思维是一种圆形思维——这也是一种空间思维形式。

最有说服力的还是叙事文本。对代表中国古典叙事文本最高成就的四大古典名著进行探究,也许可以得出权威性的结论。张世君的考察和发现,或许会给人们有益的启示。

王彬的《红楼梦叙事》(1998)是我国第一部从叙事学的角度研究《红楼梦》的著作。他更多是从时间的角度谈论《红楼梦》的时空关系。他发现"《红楼梦》的场景是以'一日'为发端,在叙述完一日之后,通常有一个叙述标记作终结",开启另外的场景。一日之内场景转换的手法有通过回目、人物进退、指点性干预、时间次序以及人物对话等(王彬 146—147)。在王彬看来,《红楼梦》的时间要比空间(场景)要重要得多。但张世君显然不同意他的观点。1999 年,她在《〈红楼梦〉的空间叙事》中认为小说叙事的连续性则通过"空间的看、对话的说来实现,叙事节奏从空间到时间的进出、看、说的循环过程中表现出来"(张世君 7)。场景空间、香气空间以及梦幻空间,共同架构了《红楼梦》的故事叙述。在张世君这里,《红楼梦》的空间维度已经成为推进叙事进程的动力、成为小说叙事的结构性因素了。当然张世君并没有忘记时间之维。她首先强调的还是小说是一种时间艺术,小心谨慎地不超越小说是时间艺术的雷区。《红楼梦》的空间叙事虽然有其独立的特点,但对时间叙事而言,也只是起了扶持和互补的作用。实际上张世君此说还不够大胆。我们且来看《红楼梦》是如何协调时间叙事与空间叙事的关系呢?这就涉及时间的空间化问题。张世君认为,《红楼梦》首先设定了一个自然季节循环的时间框架,作家在这个循环的时间框架内镶嵌不同年限发生的故事,而不拘泥于具体时间的真实性。

"循环的时间框架"本质上已经不具有时间的线性特点了，它已经背离了时间的不可逆性，从单纯的线性逻辑变成了圆形逻辑（这与杨义的说法有着某种契合之处），时间具有了空间形态。春华秋实、寒暑交替的时间框架就成了《红楼梦》叙事的基础背景，空间成为叙事的前景。时间空间化序列一旦建立，空间就成了叙事推进的动力。这样空间也就成为表现人物故事、小说意蕴和哲理内涵的载体，也是推进叙事的主体力量。那么，红楼世界中对具体时间常常含糊其辞、人物年龄前后矛盾的现象也就可解了。张世君由此认为"本书研究《红楼梦》的空间叙事特点，发现空间叙事是一个具有中国特色的叙事现象"（张世君 207—208）。这个结论对于《红楼梦》研究来说是一个重要的发现，对于叙事学研究来说，也是一个极为重要的观点。它可能会翻转人们对于中国古典小说叙事的看法，甚至翻转人们对叙事的看法。一直以来人们习惯了在时间之维中耙梳求索叙事的奥秘，也许，从这里开始，叙事的另一个表情——空间的腾挪变换会引起人们更大的探究兴趣。

中国古典小说的空间因素引起了张世君的极大兴趣，她开始关注明清小说的评点叙事观念。2007 年出版了《明清小说评点叙事概念研究》。她发现明清小说评点叙事观念中存在一个以人的感觉为中心的空间性观念系统，在这个系统中人的方位感、视觉、听觉、嗅觉、温度感都被评点家借用，用来比喻小说叙事的某些特点。小说的时间形态在这些比喻性的使用中被空间化了。比如用诸如"倒峡逆波""双峰对峙""层峦叠翠""千丘万壑"等视觉性词语强调小说的画面感；用"笙箫夹鼓、琴瑟间钟""一击空谷、八方皆应"等听觉性词语比喻叙事的穿插发展和前后照应的空间性，用"冷""热"的温度感评点叙事的发展变化和具体技巧。时间进程的空间化建立起了文本的总体架构。

具体说来，明清小说评点用"间架""一线穿""脱卸"等空间性特征突出的概念建立起古典小说叙事的结构理论。间架来源于建筑结构概念，用来说明叙事的整体结构；一线穿从缝纫中引出，比喻叙事的贯通；脱卸是指叙事之间的停顿与转折，并有空间并置的特点。其中"间架建立起情节的大架构，一线穿将这个架构贯通成整个叙事的脉络体系。脱卸实现一线穿的连接和转换。三者相辅相成，共同建构其叙事的框架结构"（张世君 163）。张世君考察了《红楼梦》《水浒传》《三国演义》《金瓶梅》的结构形态，发现它们有共同的突出的空间叙事特质。作者以下页图例表示（张世君 164）：

小说文本	间架	一线穿	脱卸
《红楼梦》	园林叙事	梦幻贯穿	场景转换
《金瓶梅》	穿插叙事	冷热金针	夹叙他事
《水浒传》	旅程叙事	投奔梁山	人物交卸
《三国演义》	地理叙事	地图连接	地理变迁

从图示中可以看出,与西方叙事的时间线性逻辑不同,上述小说的结构具有强烈的空间性,通俗地说,这些叙事文本的潜在逻辑,在《红楼梦》与《金瓶梅》中是园林之一空间,《水浒传》和《西游记》是"在路上",《三国演义》是中国地理。它们从总体的间架(情节结构)、文势的贯穿到脱卸(叙事内容的过渡转换)都体现出了一种空间入思的特性,空间叙事逻辑具体化在小说结构的每一个环节中。由此张世君认为"空间叙事是中国文学叙事的一个逻辑起点,也是中国叙事概念的文化生成"。"时间叙事成为西方文学叙事的一个逻辑起点,也是西方叙事观念的文化生成"(张世君 207—208)。王瑛认为这个观点对中国叙事学建构具有启发意义:"一方面它提醒人们重新审视中国两千多年的叙事历史,一直没有引起足够重视的空间之维也许就是解开中国叙事艺术奥秘的钥匙;另一方面它提醒西方叙事理论之于中国叙事理论的根本差别在于逻辑起点和文化生成的一为时间叙事一为空间叙事,西方叙事理论可以成为中国叙事理论研究的参照但中国叙事理论自有其独特的理路,中国叙事学的建构应该更为重视空间思维特性对于叙事文本的意义"(王瑛 2014:137—145)。高小康更感兴趣的是挖掘中国古代叙事观念演进的深层原因。在《市民、士人与故事:中国近古社会文化中的都市叙事》(2001)中,他考察了中国古代小说中的幻想空间和历史空间。他发现幻想空间看似奇幻,远离人们的日常生活,实际上与生活经验息息相关。我国古代大多数幻想故事中,异域空间意味着获得幸福生活的可能性;另一方面,它还能够与读者的现实经验相联系,故事中的情境往往与读者的生活经验构成隐喻关系。历史空间更直接体现了人们的现实世界的内在需求:对于文人士子而言,"朝—野"便是他们生活的主要空间,在这个空间架构中他们的生活才具有意义,生活中所有的快乐、痛苦和矛盾都在这个空间中展开,侠客异士的"江湖"空间跟他们关系不大。而对于商人阶层而言,"市井—江湖"是他们主要的活动空间,这个空间寄托了他们的生活旨趣和观念,空间的转换可能代表祸福无常,也代表着机遇和幸福,他们的生活必须"在路上"。

这种观念代表着我国传统道德观念的变化：机遇和幸运与人道德的高下没有直接的关系，只要在路上，转运或背运都是人生的常态。而空间的内聚化则直接摒除了道德判断，如果说《水浒传》还有个"义"作为道德的标准，到了《金瓶梅》和《儒林外史》，叙事意图趋向非道德化，社会生活似乎失去了道德价值。高小康把小说空间之维放在了时代意识形态与叙事观念之间的联系中，认为正是现实世界的世界图景影响了小说世界的世界图景——"叙事中空间关系的基本问题是虚构的世界与真实的世界之间的关系问题"（高小康 86）。正是虚构世界与真实世界的同构关系，空间在中国传统叙事中承担了重要的作用。

遗憾的是，中国两千年历史如此深厚的空间意识及其对叙事的影响所形成的空间叙事，人们却擦肩而过，文本阐释与理论的澄明之间似乎只隔着一层薄薄的窗户纸。在杨义的《中国叙事学》中，时间占据了重要的一篇，但空间却不见只语；他甚至意识到"它的叙事特征更近乎画，是空间艺术，而不像诗，不是时间艺术"。可惜如此对中国叙事文本的灼见，却被他自喻为"不甚恰切的比喻"（傅修延 52）。——这可能与叙事学学科的西方源头有关，西方叙事学几乎不谈空间。这种状况极为普遍：很多学者都不认为空间是叙事文本的独立要素，强大的时间似乎能够涵括对空间的阐释。幸而这种遗憾在更年轻一代的学者中得到弥补，如张世君对《红楼梦》的研究，韩晓对中国古代叙事空间的诗学之思，以及龙迪勇对空间叙事理论系统的构建。

三、诗学之思：中国古代空间叙事诗学初构

张世君和高小康都没有直接提出中国空间叙事的理论框架，2009 年，在黄霖等著《中国古代小说叙事三维论》（2009）中，负责撰写中卷的韩晓首次提出了中国古代空间叙事理论框架。王瑛认为，这个框架的"意义不仅仅在于这个框架的内容是什么，而是在于提出框架这件事实本身，它标志着中国古代空间叙事理论建构事实上的可能性、可行性以及中国学者建构中国叙事学的能力"（王瑛 2015：271—274）。韩晓的古代小说空间叙事框架包括以下五个方面的内容：一、小说空间的哲学渊源；二、古代小说空间的构成要素、构成特点、空间表现的主要方式；三、具有中国特色的静态空间和动态空间；四、空间叙事的结构方式；五、小说空间与思想内蕴

的关系(黄霖等 167—368)。③

韩晓认为,中国古代空间意识的形成是基于辨方正位的需要,由此上升到关于天地宇宙的思索,如空间的有限和无限、虚实等问题,并形成了我国古代的空间意识特色:与时间紧密结合的空间意识,具体表现在空间—时间一体化的思维模式和时间空间化的思维特点;以人为中心、为人的生存服务并辐射到人的生活的方方面面,从家具、艺术到国家治理方式,都体现了空间思维的特点;具有相对性和综合性的特点,远和近、多和少、动与静的相对关系以及空间的不同因素和侧面体察空间的意蕴。古代空间意识在古代小说中得到具体的体现,这就要求小说的空间研究要兼顾动态空间与静态空间,关心小说人物与空间的关系,注意小说的形象感和画面感。

韩晓认为地域、社会、景物和人物等四个方面的内容组合或互相渗透构成了古代小说的空间。地域内容是人物活动的具体空间,社会内容是小说中特定地域的社会特征,景物内容是地域内容和社会内容的具体化,人物内容则是对人物外在形象的全面展示。我国古代小说空间的构成特点是以人为中心、组构自由、动静结合、封闭与开放相统一。空间表现方式有直接由叙述者全面描写空间、人物间接描写空间、叙述者与人物相结合分布展现空间三种。静态空间方面,韩晓主要考察了我国古代小说中现实空间与超现实空间以及二者的关系;动态空间方面,主要考察空间叙事的基本单位——场景。

韩晓讨论了我国古代小说的结构方式,认为是场景的变换推动故事情节的发展。具体说来,古代小说叙事空间化的主要内容就是通过空间的转换和衔接来完成叙事,结构文本。那么空间是遵循何种原则结构叙事呢？韩晓认为"间架"就是文本的组织方式,具体来说有"板块"和"套盒"两种结构方式构成小说的间架结构。板块式空间结构是指小说中的叙事场所往往处于同一个空间层次,彼此之间多呈并列关系,如《西游记》即是不同板块的并列叙事;套盒式则是小说中空间场所处于不同的层次,彼此之间是包容与被包容的关系,如《金瓶梅》即是大场所包容小场所的结构叙事。古代小说叙事空间化的具体技巧分两种情况:一是在历时性情节中淡化时间要素,以场景变化组成故事情节,突出空间的结构故事功能;二是在共时性情节中用"横云断山"和"趁窝和泥"两种技巧结构故事。④最后,小说空间与思想内蕴的关系,韩晓认为主要体现在空间化与寓言性、空间设置与小说的反讽构成以及小说中对人的生存空间的构造与思考三个方面。

上文简单梳理了韩晓对我国古代空间叙事理论的基本构架。作者以中国古代空间意识为逻辑起点,对我国古代小说空间叙事的内部构成要素、空间叙事的方式以及空间叙事的意义进行了积极的探讨。这种探讨是有价值的,把一直以来没有被充分重视的小说叙事空间之维从理论上给予了提升和总结,显示了我国古代小说空间叙事研究的重要性和必要性,对中国叙事学的建构具有先在者的意义;有些章节阐述得很有神采,如把场景作为空间叙事的基本单位就很有创见,对花园场景和打斗场景的阐述极具个性,写得很有几分生命的温度;对时间的空间化阐述也抓住了时间和空间关系的关节点。当然这种探讨还需要更充分地展开,对一些我国已有的理论成果的价值没有充分认识,如上述张世君的空间叙事研究;有些空间叙事领域还有待开拓,如我国古典小说空间叙事的特征方面还有待于分析;有的观点还需要进一步斟酌,比如作者认为《三国演义》和《水浒传》产生之前,叙事时间在小说中占有绝对优势,事实上《山海经》是典型的空间叙事;我国古代的志人志怪小说中,尤其是幻想性特别强的小说,空间是直接推动情节发展的要素,空间叙事在中国叙事传统中具有普遍性,高小康明确指出了这一点,认为空间叙事"是中国传统叙事中这类奇遇故事的共同特征。这类故事由环境制造或决定人物行动,突出了空间在故事发展中的重要性"(高小康 59)。有些观点还没有充分展开,"叙事空间的结构和布局"部分,间架为总体结构理论之下,认为"板块"与"套盒"两种具体的结构方式就概括了古代小说的全部结构的观点是欠考虑的,像《红楼梦》的网状结构,"板块"和"套盒"都不合适;在行文中论述还不够严密,如"空间设置与反讽构成"一节,对"反讽"的界定没有和"讽刺"区分开,反讽除了具有讽刺的含义之外,还有正话反说之意。在"产生反讽的空间境况"部分,把三顾茅庐刘备的虔诚恭谨与张飞的鲁莽不耐烦之间的态度反差作为反讽的论据显然是有问题的:二者的态度形成了强烈的对比,张飞的火爆脾气只是反衬出刘备态度的恭谨,而不具有正话反说的意蕴。但刘备的其他行为与他三顾茅庐的行为之间可以构成反讽,刘备三顾茅庐只是听水镜先生说"卧龙凤雏得一者得天下",与其说他是奔着诸葛亮去,不如说是奔着天下去的;但口头上,却常常否认其欲得天下的欲望。这样叙事就形成了正话反说的张力,其顾茅庐态度愈虔诚,得天下之欲望愈炽烈。可惜作者没有注意到这一点,论述过程失之严密。

当然,只在小说这样一种虚构域中谈论空间,在发了叙述转向的今天,显然还远远不够,但作为我国最早的空间叙事理论框架,问题也许正好彰显它的价值,——一门学科创立初期遇到的所有问题,都会成为以后值得借鉴的经验。

四、佐证:空间叙事学作为一种新型叙事诗学的合法性

人们一直认为,叙事是时间里的叙事,时间是叙事的根本特性。西方叙事学也正是建构在时间特性上的学科。而空间尽管也被人们所认识,但更多的情况,是人们往往把空间当作时间长度为零的叙事。这种化空间为时间的表述,凸显了时间的重要性,但淡化了空间的作用。在叙事进程中,空间真的只是时间的一种(长度为零)形态吗?

几乎没有人会怀疑时间在叙事中的作用,巴赫金说:"文学中艺术地把握了时间关系和空间关系的重要联系"即"时空体","时空体在文学中有着重大的体裁意义。可以直截了当地说,主题和体裁恰是由时空体决定的;而且在文学中,时空体里的主导因素是时间"(巴赫金 274—275)。这毋庸置疑地确认了时间的主导地位。中国的叙事研究也非常重视时间,杨义(《中国叙事学》)、王平(《中国古代小说叙事研究》)和赵毅衡(《广义叙述学》)等著述都几乎不谈空间而给予了时间充分的重视,甚至提出空间叙事学学科方向的龙迪勇,也一再强调空间叙事研究的前提是强调时间的重要性,空间叙事的一个重要手段就是空间时间化。也就是说,尽管有时候人们会关注叙事文本中时间之外的另一个维度空间,但它似乎总是作为时间的附庸存在。赵毅衡说:"独立地谈叙述事件的空间,是意义不大的事情。"在他看来,小说中事件在空间的联系会形成空间链,空间关系会在相当多的小说中起作用,但文字叙述是一种线性艺术,根本上来说是一种时间艺术,"述本不可能对底本进行单独的时间变形……,空间缺乏单向延续的稳定性。"因此,空间链是依附在时间链之上的,"作为时间艺术的叙述,不可能对底本进行独立的空间变形"。能否对底本变形成为他下此论断的决定条件,但他也没有就此否认小说叙事的空间价值,只是以时间为小说叙事的根本。如果这个条件是一种后发性的,也就是说把小说作为时间艺术,只是西方叙事经验传到中国之后,人们认为是一种事实上成立但并不全面的观念呢?空间问题是否真的就没有独立研究的价值?

自 2003 年起,龙迪勇一直勤力于叙事学的空间问题研究。2014 年出版了专著《空间叙事研究》。与赵毅衡相同的是,他认为叙事的根本问题是时间;不同的是,他认为空间问题具有独立研究的价值。他认为"从时空维度看,小说首先表现为一种时间性的存在,因此小说叙事必须遵循某种特定的时间逻辑;但小说同时也是一种空间性的存在,所以小说叙事也必须遵循某种特定的空间逻辑。很多现代小说家不仅仅把空间看作故事发生的地点和叙事必不可少的场景,而是利用空间来表现时间,利用空间来安排小说的结构,甚至利用空间来推动整个叙事进程。然而,对空间的利用和强调,决不能导致对时间的忽视和'超越'。'空间性'和'时间性'的创造性结合,才是未来小说发展的康庄大道"(龙迪勇 15—22)。龙迪勇在《空间叙事研究》中把空间叙事所涉及的空间分为四种:故事空间、形式空间、心理空间和存在空间,并发现了各种空间的类型和叙事功能。故事空间区分五种叙事功能:(1)组织情节;(2)作为时间的标示物;(3)以空间变异推进叙事进程;(4)作为叙事的支点;(5)塑造人物形象。形式空间的类型有中国套盒、圆圈式结构、链条式结构以及橘瓣式、拼图式词典体、分形叙事等;记忆作为作家创作的最重要的心理机制之一,具有空间特性。存在空间里有一种特别的叙事形式:主体并置叙事。也就是说,与时间一样,空间在叙事中承担了重要的功能,甚至在某些叙事文本中,空间在叙事进程中起了主要作用。

赵毅衡起初并不怎么重视空间维度的,认为空间是"零时段","造型媒介叙述(plastic medium),用的是某些静止的视觉媒介——如图像、雕塑、陶瓷、建筑、实物、'舞台造型'等——此类叙述,被叙述时段是零,它表现了一个时刻;叙述时段也是零,它是记录类叙述,时间是凝固的"(赵毅衡 153)。赵毅衡把空间当作时间的一种状态,但他也承认龙迪勇的空间叙事研究"必将成为学科发展史上的一块坚硬的基石"。王瑛认为,《空间叙事研究》为叙事的空间维度建立了空间叙事诗学地位的合法性。

对叙事文本中时间维度的重视是有其西方文化传统的源头的,在西方叙事文本中时间是最重要的因素,西方思维逻辑严密性使西方叙事特别重视时间的线性逻辑。问题是,没有离开时间的空间,也没有离开空间的时间。空间是时间里的空间,时间在空间里得到具象的表现。叙事学这一广袤的理论高地,空间应该拥有其独立的诗学地位。在重视时间逻辑的前提下,龙迪勇初步建构起了空间叙事诗学的理论大厦。他的视域涉及虚构叙事、纪实(历史)叙事、图像叙事等领域,与叙事诗学发展的理路是一致的,从经典叙事诗学到后经典叙事诗学,叙事转向已然发生,叙事学已经从小说叙事领域走向了纪实叙事,并具有了跨媒介跨学科特征,2013年赵毅衡《广义叙述学》的出版,便是叙事学发展新阶段的理论总结。在这个背景下,龙迪勇开展的空间叙事研究更具有理论的广适性,即叙事的空间维度,不仅在传统的以时间为根本特性的虚构叙事中存在,在其他学科其他领域的叙事性上,空间叙事也是一个具有文本分析效应的重要维度。换句话说,空间叙事诗学已经取得了叙事诗学理论王国的合法地位,它跟时间一样,都是叙事诗学理论的重要奠基石。这对具有鲜明空间叙事特色的中国叙事传统来说,是一个欢欣鼓舞的重大事件,它意味着中国叙事学的构建,有了一个可以预见的前景。

对空间的强调并不意味着忽视时间,事实上空间和时间并不能有须臾的割裂。只是具体到我国古老的叙事传统,我们发现中国叙事并不如西方叙事那样具有坚定的时间信仰,中国传统叙事逻辑彰显了鲜明的空间特性。或许我们可以在空间逻辑上找到建构中国叙事学的基点。叙事学本土化与中国叙事学是个二而为一的问题,既需要以西方叙事理论为参考和借鉴,更需要寻找中国叙事传统的独特个性,建构具有民族特色的叙事诗学。龙迪勇的空间叙事研究为中国叙事空间研究提供了理论支撑,叙事文本的空间发现以及韩晓的努力昭示了中国空间叙事理论的可能性,或许尽管筚路蓝缕,叙事学本土化的艰难过程,正在孕育一种具有民族个性的叙事诗学。

【注解(Notes)】

① 在中国的叙事诗学建构主要体现以下四个方向:谭君强提出的审美文化叙事学、比较叙事学,申丹提出的融合叙事学与文体学,龙迪勇正在致力于空间叙事学研究,赵毅衡已提出并初步建构出广义叙述学的诗学框架。

② 在中国,叙事学的方法论探索体现在以下三个方面:申丹提出读者细读法,解决了叙事学文本阐释的有效性问题;赵毅衡提出了形式文化研究法,纳入了文化的维度;谭君强提出审美文化研究方法,纳入了审美维度。

③ 见黄霖等著《中国古代小说叙事三维论》,上海世纪出版集团上海书店出版社,2009年版。

④ "横云断山"是金圣叹首次提出的叙事概念。其云:"有横云断山法。如两打祝家庄后,忽插出解珍、宝争虎越狱事;又正打大名城时,忽插出截江鬼、油里鳅谋财倾命事等是也。只为文字太长了,便恐累坠,故从半腰间暂时闪出,以间隔之。"

《读第五才子书法》。"趁窝和泥"是张竹坡提出的叙事概念:"上文自十回至此,总是瓶儿文字内穿插他人,如敬济等皆是趁窝和泥。此回乃是正经写瓶儿归西门庆氏也,乃先于卷首,将花园等项,题明盖完,此犹瓶儿传内事,却接金莲、敬济一事,妙绝。《金瓶》文字,其穿插处,篇篇如是。"见《第一奇书金瓶梅回评》第十九回《草里蛇逻打蒋竹山李瓶儿情感西门庆》回评。

【引用文献(Works Cited)】

里蒙·凯南:《叙事虚构作品》,北京:生活·读书·新知三联书店,1989年。
叶维廉:《中国诗学》,北京:人民文学出版社,2006年。
宗白华:《美学散步》,上海:上海人民出版社,1981年。
赵炎秋、陈果安、潘桂林:《明清叙事思想研究》,长沙:湖南师范大学出版社,2008年。
傅修延:《文本学——文本主义文论系统研究》,北京:北京大学出版社,2004年。
杨义:《杨义文存·中国古典小说史论》,北京:人民文学出版社,1998年。
傅修延:《元叙事与太阳神话》,《江西社会科学》2010(4):26—46。
龙迪勇:《空间叙事研究》,北京:生活·读书·新知三联书店,2014年。
王彬:《红楼梦叙事》,北京:中国工人出版社,1998年。
张世君:《〈红楼梦〉的空间叙事》,北京:中国社会科学出版社,1999年。
王瑛:《西方叙事学本土化研究述评(1979—2013)》,《华南农业大学学报(社会科学版)》2014(3):137—145。
高小康:《中国古代叙事观念形态与意识形态》,北京:北京大学出版社,2005年。
黄霖等:《中国古代小说叙事三维论》,上海:上海世纪出版集团上海书店出版社,2009年。
巴赫金:《小说理论》,白春仁 等译,石家庄:河北教育出版社,1998年。
赵毅衡:《窥者之辩——形式文化学论集》,北京:时代文艺出版社,1996年。
龙迪勇:《论现代小说的空间叙事》,江西社会科学,2003(10):15—22。
赵毅衡:《广义叙述学》,成都:四川大学出版社,2013年。
赵毅衡:《序二》,载龙迪勇《空间叙事研究》,北京:生活·读书·新知三联书店,2004年。
王瑛:《一种新型叙事诗学的建构及其合法性》,《淮阴师范学院学报(哲学社会科学版)》2015(2):271—274。

【作者简介】王 瑛,女,1971年生,江西信丰人,文学博士,华南农业大学中文系副教授,研究方向为西方文论与叙事学。

古典小说叙事空间的伦理阐释

◎ 江守义

【内容提要】从叙事伦理角度来考察小说的叙事空间,可以从空间设置和空间与人物的关系两个层面来展开。就空间设置而言,无论是物理空间还是虚幻空间,都表达了叙事主体的伦理取向;就空间与人物的关系而言,和谐性空间、背离性空间、中立性空间都体现出人物对空间的某种伦理态度。文章结合古典小说对上述观点进行了具体阐述。

【关键词】叙事空间;古典小说;伦理

  作为人类物质形态存在的两种基本方式,时间体现了物质运动的顺序性、持续性,空间体现了物质存在的伸展性、延长性,二者密不可分。小说所叙述的故事,既是在一定的时间中发生,也是在一定的空间中展开。如果一个故事只强化时间维度而忽视空间维度,故事往往成为一种线形的叙述,难以给人留下深刻的印象;只有关注空间后,"故事才真正成为一个过程"(徐岱 267),让人印象深刻。古典小说叙事的一个特点是"不以故事为主,而是以论述关系和状态(或者是宇宙的顺序和方位的安排),作为叙事的重心"(浦安迪 44),这使得故事主要不是被看作"直线的因果关系链条里次序井然的事件",而是被"看作正在形成的一种广袤的、交织的、'网状的'关系或过程"(林顺夫 344),因而对空间格外重视。就叙事伦理而言,人物、故事所体现出来的伦理意味与所在空间不无关系,将人物和故事放在某个空间中,叙述者可以认同也可以不认同该空间里的故事所体现出来的伦理追求。简言之,古典小说的空间设置可以从伦理认同的角度加以阐释,主要有两个层面:一是从空间的表现形式看叙事主体对空间的伦理态度,二是从人物与空间的关系看人物在特定空间的伦理处境。

一

就空间表现形式而言,古典小说的空间大致有物理空间和虚幻空间两种形式。物理空间是指在小说世界中可感知的具体空间,这些空间也是现实世界中存在的空间,诸如房屋、船、寺庙、园林等。就小说反映现实来说,小说是通过虚拟一个现实世界来展开叙述,具体空间的设置必不可少。空间一旦具体,就有一种区域"限定"的意义,这种"限定"产生了区域"内部"与区域"外部"、区域"中心"与区域"边缘"的对立(巴尔 257)。

其一,就"内部"与"外部"的对立看,一方面,区域"外部"无法进入区域"内部",空间带有某种防护意义,区域内部意味着安全,区域外部意味着危险。另一方面,区域"内部"难以到达区域"外部",空间又带有某种限制意义,区域内部意味着拘束,区域外部意味着自由。就空间的防护意义看,叙述者将事件或人物置于某一区域内部,可强化事件的机密性或人物的安全感。《红楼梦》将主人公的主要活动放在大观园中,大观园中的少年男女,基本上可以任情任性,可以自由地表现自己,但这种表现只能局限在大观园内部,一旦越出大观园这一特定的区域,就必须受到世俗伦理的约束,就会遇到不顺心的事情。对这些少年男女来说,大观园可以说是一个安全的自由的世外桃源。迎春、史湘云等人离开大观园后的结局就能很好地说明这一点,贾府被抄家、众多人物离开大观园后的风流云散更反衬出大观园这一人间乐土在主人公心中的分量。就空间的限制意义看,叙述者将事件或人物限定在某一区域内部,可强化事件的封闭性或人物的压抑感。《醒世恒言》卷三十六《蔡瑞虹忍辱报仇》,蔡瑞虹家人被杀、自己被陈小四所辱,乃至后来被迫委身卞福,均发生在船上。正是由于船上这个封闭的空间,使得杀人事件无人知晓,聪明的蔡瑞虹也被幽禁在船内,无计可施,只能忍辱偷生以报仇。后来,蔡瑞虹离开了船,几经辗转,终于找到了报仇的机会。如果仍然幽禁在船上,可能永远没有机会。叙述者将故事开头的空间设置在船上,是为了事件进展更符合逻辑性。但这个空间的设置,却使杀人、强娶这些伤天害理之事频频发生而不为人知。主人公和叙述者当然都痛恨这些伤天害理之事,但在这个特定的空间里,主人公只能忍耐,叙述者只能用"天道好还,丝毫不爽"(冯梦龙《醒世恒言》534)之类的果报观念来进行谴责。

空间的防护意义与限制意义有时候使同一空间也可以处于某种对立状态:空间的防护意义意味着区域内部的安全感,空间的限制意义则使区域内部变得压抑和不安全,但随着人物处境的改变,这种对立可以相互转化。在古典小说中,"家"便是一个这样的空间。在一些才子佳人小说中,"家"起初是一种婚姻和伦理的桎梏,但随着情节的发展和故事的结局,有情人终成眷属,"家"又转变为承载爱情和幸福婚姻的空间。《麟儿报》中的幸小姐一片痴情对待童年时定下的婚约,而幸母嫌弃廉清家贫,谋划将女儿嫁给富贵的贝公子,幸小姐为了反抗母亲的逼嫁,女扮男装离家出走。此时的家对幸小姐来说,是一种伦理束缚,是限制自由的牢笼,逃出去才有追求自由婚姻和爱情的可能;在和廉清结成夫妇以后,她又自愿回归到家庭之中,此时的家不再是牢笼,而是成就幸福婚姻和爱情的家园。叙述者赋予"家"以伦理价值,"家"不再是一个简单的空间,而是随着主人公"情"的转变,"家"变成一个伦理的代名词,从无爱之家变成有爱之家,从中可以清楚地看到叙述者和故事人物的伦理态度:追求有爱情的婚姻值得赞扬。

其二,就"中心"与"边缘"的对立看,古典小说侧重于突出"中心"而淡化"边缘"。叙述者主要叙述"中心",可突出对中心地带发生的事件的感受。古典小说对"中心"的关注,一个重要表现是家族题材的小说,如《金瓶梅词话》《红楼梦》《歧路灯》等,这些小说往往以一个家庭、家族的府邸为中心来展开故事。需要指出的是,此处的"中心"有两层含义:一是叙事空间的"中心"位置,是人物行动的地点和故事展开的背景,二是叙述者的"中心"意图,表面上对"中心"空间的关注,骨子里透露出来的是叙述者的价值倾向和伦理立场。之所以选择一个"中心"位置来展开故事,是因为这个"中心"位置能更好地表现叙述者的价值倾向和伦理立场。《金瓶梅词话》以西门庆府邸为中心敷衍整部小说,西门府邸是叙述文本的"中心"场所,叙述者通过窥探和描述西门府邸诸人的活动展开叙述,西门庆等人的奢侈淫靡生活得到详尽的展示。西门庆一生,上无父母在堂,中无兄弟姐妹相助,下无子女长久侍奉,官哥儿早夭,遗腹子孝哥儿出家,这是注重家族血统的古人所不愿意接受的。西门府邸正是以这样一个"中心"位置存在与文本之中,充溢于该空间中的淫逸生活,使得该空间犹如孤立于世俗之外的独特空间。活动于这个空间之内的西门庆等人,其骄奢淫逸的生活方式以及混乱、龌龊的道德观念都是叙述者所不认同的，西门府邸的败落乃至分崩离析，应和了"四贪词"——酒、色、财、气之说，予世人以警戒。

古典小说对"中心"空间的关注，还表现为将故事基本上封闭在某个单独空间之中，这个单独空间成为"中心"空间，叙述者和读者的伦理选择均受制于此空间本身所代表的伦理秩序。最为典型的是公案小说中必不可少的"公堂"。公堂由判案官员、差吏及案件当事人组成，对"礼"的认同和对"法"的服从是这三方所共同默认的。因此，一旦故事发展到公堂之上，叙述者和人物的眼光和心理都会自然而然地为了融入公堂这一空间而作出相应调整。《新民公案》卷一《富户重骗私债》，乡民刘知己借了富户曾节一百两银子，一年后本利还清，但由于忙乱，"曾亦忘写受数，刘亦忘取借批"（李品武 17），四年之后，曾节看到借批，便昧心催刘知己还债，二人为此争执不休，只得对簿公堂。小说主体即写公堂这个封闭的空间。郭爷了解事情原委后，设计说曾节窝藏脏银，赚来曾节账簿，最终结案，判曾节"为富不仁……财利迷心……罚谷五十石"（李品武 20）。细究这个故事，如果不是慑于"法"的威严，曾节不会交出账簿；如果不是相信"法"的公正，刘知己不会去郭爷处告状；如果不是依靠执法者身份的优势，郭爷也不能赚来账簿。故事中的"法"借助公堂得以集中体现，小说一旦将"中心"空间放在公堂之上，叙述者对案件的叙述将以公正为准则，读者也以公正来期待案件的处理。

二

虚幻空间是指小说世界中的超现实空间，与物理空间不同的是，这些空间在现实世界中很难见到。给这些空间命名为"虚幻"，不是说它们不具体、不可感，而是说它们与物理空间不同，即使具体可感，仍不能像物理空间那样真切，多少还需要借助读者的想象力，才能全面感知这些空间。它们可以是现实中不存在的空间，诸如天庭、地府等，它们也可以把物理空间上不可能在一起的东西合并在一起，诸如孙悟空将铁扇公主的肚子当作自己施展手脚的空间。虚幻空间的"虚幻"，是就其总体上与物理空间相比较而言的，就具体描写看，虚幻空间的设置往往比照物理空间，否则让人难以理解。正是由于虚幻空间以物理空间为基础，使得虚幻空间与物理空间一样,同样具备"内部"和"外部"的对立以及"中心"与"边缘"的对立,这一点无须赘言。

值得注意的是,叙述者设置超现实的虚幻空间,其根本原因是为了借助虚幻空间来实现现实的物理空间中无法实现的愿望,或影射现实空间中的不平之事,以抒发愤懑之情。如此,虚幻空间的设置可以说是叙述者表达自己伦理精神的一种手段。具体而言,有以下三个层面(黄霖等 229—235):

第一个层面,虚幻空间是对现实空间的模仿与影射。叙述者在超现实空间中表达的是现实世界中的伦理价值。《西游记》对虚幻空间的想象异常丰富,这个神话世界中有天庭、地府、龙宫、妖洞,还有现实人间,这是一个庞大的空间系统,它不仅大量仿造了现实的空间形式,同时也构建了与现实社会相同的统治秩序。孙悟空曾当过"弼马温"这样的官职,即天庭里的御马监,而御马监正是明代宦官机构中较早设置的一个部门,至明后期,御马监擅权,太监的横行无忌也是愈演愈烈。虽然太监有权势,但是从小说中孙悟空对待"弼马温"鄙夷的态度,我们可以看出隐含作者对于太监的伦理态度。第四十六回便写孙悟空以"弼马温"为耻。悟空与羊力大仙斗法下油锅,悟空大施法术,先变作个枣核钉在锅底,众人都以为他被煮化了,唐僧也伤心地为他祷祝,八戒却对着油锅大骂:"闯祸的泼猴子,无知的弼马温!该死的泼猴子,油烹的弼马温!"话音未落,悟空就"忍不住现了本相"(吴承恩 567),可见他将"弼马温"这一称呼视作平生耻辱。虚幻世界中的胜境描写往往透露出对俗世的厌烦和对美好心灵的向往。《聊斋志异・婴宁》中,王子服念念不忘婴宁的一笑,郁郁不乐,于是"但望南山行去。约三十余里,……下山入村……北向一家,门前皆丝柳,墙内桃杏尤繁,间以修竹;野鸟格磔其中"(蒲松龄 160)。叙述者用青翠宜人、洁净雅意的山中小景来衬托婴宁的烂漫可爱,体现出对返璞归真的向往之情,雅洁空间的背后是心灵的纯洁,叙述者由此表达了这样的希望:远离尘俗的卑琐,追求性灵的舒展。虚幻世界中的人事安排,有时和现实形成对照,体现叙述者对现实的针砭用心。《儿女英雄传》中的燕北闲人在梦中进入一个虚幻的天界:"他到的那个所在,正是他化自在天的天界。却说这座天乃是帝释天尊、悦意夫人所掌;掌的是古往今来忠臣孝子义夫节妇的后果前因"(文康 2)。叙述者通过描写这一超现实空间,明确表示出自己的伦理取向:大力推崇"忠孝节义",向往憧憬美好生活,讽刺抨击黑暗现实。

第二个层面，超现实空间与现实空间之间可以相互感应、相互沟通，感应和沟通可以通过对现实世界中的某种伦理道德的认同与维护来实现。虽然超现实空间和现实空间分属不同的世界，但源于中国古老的神话传统，现实世界中的事情往往有神秘世界的原因，这一点发展到古典小说，则表现为超现实空间与现实空间的息息相通。《西游记》中有"十八层地狱"，这一虚幻空间的设置，是佛教的地狱说与中国民间的泰山地府说的结合，是佛教理论体系在中国的传播过程中，加入了中国人的思想观念与道德理想。人们在现实空间里做了什么好事，转世后就能投入富贵人家，相反，如果犯了什么过错，死后便堕入与之罪孽相应的那一层地狱。第十一回"游地府太宗还魂"中崔判官对唐太宗解释何为地狱中的"六道轮回"："那行善的升化仙道，进忠的超升贵道，行孝的再生福道，公平的还生人道，积德的转生富道，恶毒的沉沦鬼道"（吴承恩 129）。所谓"六道轮回"，可以说是十八层地狱的缩影，行善积德的被地府鬼神安排升入仙道，作恶多端的则理所当然地堕入鬼道，连唐太宗也不禁感叹："善哉真善哉，作善果无灾。休言不报应，神鬼有安排"（吴承恩 129）。

第三个层面，古典小说通过超现实的虚幻空间来沟通现实世界的物理空间，表达了对人与自然、人与社会的和谐相处的期待，这是中国古老的"天人合一"观念的具体表现。天人合一可以使人融于自然，忘记自己的世俗身份。这在小说中可以通过多种形式来加以实现。一是《山海经》为代表的神话模式。《山海经》中的物理空间由于浓厚的神话色彩而具有虚幻空间的性质，它体现出早期人们对自然的敬畏和想象，传达出先民希望人类与自然和谐相处的诉求。《山海经》中的《海内外九经》由《海外南经》《海外西经》《海外北经》《海外东经》和《海内南经》《海内西经》《海内北经》《海内东经》《海内经》组成，突出地体现了地理方位上的空间感，但其中的内容又多神异色彩。《海内经》云："有鸾鸟自歌，凤鸟自舞。凤鸟首文曰德，翼文曰顺，膺文曰仁，背文曰义，见则天下和"（袁珂 335）。通过凤鸟的歌舞来象征天下之和，来表达对"德、顺、仁、义"的期盼。二是《搜神记》为代表的志怪模式。《搜神记》或写世俗之人由于异遇乃至神遇使自己所处的物理空间同时也带有虚幻空间的影子，或直接写神怪在物理空间中的活动，或以人为题，或以地名为题，在万物有灵中传达出人神相通的信念和天人合一的思想。卷十二《五气变化》通过"五气变化"将天和人连接起来，既指出人与万物一体之根源在于"五气"："天有五气，万物化成……五气尽浊，民之下也"（干宝 337）；又指出人事伦常应与五气应和而达"道"之境界:"五气尽纯,圣德备也……圣人理万物之化者,济之以道"(干宝337—338)。物理空间和虚幻空间的交融传达出作者在"序言"中所说的"明神道之不诬"(干宝559)。三是《红楼梦》为代表的情感模式。《红楼梦》中的物理空间和虚幻空间的融合,通过人物的感情传达出人物对现实空间深沉的感叹和对理想空间的向往。这是古典小说中最常见的模式,不妨稍加分析。《红楼梦》塑造了一个"天上人间诸景备"(曹雪芹、高鹗277)的物理空间大观园,同时又写了一个时隐时现的虚幻空间太虚幻境,太虚幻境与大观园可说是一个空间的两种表现形式,二者交融在一起。小说对大观园的描写非常详尽,展示了贾宝玉等人在大观园中自在的性灵状态。小说对太虚幻境的直接描写共有四次:第一回甄士隐梦入太虚幻境;第五回贾宝玉梦游太虚幻境;第一百十六回贾宝玉第二次魂游太虚幻境;第一百二十回甄士隐再入太虚幻境。四回两两相对。以甄士隐入太虚幻境作起作结,以宝玉梦游、魂游作兆作悟。第一回甄士隐梦入太虚幻境这一虚幻空间,知道通灵石头的来历;最后一回甄士隐在物理空间中交代宝玉下落,并送香菱入太虚幻境,现实空间和虚幻空间交织在一起。首尾对照,一部"石头记",起于虚幻,终于虚幻与现实的交织。宝玉初次梦游太虚幻境时,看到了金陵十二钗册,幻境空间的"薄命司"册已为现实空间大观园中的众女子归宿做了安排;宝玉再次魂游太虚幻境时,在幻境中与死去的大观园众姐妹的亡灵见面,使宝玉在幻境中似乎将大观园的纷纷扰扰又重演了一次。幻境空间的太虚幻境和物理空间的大观园,实在是同一个空间在不同世界的反映,正如脂评庚辰本第十六回侧批云:"大观园系玉兄与十二钗之太虚幻境"(朱一玄266),己卯本、庚辰本第十七回"却一时想不起那年月日的事了"夹批云:"仍归于葫芦一梦之太虚玄境"(朱一玄282)。物理空间之大观园和虚幻空间之太虚幻境的交错,何尝不显示出主人公在这种诗化的空间中,其"生存形态、情感方式和命运走向都与自然的动静,进行着幽深玄远的交流"(杨义460),从而达到"天人合一"的境界。在这种境界中,叙述者既有对人事沧桑的兴叹,也有对逃离尘世时"白茫茫大地真干净"的追求!

三

空间是人物活动的空间,从人物与空间的关系来探讨空间的伦理意味,也许能更好地反映出人物的伦理处境。人物或是觉得空间适合自己,或是觉得空间与自己格格不入,或是觉得空间与自己无关,对人物而言,这三种空间可分别称之为和谐性空间、背离性空间和中立性空间。

和谐性空间指人物与其所处的空间相适宜,空间能折射出人物的性格,空间的特点或名称预示着人物的某种伦理境遇。这种空间在古典小说中很常见。《红楼梦》大观园中众人的居所便是典型的例证。宝玉住怡红院,住所的环境和人物的性格一致,住所的名称也能预示出人物的处境。怡红院"粉垣环护,绿柳遮垂……游廊相接,院中点衬几块山石,一边种几本芭蕉,那一边是一株西府海棠,其势若伞,丝垂金缕,葩吐丹砂"(曹雪芹、高鹗260)。芭蕉、海棠,一绿一红,非一般男子之所爱,反衬出宝玉对女性的喜爱,符合他的性格。同时,海棠乃是罕见的女儿棠,宝玉对之大加赞赏:"大约骚人韵士,以此花红若施脂,弱如扶病,近乎闺阁风度"(曹雪芹、高鹗260),这几乎是对黛玉的赞扬,暗示了宝玉对黛玉的钟情。三家评本注云:"重赞海棠,乃重赞黛玉",又说宝玉:"为海棠解,为黛玉解也。而为己画一小照"(曹雪芹、高鹗260)。宝玉先将此处题名为"红香绿玉",后元春改为"怡红快绿",赐名为"怡红院",三家评本注云:"去'香玉'则凡为女儿者无不为红为绿,无不可怡可快矣。香玉乃黛玉寓言,奈天心早已去之何"(曹雪芹、高鹗277)。指出"怡红院"之名称中已排除了黛玉在宝玉心中的独特位置,暗示了二人命运的不幸。怡红院这一空间的命名,暗合了人物的处境和命运,可见出叙述者的用心。不仅如此,在黛玉替宝玉所拟的"杏帘在望"诗后,三家评本还将潇湘馆、怡红院、蘅芜院、稻香村四处空间合在一起加以讨论。诗云:"杏帘招客饮,在望有山庄。菱荇鹅儿水,桑榆燕子梁。一畦春韭绿,十里稻花香。盛事无饥馁,何须耕织忙。"诗后注云:"著一客字,黛玉终于客而已。看怡红、蘅芜曰院,则金玉相合矣。潇湘曰馆,馆非客居乎?写本题重二联,曰儿、曰子,李纨其有后"(曹雪芹、高鹗281)。通过对一首诗的注评,将大观园中描写最详细的四处空间与人物之关系的"和谐性"揭示出来。

和谐性空间还体现在人物所处的大环境契合人物的性格和行动。《喻世明言》卷三十《明悟禅师赶五戒》,说的是"佛印长老度东坡"的故事。五戒禅师犯色戒后坐化,转生为苏轼,明悟禅师为防止五戒后世堕落苦海,紧跟着坐化,转生为谢瑞卿。苏轼和谢瑞卿自幼同窗,但志趣不同:苏轼志在功名,不信佛法;谢瑞卿则一心向佛,且想以佛来感化苏轼。二人所处空间相似,但各有所取。后来机缘凑巧,谢瑞卿被仁宗钦度为僧,法号"佛印",佛印时常与苏轼谈经论佛,使苏轼也渐渐相信佛经有理,遂自号"东坡居士"。后来东坡宦海几度沉浮,又于梦中悟前世乃五戒禅师犯戒堕落,体悟到自己今生"当一心护法,学佛修行"(冯梦龙《喻世明言》289)才能重见天日。最后佛印与东坡长谈后圆寂,东坡也"无疾而逝"(冯梦龙《喻世明言》290)。此则故事,当然是附会出来的。但就东坡所处的环境而言,他的性格和行动在不同时期都与自己所处的环境相一致。起初,他热衷于功名,故不信佛法,且谤佛灭僧;后来,由于佛印的感化、自己命运的沉浮,加上对前世的体悟,最终也学佛修行,终成正果。在世俗的世界中,他追求功名;当世俗世界转化为心灵佛国时,他则潜心佛学。东坡前后行动上的反差缘于内在心灵世界和外在生活环境的改变,反差与改变息息相关。无论外在的环境如何变化,对已经改变心境的人物而言,只要与心境一致的空间都是和谐性空间。

四

背离性空间是说人物与其所处的空间不适宜,空间使人物感到压抑,空间所代表的伦理力量和人物自身的伦理立场、价值取向相互对立或冲突。由于古典小说中和谐性空间的绝对多数,背离性空间并不多见,它大致有以下几种情形:

一是人物性格与环境不协调。最典型的当数《红楼梦》中的贾宝玉。只有在大观园中和众多姐妹在一起,他才真正觉得惬意,在大观园以外的很多地方,他都觉得不如意,因为他骨子里对世俗社会的伦理价值观念不屑一顾,以贾政为代表的世俗社会也觉得宝玉是个离经叛道之徒。处在这样的环境中,宝玉自然倍感压抑和束缚。尤其是黛玉死后,宝玉更是魂不守舍,动辄触景伤情。第一百回,宝玉听说探春要出嫁,便哭道:"这日子过不得了……这些姐姐妹妹难道一个都不留在家里,单留我做什么?"(曹雪芹、高鹗 1655) 第一百四回,宝玉因父亲问起黛玉,又伤心落泪,央求袭人请紫鹃过来听他表露心迹,并明确说出自己不愿意和宝钗结婚,"如今叫你们弄成了一个负心人了……好端端把一个林妹妹弄死了"(曹雪芹、高鹗 1715)。第一百八回,宝钗生日宴会上,想起神游太虚幻境中所见的十二钗名册,又没了黛玉,越发伤感,起身离席后,要袭人陪他进已经封闭的大观园,进大观园后,越发伤感,"便大哭起来"(曹雪芹、高鹗

1773)。此时的家,对于宝玉来说,只能是一个伤心地,是一个地地道道的背离性空间。人物性格与环境的不协调,往往是为了表现人物的伦理倾向与外部环境的价值追求之间的冲突。《阅微草堂笔记》之"滦阳消夏录(六)"记载了戴东原口述的一个耿直之鬼与所处空间格格不入的故事:在阳间为县令时,"恶仕宦者货利相攘,进取相轧,乃弃职归田",在阴间做官时,"不虞幽冥之中,相攘相轧,亦复如此,又弃职归墓",在墓中做鬼,又嫌"群鬼之间,往来嚣杂"(纪昀 80),不得已避居于山洞。无论是阳间、阴间还是墓里,此鬼由于自身性格之耿直,均觉得外在环境难以忍受,觉得自己和环境难以协调。

二是人物活动与环境氛围不协调。造成这种不协调的原因主要在于人物活动无视环境的要求。人物的活动包括外在行动和心理活动。《幽明录》记载了一个关于甄冲的故事:社公要将自己年方二十的女儿嫁给甄冲,甄冲以自己年纪大、有妻子等理由一再拒绝,社公大怒,呼来两只猛虎来威胁甄冲,甄冲以死相拒,社公无奈罢手。甄冲回家没几天,妻子就病死了。从人物与空间的关系来看,这个志怪故事很有特色。对甄冲和社公双方来说,他们对峙时刻所处的空间都是背离性空间。就甄冲而言,他有妻有子,没有招惹谁,被人威胁实在没有道理,妻子因此病死更是冤枉;就社公而言,他屈尊为女儿求婚,以礼行事,反被一再拒绝,也实在有伤体面。更有趣的是,甄冲拒绝的理由是对妻儿的伦理责任;社公坚持的理由是甄冲"体德令茂",与自己的女儿"四德克备"非常匹配(上海古籍出版社编 730—731)。二人依照各自对伦理的理解和坚持采取行动,不可避免地走向冲突。《醒世恒言》卷七《钱秀才错占凤凰俦》中有一处心理描写,很能见出背离性空间对人物的影响。钱青受表兄颜俊所托,冒充颜俊去太湖西洞庭高家娶亲,本来是想将新娘迎回颜家再成亲,但由于风急雪大浪涌,无法行船,只得在高家住下。对钱青而言,他只是个冒牌货,是个局外人,对此倒不太在意。但高家又怕错过良辰吉日,便要求在高家即日成亲。这就逼着钱青假戏真做了,他"暗暗心惊……暗暗叫苦",反复推辞而不得,只好向同去的颜家仆人解释:"我只要委曲周全你家主一桩大事,并无欺心。若有苟且,天地不容!"(冯梦龙《醒世恒言》93) 他的解释是他的心理活动的外化。在这样突如其来的变故中,高家不再是与他无关的地方,而是考验他行止名节的地方。他此时所处的空间是一个他惟恐逃之不及的背离性空间。

三是环境改变后人物感觉不协调。这种情况一般只有在秉持某种价值观念的人进入一个新的伦理境遇中才有可能发生,此时,人物用自己原来的价值观念来衡量新环境中的人事,会觉得自己和新环境格格不入,空间因而成为人物的背离性空间。《镜花缘》第三十二回,唐敖与多九公觉得自己在女儿国中的某些见闻,难以理解,女儿国在他们看来,是一个男女颠倒、阴阳错位的怪异空间。他们发现,在这个空间里,"男子反穿衣裙,作为妇人,以治内事;女子反穿靴帽,作为男人,以治外事"(李汝珍 162)。小说写唐敖与多九公看到一个蓄着络腮胡子的"中年老妪"拿着针线做鞋的场景,颇具喜剧性效果:"那边有个小户人家,门内坐着一个中年妇人,一头青丝黑发……耳坠八宝金环,身穿玫瑰紫的长衫,下穿葱绿裙儿,裙下露着小小金莲,穿一双大红绣鞋,刚刚只得三寸。伸着一双玉手,十指尖尖,在那里绣花。一双盈盈秀目,两道高高蛾眉,面上许多脂粉。再朝嘴上一看,原来一部胡须,是个络腮胡子"(李汝珍 164)。阴阳颠倒、男扮女装往往被视作威胁传统伦理的礼崩乐坏之举,然而在这个海外奇异的女儿国里,男女错位似乎并不是一件毁坏伦常之事,相反,这位满脸络腮胡子的"中年老妪"居然理直气壮地指责唐敖与多九公"把本来面目都忘了"(李汝珍 164),这显然颠覆了唐敖与多九公固有的伦理价值观念,嘲弄了传统伦理中的性别禁忌,有一定的讽刺色彩。就唐敖与多九公的伦理价值观而言,女儿国无疑是一个彻头彻尾的背离性空间。

和谐性空间和背离性空间可以相互转化。这大致有以下几种情况:其一,人物心境的改变,会使同一个空间的性质发生变化。《世说新语·言语》有这样一则故事:"晋武帝始登阼,探策得'一'。王者世数,系此多少。帝既不说,群臣失色,莫能有言者。侍中裴楷进曰:'臣闻天得一以清,地得一以宁,侯王得一为天下贞。'帝说,群臣叹服"(徐震堮 44)。皇帝得知自己的王朝可能只有一世,自然不悦,对皇帝和群臣而言,此时的空间可以说都充满了肃杀的气氛,是一个背离性空间;但当裴楷用《老子》来解释"一"乃"天清地宁天下贞"之征兆时,自然是君臣同乐,由于人物心情的改变,背离性空间也变成了和谐性空间。其二,同样的空间,对不同的人来说,意义不同。《世说新语·夙惠》记载了何晏小时候在宫内画地为牢的故事:"何晏七岁,明惠若神,魏武奇爱之,因晏在宫内,欲以为子。晏乃画地令方,自处其中。人问其故,答曰:'何氏之庐也。'魏武知之,即遣还"(徐震堮 322)。在曹操看来,自己待何晏为子,何晏在宫中感到愉快才是,但何晏却感到压抑。同样是宫中这个空间,在曹操眼中,它应该可以让何晏快乐,是一个和谐性空间;但在何晏眼中,它则是一个让自己压抑的背离性空间。其三,同一个空间,因人物的行动而使其意义不同。《汉武故事》记载的武帝"柏谷之逼"故事,就属于此种情况。武帝"微行至柏谷……宿于逆旅","逆旅翁"见武帝一行带剑而行,以为非盗则淫,准备加害武帝一行,"主人妪"发觉武帝非常人之相,假意劝逆旅翁等武帝睡熟后再动手。武帝及从人得知此消息后,均知自己所处乃是非之地,不可久留。从人皆劝武帝连夜逃走。武帝说:"去必致祸,不如且止以安之。"后在老妪的帮助下,将逆旅翁及众多持刀少年灌醉,终于化险为夷(上海古籍出版社编 168—169)。这个故事中,旅馆老板准备加害武帝,武帝所处已是一个背离性空间,即使连夜逃走,可能也难以扭转局面;武帝决定以不变应万变,后来在老妪帮助下,终于将对自己不利的背离性空间变成了对自己有利的和谐性空间。

五

中立性空间是指人物觉得空间与自己没有直接的关联,因而对自己所处的空间没有多少感情色彩。在注重伦理的古典小说中,人物在空间中的行动多少总要透露出一点伦理倾向,因而这种中立性空间非常罕见,只能在非常特殊的情形下才有可能出现。所谓特殊情形,是说人物总体上可能处在和谐性空间或背离性空间中,但在此空间中,出现了特殊情形,使空间暂时成为人物的中立性空间,这种特殊情形有二:

一是人物置身于一个他不理解又无法以现实来参照的空间。如果是物理空间,人物总会不自觉地以自己所处的现实空间来参照所不理解的空间,本来不理解的空间多少也会带上点现实的影子,这样一来,空间就很难是真正的中立性空间了。如此看来,这样的空间只能是虚幻空间。《红楼梦》第五回贾宝玉所游的太虚幻境,总体上看,是他所喜欢的空间,可算是一个和谐性空间;但对当时懵懂的宝玉来说,当他对自己的见闻不明所以而无动于衷时,太虚幻境暂时也可算是一个中立性空间,主要表现在宝玉饮酒时听十二支曲子时的状态。"终身误"、"枉凝眉"等十二支曲子,唱的是宝玉和金陵十二钗在红尘中的遭遇,但宝玉并不知晓。警幻仙姑让宝玉听曲,本意是让宝玉有所感悟,但由于宝玉未能有悟,警幻刻意安排的空间在宝玉看来是一个与自己无关的空间,他对此空间既不排斥,也不亲近,只觉得"甚无趣味"(曹雪芹、高鹗 84)。

二是人物置身于一个他必须保持中立态度的空间。《续玄怪录·杜子春》以及在此基础上改编的《醒世恒言》卷三十七《杜子春三入长安》，都塑造了一个人物必须保持中立态度的空间。不妨以《杜子春三入长安》为例稍加分析。杜子春在老道的一再感召下终于去了华山云台峰，为老道守护药炉，老道告诉他所见到的一切都是假象，千万不要说话，否则一切成空。后来子春时时牢记自己处在幻境之中，牢记自己所处的实际上是一个与自己真人无关的中立性空间。在这个空间中，他时刻提醒自己要保持中立态度，以一个纯然旁观者的心态来看待自己的一切遭遇。在大将军等人逼问姓名、用刀箭等射杀他时，都"不做声"；在大蟒、狼虎伤害他时，"也只是忍着"；受天打雷劈时，也"不做声"；在妻子受"千刀万剐"而哭骂他时，也"只做不听得一般"；自己被杀转世为女身后，也"未尝肯出一声"。杜子春之所以在幻境中能不动不言，主要就在于他能将自己所处的空间看作一个与自己无关的中立性空间。这个空间中的杜子春有双重身份，一重身份是正在幻境中经历事情的当事人，另一重身份是牢记现实身份的冷眼旁观者，前一个杜子春所处的是一个背离性空间，后一个杜子春所处的是一个中立性空间。由于他的警醒，他基本上处于中立性空间之中，但前一个杜子春和后一个杜子春毕竟是同一个人，二者不时合而为一，这就使这个中立性空间随时有可能变成背离性空间，当他看到爱子被杀，"向石块上只一扑，可怜掌上明珠，扑做一团肉酱"时，则"不胜爱惜"，不觉失声，中立性空间此时变成背离性空间。于是"药灶里迸出一道火光"，前功尽弃（冯梦龙《醒世恒言》555—557）。

上述两种情形的中立性空间，其中立都是暂时的，它们总体上或是和谐性空间，或是背离性空间。无论是和谐性空间还是背离性空间，人物与空间或基本一致，或呈现出某种张力，空间多少都能反映出人物的某种心境和意图，空间在此意义上有强化伦理认同或伦理冲突的作用。

总之，古典小说在进行空间设置时，伴随着较强的伦理认同：通过空间的"限定"意义赋予特定空间以伦理意味，通过人物与所处空间的关系显示了人物对空间的伦理态度，二者都折射出叙事主体的某种伦理倾向。

【引用文献】（Works Cited）

曹雪芹、高鹗著，护花主人、大某山民、太平闲人评:《红楼梦》（三家评本），上海：上海古籍出版社，1988年。

干宝著,黄涤明译注:《搜神记全译》,贵阳:贵州人民出版社,2008年。
冯梦龙编撰:《醒世恒言》,北京:中华书局,2009年。
冯梦龙编撰:《喻世明言》北京:中华书局,2009年。
黄霖等:《中国古代小说叙事三维论》,上海:上海世纪出版社,2009年。
纪昀:《阅微草堂笔记》,上海:上海古籍出版社,2010年。
李品武主编:《中国公案小说》(三),长春:吉林大学出版社,2009年。
李汝珍:《镜花缘》,南京:凤凰出版社,2007年。
林顺夫:《小说结构与中国宇宙观》,载李达三、罗钢主编《中外比较文学的里程碑》,北京:人民文学出版社,1997年。
米克·巴尔:《叙述学:叙事理论导论》(第二版),谭君强译,北京:中国社会科学出版社,2003年。
浦安迪:《中国叙事学》,北京:北京大学出版社,1996年。
蒲松龄著,朱其铠主编:《全本新注聊斋志异》,北京:人民文学出版社,1989年。
上海古籍出版社编:《汉魏六朝笔记小说大观》,上海:上海古籍出版社,1999年。
文康:《儿女英雄传》,杭州:浙江古籍出版社,1997年。
吴承恩:《西游记》,北京:人民文学出版社,1980年。
徐岱:《小说叙事学》,北京:中国社会科学出版社,1992年。
徐震堮:《世说新语校笺》,北京:中华书局,1984年。
杨义:《中国古典小说史论》,北京:中国社会科学出版社,1995年。
袁珂译注:《山海经全译》,贵阳:贵州人民出版社,1991年。
朱一玄编:《红楼梦资料汇编》,天津:南开大学出版社,2001年。

【作者简介】江守义,博士,安徽师范大学文学院教授,博士生导师,主要从事叙事学研究和中国现代文学批评。

金圣叹历史评点的叙事学研究

◎ 李卫华

【内容提要】 在明清的评点学研究中,金圣叹的历史评点是一个相对比较薄弱的环节。这主要源于对金圣叹历史评点的错误定位。金圣叹的历史评点绝非简单的写作教科书,而是对历史的深刻洞察。与人们通常把历史当成客观的"事实"不同,金圣叹是把历史作为"文",作为一种叙述来加以评点的。他意识到,历史事实虽然在被叙述之前就已存在,但我们无法直接目睹历史事实,只能通过历史叙述才能遭遇历史。而历史的被叙述,就是被重建。由此出发,金圣叹敏锐地发现了那些一直被视为经典的史学著作的不可靠性,并对之进行了颠覆性的解读,从而把历史由"可读的文本"变成了"可写的文本"。正确理解这一点,对于我们重新认识金圣叹乃至整个明清的诗文评点,都具有重要的启发意义。

【关键词】 历史;叙述;不可靠叙述;可写的文本

作为明清之际杰出的评点家,金圣叹不但评点了大量的文学作品,如《水浒传》《西厢记》等,而且评点了大量的历史著作。金圣叹的历史评点,集中于《天下才子必读书》中,其中包括对于《左传》《国语》《战国策》《史记》《汉书》《新五代史》等诸多历史著作的评点。此外,还有专门评点《左传》的《左传释》(收于《唱经堂才子书汇稿》)等。对于《天下才子必读书》,金圣叹曾在他为《西厢记》所作的"读法"第十四条中做了如下介绍:

> 仆昔因儿子及甥侄辈,要他做得好文字,曾将《左传》《国策》《庄》《骚》《公》《谷》《史》《汉》以及韩、柳、三苏等书,杂撰一百余篇,依张侗初先生《必读古文》旧名,只加"才子"二字,名曰《才子必读书》。盖致望读之者之必为才子也。久欲刻布请正,苦因丧乱,家贫无资,至今未就。今既呈得《西厢记》,便亦不复更念之矣。(金圣叹《贯华堂第六才子书西厢记》13)

不少论者据此将金圣叹的历史评点看成是"就文论文"的教科书式的评注,认为其价值远远低于金圣叹对《西厢记》《水浒传》等文学作品的评点。这种观点在一定程度上导致对金圣叹的历史评点的研究一直相对比较薄弱,这与金圣叹的文学评点一直成为学界研究的焦点形成了鲜明对比。但实际上,金圣叹的历史评点绝非简单的写作教科书,它展现了金圣叹与众不同的历史观念:与人们通常把历史当成客观的"事实"不同,金圣叹把历史首先当成一种"文",一种叙述,这一观念与新历史主义的"历史叙事学"有着内在精神上的一致性。正是在这一向度上,金圣叹的历史评点显示了它重要而独特的价值。

一、历史:作为一种"叙述"

以海登·怀特于 1973 年出版的《元史学》为代表的"新历史主义"思潮,开启了以叙述研究改造历史学的运动,并形成了全新的历史观。在新历史主义看来,历史并不是过去发生的客观事件,而是对这些事件的"叙述",是一些叙述性的文本,所谓"客观事件"只不过是后人根据前人的"叙述"所作的推测。而任何一种叙述都不会是中性的,必然带上叙述者主观的色彩,甚至受到他所使用的语言结构的控制,表述即扭曲,因此,纯粹客观的历史是不存在的。这就是海登·怀特极力强调的"历史的文本性"(张京媛 161)。既然历史只不过是一个文本,历史叙述和文学叙述就具有同质性,"叙述"左右着历史的呈现。承认并强调历史的叙述性,是新历史主义的突出特征。它揭示了"历史事实"对"历史文本"的依赖关系,引导人们从对某种历史叙述的迷信中解放出来,通过对历史叙述中的"诡计"的发现和分析,加深了人们对历史的认识。

相对于那种把历史简单地看作过去发生的事实的做法,海登·怀特的理论颇具启发性。他引导人们认识到历史的叙述性和修辞性,打破了对于历史客观性的迷信。需要说明的是,海登·怀特并没有否定历史事实的存在,也并不认为历史事实是可以随意抹煞或虚构的。他只是强调,这些"事实"是由"叙述"推知的,因而在历史的建构意义上后于叙述、依赖于叙述,因而不如叙述更重要。海登·怀特的这一观点,对于西方的传统史学来说,具有振聋发聩的警醒作用和颠覆性的冲击力。

三百多年前的明清之际,金圣叹在他的历史评点中就显示出了与新历史主义相近的历史观念。在金圣叹看来,历史首先是一种书写,而这种书写有两种截然不同的形态:一种是"止于叙事而已","张定是张,李定是李,毫无纵横曲直,经营惨淡之志"的官修史书,如宋子京的《新唐书》,这种文章以事为主,虽欲以文传事,但"吾之文先已拳曲不通,已不得为绝世奇文,将吾之文既已不传,而事又乌乎传耶?"(施耐庵、罗贯中 246) 因此,金圣叹对这种史书评价是不高的。金圣叹真正欣赏的,是另一种类型的历史书写,即以文为主的历史散文,其代表作是司马迁的《史记》:

> 夫修史者,国家之事也;下笔者,文人之事也。国家之事,止于叙事而止,文非其所务也。若文人之事,固当不止叙事而已,必且心以为经,手以为纬,踌躇变化,务撰而成绝世奇文焉。如司马迁之书,其选也。马迁之传伯夷也,其事伯夷也,其志不必伯夷也。其传游侠货殖,其事游侠货殖,其志不必游侠货殖也。进而至于汉武本纪,事诚汉武之事,志不必汉武之志也。恶乎志?文是已。马迁之书,是马迁之文也。马迁书中所叙之事,则马迁之文之料也,……(施耐庵、罗贯中 246)

在金圣叹看来,历史虽以"事"为基础,但仍是一种"文","事"只不过是"文"的材料,"文"赋予"事"以形式,也赋予"事"以意义。这与中国传统的历史循环论有着直接的关系。按照历史循环论的观点,天道自然,人事周流,万物都是周而复始地循环的,因而本来无事可叙。之所以要叙,乃是为了通过对事件的叙述,揭示"事"背后深刻的道理,表达记事者内心的"志"。换言之,"事"是被"文"所掌握的,因此,"文"比"事"更为重要,作者通过"以文运事",已经对"事"进行了加工和改造:"是故马迁之为文也,吾见其有事之巨者而隐括焉,又见其有事之细者而张皇焉,或见其有事之阙者而附会焉,又见其有事之全者而轶去焉,无非为文计,不为事计也"(施耐庵、罗贯中 246)。

显然,与那种把历史当成"事实"的观念相比,金圣叹更强调历史的叙述性,而只要是叙述,就"不可能'原样'呈现经验事实。在叙述化过程中,不得不对情节进行挑选和重组。经验的细节充满大量无法理解的关系,所谓'叙述化',就是把凌乱的细节整理出意义,把它们'情节化'(emplotment),事件就有一个时间/因果序列"(赵毅衡《符号学》321)。经过叙述者的加工,已经形成了叙述与经验事实的区隔。这种区隔一般被认为是"透明的",但这种"透明性"其实只是假象,是再现制造的幻象,不随时注意这一点,就会导致"再现谬见",即忽视区隔的隔断作用,误以为再现就是现实(赵毅衡《广义叙述学》75)。这正是一般人阅读历史的状态,即把历史文本中所叙述的事件当作曾经发生过的真实事件来看待,而不考虑再现文本的区隔边界。与一般人阅读史籍是为了获取历史事实不同,金圣叹的历史评点,是为了剖析行文的结构与修辞,发现作者"运事"中的"算计",揭露"文"对"事"的"予夺"。简言之,金圣叹在历史评点中,不是被动地接受所叙之事,而是主动地剖析叙事之文,从而发现貌似"透明"的再现区隔的不透明性。

金圣叹将《史记》作为"为文计,不为事计"的史书典范,对之评点达99篇之多,其中颇具特色的是对90篇赞文的评点。"赞"是《史记》体例的一个固定组成部分,通常放在一篇史传文的末尾,对前文所记之事进行总结并表达作者对所记之人、之事的看法。因此,这一部分虽短,却最能体现作者之"志",表露作者"为文之用心"。例如,《史记·萧相国世家赞》:"萧相国何,于秦时为刀笔吏,录录未有奇节。及汉兴,依日月之末光,何谨守管籥,因民之疾秦法,顺流与之更始。淮阴、黥布等皆以诛灭,而何之勋烂焉。位冠群臣,声施后世,与闳夭、散宜生等争烈矣"(金圣叹《天下才子必读书》192)。其原意是称颂汉高祖的英明伟大,所以像萧何这样原本"录录无奇节"的人,因为追随汉高祖,"依日月之末光",也能成为一代名相。但金圣叹却从"淮阴、黥布等皆以诛灭"一句,读出了司马迁在不得已歌颂统治者之外的叹息:韩信、英布"皆奇节人也",但统治者总是喜欢碌碌无为的奴才,不喜欢有远大志向的豪杰,"可胜叹息!"(金圣叹《天下才子必读书》192) 对《史记·曹相国世家赞》的评点也是如此。《史记》对曹参本是大为赞颂的,但金圣叹却从文末的赞语中,发现"曹相国参,攻城野战之功,所以能多若此者,以与淮阴侯俱。及列侯成功,唯独参擅其名"一句,指出史公"忽然为淮阴侯洒泪","寄慨无穷"(金圣叹《天下才子必读书》193),对历史上人才被扼杀的现象痛心疾首。这些富于言外之意的赞文的存在,使得《史记》没有流于对历史事实的流水账般的记录,而是凭借作者与众不同的"毒眼毒手"(金圣叹《天下才子必读书》226),在看似不动声色的叙述中,以凡人所共见的史实揭示出凡人所未见的道理,以自然妙绝的笔法表达出超乎常人的见识。

二、历史:作为"不可靠叙述"

不可靠叙述,是韦恩·布斯在《小说修辞学》中首次提出的理论范畴,他在"距离的变化"这节当中指出:"我把按照作品规范(即隐含作者的规范)说话和行动的叙述者称为可靠叙述者,反之称为不可靠叙述者"["I have called a narrator reliable when he speaks for or acts in accordance with the norms of the work (which is to say the implied author's norms), unreliable when he does not."](Booth 158-159)。这段著名表述已经成为该术语的经典定义。布斯的学生詹姆斯·费伦继承了布斯以隐含作者的思想规范为标准去界定不可靠叙述的做法,扩展了布斯对不可靠叙述的划分。费伦将叙述的不可靠性划分为"事实/事件轴"、"伦理/评价轴"和"知识/感知轴"三大轴线,并据此将不可靠叙述分为三大类:"发生在事实/事件轴上的不可靠报道,发生在伦理/评价轴上的不可靠评价,发生在知识/感知轴上的不可靠读解"(詹姆斯·费伦、玛丽·帕特里夏·玛汀 35)。费伦同时指出,不可靠叙述有时候并不是单独发生在某个轴线,而是"在所有轴上都是不可靠的"。根据不可靠性的程度,费伦又把不可靠性分成"错误"和"不充分"两个层次。这样,就得到了不可靠叙述的六种类型:一个不可靠叙述,既可能在事实轴上,呈现为对事实的错误报道或不充分的报道;又可能在感知轴上,呈现对事件的错误解读或不充分解读;还可能在价值轴上,呈现为对事件的错误评价或不充分评价(詹姆斯·费伦、玛丽·帕特里夏·玛汀 35)。

历史叙述是否有可能是"不可靠叙述"？德国叙述学家纽宁认为:"不可靠叙述并非只限于虚构叙述,而是在各种不同文类、媒介和不同学科中普遍存在的一种现象"(Phelan 82)。他虽然没有明确提及历史,但他提出,"在小说之外的其他文类——例如回忆剧或戏剧独白等戏剧体裁——以及其他媒介和领域中(包括法律和政治)使用不可靠叙述者的现象,应该得到更多的重视"(Phelan 101)。这说明,在纽宁看来,在纪实型叙述中也可能存在"不可靠叙述"。国内学者申丹也认为,在"非文学叙述"中,由于作者的能力不足,往往造成叙述在事实上的错误报道或不充分报道(Dan Shen & Dejin Xu, 43-88)。

笔者认为,历史叙述也可能存在不可靠叙述,因为历史叙述也和文学叙述一样,有可能存在叙述者与隐含作者不一致的情况。特别是以《左传》《史记》等为代表的中国古典历史著作,在叙述上有两个突出特点:一是叙述的多层次性。中国历来有"左史记言、右史记事"的传统,"记言"成为中国历史著作的重要组成部分,许多"事"都是以"记言"的方式,由历史人物来言说的,这就必然导致叙述的多层次性。在这种多层次的叙述中,处于内层的第二叙事的叙述者所作的叙述很可能就是"不可靠叙述"。而处于外层的第一叙事的叙述者对这种不可靠叙述常常"更不置断,只代写其自家意思"(金圣叹《天下才子必读书》172),这就使得第一叙事成为对第二叙事的"不充分评价"。二是克制叙述。篇幅简省的需要,"为尊者讳"的传统,专制制度的高压,使得中国古典历史著作普遍存在着"克制叙述"的倾向,作者对所述之事常常"不敢深论",只能"一笔出,一笔入"(金圣叹《天下才子必读书》424),甚至"忽然掉笔别去,有指无指"(金圣叹《天下才子必读书》181),这就使得历史叙述呈现为对事件的"不充分报道""不充分解读"或"不充分评价"。这些显然也属于"不可靠叙述"。

例如《左传》中的《庄公戒饬守臣》一篇,写的是隐公十一年(公元前712年),郑庄公联合齐、鲁攻下许国,许庄公奔卫,郑伯使许大夫百里,奉许叔以居许东偏,并向其陈述了一番占领、处置许国的理由和措施。全篇的主要内容都是郑伯所说的话,这样,郑伯就成为第二叙事的叙述者,而这个叙述者是相当不可靠的。首先,郑伯对侵略许国的理由做了不可靠的、错误的读解:"天祸许国,鬼神实不逞于许君,而假手于我寡人"(金圣叹《天下才子必读书》19),明明是自己看中了许国这块中原之中的肥肉,却把责任推给天地鬼神,郑伯真是一个推卸责任的高手。接着,郑伯反复强调自己对许国并无野心,证据是他特地让许大夫百里奉许叔以居许东偏,实现"许人治许";但实际上,郑伯又派自己的臣子公孙获"辅佐"(实为监视)百里和许叔。显然,这是对事实的不可靠报道。最后,郑伯交待了自己的身后事:"若寡人得没于地,天其以礼悔祸于许,无宁兹许公复奉其社稷,唯我郑国之有请谒焉,如旧婚媾,其能降以相从也。无滋他族,实逼处此,以与我郑国争此土地。吾子孙其覆亡之不暇,而况能禋祀许乎?"听起来十分客气,甚至有示弱的意思,但这是明显的外交辞令:"我死后你们还可以复国",这等于说"只要我活着,你们就别想复国";"我们郑国宁可让许国复国,也不愿让别国占领此地",这等于说"你们复国只能等待我们郑国施恩,如果胆敢联合别国对抗郑国,我国宁可与你们拼个鱼死网破"。表面谦恭有礼,实则刀刀见血。

金圣叹指出,郑庄公的叙述"一片纯是奸猾","其计又远,心又孤,极欲瞒人,更瞒不得,于是乎遂成曲曲折折袅袅婷婷之笔"(金圣叹《天下才子必读书》19)。显然,这是不可靠叙述。而处于外层的第一叙事的叙述者,对于郑庄公所作的不可靠叙述并未予以批驳,反而引用当时的"君子"的评价,说郑庄公"于是乎有礼"(合于礼)。这是为什么呢?金圣叹认为,这是用的春秋笔法。"于是乎有礼者,言郑庄公一生无礼,彼善于此,而姑许之"(金圣叹《天下才子必读书》20)。说"郑庄公这件事做得还算合于礼",等于说郑庄公一生所做之事大多不合于礼,恰恰是对郑庄公的否定性评价。就这件事而言,郑庄公"合于礼"之处仅仅在于能够审时度势,知道自己死后郑国不可能长久霸占许国,为后世子孙留出了退步,不至于因为自己的霸道行径而祸及后世子孙,所谓"利后嗣者"、"无累后人"是也。第一叙事的叙述者对郑庄公的评价,使用了反讽和克制陈述,而这都是"不可靠叙述"的明显特征。

三、历史:作为"可写的文本"

"可写的文本"是法国学者罗兰·巴特提出的范畴,与"可读的文本"相对。巴特将"写作"区分为两种类型:一种写作是"及物的",这是西方传统的古典写作,其特点是以写作为工具,通过写作来宣扬某种观念。在这里,写作不是自律的,而是他律的。巴特之所以不赞成这种写作,是因为它正在日益被政治语言的陈词滥调所掌握,日益沦为资产阶级意识形态的工具。为了颠覆这种写作,巴特提倡另一类写作,即他所青睐的真正的写作——"不及物"的写作。这种写作不是宣扬某种观点的工具,而是语言自身的永无休止的自我解构和自我延伸。粗略地说,古典写作是"及物的",而现代写作则是"不及物的"。巴特正是从现代写作中看到了自由和颠覆的功能,看到了超越"天经地义"的资产阶级古典写作原则的可能性(Barthes 49)。

现代写作不同于古典写作,由此构成了两种不同的文本。巴特把古典的文本称之为"可读的"文本,而把现代文本称之为"可写的"文本。它们和两种写作方式是对应的。"及物的写作"以宣扬某种观念为旨归,所产生的必然是"可读的文本";也就是说,文本一旦出现,就标志着写作的完成和结束;面对这样的文本,读者可以接受它,也可以不接受,但却不能对它进行重写。因此,这样的文本的读者只能是消费者。与之相反,"不及物的写作"作为语言自身无休止的自我解构和自我延伸,必然会创造出"可写的文本";由于这种文本意义生成的无限可能性,读者对这种文本的理解,其实就是对它的不断重写。因此,这种文本的读者必然同时也是文本的生产者(罗兰·巴特《罗兰·巴特随笔选》127)。

但是,巴特进一步指出,决定一个文本是"可读的"还是"可写的",关键并不在于文本自身,而在于读者的阅读和批评。也就是说,如果读者仅仅作为一个消费者,以消极被动的态度对待作品,即使"可写的文本"也会蜕变为"可读的文本";如果读者以生产者的姿态主动地重写作品,那么,即使传统的古典文本也可以在读者的重写中获得新生,成为"可写的文本"(罗朗·巴特《什么是批评》17—20)。

与把文学批评仅仅看作是对文学作品的解释、说明甚至注释的传统观念相比,巴特的观点显得颇为前卫。然而,有趣的是,三百多年前,金圣叹就表达过类似的见解。金圣叹的历史评点,就是把历史由"可读的文本"变成了"可写的文本"。诚如金圣叹评点《西厢记》时所说:"圣叹批《西厢记》,是圣叹文字,不是《西厢记》文字"(金圣叹《贯华堂第六才子书西厢记》18),圣叹批《左传》《国语》《战国策》《史记》《汉书》《新五代史》,亦是圣叹文字,不是《左传》《国语》《战国策》《史记》《汉书》《新五代史》文字。可以说,金圣叹的评点是将这些历史文本作为素材,进行了一次重新的写作。

《郑伯克段于鄢》是《左传》中的名篇,金圣叹在《天下才子必读书》和《左传释》中两度对之进行评点。两度评点的文字繁简不同,《左传释》繁而《必读书》简,但都致力于对文本自身的悖论的发现,最终构成了对原文的颠覆性解读甚至重写。

在《天下才子必读书》中,金圣叹将《郑伯克段于鄢》分成前后两半进行解析。"前半,狱在庄公,姜氏只是率性偏爱妇人,叔段只是娇养失教子弟。后半,功在颍考叔,庄公只是恶人到贯满后,却有自悔改过之时"(金圣叹《天下才子必读书》17)。这段总评已显示出金圣叹作为文本生产者的积极主动的姿态。从《左传》原文来看,姜氏及共叔段的错误远远大于郑庄公。姜氏因生庄公时难产而厌恶庄公,本就缺乏起码的母爱;屡次向武公要求废长立幼,是以个人偏爱代替政治考量的昏聩做法;庄公即位后,姜氏仍为段请制、请京,更是拙劣的乱国之举。而共叔段仗着姜氏的宠爱,不但做了"京城大叔",而且"令西鄙北鄙贰于己",后又"收贰为己邑",终至于"缮甲兵,具卒乘,将袭郑",这已是公开的叛乱。庄公则是外宽内紧,既能一忍再忍,又能抓住时机,出兵讨伐,大获全胜。姜氏参与叛乱,本应受到严惩,但庄公孝心不泯,在颍考叔的启发下,终与姜氏和好如初。如果仅仅作为文本的消费者和接受者,从《左传》原文中看到的庄公,必然是一个政治成熟而又宽厚仁爱的贤君形象。

但金圣叹以其独到的眼光,敏锐地发现了《左传》原文中的自相矛盾之处:姜氏与共叔段一再率性妄为,早就引起众人的不满和警惕,祭仲、公子吕、子封等人多次劝谏庄公,不能再放纵姜氏与共叔段,庄公都听而不闻。而大叔"将袭郑"、夫人"将启之"这样联合谋反的大事,祭仲不闻,公子吕不闻,子封不闻,偏是公闻,随即讨伐。金圣叹认为,"将袭郑"、"将启之"的二"将"字,"明明疑狱"(金圣叹《天下才子必读书》17)。"将"是对于未来行为的叙述,"将袭"即"未袭","将启"即"未启",既然"未袭"、"未启",庄公何以知其"将袭"、"将启"?众皆不闻,庄公何以"闻其期"?显然,庄公处心积虑欲除其母其弟,已非一日。先是故意纵容,引发众人不满;随后再罗织罪名,将其一举击溃。所以,"大叔与姜氏诚冤",祭仲、公子吕、子封不过"梦中人"尔。全篇都是"庄公心地",不是"大叔作孽",读此篇只知大叔骄横、大叔痴者,"吾谓卿痴不减大叔也!"(金圣叹《天下才子必读书》448)

经过金圣叹的解读,《郑伯克段于鄢》中的郑庄公形象,就由一个贤君变成了一个阴险狠毒、害母害弟的伪善之人。历史总是统治者的历史,当叙述者站在统治者的立场上进行叙述时,其对事实的取舍、加工、重组,总是使事实呈现出有利于统治者的因果关系。而金圣叹则善于从蛛丝马迹中发现破绽,破解叙述者编码的"诡计",寻求对同一事实的另一种可能的叙述。

金圣叹历史评点,不是教科书式的"就文论文",而是对历史的深刻洞察。金圣叹是把历史作为一种叙述来加以评点的。他意识到,历史事实虽然在被叙述之前就已存在,但我们无法直接目睹历史事实,只能通过历史叙述才能遭遇历史。而历史的被叙述,就是被重建。他注意到了历史叙述与历史事实之间几近透明的区隔,并由此出发,抓住文本自身的悖论,对历史文本进行了颠覆性的解读。这对于我们重新认识金圣叹乃至整个明清的诗文评点,都具有重要的启发意义。

【引用文献 (Works Cited)】

Barthes, Roland. *To Write: An Intransitive Verb*. London: Edward Arnold Press, 1992.

Booth, W. C. *A Rhetoric of Fiction*. Chicago: University of Chicago Press, 1983, pp. 158–159.

Shen, Dan & Dejin Xu, "Intratextuality, Intertextuality, and Extratexuality: Unreliability in Autobiography versus Fiction." *Poetics Today* 2007(1), 43-88.

詹姆斯·费伦、玛丽·帕特里夏·玛汀:《威茅斯经验:同故事叙述、不可靠性、伦理与〈人约黄昏时〉》,见戴卫·赫尔曼主编《新叙事学》,马海良译,北京:北京大学出版社,2002年。

Phelan, James 等主编.《当代叙事理论指南》,申丹等译,北京:北京大学出版社,2007年。

罗朗·巴特:《什么是批评》,张小鲁译,《外国文学报道》1987(6):17—20。

罗兰·巴特:《罗兰·巴特随笔选》,怀宇译,天津:百花文艺出版社,1995年。

金圣叹:《天下才子必读书》,沈阳:万卷出版公司,2009年。

金圣叹:《贯华堂第六才子书西厢记》,沈阳:万卷出版公司,2009年。

施耐庵、罗贯中:《水浒传》,北京:中华书局,2009年。

张京媛主编:《新历史主义与文学批评》,北京:北京大学出版社,1993年。

赵毅衡:《广义叙述学》,成都:四川大学出版社,2013年。

赵毅衡:《符号学》,南京:南京大学出版社,2012年。

【作者简介】李卫华,河北师范大学文学院教授,主要研究方向为中西比较诗学。

赋体寓言的叙述者及叙事疗救功能

◎ 袁 演

【内容提要】 矇瞍、俳优和乐师是我国先秦时代在赋的形成发展中起到了重要作用的专业文艺人才,由于目盲,他们拥有很强的记忆力和很好的听觉能力,为了游说和劝谏执政者时取得更好效果,这类特殊的叙述者运用活灵活现的表演方式和悦耳动听的声音效果来讲诵寓言故事,将一些叙述体的寓言和传说故事改编为对话的形式,并且使人物对话形成整齐的韵语,在滑稽诙谐的氛围中进行讽谏,留下了大量类似于对问体的俗赋和杂赋作品。口传性质和听觉叙事,是矇瞍和乐师讲诵寓言故事的主要模式,反映了早期赋体寓言的活态文学性质。师旷、淳于髡以及《庄子》《列子》中大量虚拟的身有残疾者,是具有"通神功能"的叙述者,他们在讲诵寓言的过程中创造出通神通灵的神圣语境,实现了文学的叙事疗救功能。

【关键词】 俗赋;口传文学;听觉叙事;叙事疗救

引 言

在梳理中国叙事传统的过程中,唯有充分挖掘、分析和归纳本土文学样式的叙事模式与叙事内涵,方能建构出中国特色和中国气派的叙事学理论。赋便是中国特有的一种文体,在外国文学中很难找到对应的名称,因此翻译的时候是用拼音"fù"来表述的。伴随着现代中国文学中小说的发达过程,是传统诗国的没落。像辞赋一类本土特有的文学样式几乎面临灭绝的际遇。因此,对于赋这一文体叙事特征的考量,是建构中国叙事学理论的征途中不可绕过的重要一环。早在2007年,傅修延发表了《赋与中国叙事的演进》一文,当中就指出:赋体文学相较于其他文学样式而言,对中国叙事生长发育起着更为关键和突出的作用,他认为"赋在叙事史上发挥的作用比我们过去想象的要重要得多,不懂得这种极具民族特色的文体,就不可能正确认识中国的叙事艺术,也无从理解其形态特征的由来。因此,赋体文学应当成为中国叙事学的重要研究对象"(傅修延 26),应加强对俗赋的研究,其"古老的韵诵传统"及传播形态虽是十足的大众文艺,具有鲜明的草根特征,却比雅化的文人赋这些作家文学更具活力。

赋体寓言通过俗赋呈现,是早期中国叙事文学样式之一,与传统的文人辞赋如骚赋、文赋、诗体赋有较大差异,俗赋更强调叙事性而非抒情性,承担了传播寓言故事的功能,其口传文学性质体现在早期寓言当中,口耳相传的模式势必让寓言故事的细节走样或主旨变异,重出互见现象十分突出就是明证。探寻俗赋的叙述者及其叙事功能,将使我们拨开迷雾,找到中国文学叙事的某些原初特征。

"书写至上的文学观念遮蔽了早期'文学'的多重功能。人类学、民族志诗学的研究表明,早期'文学'往往是'口语文学''巫系文学''礼乐文学',它与仪式、展演、礼乐制度密切联系在一起。从早期'文学'的多重功能来看,它的最主要的功能是禳灾与心理治疗,这显示出口语文学与现代书写文学功能上的巨大差异"(代云红 132)。早期文学以口耳相传为主,书面文学至战国始大盛,却是事实。口传文学向书面文学的转化,是一个渐变的过程。越是早期的书面文学,体制上带有更多的口传文学的痕迹。通过传播方式研究早期文学,认识其体制形成的过程。这是返回文学原点,探求文学本质的关键所在。文学的起源、文学的作用、文学的分类、文体的产生、文学各种表现手法的形成等诸多问题,都可以从中得到很好的启示。

一、俗赋的口传性质及其叙述者的特殊性

口头文学是一种口耳相传的文学形态(在这个意义上也可以称为"口传文学"),信息的发出者与信息的接受者两个主体之间以口语("语言")作为载体和媒介,以"说—听"关系为纽带,得以生成、演述、观听和流布的口头文本(郭英德 134)。口传文学不但在形式上与书写文学有相同之处,例如在韵律、声调、风格、排列、情节等方面,口传文学的表达都与书写文

学一样,而且口传文学在调适心理需求上,比书写文学发挥更大的作用。因为,口传文学作品经常是集体的创作,因此,更加适合大众的需要,而不像书写文学那样,一旦印刷出版,就完全定型不易有所变化了。口传文学的作品,即使是一个人的创作,一旦经过不同人的传诵,就会因为个人的身份地位以及传诵的情境而有改变,这样因时因地的改变正好是发挥文学功效最好的办法,所以说,口传文学是一种活态文学,传诵者和听众面对面的双线交通(two way communication),作者或传诵者不但可以随时感到听者的反应,而且可以借助这些反应而改变传诵方式与内容。口传文学还具有表演性特征,在呈现于听众面前的时候,传诵者的面部表情与身体动作进程构成作品的一部分,特别是那些具有代表性的声音的意义,要比任何冗长的文字说明都有更大的效力,更能扣人心弦,所以口传文学的传诵者常常是一遍又一遍,即使听过数十遍的人仍然乐此不疲。

  作为民间文学的俗赋,就是一种口传文学。它被记录成文字,是经过记录整理者主观价值判断和解析改定的过程。因而从讲述到文字的转换过程中,民间真实、鲜活的口头文学传统发生了种种变异。所以几千年后,当我们凭借这种文人记录的格式化的文本或文人改写的文本研究早期的俗赋,就应当充分关注其中掺杂了整理改编者移植、错置、拼接、改写等内容,尽可能地接近它的原貌,尤其是要探讨由现存文本折射出的"讲诵"行动的过程感、层次感、声音感,挖掘讲诵传统的内在品格(伏俊琏76)。

  俗赋是秦汉先民进行娱乐的形式之一。俗赋源于先秦时期的民间讲诵技艺,是流行于秦汉时期朝野上下的一种文艺形式,无论内容还是形式,都以通俗浅显为其特色,这与其他类型的赋体形式追求典雅华赡恰成鲜明对照。具体说,俗赋以"诵"为其表现和传播方式,因而以韵语造句,语言通俗;在文体特征上或设客主,或用对话,或用口诀形式,无严格之形式限制,容易接受或包涵其他文体形式;内容上或叙事,或辩智,或纪行,或颂德,或招魂,或自嘲,或调侃,或劝化,或励俗,或启智传播知识,应用性文字占有相当比重;风格多诙谐嘲戏,而政治色彩浅淡。俗赋的上述特点,乃缘于它用韵诵的方式进行表演(伏俊琏3)。俗赋是赋体文学园地中的后起之秀,这一名称的产生是在敦煌遗书出现之后。俗赋以对话体为基本结构,语言整饬,四言押韵,多借助故事表现痛苦或不平,多困苦之音和批判揭露、抗争之意,带有一种情感发泄或明辨事理的意思。更为重要的相同之处是这几种赋都是用来诵的。在赋的形成过程中,起决定作用的是先秦时代以赋诵为职能的朦瞍、乐师和以表演逗笑为职业的俳优。

朦瞍以其有很强的记忆力和很好的听觉能力,或为乐师,或以讽诵嘉言善语为能。俳优的职能就在于使主人高兴,他们的赋诵多取材于寓言故事,侧重于故事性和诙谐、幽默的一面,但并不依据史实,而是常常借用寓言类的小故事,旁敲侧击,表达劝谏的意思。俳优们为了使寓言故事在讲诵之时更具表演性和声音效果,将叙述体的寓言和传说故事改编为对话的形式,并且使人物对话的语言成为整齐的韵语,《晏子春秋》就是这样一部小说、故事、民间传说和俗赋的集子。不止如此,早在《庄子》《列子》中,大量的"真人""至人""神人"及虚拟的身有残疾者,是具有"通神功能"的叙述者,朦瞍、俳优等一些身患残疾的特殊叙述者,在讲诵寓言、传播俗赋的过程中创造出通神通灵的神圣语境,实现了文学的叙事疗救功能。为何他们能够创造这样的语境?他们又是如何实现文学的疗救功能的?让我们先从叙事治疗着眼来分析。

二、叙事疗救是文学的古老职能之一

叙事/讲故事的魅力在于,它不仅可以用于纾解身体的痛苦,同样也可用于缓解精神的痛苦,即发挥叙事的疗救功能。越来越多的学者开始相信,文学除了传统认定的认识功能、教育功能、审美功能之外,还具有治疗功能。这一文学研究领域的新突破,其实在20世纪末就开始逐渐得到认同,这一新视角对更深刻地认识创作主体与文本的关系,更深刻地认识文本与欣赏主体的关系,具有十分重要的意义。叙事疗救也称叙事治疗(narrative psychotherapy),是个合成词,由"叙事"和"心理治疗"组成。叙事,及日常语言说的故事,指按照一定的时间顺序来组织各种行为和事件的讲述。叙事心理学指的是心理学中的一种关心"人类行为的故事性"的观点或立场;其关注焦点是:人类行为是如何通过故事而组织起来并赋予意义的。根据文化与人格理论,人类行为和体验充满意义,这种意义交流的工具是叙事,而不是逻辑和抽象。因此,所谓叙事治疗,是指治疗师通过倾听他人的故事,运用对话引导的方法,帮助叙述者寻觅遗漏和隐蔽的片段,使内心积压的问题外显化(externalizing problems),从而引导当事人重构积极故事,唤起他(她)发生人格转变的内在力量的过程。

文学治疗与禳灾的古老职能,由于被现代性的文学观与文学论遮蔽,已经被遗忘了一两百年。后现代与后殖民时代对文学性质与功能的重新发现,既呼唤着文学人类学的诞生,也呼唤着一场凤凰涅槃般的文学的复兴。人类学在 20 世纪对大量现存的无文字社会做出空前广泛的调研,巫师、占卜师和诗人、歌手,以及他们在口语社会中唱诗诵诗的真实景象,再度激发出探讨迷狂和通神灵感的学术热情。然而,不论在逻各斯统治的时代,还是在基督教神学统治的年代,乃至启蒙理性大肆迫害和猎杀巫师的年代,通神诗人和占卜师、预言师一样,根本不可能得到被理解和被研究的知识条件。因为,萨满、巫师、预言师、先知等社会中的通神者,往往在生理上和精神方面有明显的异常特征,或者是大病一场之后,顿然进入精神上的某种启悟过程,并由此而获得担任萨满或法师的特殊资质的。研究这类宗教人物的人格类型,很容易被误解为非科学的和神秘主义的异教乃至邪教传统,从而给研究本身带来学术上的风险,以及研究者本人名誉上的损害。

现代人的精神,由于生态环境恶化、社会的过度城市化、家庭婚姻动荡加剧、工作压力加重等诸多方面的原因,越来越处于失衡状态,这给文学艺术的对症治疗提供了广阔的天地。21 世纪的人文学必将超越往昔将迷狂神秘化的阶段,进入理解、探讨和开发这笔精神财富的新阶段。在发达社会中如雨后春笋般新开张的无数心理诊所和催眠工作室,将充当探索和应用的先锋。

心理学研究证明,"好事"是人的本能,是叙事性文艺产生的动因。文化生活贫乏的初民,更是异常好"事"。讲述故事的历史可以回溯到一百多万年,这是被凯洛格(Kellogg)与斯科尔斯(Scholes)等学者证实了的。叙事规则采用了很多体裁,如神话、史诗、圣史、传奇、民间传说、骑士故事、寓言、忏悔文、编年史、讽喻诗、小说。每个体裁都有很多子体裁:口头与书面,诗体与散文体、历史题材与虚构。但是,无论风格、语气或情节的差异有多么大,每个故事的叙述都有一个共同的疗救功能,"列维-施特劳斯征引的经典范例就是那个难产的妇女:她忍受着子宫阻塞的痛苦,被告以英勇侠士的'神话',那些侠士被魔鬼困于山洞里的囚徒解救出来。一听到巫师讲述的这个解救情节,她便生下了孩子"(卡尼 16)。本文将着眼于分析寓言的子体裁——赋体寓言的叙事疗救功能。

西周时的瞽史、诵训、训方氏等,以讲述本国的历史为其主要职责。同样,讲述本族的历史是本族巫史的职责,现存许多文化人类学资料可以充分证明这一点。这种讲述本身是一种非常严肃的仪式,因而需要特殊的"乐语"训练。这种"历史"也不是后世所谓"实录",因而也就有更多的想象虚构成分。各级巫史在讲这类故事的时候,为了更好地造成特有的气氛,如祭祀仪式的庄严肃穆、婚媾仪式的欢快温馨、宴会仪式的和睦喜悦,或者为了更好地刻画形象,表露感情,来吸引和感染听众,便自然而然地和唱诵结合起来,发展成为有说有唱的形式。表现在文体上,就是故事性、对话体和语言的大体押韵。

三、矇瞍和俳优等叙述者如何实现叙事疗救功能?

师旷、淳于髡以及《庄子》《列子》中大量虚拟的目盲者,诉诸听觉传播寓言故事,是具有"通神功能"的叙述者,为什么只有盲人才成为神赐灵感的受惠者?而他们又是如何在讲诵寓言的过程中创造出通神通灵的神圣语境,从而实现文学的叙事疗救功能呢?

首先了解一下,"瞽"和"史"怎么能结合起来呢?在文字产生以前,人类的历史主要是口耳相传的,而"瞽矇"由于没有视力,听力和记忆力比普通人强。所以直到近代,许多优秀的民间艺人还是盲人。他们讲述的内容,一般是以历史故事或影响大的故事为主。这样"瞽"和"史"就自然而然地结合到一起了。远古时期的历史故事之所以能流传下来,应当归功于瞽史的作用。我国最早最完整的历史故事《左氏春秋》就是传自瞽者左丘明,当然其中的一些故事是瞽史代代相传下来的。

按《韩非子·十过》记有"师涓"的事,师涓是与晋师旷同时期的卫灵公乐师。《韩非子·十过》还有师延,是殷纣的乐师。《礼记·乐记》曾记子贡向当时著名的乐师问乐,乐师名师乙。《韩诗外传》卷五记孔子学鼓琴于师襄子(亦见《孔子世家》,《淮南子·主术》作"师堂"),高诱注曰:"鲁乐太师。"梁玉绳《汉书人表考》曰:"师襄子是卫乐师。"师旷、师涓、师延、师乙、师襄都是乐师,"师"表明其职业,旷、涓、延、乙、襄等是其名。乐师除了音乐讲唱之外,还可以预知未来,《说苑·辨乐篇》中师旷预言晋平公"入来月八日,修百官,立太子,君将死矣",到了来月八日,晋平公果然死了。

战国中期,齐国的淳于髡(约前385—前305)在宫廷中成功地运用民间论辩讲诵伎艺,在滑稽诙谐的氛围中进行讽谏,留下了类似于对问体杂赋的作品。现代学者研究证明,淳于髡还编成了《晏子春秋》。《晏子春秋》这部书,以两百多则故事集中塑造了春秋时期齐国贤相晏婴的形象。

据吴则虞《晏子春秋集释》所附《晏子春秋重言重意篇目表》统计,内容相近而有两个以上传本者48则,其中有3个传本者9则,4个传本者9则,5个传本者1则。可见同一个故事,因不同时间不同地域的讲诵,就流传着不同的版本。晏子和淳于髡都是箭垛式的人物,他们都是那个时候小到民间艺人、大到宫廷倡优讲演故事的题材之一,记载他们的故事或用简明的韵语,节奏感很强,带有明显的讲诵味道。

《庄子》中有赋体文学的形式,这是文学史家的共识。如《齐物论》"大块噫气"一段,明末学者方以智(1611—1671)就说"此是一篇天风赋"。而《庄子》中大量的近似于隐语的寓言故事,正是汉代学者认为"赋"的组成部分。寓言是民间的产物,现在保存下来的先秦寓言,以见于《庄子》《韩非子》《晏子春秋》《吕氏春秋》等书最为集中。在这些寓言故事中,重复互见者很多。其主要原因就是由于不同的人广泛"诵讲",听者各自记忆并且传播,因而就有了差异。这些寓言故事普遍采用虚构故事的叙述框架和对话辩论的形式,同后来的散体故事赋如出一辙。如《庄子·外物》有一则寓言《儒以诗礼发冢》,就是早期流行的故事赋,这则寓言叙事生动形象,富有讽刺意味,具备了民间故事赋对话体、叙事体、语言大体押韵的特点。《庄子外篇》有《说剑》一文,是一篇讲诵性质的作品,带有故事赋因素。题目"说"字,就表明了本篇的诵说性质。

《列子》一书以记叙故事为主,它的很多段落节奏感强,讲诵文学的意味很浓,这说明它曾长期在瞽史口头流传。《汤问》中的主要故事都和《山海经》有关,而《山海经》尤其是以图画为主的《海经》部分所记的各种神怪异人,明显地保留着上古巫师按图讲诵的痕迹。那么,从《山海经》到《列子》,一代一代的巫师、瞽史口耳相传,讲诵中不断踵事增华。

从心理功能方面着眼,双目失明的人由于这一重大的生理缺陷而发生心理改变,盲人被剥夺视觉思维的结果之一是听觉高度发达,结果之二是记忆力的强化。这种现象已由现代心理学家概括为"补偿假说"。为什么盲人或其他有缺陷者,尤其是精神异常者易于成为萨满、巫师的合适人选呢?追求"通神"状态的内求功夫要以切断与俗世的外界联系为条件,这种外闭内通的心理过程可以表述为"盲于目而明于心",以同明目而盲心的俗人庸人相区别。于是乎,天生的视觉缺失者——盲人便不期而然地具备了"明心"即通神的生理心理条件。现代的超心理学试图用"内觉""连觉"或"超觉"这样一些新范畴来界定和阐释神秘的通神状态。

师旷又称瞽旷,且自称"盲臣"或"瞑臣",无疑是位双目失明的人,他以精通诗乐和预卜吉凶著称于世,这又似乎兼备了希腊神话中两类盲人的异能。关于师旷的耳聪心细有许多传说。

既然人类百分九十的信息均来自视觉,既然双眼已成了我们臣服于光的统治的奴役性工具,于是乎,永久性地关闭作为俗世信息来源的眼睛也就成了超凡脱俗的一种有效手段,开启心灵之眼的解放条件。在"肉眼凡胎"这一句中国古语中其实已经暗示出了对视觉有限性的深切认识。师旷的弃明投暗就这样以极端的反常态度为我们揭示了瞽盲制传统背后深隐着的哲学和心理根源。

灵感源于神灵启示,而盲、瞑、梦则是通神所必需的准备状态,三者共同的特点是视觉关闭所带来的"内视"和洞见。所谓灵感指的正是此种内心"联觉"或"通觉"开悟后的洞见光明状态,诗歌音乐则是转达此一状态的有效听觉符号(叶舒宪340)。

文学的发生同以治疗为目的的巫医致幻术有潜在的关联,文学在人类文化史上长存不衰,正因为它发挥着巨大精神生态作用,使人性的发展在意识与无意识,理性与幻想,逻辑抽象与知觉体验之间保持平衡。现代精神医学的建立曾充分汲取文学家的治疗经验(包括自我治疗和文学病例),它的未来发展也有待于对文学艺术治疗功能更进一步的开发和利用。俗赋,作为中国早期口传文学的代表形式之一,就是通过承担通神功能的特殊叙述者——矇瞍和俳优,以及超然物外、游于太虚的"真人""至人""神人"的预言叙事,实现了具有心理疗救的叙事功能。

【引用文献(Works Cited)】

傅修延:《赋与中国叙事的演进》,《江西社会科学》2007(9):26—38。
代云红:《现代学科分类中的"文学人类学"》,《学术探索》2012(8):130—133。
郭英德:《"说—听"与"写—读"——中国古代白话小说的两种生成方式及其互动关系》,《学术研究》2014(12):134—141。
伏俊琏:《俗赋研究》,北京:中华书局,2008年。
卡尼:《故事离真实有多远》,王广州译,桂林:广西师范大学出版社,2007年。
叶舒宪:《诗经的文化阐释》,西安:陕西人民出版社,2005年。

【作者简介】袁 演,硕士,江西省社会科学院叙事学研究中心助理研究员,主要研究方向为中国叙事学、后经典叙事学。

"其书凡有描写,莫不各尽人情"
——论《金瓶梅》的人物视角

◎ 赵嘉鸿

【内容提要】 叙事视角的革新是《金瓶梅》的主要成就之一,而人物视角的拓展和极富民族特色的圆熟运用,则是这种变革的突出表现。热奈特谈到的各种内视角,《金瓶梅》用之表现人情人性,获得显著成功,这使我们更倾向于将《金瓶梅》视为饱含现代意识的作品。《金瓶梅》活色生香、异色成彩的风情世界,《金瓶梅》险恶机诈、冷热真假的世道人心,《金瓶梅》充满争议、多元丰沛的意义活力,正萌生在人物视角精心工巧的搭配中,错彩于富有张力、各具"情理"的人物视角表现上。

【关键词】《金瓶梅》;人情;人物视角;固定式内视角;不定式内视角;多重式内视角

  张竹坡在《金瓶梅读法》中说"其书凡有描写,莫不各尽人情"(朱一玄438),又说"做文章,不过是情理二字。今做此一篇百回长文,亦只是情理二字。于一个人心中,讨出一个人的情理"(朱一玄434),"情理"即是"人情物理",张氏所论,其着眼点在于强调文学创作以刻画人性的社会现实性和人物的个性为要。不过,以此来审视人物视角及其功能也不是不可以。在叙事学中,叙事视角固然离不开"观看",但它又不仅仅是纯视觉性的眼光投射,热奈特在修正自身的理论时,即认为应当"用'谁感知'这个涵盖面更广的问题来取代'谁看'的问题"(谭君强86)。作为感知的"观看",叙事视角浸淫着观看者独特的思维、个性、心理以及丰富的意识形态内涵。《金瓶梅》的卓越,正在于它通过人物视角的艺术匠心,诠释了"情理",彰显了人性的深邃和多维,塑造了活力迸射、情态毕现的各色人物。

　　总体上,《金瓶梅》的叙事视角仍然以全知叙述者的外视角为主要特征,但一方面如韩南所言,《金瓶梅》"开拓了为读者、不为听众而写作的小说领域"(徐朔方38),于是,模拟多样化人物声音、不断变化视角、应对叙事结构横向扩张等等——话本说书人难免捉襟见肘的窘境,在案头文学里便可有所改变。另一方面,作者面对的题材是日常生活,它的琐屑、错杂、繁复等特性,若尽从叙述者口中传达,文笔的板滞冗沓便可想而知。因此,不吃力又能讨趣的方法,莫过于将叙述职能的分工和叙事成效的实现结合起来,而叙述职能的分工势必引起叙事视角的变化。即使不是全部,上述两方面的情况也部分的是《金瓶梅》人物视角,比之此前作品运用得更多的原因。何况,《金瓶梅》还是一个满含着"风情"和"算计"的文本,风情需要眼睛,算计则有赖于个人化、利益化的角度。此外,尤需注意的是,《金瓶梅》的时代,社会结构和社会意识处于新变之中,心学的流风也强化了外在的、共同的社会价值标准,向个体化心灵自我的转变,相对主义的气氛弥漫开来。人性的复杂与价值的多元,使得叙述者很难再用武断的、权威的方式进行叙述评断。尽管叙述者的背景化和叙述干预的减少,并不必然导向人物视角,毕竟声音是声音,视角是视角,但是由于二者并非毫无关联,因此,叙述者层面"专制"的解除,也会让人物的声音变得更清晰、视角变得更灵活多样。"在《金瓶梅》以前的我国长篇小说中,作家描写的视角比较单一,在作品中的人物和读者之间,往往横亘着一个说书人,要靠说书人不时出来作'看官听说'之类的介绍和评述。在《金瓶梅》中这种影响虽然还存在着,但是作家描写的视角已经由单一转变为多样"(周中明56),"它不再是仅从作家叙述的角度,客观地对人物形象作出介绍和描述,同时还从人物特殊的心理和感受出发,从人物自身的视角来互相作双向或多向的描绘"(周中明164)。周中明教授有关《金瓶梅》视角的评论,尽管将作者和叙述者混淆起来,将人物视角的运用不太妥当地直接归诸于叙述干预的减少,但是他确实中肯地指出了《金瓶梅》更加明显地运用了人物视角以及运用的多样化。浦安迪则通过谈论张竹坡的批点间接地指出了这一点,他说:"张竹坡经常注意作品通过某一人物的眼睛呈现某种景象的写法,如第九、十三和五十五回有关评注以及第八十二回总评中都提到这一点"(浦安迪161)。浦安迪始终认为"反讽"是《金瓶梅》最重要的手法之一,而形成"反讽"的惯用技巧之一,便是"叙事角度的操纵之法。作者通过这种技巧,借助于这个或那个角色的看法,给予我们初是终非的印象。运用这个方法最妙的例子也许莫过于郑爱月的出场了"(浦安迪 105)。

一般而言,除了某些单一情节的短篇作品能始终维持一种视角外,大部分虚构叙事文本,尤其是规模宏大的文本,总是在某种主导性的视角模式下同时运用其他的视角类型,热奈特便说"不折不扣的所谓内聚焦是十分罕见的"(热奈特 131)。视角很少一成不变,各种视角并非相互隔绝,也不存在优劣之别,一个作者对某种视角的运用和配置,关键在于他想取得怎样的美学的或主题的效果。尽管《金瓶梅》的叙事视角仍以外视角为主要特征,但视角多样化在增强,人物内视角得到更显著的运用。《金瓶梅》承前启后的开拓性,《金瓶梅》对文体文法的革新,很大程度被落实在人物内视角出色的、富有成效的运用上。

一、《金瓶梅》的固定式内视角

作为洋洋洒洒的百万言大著,《金瓶梅》在不同的章节会有不同类型的视角运用,并且运用的程度和方式会有所不同。就固定式内视角而言,《金瓶梅》即使不是完全固定在"西门庆视角",也至少是大部分固定于该视角,它在各种人物视角中处于核心位置。张竹坡曾说西门庆为"正经香火",文龙[①]认为小说"自始至终,全为西门庆而作","批者亦当时时、处处、事事有一西门庆,方是不离其本旨"(朱一玄 656)。在绣像本的前七十九回,西门庆每回都会出场,从第一回开始,除了叙述者展开的视野,我们就一直追随着西门庆的足迹,从他的眼光和角度来感受故事中的一切,尽管其间并非完全没有其他视角的错综。即使后二十回,西门庆死后,我们也很难完全将其抛开来解读作品。毕竟,陈敬济一定程度上只不过是西门庆的影子,吴月娘的惨淡处境也须回溯到西门庆活着的时日来体味。

作为相对稳定并具持续性的人物内视角,"西门庆视角"强化了文本的情欲化视觉特性、深化了复杂质感的人性抒写和炎凉盈亏的主题表现。从他的眼睛里,我们看到了潘金莲的妩媚妖娆:

"黑翼翼赛鸦鸰的鬓儿,翠弯弯的新月的眉儿,清冷冷杏子眼儿,香喷喷樱桃口儿,直隆隆琼瑶鼻儿,粉浓浓红艳腮儿,娇滴滴银盆脸儿,轻袅袅花朵身儿,玉纤纤葱枝手儿,一捻捻杨柳腰儿,软浓浓粉白肚儿,窄星星尖趫脚儿……"(52)

看到了孟玉楼的丽质天然:

"月画烟描,粉妆玉琢。俊庞儿不肥不瘦,俏身材难减难增。素额逗几点微麻,天然美丽;湘裙露一双小脚,周正堪怜。行过处花香细生,坐下时淹然百媚"(121—122)

看到了李瓶儿的贵气秀雅、林太太的富丽风骚,妓女李桂姐、郑爱月的婀娜媚俏以及仆妇宋蕙莲、如意儿、王六儿、贲四娘子的俗艳风流,看到了她们肉欲化的玉体冰肌如何一次次地令西门庆"魂飞天外""淫心辄起",直至将他似乎源源不绝的性力耗尽。《金瓶梅》是风情的文本,风情本是诉诸视觉而又撩拨心神的,没有西门庆猎艳的眼睛和他对"猎物"的不同感受,《金瓶梅》就不可能以现有的情节机制被创造出来。当然,尽管猎艳毫无疑问是西门庆眼睛最重要的用处,但问题又不止于此。他的眼光,也见到了刚生下的"满抱"的孩子,见到了李瓶儿的病与死,见到了裁缝裁衣服和绸绒铺发卖货物,见到夜色中苗青进呈的金灿灿的钱财和梵僧如下体一般的长相,见到了丽春院李桂姐偷接蛮子、王三官和"爱月美人图"的虚假,见到蔡御史"欲罢不能"和宋巡按"夸奖不已"的贪婪,而且更为令西门庆感到始料未及并令读者叹服的笔力是,在炫目于相府和朝堂的辉煌灿烂之后,见到了狂风荒寺和冷爨豆羹……

"西门庆视角"不仅维系了结构的清晰不紊和故事的自然逼真,也使得人物形象更加丰满立体。这一点,正如申丹教授所言:"人物视角与其说是观察他人的手段,不如说是揭示聚焦人物自己性格的窗口"(申丹104)。米克·巴尔认为人物视角可以为该人物获得技巧上的优势,布斯曾说简·奥斯丁"借助于通过爱玛的眼睛来表现大部分故事,作者确保我们跟着她旅行,而不是站在她的对立面"(布斯275),持续不断的内心观察可以使有品质缺陷的人物获得同情。无独有偶,《金瓶梅》是一本不以美德而以恶行为主角的书,而中国小说美学又常常以不着心理描写为特征,如果不是人物内视角,我们很难对西门庆及其他人物产生某种程度的"同情"。恶人之死,唤起的并不仅仅是读者单纯的道德裁断,在现实的复杂性和人性的深度面前,无论是西门庆还是潘金莲,使我们在义愤、惊心之余,不无几分情恕。他们曾经活泼泼的生活,他们的鄙俗、傻气、狡诈和慧黠,都让我们觉得,这些人尽管怨毒贪婪,但大都是真实的、本能的人,我们并不比他们更高明或者更自知。潘金莲的被杀,明代批点者[②]便说"读至此不敢生悲,不忍称快,然而心实恻恻难言哉!"(朱一玄383),西门庆的淫亡,情况与此差不多。《金瓶梅》里的淫恶之人,不是非人的人,而是平庸常见的人,他们很享受滋润,也很算计劳心,他们的死更是受尽折磨、满是凄惨。《金瓶梅》写了世情的无情,又写了无情中的有情,写了欲和欲中不免含着利和势的情。

《金瓶梅》的"西门庆视角"具有整一性、对比性、错综性和反讽性等机制,它不仅重构了叙事时空,不仅推进了文人化的文本实践,也深化了主题的表现。

二、《金瓶梅》的不定式内视角

《金瓶梅》是一个体制宏大、经纬交织、视角错综的文本,也是一个着力描绘"争风吃醋"的文本,这使它不可能只通过持续单一的视角来表现故事。张竹坡曾说"夫写一面照一面,犹他人所能。乃于写这一面时,却是写那一面;写那一面时,却原是写这一面"(朱一玄 449),"文字生色之妙,全在两边掩映"(朱一玄 467)。鲁迅也认为《金瓶梅》有"一时并写两面"(鲁迅 152)之能,这些说法诉诸人物视角理论,便见出一种变化于两种角度的不定式内视角或者说交互式内视角。且看第九回"西门庆偷娶潘金莲":

> 月娘在座上仔细观看这妇人,年纪不上二十五六,生的这样标致。但见:眉似初春柳叶,常含着雨恨云愁;脸如三月桃花,每带着风情月意。纤腰袅娜,拘束的燕懒莺慵;檀口轻盈,勾引得蜂狂蝶乱。玉貌妖娆花解语,芳容窈窕玉生香。吴月娘从头看到脚,风流往下跑;从脚看到头,风流往上流。论风流,如水泥晶盘内走明珠;语态度,似红杏枝头笼晓日。看了一回,口中不言,心内想道:"小厮每来家,只说武大怎样一个老婆,不曾看见,不想果然生的标致,怪不的俺那强人爱他。"……这妇人坐在旁边,不转睛把众人偷看。见吴月娘约三九年纪,生的面如银盆,眼如杏子,举止温柔,持重寡言。第二个李娇儿,乃院中唱的,生的肌肤丰肥,身体沉重,虽数名妓者之称,而风月多不及金莲也。第三个就是新娶的孟玉楼,约三十年纪,生得貌若梨花,腰如杨柳,长挑身材,瓜子脸儿,稀稀多几点微麻,自是天然俏丽,惟裙下双弯与金莲无大小之分。第四个孙雪娥,乃房里出身,五短身材,轻盈体态,能造五鲜汤水,善舞翠盘之妙。这妇人一抹儿都看在心里。(145—146)

这段文字尽管混合着叙述者的声音,但叙事的眼光则基本来自小说中的人物,其笔致细腻生动,真切自然,既写了潘金莲的风情媚态和机心伶俐,又掩映着吴月娘的绵里藏针和满怀妒意,同时还从金莲的角度描绘了西门庆众妾的姿色脾性。在不安分的眼光与暗自忖度的心机的张力间,隐隐透出一百回妻妾竞宠、明争暗斗的角逐大戏即将上演。春光丽日的暂时静美,毕竟掩饰不住山雨欲来的激荡和凶险。又第二十六回"宋蕙莲含羞自缢",回内写蕙莲劝西门庆饶过来旺,因词色轻露而被玉楼得知,玉楼来告诉金莲,视角即在二人的对话中来回切换:

> 孟玉楼……一五一十说了一遍:"就和你我辈一般,甚么张致?大姐姐也就不管管儿!"潘金莲不听便罢,听了时;忿气满怀无处着,双腮红上更添红。说道:"真个由他,我就不信了!今日与你说的话,我若教贼奴才淫妇,与西门庆放了第七个老婆——我不喇嘴说——就把潘字倒过来。"玉楼道:"汉子没正条的,大姐姐又不管,咱每能走不能飞,到的那些儿?"金莲道:"你也忒不长俊,要这命做甚么?活一百岁杀肉吃!他若不依,我拚着这命,撰兑在他手里也不差甚么。"玉楼笑道:"我是小胆儿,不敢惹他,看你有本事和他缠。"(396)

如前所述,视角是展示人物性格的窗口,这段对话不仅刻画了金莲尖刻易怒、争强好胜和睚眦必报的个性,也潜在地映出前几回里蕙莲的浅薄轻佻,值得注意的是,它也暗暗凸显了玉楼深心机诈的气质。又如第三十一回"琴童儿藏壶构衅",玉楼和金莲的对话和视角变换,不仅刻画了玉楼形象本身,也使金莲对瓶儿的满腔醋恨被激活并年深日久地积叠,玉楼视角的存在,具有独特而重要的功能。整部《金瓶梅》里,玉楼与金莲一静一动,既彼此"结盟"又相互生妒,玉楼的"含酸"和金莲的一句"麻淫妇"足可见出二者面和心不和。张竹坡曾言:"《金瓶》有板定大章法。如金莲有事生气,必用玉楼在旁,百遍皆然,一丝不易,是其章法老处"(朱一玄425),"写金莲必衬以玉楼是一大章法"(616)。此自是不易之论,"烧香""生子""失壶""结亲""磨镜"等等诸多章回无不如此,而且这种视角章法也为玉楼的"险人"人格做了注脚。

不定式交互内视角,在《金瓶梅》中不仅常见而且极有特色,它们与情节、人物、主题和章法都有关系,彼此塑造、相互交融。它们既出现在猎艳的双重视觉化流动中,比如,西门庆与潘金莲的初遇、陈敬济与韩爱姐的相识,张竹坡便说"《金瓶》写生处全是此等笔意"(1540),它们也表现于争宠斗气的情节设置里,比如,第四十二回潘金莲激怒西门庆、第七十五回吴月娘与潘金莲的争锋,它们还着意于为人物刻画增添笔力,比如,第二十三回平安嘲弄宋蕙莲、第五十六回常峙节得钞傲妻子,它们也成为章法布局的用心,比如,第四十一回金莲与瓶儿愤深气苦,第三十八回潘金莲雪夜弄琵琶,竹坡说"潘金莲琵琶,写得怨恨之至。真是舞殿冷袖,风雨凄凄。而瓶儿处互相掩映,便有春光融融之象"(朱一玄496—497)。

不定式内视角当然也不止于两种视角的交互变化,更多的时候,它将因为情节纵向进展的需要,而在多个人物的眼光之间次第或者往来变化。这种变化有时是就文本的整体结构言之,有时则以文本篇章局部而论,显然,《金瓶梅》这样情节繁复、人物众多的鸿篇巨制,不可能如某些作品一样,每章只用一个人物为视角,然后主要通过数个人物视角结构数章,以形成全书。《金瓶梅》有时连看似次要的人物都具有重要作用,相对于西门庆、潘金莲、李瓶儿、吴月娘而言,孟玉楼、李娇儿、孙雪娥次之,相对于王六儿、宋蕙莲、林太太言之,贲四嫂、如意儿、来爵媳妇次之,相对于李桂姐、吴银儿、郑爱月而言,董娇儿、韩金钏儿、冯金宝儿次之,相对于应伯爵、谢希大、祝麻子、白赉光、吴典恩、孙寡嘴次之,相对于春梅、迎春、玉箫、玳安、书童而言,夏花儿、元宵、小鸾、棋童、来安又次之……,各种人物依据情节和结构的需要,在层层主次之间递变、回溯和凸显,视角也在他们之间错综流动,从而使得《金瓶梅》在微观构造上更多地呈现为人物视角的丰富性,这种丰富性让《金瓶梅》的世界精致深闳、立体多样。

三、《金瓶梅》的多重式内视角

关于多重式内视角(聚焦),谭君强教授曾说"多重式内聚焦与不定式内聚焦之间实际上并无本质区别……二者的区别只在于所聚焦的是相同的还是不同的事件……就不定式内聚焦而言,它既可以对所发生的不同事件聚焦,也可以对所发生的同样的事件聚焦。因此,不定式内聚焦实际上已经涵盖了多重式内聚焦这种聚焦状况"(谭君强 102)。这一说法无疑是富于见地的。在具体的文本分析中,两种内聚焦(内视角)不区分则已,若有必要作出区分,其着眼点即在于叙事是否是内在的不同角度,是否具有相同的聚焦对象。

《金瓶梅》固然描写了华丽精美、斑斓炫目的服饰,描写春和景明、重阳菊芳和雪月清辉的美好,描写灯市节庆和家庭聚会的温馨欢快,可是,《金瓶梅》的丰饶和力量也在于,它在叙述市井的繁华媚丽的时候,从不忘记它的暗流涌动、忘记它的凶险,忘记它的贫病惨亡、机心算计和冷酷无情。《金瓶梅》里的无情或出于有意为之或迫于情非得已,是一种真实,《金瓶梅》里的有情或满含欲念或充斥心机,也是一种真实。《金瓶梅》擅长从同一人或同一事中写出不同人物的不同情理和心态,张竹坡则说它是"衬叠",明代批者称之为"写得人人有心"(朱一玄 321)"人各一心,心各一口,各说各是"(朱一玄 285),"各人有各人的心事,用笔深浅皆到"(朱一玄 461),明清两位杰出评点家之论与西方叙事学家的看法,正所谓"一心而各口"、异曲而同工也。

《金瓶梅》对多重内聚焦的运用极为多见,比此前的作品娴熟,最是特色,我们姑举两例。比如,就春梅嫁入守备府受宠一事,第八十八回从不同的视角表现出来:

> 薛嫂道:"奶奶,你不知。他如今有了四五个月身孕了,老爷好不喜欢,叫了我去,已定赏我。"提着花箱,作辞去了。雪娥便说:"老淫妇说的没个行款也!他卖与守备多少时,就有了半肚孩子,那守备身边少说也有几房头,莫就兴起他来,这等大道?"月娘道:"他还有正经大奶奶,房里还有一个生小姐的娘子儿哩。"(1403)

于此,薛嫂的角度是得意快活,吐气扬眉,快活者因近日"财源滚滚",得意者乃是发卖春梅颇有绩效,吐气扬眉是因当日被月娘"尽力数落了一遍"。而雪娥则是一味眼浅,不信也不愿昨日之婢为今日之夫人,二人有宿仇也,因此,后入守备府一见春梅,不免低头、暗自叫苦。至于月娘,冰鉴一回即说"有珠冠,只怕轮不到他头上",后又因申二姐一事骂春梅奴才,彼此介怀难消,当然不希望看见春梅受宠,况言语间处处自以为是,以"正经大奶奶"说事,其角度尽管与雪娥一样,都是不欲见到春梅得宠,但其间的差异也自是不同。而作为叙述空白存在的玉楼、小玉的视角,其笔力则将在九十回补写玉楼的一句"薛嫂儿说得倒不差"和九十六回"春梅与了小玉一对金簪子"中见出。多重内聚焦叙事,不仅写尽薛嫂、月娘等各人心事,也为春梅浓墨重彩的重现作了预备,而其中玉楼、小玉视角的以虚引实之用,怕是连西方叙事学者也难得一窥其妙。

除了此处,《金瓶梅》里的多重内聚焦,也见诸第二十九回的"冰鉴"、第三十回的"生子"、第四十三回的"失金"、五十一回的"学舌"、第五十九回"问踪"、第七十三回的"不愤"、第八十九回的"遇梅"等等章回。值得一提的是,《金瓶梅》里屡屡作"窥春"叙事,若不考虑偷情对象,仅就"西门庆偷情"这一事件来看,那么,报恩寺和尚、迎春、金莲、小铁棍儿、胡秀、韩嫂儿等不同人物的视角也构成了多重内聚焦,竹坡说"一部《金瓶》,总是此等作章法,然亦人情实实如此者"(1234),它既用"险笔以写人情之可畏"(朱一玄 427),又成为情节转折之重要关锁,金莲之"窥春"蕙莲而有死之心,而"胡秀一节,甚觉无味,不知为爱姐临清地也"(904)。多重内聚焦的构成有时在同一回内,有时则在不同回目之间,并常常受到"衬叠"

"顿挫""虚实""开合"和"掩映"等等中国传统章法意识的影响,而这是西方叙事理论较少关注到的。

一部小说的好并非仅见一二处的好,而是每见的好,《金瓶梅》的很多地方,写人则口角逼俏,叙事则气神俱足,而最见大手笔的莫过于写李瓶儿的死。它的成功自然出于匠心独运,也势必成于多种叙事技法,而多重内聚焦的运用即是其功不可没的一个方面。其角度之多令人眼花缭乱,而且色上着色,于一层多重内聚焦又转出数层多重内聚焦,多重内聚焦的运用真是出神入化。

比如第六十二回,瓶儿病重一事便有许多不同的人物视角,首先,从她自身的角度,写她怕见子虚的阴魂而急欲西门庆寻道士除祟,写她不欲因病耽误西门庆的公事、不欲西门庆为其身后花钱,写她嗔如意儿为她声辩以及请王姑子为她诵经忏罪,最后是留赠衣物给仆从婢女、安排她们的未来,然后,暗自告诉月娘看养好孩子,以免遭人算计。角度之二是西门庆。从其视角写他嫌冯婆子不常来瓶儿处走动,写他听了瓶儿对他的挂怀而"刀剜肝胆、剑剜身心",写他不嫌污秽而欲在瓶儿屋里歇宿。角度之三是希大和应伯爵。希大说瓶儿之病与邪祟无涉,只是神气虚弱,伯爵则借除祟荐潘道士,并欲亲自去请,说道"不打紧,等我去。天可怜见嫂子好了,我就头着地也走。"角度之四是王姑子。"只见王姑子挎着一盒儿粳米、二十块大乳饼、一小盒儿十香瓜茄来看",王姑子说她不知道瓶儿生病,因没分到足够的印经之利,在瓶儿面前只顾说薛姑子的不是。角度之五是花子由。因说到服药而提及李瓶儿手中有"俺过世老公公在广南镇守,带的那三七药,曾吃了不曾?"角度之六是如意儿。如意儿畅言瓶儿病因,内中有她为瓶儿感到的不满。角度之七是冯婆子。如意儿问为何一向稀见,婆子只推说庙里修法、家里见尼姑,西门庆再问时,婆子则说:"我的爷,我怎不来?这两日腌菜的时候,挣两个钱儿,腌些菜在屋里,遇着人家领来的业障,好与他吃。不然,我那讨闲钱买菜来与他吃?"角度之八是大妗子。"正说着,只见月娘亲自拿着一小盒儿鲜蘋婆进来,说道:'李大姐,他大妗子那里送苹菠儿来你吃。'"角度九是吴月娘。先是吴月娘与西门庆商议备棺一事"李大姐,我看他有些沉重,你须早早与他看一副材板儿,省得到临时马捉老鼠,又乱不出好板来",然后从月娘眼中将瓶儿病情病容一描"你看没分晓,一个人形也脱了,关口都锁住,勺水也不进,还指望好!""眼眶儿也塌了,嘴唇儿也干了,耳轮儿也焦了,还好甚么!也只在早晚间了。他这个病是恁伶俐,临断气还说话儿",最后是吴月娘答应瓶儿有关仆从婢女的请求、会意瓶儿对养孩子的提醒。角度之十是潘道士。潘道士道"此位娘子,惜乎为宿世冤愆诉于阴曹,非邪祟也,不可禳之","冤家债主,须得本人,虽阴官亦不能强","娘子已是获罪于天,无所祷也!"

　　这些角度中,瓶儿因官哥之死,少有生恋,而悔怕之意、牵挂之心则有之,其醒月娘之言,又在月娘答应所托之事后,由此可见,隐忍少言之人未必无心。明代批者云"金莲毁瓶儿千万言,不如瓶儿此一言之口。岂可欺不言人无口哉!"(朱一玄309)　至于西门庆,则难免歉疚、不舍死别,应伯爵则借事讨好、语语可人。王姑子、冯婆子一者为财,一者及色,各顾己利,少见悲心,明代批者谓"只讲自家心事,所谓下愚不及情"(朱一玄308),此二人既衬出瓶儿在财上的遗恨,又映出西门于情中的花心,其不及情处又堪与瓶儿出钱赠物之含情,作一对比。花子由之于瓶儿,情感淡漠,旧事梗怀,虽隐复见,而大妗子送蘼芜则无非月娘面上事情,所谓人心远近,无碍人情往还,因此,用笔虽简,却正应了竹坡之言"并大妗子亦不可漏,其笔力为何如!"(930),而大妗子之未至与诸人之来,又见出文法上的虚实变化,文笔未尝呆板也。如意儿,与瓶儿同居共处,旁观所见、身受感同,自是情有可原,从其视角畅叙瓶儿之怨恨气苦,既属必要,也显真实,而且又"早为如意起花样,以便下文守灵时生色"(926),"与金莲合气张本"(朱一玄308)。吴月娘则因西门庆娶瓶儿导致二人不和,一直耿耿于怀,即使瓶儿一向谦和讨好,亦未必完全释怀,何况瓶月对寄财一事彼此心知肚明。而潘道士之遣祟祭灯,无非意在隐隐衬出瓶儿之死的孽性缘由。张竹坡总结说:"如写瓶儿,写西门,写伯爵,写潘道士,写吴银儿、王姑子,写冯妈妈,写如意儿,写花子由,其一时或闲笔插入,或忙笔正写,或关切或不关切,疏略浅深,一时皆见"(朱一玄515)。张氏之论,于中国小说理论而言,首先关涉的自然是性格塑造方面的问题,不过,它所传达的恰恰也是西方叙事学关于多重内视角叙事的内涵和作用,而"其一时或闲笔插入,或忙笔正写",语虽常见而寥寥,却因暗合多重内视角的理论,而不啻是一种民族化的表达与扩展。

　　瓶儿之死,既写其将死而未死,也必写其已死而不死,因此,又从另一阶段、另一些人的眼中、口中、心中再三写之,所谓前有起潮而后有余波。瓶儿既死,尤悲伤者便是西门,乃从西门的视角写之,实即为瓶儿写西门,因西门方写瓶儿,一笔而两面,正《金瓶》之所擅也。瓶儿一死,引得合家大小一片哭声,而西门之哭又显得与众不同,并以不同的方式表现出来,甚至一直断断续续绵延到九回之后的第七十一回李瓶儿何家托梦"西门庆一见,挽之入室,相抱而哭"。西门之哭反复描写,各各不同,有"在房里离地跳的有三尺高,大放声号哭",有月娘眼中的"磕伏在他身上,挝脸儿那等哭,只叫:'天杀了我西门庆了!姐姐你在我家三年光景,一日好日子没过,都是我坑陷了你了!'",有"西门庆在前厅,手拍着胸膛,抚尸大恸,哭了又哭,把声都哭哑了。口口声声只叫:'我的好性儿有仁义的姐姐。'"有"西门庆熬了一夜没睡的人,前后又乱了一五更,心中又着了悲恸,神思恍乱,只是没好气,骂丫头、踢小厮,守着李瓶儿尸首,由不的放声哭叫。"有"西门庆看唱到'今生难会面,因此上寄丹青'一句,忽想起李瓶儿病时模样,不觉心中感触起来,止不住眼中泪落,袖中不住取汗巾儿搽拭"。西门之哭自然不止于此,不过,此日西门之哭与当日瓶儿嫁入受辱和他日如意生色对读,则尤使人对作者的笔力印象深刻,对人性并非非此即彼的复杂生出感慨。西门庆这个"秉性刚强"的人,这个"性的人",这个无一日不穿戴富丽、享用美食的人,竟也是一个"痴情"的人,一个因妾室之死而悲痛欲绝、不修边幅、不吃不喝、失魂落魄的人。作为此书的"正头香主",看来《金瓶梅》写瓶儿之死,又在在是为西门而写,而写西门,又必写出月娘、金莲、玉楼诸妇:

> 吴月娘正和李娇儿、孟玉楼、潘金莲在帐子后,打伙儿分孝,与各房里丫头并家人媳妇,看见西门庆哑着喉咙只顾哭,问他,茶也不吃,只顾没好气。月娘便道:"你看恁劳叨!死也死了,你没的哭的他活?只顾扯长绊儿里起来了。三两夜没睡,头也没梳,脸也没洗,乱了恁五更,黄汤辣水还没尝着,就是铁人也禁不的。把头梳了,出来吃些甚么,还有个主张。好小身子,一时摔倒了,却怎样儿的!"玉楼道:"原来他还没梳头洗脸哩。"月娘道:"洗了脸倒好!我头里使小厮请他后边洗脸,他把小厮踢进来,谁再问他来!"金莲道:"你还没见,头里我倒好意,说他已死了,你怎般起来,把骨秃肉儿也没了。你在屋里吃些甚么儿,出去再乱也不迟。他倒把眼睁红了的,骂我:'狗攮的淫妇,管你甚么事!我如今整日不教狗攮,却教谁攮哩?恁不合理的行货子。只说人和他合气。"月娘道:"热突突死了,怎么不疼?你就疼,也还放在心里,那里就这般显出来。人也死了,不管那有恶气没恶气,就口挞着口那等叫唤,不知甚么张致。他可可儿来三年没过一日好日子,整日教他挑水挨磨来?"孟玉楼道:"李大姐倒也罢了,倒吃他爹恁三等九格的。"(945—946)

瓶儿未死之时,月娘、娇儿视角已是直笔写出。就月娘而言,后来将李瓶儿灵位、灵床和画像一把火烧个精光,将金银首饰、衣物箱笼搬至上房,将奶妈丫鬟收为己用,将瓶儿房门一把锁锁下,足以见得人情人心的真假交织。就娇儿来看,则为后文与月娘相争、索要绣春做铺垫。金莲、玉楼的视角由西门视角引出,比之前者,是一种曲笔呈现,前文已写月娘、娇儿二人,而留下金莲、玉楼于此写之,则又显出文笔和视角的错落之感,于银儿的落墨亦是此等笔意。当然,二人之于瓶儿既无多少情分可言,尤其潘金莲则更是势不两立,以少言和不言言之,正一笔而尽之矣。上引文字,皆为诸妇视角,既因西门而起,便不免针对西门,然而,句句抱怨、揶揄西门处,却又时时折射出她们对瓶儿之死的心态。吴月娘从与西门同哭至独独不哭,从不哭又至于气恼而冷淡,潘金莲辞色态度之间,忘乎所以、不掩快慰之状,以至西门怒而骂之,玉楼一贯之为人,如卜卦婆子所言"你恼那个人也不知,喜欢那个人也不知,显不出来",然此处一句"李大姐倒也罢了,倒吃他爹恁三等九格的",言少而味厚,醋意自见。诸妇之言语口气虽自迥然,而因羡生妒、因妒生怨之心则一也。不过,张竹坡又对这种相同的嫉妒,在不同妻妾心中引起的不同心态作了精辟的区分,他说:"西门是痛,月娘是假,玉楼是淡,金莲是快。故西门之言,月娘便恼;西门之哭,玉楼不见;金莲之言,西门发怒也。情事如画"(朱一玄 515)。透过妻妾们的多重视角,我们看到的瓶儿之死的悲哀更浓郁,而西门庆的孤独也更强烈,角度的繁多、情景的如火如荼,透出的却是人心和世情上的瑟瑟寒风。

除了诸妻妾的视角,瓶儿死后之事,还从伯爵、韩画士、傅伙计、玳安、太监、妓女、僧侣、官员以及看出殡的人群等角度写出,鉴于篇幅所限,不再一一论述。有关瓶儿之死,竹坡曾感慨系之,写道:

> 至于瓶儿遗嘱,又是王姑子、如意、迎春、绣春、老冯、月娘、西门、娇儿、玉楼、金莲、雪娥,不漏一人,而浅深恩怨皆出。其诸人之亲疏厚薄浅深,感触心事,又一笔不苟,层层描出,文至此亦可云至矣。看他偏有余力,又接手写其死后"西门大哭"一篇。且偏更于其本命灯绝后,预先写其一番哭泣,不特瓶儿、西门哭,直写至西门与月娘哭,岂不大奇?至其一死,独写西门一人大哭,真声泪俱出。又写月娘之哭,又写众人之哭,又接写西门之再哭,又接写月娘之不哭,又接写西门之前厅哭,又写哭了又哭,然后将"鸡就叫了"一句顿住,便使一时半夜,人死喧闹,以及各人言语心事,并各人所做之事,一毫不差,历历如真有其事。即真事令一人提笔记之,亦不能全者,乃文曲曲折折,拉拉杂杂,无不写之。我已为至矣尽矣,其才亦应少窭矣,乃偏又接写请徐先生,报花子由,报诸亲;又写黑书,又写取布搭棚,请画师,且夹写玳安哭,又夹写西门再哭,月娘恼,玉楼疏,金莲畅快;又接写伯爵做梦,哑嘴跌脚;再接写西门哭,伯爵劝,一篇文字方完。我亦并不知作者是神工,是鬼斧,但见其三段中,如千人万马,却一步不乱。读此一回,谓世间有一史公生在汉世,吾不信也。(朱一玄 515)

瓶儿之死是全书的大笔墨，人物众多、视角多样、情节错综，小说虽然于此有较多共时性的场面呈现，但同时又将其置于历时的动态进程中刻画，因此，多重内聚焦与不定式内聚焦在此被融为一体。虽然这种情况并非仅此一见，但笔者确信，其精妙化境却并非所有小说都可以成就。

四、结　语

　　《金瓶梅》市井家庭的叙事转向，使它将全知叙述的视角流动变缓，人物对话则被用为叙事的主角，于是，视角之更明显地人物化也就是自然而然的，不唯如此，《金瓶梅》的人物视角又有自己的特色和成就。它惯于在筵宴节庆、应酬交际的描写中彰显，也善于在冲突失衡、人众事繁的戏剧性场面中被娴熟运用，这后一点连带人性书写的深度，使我们想起陀思妥耶夫斯基，想起他的《白痴》和《卡拉马佐夫兄弟》。《金瓶梅》的特色和成就，某种程度上就是人物视角运用的特色和成就。《金瓶梅》的人物视角，不仅有直有曲、有实有虚、有疏有密，不仅闲中有忙，错中有比，不仅写"眼前"见、"口内"叙、"耳边"闻，又直写到"梦中"诉，"画里"观，而且往往角度中有角度，这种从特定文化传统中出现和发展起来的缤纷精彩和卓有成效的叙事视角，为叙事理论的丰富和扩展，提供了创新的基因，与此同时，也成为民族诗学认同和文化传统承续、拓展的契机。

【注解（Notes）】

① 文龙，字禹门，光绪年间批点《金瓶梅》六万余言，是继张竹坡之后极为重要的评论《金瓶梅》的学者。
② "明代批点者"，即《新刻绣像批评金瓶梅》(崇祯本)之批点者，具有独到的眼光和见解，直接影响了张竹坡的批评，目前学术界尚不知其真名实姓。

【引用文献（Works Cited）】

朱一玄：《金瓶梅资料汇编》，天津：南开大学出版社，2002年。
谭君强：《叙事学导论——从经典叙事学到后经典叙事学》，北京：高等教育出版社，2008年。
徐朔方：《金瓶梅西方论文集》，沈亨寿等译，上海：上海古籍出版社，1987年。

周中明:《金瓶梅艺术论》,南宁:广西教育出版社,1992年。
浦安迪:《明代四大奇书》,沈亨寿译,北京:三联书店,2006年。
热拉尔·热奈特:《叙事话语 新叙事话语》,王文融译. 北京:中国社会科学出版社,1990年。
兰陵笑笑生:《金瓶梅》,王汝梅等校点,济南:齐鲁书社,1991年。
申丹、王丽亚:《西方叙事学—经典与后经典》,北京:北京大学出版社,2010年。
W·布斯:《小说修辞学》,华明,周宪等译,北京:北京大学出版社,1987年。
鲁迅:《中国小说史略》,北京:人民文学出版社,1973年。

【作者简介】赵嘉鸿,博士,云南民族大学文学与传媒学院讲师,主要从事文艺学和叙事学研究。

唐代的谶纬转型与叙事文学

◎ 张泽兵

【内容提要】在唐代,谶纬实现了世俗化转型:它不像汉代谶纬那样依附儒家经典,转而攀附佛教、道教经典,继续以"依经附典"的形式"神宝藏用";它不再由方士和儒生造作,僧人、道士和科举士人参与到唐代谶纬的造作和传播,唐代新兴知识阶层推动谶纬走向大众化和世俗化;谶纬的预测性言辞一方面以"虚构的权威"继续与政治权力结合,另一方面则是转而广泛运用于普通大众个体命运的预测。谶纬的世俗化转型使得它对叙事文学的影响也得到进一步的深化,唐代的诗谶谣谶、文赋、佛谶、志怪小说、神仙传说等方面都留下深刻的印记。

【关键词】谶纬;叙事;唐代

谶纬自汉代兴盛,历经魏晋南北朝的衰微期后,在唐代出现世俗化转型。这一转型对唐代文学产生了深刻影响。许多研究者探讨谶纬采用的是"谶纬经学"的研究路径,这一路径基本上将"谶纬"与汉代"谶纬经学"等同,而将汉代之后谶纬的发展演变以及新造作的谶纬文本基本上都被排除在外,唐代谶纬的世俗化转型所具有的文学价值被遮蔽。许多学者在研究唐代文学、明清小说与谶纬之间的关系时也多忽视谶纬本身在汉代之后也出现诸多变化,而直接归结为汉代谶纬的影响。本文试图用"唐代谶纬的转型"突破"谶纬经学"的囿限,进一步挖掘谶纬的文学价值。

一、正统与非正统——权力推动谶纬的再次兴起

谶纬在魏晋南北朝的打压之后,其造作和传播都受到极大的压制,它

在政治领域的生存空间受到压缩。到了唐代,谶纬在得到李唐王朝帝王的认可下,重新获得了一定的发展。李渊父子及其后来的武则天都经历借助谶纬实现身份转换,这种正统与非正统的身份需求推动了谶纬在唐朝的再次兴起。

唐高祖李渊曾任隋朝的太原留守,他要以地方官员的身份夺取皇权,需要走出反叛角色,从非正统的走向正统,此时他需要一套支撑他皇帝的符号特征。据《新唐书·高祖本纪》记载:"仁公生高祖于长安,体有三乳,性宽仁,袭封唐公"(《新唐书·高祖本纪》)。正常人都是"双乳",而李渊却有异乎常人的三乳,在这种正常/非正常的身体特征背后,所蕴含的另一层话语则是李渊具有了高人一等的特征,异于常人的特征是他适合登基称帝的一种另类表述。此外,他的正统之路还有异象出现。《新唐书·五行志》记载:"武德四年,亳州老子祠枯树复生枝叶。老子,唐祖也。占曰:'枯木复生,权臣执政。'眭孟以为有受命者。九年三月,顺天门楼东柱已倾毁而自起。占曰:'木仆而自起,国之灾'"(《新唐书·五行志》)。李渊主要崇尚道家,认为自己是老子李耳之后,在夺取政权的过程中,也多借助谶纬的虚构权威为自己的权力张本。谶纬作为虚构的权威,它对于急于夺取政权的李唐是一套比较便捷的话语争夺工具。

唐太宗李世民夺取皇权同样面临如何使从非正统地位走向正统的问题。他虽然在唐朝的建立与统一过程中立下赫赫战功,但他在李家兄弟排行老二的血统身份地位无法改变,于是发动玄武门之变,杀死自己的兄长太子李建成、四弟齐王李元吉及二人诸子,被立为太子。他走帝位依然需要祛除种种蜚语,为此,他也用上了造谶的办法。《新唐书·太宗本纪》:"方四岁,有书生谒高祖曰:'公在相法,贵人也,然必有贵子。'及见太宗,曰:'龙凤之姿,天日之表,其年几冠,必能济世安民。'书生已辞去,高祖惧其语泄,使人追杀之,而不知其所往,因以为神。乃采其语,名之曰世民"(《新唐书·太宗本纪》)。而另据《旧唐书·五行志》载贞观十七年八月在凉州发现五块青质白纹石头,上面所刻八十八字中就有"李世民千年"字样,李世民认为此为天降符命,"天有成命,表瑞贞石",于是遂派人去祭奠,可见李世民对此类谶言还是很看重的,因为此类谶言对于重塑他的身份还是很有帮助的。

武则天登上皇位依然需要解决统治合法性问题。她的身份转变与李渊、李世民不同,身为女儿身的武则天要想成为皇帝,破除千百年来皇权都由男性把持的历史,需要新的话语构建,需要更多的理论支撑,用以改

变其身份特征,维持其权力。武则天利用谶纬构建其女皇身份主要有以下几个方面:

一是造作佛谶。武则天在太宗死后曾一度到感业寺为尼,她对佛教经典是比较熟悉。从现在流传下来的文献记载来看,以薛怀义等人的名义在解释《大云经》时造作许多谶纬,实则为武则天称帝张本。《大云经疏》包括经题、经文、注释,其所引谶纬包括《证明姻缘谶》《广武铭》《宜同师记》《卫元嵩谶》《天授圣图》《推背图》等。举一例:

经曰:尔时,释迦牟尼佛为大众说法云:过去有佛,号同姓灯,时有国王名大精进,王有夫人名曰护法,王之大臣名法林聚。尔时王夫人者,今净光天女是也。其净光天女白佛言:唯愿如来说大王因缘。时佛告言:且待须臾,我今先当说汝因缘。是时天女闻是语已,心生惭愧。佛即赞言:善哉!善哉!夫惭愧者即是众生善法衣服。天女!时王夫人即汝身是,汝于彼佛暂得一闻《大涅槃经》,以是因缘,今得天身,值我出世,复闻深义,舍于天形,即以女身当王国土,得转轮王所统领处四分之一,人民炽盛,无有衰耗、病苦、忧恼、恐怖、祸难,成就具足一切吉事。

释曰:昔灯王佛所发愿乃有三人:一大王,二夫人,三大臣。大臣法林前后记毕,天女请说大王之事,佛即先赞净光惭愧之美,次彰天女授记之征,即以天女当王国土者,所谓圣母神皇是也。(《大正新修大藏经》)

《大云经》里的净光天女是菩萨转生,她以女身(而实非女身)为阎浮提主。净光天女的身份与武则天所期望的身份相符。武则天身为女儿身,她要想成为人间的神(皇帝),实现身份转变,也需要话语支撑,武则天此时选择了借用佛尘谶。在佛教里的女儿身也可以成佛,可以佛光普照,可以成为民众祷告祈求和顶礼膜拜的对象,《大云经》里净光天女的故事也就得到武则天的青睐。据《旧唐书》记载:"初元年秋七月,有沙门十人伪撰《大云经》,表上之,盛言神皇受命之事。制颁于天下,令诸州各置大云寺,总度僧千人。"这也就是说,在武则天刚刚登基不久,薛怀义等十多个和尚等就撰有《大云经疏》四卷,说武则天是弥勒佛化身下凡,应作为天下主人,武则天下令颁行天下,并命僧人讲解传授。此后她还将自己改称"天后"。从武则天将净光天女之事"制颁于天下"可知,武则天比附净光天女,扩大净光天女的影响,实在稳固自己的统治根基。在这种风气的推动下,围绕佛经在造作谶纬成为一时之风。有了最高统治者的带头,佛谶得到较大的发展,诸多僧人参与其中。

二是武则天对字谶的偏好。字谶是将汉字作为一种预言工具,利用汉字的寓意来预测未来之事。武则天喜欢用字谶,利用汉字的特性来寄予自己的期望。武则天对谶纬的偏好。她为自己取名"曌","曌"字,上边一个日，一个月，寓意日月当空普照大地，这个取名是为只不过是为强化她作为女皇的身份特征。武则天还为自己的儿子取名李弘。"李弘"这个名字大有讲究。自汉代以来，以"李弘"之名图谋政治权力者甚多。①这其中缘由起自西汉末年的《太平经》，《太平经》中有关于"李弘"的预言，说他将于末劫乱世降生人间以拯救万民，以致后来每逢乱世，总有人打着"李宏"的名号进行谋取政权。武则天为自己的儿子取名李弘，其中寓意不言自明。张鷟《朝野佥载》中有一则材料可与武则天对字谶的偏好相印证：

> 天授中，则天好改新字，又多忌讳。有幽州人寻如意上封云："国字中'或'，或乱天象，请□中安'武'以镇之。"则天大喜，下制即依。月余有上封者云："'武'退在□中，与囚字无异，不祥之甚"（张鷟《朝野佥载》第一卷）。则天愕然，遽追制，改令中为"八方"字。后孝和即位，果幽则天于上阳宫。

这一事件的叙述是否可靠无须考证，在一个谶纬之风盛行的时代，此类附会之事自然亦多，但此事至少说明武则天喜欢字谶不是空穴来风，不然好事者不会附会到她身上。

正统与非正统的权力之争推动了谶纬在唐代的再次兴起，这种兴盛的路线与汉代谶纬的兴盛是如出一辙，"体有三乳"的异乎常人的长相，书生的谶言，枯树复生祥瑞事件，这些谶纬事件的叙述与汉代谶纬兴盛时期的叙述大同小异。只不过唐朝谶纬的造作拥有更为熟练话语经验可资借鉴，拥有更多的话语资源如道教、佛教等可资利用。借助谶纬的虚构权威，李渊父子以及武则天等达到了重构自身身份特征的目的，而谶纬也在最高统治者的提倡或默许下再次获得生存空间。唐中后期，谶纬之风受到一定的压制，但总体而言，谶纬的再次兴起为其民间性的世俗化的谶纬发展提供了基础。

二、大众/平民——谶纬对未知世界的想象性表达

如果说正统与非正统所表达的是谶纬背后的权力之争在历代政治权力更迭中都被不断反复使用，那么大众与平民所表达的对超能力的想象性表达则代表了谶纬世俗化后，普通百姓在使用谶纬时的一种潜在话语蕴含。这种表达方式是谶纬发展到唐代后实现世俗化转型后实现的。谶纬在世俗化转型后广泛运用于普通大众个体命运的预测。

这种转变需要提到两个人,一个是袁天罡,一个是李淳风。袁天罡是隋末唐初的道士,他善于星象、相术与预测。相传他懂得"风鉴",即凭风声风向,可断吉凶。他同时还精通面相、六壬及五行等,著有《六壬课》《五行相书》《三世相法》等。李淳风是唐代著名的天文学家、历算学家,他曾在唐初曾任太史令,精通天文、历法、数学、阴阳学等。据《殿中侍御史李君墓志铭》载:"(李淳风)年长,喜学,学无所不通,最深于五行书。以人之始生年月日所直日辰支干,相生胜衰死王相,斟酌推人寿夭贵贱利不利,辄先处其年时,百不失一二。其说汪洋奥美,关节开解,万端千绪,参错重出。学者就传其法,初若可取,卒然失之。星官历翁,莫能与其校得失"(《昌黎先生集》卷二十八)。由这段文字可以看出李淳风善于五行和推命术在当时就很有名,他的算命先生的身份不是后人附会上去的,他当时采用的是六字算法,后为宋李子平发展为八字算法。袁、李二人的主要活动期间大致相当,都活跃于隋末唐初。袁天罡的称骨算命术和李淳风六字推命术在民间都有很大的影响,至今他们的算命术依然在民间流行,相传《推背图》即为二人合著而成。《宋史·艺文志》中已有《推背图》著录。《经义考》曰:"今人所云《推背图》者,今则托之李淳风。"今人朱肖琴所收集《推背图》在综合明清所传版本时说是二人合著。袁天罡和李淳风二人都精通历法,在推命术上都各有建树,善于推算的袁天罡、李淳风由此在民间叙事中成为了一个箭垛式人物,许多预言式故事的都向集中到他们的身上。根据《推背图》的文本特征,我们可以看出这是一种成语接龙式的故事汇聚方式。《纬书集成》里有一段编者按语:

> 眼下的书摊上,已经出现了几种版本的《推背图》,有诗又有图,而且号称"中国七大预言"之首。所以颇能耸动一些人的好奇心。它之所以叫做《推背图》,据说是,唐朝有个李淳风,精通天文历算,他仰观天象,预测到了不久将有武则天乱唐的灾难,便推算起来,不禁忘情,一直推演下去,直到被另一位术士叫袁天罡的推了一下后背,道:"不要再算了!"而已经推算出来的,就是我们现在看到的这个预言此后数千兴衰的《推背图》。《推背图》和历史上其他预言的区别,就是它预测的时间长,篇幅大,而且有诗有图,能适合民众的趣味。所以它在民间传播极广,也远远超过其他的预言书。(安居香山、中村樟八《纬书集成》)

《推背图》这个预言的接龙故事最早起于何时,很难考证。但从流行的《推背图》诗与图可以大致断定,最晚它应该在宋朝就已经有了完整的《推背图》文本。《推背图》第一卦象是甲子☰乾,它的谶曰:"茫茫天地,不知所止。日月循环,周而复始。"颂曰:"自从盘古迄希夷,虎斗龙争事正奇。悟得循环真谛在,试于唐后论元机。"这里面出现的希夷是宋朝道士陈抟的号。由此可以推断陈抟与《推背图》的渊源应该很深。从上面这段话我们可以看出《推背图》篇题就充满故事性。"其实从叙事学的角度来看,这应该是一个不断书写的文本,所以我们现在才能够看到许多不同版本的《推背图》。这些新版《推背图》不断将最近的历史事件接续,就像成语接龙游戏一样,所预测的事件随着历史的进程不断得到修正,使得预言与历史相吻合"(张泽兵《谶纬叙事研究》)。后面的卦象论唐朝的世事变迁,这也需要站在唐朝之后的历史中才可能假托谶言。《推背图》提供的叙事模式不断为世人所接叙,也为世人反复附会,至今不衰。宋代有陈抟的叙述版本流传,明末清初有金圣叹的叙述版本流传,现代则有朱肖琴的叙述版本流传,这只是叙述版本流传,而充斥日常生活叙事中的个性化叙述则难以窥测。因为这种接龙式叙事会随着历史的变迁而有新的附会解释,故事的趣味性也在其间体现。比如《推背图》38卦的解读笔者就存有疑惑。笔者以为朱肖琴对《推背图》第三十八卦"门外一鹿,群雄争逐。劫及鸢鱼,水深火热"的解读似乎值得商榷。这里的"门外一鹿",应该指高丽的"麗",历史事件当指涉"抗美援朝"。金圣叹为明末清初人,清之前的事件他能以史实证《推背图》,之后事也只能臆测。朱肖琴注《推背图》是一九四七年,之后事他也无从解释。

推动谶纬在唐代实现世俗化转型的一个重要原因是一些重要的预测性纬书在此间完成,并在社会上广为流传,这其中就包括李淳风所撰的《乙巳占》、瞿昙悉达编撰完成的《开元占经》。

《乙巳占》是唐李淳风所撰,皆为杂占内容,包含天文、云气、风雨并及分野星象之类。因为此书是作于贞观十九年乙巳年,在上元甲子中书作,所以书名也就命为《乙巳占》。《乙巳占》是杂采前代诸多占星著作编撰而成的。汉代盛行的纬书,经过隋朝的严厉禁绝,已大都失传,而《乙巳占》中却保存了很多汉代五经纬书的内容。此书在谶纬的发展上不仅仅在保存了前人的成果,而是创造性地进行理论发挥,此书多征引历史事件来论述天文星象的怪异现象。试举一例:"凡国乱,五星化下为之祅,而降之自天。是故岁星降为贵臣,荧惑降为童儿嬉戏歌谣,填星降为老人妇女,太白降为壮夫处于林麓,辰星降为妇女,或变化无所不为,以见异而告之也。……"淳风按:"隋仁寿四年甲子诸州造舍利塔时,陕州天雨金银花,时人以作像,象祥瑞,以奏于高祖,高祖知其非吉。其后有杨谅之乱、二世失道,斯其验也"(李淳风《乙巳占》第三卷)。从"时人以作像"的叙述来推断,当时的普通大众已经接受谶纬文化,并以实际行动回应怪异天象。这种民间性的谶纬之风具有比较广泛的民众基础。

《开元占经》为唐朝瞿昙悉达奉敕诏完成。瞿昙悉达是印度人,但已居住长安数代人,他是唐朝天文机构的重要人物,所以能够接触诸多失传的天文资料。他编纂的《开元占经》一共有一百二十卷,其中搜集到的纬书七十余种。"该书将人间万物及社会组织全数搬到天上的恒星命名系统,显然是天人合一、天人感应思想的又一表现"(江晓原《中国星占学类型分析》)。这部集大成的著作记述古代石氏、甘氏和巫咸氏这三大星经门派,并加以综合。其编排体例是以类书的方式进行,对星官进行了归类,用人间事物命名。书中所用人间事物包括国名,如齐、赵、郑等;帝王贵族,如帝座、侯、天皇大帝等;职官,如宦者、天将军、女史等;机构设施,如房、东井、天市、天牢等;日用器物,如角、箕、毕、华盖等;动植山川,如牵牛、龟、鱼、青丘、狗、咸池等;人物,如织女、造父、老人、王良等;神怪,如轩辕、鬼、太一、司怪、八魁等;杂类,如卷舌、哭、屎等。《开元占经》用这种天文星象与人事万物对应的思维方式逐条展开叙述,与汉代纬书《诗纬·含神雾》等颇为相似。它对后世文学叙事的事件组织有深刻影响,最为典型的是《水浒传》中水浒一百单八个人物与天上星宿的对应关系。

唐代谶纬世俗化转变的一个重要表现在于民俗文化如墓志中出现谶纬的身影,这是之前的谶纬所未曾出现的现象。在中国丧葬文化史上有一个极特殊的现象,就是隋唐时期的墓志刻石上还刻有谶语,这是谶纬文化影响丧葬民间文化的表现。墓志铭中的谶纬在内容上有的建议开墓者要另行安葬,或希望逝者长久安眠、生者富贵,或充满了对盗墓者的诅咒。在周绍良主编的《唐代墓志汇编》中,我们经常可以看到墓主"恐山飞海变,陵谷推迁"或者"桑田虑改,山移谷徙"等原因而"卜其宅兆"或"爰占兆域"等,在叙述先祖生平事迹时也常常掺杂谶言纬语,或曰"珍木叶祥,彩云渝庆",或曰"灵岳降神,祥云入侯",或曰"仲公既往,德星无重聚之期;康成已亡,空悲辰巳之梦"等。其中墓志雅文多以先辈功绩为经,以占兆祥瑞等为纬,这也成为唐代墓志叙述上的一大特点。而其中文辞较为粗俗者则有更以谶为咒等现象,比如河南省出土的《李宗墓志》中墓志文末尾刻有谶语:"葬后一千七百年有张大安所发"(郝本性编《隋唐五代墓志汇编》)。山西出土的《张剑墓志》刻有谶语:"吾葬以后一百卅年,被彭里来开发,破坟者凶,茔坟者吉"(《唐代墓志汇编续集》)。这种情况表明,谶纬在唐代已经实现转型,它的流传和运用不仅仅局限了重要历史人物的政治领域，也为民众所接受，并向风俗文化等领域渗透。

三、内容/形式——谶纬对唐代叙事文学的影响

自汉代谶纬兴盛以来，将谶纬作为经学的主要形态进行研究，这是谶纬研究历史的主流，"谶纬经学"的研究路径基本上将"谶纬"与汉代"谶纬经学"等同，谶纬的文学价值发掘也基本在这种视野之内。刘勰在《文心雕龙》里曾以之与经学作为参照，指出它"无助经典，而有益文章。"当我们将谶纬这种预测性言辞的文学价值放在唐代，许多问题需要重新做出思考。因为谶纬经学的路径将汉代之后谶纬的发展演变以及新造作的谶纬文本基本上都被排除在外，唐代谶纬的世俗化转型所具有的文学价值被遮蔽。

许多学者在研究唐代文学、明清小说与谶纬之间的关系时也多忽视谶纬本身在汉代之后也出现诸多变化，而直接归结为汉代谶纬的影响。本文前面所论"唐代谶纬的转型"就是试图对这一问题突破"谶纬经学"的囿限，进一步挖掘谶纬这种预测性言辞的文学价值。谶纬在此时代不再受到经学的束缚，而保持借助佛道的思想资源，在最高统治者的倡导下得到进一步发展。在唐代，谶纬实现了世俗化转型：它不像汉代谶纬那样依附儒家经典，转而攀附佛教、道教经典，继续以"依经附典"的形式"神宝藏用"；它不再由方士和儒生造作，僧人、道士和科举士人参与到唐代谶纬的造作和传播，唐代新兴知识阶层推动谶纬走向大众化和世俗化；谶纬的预测性言辞一方面以"虚构的权威"继续与政治权力结合，另一方面则是转而广泛运用于普通大众个体命运的预测。

首先，从宏观上描述谶纬对唐代文学的影响。这需要与汉代谶纬对文学的影响做简单比较。汉代谶纬自汉至魏晋南北朝经历了一个由盛而衰的过程，在这个过程中，当时的人们对谶纬的认识也由浅到深、由具象到综合、由内容到形式的过程，谶纬内部经历了从"谶"到"纬"的一个认识过程和叙事实践过程。正是这个过程导致后来谶纬研究者在"谶""纬"上存在很大分歧。在这个过程中，谶纬的文学作用显现出来，也可以说是文学、艺术促使了谶纬从其政治、历史功能走出来，文学、艺术在这个过程中起了积极的作用。从谶纬在东汉至六朝时期的兴衰历程我们可以看到，谶纬在中国叙事传统的第一大形式论价值在于"经天纬地"的事件组织形

式。谶纬的兴盛催生了"经纬为文"的叙事文学形式。魏晋时期开始,谶纬遭受官方打压而逐渐衰微,其形式论意义才得以不断突显出来,不断被文学、艺术领域挖掘和运用。

谶纬内部经历了从"谶"到"纬"的一个认识过程和叙事实践过程。谶纬在中国叙事传统的另一个形式论价值在于"预测性言辞"的故事结构形式。而这一价值在中国文学叙事传统中重新得到肯定得益于唐朝的造谶和预测之风气。从唐朝到宋代,谶纬再次经历了一次由昌盛而走向衰微的历程。这次兴衰历程中,谶纬作为预测性结构的形式论意义被叙事文学所重视,预测性结构成为宋代话本、明清章回小说的必备形式特征。无论是整体性故事构架还是单个人物、单篇章节,都离不开预测性的结构形式。谶纬这种预测性言辞所具有的形式论价值在此时被充分利用起来。唐代谶纬世俗化转型对文学的影响经历了从具象到综合、从内容到形式的过程。如果说汉代谶纬自汉至魏晋南北朝时期对文学的影响经历了一个从具象到综合、从内容到形式的过程,文学在这个过程中起了积极的作用。在谶纬的文学研究中可以关注到其他领域容易被忽视的现象。如"谶"与"纬"涵义的长期争论,从谶纬的兴衰历程我们可以看到,谶纬内部经历了从"谶"到"纬"的过程,这是一个从具象到综合、从内容到形式的过程。

谶纬的这种向文学的渗透态势比汉魏六朝前进了一大步,也就是说谶纬文学价值在唐代得到了进一步的张扬。官方叙事的退场与民间叙事的强化使得谶纬无论是内容还是形式都实现了向文学叙事的全面渗透。唐代的佛谶、诗谶、志怪小说、神仙传说等叙事性文学方面都留下深刻的印记。

佛谶并非兴起于唐代,但得以盛行于唐代。佛谶早在魏晋南北朝就已经产生。佛教的因果轮回和报应思想本身与谶纬思想有契合之处,佛教在中土的传播过程中,也就借助谶纬的叙述手段达到其传播效果。此时的佛谶更多表现在僧人的异表的描述,以及轮回报应等神奇事件的叙述。在《高僧传》中尤其能够看到这方面的例子。而到了唐代,随着谶纬自身的世俗转型,更具民间色彩的佛谶——卜签在寺庙里盛行。到寺庙里求签问卦,僧人为民众解签答疑,这是之前不曾有的现象。"佛教占卜理论在唐代系统化、完善化后,对民间社会产生了很大的影响,其表现形式之一就是寺庙内求卜问签的普遍化。……佛教占卜却由此进一步走向民间,我们现在从一些禅寺或其他佛寺,都能看到有问卜求签的活动"。

(严耀中《论占卜与隋唐佛教的结合》)许多高僧都习《易》占卜,禅宗的六祖慧能、马祖道一等都善谶。佛谶逐渐走出了以谶纬解佛经的路子,转而成为众人参与的占卜求签活动,这种现象推动了民间叙事形态的唐代谶纬的发展。也就是说,谶纬的世俗化过程中,佛教信徒参与到谶言纬语的叙述之中,远离了谶纬与政治权力结合的路子。

诗谶从某种意义上也可以看做是叙事性文学。唐代是中国诗歌的巅峰时期,此时的谶纬与诗歌的结合产生了独具特色的叙事形式:诗谶,它是谶纬的故事生产机制在诗文领域里发生作用的结果。它以故事的方式来解读、欣赏诗歌,并催生一系列的故事,成为中国文学中的一种特殊叙事形式。正所谓一语成谶,诗中不经意间写的一些自身命运语句,后来竟至应验。"'诗谶'指的是某些诗人所创作的预示了诗人自己未来命运的诗歌。尽管它们之间有内在联系,历来人们也往往把它们混而言之,但实际上两者是大不相同的。"(吴承学《中国古代文体形态研究》)诗谶在解释事件的时候,意在用歌谣来预测未来事件。诗谶也被称为"谶记",《全唐诗》中就是这种叫法。随着文学的自觉,谶纬政治功能的消退,具有叙事审美功能诗谶在唐朝时期登堂入室。从名称看,后来在一般的诗话或笔记小说中也基本确定"诗谶"这种文体,用以指称以诗来预测诗人命运的叙事文体。诗谶不再与国家政治命运关联,而是与诗人的个体生命结合。正因为诗谶是结合诗人的命运来论述诗歌的,所以这类故事多保存在诗话、词话、作家传记或者诗文评之中,唐孟棨的《本事诗》、叶申芗的《本事词》、欧阳修的《六一词话》以及《唐名媛诗小传》《明诗纪事》等记载了许多诗谶。将谶纬叙事思维运用到诗、词的接受,由此产生相关的谶纬故事。诗谶已经将谶纬中的帝王、圣贤等重要历史人物替换为诗人、词人等文学作者;征兆事件也替换为作家的诗、词甚至是对联、日常话语,而不是谶纬兴盛时期的天象、灾异等;应验事件也不再是重要社会历史事件,而是作者自身的命运变迁。这是谶纬在适应诗歌的传播与品鉴时的变化发展。从故事发生的角度来看,诗谶是谶纬的故事生产机制,在诗文领域里发生作用的结果,谶纬叙事思维刺激着人们的叙事冲动,使他们在诗词文章中寻找故事,满足人们对于故事的需要。从文体分类上看,诗谶不是一般的文艺评论,不是用理论的语言来做诗文的评价,而是事件。叙事文类的基本特征是人物、事件、时间,这些要素在诗谶中都是必备要素。可以说,诗谶是用故事来做评论工作,它本身也成为叙事文学的一种特殊门类。

唐代谶纬在志怪小说、神仙传说等其他叙事性文学方面的影响这里也略说一二。谶纬大量造作灾祥、怪异、符瑞、谶应事件，塑造充满传奇色彩的人物，其核心在于事件都具有"奇"这一特性，迎合了民众的猎奇心理。魏晋南北朝时期的志怪小说吸收谶纬进入，唐代的志怪小说也是如此。所不同的地方在于，唐代志怪小说中的谶纬更多侧重于叙事普通群体的谶应事件，叙述上所表现出的"辑佚"色彩退化。如《搜神记》因为是辑佚之作而留下资料收集的痕迹，唐代志怪小说的谶应事件的叙述则显得更加自然。这一点可以从段成式的《酉阳杂俎》窥见一斑。谶纬对唐代叙事性文学的影响还表现在类书的编纂上。类书不仅在文献资料的留存上富有意义，它在故事的分门别类上，不受所谓"小说"文体的限制，具有重要的叙事学意义。例如欧阳询撰《艺文类聚》一书，《四库全书》提要曾说，"是书比类相从，事居于前，文列于后，俾览者易为功，作者资其用，于诸类书中，体例最善。"对于故事进行"比类相从"是很有意义的。他进行分类所依据的是故事中出现的主要事物，如日、月、星、帝、王、符等。谶纬故事主要收集在日月星辰以及帝王、符命一类里面。需要指出的是，《艺文类聚》不仅收集汉代谶纬内容，也收集唐代谶纬内容，如《乙巳占》《开元占经》都收集其中，这不得不引起研究者的注意，因为唐代谶纬转型带来新的谶纬文本，这也进入到唐代类书之中。自唐开始，谶纬或者说谶应类叙事逐渐成为一种叙事门类，诸多叙事性类书都不得不专门开辟专门的章节或卷来安置这类叙事作品。这种编撰惯例《搜神记》是其滥觞，只不过从唐代开始这种类别意识进一步增强。张鷟《朝野佥载》第一卷全为谶应、占卜类故事，《艺文类聚》《太平广记》《太平御览》等都有谶应叙事作品的一席之地。在神仙传说、道教典籍中，谶纬应验故事的比重也得到强化。如在杜光庭的《道教灵验记》中，大量的谶应类故事被反复讲述。这类故事在情节模式上有一定的不变因素，或尊重道教所属物的得到庇护，或不尊重道教器物导致灾难甚或丧命，受众或为僧人，或为官宦，或为普通百姓。

综上所述，谶纬在唐代的兴起有其政治背景，政治话语建构和政治身份的重构成为谶纬兴盛的重要原因，这与汉代谶纬的兴盛颇为相似。所不同的是，唐代的谶纬在实际的叙事实践中有更多的民众卷入其中，大众群体参与到谶言纬语的使用之中，唐代纬书的经学色彩褪去，更为接近术数。就谶纬对唐代叙事文学的影响而言，本文未能全面深入展开论述，深以为憾。但这个研究课题值得做更多的探讨，因为中国叙事传统的诸多现象都在这个环节中有所表现。

【注解】（Notes）

① 关于李弘的由来和种种历史记载，萧登福在《谶纬与道教》一书中有详细考证。

【引用文献】（Works Cited）

欧阳修,宋祁撰:《新唐书》,北京:中华书局,1975年。
刘昫等撰:《旧唐书》,北京:中华书局,1975年。
《大正新修大藏经》
《昌黎先生集》卷二十八·碑志五,宋刻本国家图书馆藏。
张泽兵:《谶纬叙事研究》,北京:社科文献出版社,2013年。
安居香山,中村璋八:《纬书集成》,石家庄:河北人民出版社,1994年。
江晓原:《中国星占学类型分析》,上海:上海书店出版社,2009年。
李淳风:《乙巳占》,文渊阁四库全书电子版。
张鷟:《朝野佥载》,北京:中华书局,1979年。
郝本性:《隋唐五代墓志汇编》,天津:天津古籍出版社,1991年。
吴承学:《中国古代文体形态研究》,广州:中山大学出版社,2000年。
严耀中:《论占卜与隋唐佛教的结合》,《世界宗教研究》2002(4):30—37。
《唐代墓志汇编续集》,上海:上海古籍出版社,2001年。

【作者简介】张泽兵,文学博士,江西省社会科学院文中国叙事学研究中心成员,主要从事叙事学和文化研究。

20世纪90年代中国女性文学的叙事缺陷

◎ 宁 凡

【内容提要】20世纪90年代中国女性文学,注重女性意识的表达,建构女性话语权威,在私人话语、个体写作、身体叙事等理念的引导下,中国女性文学迎来了一个新的繁盛期。但是在繁荣壮大的背后,不难发现,自我虚构的叙事策略,同质化的叙事形式、单一的叙述声音成为了这个时期中国女性文学在叙事上的缺陷。

【关键词】女性文学;自我虚构;叙事形式;叙述声音

20世纪90年代,在西方文学理论的喧哗与骚动中,中国的女性话语以前所未有的文化冲击力浮出了历史地表。一方面,通过90年代本土的女性写作,这种话语表达一次次返回女性自身,聆听自身、表达自我,使女性个体重新与自我发生新的联系,并作为一种自觉的性别存在进入本土文化和美学的视野。另一方面,"九十年代的女性写作实践……期冀着在一系列的女性话语的颠覆、反抗过程中,赢得女性在历史中言说的权利,建立起平等的男女文化关系,进而建构女性主义自己的诗学规范"(徐坤147)。然而在一个由男性意识所统摄了那么长时间的世界里,当女性试图发出自己的声音时,她必然要经历一番艰难的磨炼;必须在想象同现实、认同与质疑、突破和禁忌、本真自我与社会塑造自我之间,做出痛苦的抉择,而这抉择往往意味着内在的分裂。可是往往真实的声音,都是在对肉身与灵魂深切地凝视与谛听中,在"自我"撕裂的痛楚中,获得了喷薄而出的力量。在90年代的女性文学中,"声音"从女性的自我言说的欲望出发,从获得独立话语权的渴望出发,以一种彰显性别的姿态甚至是犯禁式的冲动开辟着自己的话语空间。同时,由于20世纪90年代传统中心价值开始解构,文化的整合功能减弱,共识破裂,相对主义悄然弥漫,感应着特定的年代风气,"个人"成为一种新的声音出现在了历史的舞台上。"个人"体现着生活的自由程度,意味着对宏大的意识形态的挑战,对旧的道德规范的蔑视,对群体生活的疏离和对私人空间的捍卫。正是在与时代社会精神生活的同构性感应以及选择性回应西方女性主义思潮中,中国女性文学在 90 年代迎来了繁盛期;在私人话语、个体写作和身体叙事等主题的共生下,90 年代中国女性文学扛起了建构女性话语权威的大旗。但是繁荣与浩大难掩 90 年代中国女性文学在叙事上的缺陷,主题的先锋遮蔽不了叙事技巧的保守。

一、自我虚构的叙事策略

"如果存在一种典型的女权主义文学形式,它就是一种零碎的、私人的形式:忏悔录、个人陈述、自传及日记"(伊丽沙白·威尔逊 320)。在 90 年代,作为女性作家中坚力量的陈染、林白、海男不约而同地推出了以"我"为叙述者的貌似自传体的叙事文本。这些文本直指女性自我心灵,展现她们的孤独、恐惧、幽闭;诉说她们曲折的成长,不和谐的父母关系、母女关系,两性关系;呈现女性隐秘的性意识与性幻想。在叙述策略上,"为取得作者、人物、读者的契合,掩饰作品的虚构性,几乎总是由女主角讲述自己的故事,沿用一种自传体的形式"(163),通过第一人称"我"讲述我自己的"真实化"的叙事方式,给读者带来阅读与审美判断上的"幻象"或"错觉",即她们的小说不仅是叙述者的真实经验、经历的再现,而且是作者自我的现实性经验的表达。《与往事干杯》以"我回忆往事"的姿态开头,又以"我对自己上述关于回忆往事的写作的评价"这种"元叙述"作结。《一个人的战争》中关于"我写作"的陈述出现过 23 次。《守望空心岁月》中总是以"关于什么,我将在哪里呈现"的方式把"我"和"作家"联系在一起。《午后悬崖中》"我"通过录音让名为韩桂心的"我"讲述自己故事的方式也具有了"准元叙述"的色彩。元叙述的叙述策略不仅使"我"成为文本的叙述者、故事的参与者,而且使"我"与文本世界之外的作者重叠,通过叙述者与人物合一,叙述者与作者合一的近距离聚焦来透视女性的生存状态,营造"真实"的、自传体式的幻象。与叙事上的这种幻象相应的是文本呈现出来的对女性成长的极大关注。在陈染、林白、海男、残雪、徐坤等 90 年代女性作家的叙事本文中,作为叙述者的"我"大都是十几岁到三十几岁的青少年或青年女性,文本以诗性的语言记录了这些女性在成长过程中的遭遇,在肉体与精神上面临的困顿,在男性的窥视、背叛与倾轧下的苏醒与出离,展示了女性从虚幻、懵懂、依赖到真实、清醒、独立的华丽蜕变。《县城》中的罗修,《午后悬崖中》中的韩桂心,《一个人的战争》中的多米,《怀念声名狼藉的日子》中的豆芽菜等,这一个个年轻的"我"或在与社会约规的抗争中,或在一次次从男人身边的逃离中,或在一次次罪恶的绞杀甚至体悟死亡中,坚韧地争取着自己的生存方式,孤独而又妖娆地成长着、蜕变着。文本中这些成长中的女性所具有的年轻气质与这些女性作家真实的生理年龄有着不同程度的不谋而合,这种巧遇使读者似乎又得到了一种暗示:"我"就是作家本身,"我"的故事与境遇就是作家真实的经历,叙述者、人物、作者三者再度重叠。

20 世纪 90 年代女性作家通过叙述人称与准自传体的叙事形式营造了叙事的真实感,模糊了真实与虚构的界限,重叠了叙述者与作者,呈现出自我虚构的叙事特征。这种叙事策略的选择隐含着女性意识或女性倾向,是女性拒绝男性目光、重写自我真实经验的手段和途径,是女性争夺话语权的表征。在父权与男性文化的合围下,女性以自身为蓝本,由女性自己抒写自我的成长经历,由性别劣势转化为性别优势,并以此为突破口力图实现突围。同时这些一个个女性成长的自传,一个个被侮辱与损害的背影,一个个艰难挣扎与跋涉的印记,碰撞、汇聚、交织在一起,构成了一部中国女性作为第二性的成长史,形成了中国女性这一性别成长的隐喻——女性这一性别的成长还处在青年期,女性还行走在自觉与获得平等权利的路上。但不幸的是,女性作家在将自我想象、虚构现实化的同时,却也给女性写作及女性自我的重构设下了危险的陷阱。它不仅限制女性写作的想象视野,也限制了女性经验的丰富性的拓展与女性形象的立体在场,由此形成女性写作发展、前进道路中的一种障碍。如何冲破这道自我设置的桎梏,寻找新的女性叙事表现策略,是 90 年代女性写作不得不翻越的山岭。

二、趋同化的叙事形式

与这种自我虚构的叙事策略相应的是在 90 年代女性作家文本中呈现出来的趋同化的叙事形式。90 年代的女性作家在有意回避公共话语,清醒警惕父权意识形态,力图消解菲勒斯中心论的同时,极力争取属于自己的叙事空间;但无疑这空间是狭小的,女性作家们纷纷把叙述目光聚焦在女性成长这一主题变成了一个显在的证明。女性作家对女性自身成长的关注不仅体现在前文所述的由"我"讲述自己的成长,也表现在借助"我"之笔实录其他女性的蜕变。这种主题上的趋同在一定程度上形成了叙事形式上的趋同。这种趋同从单体作家来看,主要表现在对某个叙事意象的执著或对某个叙事人物的偏爱。海男的叙事文本中,"蝴蝶"无疑是个有意味的意象,单以此为题的叙事文本就有《蝴蝶》《蝴蝶在哪里飞翔》《蝴蝶是怎样变成标本的》,同时它还不时飞舞在其他文本中。海男对"苏修"这个小说人物无疑也是厚爱的。她舞动在《蝴蝶》中,迷茫在《叙述者的痕迹》中,挣扎在《亲爱的身体蒙难记》中,又以化身"罗修"妖娆在《县城》中。与海男有同样偏好的还有陈染。"黛二"作为陈染叙事文本中的一个重要女性形象接连出现在《无处告白》《凡墙都是门》《与往事干杯》《另一只耳朵的敲击声》中。不仅名字一样,而且具有相同的精神特质:孤独、漂泊、孤傲、晦涩、边缘、像头发般纷乱。林白笔下的"多米""北诺"也穿梭在她的多部作品中。

　　单体作家的这种趋同有自我复制的倾向。不仅单体作家如此,从90年代的女性作家群体来看,女性作家都对某种具有象征意味或隐喻色彩的意象流露出偏爱,构成了她们在叙事形式上的趋同。"门"(《凡墙都是门》《玫瑰门》)既是阻挡又是突破,穿凿而过,由封闭走向开阔。与"门"密切相关的是"房间"。"房间"(《说吧,房间》《独身女人的卧室》《阁楼》《黑房间》),对于中国女性而言,有着太多复杂的负载与承受。在绵延千年的文化传统中,"大门不出,二门不迈",女性被严酷地限囿在闺阁里、绣房中,承受着、内化着男性文化赋予他的"相夫教子"的社会角色,成为社会生活中沉默的背景。"房间"对于那个时空里的女性而言是规约、是控制,房间之于她们而言是生命的全部,而她们早已被置换为房间的一部分。当"五四"新文化运动的浪潮席卷而来的时候,对于中国女性而言最大的震惊不是民主,不是科学,而是"娜拉的出走",逃离束缚自我的房间,走出桎梏自己的牢笼,撕掉贤妻良母的面纱。娜拉出走后怎么办?时光轮转,当弗吉尼亚·伍尔夫的女性应该有"一间自己的房间"的呼喊穿透而来的时候,"房间"在90年代无疑成了女性争取独立、保有隐秘、拒绝被看的代名词。陈染在她的小说《私人生活》中鲜明地表达了这种思想:"这里只是女人的房间,一个女人或两个女人在这里无休止地穿衣服和脱衣服,她们不说话,她们使用暗语,似乎房间里那些无形的镜子后面躲藏着男人们的眼睛,眼睛们正在向她们窥望,用目光触碰她们手势中的窃窃私语"(38)。"房间"由女性物化境遇的证明成为女性展开丰富性的可能,它的性质发生了变化——由抛弃变为了争取。不仅如此,"房间"本身的空洞、接纳与女性的性别生理特征的近似,使它的意味又被转化指向女性自身。"房间又是女性的象征,一种关于女性子宫的隐喻——一种绝对的、女性本源的存在"(陈晓明29)。"水"(《瓶中之水》《你是一条河》《水与火的缠绵》)和"花"(《桃之夭夭》《花纹》《迷幻花园》),在《诗经》和屈原所共同开创的"秋水伊人"与"香草美人"的文化传统中与女性是如影随形的。女性被塑造成"如花""如水"的柔性存在,成为了潜在的男女二元对立文化中,女性处于"他者"位置的佐证。而在90年代女性作家的文本中,女性无论是辣辣、曾芒芒、意萍,还是尹小跳、郁晓秋、吴为,她们的"如水""如花",不再是柔弱,而是一种柔韧,是"西来东出几时休"的坚持;是一种洗涤,是洗尽铅华露真颜的蜕变。她们如水一样在男性的历史裂缝中不断为自己寻找进路,遇到障碍却能激起百倍努力;在对肉体和精神上的男性烙印自洁的同时,涤荡父权社会中的陈规陋习、魑魅魍魉。她们如水一样,姿态万千,"洋洋乎充满大海,发而为云,结而为雨雪,化而为雾,凝而成晶莹之冰"(黑田孝高69),却始终保有本性。她们"如花"一般妖娆绽放,在繁华落尽后显现真淳。"镜子"(《私人生活》《一个人的战争》《粉色》《大浴女·猫照镜》)一如西蒙·波伏娃所说:"女人在整个一生中都会发现,镜子的魔力对她先是努力投射自己、后是达到自我认同是一个巨大的帮助"(575)。在90年代女性作家的文本中镜子成了女性确证自我、反观自我的途径。"我常常觉得自己就是那镜子里的人。很显然,我是从发虚的镜中认出了我自己,那是一个观察分析者与一个被观察分析者的混合外形,一个由诸多的外因所遮掩或忽略了'性'的人,一个无性别者。由于这个人的光彩照人,便拥有了向多种方向发展的可能性。我还看到外部世界的典型现实已完全被扭曲、变形,好像一切都是虚幻"(4)。与"镜子"连接在一起的是"身体"。埃莱娜·西苏在《美杜莎的笑声》中大声疾呼妇女必须返回自己的身体,虽然这个身体曾经是陌生的形象,是被压制的原因和场所,但是"必须让人们听到你的身体。只有到那时,潜意识的巨大源泉才会喷涌。……无法估量的价值将改变老一套的规矩"。(194)女性感受自己的身体,正视自己的身体,忠于自己的身体,呈现自己的身体,以身体为利器,划破历史的重重暮霭,才能从常规中回来,从荒野中回来,从文化的彼岸回来。无论是陈染、林白,还是海男、徐小斌,抑或铁凝、王安忆,其文本中"身体"的存在,在一定程度上也构成了女性的力量,创造了属于女性的坚固语言。

上述这些意象在能指层面与女性自身形象或女性生存的境遇相契,彼此相互勾连,组成了关于女性的意象群,生成了指向女性的象征或隐喻。不仅在叙事意象的选择上,女性作家有着相似的偏好,在叙事的手法上,她们也表现出趋同。对女性生存境遇,成长过程,社会存在的关注,使女性成为90年代女性作家文本的中心。以女性为中心的文本写作把女性感受的表达放在了一个首当其冲的位置。因此,在叙事的手法上,构建连贯、完整、引人入胜的故事情节并不是文本的首要任务,意识、感受以及主观的、个体化的、女性化的思绪的言说才是关键。大段的内心对白,微妙的心理活动,起伏的情绪波动在这个时期的文本中大量存在,通过回忆、梦呓、冥想的方式,女性把属于自己的本真的感受一一镌刻进历史的长卷中。林白的小说没有清晰晓畅,结构井然的故事演进和紧凑、连贯的情节,而将女性体验和心理感受转换成诗意般飞翔的语言表达。其《守望空心岁月》把关于子速、姚笠、艾影、李茵的叙述通过正部和副部的形式连接在一起,只有在相对零散的文字中偶尔闪现的蛛丝马迹才能获得一个总体印象。《致命的飞翔》里李茵和北诺的故事被切成碎片后又杂糅在一起,把女性的直觉、幻觉、第六感嵌入其中,文本中充满了女性的直感。《一个人的战争》以回忆为视点,展现女性的心路历程。陈染的小说很少讲故事,大都是内心感受的叙述,充满了成长的烦恼、焦虑、恐惧与孤独。《另一只耳朵的敲击声》通过内心独白展示了女性独有的复杂或变异的心理,把一个女人的欲望、心智、孤独、恐惧、病态、阴暗等等一切的本来面目都呈现了出来。《私人生活》通过流动跳跃的下意识把笔触伸向女性隐秘的情感和体验。海男的作品则更加扑朔迷离,《圆面上跑遍》《罪恶》《没有人间消息》《理想主义者》《疯狂的石榴树》《鼓手与罂粟》几部小说没有叙述中心,大段大段的内心独白和感觉片断构成文本主体,迷离、恐惧、祈祷、追寻、表达是她小说的关键词,并由这些语词衍生出女性此在的思考。

三、叙述声音单一

90年代的女性作家采取准自传体形式,以第一人称貌似真实地讲述个人经历经验,作为叙述人的"我"的声音都得到了彰显。而即使是在第一人称异故事叙事以及一些第三人称小说中,第三人称可以理解为隐含的第一人称,因为"我"和"他"其实都是"我"(米克·巴尔 22),也通过叙述干预留下了叙述人自我言说的痕迹,并显示出对故事的控制。这反映出叙述者主体性的觉醒,彰显着叙述主体的自由与个性,并且促成了个人化的风格的形成。第一人称叙述声音独大,成为了 90 年代普遍热衷的选择。如王安忆的《叔叔的故事》《乌托邦诗篇》《伤心太平洋》,徐坤的《遭遇爱情》和徐小斌的《羽蛇》,铁凝的《没有纽扣的红衬衫》,池莉的《致无尽岁月》,陈染的《与往事干杯》《破开》《凡墙都是门》,林白的《玻璃虫》《一个人的战争》《致命的飞翔》《回廊之椅》,海男的《蝴蝶》《观望》,须兰的《纪念乐师良宵》和陈燕慈的《逃回原地》,安妮宝贝的《八月未央》《二三事》,棉棉的《一个矫揉造作的晚上》《糖》以及卫慧的《上海宝贝》《像卫慧一样疯狂》等等,都是第一人称的叙述声音,它们占据了女性作家叙事作品的很大一个部分。换句话说,90 年代本土女性叙事文学的一个显著特征就是大量采用第一人称"我"来叙事。叙述者"我"一般是直接参与到故事的发展中,甚至是故事的主人公。"我"内在于故事,是故事中的一个人物,所以同其他人物知道的一样多,只借助自己的感觉和意识,从自己的视觉、听觉及感受的角度去传达一切,不能像"第三人称全知"叙事那样全知全觉,提供人物自己尚未知的东西,也不能进行这样或那样的解说。但是由于这个"我"进入故事和场景,一身二任,或讲述亲历或转叙见闻,其话语的可信性、亲切性自然超过全知视角叙事,从而获得了某种"真实性"。另外一方面,第一人称总会把关于"我"引向存在于文本之外的作者自身,或者说第一人称更多地影射到作者的自我,从而使文本具有了虚假的自传体的色彩,这种虚假的自传体能在读者那里营造最大程度的真实感。通过"真实感"第一人"我"获得了言说的权力,悄然树立了话语权威。当然,由于"我"是故事中的人物,无法采取无性别的中性掩饰手段,"我"的性别必须是确定的——"我"是女性,因此与第三人称叙事相比,第一人称意味着对女性自我的肯定。这种既可建立话语权,又可昭示性别的叙述声音与努力发出自己声音的中国 90 年代中国女性作家们不期而遇了。诚然,这种不期而遇,也有深刻的外部原因。"第一人称的增多同主体位置的上升存在着微妙的联系"(南帆 139)。虽然中国的女性没有经历过真正的女性解放思潮的洗礼,没有自发的女性主义运动——中国妇女在每一次社会解放思潮中都是站在男性身后,从"五四"到民族救亡,女性都是男性的映衬、影子、追随者，在男性的指引、帮助下中国女性踏上了征程，在男性的笼罩下获得了存在空间。但是在1949年中华人民共和国成立之后，通过立法把"男女平等"作为一项基本国策，中国女性通过政治手段获得了平等，获取了主体性。这种主体性的获得虽然形式意义大于现实意义，虽然在现实中推行仍是困难重重——注意，"男女平等"在中国被写进宪法、被立法，也是在男性的主导下完成的，但是在"男尊女卑"了几千年的中国它引发的震颤无疑是巨大的。再加上改革开放之后，西方文化思潮的大量涌入，中国人（尤其是女性）的文化视野变得开阔，传统社会文化塑造的女性典范受到了质疑、挑战，这种反思有助于剥离加诸在中国女性身上的层层遮蔽物，起到"去蔽"的作用。政治意识形态主导了女性主体性的凸显，而在现实生活中女性纷纷走出家庭，在社会生活中扮演了重要的角色，更为重要的是女性在经济上逐渐摆脱了对男性的依附，"经济基础决定上层建筑"，经济上的独立为女性主体性的保有提供了现实的保障。文学来源于生活，现实生活中女性主体地位的上升为女性作家们在文本中大胆的自我抒写提供了基础。

在第一人称叙述声音占主导的局面下，第三人称叙述声音退居二线，第二人称叙述声音更是匮乏。第二人称叙述声音是指故事中的主人公或者文本的接受主体以"你"的称谓出现。当"你"是以接受主体的面目出现的时候，无疑叙述声音为文本圈定了隐含读者的范围，并似乎强制性地把隐含读者从幕后拉进了故事中，使其在场，并与其进行面对面的交流。这给真实的读者造成一种别扭而又亲切的审美感受。"想想看，您走过来，在所有的人中间，独独向我打听那个已故的弗兰西斯科·雷亚尔的事……我见到他的面没有超过三次，而且都是在同一个晚上。可是这种晚上永远不会使您忘记……当然，您不是那种认为名声有多么了不起的人……"（豪尔赫·路易斯·博尔赫斯1）。这里的第二人称"您"就是叙述声音设定的一个具有某种特质的隐含读者——充满好奇心，不沽名钓誉，并且正是由于文本接受主体——"您"的好奇，叙述声音才获得了言说的权利，拥有了存在的理由。这种第二人称的叙述声音也存在于中国作家马原的"元小说"中，"我现在就要告诉你我写了些什么了，原因是我深信你没有（或者极少）读过这些东西，别为我感到悲哀（更别替我不好意思），顺便告诉你，我心安理得泰然自若着呢"（马原52）。这和中国古典小说或话本中经常出现的"列位看官，你……"异曲同工。第二人称"你"有时也是故事的主人公，这种叙述声音较少，法国作家布托尔的《变》可以看做是这类叙述声音的代表性作品。中国当代文坛中,在莫言的《欢乐》、张贤亮的《肖尔布拉克》、格非的《褐色鸟群》中可以听到这种叙述声音。在90年代女性作家的文本中,铁凝的《永远有多远》在的小说开篇也采用了这种手法:"你在北京的胡同里住过吧?你曾经是北京胡同里的一个孩子吧?胡同里那群快乐的、多话的、有点缺心少肺的女孩子你还记得吧?"(6) 一个"你"字,不仅缩短了与读者之间的距离,而且也预设了文本的隐含读者——曾经在北京胡同里住过并且对胡同里的女孩子有着记忆的人。不仅如此,这样的开篇方式也告诉了读者文本是关于北京胡同里女孩子们的故事。但接下来,文本的叙述声音又变成了以第一人称限制视角的"我"的叙述为主和全知视角的第三人称叙述为辅交织进行的轮唱,讲述了白大省与西单小六的故事。虽然在这部小说里第二人称的叙述声音只出现在文首,并且在整部文本的混合型叙述声音中只占了一小部分,但在第一人称叙述声音一枝独秀的90年代中国女性作家的文本中也算得上是凤毛麟角,难能可贵的了。从这个意义出发,林白的《一个人的战争》中第一人称叙述声音与第三人称叙述声音的相互交叉使用,陈染的《私人生活》、铁凝的《大浴女》中经验自我与叙述自我的双声合唱,这些在叙述声音混合使用上的尝试,应该可以看做是在急于言说自我的90年代中国女性文学在叙事上的一种拓宽。

四、结　语

20世纪90年代中国女性文学在叙事上尽管存在着这样那样不尽如人意的缺陷,但是这些文本彰显了女性意识,显示了女性对自身话语权的争夺。这既是对男权社会的抗争,又是对90年代女性对自身现状的一种反思和救赎。

【引用文献】(Works Cited)】

徐坤:《双调夜行船——九十年代的女性写作》,载《小说界》,1998(4):147—161。
伊丽沙白·威尔逊:《倒写:自传》,玛丽·伊格尔顿编:《女权主义文学理论》,长沙:湖
　　南文艺出版社,1989年。
陈染:《私人生活》,北京:作家出版社,2004年。
陈晓明:《不说,写作和飞翔——论林白的写作经验及意味》,载《当代作家评论》,2005

(1):23—34。
黑田孝高:《水五则》,载《文苑》,2008(1)。
西蒙·德·波伏娃:《第二性》,北京:中国书籍出版社,2004年。
埃莱娜·西苏:《美杜莎的微笑》,张京媛编:《当代女性主义文学批评》,北京:北京大学出版社,1992年。
米克·巴尔:《叙述学:叙事理论导论》,谭君强译,北京:中国社会科学出版社,2003年。
南帆:《文学的维度》,上海:上海三联书店,1998年。
豪尔赫·路易斯·博尔赫斯:《博尔赫斯短篇小说集》,王央乐译,上海:上海译文出版社,1983年。
马原:《冈底斯的诱惑 虚构》,北京:作家出版社,2004年。
铁凝:《永远有多远》,北京:《北京文学》,1999(11)。

【作者简介】宁　凡,云南师范大学商学院副教授,主要从事叙事学研究。

西南跨境民族文学与《圣经》比较研究
——以拉祜族《牡帕密帕》的叙事学分析为例

◎ 陈 芳

【内容提要】西南多个跨境民族由于宗教的原因,其民族文学也受到了圣经的影响。本文参照田野调查所收集的文本,采用叙事学分析的方法,对拉祜族创世神话《牡帕密帕》进行研究,认为《牡帕密帕》与《圣经》中的创世篇章都呈现出神话思维下,造物主的"自足创造"以及创造行为中主客体关系的背离与分离的行为模式。较为独特的是,在创世的叙述中,基于对自然的解释以及生活场景的反复出现,《牡帕密帕》所建构的空间秩序又不同于《圣经》的创世故事。

【关键词】跨境民族;民族文学;《牡帕密帕》;《圣经》;叙事学分析

《牡帕密帕》是拉祜族民间流传最广的一部长篇诗体创世神话。作为跨境民族的拉祜族主要分布在中国云南省澜沧江、元江流域的普洱、临沧等地以及缅甸、泰国、越南、老挝等国。在《牡帕密帕》广为流传的地区澜沧县酒井哈尼族乡勐根村老达保寨,该寨的李扎戈是《牡帕密帕》国家级非物质遗产传承人,而其所居住的拉祜族地区却信仰基督教。因此,基于民族文学传承和基督教的宗教信仰,对《牡帕密帕》的解读便存在着文化的双重性。本文从叙事学分析的角度,将《牡帕密帕》与《创世纪》相比较,以期探究在文本层面二者之间的异同。

一、"自足创造"与"创造"的主客关系

厄萨与上帝分别是拉祜族《牡帕密帕》和《圣经》中的创造神。老达保

寨的拉祜族基督教信徒认为厄萨就是《圣经》中的上帝,创造天地和人类的神。其他西南跨境民族的基督教信徒基于类似的认识,也将本民族文学中的创世神与基督教的上帝、将民族传说英雄人物与基督教的耶稣相互关联。这种人物的关联性与西方传教士在相应地区的传教活动有关。例如,美国传教士永伟里初到拉祜族地区传教时,便利用了当地白马的传说和铜金和尚的故事(Covell 1995)。此外,西方传教士利用部分拉祜族地区和景颇族地区对孔明的传统信仰,宣传了"耶稣是孔明的转世,信耶稣就是信孔明"(云南省编辑组 1986)。但是,受基督教影响的民族文学能够被当地跨境少数民族基督教徒所接受,其原因并非简单的角色互换,从文本层面的关系来看,它是基于文本层面行动元之间的对应关系,以及在这一关系之下所产生的叙事动力。

拉祜族《牡帕密帕》中的厄萨与基督教《圣经》中的上帝,其神性存在主要都是基于"创造"行为。根据格雷马斯的"行动元"理论,梳理两个文本的行动逻辑,可以发现两个文本共同的行为特征——"创造自足",这一"创造自足"成为叙事动力的源头。

格雷马斯的行动元包括六种要素,即主体与客体,发送者与帮助者,接受者与反对者,这六个行动元围绕着客体,即主体欲望的对象而组织起来。客体处于发送者和接受者的中间,主体的欲望则投射成帮助者和反对者(格雷马斯 256—257)。两个文本的"创造"行为对应六种行动元模式,可以由如下图示表明:

```
    发送者              客体                 接受者
  (上帝、厄萨) →  (天地人类、自然万物) → (天地人类、自然万物)
                        ↑
    帮助者              主体            反对者
(上帝、厄萨及其所造物) → (上帝、厄萨) ← (厄萨)
```

在拉祜族的《牡帕密帕》和基督教的《圣经》中,厄萨与上帝分别是创造行为的主体。《牡帕密帕》的第一章《造天造地》、第二章《造太阳和月亮》、第五章《造花草树木》、第六章《造扎努扎别》、第八章《扎迪娜迪的传说》以及第九章《人类出世》分别对应《圣经·创世纪》的第一章和第二章创造天地人类、自然万物的内容。天地、人类、自然万物都是创造主体——创世神厄萨或者上帝的创造欲望的对象,主体创造行为的客体。

> 厄雅想做一些事,萨雅想干一点活。
> ……

> 厄雅想造一片天,萨雅想造一块地。
>
> ——《牡帕密帕》第一章《造天造地》(李扎倮等 4)

厄雅和萨雅是《牡帕密帕》口头叙事中对同一位神厄萨的不同表述。创造天地的行为本身就是出于创世神厄萨"想做(干)一些事情"的意愿,是主体行为的欲望的直接表达。《圣经》第一章《创世纪》开篇直接用"起初,上帝创造天地。……上帝说:'要有光',就有了光"(中国基督教两会 1),表明上帝创造天地的意愿及其相应的创造能力。

不同的是,在拉祜族的《牡帕密帕》中,厄萨创造天地时面临一个具体的困难:

> 厄雅只一个,萨雅只一人;造天势太单,造地力太薄。
>
> ——《牡帕密帕》第一章《造天造地》(李扎倮等 4)

从反对者和帮助者的角度来看,厄萨的势单力薄是实现其创造天地欲望的主要障碍。所以,在创造天地之前,《牡帕密帕》重点描述了厄萨创造了一批人和动物来帮助其创造天地。这些被造的人和动物包括扎布娜布、扎倮娜倮、扎依娜依、扎努扎别以及蛟龙、巨蟒、青鱼、黑鱼等(李扎倮等 6—27)。因为这些帮助者本身也是由厄萨所创造的,厄萨有能力基于自身实现创造天地的目标,满足"想做(干)一些事情"的意愿。因此,厄萨创造天地的行为实际上与《创世纪》的上帝创造天地一样,是出于其自身、完成于自身,得力于自身的"自足创造"。这一"自足创造"促成了整个文本的叙事动力。

在西南跨境少数民族创世神话和基督教《圣经》相遇的过程中,是以对应基督教中的上帝而理解本民族创世神的,正是基于创造行为中"自足创造"的行动特征,对以行动元主体创世神为中心的角色进行了改编。神话叙事以"神"为中心,但基于人的理解和认识,人神关系是继创造天地之后最为重要的关系。而行动核心也从创造行为的主体转向了主客体之间的关系。作为《牡帕密帕》与《圣经》创世神话中神创与被造之人的关系,也同样呈现出类似的背离与分离的特质。

《创世纪》蛇诱惑女人时就特别强调了与神命令相悖的想法:"你们不一定死;因为神知道,你们吃的日子眼睛就开了,你们就像神一样知道善恶"(中国基督教两会 6)。除去善恶的伦理探讨,仅从《创世纪》人神关系的角度来看,女人与蛇的交流、对话,本身就隐藏着对神命令的怀疑,而怀疑所滋生的悖逆指向的正是作为被造物的人类对造物主上帝的背离。对于神禁忌命令的违背,最终导致了事实上的人神分离。在《创世纪》中就具体表现为亚当和夏娃因为偷吃了智慧树上的果子,被逐出了伊甸园。而同样的行动模式以不同的表现形式出现在拉祜族的《牡帕密帕》中。

《牡帕密帕》三次记录了神创造人类。在第一章《造天造地》中,厄萨创造了扎布娜布、扎俁娜俁、扎依娜依、扎努扎别等人类来帮忙建造天地。第六章又记录了厄萨创造扎努扎别。第八章厄萨则是创造了扎迪娜迪。在这里,三次人类被造,但是信仰基督教的老达保寨拉祜族村民则认为,只有扎迪娜迪才与《圣经》中的亚当和夏娃相当。究其原因,包括两种解释:第一,扎努扎别因为参与了创造天地的工作,并且与厄萨有过战争,能够与神相抗争,因此被视为是神或者是半神。第二个可能性是在第八章《扎迪娜迪的传说》中,涉及婚姻制度的确立和人类繁衍的谱系。但《牡帕密帕》第六章的扎迪娜迪已经不再像第六章中的扎努扎别那样与神有较为亲密的关系,已经开始了作为人的生活故事,表现出事实上的人神分离,脱离了与神的同在,以人的日常生活故事为主要内容。而在分离之前,人对神的背离是人神关系的核心,就《牡帕密帕》而言,对应的内容主要出现在第六章《造扎努扎别》中。扎努扎别被造本是基于人神关系的确立。

> 无人看护天和地,又有谁来供神明。
> ——《牡帕密帕》第六章《创造扎努扎别》(李扎俁等 80)
> 没有人来烧香火,没有人来祭神台,没有人来供奉天,没有人来祭拜地。
> ——《牡帕密帕》第七章《播种葫芦》(李扎俁等 120)

在《牡帕密帕》中,人的存在是以实践人神关系为目标,在生活内容方面包括两个部分,第一是看护其他被造物。第二是敬仰、供奉、祭拜神和神所造的神圣之物。因此,天地具有被造的神圣之物的双重含义,所以天地成为了管理和敬畏两种行为的客体对象。而作为实践主体的人类的基本职责,也可以在《圣经》和其他民族的创世神话中找到类似的界定。

> ……使他们管理海里的鱼、天空的鸟、地上牲畜和圈地,以及地上爬的一切爬行动物。
> ——《创世纪》1:26(中国基督教两会 4)
> 那人就给一切牲畜、天空的飞鸟和野地各样的走兽都起了名。
> ——《创世纪》2:20(中国基督教两会 4)

《创世纪》第一章和第二章分别涉及创世神上帝对被造之人类管理职权的安排,以及接受管理责任之后,人类对被管理对象的命名。人被造以实现管理万物和供奉神灵的职责也并非基督教的独创,在其他民族的创世神话中也多有记载。巴比伦史诗与神话《吉尔伽美什》也有类似的记录:要让(从来)诸神承担的(如今)成为他们(人)的工作(赵乐甡,97)。

因此,《牡帕密帕》中人类对人神关系的背离,不仅悖逆了神的命令,而且将人的工作,具体的管理职责与供奉神灵割裂开来,所指的正是人类的生活与人神关系的分离状态。

> 扎努本是不孝子,喷香米饭他先尝;娜努并非省油灯,蔬菜瓜果她先吃。
> 虽说厄雅尽仁义,扎努娜努不开窍。
> (厄萨)好吃懒做不劳动,坐享其成没有门。
> ——《牡帕密帕》第六章《造扎努扎别》(李扎倮等 92、93、94)

《牡帕密帕》中的扎努娜努不仅为厄萨所造,而且还从厄萨那里学会了如何种植庄稼等一切管理职能。但随着对神的背离,不仅在言语和行为上亵慢了厄萨,而且还闯祸弄得差点天崩地裂,使事态发展越发严重。扎努娜努甚至指责厄萨神好吃懒做、坐享其成,这样人与神之间的战争就此开始,故事的结局自然是扎努娜努面临死的结局,为神的毒药所伤,并因包药抹药更名为扎努扎别,死后离世化身万物。从扎努娜努到扎努扎别,所反映的内容正是在神话思维下,被造物对造物主创造行为的背离以至于分离致死的结局。

神话思维以神为中心,创世神话以神对世界的创造为核心行动。在不同民族、不同历史时代中,神话所构建的人神关系,以及与自然他物的关系都是以神为中心,建构各自不同的社会组织原则。基督教以此确立了其宗教基础的原罪观,而《牡帕密帕》却以此来解释本民族宗教仪式和完成本民族生活故事的经验传承。

> 每逢大年初一时,粘粘糍粑供犁锄,这是扎努扎别理,目的就是警示人。
> 扎努扎别的故事,拉祜代代相传承,从古一直到如今,教育孩子要行善。
> ——《牡帕密帕》第六章《造扎努扎别》(李扎倮等 118、119)

二、创造与时空秩序的构建

不论《牡帕密帕》在多大程度上接受了《圣经·创世纪》的影响,但是《牡帕密帕》能够为老达保寨拉祜族基督教教徒所接受,其本身就存在与基督教《圣经》,特别是《创世纪》相互阐释的事实基础。但是《牡帕密帕》

作为民族文学的典型代表,在时空建构方面却体现着与圣经不一样的独特的民族特质。

神话不仅包括对天地的创造,还包含了一定历史时间内人们古代先民对世界和自然的理解和认知,以及由此而来的人类社会秩序的建立。《牡帕密帕》与《圣经》中的秩序建立却存在较大的差异。自然世界中秩序的存在主要体现为时间与空间的秩序。而时间的秩序也存在不同的理解。就叙事学研究以及叙事作品的分析而言,我们更多涉及的是所谓线性时间……在这里,时间被看作是一种单向的、不可逆转的流程(参见谭君强 117)……。就《牡帕密帕》与《圣经》等神话叙事来看,宇宙时间是文本表现的重点。其时间研究若以叙事学的时序、时长和频率等一般研究角度来开展,价值不高。神话时间的时序所对应的文本时间和故事时间的关系在不同的文本中也是基本一致,并无特殊之处。而就时长研究而言,神话思维之下故事时间的所指与我们当下所经验时间的认知存在一定差距,因此比较标准的确立也是难以开展研究的原因。《创世纪》第一章创世六日所指的"日"无法对应当下的时间经验。《牡帕密帕》中更是未言及创世所花时长,因此,文本时间便缺乏参考体系来讨论时长的对应关系。

叙事学研究中所提及的线性时间,参考了别尔佳耶夫对时间类型三分法的观点,以历史时间的线性发展作为时间秩序的统一标准,但是仍然承认其他两种时间类型宇宙时间和存在时间都包含有线性时间的特征,即时间轴线和不可逆性(参见谭君强 117)。叙事学研究叙述行为关键在于"叙"对于事件先后次序的呈现。许慎在《说文解字》中将"叙"解释为"次第也"(99),与始自西方的叙事学对叙述所包含的时间顺序的观点不谋而合,体现了人类思维的共同之处。所以,事件的先后性是理解事件《牡帕密帕》与《圣经》中的神话思维的关键。但是,事件的变化不仅包含着时间流动而且也包含着空间存在的变化。变化本身就是关于时空秩序之下状态的改变。叙事学的时间分析默认了空间存在依存于时间存在的价值,时间指向中的事件变化包括了空间存在的变化。但是《牡帕密帕》与《圣经》各有侧重的神话思维揭露了事件变化中所隐匿的时空对应关系。

《创世纪》第一章创造天地之后,直到人类诞生这段时间内,秩序的逐步确立以时间构建为基础,其中包含有空间变化。《创世纪》中"上帝称光为'昼',称暗为'夜'。有晚上,有早晨,这是第一日。"自此之后,创世六日六次重复"有晚上,有早晨,这是第 X 日"以确认时间秩序。但是创造天地不过是创世六日中第二日和第三日之工。天与地等空间存在的创造晚于时间秩序的确定,并被包含在相应的时间秩序当中:

> 上帝说:"众水之间要有穹苍,把水和水分开。"上帝就造了穹苍,把穹苍以下的水和穹苍以上的水分开。事就这样成了。上帝称穹苍为"天"。有晚上,有早晨,这是第二日。上帝说:"天下面的水要聚集在一处,使干地露出来。"事就这样成了。上帝称干地为"地",称聚集在一起的水为"海"。……有晚上,有早晨,这是第三日。
> ——《圣经》(中国基督教两会 1)

表面上看起来,创造天地与创造光"说有就有、命立就立"的瞬时创造有所不同,但即使是瞬时创造,只要有先后的存在,就具有时间长度。因此,创造从一开始就是一种时间内创造,之后的逐日创造更是以"日"为单位延展了创造的时间性过程。其次,创造"天地"空间的行为是在一定的时间内发生的。因此,时间存在高于空间存在就成为了理解《圣经》的一种可能的角度。《出埃及记》神对摩西说:"我是自有永有的"(中国基督教两会 94)所强调的也正是神性存在对时间性的超越。

但是反观《牡帕密帕》其创造世界的过程并不是以时间为序,而是以空间秩序为核心,并且时间存在依附于空间存在。

> 天的四角放蛟龙,地之四面置巨蟒;天的四角放青鱼,地的四面置黑鱼。
> ……天擎四棵银天擎,地柱四根金地柱;天擎四棵铁天擎,地柱四根铜地柱。
> ——《牡帕密帕》第一章《造天造地》(李扎保等 7)

《牡帕密帕》第一章"造天造地"以空间构建为基础。首先,创造天地重复四面所在,天地所立的空间位置,使得《牡帕密帕》这个部分的文本虽然包含创造天地的过程,但是并没有像《创世纪》那样强调单位时间内秩序的确立,而是侧重于构建步骤之间的关系以及材料的描述。其次,《牡帕密帕》在创造了空间秩序的天地之后,才创造时间秩序,而时间秩序也不是以《创世纪》中的"日"的单位时间,而是以"月"、"季节"作为单位时间。虽然不能用历史时间来解释神话思维中的宇宙时间,但两部作品由于采用不同的时间度量,因而时长研究缺乏统一的时间标准。在《创世纪》中,在"日"的单位时间内发生的创造行为并不能被再次的重复和验证,也就是说第二日造天,第三日造地和海是不能在现实生活中被重复的。而《牡帕密帕》的时间秩序的确立更多来源于对现实生活中时间秩序的描述,是可重复的生活经验的描述:

> 十二个月满一年,一十二天又一轮;月亮圆缺十二次,取名一至十二月。
> 月亮名字去取好了,厄雅又要分季节,一月二月和三月,是个温暖的季节。
> 四月五月和六月,是个多雨的姐姐;七月八月和九月,是个凉爽的姐姐。
> 十月冬月和腊月,是个寒冷的季节;八月以前白天长,八月以后晚上长。
> ——《牡帕密帕》第三章《划分季节》(李扎俁等 45—46)

四季的轮回正是《牡帕密帕》中所确立的时间秩序。神话思维中神创论的核心在于,世界被造以及由此而来的时间和空间的初始。但是《牡帕密帕》中时间事件是可重复的,是基于对被造时间的理解。这不仅与《创世纪》完全不同,而且在自然的时间秩序之外,从一开始就引入了具有文化象征意义的十二生肖的轮回。《创世纪》直到《出埃及记》的十诫才将创世之始的"上帝赐福给第七日,将它分别为圣",明确为人神关系之下的人"当纪念安息日、守为圣日",从而将自然时间赋予解释的文化意义和宗教内涵。

从自然的创造到秩序的确立,以及根据时空秩序所确立的人类社会运行的轨迹,拉祜族《牡帕密帕》与《圣经·创世纪》分别成为了特定时代、特定民族的神圣叙事。但是不同的时代、不同的民族的特质也在两个作品中留下了不同的烙印,以致一直影响后世人们秩序性选择的不同侧重,或时间,或空间。《圣经》中的迁徙与流亡以《启示录》人回归人神关系作为终结,呈现出有开始、有结束的闭合性故事,而《牡帕密帕》第十一章《战争与迁徙》记录了迁徙地点和迁徙路线,以"花衣花裤一家人,隔山隔水不隔心"(李扎俁等 336)结束了拉祜族的神圣叙事,回归拉祜族当下存在的生活状态,呈现出未完待续的开放性结局。

结　语

西南跨境民族文学受《圣经》影响的情况比较复杂。西方传教士因为传教需要,创制了部分跨境民族的文字,而在此之前相应民族的民族文学多以口头流传。通过文字记录的民族文学是否经过了宗教化的改编,已经难以做历时性追索。采用叙事学理论进行分析,可以让我们在无法进行审慎的影响研究的情况下,以事实上存在的文本作为基础,参考相应民族的自我诠释,比较相应民族的民族文学与基督教《圣经》在思维结构上的异同,以寻找其民族特质和对应的文本结构方式。

《牡帕密帕》与《圣经》中的创世篇章都展现了在神话思维下,造物主的自足创造以及创造行为中主客体关系的背离与分离的行为模式。但是《牡帕密帕》中作为神性存在的厄萨具有更多人性特征,而厄雅与萨雅的独特的复数存在体现了《牡帕密帕》的诗体叙述和对话体口头文本的特征。从叙事内容上看,基于对自然的解释和生活场景反复出现的空间秩序正是《牡帕密帕》不同于《圣经》创世故事的独特之处。

【引用文献】(Works Cited)

Covell, R. R. *The liberating gospel in China: the Christian faith among China's minority peoples*. Michigan: Baker Pub Group, 1995.
格雷马斯:《结构语义学》,吴泓缈译,北京:生活·读书·新知三联书店,1999年。
李扎倮等:《牡帕密帕》(未刊稿),李文明译,2009年。
谭君强:《叙事学导论:从经典叙事学到后经典叙事学》,北京:高等教育出版社,2008年。
许慎:《说文解字》,上海:中华书局,1985年。
云南省编辑组:《云南民族情况汇集》,昆明:云南民族出版社,1986年。
《吉尔伽美什》,赵乐甡译,南京:译林出版社,1999年。
中国基督教两会:《圣经——和合本修订版》,上海:中国基督教两会出版部,2011年。

【作者简介】陈 芳,云南大学文学院讲师,博士,主要从事叙事学、民间文学、东方文学研究。